Hugh Howey

Silo 1: Wool

Traducción de Manuel Mata

minotauro

Originally published as *Wool*

Avda. Diagonal, 662-664, 08034 Barcelona (España)
www.edicionesminotauro.com
www.planetadelibros.com

Adaptación de la cubierta: Booket / Área Editorial Grupo Planeta
Primera edición en Colección Booket: noviembre de 2025

Depósito legal: B. 18.369-2025
ISBN: 978-84-450-2128-6
Impreso en España

Biografía

Hugh Howey (1975) trabajó como técnico de sonido, capitán de barco y librero antes de decidirse a autopublicar su primera obra a través de la librería virtual de Amazon. El éxito le llegó en 2011 con la publicación en Amazon de *Silo 1 (Wool)*, que no tardó en convertirse en uno de los libros más vendidos de la plataforma y entró en la lista de *bestsellers* de *The New York Times*. A *Wool* le siguieron *Shift* y *Dust*, segunda y tercera parte, respectivamente. En la actualidad vive en Jupiter, Florida, con su esposa y su perro. Puedes encontrar más información en HughHowey.com/wool.

Para Amber

PRIMERA PARTE

Holston

1

Los niños jugaban mientras Holston se dirigía hacia su muerte. Los oía chillar como sólo chillan los niños cuando se sienten felices. Mientras sus voces atronaban frenéticas más arriba, él se tomaba su tiempo para ascender dando vueltas y vueltas por la escalera de caracol, con zancadas metódicas y trabajosas de las viejas botas que resonaban contra el metal.

Los peldaños, al igual que las botas de su padre, exhibían muestras de desgaste. De la capa de pintura no quedaban más que fragmentos débilmente adheridos, sobre todo en las esquinas y partes interiores, donde nadie pisaba jamás. Los movimientos en otros tramos de la escalera levantaban pequeñas y temblorosas nubes de polvo. Holston podía sentir las vibraciones en la barandilla, desgastada hasta sacar el brillo del metal. Esto era algo que nunca dejaba de asombrarlo: que siglos de manos desnudas y pies arrastrados por el suelo pudieran desgastar el acero macizo. Una molécula cada vez, suponía. Cada vida podía llevarse una capa entera en el tiempo que tardaba el silo en llevarse esa vida.

Cada peldaño estaba ligeramente combado por generaciones de pasos, con el borde curvado como en una mueca triste. En el centro no quedaba casi ni rastro de los pequeños diamantes utilizados en su día para que la superficie no fuese tan resbaladiza. Su ausencia sólo se podía inferir por los restos originales que había a ambos lados, las pequeñas protuberancias piramidales que sobresalían de la superficie plana del acero, con sus bordes arrugados y sus manchas de pintura.

Holston levantó una de sus viejas botas sobre un viejo peldaño, se dio impulso y volvió a repetir el movimiento. Se ensimismó en la obra de los años incontables, la ablación de moléculas y vidas, capas y capas transformadas en fino polvo. Y pensó, no por primera vez, que ni la vida ni la escalera habían sido concebidas para una existencia como aquélla. Los estrechos confines de aquella espiral alargada que atravesaba el silo subterráneo como una pajita en un vaso no habían sido construidos para soportar un uso tan abusivo. Al igual que su cilíndrico hogar, se diría que la habían construido con otros objetivos, para fines olvidados mucho tiempo atrás. Lo que ahora servía de morada a millares de personas que se movían arriba y abajo por su estructura en repetitivos ciclos cotidianos, a Holston se le antojaba apropiado sólo para usarse en caso de emergencia, y por unas pocas decenas de seres humanos, como mucho.

Otro piso quedó atrás, una zona de dormitorios dividida como una tarta cortada en porciones. A medida que Holston se iba acercando a los últimos pisos en el último ascenso que jamás haría, la intensidad de la lluvia de infantil deleite que caía sobre su cabeza iba en aumento. Era la risa de la juventud, de unos espíritus que aún no habían comprendido el mundo en el que vivían, que todavía no sentían la presión de la tierra a su alrededor, que en su mente no estaban enterrados, en absoluto, sino vivos. Vivos y puros aún, como ponían de manifiesto los sonidos de alegría que descendían por la escalera, aquellos trinos incongruentes con los actos de Holston, con su decisión y su determinación de salir al exterior.

Cuando estaba acercándose al último piso, una voz juvenil resonó por encima de las demás y Holston se acordó de cuando era un niño en el silo, de las clases y los juegos. Por aquel entonces, el atestado cilindro de hormigón, con sus pisos y pisos de viviendas, talleres, huertas hidropónicas y salas de purificación repletas de marañas de tuberías, le parecía un vasto universo, un mundo tan grande que nadie podría nunca llegar a explorarlo entero, un laberinto en el que sus amigos y él podrían perderse para siempre.

Pero aquellos días distaban ya más de treinta años. Tenía la impresión de que su infancia se encontraba a dos o tres vidas de distancia y era algo de lo que había disfrutado otra persona. No él. A él, una vida entera como comisario le impedía acceder a aquel pasado. Y, más recientemente, estaba la tercera fase de su vida, una vida secreta más allá de su infancia y de sus obligaciones como comisario. Eran las últimas capas de su yo, machacadas hasta quedar transformadas en polvo, tres años transcurridos en silencio, a la espera de algo que nunca llegaría; tres años de los que cada día, por sí solo, había sido más largo que un mes entero de sus anteriores y más felices vidas.

Al llegar al final de la escalera en espiral, la mano de Holston dejó atrás la barandilla. La curva barra de acero desgastado desembocaba en las salas más grandes de todo el complejo: la cafetería y la sala contigua a ella. Los chillidos de alegría procedían de allí. Unas formas rápidas y brillantes zigzagueaban entre las sillas desperdigadas, jugando al gato y al ratón. Un puñado de adultos procuraba contener el caos. Holston vio que Donna estaba recogiendo ceras y tizas del suelo de baldosas manchadas. Su marido, Clarke, estaba sentado a una mesa cubierta de vasos de zumo y cuencos con galletas de fécula de maíz. Saludó a Holston con la mano desde el otro lado de la sala.

Holston no pensó siquiera en devolverle el gesto. No tenía energía ni ganas de hacerlo. Miró más allá de los adultos y los niños en pleno juego, hacia la borrosa imagen que aparecía sobre una de las paredes de la cafetería. Era la mayor vista que tenían del inhóspito mundo exterior. Una escena matutina. La tenue luz del alba bañaba unas colinas sin vida que apenas habían cambiado desde la infancia de Holston. Habían permanecido allí esperando, como siempre, mientras él pasaba de jugar al ratón y al gato entre las mesas de la cafetería a convertirse en el envoltorio vacío que ahora era. Más allá de las imponentes y onduladas colinas, en lo alto, un cielo del color de la podredumbre atrapaba los rayos del amanecer en forma de débiles destellos. En la distancia, sobre la tierra, se alzaban el vidrio y el acero antiguos, allí donde, según se creía, había vivido la gente una vez.

Un niño, que salió disparado del grupo como un cometa, chocó contra las rodillas de Holston. Éste bajó la mirada y alargó la mano para tocarlo —era el hijo de Susan—, pero al igual que un cometa, el niño se alejó otra vez y volvió a caer en la órbita de los demás.

Holston se acordó de pronto del sorteo de la lotería que Allison y él habían ganado el año en que ella murió. Aún conservaba el billete. Lo llevaba consigo a todas partes. Uno de aquellos niños —ahora tendría probablemente dos años y andaría correteando detrás de los demás— podría haber sido suyo. Habían soñado, como todos los padres, con la doble fortuna de unos gemelos. Y lo habían intentado, claro. Una vez extraído el implante de Allison, habían vivido una sucesión de noches gloriosas tratando de cobrar el premio, mientras los demás padres les deseaban suerte y otros jugadores de la lotería suplicaban en silencio que el año pasara en blanco.

Sabiendo que sólo disponían de un año, Allison y él habían abierto la puerta a la superstición y recurrido a todo: trucos como colgar ajos sobre la cama (lo que, supuestamente, aumentaba la fertilidad), meter dos monedas de diez céntimos bajo el colchón (para propiciar la concepción de gemelos), una cinta rosa en el pelo de Allison, manchas de pintura azul bajo los ojos de Holston... Todo ello ridículo, desesperado y divertido. Sólo había una cosa más absurda que podrían haber hecho, y era no intentarlo todo, dejar alguno de aquellos cuentos de brujería sin probar.

Pero su destino no era ése. Antes incluso de que hubiera transcurrido su año, la lotería premió a otra pareja. No fue por falta de entusiasmo, sino por falta de tiempo. Por una repentina falta de esposa.

Holston le dio la espalda a los juegos y a la vista del mundo exterior y se encaminó a su oficina, situada entre la cafetería y la esclusa del silo. Mientras cubría esa distancia, sus pensamientos acudieron a la pelea que había tenido lugar allí, una pelea de fantasmas entre los que había tenido que pasar todos los días de los tres últimos años. Y supo que si se volvía hacia la amplia imagen de la pared, si entornaba los ojos y escudriñaba la escena cada vez más turbia que formaba la combinación de unos objetivos de cámara en mal estado y el tizne de la atmósfera, si seguía aquella grieta oscura colina arriba, aquella arruga que avanzaba por encima de la oscura duna en dirección a la ciudad que se extendía más allá, podría distinguir su forma inmóvil. Allí, sobre la colina, su esposa sería visible. Yacente como una roca dormida, cada vez más erosionada por el aire y las toxinas, con los brazos doblados bajo la cabeza.

Tal vez.

Ya era difícil ver, distinguir las cosas con claridad incluso antes de que reapareciese la borrosidad. Y además, tampoco se podía confiar demasiado en aquella vista. De hecho, había demasiadas cosas dudosas en ella. Así que Holston optó simplemente por no mirar. Atravesó el escenario de la fantasmal pelea con su esposa, donde aguardaban eternos los malos recuerdos, aquella escena de la locura repentina que la había embargado, y entró en su despacho.

—Vaya, mira quién llega temprano —dijo Marnes con una sonrisa.

El ayudante de Holston cerró uno de los cajones metálicos del archivador, que emitió un aullido sin vida. Mientras volvía a coger su humeante taza reparó en la actitud solemne de Holston.

—¿Te encuentras bien, jefe?

Holston asintió. Señaló el estante de las llaves, situado detrás de la mesa.

—La celda —dijo.

La sonrisa del ayudante se esfumó, reemplazada por un gesto ceñudo de confusión. Dejó la taza y se volvió para coger la llave. Mientras estaba de espaldas, Holston acarició por última vez el afilado y frío acero que llevaba en la palma de la mano, y entonces dejó la estrella sobre la mesa. Marnes se volvió y le tendió la llave. Holston la cogió.

—¿Quieres que coja la fregona?

El ayudante Marnes apuntó hacia la cafetería con el pulgar. Salvo que tuvieran a alguien esposado, sólo entraban en la celda para limpiarla.

—No —dijo Holston. Señaló el cubículo con un movimiento de la cabeza para indicar a su ayudante que lo siguiera.

Se volvió —acompañado por el chirrido de la silla que abandonaba Marnes para seguirlo— y caminó hasta la puerta. La llave entró en la cerradura con facilidad. Los órganos internos del mecanismo, perfectamente construidos y bien mantenidos, emitieron un chasquido seco y brusco. Un pequeño chirrido de los goznes, un paso decidido, un tirón, un ruido metálico, y todo terminó.

—¿Jefe?

Holston le tendió la llave entre los barrotes. Marnes la miró, inseguro, pero abrió la mano para cogerla.

—¿Qué pasa, jefe?

—Llama a la alcaldesa —le ordenó Holston. Exhaló un suspiro, el pesado aliento que llevaba tres años conteniendo—. Dile que quiero salir.

2

La vista desde la celda no era tan borrosa como en la cafetería, y Holston pasó su último día en el silo meditando sobre esto. ¿Era posible que la cámara de aquel lado estuviera protegida de los vientos tóxicos? ¿Acaso los reos, condenados a muerte, ponían más cuidado en preservar la vista de la que habían disfrutado en su último día? ¿O era su esfuerzo adicional un regalo para la siguiente persona que pasaría su último día en la misma celda que ellos?

Holston prefería esta última explicación. Le hacía recordar con nostalgia a su esposa. Le recordaba por qué estaba allí, en el lado equivocado de aquellos barrotes, por decisión propia.

Sus pensamientos regresaron flotando hasta Allison mientras permanecía allí sentado, contemplando el mundo muerto que algún pueblo ancestral había dejado tras de sí. No era la mejor vista del paisaje que rodeaba el búnker subterráneo, pero tampoco la peor. En la distancia se alzaban unas lomas onduladas de una bonita tonalidad marrón, como un puré de café con la cantidad justa de leche de cerda. El cielo seguía siendo del mismo gris plomizo que durante su infancia y durante la infancia de su padre y durante la infancia de su abuelo. Lo único que se movía en aquel paisaje eran las nubes. Flotaban hinchadas y oscuras sobre las colinas. Vagaban libres como los rebaños de los libros ilustrados.

La vista del mundo muerto ocupaba toda la pared de su celda, al igual que las paredes del piso superior. Cada una de ellas mostraba un sector distinto del yermo que se extendía más allá, un poco más borroso cada día que pasaba. El pequeño fragmento de aquella vista de que disfrutaba Holston comenzaba en la esquina de su camastro, subía hasta el techo, se extendía hasta la otra pared y bajaba hasta el lavabo. Y a pesar de su suave turbidez —como si la lente estuviera embadurnada de aceite— era un paisaje que invitaba a adentrarse en él, como si, extrañamente, al otro lado de los barrotes de la prisión hubiera un agujero grande y tentador.

Sin embargo, esta ilusión sólo era convincente desde lejos. Al acercarse, Holston podía distinguir un puñado de píxeles muertos sobre la enorme pantalla. Su blanco destacaba poderosamente entre las tonalidades marrones y grises de los que sí funcionaban. Cada píxel, brillando con furiosa intensidad (Allison los había llamado píxeles «parados»), era como una ventana cuadrada abierta a un lugar más brillante, un agujero del grosor de un cabello humano que parecía indicar el camino a una realidad mejor. Los había por docenas, ahora que se fijaba. Se preguntó si habría alguien en el silo que supiese cómo arreglarlos, o incluso si tendrían las herramientas necesarias para llevar a cabo un trabajo tan delicado. ¿Estarían muertos para siempre, como Allison? ¿Acabarían por morir todos los píxeles? Holston se imaginó el día en el que la mitad de los píxeles serían de aquel blanco intenso, y luego, generaciones más tarde, el momento en el que sólo quedarían unos pocos marrones y grises. Y cuando por fin únicamente quedase una docena, el mundo habría adoptado una nueva configuración y la gente del silo creería que el exterior estaba cubierto de llamas y confundiría los únicos píxeles que todavía funcionaban con los que habían dejado de hacerlo.

¿O sería eso lo que estaban haciendo Holston y sus conciudadanos?

Alguien se aclaró la garganta a su espalda. Al volverse, Holston se encontró con la alcaldesa Jahns al otro lado de los barrotes. Tenía los brazos en jarras, con las manos apoyadas a la altura de la cintura. Señaló el camastro con un movimiento pesado de la cabeza.

—Algunas noches, cuando la celda está vacía y ni el ayudante Marnes ni tú estáis de guardia, me siento ahí y disfruto de las vistas.

Holston se volvió de nuevo hacia el paisaje polvoriento y carente de vida. Era deprimente comparado con las escenas de los libros infantiles, los únicos libros que habían sobrevivido al levantamiento. La mayoría de la gente dudaba de que hubieran existido alguna vez los colores que aparecían en aquellos libros, al igual que dudaba de elefantes morados y aves rosadas, pero Holston tenía la sensación de que eran más auténticos que la escena que tenía delante. Al igual que les pasaba a otros, sentía algo primario y profundo en su interior al mirar aquellas páginas salpicadas de verde y azul. Pero incluso así, comparada con el asfixiante silo, la vista grisácea del exterior parecía una especie de salvación, la atmósfera abierta que los hombres nacían para respirar.

—Ahí siempre parece un poco más clara —comentó Jahns—. La vista, me refiero.

Holston no dijo nada. Ante sus ojos, un escarolado fragmento de nube se separó de las demás y se alejó en una dirección distinta, como una masa arrebolada de negros y grises.

—Puedes escoger la cena —dijo la alcaldesa—. Es la tradición...

—No hace falta que me cuentes cómo va —la interrumpió Holston—. Sólo hace tres años que le serví a Allison su última comida aquí. —Por costumbre, llevó una mano al anillo de cobre con la intención de darle una vuelta en el dedo. Olvidaba que lo había dejado en el armario hacía horas.

—Es increíble que haya pasado tanto tiempo —murmuró Jahns para sí. Al volverse, Holston vio que observaba con los ojos entornados las nubes de la pantalla.

—¿La echas de menos? —le preguntó con tono venenoso—. ¿O sólo detestas que el polvo haya tenido tanto tiempo para acumularse?

Jahns volvió por un instante los ojos en su dirección, pero al momento bajó la mirada al suelo.

—Sabes que no me gusta esto, sobre todo por las vistas. Pero las normas son las normas...

—No es culpa de nadie —dijo Holston tratando de que no se le notara la rabia—. Conozco las normas mejor que la mayoría... —Su mano hizo un movimiento casi imperceptible hacia la estrella, tan ausente como su anillo—. Joder, si me he pasado casi toda la vida defendiéndolas, incluso después de saber que son una basura.

Jahns carraspeó.

—Bueno, no voy a preguntar qué te ha llevado a tomar esta decisión. Simplemente asumiré que aquí no serías feliz.

Holston la miró fijamente a los ojos y vio la brillante película que los cubría antes de que ella pudiera parpadear para eliminarla. Jahns estaba más flaca que de costumbre, lo que, con aquel mono tan ancho, le confería un cierto aire cómico. Las arrugas que le cubrían el cuello e irradiaban desde sus ojos eran más profundas de lo que recordaba. Más oscuras. Y le daba la impresión de que la ronquera de su voz era auténtico pesar, no sólo el producto de la vejez o de su ración diaria de tabaco.

De repente, Holston se vio a sí mismo a través de los ojos de Jahns; vio un hombre roto sentado en un banco desgastado, con la piel teñida de gris por el pálido fulgor del mundo muerto del exterior, y la imagen hizo que lo asaltara un mareo. Sintió que empezaba a darle vueltas la cabeza mientras buscaba algo razonable a lo que aferrarse, algo que tuviese sentido. El estado al que había llegado su vida era como un sueño. Nada de lo que había sucedido durante los tres últimos años le había parecido verdad. Nada parecía ya verdad.

Se volvió de nuevo hacia las lomas de color tostado. Con el rabillo del ojo le pareció ver cómo moría otro píxel, teñido de pronto de un blanco intenso. Otra minúscula ventana que se abría, otra vista diáfana a través de una ilusión que había aprendido a poner en duda.

«Mañana será mi salvación —pensó Holston con salvaje determinación—. Aunque muera ahí fuera.»

—Llevo demasiado tiempo siendo alcaldesa —dijo Jahns.

Holston volvió la cabeza y vio que se había aferrado a los fríos barrotes de acero con sus arrugadas manos.

—Nuestros archivos no se remontan hasta el comienzo, ¿sabes? No van más allá del levantamiento de hace siglo y medio, pero desde entonces ningún alcalde ha enviado más gente a la limpieza que yo.

—Siento cargarte este peso sobre los hombros —replicó Holston con voz seca.

—No me proporciona ningún placer. Es lo único que digo. Ningún placer en absoluto.

Holston señaló la enorme pantalla con un ademán.

—Pero mañana serás la primera que podrá ver un amanecer despejado, ¿verdad? —Detestaba cómo sonaba. Holston no estaba enfadado por su muerte, por su vida, o por lo que pudiera depararle el mañana, pero aún perduraba en él un resentimiento por el destino de Allison. Seguía considerando evitables los inevitables sucesos del pasado, mucho tiempo después de que se hubieran salido de su curso—. Mañana os encantará la vista a todos —dijo como para sí.

—Eso no es justo —protestó Jahns—. La ley es la ley. La has quebrantado. Y sabías que lo estabas haciendo.

Holston se miró los pies. Los dos permitieron que cayera sobre ellos un silencio. Al final, la alcaldesa Jahns fue la primera en hablar.

—Aún no has amenazado con no hacerlo. Algunos tienen miedo de que no hagas la limpieza porque no has dicho que no lo vas a hacer.

Holston se echó a reír.

—¿Se sentirían mejor si dijera que no voy a limpiar los sensores? —negó con la cabeza, maravillado por lo absurdo de aquella lógica.

—Todo el que entra ahí dice que no lo va a hacer —respondió Jahns —, pero al final lo hacen. Es lo que nos hemos acostumbrado a esperar...

—Allison nunca amenazó con no hacerlo —le recordó Holston, pero sabía lo que quería decir Jahns. También él había tenido la certeza de que Allison no limpiaría las lentes. Y ahora creía entender lo que había pasado por la cabeza de su esposa mientras estaba allí sentada, en aquel mismo banco. Había cosas más importantes en qué pensar que el acto de la limpieza en sí. A la mayoría de las personas a las que enviaban al exterior las habían cogido in fraganti en algún delito cuando se encontraban en aquella celda. A escasas horas de su destino final, lo que sentían era sorpresa. Cuando aseguraban que no iban a limpiar, lo hacían movidos por deseos de venganza. La suya era una obstinación reflexiva. Pero Allison, y ahora Holston, tenían mayores preocupaciones. El que limpiaran o no era intrascendente. Habían llegado hasta allí porque, de algún modo absurdo, lo deseaban. Lo único que quedaba era la curiosidad. La fascinación del mundo exterior más allá del velo proyectado de mentiras.

—Entonces, ¿piensas hacerlo o no? —preguntó Jahns directamente con evidente desesperación.

—Tú misma lo has dicho —respondió Holston encogiéndose de hombros—. Todo el mundo lo hace. Así que alguna razón debe de haber para ello, ¿no?

Fingía que no le importaba, que no estaba interesado en las razones de la limpieza, pero se había pasado la mayor parte de su vida, especialmente los últimos tres años, martirizándose por dentro mientras se preguntaba por qué. La pregunta lo enloquecía. Y si su negativa a responder a Jahns fastidiaba a quienes habían asesinado a su esposa, no sería él quien lo lamentase.

Jahns subió y bajó las manos por los barrotes, ansiosa.

—¿Puedo decirles que lo harás? —preguntó.

—O que no. A mí me da igual. Parece que cualquiera de las respuestas significará lo mismo para ellos.

Jahns no respondió. Holston levantó la mirada y la alcaldesa asintió.

—Si cambias de idea con respecto a la cena, díselo al ayudante Marnes. Estará en la mesa toda la noche, como manda la tradición...

No tuvo que terminar la frase. A Holston se le llenaron los ojos de lágrimas al recordar aquella parte de sus antiguos deberes. Estaba en aquella mesa doce años antes, cuando enviaron a Donna Parkins a la limpieza, y ocho años antes, cuando le tocó el turno a Jack Brent. Y tres años atrás se había pasado la noche aferrado a los barrotes, tirado en el suelo, completamente destrozado, cuando le tocó el turno a su esposa.

La alcaldesa Jahns se volvió para marcharse.

—Comisario —murmuró Holston antes de que se hubiera alejado tanto como para no poder oírlo.

—¿Perdona? —Jahns se detuvo al otro lado de los barrotes, con las tupidas y grises cejas enarcadas por encima de los ojos.

—Ahora es el comisario Marnes —le recordó Holston—. No ayudante.

Jahns golpeteó uno de los barrotes de acero con los nudillos.

—Come algo —dijo—. Y no te insultaré diciéndote que duermas un poco.

3

Tres años antes

—Tiene que ser una broma —dijo Allison—. Cariño, escucha esto. No te lo vas a creer. ¿Sabías que hubo más de un levantamiento?

Holston alzó la mirada de la carpeta que tenía sobre el regazo. A su alrededor, varios montones de papeles formaban una especie de colcha que cubría la cama, montones y montones de archivos desordenados que había que ordenar y nuevas quejas a las que dar respuesta. Allison estaba sentada a la mesita de los pies de la cama. Vivían en uno de los apartamentos del silo que se habían subdividido dos veces con el paso de las décadas. Esto dejaba poco espacio para lujos tales como mesas y camas grandes.

—¿Y cómo quieres que lo sepa? —le preguntó él. Su esposa se volvió y se colocó un rizo detrás de la oreja. Holston señaló la pantalla del ordenador con el pulgar—. Llevas todo el día desenterrando secretos centenarios. ¿Y esperas que los conozca yo antes que tú?

Allison le sacó la lengua.

—Es una forma de hablar. Es mi manera de informarte. ¿Y por qué no pareces más interesado? ¿Es que no has oído lo que acabo de decirte?

Holston se encogió de hombros.

—Nunca había dado por sentado que el levantamiento que conocemos fuese el primero, sino sólo el más reciente. Si algo he aprendido en mi trabajo es que ninguna banda o mafia es la primera en su género. —Cogió una carpeta que había junto a su rodilla—. ¿Crees que éste es el primer ladrón de agua de la historia del silo? ¿O el último?

Allison hizo chirriar la silla sobre las baldosas al volverse hacia él. La parpadeante pantalla del ordenador que tenía detrás contenía los fragmentos y retazos de documentación que había extraído de los antiguos servidores del silo, vestigios de información borrada hacía mucho y reescrita infinidad de veces. Holston no comprendía el proceso mediante el cual se había recuperado, ni tampoco entendía cómo era posible que alguien lo bastante inteligente como para inventar algo así podía ser tan idiota como para querer hacerlo, pero aceptaba como verdades ambas cosas.

—Estoy reuniendo los fragmentos de una serie de informes antiguos —dijo ella—. Si son ciertos, indicarían que cada cierto tiempo se producía algo parecido a nuestro antiguo levantamiento. Una vez por generación, más o menos.

—Hay muchísimas cosas que no sabemos sobre los viejos tiempos —afirmó Holston. Se frotó los ojos y pensó en todo el papeleo que le quedaba por hacer—. Puede que no tuvieran un sistema para limpiar los sensores, ¿sabes? Apuesto a que por aquel entonces la visión del exterior se tornaba cada vez más borrosa, hasta que la gente se volvía loca, organizaba una revuelta o algo así, y entonces tenían que exiliar a algunos para enderezar las cosas. O puede que simplemente fuese el sistema de control de población que utilizaban. Ya sabes, antes de la lotería.

Allison negó con la cabeza.

—No lo creo. Estoy empezando a pensar que... —Hizo una pausa y recorrió con la mirada los historiales que rodeaban a Holston. La visión de aquel enorme compendio de transgresiones pareció provocar que pensara con más cuidado lo que se disponía a decir—. No se trata de un juicio de valor, no estoy diciendo que hiciesen algo malo ni nada por el estilo. Sólo sugiero que tal vez los rebeldes borraran los servidores durante el levantamiento. Que no es lo que nos han dicho siempre, en todo caso.

Este comentario captó la atención de Holston. El misterio de los servidores en blanco, el vacío pasado de los antiguos habitantes del silo los perseguía a todos. Lo único que quedaba era una leyenda sin forma. Cerró la carpeta en la que estaba trabajando y la dejó a un lado.

—¿Qué crees tú que lo provocó? —preguntó a su esposa—. ¿Crees que fue un accidente? ¿Un incendio o una bajada de tensión? —Ésas eran las teorías predominantes.

Allison frunció el ceño.

—No —dijo. Bajó la voz mientras miraba a su alrededor con aire cauteloso —. Creo que fuimos nosotros los que borramos los servidores. Nuestros antepasados, quiero decir, no los rebeldes. —Se volvió, se inclinó sobre el monitor y comenzó a pasar el dedo por una serie de cifras que Holston no alcanzaba a distinguir desde la cama—. Veinte años —continuó —. Dieciocho. Veinticuatro. —El dedo bajó por la pantalla con un chirrido—. Veintiocho. Dieciséis. Quince.

Holston abrió un camino entre los documentos que había a sus pies, que volvió a dejar en sus respectivos montones al avanzar hacia la mesa. Se sentó al borde de la cama, apoyó una mano sobre el cuello de su esposa y miró el monitor que tenía delante.

—¿Eso son fechas? —preguntó.

Allison asintió.

—Aproximadamente cada dos décadas se produce una gran revuelta. Este informe las cataloga. Fue uno de los archivos que se borraron durante el levantamiento más reciente. El nuestro.

Dijo «nuestro» como si todo el mundo tuviese algún amigo que hubiera vivido por aquel entonces. Pero Holston sabía lo que quería decir. Era el levantamiento a cuya sombra se habían criado todos, el que parecía haberlos engendrado, el gran conflicto que pendía sobre sus cabezas, sobre las de sus padres y las de sus abuelos. Era el levantamiento que llenaba todos los susurros y protagonizaba todas las miradas de soslayo.

—¿Y qué te hace pensar que fuimos nosotros, los buenos, quienes borramos los servidores?

Allison se volvió y lo miró con una sonrisa siniestra.

—¿Y qué te hace pensar a ti que los buenos somos nosotros?

Holston se puso tenso y apartó la mano del cuello de Allison.

—No empecemos. No digas nada que pueda...

—Estoy bromeando —respondió ella, pero no era algo sobre lo que se pudiera bromear. Ese tipo de palabras no andaban muy lejos de la traición, de la limpieza—. Mi teoría es ésta —añadió rápidamente, subrayando la palabra «teoría»—. Hay un levantamiento por generación, ¿vale? O sea, durante cien años o puede que más —dijo mientras señalaba las fechas—. Pero entonces, durante el gran levantamiento, el único que hemos conocido nosotros, alguien borra los servidores. Cosa que, debo decirte, no es tan sencillo como pulsar unos botones o provocar un incendio. Hay procesos redundantes sobre procesos redundantes. Haría falta un esfuerzo concertado, no un mero accidente, un ataque precipitado o un simple sabotaje...

—Pero eso no nos dice nada sobre la identidad del responsable —señaló Holston. Su esposa era un genio con los ordenadores, sin duda, pero hacer de detective no era su campo, sino el de él.

—Lo que sí me dice algo —continuó ella— es que anteriormente hubo un levantamiento cada generación, pero desde entonces no ha habido ninguno...

Se mordió el labio.

Holston se enderezó.

Recorrió la habitación con la mirada mientras contemplaba todas las implicaciones de aquella observación. De pronto tuvo una visión en la que su esposa le arrebataba su maletín de detective de las manos y desaparecía con él.

—O sea, dices... —Se frotó la barbilla mientras lo pensaba—. ¿Dices que alguien borró nuestra historia para impedir que se repitiera?

—O algo peor. —Extendió los brazos y le cogió las manos. La expresión de su rostro, hasta entonces de simple seriedad, se había transformado en algo más profundo, más severo—. ¿Y si la razón de las revueltas estaba ahí, en los discos duros? ¿Y si parte de nuestra historia conocida, o algún dato del exterior, o quizá incluso la causa que hizo que la gente tuviera que refugiarse aquí hace tanto, tanto tiempo... Y si esa información iba provocando que se acumulara una especie de presión en la gente que hacía que perdiesen la cabeza, fuesen cediendo al nerviosismo hasta enloquecer o, simplemente, quisieran salir?

Holston negó con la cabeza.

—No quiero que pienses esas cosas —la advirtió.

—No estoy diciendo que tuvieran derecho a enloquecer —precisó, de nuevo cautelosa—. Pero teniendo en cuenta lo que he encontrado hasta ahora, ésa es mi teoría.

Holston dirigió una mirada de desconfianza al monitor.

—Quizá sería mejor que no hicieras esto —dijo—. Ni siquiera sé por qué lo estás haciendo, y quizá no deberías.

—Cariño, la información está ahí. Si no la recopilo yo ahora, alguien lo hará en algún momento. No se puede volver a meter al genio dentro de la lámpara.

—¿Qué quieres decir?

—Ya he publicado un artículo en el que se explica cómo recuperar archivos borrados y reescritos. El resto de Informática lo está difundiendo para ayudar a cualquiera que haya borrado algo importante sin querer.

—Sigo pensando que deberías dejarlo —insistió él—. No me parece buena idea. No creo que salga nada bueno de eso...

—¿De saber la verdad, quieres decir? Saber la verdad siempre es bueno. Y es mejor que la descubramos nosotros que cualquier otro, ¿no?

Holston miró los archivos. Hacía cinco años que no enviaban a nadie a la limpieza. La vista del exterior era más borrosa cada día que pasaba, y como comisario sentía la presión de tener que dar con alguien. Estaba aumentando día a día, como si el interior del silo fuese una caldera en la que estuviera acumulándose el vapor sin encontrar ninguna salida. La gente se ponía nerviosa cuando pensaba que se acercaba el momento. Era como una de esas profecías que son en sí mismas la causa de su cumplimiento. Y estaba seguro de que, más tarde o más temprano, este estado de nerviosismo haría que alguien cometiese un desliz, hiciese o dijese algo que no debía, y cuando quisiera darse cuenta se encontraría en la celda, contemplando su último anochecer borroso.

Holston revisó todos los archivos que lo rodeaban buscando a alguien. Al día siguiente enviaría a una persona a la muerte si eso servía para aliviar la presión del vapor. Su esposa estaba usando una aguja para sondear un enorme globo demasiado lleno de aire, y él quería deshincharlo antes de que la aguja penetrara demasiado y lo hiciera reventar.

4

La actualidad

Holston estaba sentado en el solitario banco de acero de la esclusa, con el cerebro abotargado por la falta de sueño y la certeza de lo que le esperaba. Nelson, jefe del laboratorio de limpieza, se encontraba de rodillas ante él, ayudándolo a meter el pie en la pernera de un traje antirradiación de color blanco.

—Hemos hecho algunas modificaciones a los sellos de las junturas y añadido una segunda capa de aislante pulverizado por dentro —decía en aquel momento—. Te dará más tiempo del que nadie ha tenido hasta ahora.

Mientras escuchaba esta información, Holston recordó a su esposa en las tareas de limpieza. El último piso del silo, con las grandes pantallas al mundo exterior, solía quedar vacío en tales ocasiones. Sus moradores no soportaban presenciar lo que habían hecho..., o puede que sólo quisieran subir y disfrutar de las vistas sin tener que comprobar cuál había sido el coste. Pero Holston lo había presenciado; nunca tuvo la menor duda al respecto. No podía ver la cara de Allison a través de la máscara plateada del casco, no podía ver sus finos brazos dentro del voluminoso traje mientras frotaba y frotaba con la esponja de lana, pero conocía su forma de andar y sus gestos. La vio terminar la tarea, tomarse su tiempo para hacerlo con esmero, y entonces vio que retrocedía un paso, miraba a la cámara una última vez, se despedía de él con el brazo y, tras dar media vuelta, se alejaba. Al igual que otros antes que ella, se encaminó con pasos trabajosos en dirección a una colina cercana y comenzó a ascender lentamente hacia las deterioradas agujas de aquella ciudad antigua y en ruinas que se adivinaba al otro lado del horizonte. Holston lo presenció todo, de principio a fin. Hasta cuando su esposa cayó sobre la ladera, con las manos en el casco y comenzó a estremecerse mientras las toxinas devoraban primero el revestimiento exterior, luego el traje, y por fin a Allison, continuó allí.

—El otro pie.

Nelson le dio una palmada en el tobillo. Holston levantó el pie y dejó que el técnico le subiera el traje por las piernas. Al mirarse las manos, se imaginó cómo se disolvía y se desprendía de su cuerpo el traje interior de carbono negro que llevaba pegado a la piel y cómo iba cayendo poco a poco, igual que los copos de grasa reseca de la tubería de un generador, mientras la sangre se le salía por los poros e iba encharcando el interior del traje ya sin vida.

—Cógete a la barra y levanta...

Nelson estaba sometiéndolo a una rutina que él mismo había presenciado dos veces antes. Una con Jack Brent, que se había mostrado beligerante y hostil hasta el final y lo había obligado a permanecer vigilante junto al banco en su calidad de comisario. Y otra con su esposa, a la que había visto prepararse para salir por la pequeña portilla de la esclusa. Holston sabía lo que tenía que hacer porque ya se lo había visto hacer a ellos, pero aun así necesitaba que se lo dijeran. Sus pensamientos estaban en otra parte. Levantó los brazos, agarró la barra trapezoidal que tenía encima y tiró de ella para enderezarse. Nelson cogió el traje por los costados y lo levantó hasta la cintura de Holston. Los brazos vacíos colgaban a ambos lados como pesos muertos.

—La izquierda por aquí.

Holston obedeció como un hombre anestesiado. Encontrarse siendo protagonista de aquello, aquel mecánico paseo de los condenados, era una experiencia surrealista. Muchas veces se había preguntado por qué colaboraban los reos, por qué se dejaban llevar. Incluso Jack Brent, a pesar de todas sus imprecaciones y su militancia verbal, había hecho lo que se le decía. Allison lo había hecho en silencio, igual que él, recordó Holston mientras metía un brazo y luego el otro. Mientras el traje subía, Holston pensó que mucha gente colaboraba porque no podía creer que aquello estuviera ocurriendo de verdad. Nada de aquello era lo bastante real como para rebelarse. La parte animal de su cerebro no estaba hecha para eso, para dejarse llevar con calma a una muerte de la que estaba perfectamente al corriente.

—Date la vuelta.

Lo hizo.

Sintió un pequeño tirón a la altura del trasero y luego el ruido de una cremallera que subía hasta su cuello. Otro tirón, otra cremallera. Dos capas de futilidad. El crujido del velcro industrial en lo alto. Una serie de palmadas y comprobaciones redundantes. Holston oyó el roce del casco vacío con la estantería. Dobló los dedos dentro de los guantes acolchados mientras Nelson revisaba el exterior.

—Vamos a repasar los procedimientos una vez más.

—No es necesario —respondió Holston en voz baja.

Nelson dirigió la mirada hacia la compuerta que llevaba al interior del silo. A Holston no le hizo falta mirar para saber que posiblemente hubiera alguien mirando.

—Aguanta un poco —insistió Nelson—. Tengo que hacerlo según el manual.

Holston asintió, aunque sabía que no existía ningún manual. De todas las tradiciones místicas que se transmitían oralmente en el silo generación tras generación, ninguna llegaba a acercarse siquiera en su intensidad ritual a la de los fabricantes de los trajes y los técnicos de limpieza. Todo el mundo les ofrecía su reconocimiento. Puede que fuesen los limpiadores los que se encargaban del acto físico, pero eran los técnicos quienes lo hacían posible, eran los hombres y las mujeres que mantenían abierto ante sus ojos el ancho mundo que se extendía más allá de los asfixiantes confines del silo.

Nelson colocó el casco sobre el banco.

—Aquí están las esponjas. —Dio unas palmaditas a las almohadillas de lana que el traje tenía adheridas en la parte delantera.

Holston tiró de una de ellas, que se desprendió del velcro con un sonido de desgarro, estudió los tirabuzones y espirales que se formaban en la superficie del burdo material y luego volvió a pegarla.

—Echas dos chorros de líquido limpiador antes de frotar con la lana, luego secas con esta toalla y, por último, colocas las películas protectoras. —Fue dando una palmada a cada bolsillo en el orden preciso, a pesar de que estaban claramente etiquetados, enumerados (con las letras al revés, para que Holston pudiera leerlos) y clasificados por colores.

Holston asintió y miró al técnico a los ojos por primera vez. Para su sorpresa, vio miedo en ellos, un miedo que había aprendido demasiado bien a reconocer en su profesión. Estuvo a punto de preguntarle a Nelson qué pasaba, pero entonces lo comprendió: el hombre temía que todas sus instrucciones fueran en balde, que Holston se alejara caminando —como todos los habitantes del silo temían siempre que hicieran los limpiadores— sin cumplir con su deber. Sin limpiar para la misma gente cuyas normas, unas normas que prohibían soñar con un lugar mejor, lo habían condenado. ¿O acaso temía que el carísimo y complejo equipo que sus colegas y él habían construido con enormes esfuerzos, utilizando secretos y técnicas transmitidos desde mucho antes del levantamiento, saliera del silo y acabara pudriéndose para nada?

—¿Todo bien? —preguntó Nelson—. ¿Algo te tira en exceso?

Holston recorrió la esclusa con la mirada. Mi vida, habría querido decir. La piel. Las paredes.

Se limitó a negar con la cabeza.

—Estoy listo —susurró.

Era verdad. Extrañamente, pero sin ningún género de duda, Holston estaba más que listo para irse.

Y entonces, de pronto, recordó lo preparada que había estado también su esposa.

5

Tres años antes

—Quiero salir. Quiero salir. Quiero salir.

Holston llegó corriendo a la cafetería. Por la radio, entre los chirridos de la estática, se oía aún la voz del ayudante Marnes, que gritaba algo relacionado con Allison. Holston ni siquiera se había preocupado de responder. Simplemente había subido como una exhalación los tres tramos de escalera que lo separaban del lugar.

—¿Qué pasa aquí? —preguntó. Avanzó entre la multitud que rodeaba la puerta y se encontró a su esposa en el suelo de la cafetería, debatiéndose contra Connor y los dos empleados del establecimiento que la sujetaban—. ¡Soltadla! —Les quitó las manos de las piernas de su esposa y a punto estuvo de llevarse una patada en la barbilla como recompensa—. Cálmate —dijo. Alargó las manos hacia sus muñecas, que se retorcían de un lado a otro tratando de zafarse de los brazos de varios hombres adultos—. Cariño, ¿qué demonios te pasa?

—Ha echado a correr hacia la esclusa —dijo Connor entre jadeos provocados por el esfuerzo desesperado de sujetarla. Percy la agarró por los pies para evitar que siguiera dando patadas y Holston no se lo impidió. Ahora se dio cuenta de por qué hacían falta tres hombres. Se inclinó junto a Allison, asegurándose de que ella lo reconociera. Tenía los ojos desorbitados por debajo de una cortina de cabello alborotado.

—Allison, cielo, tienes que calmarte.

—Quiero salir. Quiero salir.

Había dejado de gritar, pero las palabras seguían saliendo atropelladamente de su boca.

—No digas eso —protestó Holston. Un escalofrío le recorrió el espinazo al oír aquella afirmación intolerable. La puso la manos sobre las mejillas—. ¡Cielo, no digas eso!

Pero una parte de él comprendió, en un destello repentino, lo que significaba. Comprendió que era demasiado tarde. Otros lo habían oído. Todos. Su esposa acababa de firmar su sentencia de muerte. La sala comenzó a dar vueltas alrededor de Holston mientras suplicaba a Allison que se callara. Era como si, al llegar al escenario de un espantoso accidente —alguna desgracia en el taller, por ejemplo—, se hubiera encontrado herida a la persona amada. Viva todavía, sacudiendo los miembros, pero con una lesión que de un solo vistazo se adivinaba fatal.

Sintió que le caían unas cálidas lágrimas por las mejillas mientras trataba de apartar el pelo de la cara de su esposa. Por fin, sus ojos se encontraron con los de él, e interrumpiendo sus febriles revoloteos, se clavaron en aquéllos con un destello de consciencia. Y durante un momento, sólo un momento, antes de que él pudiese preguntarse si la habían drogado o sometido a cualquier otra clase de abuso, vio allí una chispa de serena claridad, un atisbo de cordura, de frío cálculo. Pero entonces un parpadeo se lo llevó, y los ojos volvieron a hundirse en la locura mientras ella suplicaba de nuevo que la dejaran salir, una y otra vez.

—Levantadla —dijo Holston. Sus ojos de esposo nadaban en lágrimas mientras permitía que el comisario, fiel a su deber, se hiciera cargo de todo. No se podía hacer otra cosa que encerrarla, a pesar de que lo único que él deseaba era que le dejasen espacio para ponerse a gritar—. Por ahí —le dijo a Connor, que había colocado las dos manos sobre los hombros temblorosos de Allison. Señaló con la cabeza su oficina y la celda que había detrás. Un poco más allá, al final de la sala, aguardaba la brillante pintura amarilla de la gran esclusa de aire, serena y amenazante, silenciosa y a la espera.

Una vez en la celda, Allison se calmó al instante. Se sentó en el banco, sin resistirse ni pronunciar palabra, como si sólo hubiera ido allí para descansar y disfrutar de las vistas. Holston era ahora el que temblaba sin remedio. Caminaba arriba y abajo sin descanso al otro lado de los barrotes, murmurando preguntas que no tenían respuesta, mientras el ayudante Marnes y la alcaldesa se encargaban de cumplir con los procedimientos. Ambos trataban a Holston y a su esposa como si los dos hubieran enloquecido. Y aunque la mente de Holston seguía dando vueltas y vueltas al horror de la pasada media hora, en el fondo de su cerebro de comisario, siempre alerta ante las crecientes tensiones del silo, era vagamente consciente de la consternación y los rumores que se propagaban a través de los muros de hormigón y las barras de refuerzo. La inmensa presión acumulada en el lugar escapaba siseando entre las junturas en forma de cuchicheos.

—Cariño, tienes que hablar conmigo —suplicaba una vez tras otra. Dejó de caminar y agarró los barrotes con las manos. Allison le daba la espalda. Estaba mirando la pantalla de la pared, con las colinas pardas, el cielo gris y las nubes oscuras. De vez en cuando levantaba una mano para apartarse el pelo de la cara, pero aparte de eso no se movía ni hablaba. Sólo cuando Holston introdujo la llave en la cerradura, poco después de que la hubiesen metido allí a la fuerza y hubieran cerrado la puerta, siseó un breve «No lo hagas» que lo hizo detenerse.

Mientras él suplicaba y Allison hacía oídos sordos a sus súplicas, los preparativos de la inminente limpieza recorrían el silo. Al otro lado del pasillo se oía el ajetreo de los técnicos que estaban ajustando y preparando un traje. Los instrumentos de limpieza se llevaron a la esclusa. En alguna parte siseó la bomba de argón de la cámara de drenaje. El revuelo provocado por todo aquello llegaba esporádicamente hasta la celda donde Holston observaba a su mujer. Los técnicos interrumpían sus conversaciones y guardaban un silencio mortal al pasar a su lado. No se atrevían ni a respirar en su presencia.

Pasaron las horas sin que Allison accediera a romper su silencio, un comportamiento que generó las habituales habladurías por todo el silo. Holston se pasó el día entero gimoteando al otro lado de los barrotes, con el cerebro inflamado de confusión y agonía. Todo había sucedido en un instante, la destrucción de cuanto conocía. Trató de asimilarlo mientras Allison, sentada en la celda, contemplaba la tierra yerma, aparentemente complacida por su horrible destino como limpiadora.

Tras oscurecer, finalmente habló, después de haber rechazado en silencio por enésima vez su última comida, después de que los técnicos hubieran terminado en la esclusa, hubiesen cerrado la compuerta amarilla y se hubieran retirado para pasar una noche insomne. Fue después de que el ayudante de Holston se hubiese ido a la cama tras dar un par de palmaditas de consuelo a su jefe en la espalda. Después de lo que se le antojaron muchas horas, cuando Holston estaba a punto de desvanecerse de fatiga por el llanto y las protestas proferidas con voz ronca, mucho después de que el sol perezoso se hubiera puesto al otro lado de las colinas que se veían desde la cafetería y la sala, las colinas que ocultaban los restos de aquella ciudad lejana y en ruinas, en la oscuridad casi completa que envolvía la celda, Allison susurró algo casi inaudible:

—No es real.

Eso creyó oír Holston. Volvió a la lucidez en un instante.

—¿Cielo? —Agarró los barrotes y se levantó del suelo para ponerse de rodillas—. Cariño —susurró mientras se limpiaba la costra de humedad de las mejillas.

Allison se volvió. Fue como si el sol hubiese cambiado de opinión y hubiera reaparecido por encima de las colinas. El hecho de que respondiera le dio esperanzas. Sintió que se ahogaba, presa de la emoción, y pensó que todo era obra de una fiebre, una enfermedad, una dolencia, algo que el médico podía justificar con una simple nota que excusaría todas las barbaridades que había dicho. En realidad Allison no pensaba nada de todo aquello. Se había salvado al salir de aquel estado, y Holston se sintió salvado al ver que se volvía hacia él.

—Nada de lo que ves es real —dijo ella en voz baja. Su cuerpo parecía haberse calmado, pero en su mente continuaba la locura, una locura que la condenaba con palabras prohibidas.

—Ven a hablar conmigo —la llamó Holston desde el otro lado de los barrotes.

Allison negó con la cabeza. Dio unas palmaditas sobre el fino edredón del colchón, invitándolo a sentarse a su lado.

Holston comprobó la hora. Ya hacía mucho que había terminado el horario de visitas. Podían enviarlo a la limpieza por lo que se disponía a hacer.

La llave entró en la cerradura con suavidad.

El chasquido metálico resonó con fuerza.

Holston entró en la celda de su esposa y se sentó a su lado. Era terrible no poder tocarla, no poder rodearla con los brazos y arrastrarla a un lugar seguro, de regreso a la cama, donde podrían fingir que todo había sido un mal sueño.

Pero no se atrevía a moverse. Permaneció allí sentado, con las manos entrelazadas, mientras ella susurraba:

—No hace falta que sea real. Nada de esto. Nada. —Miró la pantalla. Holston se le acercó tanto que pudo oler el sudor seco de su piel.

—Cielo, ¿qué pasa?

El aliento de sus palabras meció el cabello de su mujer. Allison estiró el brazo y acarició la oscura pantalla, como si tanteara los píxeles.

—Podría ser por la mañana y no lo sabríamos. Podría haber gente fuera. —Se volvió y lo miró—. Podrían estar mirándonos —dijo con una sonrisa siniestra.

Holston le sostuvo la mirada. Ya no parecía loca, como antes. Sus palabras eran las de una loca, pero ella no lo parecía.

—¿De dónde has sacado esa idea? —preguntó. Creía saberlo, pero lo preguntó de todos modos—. ¿Has encontrado algo en los discos duros? —Le habían dicho que había corrido desde el laboratorio hasta la esclusa, anunciando aquel disparate a voz en grito. Algo le había pasado mientras trabajaba—. ¿Qué has descubierto?

—No han borrado sólo lo de antes del levantamiento —susurró ella—. Como es lógico. Lo han borrado todo. —Se echó a reír. De repente alzó la voz y se le desenfocó la mirada—. ¡Apuesto que hasta mensajes de correo electrónico que nunca me enviaste!

—Cariño. —Holston reunió el coraje suficiente para buscar sus manos, y ella no se apartó. Se las estrechó—. ¿Qué has descubierto? ¿Un mensaje de correo electrónico? ¿De quién?

Allison negó con la cabeza.

—No. He encontrado los programas que utilizan. Los que crean las imágenes que parecen tan reales en las pantallas. —Volvió a mirar el acelerado crepúsculo—. Los informáticos —dijo—. Los informáticos. Son ellos. Lo saben. Es un secreto que sólo saben ellos. —Movió la cabeza con pesar.

—¿Qué secreto? —Holston era incapaz de saber si se trataba de un dislate o de algo importante. Sólo sabía que su mujer estaba hablando.

—Pero ahora lo sé yo. Y tú también lo sabrás. Volveré a por ti, te lo juro. Esto será distinto. Romperemos el ciclo, tú y yo. Volveré y coronaremos juntos esa colina. —Se echó a reír—. Si es que está ahí —dijo en voz alta—. Si la colina está ahí y es de color verde, la coronaremos juntos.

Se volvió hacia él.

—No hay levantamiento, en realidad, sólo un goteo gradual. Sólo la gente que sabe lo que ocurre y quiere salir. —Sonrió—. Quieren salir —dijo—. Y les conceden su deseo. Sé por qué limpian, por qué dicen que no lo van a hacer pero al final lo hacen. Lo sé. Lo sé. Y nunca regresan. Esperan, esperan y esperan, pero yo no. Yo volveré. Esto será diferente.

Holston le apretó las manos. Unas lágrimas gotearon de su barbilla.

—Cielo, ¿por qué haces esto? —Tenía la sensación de que su esposa deseaba explicarse, ahora que el silo estaba a oscuras y se encontraban solos.

—Sé lo de los levantamientos —respondió ella.

Holston asintió.

—Ya. Me lo contaste. Hubo otros.

—No. —Allison se apartó de él, pero sólo para tener el espacio necesario para mirarlo a los ojos. Los suyos ya no parecían los de una posesa, como antes.

—Holston, sé por qué se produjeron los levantamientos. Sé por qué.

Se mordió el labio inferior. Holston esperó, con el cuerpo tenso.

—La duda siempre ha estado ahí, la sospecha de que las cosas en el exterior no fuesen tan malas como parecía. Tú también lo has pensado, ¿verdad? Que podríamos estar en cualquier parte viviendo una mentira, ¿no?

Holston no era tan tonto como para responder. Ni siquiera se movió. El mero hecho de sacar aquel tema era un billete directo a la limpieza. Permaneció sentado y aguardó, petrificado.

—Posiblemente fuesen los jóvenes —continuó Allison—. Cada veinte años, más o menos. Querían ir más allá, explorar, creo yo. ¿Nunca has sentido ese impulso? ¿Ni siquiera cuando eras más joven? —Los ojos de Holston parpadearon —. O puede que fuesen las parejas, los recién casados, que enloquecían cuando les decían que no podían tener hijos en este lugar condenado y minúsculo. Puede que estuviesen dispuestos a arriesgarlo todo por esa simple posibilidad...

Fijó la mirada sobre algo situado muy lejos. Puede que estuviera viendo el billete de lotería que aún no habían canjeado y ya nunca canjearían. Volvió a mirar a Holston. Éste se preguntaba si podrían enviarlo a la limpieza incluso por este silencio, por no acallar a gritos a alguien que pronunciaba cada una de las palabras que estaban prohibidas.

—O puede que fuesen los ancianos —siguió diciendo Allison—, hartos ya de cooperar, habiendo perdido el miedo a lo que pudiera ocurrirles en sus últimos años. Puede que quisieran marcharse para hacer sitio a los demás, para sus escasos y preciadísimos nietos. Quienesquiera que fuesen, quienesquiera, todos los levantamientos se produjeron a causa de esta duda, de esta sensación de que éste no es el lugar en el que deberíamos estar. —Recorrió la celda con la mirada.

—No puedes decir eso —susurró Holston—. Es el peor de los crímenes...

Allison asintió.

—Expresar el deseo de marcharse. Sí. El peor de los crímenes. ¿No entiendes por qué? ¿Por qué está tan prohibido? Porque todos los levantamientos nacieron de ese deseo, por eso.

—Consigues lo que pides —recitó Holston, las mismas palabras que se le habían grabado en la cabeza desde la infancia. Sus padres le habían advertido, a él, su único y preciado hijo, de que no debía sentir deseos de abandonar el silo. Ni siquiera debía pensarlo. Que no se le pasase la idea por la cabeza. Ese pensamiento equivalía a una muerte instantánea, la destrucción de su único y amado hijo.

Volvió a mirar a su esposa. Seguía sin entender aquella locura, aquella decisión. Había encontrado unos programas borrados que podían hacer que un mundo creado en una pantalla de ordenador pareciese real. ¿Qué significaba eso? ¿Por qué actuar así?

—¿Por qué? —le preguntó—. ¿Por qué así? ¿Por qué no acudiste a mí? Tiene que haber un modo mejor de averiguar lo que está pasando. Podríamos empezar por contarles a los demás lo que has encontrado en los servidores...

—¿Para convertirnos en los que provocaron el último levantamiento? —Allison se echó a reír. Parte de su locura seguía allí, o puede que fuese sólo el fruto de una intensa frustración y una rabia contenida. Puede que una enorme traición, extendida a lo largo de varias generaciones, la hubiese llevado más allá del límite—. No, gracias —dijo una vez que remitieron sus carcajadas—. He borrado todo lo que encontré. No quiero que lo sepan. Allá ellos si se quedan aquí. Sólo volveré a por ti.

—De ahí fuera no se vuelve —replicó Holston con rabia—. ¿Crees que los exiliados siguen ahí? ¿Que optaron por no volver porque se sentían traicionados por nosotros?

—¿Por qué crees que limpian? —preguntó Allison—. ¿Por qué cogen la lana y se ponen manos a la obra sin vacilar?

Holston suspiró. Sentía que la rabia de su interior comenzaba a agotarse.

—Nadie lo sabe —respondió.

—Pero ¿qué crees tú?

—Ya hemos hablado sobre esto —dijo—. ¿Cuántas veces lo hemos discutido? —Estaba seguro de que todas las parejas compartían sus teorías entre susurros cuando estaban a solas. El recuerdo de aquellas ocasiones le hizo apartar los ojos de Allison. Miró la pared y, al ver la posición de la luna, dedujo la hora. Disponían de un tiempo limitado. Su esposa se iría al día siguiente. Este sencillo pensamiento acudía a su cabeza de vez en cuando, como los relámpagos en medio de las nubes de tormenta—. Todo el mundo tiene sus teorías —continuó —. Hemos debatido las nuestras incontables veces. Ahora sólo quiero...

—Pero ahora sabes algo más —replicó Allison. Le soltó la mano y se apartó el pelo de la cara—. Los dos sabemos algo nuevo, y ahora tiene sentido. Tiene todo el sentido del mundo. Y mañana lo sabré con certeza. —Sonrió y le dio a Holston unas palmaditas en la mano, como si fuese un niño—. Y algún día, amor mío, también tú lo sabrás.

6

La actualidad

El primer año sin ella Holston había esperado, dando crédito a su locura, desconfiando de su imagen en aquella colina, creyendo que regresaría. Se había pasado el primer aniversario de su muerte restregando la celda hasta dejarla reluciente, limpiando la puerta amarilla de la esclusa con la esperanza de oír algo, algún golpe, cualquier cosa que indicara que el fantasma de su esposa volvía para liberarlo.

Al ver que no sucedía, comenzó a plantearse la alternativa: ir tras ella. Había pasado tantos días, semanas y meses revisando los archivos que ella había dejado, leyendo algunas de las conjeturas que había elaborado, que había estado a punto de volverse loco. Su mundo era una mentira, llegó a pensar, y además, aun en el caso de que no hubiera sido así, sin Allison tampoco tenía nada por lo que vivir.

El segundo aniversario de su desaparición marcó el inicio de su año de cobardía. Aquel día fue a trabajar con la boca llena de palabras venenosas —la expresión de su deseo de salir—, pero en el último segundo se las tragó. Al salir de patrulla con el ayudante Marnes sentía que el secreto de lo cerca que había estado de la muerte lo quemaba por dentro. Fue un largo año de cobardía, de traición a Allison. El primer año había sido un fracaso de ella. El último, su propio fracaso. Pero todo eso había terminado.

Ahora, un año más tarde, estaba a solas en la esclusa, con un traje de limpiador, rebosante de dudas pero también de convicciones. El silo había quedado sellado tras él, la gruesa puerta amarilla estaba cerrada a cal y canto, y Holston estaba pensando que no era así como había creído que moriría ni el final que había imaginado para sí mismo. Siempre había pensado que permanecería en el silo hasta el final y que los nutrientes de su cuerpo terminarían en el mismo sitio que los de sus padres, en la tierra de los campos de cultivo del octavo piso. Tenía la sensación de que había transcurrido una vida entera desde que soñara con una familia, con un hijo propio, con la fantasía de unos gemelos, o de otro billete premiado en la lotería, con una esposa junto a la que envejecer...

Al otro lado de las compuertas amarillas sonó una sirena para advertir a todos, salvo él, de que se apartaran. Él debía permanecer allí. Tampoco tenía otro sitio adonde ir.

Con un siseo de las bombas de argón, el gas inerte comenzó a llenar la cámara. Transcurrido un minuto, Holston sintió que la presión atmosférica empezaba a arrugar el traje de limpieza alrededor de las junturas. Inhaló el oxígeno del interior del casco, se plantó frente a la otra compuerta, la compuerta prohibida, la que franqueaba el paso al aterrador mundo exterior, y esperó.

Unos pistones escondidos en el interior de las paredes emitieron un gemido metálico. Las cortinas de plástico sacrificial que cubrían el interior de la esclusa se arrugaron cada vez más a medida que subía la presión del argón. Las incinerarían en el interior de la esclusa mientras Holston limpiaba. Y luego restregarían la cámara hasta dejarla reluciente antes de que llegara la noche, a la espera del próximo exiliado.

Las grandes compuertas de metal que tenía delante se estremecieron un instante y entonces apareció una abertura entre ellas, que se fue ampliando a medida que las hojas se deslizaban en el interior de la jamba. No se abrirían del todo, tal como estaban diseñadas para hacer: había que minimizar el riesgo de que el aire del exterior penetrara en el complejo.

Con un siseo, un torrente de argón escapó por la abertura, y a medida que el espacio se iba ampliando, se transformó en un rugido. Holston se pegó a las compuertas, tan sorprendido consigo mismo por no haberse resistido como perplejo había estado en su momento frente a la respuesta de los otros. Más valía salir al exterior, contemplar el mundo una vez con sus propios ojos, que dejarse incinerar vivo junto con las cortinas de plástico. Más valía sobrevivir unos momentos más.

En cuanto el hueco fue lo bastante ancho, Holston lo atravesó. El traje rozó las puertas al pasar. Con la condensación del argón en una atmósfera menos presurizada, comenzó a formarse un velo de neblina a su alrededor. Avanzó a ciegas a través de aquella fina nube, con los brazos extendidos frente a él.

Antes de que saliera de ella, las puertas exteriores comenzaron a cerrarse con un gemido. La inmensa presión ejercida por las gruesas hojas de acero al encontrarse se tragó los aullidos de la sirena a su espalda y lo dejó aislado fuera, con las toxinas, mientras en el interior de la esclusa se encendía un fuego purificador para acabar con cualquier agente contaminante que hubiera podido filtrarse en el silo.

Holston notó que se encontraba al pie de una rampa de hormigón, una rampa que ascendía. Tenía la sensación de que se le agotaba el tiempo. Un recuerdo constante lo martilleaba en el fondo del cráneo: «¡deprisa! ¡deprisa!» La vida se le desgranaba por momentos. Subió pesadamente por la rampa, confuso por no encontrarse todavía al nivel del suelo. Estaba acostumbrado a ver el mundo y el horizonte desde la cafetería y el comedor, que se encontraban a la misma altura que la esclusa.

Subió arrastrando los pies por la estrecha rampa, con paredes de hormigón desportillado a ambos lados y con el visor inundado de una luz desorientadora y brillante. Al llegar al final, se encontró con el cielo al que había sido condenado por aquel sencillo pecado de esperanza. Dio una vuelta sobre sí mismo y escudriñó el horizonte, mareado aún por la visión de tantísimo verde.

Colinas verdes, hierba verde, una alfombra verde bajo sus pies. Holston gritó de emoción dentro del casco. La imagen hacía que le diese vueltas la cabeza. Sobre el verde, suspendido, se veía un azul de idéntica tonalidad a la de los libros infantiles, nubes blancas e inmaculadas, criaturas vivas que avanzaban por el aire agitando las alas.

Holston se volvió en todas direcciones para absorber lo que lo rodeaba. De repente lo asaltó el recuerdo de su esposa haciendo exactamente lo mismo. La había visto volverse con torpeza, con lentitud, como si estuviese desorientada o estuviera preguntándose si debía limpiar los sensores.

¡La limpieza!

Holston bajó una mano y cogió una de las esponjas de lana que llevaba sujetas al pecho. ¡La limpieza! Con mareante fervor, en un torrente de claridad, comprendió el porqué. El porqué. ¡El porqué!

Se volvió hacia el lugar donde siempre había asumido que estaría la pared circular del piso más alto del silo, pero, por supuesto, éste se encontraba bajo tierra. Lo único que había tras él era un pequeño montículo de hormigón, una torre de no más de tres metros de altura. Una escalerilla de metal ascendía por uno de sus costados. La cúspide estaba erizada de antenas. Y sobre la cara que tenía delante se encontraban las lentes, grandes y curvas como ojos de pez, de las potentes cámaras del silo.

Holston preparó la esponja y se acercó a la primera. Vio mentalmente su propia imagen desde el interior de la cafetería, avanzando con torpeza, hasta volverse más grande de lo humanamente posible. Así es como había visto a su esposa tres años antes. Recordaba que había agitado el brazo. En aquel momento pensó que lo había hecho para no perder el equilibrio, pero ¿habría estado intentando decirle algo? ¿Habría estado sonriendo como una idiota, igual que él sonreía ahora, por debajo del visor plateado? ¿Habría palpitado su corazón, rebosante de estúpida esperanza, mientras rociaba, restregaba, limpiaba y aplicaba la película protectora? Holston sabía que la cafetería estaría vacía. No quedaba nadie que lo quisiera lo bastante como para presenciar su fin, pero aun así saludó con la mano. Y en su caso, no lo hizo con la rabia que siempre había creído que sentían los demás. Ni tampoco con la certeza de que ellos, en el silo, estaban condenados, mientras que él, el condenado, era libre. No fue una sensación de traición lo que guió la lana de su mano en pequeños movimientos circulares. Fue misericordia. Misericordia pura y dicha ilimitada.

El mundo se fue tornando borroso, pero de un modo distinto, a medida que se le llenaban los ojos de lágrimas. Su esposa había dicho la verdad: lo que veían desde dentro era una mentira. Las colinas eran las mismas —las habría reconocido de un solo vistazo después de convivir tantos años con ellas—, pero los colores eran completamente distintos. De algún modo, las pantallas del interior del silo, los programas que había encontrado su esposa, hacían que las tonalidades verdes pareciesen grises y borraban de ellas todo rastro de vida. ¡Una vida extraordinaria!

Mientras limpiaba el polvo de las lentes de las cámaras, Holston se preguntó si la borrosidad que se iba apoderando gradualmente de las imágenes sería real. Desde luego, el polvo lo era. Lo constató al quitarlo. Pero ¿era simple tierra en lugar de una miasma tóxica en el aire? ¿Podía ser que el programa descubierto por Allison pudiera sólo modificar lo que se veía? Un sinfín de ideas y hechos nuevos daban vueltas en la cabeza de Holston. Se sentía como un niño grande, nacido de pronto en un mundo inmenso, con tantas cosas por asimilar a la vez que le palpitaba la cabeza.

«La borrosidad es real —decidió mientras terminaba de limpiar el polvo de la segunda lente—. Es una capa adicional, como los falsos grises y pardos que debe de usar el programa para ocultar el verde de los campos y este azul salpicado de algodón blanco.» El mundo que les ocultaban era tan hermoso que Holston tuvo que hacer un esfuerzo consciente para no quedarse pasmado contemplándolo, sin más.

Mientras terminaba con la segunda de las cuatro cámaras, pensó en las paredes mentirosas que había bajo tierra, que cogían lo que veían y lo modificaban. Se preguntó cuántos en el silo estarían al corriente de aquello. ¿Uno, al menos? ¿Qué clase de devoción fanática hacía falta para mantener tan deprimente ficción? ¿O ya era un secreto desde antes del último levantamiento? ¿Se trataba de una mentira ignorada, mantenida generación tras generación por una camarilla de programas embusteros que seguían cumpliendo con su cometido desde los ordenadores del silo sin que nadie lo supiera? Porque, de haberlo sabido alguien, si podían mostrarles lo que realmente había fuera, ¿por qué ocultarles la hermosa verdad?

¡Los levantamientos! Puede que para impedir que se repitieran una vez tras otra. Holston aplicó la película de protección sobre el segundo sensor mientras se preguntaba si la mentira de un mundo inhóspito en el exterior sería una perversa artimaña para impedir que la gente quisiera salir. ¿Era posible que alguien hubiese decidido que la verdad era peor que la pérdida de su poder, de su control? ¿O se trataba de algo más profundo y aún más siniestro? ¿El miedo quizá a unos hombres libres, descarados, sin trabas a la hora de reproducirse? Las posibilidades eran muchas y terribles.

¿Y Allison? ¿Dónde estaba? Holston rodeó con andares pausados la esquina de la torre de hormigón en dirección a la tercera de las cámaras. Los conocidos pero extraños rascacielos de la lejana ciudad aparecieron ante sus ojos. Sólo que había más edificios que de costumbre. A ambos lados, por delante de los que conocía, se alzaban unos que le resultaban desconocidos. Los otros, los que conocía perfectamente, no estaban retorcidos y en ruinas, sino enteros, flamantes. Holston dirigió la mirada hacia las cimas de las verdes colinas e imaginó que Allison aparecía allí caminando de repente. Pero era ridículo. ¿Cómo iba a saber ella que lo iban a desterrar aquel día? ¿Se acordaría del aniversario? ¿Aunque él se hubiera saltado los dos anteriores? Holston maldijo su anterior cobardía, los años que había malgastado. Tendría que ir a buscarla, decidió.

De repente sintió el impulso de hacer precisamente eso, arrancarse el casco y el voluminoso traje y echar a correr colina arriba sin nada más que el mono interior de carbono, respirando a profundas bocanadas el aire fresco y riendo sin parar hasta llegar junto a su esposa, que lo estaría esperando en una ciudad vasta e incomprensible para él, repleta de gente y niños alegres.

Pero no, había apariencias que guardar, ilusiones que mantener. No sabía por qué, pero era lo que había hecho su esposa y el resto de los limpiadores que lo habían precedido. Ahora Holston era miembro de aquel colectivo, el colectivo de los que habían salido. Sentía sobre los hombros la presión de la historia, de los precedentes, una presión destinada a hacerlos obedecer. Ellos sabían lo que hacían. Completaría su actuación para el grupo de los que seguían dentro, a los que acababa de abandonar. Ni siquiera comprendía por qué lo estaba haciendo, sólo sabía que quienes lo habían precedido lo habían hecho. ¡Y menudo secreto compartían! Era un narcótico muy potente. No podía hacer más que lo que le habían dicho, ceñirse a los números de los bolsillos, limpiar mecánicamente mientras reflexionaba sobre las increíbles implicaciones de la existencia de un mundo tan grande que no bastaría con una vida para verlo entero y del que era imposible respirar todo el aire, beber toda el agua y comer toda la comida.

Holston soñó con cosas como éstas mientras restregaba diligentemente la tercera lente, la secaba, aplicaba los productos protectores y por fin pasaba a la última. Oía su propio pulso en sus oídos. Su pecho martilleaba dentro de aquel traje constrictor. «Pronto, pronto», se dijo. Utilizó la segunda esponja de lana para quitar el polvo a la última lente. La secó, aplicó el limpiador y roció con el protector una última vez antes de volver a dejarlo todo en su sitio, en los bolsillos numerados, pues no quería mancillar el suelo hermoso y lleno de vida que pisaban sus pies. Al terminar, retrocedió un paso, dirigió una última mirada a las inexistentes personas que no lo miraban desde la cafetería y el comedor y, por fin, dio la espalda a quienes, a su vez, le habían dado la espalda a Allison y a todos los que la habían precedido. Existía una razón por la que nadie volvía a buscar a los del interior, pensó Holston, del mismo modo que existía una razón por la que todos limpiaban, a pesar de lo que habían asegurado. Era libre. Iba a reunirse con los demás, así que echó a andar hacia la grieta oscura que ascendía por la colina, siguiendo los pasos de su esposa, consciente de que una roca con la que se había familiarizado con el paso del tiempo, dormida en el transcurrir de los años, ya no yacía allí. También eso, decidió, había sido una espantosa mentira inventada por los píxeles y nada más.

7

Holston había avanzado apenas una docena de pasos por la colina, todavía maravillado por la brillante hierba que había bajo sus pies y el resplandeciente cielo que tenía encima, cuando sintió la primera punzada en el estómago. Fue como una especie de contracción, algo parecido a un hambre intensa. Al principio temió haberse apresurado en exceso, primero con la limpieza y luego con su impaciente avance metido en aquel incómodo traje. No quería quitárselo hasta haber dejado atrás la colina, donde no pudieran verlo, para así mantener la ficción que estarían retransmitiendo las paredes de la cafetería, fuera la que fuese. Centró la vista en las cúspides de los rascacielos y se resignó a reducir la marcha, a avanzar más despacio. Paso a paso. Aquello no era nada comparado con años y años subiendo y bajando treinta tramos de escalera.

Otra contracción, sólo que más intensa. Holston arrugó la cara a causa del dolor y se detuvo mientras esperaba a que pasase. ¿Cuándo había comido por última vez? El día antes no había probado bocado. Imbécil. ¿Y cuándo había ido al baño por última vez? Tampoco se acordaba. Puede que tuviese que quitarse el traje antes de lo que pensaba. Cuando pasaron las náuseas, dio unos cuantos pasos más, con la esperanza de llegar a la cima de la colina antes de la siguiente punzada de dolor. Apenas había avanzado unos metros cuando la sintió, más intensa, esta vez, peor que nada que hubiera experimentado nunca. Tan mala, de hecho, que le entraron ganas de vomitar y se alegró de tener el estómago vacío. Se llevó las manos al abdomen mientras sus rodillas cedían a una debilidad temblorosa. Se desplomó gimiendo. Le ardía el estómago y tenía fuego en el pecho. Todavía logró avanzar reptando unos centímetros, con la frente y la cara interior del visor del casco empapadas de sudor. Unas luces aparecieron en su campo de visión. El mundo entero se volvió blanco y brillante, en varios destellos, como si hubiera caído una serie de relámpagos sucesivos. Confuso y aturdido, continuó arrastrándose con movimientos laboriosos y con un solo objetivo en la mente: coronar la colina.

Cada pocos segundos, la imagen que veían sus ojos se estremecía un instante y una brillante luz blanca atravesaba su visor antes de desaparecer. Cada vez veía peor. Chocó con algo que tenía delante. Se le dobló el brazo y su hombro se estrelló con fuerza contra el suelo. Parpadeó y levantó la mirada colina arriba, esperando ver algo de lo que lo esperaba allí, pero sólo vio la hierba verde, teñida cada pocos segundos de luz estroboscópica.

Y entonces dejó de ver por completo. Todo se volvió negro. Holston se llevó las manos a la cara al tiempo que se le formaba un nudo en las tripas. Hubo un resplandor, un parpadeo en su visión, y así supo que no estaba ciego. El parpadeo parecía venir de dentro del casco. Era su visor el que de pronto se había quedado ciego.

Holston buscó a tientas los cierres en la parte posterior del casco. Se preguntó si habría consumido toda su reserva de oxígeno. ¿Estaría asfixiándose? ¿Envenenándose con sus propias exhalaciones? ¡Claro! ¿Por qué iban a darle más aire del que necesitaba para completar la limpieza? Trató de manipular los cierres con los voluminosos guantes. No estaban hechos para eso. Formaban parte del traje, y éste estaba hecho de una sola pieza, con todas las cremalleras en la espalda y selladas con velcro. No estaba diseñado para que su usuario pudiera desprenderse de él, al menos sin ayuda. Iba a morir allí dentro, a envenenarse a sí mismo, a asfixiarse con sus propias emanaciones. De repente conoció el auténtico miedo al aprisionamiento, la auténtica sensación de estar atrapado. El silo no era nada comparado con esto, comprendió mientras luchaba tratando de liberarse, mientras se retorcía de dolor dentro de aquel ataúd hecho a medida. Se revolvió y aporreó los cierres, pero sus dedos enguantados eran demasiado grandes. Y la ceguera empeoraba la situación, lo hacía sentir asfixiado y atrapado. Volvió a contorsionarse de dolor. Se dobló sobre sí mismo, con las manos apoyadas en el suelo, y palpó algo que había al otro lado del guante, algo puntiagudo.

Buscó el objeto a tientas y lo encontró: una roca acabada en punta. Una herramienta. Holston trató de tranquilizarse. Los años que había pasado imponiendo calma, tranquilizando a otros, aportando estabilidad en medio del caos, reaparecieron en su cabeza. Agarró la piedra con cuidado, aterrado por la posibilidad de perderla en su ceguera, y se la llevó al casco. Por un instante consideró la posibilidad de usarla para desgarrar los guantes, pero no tenía la certeza de que la cordura o el aire le duraran tanto. Clavó la punta de la roca en el cuello metálico, en el punto exacto donde debía de estar el cierre. Oyó un crujido. Crac. Crac. Tras una pausa para tantear la superficie con el dedo enguantado y una nueva arcada, volvió a intentarlo, aunque esta vez con más cuidado. En lugar de un crujido oyó un chasquido. Una línea de luz irrumpió en su campo de visión al tiempo que el casco se soltaba por un lado. Estaba ahogándose en sus propias exhalaciones, en el aire viciado y estancado del interior del traje. Se pasó la roca a la otra mano y la dirigió al segundo cierre. Tras dos intentos fallidos, lo alcanzó y el casco se desprendió bruscamente.

Holston podía ver. Le ardían los ojos por el esfuerzo, por la asfixia, pero al menos podía ver. Parpadeó para quitarse las lágrimas de los ojos y trató de inhalar una profunda, fresca y revitalizante bocanada de aire azul.

Lo que recibió en su lugar fue como un puñetazo en el pecho. Comenzó a vomitar. Escupió saliva y jugos gástricos, el revestimiento interior de su persona que trataba de escapar. A su alrededor el mundo se había teñido de marrón. Hierba marrón y cielos grises. Sin verde. Sin azul. Sin vida.

Se desplomó de costado y cayó sobre uno de sus hombros. El casco yacía abierto a un lado, con el visor negro y muerto. No se podía ver a través de él. Holston alargó la mano en su dirección, confundido. La cara interior estaba recubierta por una película plateada y en la otra no había nada. Ni siquiera cristal. Una superficie irregular recubierta de cables. Una pantalla apagada. Píxeles muertos.

Volvió a vomitar. Mientras se secaba la boca casi sin fuerzas, bajó la mirada por la ladera de la colina y contempló con sus propios ojos el mundo tal como era, como siempre había sabido que era. Desolado y yermo. Soltó el casco, la mentira que se había llevado consigo desde el silo. Estaba agonizando. Las toxinas estaban devorándolo de dentro afuera. Levantó una mirada parpadeante hacia las nubes que cubrían el cielo, acechantes como bestias. Al volverse para comprobar lo lejos que había llegado, lo que le faltaba para llegar a la cima de la colina, vio la cosa con la que había topado mientras avanzaba reptando. Una roca durmiente. No la había visto en el visor, no formaba parte de la mentira que recreaba la pequeña pantalla, elaborada por uno de los programas que había descubierto Allison.

Mientras alargaba el brazo y tocaba el objeto que tenía delante, el traje blanco se iba desintegrando como una roca terrosa. Holston perdió las pocas fuerzas que le quedaban y dejó caer la cabeza. Retorcido de dolor por la lenta muerte que se apoderaba de él, se abrazó a lo que quedaba de su esposa y se preguntó, con su último aliento, el aspecto que tendría para cualquiera que pudiera verlo, una criatura acurrucada, hecha un ovillo, que agonizaba en la negra grieta de una colina parda y sin vida, frente a una ciudad abandonada y silenciosa que montaba guardia a su lado.

¿Qué habrían visto, de haber querido mirar?

SEGUNDA PARTE

Calibración

8

Sus agujas de punto descansaban por parejas en un bolso de cuero, palitos idénticos de madera en grupos de dos, juntos como los delicados huesos de una muñeca humana, envueltos en carne reseca y antigua. Madera y cuero. Unas reliquias transmitidas como recuerdo de generación en generación, inocuos guiños de sus antepasados, objetos inofensivos como los libros infantiles y las tallas de madera que habían logrado sobrevivir al levantamiento y la purga. Cada uno de ellos representaba una pequeña pista sobre un mundo más allá del suyo, un mundo con la superficie cubierta de edificios, como las penosas ruinas que se veían más allá de las colinas grisáceas y sin vida.

Tras mucha deliberación, la alcaldesa Jahns se decantó por un par. Siempre escogía con cuidado, porque era esencial dar con la calibración adecuada. Si la aguja era demasiado fina, la labor sería complicada y el jersey tejido resultaría apretado y asfixiante. Pero una aguja demasiado gruesa, por otro lado, sólo serviría para tejer una prenda llena de agujeros. La labor quedaría demasiado suelta. Se podría ver a través del tejido.

Una vez tomada la decisión y extraídos los huesos de madera de su muñeca de cuero, Jahns alargó la mano hacia el gran ovillo de hilo de algodón. Al ver aquella maraña de fibras entrelazadas costaba creer que sus manos pudieran crear algo ordenado a partir de ella, algo útil. Mientras buscaba el extremo del hilo reflexionó sobre el nacimiento de las cosas. De momento, el jersey no era más que una madeja de hilo y una idea. Antes había sido un montón de fibras de algodón extraídas de las granjas de cultivo, estiradas, limpiadas y trenzadas hasta formar largas hebras. E incluso antes se habría podido rastrear la sustancia misma de la planta de algodón hasta las almas individuales que habían encontrado reposo en su suelo y el cuero con el que habían alimentado sus raíces mientras sobre ellas brillaban en toda su gloria las potentes lámparas de crecimiento.

Jahns movió la cabeza en un gesto de incredulidad, sorprendida por su propia morbosidad. Cuanto mayor se hacía, con más frecuencia acudían a su cabeza pensamientos sobre la muerte. Al final, la idea de la muerte siempre estaba ahí.

Con una delicadeza fruto de la práctica, pasó el hilo alrededor de la punta de la primera aguja y formó una red triangular con los dedos. Con un movimiento ágil, la punta de la aguja atravesó este triángulo para trenzar el primer nudo. Esta primera puntada era su parte favorita. Le gustaban los comienzos. La primera hilera. De la nada surgía algo. Como sus manos ya sabían lo que tenían que hacer, era libre para levantar la mirada y contemplar la bocanada de viento matutino que perseguía a las nubecillas de polvo colina abajo. Las nubes se presentaban bajas y ominosas aquel día. Se cernían como padres preocupados sobre aquellos pequeños y veloces remolinos de tierra, que a su vez se desplazaban en círculos como niños risueños, girando y trastabillando por cimas y valles hasta llegar a una barranca de gran tamaño donde se encontraban dos colinas y se convertían en una. Allí, bajo la atenta mirada de Jahns, las nubes de polvo chocaron con un par de cadáveres, y los juguetones gemelos de tierra se evaporaron transformados en fantasmas, como niños retozones que tornaran de nuevo a ser sueños y neblina dispersa.

La alcaldesa Jahns se recostó en su silla de plástico plegable y contempló el jugueteo de los caprichosos vientos sobre el mundo inhóspito del exterior. Sus manos transformaron el hilo en hileras, sin requerir de su parte más que alguna que otra mirada ocasional. Cada poco tiempo, el polvo volaba en capas hacia los sensores del silo, y cada oleada hacía que la alcaldesa se encogiera como si estuviese a punto de recibir un golpe físico. El asalto del polvo que emborronaba su visión era siempre difícil de contemplar, pero sobre todo el día posterior a una limpieza. Cada roce del polvo sobre las lentes era como una violación, como el contacto de un hombre de manos sucias sobre algo inmaculado. Jahns recordaba bien la sensación. Sesenta años más tarde, todavía se preguntaba a veces si aquella neblina polvorienta en las lentes y el sacrificio que comportaba mantenerlas limpias no sería incluso más difícil de soportar que lo sucedido entonces.

—¿Señora?

La alcaldesa Jahns apartó los ojos de las colinas muertas que acunaban el cuerpo recién fallecido de su comisario. Al volverse, vio que el ayudante Marnes se encontraba a su lado.

—¿Sí, Marnes?

—Me había pedido esto.

Marnes colocó tres sobres grandes sobre la mesa de la cafetería y los empujó hacia ella entre las migas y las manchas de zumo de la fiesta con la que se había celebrado la limpieza la pasada noche. Jahns dejó la labor a un lado y, de mala gana, alargó las manos hacia los sobres. Lo que realmente habría querido era que la dejaran sola un rato más, para ver cómo brotaba algo de las hileras de nudos. Deseaba disfrutar de la paz y la quietud de aquel amanecer inmaculado antes de que el polvo y los años lo apagaran y antes también de que despertara el resto del silo, se frotara los ojos para quitarse el sueño de los párpados y las manchas de la conciencia y subiese a contemplar todo aquello, apelotonados a su alrededor en sillas de plástico como la suya.

Pero el deber la llamaba. La habían elegido alcaldesa y el silo necesitaba un comisario. Así que Jahns dejó a un lado sus propios deseos y sopesó los sobres depositados sobre su regazo. Mientras acariciaba la solapa del primero, se miró las manos con una mezcla de congoja y aceptación. Los dorsos parecían tan resecos y arrugados como el papel que asomaba en el interior de los sobres. Miró de soslayo al ayudante Marnes, con su bigote blanco salpicado de negro. Aún podía recordar un tiempo cuando sus colores no eran ésos, cuando aquella figura alta y esbelta era un paradigma de vigor y juventud y no de enjuta fragilidad. Seguía siendo apuesto, pero sólo porque ella lo conocía hacía mucho y porque sus viejos ojos aún recordaban.

—Sabes... —le dijo—, esta vez podríamos hacer las cosas de otra manera. Podrías hacer las cosas como es debido, o sea, dejar que te ascendiera a comisario y buscarte tú mismo un ayudante.

Marnes se echó a reír.

—Llevo siendo ayudante casi tanto como usted alcaldesa, señora. Lo único a lo que aspiro es a morir algún día.

Jahns asintió. Una de las cosas que le gustaba de tener a Marnes cerca era que, a veces, la negrura de sus pensamientos hacía que los suyos parecieran sólo de un gris brillante.

—Me temo que ese día se aproxima a toda velocidad para ambos —dijo.

—Totalmente cierto, lo reconozco. Nunca creí que sobreviviría a tanta gente. Pero tan seguro como que existe el pecado que no me veo sobreviviéndola a usted.

Marnes se atusó el bigote y recorrió con la mirada la vista del exterior. Jahns le sonrió, abrió el primero de los sobres y estudió la biografía que contenía.

—Son tres buenos candidatos —anunció Marnes—. Como me pidió. Trabajaría a gusto con cualquiera de ellos. Juliette, creo que es la del centro, sería la que yo escogería. Trabaja abajo, en Mecánica. No tiene mucha experiencia, pero Holston y yo...

Marnes hizo una pausa y se aclaró la garganta. Jahns levantó la mirada hacia él y vio que los ojos del ayudante se habían arrastrado paso a paso hasta el oscuro bulto que se veía en la colina. Se cubrió la boca con un puño de nudillos huesudos y fingió que tosía.

—Disculpe —dijo—. Como estaba diciendo, hace unos años el comisario y yo investigamos una muerte allí abajo. La tal Juliette... aunque, ahora que lo pienso, prefiere que la llamen Jules, era una chica brillante. Más lista que el hambre. Nos fue de gran ayuda en el caso. Tenía talento para fijarse en los detalles, tratar a la gente, mostrarse diplomática y firme a la vez..., todo eso. No creo que suba con frecuencia de los ochenta. Una auténtica subterránea, cosa que hace tiempo que no tenemos por aquí.

Jahns repasó el historial de la tal Juliette, comprobó su árbol genealógico, su historial de vales, su sueldo actual en cupones. Era capataz de turno y tenía una buena hoja de servicios. Nunca se había presentado a la lotería.

—¿Nunca ha estado casada? —preguntó Jahns.

—No. Es un poco marimacho. Muy dura, ¿sabe? Estuvimos allí abajo una semana y vimos cómo la trataban los chicos. A ver, podría haber tenido novio si lo hubiera querido, pero es que no quería. Una de esas personas que causan impresión pero que prefieren ir por su cuenta.

—Es evidente que a ti te causó impresión —apuntó Jahns, y lo lamentó al instante. Detestaba el tono celoso que había captado en su propia voz.

Marnes cambió el peso de pie.

—Bueno, ya me conoce, alcaldesa. Siempre estoy atento por si aparecen posibles candidatos. Lo que sea con tal de no ascender.

Jahns sonrió.

—¿Y los otros dos? —Comprobó los nombres mientras se preguntaba si era buena idea decantarse por un subterráneo. Existía la posibilidad de que, simplemente, Marnes se hubiera encaprichado de la chica, y la idea la preocupaba. Reconoció el nombre del primer sobre. Peter Billings. Trabajaba pocos pisos más abajo, en la zona judicial, como pasante o como sombra de un juez.

—¿Sinceramente, señora? Los he puesto para rellenar, para que la elección parezca más justa. Como ya he dicho, trabajaría con ellos de buen grado, pero creo que Jules es la persona que busca. Hace mucho que no tenemos una comisaria. Sería una decisión popular, ahora que se acercan las elecciones.

—No vamos a escoger por esa razón —replicó Jahns—. Posiblemente la persona a la que seleccionemos seguirá aquí mucho tiempo cuando nosotros ya nos hayamos ido... —Se calló al recordar que había dicho lo mismo sobre Holston cuando lo eligieron para el puesto.

Cerró el sobre y volvió a mirar la pantalla de la pared. En la base de la colina se había formado un pequeño tornado, un frenesí organizado de polvo recogido por el viento. El minúsculo remolino fue cobrando fuerza y transformándose en un cono cada vez más grande que giraba y giraba sobre su temblorosa punta como la peonza de un niño, acercándose hacia unos sensores que resplandecían literalmente bajo los pálidos rayos de un amanecer despejado.

—Me parece que deberíamos ir a verla —dijo Jahns al fin. Conservó los sobres encima del regazo. Sus dedos, arrugados como rollos de pergamino, jugaban con los ásperos bordes del papel hecho a mano.

—Yo preferiría ir a buscarla y traerla hasta aquí. Hacer la entrevista en la oficina, como siempre. El camino hasta allí abajo es largo y el de regreso más aún.

—Aprecio su preocupación, ayudante, de veras, pero hace mucho que no bajo mucho más allá del cuarenta. Mis rodillas no son excusa para dejar de ver a mi pueblo...

La alcaldesa guardó silencio. El tornado de polvo se estremeció un momento, cambió de dirección y comenzó a acercarse a ellos. A cada segundo que pasaba se hacía más y más grande —la amplitud de la lente provocaba una distorsión que lo transformaba en un monstruo mucho mayor y más amenazante de lo que era en realidad—, hasta que al fin cayó sobre el sensor. La cafetería entera quedó sumida en una oscuridad momentánea hasta que el céfiro pasó caracoleando por encima del sensor y se alejó por la pantalla de la sala, dejando tras de sí una vista del mundo recubierta ahora por una fina película de tizne.

—Malditas cosas —masculló el ayudante con los dientes apretados. Al apoyar la mano sobre la culata de su arma hizo crujir el envejecido cuero de la pistolera y Jahns se imaginó al viejo ayudante fuera, en aquel paisaje, corriendo tras el viento con sus flacas piernas mientras descargaba la pistola sobre una nube de polvo en descomposición.

Los dos guardaron silencio un momento, estudiando los daños. Finalmente, Jahns habló.

—Esta visita no tiene nada que ver con las elecciones, Marnes. Y tampoco es para captar votos. De momento todo indica que volveré a presentarme yo sola. Así que no hace falta darle ninguna publicidad. Iremos ligeros de equipaje y a paso tranquilo. Quiero ver a la gente, no que la gente me vea a mí. —Se volvió hacia él y vio que la estaba observando—. Quiero hacerlo por mí, Marnes. Una escapada.

Volvió a contemplar las vistas.

—A veces... A veces creo que llevo demasiado tiempo aquí arriba. Y tú también. Creo que llevo demasiado tiempo en cualquier parte...

El ruido de los primeros pasos del día sobre los peldaños de la escalera de caracol la hicieron callar y los dos se volvieron hacia los sonidos de la vida, los sonidos de un día que comenzaba. Y Jahns supo que era hora de sacarse de la cabeza las imágenes de cosas muertas. O al menos de enterrarlas un rato.

—Tú y yo vamos a bajar para hacer una calibración adecuada de la tal Juliette. Porque a veces, estar aquí sentada, contemplando lo que el mundo nos obliga a hacer... me atormenta, Marnes. Me atormenta profundamente.

Se reunieron después del desayuno en el antiguo despacho de Holston. Jahns seguía pensando que era de él. A fin de cuentas sólo había pasado un día. Aún era demasiado pronto para imaginárselo con cualquier otra persona dentro. Se colocó detrás de las dos mesas y los viejos archivadores y se asomó a la celda vacía mientras el ayudante Marnes daba las últimas instrucciones a Terry, un fornido guardia de seguridad de Informática que a veces guardaba el fuerte mientras Marnes y Holston estaban fuera, trabajando en algún caso. En pie detrás de Terry, con aire diligente, se encontraba una adolescente llamada Marcha, una jovencita de pelo oscuro y ojos brillantes que algún día se incorporaría a Informática. Era la sombra de Terry. Casi la mitad de los trabajadores del silo tenían una. Sus edades oscilaban entre los doce y los veinte años y eran como unas esponjas omnipresentes, siempre listas para absorber las enseñanzas y técnicas que garantizarían que el silo seguiría funcionando durante al menos otra generación.

El ayudante Marnes recordó a Terry lo que solía pasar con la gente de espíritu pendenciero después de las limpiezas. Una vez liberada la tensión colectiva, tendían a relajarse un poco. Creían, al menos durante algunos meses, que podían hacer lo que les viniera en gana.

La advertencia apenas era necesaria. El revuelo procedente de la sala contigua se oía a pesar de que la puerta estaba cerrada. La mayoría de los residentes de los cuarenta pisos superiores estaban ya apelotonados en la cafetería y la sala. A lo largo del día irían pasando por allí centenares más, procedentes de los niveles intermedios y los subterráneos. Se habrían cogido el día libre y canjeado sus cupones de vacaciones por la oportunidad de contemplar el exterior ahora que la vista era más nítida. Para muchos de ellos era una especie de peregrinación. Algunos sólo subían una vez cada pocos años, permanecían allí una hora murmurando que todo seguía exactamente igual a como lo recordaban y luego volvían escaleras abajo empujando a sus hijos delante de ellos y peleándose con las multitudes que trataban de llegar al sitio del que ellos se marchaban.

Terry se quedaría en la oficina, con las llaves y una insignia temporal. Marnes comprobó la batería de su radio, se aseguró de que el volumen de la unidad de la oficina no estaba al mínimo e inspeccionó el arma. Le estrechó la mano a Terry y le deseó suerte. Jahns, al comprender que casi era hora de marcharse, le dio la espalda a la celda vacía. Se despidió de Terry, saludó a Marcha con un gesto de la cabeza y siguió a Marnes por la puerta.

—¿Te parece prudente que nos marchemos después de una limpieza? —preguntó al salir a la cafetería. Sabía que aquella noche habría mucho alboroto y la gente estaría con los nervios a flor de piel. Parecía un momento muy malo para llevárselo de allí en lo que prácticamente era una misión privada.

—¿Lo dice en serio? Lo necesito. Necesito alejarme un poco. —Miró de soslayo la pantalla de la pared, casi invisible tras el gentío—. Sigo sin saber lo que pensaba Holston y no comprendo por qué no me dijo nunca lo que pasaba por su cabeza. Puede que cuando volvamos no siga sintiendo su presencia en el despacho, porque ahora mismo casi no puedo ni respirar ahí dentro.

Jahns pensó en aquello mientras luchaban por abrirse paso a través de la abarrotada cafetería. Los vasos de plástico derramaban una mezcla de zumos de frutas y en la atmósfera flotaba el intenso aroma del alcohol destilado en alambiques, pero la alcaldesa lo ignoró. La gente le transmitía sus mejores deseos, le pedía que tuviese cuidado y le prometía su voto. La noticia sobre su visita se había filtrado a la velocidad de la luz, a pesar de que no se lo habían contado a casi nadie. Prácticamente todos tenían la impresión de que se trataba de un viaje publicitario. Una campaña de cara a la reelección. Los habitantes más jóvenes del silo, para quienes Holston era el único comisario al que habían conocido, saludaban a Marnes con el título del cargo que creían que iba a ocupar. Todo el que tenía arrugas en los ojos sabía cuál era la realidad. Saludaban con la cabeza a la pareja al pasar y les deseaban en silencio otro tipo de suerte. «Ayudadnos a continuar», decían sus ojos. «Que mis hijos vivan tanto como yo. No permitáis que esto se venga abajo, aún no.»

Jahns vivía bajo el peso de esta presión, una carga brutal que no descansaba precisamente sobre sus rodillas. Se mantuvo en silencio de camino a la escalera central. Algunos le pidieron que pronunciase un discurso, pero las solitarias voces no lograron arraigar entre el gentío. Para su tranquilidad no se formó ningún coro de peticiones. ¿Qué iba a decir? ¿Que no sabía por qué no se desmoronaba todo? ¿Que no entendía ni sus propias labores de punto, que no entendía cómo es posible que, si haces nudos y si los haces como es debido, las cosas salgan bien? ¿Les diría que sólo hacía falta un pequeño tirón para que se deshiciera todo? Con un solo corte y un tirón una prenda entera podía acabar convertida en un montón de hilo. ¿Realmente esperaban que comprendiera cómo funcionaban las cosas, cuando lo único que hacía era seguir las normas y constatar que, por algún milagro, todo seguía funcionando año tras año?

Porque lo cierto es que no comprendía cómo se mantenía en pie. Y tampoco entendía el estado de ánimo de la gente, su celebración. ¿Bebían y vociferaban porque estaban a salvo? ¿Porque el destino los había salvado, los había librado de la limpieza? Su pueblo se divertía mientras un buen hombre, su amigo, la persona que la había ayudado a mantenerlos a todos sanos y salvos, yacía muerto sobre una ladera, junto a su esposa. De haber dado un discurso, de haberlo hecho sin mencionar todas las palabras prohibidas, habría sido éste: que nunca dos personas mejores habían salido a limpiar por su propia voluntad y que los que se habían quedado dentro debían plantearse lo que revelaba eso sobre ellos.

No era momento de dar discursos. Ni de beber. Ni de realizar demostraciones de alegría. Era la hora de la contemplación callada, y ésta era una de las razones por las que Jahns sabía que tenía que marcharse. Las cosas habían cambiado. No sólo a causa de aquel día, sino con el paso de los largos años. Ella lo sabía mejor que la mayoría. Puede que la anciana señora McNeil, de Suministros, lo supiera también, pudiera verlo venir. Había que vivir largo tiempo para estar seguro de algo así, pero ella al fin lo estaba. Y como el tiempo continuaba su curso y cambiaba su mundo más de prisa de lo que sus pies le permitirían correr nunca, la alcaldesa Jahns sabía que pronto la dejaría atrás. Y su gran miedo, jamás expresado pero sentido a diario, era que aquel mundo en el que vivían no tardase mucho en perderse con ella.

9

El bastón de Jahns emitía un fuerte tintineo cada vez que impactaba con un peldaño de metal. No tardó en convertirse en el metrónomo de su descenso, el ritmo de la música de la escalera, abarrotada y rebosante de energía tras la reciente limpieza. Todo el tráfico, con la sola excepción de ellos dos, parecía subir. Se abrían paso a contracorriente, rozándose los codos con todo el mundo, entre gritos de «¡Eh, alcaldesa!» y cabeceos de saludo dirigidos a Marnes. Jahns lo veía en sus caras: la tentación de llamarlo comisario atemperada por su respeto a la naturaleza terrible de aquel ascenso que daban por hecho.

—¿Cuántos pisos está en condiciones de bajar? —preguntó Marnes.

—¿Por qué, es que ya estás cansado? —Jahns volvió la cabeza, le guiñó un ojo y vio que el poblado bigote del ayudante se arrugaba hacia arriba formando una sonrisa.

—Bajar no me supone un problema. Lo que no soporto es subir.

Sus manos se encontraron fugazmente sobre la curva barandilla de la escalera de caracol, la de Jahns detrás de ella, la de Marnes por delante. Habría querido decirle que no estaba en absoluto cansada, pero de repente la embargó una repentina fatiga, un agotamiento más mental que físico. Tuvo una visión pueril de unos tiempos más felices y se imaginó que Marnes la cogía en brazos y la llevaba escaleras abajo. Sería una dulce renuncia al poder y la responsabilidad, una entrega al poder de otro sin necesidad de fingir el propio. No era un recuerdo del pasado, era un futuro que nunca había existido. La mera idea la hizo sentir culpable. Sentía el fantasma de su marido a su lado, perturbado por aquellos pensamientos...

—¿Alcaldesa? ¿Cuántos pisos, entonces...?

Se detuvieron y se pegaron a la barandilla para dejar pasar a un porteador que subía a grandes zancadas la escalera. Jahns reconoció al muchacho, Conner, todavía un adolescente pero dotado ya de una espalda fuerte y un paso firme. Llevaba sobre los hombros, en precario equilibrio, unos fardos atados entre sí. La mueca de su rostro no era de agotamiento o de dolor, sino de fastidio. ¿Quién era toda esa gente que estaba de pronto en la escalera, esos turistas? Jahns trató de pensar en algo alentador que decir, alguna pequeña recompensa verbal para un colectivo que hacía un trabajo imposible para ella. Pero los jóvenes pies de Conner ya se lo habían llevado escaleras arriba junto con las provisiones procedentes de abajo, ralentizado sólo por la muchedumbre que, como un enorme gusano, ascendía lentamente para echar un vistazo a un exterior más amplio y nítido.

Marnes y ella pararon en un rellano para recobrar el aliento. Marnes le tendió la cantimplora y la alcaldesa, diplomáticamente, tomó un sorbo antes de devolvérsela.

—Me gustaría recorrer la mitad hoy —respondió al fin—. Pero habrá que hacer algunas paradas por el camino.

Marnes tomó un trago y enroscó la tapa del recipiente.

—¿Visitas a domicilio?

—Algo así. Quiero parar en la guardería del veinte.

Marnes se echó a reír.

—¿Para besar a unos cuantos niños? Alcaldesa, nadie le va a quitar el puesto. A su edad ya no.

Jahns no se rió.

—Gracias —dijo con una falsa mueca de sentirse ofendida—. Pero no, no es para besar a los niños. —Dio media vuelta y reanudó el descenso. Marnes fue tras ella—. No es que no confíe en tu criterio sobre la tal Jules. Desde que soy alcaldesa, todos los candidatos a los que has propuesto han sido impecables.

—¿Incluso...? —la interrumpió Marnes aunque sin concluir la pregunta.

—Sobre todo él —respondió Jahns, consciente de lo que estaba pensando el otro—. Era un buen hombre, pero tenía el corazón roto. Eso puede acabar incluso con los mejores.

Marnes expresó su conformidad por medio de un gruñido.

—Y entonces, ¿qué vamos a comprobar en la guardería? Juliette no nació en el veinte, si no recuerdo mal...

—Cierto, pero su padre trabaja allí ahora. He pensado que ya que íbamos a pasar por delante podríamos hacerle una visita, a ver si es posible sonsacarle algo sobre su hija.

—¿Quiere interrogar a un padre para analizar la personalidad de su hija? —Marnes se echó a reír—. Seguro que es un prodigio de imparcialidad.

—Creo que te vas a llevar una sorpresa —repuso Jahns—. Le pedí a Alice que investigara un poco mientras yo preparaba el equipaje. Ha encontrado algo interesante.

—¿Ah, sí?

—La tal Juliette conserva aún todos sus cupones de vacaciones.

—Eso no es tan raro entre la gente de Mecánica —afirmó Marnes—. Hacen muchas horas extraordinarias.

—Pero es que ella, además de no salir nunca, tampoco recibe visitas.

—Sigo sin saber lo que quiere decir con eso.

Jahns esperó a que terminara de pasar una familia. Un niño, de unos seis o siete años, marchaba montado en los hombros de su padre con la cabeza ladeada para evitar los soportes del tramo superior de la escalera. La madre venía detrás, con un bolso de viaje colgado del hombro y un bebé en brazos. La familia perfecta, pensó Jahns. Con una tasa de reemplazo impecable. Dos por dos. Lo que la lotería pretendía y, algunas veces, ofrecía.

—Bueno, deja que te explique lo que quiero decir con eso —respondió—. Quiero ir a ver al padre de esa chica, mirarlo a los ojos y preguntarle por qué, en los casi veinte años que han transcurrido desde que su hija se trasladó a Mecánica, no ha ido a visitarla ni una sola vez.

Volvió a mirar a Marnes y vio que fruncía el ceño por encima del bigote.

—Y por qué ella tampoco ha subido a verlo —añadió.

El tráfico fue remitiendo al pasar del piso décimo y quedar atrás la zona de viviendas superior. A cada paso que daba, Jahns recordaba con aprensión que tendría que desandar cada metro recorrido en el camino de vuelta. Ésta era la parte fácil, se recordó. El descenso era como tirar de un resorte de acero, la arrastraba hacia abajo. Le recordaba a una pesadilla que tenía a veces en la que se ahogaba. Una pesadilla estúpida, teniendo en cuenta que nunca había visto agua suficiente como para sumergirse en ella y mucho menos para ahogarse. Pero eran como esos sueños ocasionales en los que caía desde grandes alturas, un legado de tiempos pasados, fragmentos rotos que, desenterrados por sus mentes durmientes, venían a sugerir: «no estamos hechos para vivir así».

Así que el descenso, aquella ruta en espiral hacia abajo, se parecía mucho a la asfixia imaginaria que se la tragaba algunas noches. Se le antojaba inexorable e inextricable. Como una pesa que la empujase hacia abajo, combinada con la certeza de que no sería capaz de arrastrarse de nuevo a la superficie.

A continuación pasaron por el distrito textil, la tierra de los monos multicolor y el sitio del que procedían las madejas de hilo. El olor de los tintes y otros productos químicos flotaba en el rellano. Al otro lado de una ventana abierta en los bloques curvos de cemento se veía una pequeña tienda de comestibles situada en un extremo del distrito. La multitud la había saqueado y las estanterías habían quedado vacías por la aplastante demanda de excursionistas exhaustos y por el incremento de la actividad que siempre se producía después de una limpieza. Había varios porteadores apelotonados en la escalera, trabajando a destajo. Jahns constató una verdad espantosa sobre la limpieza del día anterior: la bárbara práctica aportaba algo más que alivio psicológico, algo más que una vista más nítida del exterior. También servía para engrasar la economía del silo. De repente había una excusa para desplazarse. Una excusa para comerciar. Y en medio de un florecimiento de habladurías, cuando las familias y los viejos amigos volvían a verse por primera vez en meses, o incluso puede que en años, el silo entero recibía una inyección de vitalidad. Era como un cuerpo viejo que se estiraba y ejercitaba de nuevo sus articulaciones, haciendo que la sangre afluyera a las extremidades. Una criatura decrépita que volvía de nuevo a estar viva.

—¡Alcaldesa!

Al volverse vio que Marnes casi se había perdido de vista a su espalda. Se detuvo un momento para dejar que apretara el paso hasta alcanzarla.

—Calma —le dijo el ayudante—. Si corre tanto me es imposible seguirla.

Jahns se disculpó. No se había percatado de que hubiera acelerado.

Al entrar en la segunda zona de apartamentos, por debajo del piso decimosexto, Jahns se dio cuenta de que se encontraba ya en un territorio que llevaba casi un año sin visitar. Se oía el traqueteo de jóvenes piernas que se perseguían por la escalera y trepaban por encima de quienes subían más despacio. La escuela primaria del tercio superior se encontraba justo encima de la guardería. A juzgar por el movimiento y el ruido de voces, habían cancelado las clases. Jahns imaginaba que tanto porque sabían que muchos niños faltarían a la escuela (puesto que sus padres se los llevarían a contemplar la vista) como porque muchos profesores deseaban hacer lo mismo. Pararon en el rellano de la escuela, donde el denso tráfico del día había borrado a medias los rastros de tiza de las partidas de Pumba y la Muñeca, donde los niños se sentaban agarrados a las barandillas, con las rodillas despellejadas al aire y los pies colgando bajo los aleros de los rellanos y donde los silbidos y los gritos ansiosos remitían hasta tornarse susurros secretos en presencia de los adultos.

—Ya casi hemos llegado. Menos mal, necesito un descanso —dijo Marnes mientras seguían bajando en dirección a la guardería—. Sólo espero que ese sujeto esté disponible para vernos.

—Lo estará —le aseguró Jahns—. Alice lo ha telegrafiado desde mi oficina para avisarlo de que veníamos.

Al llegar al rellano de la guardería pudieron escapar por fin del torrente humano que ascendía en tropel y consiguieron recobrar el aliento. Cuando Marnes le pasó la cantimplora, Jahns tomó un largo trago antes de comprobar el estado de su peinado sobre su superficie curva y abollada.

—Tiene un aspecto estupendo —dijo el ayudante.

—¿De alcaldesa?

Marnes se echó a reír.

—No sólo eso.

Jahns creyó detectar un centelleo en los viejos y castaños ojos del ayudante, pero probablemente no fuese más que el reflejo de la luz sobre la cantimplora al llevársela a la boca.

—Veinte pisos en poco más de dos horas. No es el ritmo que yo recomendaría, pero me alegro de que hayamos avanzado tanto. —Se secó el bigote y estiró el brazo hacia atrás para guardar la cantimplora en su mochila.

—Trae —dijo Jahns. Le quitó la cantimplora y la introdujo en el bolsillo de malla que la mochila tenía detrás—. Y deja que sea yo la que hable aquí —le recordó.

Marnes levantó las manos con las palmas abiertas, como si la idea de hacer otra cosa jamás se le hubiera pasado por la imaginación. La adelantó y abrió una de las pesadas puertas de acero, que no respondió con el habitual chirrido de bisagras oxidadas. El silencio sobresaltó a Jahns. Estaba acostumbrada a oír el quejido que emitían las puertas por toda la escalera al abrirse o cerrarse. Era su versión de la fauna salvaje de las granjas, omnipresente y cantarina. Pero aquellas bisagras estaban bien engrasadas y en perfecto estado de mantenimiento. Y los carteles de la sala de espera reforzaban esta impresión. Pedían silencio en letras gruesas, acompañadas por imágenes de labios cruzados por un dedo y tachaduras sobre bocas abiertas. Saltaba a la vista que en la guardería se tomaban el silencio muy en serio.

—Ya ni recuerdo la última vez que estuve aquí —susurró Marnes.

—Puede que estuvieras demasiado ocupado ladrando como para fijarte —respondió Jahns.

Una enfermera los fulminó con la mirada desde el otro lado de un cristal y Jahns dio un codazo a Marnes.

—La alcaldesa Jahns quiere ver a Peter Nichols —dijo a la enfermera.

La mujer, al otro lado del cristal, ni siquiera parpadeó.

—Ya sé quién es. Voté por usted.

—Oh, claro. Vaya, gracias.

—¿Me acompañan? —La mujer pulsó un botón en su mesa y la puerta que tenía al lado emitió un suave zumbido. Marnes la abrió y Jahns la cruzó tras él—. Pónganse esto, tengan la bondad.

La enfermera —Margaret, según la placa manuscrita que llevaba al cuello— les tendió dos batas blancas pulcramente dobladas. Jahns las cogió y le pasó una a Marnes.

—Pueden dejarme el equipaje.

Ni se les ocurrió negarse. Jahns se dio cuenta al instante de que se encontraban en el territorio de aquella mujer y de que, a pesar de que era mucho más joven que ella, había pasado a ser su inferior jerárquica al atravesar la puerta. Dejó el bastón apoyado en la pared, se quitó la mochila y la dejó en el suelo antes de ponerse la bata. Marnes tuvo dificultades con la suya hasta que Margaret lo ayudó sujetándole la manga. Con cierto esfuerzo, logró ponerse la bata sobre la camisa vaquera y luego sostuvo los extremos sueltos del cinturón, como si anudárselo fuese una proeza que no estuviera al alcance de sus habilidades. Entonces vio cómo lo hacía Jahns y, sin demasiada habilidad, logró anudar la suya de un modo más o menos funcional.

—¿Qué pasa? —preguntó al reparar en la mirada de Jahns—. Por eso uso esposas. Sí, no sé hacer nudos. ¿Y?

—En sesenta años... —dijo Jahns con incredulidad.

Margaret pulsó otro de los botones de su mesa y señaló en dirección al pasillo.

—El doctor Nichols está en la enfermería. Lo avisaré de que van.

Jahns abrió la marcha y Marnes la siguió.

—¿Qué tiene de raro?–preguntó.

—La verdad es que resulta entrañable.

Marnes resopló.

—Ésa es una palabra horrible para un hombre de mi edad.

Jahns sonrió para sus adentros. Al llegar al final del pasillo se detuvo frente a unas puertas dobles y las abrió ligeramente. La luz de la sala del otro lado era muy débil. Abrió un poco más y entraron en una sala de espera modesta pero limpia. Recordaba una parecida, en los niveles intermedios, donde había esperado en compañía de un amigo a que le sacaran a su hijo. Un muro de cristal los separaba de una habitación que contenía un puñado de cunas y bacinetes. Jahns se llevó una mano a la cadera. Frotó la dura protuberancia del implante, ya superfluo, que le habían colocado al nacer y no le habían quitado ni una sola vez. Estar en aquella guardería le recordó todo lo que había perdido, todo lo que había dado por su trabajo. Por sus fantasmas. En el interior no había luz suficiente como para saber si en alguna de las camitas se agitaba un recién nacido. Jahns recibía cumplida notificación de todos los nacimientos, naturalmente, y como alcaldesa tenía que firmar una carta de felicitación y la correspondiente partida de nacimiento para cada niño, pero los nombres le pasaban con demasiada rapidez por delante. Raras veces podía recordar en qué piso vivían los padres o si el hijo era el primero o el segundo de la familia. La entristecía tener que admitirlo, pero aquellas partidas se habían convertido en meros papeles que había que firmar; otra rutina impuesta por el deber.

El contorno oscuro de un adulto se movía entre las cunas. La luz de la sala de observación se reflejaba en la brillante pinza del sujetapapeles que llevaba y en su pluma de metal. Era una persona de elevada estatura, saltaba a la vista, y tenía el porte y la constitución de un hombre mayor. Los dos destellos metálicos se unieron mientras la figura, con toda parsimonia, se detenía sobre una de las cunas para anotar algo. Hecho esto, cruzó la sala y atravesó una puerta muy ancha para reunirse con Marnes y Jahns en la sala de observación.

Peter Nichols era un sujeto impresionante, pensó Jahns. Alto y delgado, pero no como Marnes, que parecía extender y contraer unas extremidades inseguras a la hora de desplazarse. Nichols poseía la esbeltez de alguien habituado al ejercicio, como algunos porteadores que conocía Jahns y que podían subir las escaleras de dos en dos como si los hubieran diseñado expresamente para desplazarse a aquella velocidad. Su estatura transmitía confianza. Jahns se dio cuenta de ello al alagar la mano hacia la de Peter y dejar que se la estrechara con firmeza.

—Ha venido —dijo simplemente el doctor Nichols. Era una observación fría. Apenas contenía un pequeño atisbo de sorpresa. Le estrechó la mano a Marnes, pero en seguida volvió a mirar a Jahns—. Ya le expliqué a su secretaria que no le sería de gran ayuda. Me temo que no he vuelto a ver a Juliette desde que decidió convertirse en sombra, hace veinte años.

—Bueno, precisamente de eso quería hablarle. —Jahns miró de soslayo los bancos acolchados donde, imaginaba, aguardaban abuelos y tíos ansiosos mientras los padres se reunían con sus bebés—. ¿Podemos sentarnos?

El doctor Nichols asintió y los invitó a hacerlo con un gesto.

—Me tomo muy en serio cada uno de los nombramientos oficiales —le explicó Jahns mientras tomaba asiento frente al doctor—.

A mi edad, asumo que la mayoría de los jueces y agentes de la ley me sobrevivan, así que intento escoger con cuidado.

—Pero no siempre es así, ¿verdad? —El doctor Nichols inclinó la cabeza, sin expresión alguna en su rostro fino y pulcramente afeitado—. No siempre la sobreviven, quiero decir.

Jahns tragó saliva. Marnes se removió en su asiento, junto a ella.

—Debe de tener usted mucho aprecio a la institución de la familia —dijo Jahns para cambiar de tema, tras comprender que se trataba sólo de una observación más, sin mala intención—. Ha sido sombra durante demasiado tiempo y en una profesión realmente exigente.

Nichols asintió.

—¿Por qué Juliette y usted nunca se visitan? Es decir, ni una sola vez en veinte años.

Nichols volvió ligeramente la cabeza y desvió los ojos hacia la pared. La aparición de otra forma en movimiento detrás del cristal, una enfermera que hacía la ronda, distrajo por un momento a Jahns. Otra puerta conducía a lo que presumiblemente debía de ser la sala de partos, donde con toda probabilidad en aquel mismo momento una madre reciente convalecía a la espera de que le llevaran su posesión más preciada.

—También tuve un hijo —dijo el doctor Nichols.

Jahns sintió que sus manos se movían en busca de la mochila y las carpetas que llevaba dentro, pero no estaba a su lado. Era un detalle en el que no había reparado, un hermano.

—No podía usted saberlo —la tranquilizó Nichols. Había interpretado correctamente la expresión de sorpresa de la alcaldesa Jahns—. No sobrevivió. Técnicamente, ni siquiera llegó a nacer. La lotería pasó a otros.

—Lo siento...

Combatió el impulso de alargar el brazo y coger la mano de Marnes. Hacía décadas que no se tocaban de manera deliberada, pero la repentina tristeza que impregnaba la sala franqueó de un salto este lapso de tiempo.

—Iba a llamarse Nicholas, como el padre de mi padre. Fue prematuro. Seiscientos ochenta gramos.

Por alguna razón, la clínica precisión de su voz resultó más lastimosa que cualquier expresión de sentimientos.

—Lo intubaron y lo metieron en una incubadora, pero hubo... complicaciones. —Se miró el dorso de las manos—. Juliette tenía trece años. Como podrá usted imaginarse, estaba tan emocionada como nosotros con la idea de tener un hermano. Le faltaba sólo un año para convertirse en la sombra de su madre, que era comadrona. —Levantó la mirada—. No en esta guardería, sino en la antigua, la de los niveles intermedios. Donde trabajábamos los dos. Por aquel entonces yo era interno allí.

—¿Y Juliette? —La alcaldesa Jahns seguía sin comprender la relación entre ambos hechos.

—Hubo una avería en la incubadora. Cuando Nicholas... —El doctor volvió la cabeza hacia un lado e hizo ademán de llevarse una mano a los ojos, pero al final pudo recomponerse—. Lo siento. Todavía lo llamo así.

—Tranquilo.

La alcaldesa Jahns se dio cuenta de que sostenía la mano del ayudante Marnes. No sabía cuándo o cómo había sucedido. El doctor no parecía reparar en ello, aunque lo más probable era que, simplemente, no le importase.

—La pobre Juliette —el doctor negó con la cabeza— quedó desolada. Al principio culpó a Rhoda, una matrona experimentada que, si acaso, había hecho un milagro al darle una pequeña oportunidad a nuestro hijo. Se lo expliqué. Creo que era consciente de ello. Pero necesitaba alguien a quien culpar. —Asintió mirando a Jahns—. Las niñas a esa edad... ya sabe.

—Lo crea o no, aún lo recuerdo. —Jahns esbozó una sonrisa forzada y el doctor Nichols se la devolvió. Sintió que Marnes le apretaba la mano.

—Hasta la muerte de su madre no empezó a culpar a la incubadora que había fallado. Bueno, no a la incubadora, sino al mal estado en el que se encontraba. El estado en el que acaban todas las cosas, en general.

—¿Su esposa murió a consecuencia de las complicaciones del parto? —Era otro detalle que debía de haber pasado por alto al leer el archivo.

—Se suicidó una semana más tarde.

También esto lo dijo con la misma frialdad clínica de antes. Jahns se preguntó si se trataría de un mecanismo de supervivencia que habría aprendido a utilizar desde aquellos sucesos o un rasgo de su personalidad que siempre había estado ahí.

—No lo recuerdo. Y me acordaría de algo así —intervino el ayudante Marnes. Eran las primeras palabras que pronunciaba desde las presentaciones.

—Bueno, rellené el certificado de defunción yo mismo. Así que pude poner la causa que me pareció oportuna...

—¿Y lo admite tan tranquilo? —Marnes parecía listo para ponerse en pie de un salto. Aunque Jahns no alcanzaba a imaginar con qué fin. Extendió un brazo para tranquilizarlo.

—¿Ahora que ha prescrito? Claro. Lo admito. De todos modos no sirvió de nada. Juliette era ya muy lista a aquella edad. Se dio cuenta. Y eso fue lo que la volvió...

Se detuvo.

—¿La volvió qué? —preguntó la alcaldesa—. ¿Loca?

—No. —El doctor Nichols negó con la cabeza—. No era eso lo que iba a decir. Lo que la volvió distante. Solicitó un cambio de profesión. Pidió el traslado a Mecánica para ingresar en los talleres como sombra. Aún faltaba un año para que cumpliera la edad legal, pero accedí. Firmé la autorización. Pensé que cuando hubiera pasado algún tiempo allí abajo volvería. Qué ingenuidad la mía. Creí que la libertad le haría bien.

—¿Y no ha vuelto a verla desde entonces?

—Una vez. En el funeral de su madre, pocos días después. Subió sola, asistió a la ceremonia, me dio un abrazo y volvió a bajar. Todo ello sin descansar un momento, por lo que me han contado. Intenté no perderla de vista. Tengo un colega en la guardería de los subterráneos que me telegrafía de vez en cuando para contarme cómo le va. Parece ser que sólo piensa en trabajar, trabajar y trabajar.

Hizo una pausa y entonces se echó a reír.

—Mire, de niña era idéntica a su madre, pero al crecer se fue pareciendo cada vez más a mí.

—¿Sabe usted algo sobre ella que desaconseje que ocupe el puesto de comisaria del silo? Comprende lo que implica el cargo, ¿verdad?

—Sí. —Nichols miró a Marnes y sus ojos pasaron de la chapa de cobre que asomaba por debajo de la mal anudada bata hasta la protuberancia de la pistola que ceñía al costado—. Todos los agentes de la ley que hay en el silo tienen que tener alguien por encima, alguien que les da las órdenes, ¿no?

—Más o menos —asintió Jahns.

—¿Por qué ella?

Marnes se aclaró la garganta.

—En una ocasión nos ayudó con una investigación...

—¿Jules? ¿Subió aquí?

—No. Fue allí abajo.

—No tiene preparación.

—Ni ninguno de nosotros —respondió Marnes—. Se trata más bien de un... puesto político. Un puesto civil.

—No lo aceptará.

—¿Por qué no? —preguntó Jahns.

Nichols se encogió de hombros.

—Ya lo comprobarán por ustedes mismos, supongo. —Se levantó—. Ojalá pudiera dedicarles más tiempo, pero realmente tengo que marcharme. —Dirigió la mirada hacia las puertas dobles—. Dentro de poco vamos a tener un parto...

—Lo entiendo. —Jahns se puso en pie y le estrechó la mano—. Le agradezco que nos haya recibido.

Nichols se echó a reír.

—¿Es que tenía alternativa?

—Naturalmente.

—Pues me lo podrían haber dicho antes.

Al ver su sonrisa, Jahns supo que estaba bromeando. O al menos intentándolo. Tras separarse, mientras volvían por el pasillo para recoger sus cosas y devolver las batas, Jahns se dio cuenta de que cada vez le intrigaba más la propuesta de Marnes. Una mujer de los subterráneos... No era propio de él. Y encima una persona con aquel pasado. Se preguntó si no habría otros factores que le nublaran el juicio. Y mientras él le abría la puerta que daba a la sala de espera principal, la alcaldesa Jahns se preguntó si no le estaría siguiendo la corriente porque también a ella se le había nublado el juicio.

10

Era la hora de almorzar, pero ninguno de ellos se moría de hambre. Jahns mordisqueaba una barrita de maíz mientras caminaba. Se sentía orgullosa de poder comer en marcha, como un porteador. Cuantos más veían en su camino hacia abajo, más crecía la estima de Jahns por su profesión. El hecho de bajar con una carga tan liviana mientras aquellos hombres y mujeres subían las escaleras con tanto peso sobre los hombros le provocaba una extraña punzada de culpa. Y además lo hacían tan de prisa... Marnes y ella tuvieron que pegarse a la barandilla mientras un porteador bajaba como una centella a su lado, disculpándose. Su sombra, una chica de quince o dieciséis años, venía pisándole los talones, cargada con lo que parecían unos sacos de basura para la planta de reciclaje. Jahns observó cómo descendía en espiral la figura de la muchacha hasta perderse de vista, con aquellas piernas finas y de piel suave que parecían extenderse kilómetros desde sus pantalones cortos, y de repente se sintió muy vieja y muy cansada.

Los dos adoptaron una cadencia de avance rítmico: cada pie pasaba flotando por encima del escalón siguiente y, con una especie de colapso de los huesos, una rendición a la gravedad, tocaba el suelo, la mano se deslizaba para adelantar el bastón y el proceso se repetía de nuevo. Las dudas comenzaron a acosar a Jahns alrededor del trigésimo piso. Lo que al comienzo del día le había parecido una gran aventura semejaba ahora una empresa imposible. Daba cada paso a regañadientes, consciente de lo extenuante que sería desandarlo en el camino de regreso.

En el treinta y dos pasaron junto a la planta superior de depuración de aguas y Jahns se dio cuenta de que estaba viendo zonas del silo que prácticamente eran nuevas para ella. Había pasado casi una vida entera desde su última incursión a tal profundidad, cosa que se avergonzaba de admitir. Y en aquel tiempo se habían producido cambios. En el silo siempre había trabajos de reparación y construcción en marcha. El color de los muros era distinto al que recordaba. Claro que nunca se podía confiar del todo en la memoria.

El tráfico en la escalera fue remitiendo a medida que se acercaban a los pisos de Informática. Eran los niveles más despoblados del silo, donde menos de dos decenas de hombres y mujeres —sobre todo hombres— gobernaban su minúsculo reino. Los servidores, las máquinas que reconstruían lentamente el paisaje de una historia contemporánea tras haber sido borrados por completo durante el levantamiento, ocupaban casi un piso entero. El acceso estaba sumamente restringido, y al pasar por el rellano del piso treinta y tres, Jahns habría jurado que podía oír el potente zumbido provocado por las ingentes cantidades de electricidad que consumían. Al margen de lo que hubiese sido el silo o de los objetivos originales de su diseño, la alcaldesa sabía, sin necesidad de preguntarlo o de que nadie se lo dijera, que aquellas máquinas representaban una especie de órgano vital. Sus necesidades energéticas eran uno de los principales puntos del orden del día en todas las reuniones presupuestarias. Pero las necesidades de la limpieza, el miedo a hablar sobre el exterior y todos los peligrosos tabúes que acarreaba esta situación conferían a los informáticos un increíble grado de libertad. Los laboratorios donde se fabricaban los trajes, siempre a medida de la persona que en cada momento esperaba en la celda, eran suyos, y este mero hecho bastaba para distinguirlos de todos los demás.

Pero no, se dijo Jahns, no eran sólo los tabúes de la limpieza o el miedo al exterior. Era la esperanza. Cada habitante del silo albergaba aquella tácita y letal esperanza en su interior. Una esperanza ridícula y fantasiosa. La de que, puede que no para ellos pero tal vez sí para sus hijos, la vida en el exterior volvería a ser posible y lo sería gracias al trabajo de los informáticos y a los voluminosos trajes que salían de sus laboratorios.

Jahns sintió un escalofrío al pensarlo. La vida en el exterior. El condicionamiento infantil era tan fuerte... Ay, si Dios oía sus pensamientos y la castigaba echándola al exterior como una rata. Se imaginó embutida en uno de los trajes de limpieza, un pensamiento excesivamente frecuente, atrapada en uno de los ataúdes flexibles a los que había condenado a demasiada gente.

Al llegar al rellano del trigésimo cuarto piso trastabilló. Marnes acudió a su lado con la cantimplora en la mano. Jahns se dio cuenta de que había estado todo el día bebiendo de la de él mientras la suya seguía guardada a su espalda. Había algo infantil y romántico en este hecho, pero también algo práctico. Era más difícil estirar los brazos hacia la parte trasera de la propia mochila que beber de la cantimplora del otro.

—¿Necesita descansar un rato? —Le pasó la cantimplora, a la que sólo le quedaban dos tragos. Jahns se bebió uno de ellos.

—Ésta es nuestra siguiente parada —respondió.

Marnes levantó la mirada hacia el borroso número estarcido sobre la puerta. Debía de saber en qué piso estaban, pero era como si tuviera que verificarlo para estar seguro.

Jahns le devolvió la cantimplora.

—En el pasado siempre les he mandado un mensaje para solicitar su aprobación a mis propuestas. Era lo que hacía el alcalde Humphries antes de mí y el alcalde Jeffers antes de él. —Se encogió de hombros—. Así son las cosas.

—No sabía que tuvieran que aprobarlo. —Tomó el último trago y dio unas palmadas a Jahns en la espalda mientras le indicaba con un dedo que se diese la vuelta.

—Bueno, nunca han rechazado a ninguno de mis candidatos. —Jahns sintió que le sacaba la cantimplora del bolsillo y la reemplazaba por la de él. Su mochila se volvió ligeramente más liviana. Se dio cuenta de que Marnes quería llevar el agua y compartirla con ella hasta que también quedara vacía—. Creo que la norma no escrita es que estudiemos con detenimiento a todos los jueces y hombres de la ley, sabiendo que ellos, por su parte, dejarán la decisión en nuestras manos de manera informal.

—Pero esta vez ha decidido venir en persona.

Se volvió hacia su ayudante.

—He pensado que ya que íbamos a pasar por aquí... —Hizo una pausa mientras una pareja joven, cogida de la mano, subía los peldaños de dos en dos por detrás de Marnes—. Y que podía resultar sospechoso no parar una vez aquí para...

—Hacer acto de presencia —acabó la frase Marnes. Jahns tuvo la impresión de que iba a escupir por encima de la barandilla. Parecía lo natural para el tono en el que lo había dicho. De repente sintió que otra de sus debilidades quedaba expuesta.

—Considéralo una visita de buena voluntad —dijo mientras se volvía hacia la puerta.

—Prefiero considerarlo una incursión en busca de hechos —murmuró Marnes echando a andar tras ella.

Al contrario que en la guardería, Jahns sabía que no los dejarían pasar con facilidad hacia las misteriosas profundidades de Informática. Mientras esperaban a que los atendieran, vio cómo cacheaban y registraban a un miembro del departamento de personal, identificable gracias al mono rojo que llevaba, antes de dejarlo salir en dirección a la escalera. Un hombre que empuñaba una especie de varita —miembro del equipo interno de seguridad de Informática— tenía la misión de registrar a todo el que atravesaba las puertas de metal. Pero la recepcionista situada al otro lado de la puerta se mostró deferente y aparentemente contenta de tener a la alcaldesa de visita. Expresó sus condolencias por la reciente limpieza, un comentario curioso, pero que a Jahns le habría gustado oír con más frecuencia. Los llevaron hasta una pequeña sala de conferencias situada junto al vestíbulo principal, un lugar concebido, supuso, para poder reunirse con miembros de los distintos departamentos sin someterlos a los inconvenientes de tener que pasar por los controles de seguridad.

—Mire cuánto espacio —susurró Marnes en cuanto los dejaron solos en aquella sala—. ¿Ha visto el tamaño de ese vestíbulo?

Jahns asintió. Escudriñó el techo y las paredes en busca de algún agujero, cualquier cosa que pudiera confirmar la inquietante sensación de que la estaban vigilando. Dejó la mochila y el bastón a un lado y prácticamente se desplomó sobre uno de los cómodos sillones. Al moverse se dio cuenta de que tenía ruedas. Unas ruedas perfectamente engrasadas.

—Siempre he querido ver este sitio —dijo Marnes. Dirigió los ojos hacia un ventanal acristalado desde el que se veía el amplio vestíbulo—. Siempre que he pasado por delante de este sitio, y no habrán sido más de doce veces o algo así, he sentido curiosidad por ver lo que esconde.

Jahns estuvo a punto de decirle que se callara, pero no quería herir sus sentimientos.

—Caray, qué prisas. Debe de ser por usted.

Jahns se volvió y vio que, al otro lado de la ventana, Bernard Holland se dirigía hacia allí. Lo perdió de vista un momento mientras se acercaba a la puerta, y entonces el picaporte bajó y el hombrecillo que tenía el cometido de procurar que Informática funcionara lo mejor posible entró con paso decidido en la sala.

—Alcaldesa.

El rasgo más prominente del rostro de Bernard era su dentadura, cuyas piezas delanteras estaban torcidas. Llevaba un bigote que se dejaba crecer sobre los dientes en un fallido intento de ocultar este defecto. Bajito, rechoncho y con un par de gafas sobre una nariz de pequeño tamaño, era la viva imagen del técnico. Pero por encima de todo parecía listo, o al menos se lo parecía a Jahns.

Le tendió la mano a Jahns al tiempo que ella, al levantarse de la silla apoyándose en los brazos estuvo a punto de caer al suelo.

—Cuidado —dijo el jefe de Informática mientras la agarraba del brazo para sostenerla —. Ayudante. —Saludó a Marnes con la cabeza al tiempo que Jahns recuperaba el equilibrio—. Es un honor tenerla aquí. No suele bajar con demasiada frecuencia.

—Gracias por acceder a vernos a pesar de haberlo avisado con tan poca antelación —dijo Jahns.

—Faltaría más. Póngase cómoda, por favor. —Hizo un ademán en dirección a la mesa de juntas de madera lacada. Era más bonita que la que tenía la alcaldesa en su oficina, pero Jahns se consoló pensando que la de Informática estaba más brillante porque se utilizaba menos. Tomó asiento cautelosamente y a continuación metió la mano en la mochila y sacó las carpetas.

—Directa al grano, como siempre —dijo Bernard mientras se sentaba a su lado. Se subió las pequeñas lentes redondeadas por la nariz y se impulsó hacia adelante sobre la silla hasta que su barriga entró en contacto con la mesa—. Eso es algo que siempre me ha gustado de usted. Como podrá imaginar, con los sucesos de ayer estamos más atareados que nunca. Hay montones de datos que analizar.

—¿Y cómo marchan esos análisis? —preguntó Jahns mientras organizaba el material frente a ella.

—Algunos positivos y otros negativos, como siempre. Las lecturas de algunos de los sensores del sello muestran mejoras. Los niveles atmosféricos de ocho de las toxinas conocidas se han reducido, aunque no demasiado. Los de otras dos han subido. La mayoría se mantiene igual. —Hizo un ademán—. Hay toda clase de aburridos detalles técnicos, pero podrá encontrarlo todo en mi informe. Se lo enviaré con un porteador antes de que regrese a su oficina.

—Se lo agradezco —añadió Jahns. Sentía deseos de decir algo más, expresar algún reconocimiento al duro trabajo de su departamento, hacerle saber que la última limpieza había sido un éxito, sólo Dios sabía por qué. Pero el que estaba ahí fuera era Holston, lo más parecido a una sombra que había tenido nunca, el único hombre al que había imaginado dirigiendo su oficina cuando ella estuviera muerta y se hubiera transformado en abono para los frutales. Era demasiado pronto para mencionar lo sucedido y mucho más para aplaudirlo.

—Normalmente utilizo el correo electrónico para estas cosas —dijo—, pero como estábamos de paso y no volverá usted a subir para una reunión del comité hasta dentro de... ¿otros tres meses?

—Los años pasan de prisa —manifestó Bernard.

—Pensé que podíamos hablarlo de manera informal, para poder ofrecerle el puesto al mejor candidato. —Miró un momento a Marnes—. Cuando la chica haya aceptado, podemos completar el papeleo en nuestro viaje de vuelta, si le parece bien. —Empujó la carpeta hacia Bernard, pero para su sorpresa, él, en lugar de cogerla, sacó una propia.

—Bueno, vamos a verlo —dijo. Abrió la carpeta, se humedeció el pulgar con la lengua y hojeó una serie de folios de papel de alta calidad—. Nos avisaron sobre su visita, pero la lista de candidatos no ha llegado a mi mesa hasta esta mañana. De lo contrario habría tratado de conseguir que se ahorrase los viajes. —Sacó un folio sin la menor arruga. Ni siquiera parecía blanqueado. Jahns se preguntó de dónde sacaba Informática cosas como aquéllas mientras su oficina tenía que arreglárselas con pasta de fécula de maíz—. Tras estudiar a los tres candidatos, creo que Billings es nuestro hombre.

—Puede que lo consideremos a continuación... —comenzó a decir Marnes.

—Pues yo creo que deberíamos considerarlo ahora. —Acercó el papel a Jahns. Era un contrato formal. Había tres firmas al pie. Una de las líneas estaba vacía, bajo el nombre de la alcaldesa primorosamente caligrafiado.

Jahns contuvo involuntariamente el aliento un instante.

—¿Ya ha hablado con Peter Billings sobre el asunto?

—Y ha aceptado. Es un hombre joven y rebosante de energía; la toga de juez lo habría asfixiado un poco. Había pensado que sería un candidato excelente para ese puesto, pero ahora que el de comisario está vacante, creo que es aún mejor.

Jahns recordaba cómo habían propuesto el nombre de Peter para el puesto de juez. Era una de esas ocasiones en las que se había plegado a las sugerencias de Bernard con la idea de cobrarle el favor en el futuro. Estudió la firma. Conocía bien la letra porque la había visto muchas veces en las notas que Peter le enviaba en nombre del juez Wilson, del que ya era sombra. Supuso que uno de los porteadores que los habían adelantado corriendo en la escalera, disculpándose al pasar, habría llevado consigo aquel mismo documento.

—Me temo que Peter ocupa en este momento el tercer lugar de nuestra lista —respondió al fin. De repente se sentía muy cansada. Su voz sonó frágil y débil en el cavernoso derroche de espacio que era aquella enorme sala de juntas. Levantó la mirada hacia Marnes, quien, con la mirada clavada en el contrato, abría y cerraba alternativamente los puños.

—Bueno, los dos sabemos que el nombre de Murphy está en la lista sólo de cara a la galería. Es demasiado mayor para el puesto...

—Pues es más joven que yo —lo interrumpió Marnes—. Y aguanto a la perfección.

Bernard ladeó la cabeza.

—Sí, bueno, pues me temo que su primera candidata no sirve, simplemente.

—¿Y eso por qué? —preguntó Jahns.

—No sé lo... concienzudo que ha sido el estudio que han hecho de ella, pero hemos tenido tantos problemas con esta persona en el pasado que he reconocido su nombre nada más verlo. Y eso que es de Mecánica.

Dijo esta última palabra como si estuviera erizada de clavos y pudiese hacerse daño en las tripas al escupirla.

—¿Qué clase de problemas? —quiso saber Marnes.

Jahns lanzó al ayudante una mirada de advertencia.

—Nada tan grave como para justificar una denuncia, desde luego. —Bernard se volvió hacia él. Había veneno en los ojos del hombrecillo, un odio desnudo por el ayudante, o puede que por la estrella que llevaba al pecho—. Cuestiones menores que no competen a la ley. Pero se han producido algunas... vamos a llamarlas requisas creativas por parte de la oficina de esa mujer, objetos que nos correspondían a nosotros, enajenaciones de prioridad indebidas y cosas así. —Tomó aliento profundamente y juntó las manos sobre la carpeta, frente a sí—. Yo no llegaría a llamarlo robos per se, aunque hemos presentado quejas ante Deagan Knox, como jefe del departamento de Mecánica, para informarlo de estas.... irregularidades.

—¿Y eso es todo? —preguntó Marnes con hostilidad—. ¿Unas requisas?

Bernard frunció el ceño. Abrió las manos sobre la carpeta en un gesto de impaciencia.

—¿Que si eso es todo? ¿Es que no me ha oído ? Esta mujer prácticamente se ha dedicado a robar, ha desviado material que era propiedad de mi departamento. Y ni siquiera está claro que fuese a beneficio del silo. Podía muy bien ser para su uso personal. Sabe Dios; esa mujer usa mucha más electricidad de la que le corresponde. Puede que lo intercambie por cupones...

—¿Esto es una acusación formal? —preguntó Marnes. Con gestos ostentosos, sacó la libreta del bolsillo y pulsó el botón de su bolígrafo mecánico.

—No, no. Como ya he dicho, no queremos involucrar a su oficina en este asunto. Pero como puede comprobar, no es la persona más apropiada para ocupar los puestos más elevados de la ley. Si quieren que les sea totalmente sincero, su comportamiento es el que cabría esperar de un mecánico, que es lo que, me temo, debería seguir siendo la candidata. —Dio unas palmaditas a la carpeta como si así quedara zanjado el asunto.

—Ésa es su sugerencia —dijo la alcaldesa Jahns.

—Pues sí, claro. Y como ya tenemos un candidato estupendo, listo para ocupar el puesto y que además vive en los pisos superiores...

—Tendré en cuenta su sugerencia. —Jahns cogió el impoluto contrato de la mesa y, con movimientos parsimoniosos, lo dobló por la mitad antes de pasar el doblez entre las uñas para aplastarlo. A continuación, bajo la mirada horrorizada de Bernard, guardó el papel en una de sus carpetas—. Y dado que no tiene ninguna queja formal sobre nuestra primera candidata, me lo tomaré como una aprobación tácita para ofrecerle primero el cargo a ella. —Se levantó y cogió la mochila. Guardó las carpetas en el bolsillo exterior y, tras cubrirlo con la solapa, recogió el bastón del sitio en el que lo había dejado, apoyado en la mesa de juntas—. Gracias por recibirnos

—Sí, pero... —Bernard se apartó de la mesa y siguió a Jahns en dirección a la puerta. Marnes se levantó y fue tras ellos con una sonrisa en los labios—. ¿Qué quiere que le diga a Peter? ¡Cree que empezará a trabajar en cualquier momento!

—No tendría que haberle dicho nada —le reprochó Jahns. Se detuvo en el umbral y lo fulminó con la mirada—. La lista se la envié en confianza. Una confianza que ha traicionado. Desde luego no es que no aprecie todo lo que ha hecho por el silo. Usted y yo tenemos un largo y pacífico historial de colaboración y entre los dos hemos presidido el que tal vez sea el periodo más próspero conocido nunca por nuestro pueblo...

—Y por eso... —comenzó a decir Bernard.

—Y por eso voy a olvidar esta intrusión —lo interrumpió Jahns—. Éste es mi trabajo. Mi pueblo. Me eligieron a mí para tomar este tipo de decisiones. Así que mi ayudante y yo seguiremos nuestro camino. Entrevistaremos a nuestra primera candidata sin prejuicios. Y si hubiera algo que firmar en el camino de regreso, le aseguro que pasaremos por aquí para que pueda hacerlo.

Bernard separó las manos, derrotado.

—Muy bien —asintió —. Me disculpo. Sólo pretendía acelerar un poco el proceso. Ahora, por favor, descansen un poco, disfruten de nuestra hospitalidad. Permita que les ofrezca algo de comer. ¿Tal vez algo de fruta?

—Tenemos que irnos —rehusó Jahns.

—De acuerdo —asintió—. ¿Y un poco de agua, al menos? ¿No quieren que les rellenemos las cantimploras?

Jahns recordó que una de las dos estaba ya vacía y que aún tenían mucha escalera por delante.

—Sería un detalle —respondió. Hizo un gesto a Marnes, que se volvió para que pudiera sacarle la cantimplora de la mochila. A continuación repitieron la operación, pero a la inversa. Bernard llamó con el brazo a uno de sus hombres para que viniese a por las cantimploras, aunque sin apartar los ojos un solo instante de tan curioso e íntimo intercambio de gestos.

11

Llegaron prácticamente al piso cincuenta antes de que Jahns recuperara la capacidad de pensar con claridad. Le parecía sentir el peso del contrato de Peter Billings sobre la espalda. Marnes, unos pasos por detrás, rezongaba contra Bernard mientras trataba de no rezagarse, y Jahns se dio cuenta de que estaba ensimismada. Al agotamiento que sentía en los muslos y los gemelos se sumaba la sensación cada vez más acusada de que el viaje era más que un error: posiblemente fuese inútil. «Un padre que nos advierte de que su hija no va a aceptar. Presión de Informática para que aceptemos a otro.» A partir de entonces cada paso de su descenso lo darían con miedo. Pero junto al miedo estaba también la certeza de que Juliette era la persona que buscaban para aquel trabajo. Debían convencer a la mujer de Mecánica aunque sólo fuese para darle una lección a Bernard, aunque sólo fuese para impedir que el arduo viaje hubiera sido una completa pérdida de tiempo.

Jahns tenía ya muchos años y había sido alcaldesa durante bastante tiempo, en parte porque conseguía sacar las cosas adelante y en parte porque impedía que sucedieran cosas malas, pero sobre todo porque había estorbado poco. Y tenía la sensación de que ya iba siendo hora de hacerlo. A fin de cuentas, era tan mayor que ya no le importaban las consecuencias. Levantó la mirada hacia Marnes y comprendió que le pasaba lo mismo. Su tiempo casi se había agotado. Lo mejor, la cosa más importante que podían hacer por el silo era asegurarse de que su legado pervivía. Sin levantamientos. Sin abusos de poder. Por esta razón había concurrido sin rivales a las últimas elecciones. Pero ahora podía sentir que estaba acercándose a la meta, mientras otros corredores, más fuertes y más jóvenes, se preparaban para adelantarla. ¿A cuántos jueces había nombrado a petición de Bernard? ¿Y ahora también quería al alcalde? ¿Cuánto tiempo pasaría antes de que Bernard ocupase el cargo? O peor aún, se convirtiese en un titiritero moviendo a sus marionetas por medio de cuerdas entrelazadas por todo el silo.

—Tranquila —resopló Marnes.

Jahns se dio cuenta de que iba muy de prisa. Redujo la marcha.

—Ese gilipollas la ha cabreado —dijo el ayudante.

—Y espero que a ti también —respondió ella con un siseo.

—Se va a pasar las huertas.

Jahns levantó la mirada hacia la puerta del piso y vio que tenía razón. Si no hubiera estado tan despistada habría reparado en el olor. En ese momento se abrieron de par en par las puertas del rellano y salió un porteador cargado con varios sacos de fruta en cada hombro, acompañado por un aroma a vegetación húmeda y fragante que estuvo a punto de sofocar a la alcaldesa.

La hora de la cena ya había quedado atrás y el olor era asfixiante. El porteador, a pesar de lo cargado que iba, al ver que iban a entrar en el piso les mantuvo la puerta abierta con el pie mientras sus brazos musculosos sostenían el peso de los grandes sacos.

—Alcaldesa —dijo saludándola con una inclinación de la cabeza, primero a ella y luego a Marnes.

Jahns le dio las gracias. La mayoría de los porteadores le resultaban familiares por haberlos visto en algún momento transportando sus mercancías por el silo. Pero nunca se quedaban en un mismo sitio el tiempo suficiente para que pudiera aprenderse sus nombres, una habilidad de la que con otros colectivos podía jactarse. Mientras Marnes y ella entraban en las granjas hidropónicas, se preguntó si dormirían todas las noches con sus familias. ¿Tendrían familias, incluso? ¿O serían como los sacerdotes? Era demasiado vieja y demasiado curiosa para ignorar estas cosas. Claro que tal vez hiciese falta permanecer un día en la escalera para apreciar su trabajo, para fijarse de verdad en ellos. Los porteadores eran como el aire que respiraba, siempre estaban allí, siempre al servicio de todos, tan necesarios como ubicuos e ignorados. Pero ahora, el agotamiento del descenso le había abierto plenamente los ojos. Era como un descenso repentino de los niveles de oxígeno, algo que llamaba su atención de repente.

—Mire cómo huelen esas naranjas —dijo Marnes, sacándola de pronto de sus ensoñaciones. Jahns olfateó el aire al pasar por las puertas bajas de las huertas. Un miembro del personal, vestido con un mono verde, los invitó a pasar.

—Dejen aquí las mochilas, alcaldesa —dijo mientras señalaba con un gesto una pared de pequeños cubículos cubiertos por unos cuantos fardos y mochilas.

Jahns asintió y dejó sus cosas dentro de uno de los cubículos. Marnes las empujó hasta el fondo y colocó su mochila por delante. Ya fuese para ahorrar espacio o simplemente por su habitual actitud protectora, Jahns encontró el gesto tan dulce como la atmósfera del interior de los jardines.

—Teníamos una reserva para esta noche —dijo la alcaldesa al empleado.

Éste asintió.

—Las habitaciones están un tramo más abajo. Creo que ya están preparando su reserva. ¿Vienen sólo de visita o también van a comer?

—Un poco de ambas cosas.

El joven sonrió.

—Bueno, pueden ir a tomar un bocado. Para cuando hayan acabado, sus habitaciones estarán listas.

«Habitaciones», pensó Jahns. Dio las gracias al joven y siguió a Marnes hacia el interior de la zona de huertas.

—¿Cuánto hace que no venimos por aquí? —preguntó al ayudante.

—Uf. Mucho. ¿Cuatro años, quizá ?

—Exacto. —Jahns se echó a reír—. ¿Cómo iba a olvidarlo? El atraco del siglo.

—Me alegra que lo encuentre divertido —dijo Marnes.

Al final del pasillo, la espiral enroscada que constituía la sección de las huertas hidropónicas se bifurcaba. El túnel principal atravesaba serpenteando dos pisos del silo, como un laberinto de pasillos curvos que se extendía hasta el final de las lejanas paredes de hormigón. El ruido constante del agua que caía goteando desde las tuberías y de su eco en los techos bajos resultaba extrañamente tranquilizador. El túnel, abierto a ambos lados, dejaba ver el tupido verde de la vegetación, las verduras y los arbolitos que crecían entre el entramado de tuberías blancas que cubría todas las superficies para que las enredaderas y los tallos tuviesen donde agarrarse. Hombres y mujeres de monos verdes, acompañados por sus sombras, se ocupaban de las plantas. Todos ellos llevaban al cuello sacos donde almacenaban la cosecha del día, y las podadoras que sostenían sus manos chasqueaban como pequeñas pinzas que formasen parte de su estructura biológica. Su manera de podar las plantas era de una destreza hipnótica, carente de todo esfuerzo, la clase de habilidad que sólo se obtiene tras años de práctica y repetición.

—¿No fuiste tú el que sugirió que el ladrón era alguien de dentro? —preguntó Jahns, todavía riéndose entre dientes. Marnes y ella seguían los carteles que indicaban el camino de las salas de degustación y los comedores.

—¿De verdad tenemos que hablar de esto?

—No sé por qué te resulta embarazoso. Deberías reírte.

—Todo a su tiempo. —Se detuvo y observó una tomatera que había detrás del entramado. La intensa fragancia de las verduras en sazón hizo gruñir el estómago de Jahns—. Por aquel entonces estábamos desesperados por hacer un arresto —dijo Marnes en voz baja—. Holston estaba de los nervios. Me escribía todas las noches preguntándome si había alguna novedad. Nunca lo había visto tan desesperado. Como si necesitara realmente resolver el caso, ¿sabe? —Introdujo los dedos en la rejilla protectora y dejó que su mirada se perdiera entre las verduras, como si hubiera entre ellas una ventana al pasado—. Ahora que lo pienso, era como si supiese que le pasaba algo a Allison. Como si viese venir la locura. —Se volvió hacia Jahns—. ¿Recuerda la época antes de que ella saliera a limpiar? Había pasado mucho tiempo. Todo el mundo estaba con los nervios a flor de piel.

Jahns había dejado de sonreír hacía rato. Se acercó a Marnes. Éste se volvió de nuevo hacia las huertas, donde uno de los empleados acababa de arrancar un tomate y lo metía en su cesta.

—Creo que Holston quería aliviar la presión del silo, ¿sabe? Creo que quería bajar e investigar los asesinatos en persona. Todos los días me escribía para pedirme informes, como si la vida de alguien dependiera de ello.

—Siento haber sacado el tema —se disculpó Jahns mientras le ponía una mano en el hombro.

Marnes se volvió y le miró el dorso de la mano. Su labio inferior era visible por debajo del bigote. Jahns podía imaginárselo besándole la mano. La apartó.

—No tiene importancia —dijo el ayudante—. Con todo lo que ha pasado, supongo que tiene bastante gracia. —Se dio la vuelta y continuó por el pasillo.

—¿Alguna vez descubrieron cómo llegó hasta aquí?

—Desde arriba, por la escalera —respondió Marnes—. No podía ser de otra manera. Aunque alguien sugirió que un niño podía haber robado uno para tenerlo como mascota que luego se le habría escapado.

Jahns se echó a reír sin poder contenerse.

—Un conejo —dijo—, capaz de confundir al más grande agente de la ley de nuestro tiempo y comerse el equivalente en verduras al salario anual de un hombre.

Marnes negó con la cabeza mientras se reía entre dientes.

—El más grande no —dijo—. Ése nunca fui yo. —Dirigió la mirada al otro lado del pasillo y se aclaró la garganta. Jahns sabía perfectamente en quién estaba pensando.

Tras una cena tan abundante como satisfactoria, bajaron un piso hasta las habitaciones. Jahns sospechaba de que su presencia allí había ocasionado considerables molestias. Todas las habitaciones estaban ocupadas, muchas de ellas por dos y hasta tres personas a la vez. Como la limpieza estaba programada desde mucho antes que su precipitada aventura, era posible que hubieran tenido que desalojar dos de ellas para hacerles sitio. El hecho de que les hubiesen dado dos habitaciones, una de ellas doble, sólo empeoraba las cosas. Y no era únicamente por el derroche, era por la inesperada previsión de sus anfitriones. Jahns había tenido la esperanza de sufrir más... estrecheces.

Y Marnes debía de sentirse igual. Como faltaban varias horas antes de irse a la cama y los dos estaban un poco excitados por la buena comida y el vino, le pidió que lo acompañase a su pequeño cuarto para charlar un rato mientras la gente en las huertas se marchaba a casa a dormir.

La habitación era acogedora y estaba decorada con buen gusto.

Sólo tenía una cama de matrimonio, pero estaba bien equipada. La empresa hortofrutícola del piso superior sólo era una de las doce empresas que ocupaban la zona. Los gastos del viaje correrían a costa del presupuesto para desplazamientos de su oficina, y gracias a ese dinero, así como el que pagaban otros viajeros, el establecimiento podía permitirse ciertos lujos, como sábanas de calidad de los telares y un colchón cuyos muelles no chirriaban.

Jahns tomó asiento en un extremo de la cama. Marnes se quitó la pistolera, la dejó sobre el tocador y se sentó pesadamente sobre un banco, a escasos centímetros de allí. Mientras ella se quitaba las botas y empezaba a frotarse los pies magullados, el ayudante, atusándose el bigote hacia abajo, comenzó a hablar de la comida y del derroche de las habitaciones separadas.

Jahns hundió los dedos en las zonas entumecidas de los talones.

—Tengo la sensación de que necesitaré una semana de descanso en los subterráneos antes de volver a subir —afirmó durante una pausa.

—No es para tanto —le replicó Marnes—. Ya lo verá. Por la mañana le dolerán los pies, pero en cuanto empiece a andar descubrirá que está más fuerte que hoy. Y al subir pasa lo mismo. Sólo tiene que tomárselo con calma y cuando quiera darse cuenta ya estará de vuelta en casa.

—Confío en que tengas razón.

—Además, lo haremos en cuatro días en lugar de dos. Piense en ello como en una aventura.

—Ya lo hago —asintió Jahns—. Créeme.

Permanecieron un rato en silencio, Jahns apoyada en los almohadones y Marnes con la mirada perdida. A la alcaldesa le sorprendía lo tranquilizador y natural que resultaba estar a solas con él en una habitación. No necesitaban hablar. Simplemente podían estar, sin más. Sin placa, sin cargo. Dos personas.

—No ve a ningún sacerdote, ¿verdad? —preguntó Marnes por fin.

—No. —Negó con la cabeza—. ¿Y tú?

—Aún no. Pero he estado pensando en hacerlo.

—¿Por lo de Holston?

—En parte. —Se inclinó hacia adelante y se frotó los muslos con las manos, como si quisiera librarlos del entumecimiento—. Me gustaría saber adónde creen que ha ido su alma.

—Sigue con nosotros —declaró Jahns—. Por lo menos eso es lo que dicen.

—¿Y usted qué cree?

—¿Yo? —Se incorporó ligeramente apoyándose en un codo y miró al ayudante a los ojos—. No lo sé, de verdad. Estoy demasiado ocupada para pensar en eso.

—¿Cree que el alma de Donald sigue aquí, con nosotros?

Jahns sintió un escalofrío. No recordaba la última vez que alguien había pronunciado su nombre.

—He pasado sin él más años de los que fue mi marido —dijo—. Llevo más tiempo casada con su fantasma que con él.

—No me parece un comentario muy apropiado...

Jahns bajó la mirada hacia la cama. De repente el mundo se había vuelto un poco borroso.

—No creo que a él le importara. Y sí, creo que sigue conmigo. Cada día me espolea para convertirme en una persona mejor. Siento que está siempre observándome.

—Y yo —dijo Marnes.

Jahns levantó la mirada y vio que la observaba fijamente.

—¿Cree que él querría que fuese feliz? En todas las cosas, me refiero. —Dejó de frotarse las piernas y permaneció allí sentado, con las manos en las rodillas, hasta que la alcaldesa no tuvo más remedio que desviar la mirada.

—Tú eras su mejor amigo —afirmó Jahns—. ¿Qué crees que querría?

Marnes se frotó la cara y se volvió un momento hacia la puerta cerrada, tras la cual acababa de pasar un niño riendo.

—Imagino que sólo querría que fuese feliz. Por eso era el hombre apropiado para usted.

Jahns se secó los ojos aprovechando que él no miraba y estudió con curiosidad sus dedos húmedos.

—Se está haciendo tarde —murmuró. Se bajó del borde de la cama y alargó las manos hacia las botas. La mochila y el bastón la esperaban junto a la puerta—. Y creo que tienes razón. Estaré un poco entumecida por la mañana, pero creo que acabaré por sentirme más fuerte.

12

El segundo y último día de su descenso hacia los subterráneos, lo novedoso fue convirtiéndose gradualmente en habitual. Los sonidos secos y metálicos de la gran escalera de caracol encontraron su ritmo. Jahns pudo perderse en sus pensamientos y dedicarse a soñar despierta con tal serenidad que cuando al fin levantó la mirada y comprobó que el número del piso ya no era el setenta y dos sino el ochenta y cuatro se preguntó qué había sido de los últimos doce pisos. Hasta las molestias de su rodilla izquierda desaparecieron, no sabía si por el entumecimiento fruto de la fatiga o porque su cuerpo empezaba a recuperarse. Comenzó a usar cada vez menos el bastón al descubrir que sólo servía para ralentizarla por su tendencia a meterse entre los peldaños y atascarse. Le resultaba más útil metido bajo el brazo. Como otro hueso del esqueleto encargado de sostener su cuerpo.

Al pasar el piso noventa, con su peste a fertilizante, a cerdos y a los demás animales que producían esta indispensable deyección, Jahns decidió saltarse la visita y el almuerzo que habían planeado y seguir adelante. Por un breve instante se acordó del pequeño conejo que había logrado escapar de alguna de las granjas, ascender veinte pisos sin que nadie se fijara en él y pasar tres semanas dándose la gran vida para desconcierto del silo entero.

Técnicamente, al llegar al piso noventa y siete ya se encontraban en los subterráneos. El tercio inferior. Pero aunque desde el punto de vista matemático el silo estuviese dividido en tres secciones de cuarenta y ocho pisos, la mente de la alcaldesa no lo veía así. El piso cien era una demarcación más apropiada. Un hito. Siguió contando pisos hasta llegar al primer rellano de tres dígitos, y entonces decidió hacer una pausa para descansar.

Vio que Marnes respiraba entrecortadamente. Pero ella se sentía de maravilla. Viva y renovada, tal como había esperado al planear el viaje. Toda la futilidad, el miedo y el agotamiento del día anterior habían desaparecido. Lo único que quedaba era un pequeño vestigio de temor a que regresaran aquellos sentimientos amargos, a que aquel regocijo expansivo fuese sólo un entusiasmo pasajero que, si se detenía y lo pensaba durante demasiado tiempo, se alejaría en espiral dejándola de nuevo sombría y taciturna.

Compartieron una pequeña barra de pan sentados sobre la rejilla metálica del amplio rellano, con los codos apoyados en la barandilla y las piernas colgando, como dos niños que se hubieran saltado la clase. El piso cien era un hervidero de gente en movimiento. Era un bazar, un lugar para intercambiar mercancías, donde la gente cambiaba sus cupones de trabajo por cualquier cosa que necesitara o simplemente codiciara. Los trabajadores iban y venían seguidos por sus sombras; las familias se comunicaban a gritos en medio de una multitud de dimensiones mareantes; los comerciantes ofrecían sus mejores artículos. Las puertas permanecían abiertas de par en par para facilitar el tráfico, lo que dejaba salir hasta el rellano los olores y sonidos y comunicaba la trepidación de todo aquello a la rejilla del suelo.

Jahns disfrutaba en el anonimato de aquella multitud de paso. Al morder su mitad de la barra y saborear el pan recién hecho se sintió como una persona anónima. Una persona más joven. Marnes cortó un trozo de queso y otro de manzana y le preparó un bocadillo con ellos. Sus manos se tocaron al pasárselo. Hasta las migas de su bigote formaban parte de la perfección de aquel momento.

—Vamos con adelanto —dijo Marnes antes de tomar un bocado de fruta. No era más que una observación de satisfacción. Unas palmaditas sobre las añejas espaldas de los dos—. Calculo que llegaremos al ciento cuarenta sobre la hora de comer.

—En este momento ni siquiera me asusta el viaje de regreso —declaró Jahns. Dio el último mordisco al bocadillo de queso y manzana y masticó con satisfacción. Todo sabía mejor en el camino, decidió. O en una compañía grata, o en medio de la música que se filtraba desde el bazar, obra de algún mendigo que rasgueaba su ukelele por encima del estrépito del gentío—. ¿Por qué no bajamos con más frecuencia? —preguntó.

Marnes refunfuñó.

—¿Porque está cien pisos por debajo? Además tenemos las vistas, la sala, el bar de Kipper. ¿Cuántas de estas personas ven algo de todo eso más de una vez cada pocos años?

Jahns masticó esta idea junto con su último bocado de pan.

—¿Crees que es algo natural? ¿No alejarse nunca del sitio en el que uno vive?

—No la sigo —respondió Marnes con la boca llena.

—Vamos a fingir, de manera plenamente hipotética por supuesto, que en algún momento vivió gente en esos silos a cielo abierto que hay más allá de la colina. ¿Crees que se moverían tan poco como nosotros? ¿Que estarían siempre en el mismo silo? ¿Sin acercarse nunca hasta aquí ni subir o bajar cien tramos de escalera?

—Nunca me fijo en esas cosas —admitió Marnes. Jahns se lo tomó como una indirecta de que ella tampoco debería hacerlo. A veces era imposible saber lo que se podía decir sobre el exterior y lo que no. Las conversaciones como aquélla eran propias de matrimonios, y de pronto se dio cuenta de que tal vez el viaje y el día que habían pasado juntos podían haber llegado a afectarla. O puede que simplemente fuese tan susceptible al síndrome poslimpieza como todos los demás: la sensación de que algunas normas se relajaban, se podía caer en la tentación, y la combinación de la falta de presión en el silo permitía pasar un mes bailando en la cuerda floja.

—¿Seguimos? —preguntó al ver que Marnes se había acabado el pan.

Éste asintió y comenzó a recoger sus cosas. Una mujer que pasaba a su lado volvió la cabeza hacia ella con un destello de reconocimiento en la mirada y luego desapareció corriendo en pos de sus hijos.

«Aquí abajo es como otro mundo», se dijo Jahns. Había pasado demasiado tiempo sin bajar. Pero al mismo tiempo que se prometía no dejar que volviese a suceder, una parte de ella sabía, como una máquina oxidada capaz de sentir su antigüedad, que aquél sería su último viaje.

Los pisos pasaban por delante y quedaban atrás las huertas inferiores, las granjas grandes a partir del ciento treinta y la planta de tratamiento de aguas residuales por debajo de esto. Jahns se encontraba perdida en los recuerdos, en la conversación que había mantenido con Marnes la noche antes, la idea de que Donald vivía con ella en el recuerdo más que en la realidad, cuando al fin llegaron a las puertas del ciento cuarenta.

Ni siquiera había reparado en el cambio experimentado por el tráfico, la preponderancia de monos de tela vaquera azul, los porteadores que ya no cargaban ropa, comida o artículos personales en sus fardos, sino piezas de maquinaria y herramientas. Pero la multitud de la puerta evidenciaba que habían llegado a los pisos superiores de Mecánica. Junto a la entrada se congregaban los obreros con sus monos amplios de color azul recubiertos de viejas manchas. Jahns podía identificar casi todas las profesiones por las herramientas que llevaban. Era ya tarde y suponía que la mayoría volvía a casa tras llevar a cabo diferentes reparaciones por todo el silo. La idea de tener que subir tantas escaleras y luego ponerse a trabajar le resultaba inconcebible. Pero entonces se dio cuenta de que era precisamente lo que se disponía a hacer ella.

En lugar de abusar de su puesto como alcaldesa o del poder de Marnes, esperaron en fila a que el resto de trabajadores cruzara las puertas. Al ver cómo fichaban aquellos hombres y mujeres agotados, cómo quedaban registrados sus desplazamientos y sus horas, Jahns cayó en la cuenta de la cantidad de tiempo que había pasado dándole vueltas a su propia vida durante el descenso, tiempo que tendría que haber dedicado a pensar bien en lo que iba a decirle a la tal Juliette. Unos extraños nervios hicieron presa de sus tripas mientras avanzaba arrastrando los pies. El obrero que los precedía levantó su tarjeta de identificación azul, como correspondía a Mecánica, y apuntó la información relevante en una pizarra polvorienta. Al llegar su turno cruzaron la compuerta exterior y mostraron sus tarjetas de identificación doradas. El guardia de la entrada enarcó las cejas y al cabo de un instante pareció reconocer a la alcaldesa.

—Señoría —dijo, y Jahns no lo corrigió—. No la esperábamos todavía. —Les indicó con un ademán que no necesitaba sus tarjetas y alargó la mano hacia una tiza—. Permítame.

Jahns vio que daba la vuelta a la pizarra y escribía sus nombres con una letra muy pulcra. El dorso de su mano iba recogiendo el polvo de la película de tiza antigua que había debajo a medida que lo hacía. En el caso de Marnes escribió simplemente «comisario» y Jahns tampoco lo corrigió esta vez.

—Sé que no nos esperaban hasta más tarde —dijo Jahns—, pero me preguntaba si podríamos ver a Juliette Nichols ahora mismo.

El guardia se volvió y consultó un reloj digital que tenía detrás, donde se registraba la hora oficial.

—No saldrá del generador hasta dentro de una hora. O, conociéndola, puede que dos. Pueden ir al comedor y esperar allí.

Jahns miró a Marnes, que se encogió de hombros.

—Todavía no tengo hambre —dijo.

—¿Y si vamos donde está trabajando? Estaría bien ver lo que hace. Le prometo que intentaremos no estorbar.

El guardia levantó los hombros.

—La alcaldesa es usted. No puedo decirle que no. —Señaló con la tiza el final del pasillo. Al otro lado de la entrada la gente de la fila comenzaba a impacientarse—. Vayan a ver a Knox. Él encontrará alguien que los lleve.

El jefe de Mecánica era un hombre que no pasaba inadvertido. Knox iba embutido en el mono más voluminoso que Jahns hubiera visto nunca. Se preguntó si la tela vaquera extra que tenía que utilizar le costaría más cupones y lo que hacía para llenar una barriga de tales dimensiones. A su imponente figura se añadía también una poblada barba, que impedía saber si su inesperada aparición lo había alegrado o disgustado. Se mantuvo tan impasible como un muro de hormigón.

Jahns le explicó para qué estaban allí. Al ver que Marnes lo saludaba cordialmente supuso que debían de haberse conocido la última vez que bajó el ayudante. Knox escuchó, asintió y al fin respondió con una voz tan ronca y resonante que era imposible distinguir las palabras entre sí. Pero algo debían de significar para alguien, puesto que al instante un joven se materializó tras él, una especie de pillastre de las calles con una mata de pelo de color inusualmente anaranjado.

—Llévalosaverajules —gruñó Knox. El espacio que separaba sus palabras era tan fino como el hueco que se le había abierto en la barba a la altura de la boca.

El muchacho, joven hasta para ser una sombra, hizo un gesto con la mano y salió disparado. Jahns dio las gracias a Knox, que no movió una ceja, y se fue tras el chico en compañía de Marnes.

Los pasillos de Mecánica eran aún más estrechos que en el resto del silo, comprobó Jahns. El tráfico era muy intenso a esas horas, a finales del turno, y los bloques de cemento que tenían a ambos lados, enyesados pero no pintados, les rozaban los hombros al pasar. Sobre sus cabezas discurrían las tuberías y los cables, en paralelo y a la vista. Jahns sintió el impulso de agacharse a pesar de los veinte centímetros de margen de que disponía. Se había fijado en que muchos de los obreros más altos caminaban encorvados. Las luces eran poco potentes y estaban bastante separadas entre sí, por lo que la sensación de estar adentrándose en las entrañas de la tierra resultaba abrumadora.

La joven sombra del cabello anaranjado los llevó por una ruta enrevesada que él recorría con una confianza que parecía fruto de la costumbre. Llegaron hasta una escalera, una de las pequeñas y cuadradas que hacían giros de ciento ochenta grados, y la utilizaron para bajar dos pisos más. Jahns comenzó a reparar en una especie de trueno sordo que se iba intensificando a medida que descendían. Tras dejar la escalera en el piso ciento cuarenta y dos, pasaron junto a la puerta de una amplia sala con un extraño artefacto en el centro. Un brazo de acero tan grueso como varias personas, impulsado por un pistón, entraba y salía del suelo. Jahns aminoró el paso para contemplar sus rítmicos movimientos. El aire olía a algún producto químico en estado de descomposición. No fue capaz de identificarlo.

—¿Esto es el generador?

Marnes se rió de un modo paternalista e inconfundiblemente masculino.

—Es una bomba —dijo—. Un pozo de petróleo. Gracias a eso puede leer de noche.

Le dio un pequeño apretón en el hombro al pasar a su lado y Jahns le perdonó al instante su condescendencia. Fue tras él y tras la joven sombra de Knox.

—El generador es ese ruido sordo —le explicó Marnes—. La bomba extrae el petróleo, que luego llevan a una planta para tratarlo, varios pisos más abajo. Entonces queda listo para usarse como combustible.

Jahns conocía todo aquello, aunque de una manera vaga. Posiblemente lo habría oído en alguna de las reuniones del comité. Una vez más, volvió a maravillarse al constatar lo ajenas que le eran muchas cosas del silo, incluso a ella, que era —al menos en teoría— quien lo dirigía.

El persistente rugido de las paredes fue ganando intensidad a medida que se acercaban al otro extremo de la sala. Cuando el niño del pelo anaranjado abrió la puerta, el sonido se convirtió en ensordecedor. Jahns se detuvo, asustada e incapaz de seguir aproximándose, y hasta Marnes pareció vacilar. El niño los llamó con ademanes frenéticos, y Jahns sintió que sus pies la transportaban por voluntad propia hacia aquel estruendo. De pronto se preguntó si el niño los estaría llevando al exterior. Era una pregunta ilógica y absurda, fruto de una imaginación desbocada que respondía a su miedo dibujando la mayor amenaza que conocía.

En cuanto cruzó el quicio de la puerta, protegida por el cuerpo de Marnes, el niño cerró dando un portazo y quedaron los tres allí dentro, atrapados con el estruendo. Se puso unos auriculares sin cable que había cogido de un estante junto a la pared. Jahns siguió su ejemplo. El ruido remitió al instante y sólo siguió retumbando en su pecho y sus terminaciones nerviosas. La alcaldesa se preguntó por qué, qué sentido tenía que el estante que contenía los protectores para los oídos estuviese dentro de la habitación y no fuera.

El muchacho agitó un brazo y dijo algo, pero sólo pudo ver cómo se movían sus labios. Lo siguieron por un estrecho pasillo con rejillas de acero en el suelo muy similares a las de los rellanos. Al doblar una esquina desapareció un muro, reemplazado por una barandilla formada por tres barras horizontales. Al otro lado se adivinaba la forma amenazante de una máquina de propósito incierto. Era tan grande como los aposentos y la oficina de la alcaldesa juntos. Al principio no parecía que se moviese nada allí, nada que justificase el martilleo que sentía en el pecho y sobre la piel. Hasta rodear por completo la máquina no vio la cara de acero que sobresalía de su parte anterior. Aquella sección giraba furiosamente, acoplada al interior de otra colosal máquina de metal, desde la que unos cables tan gruesos como la cintura de un hombre ascendían hacia el techo.

La potencia y la energía eran tan palpables que hacían temblar la atmósfera en la sala. Al llegar al final de la segunda máquina, Jahns vio por fin a una solitaria figura trabajando a su lado. Una joven con un mono y un casco en la cabeza, con el cabello castaño recogido en una trenza y apoyada en una llave casi tan larga como ella misma. Su presencia permitía constatar de verdad la aterradora magnitud de las dimensiones de la maquinaria, pero ella no parecía amilanada. Al ver cómo se apoyaba con todas sus fuerzas sobre la llave, con el cuerpo peligrosamente cerca de la estruendosa unidad, Jahns recordó un antiguo cuento infantil en el que un ratón le sacaba una espina a una bestia imaginaria llamada elefante. La idea de que una mujer de aquel tamaño pudiese arreglar una máquina de semejante ferocidad parecía absurda. Pero siguió observando, incapaz de apartar la mirada, mientras el joven que los había llevado hasta allí cruzaba la puerta, corría hasta ella y le tiraba del mono.

La chica se volvió sin el menor sobresalto y observó a Jahns y a Marnes con mirada entornada. Se limpió la frente con el dorso de la mano mientras con la otra levantaba la llave y se la apoyaba sobre el hombro. Dio unas palmaditas en la frente a la joven sombra y se acercó a ellos. Jahns vio que tenía unos brazos esbeltos y de musculatura definida. No llevaba camiseta, sólo el mono azul sobre el pecho, lo que dejaba ver un poco de la piel olivácea que resplandecía cubierta por una película de sudor. Poseía la misma tez oscura que los granjeros que trabajaban bajo las luces de crecimiento, pero si se tenía en cuenta el estado de su ropa, se debía al menos en parte a la grasa y la mugre.

Se detuvo junto a Jahns y Marnes y los saludó con la cabeza. En el caso de Marnes, demostró reconocerlo con un atisbo de sonrisa. No les ofreció la mano, cosa que Jahns agradeció. En su lugar señaló una puerta que había junto a una pared de vidrio y se dirigió hacia allí.

Marnes la siguió con la docilidad de un cachorrito, acompañado por Jahns. Al volver la cabeza para asegurarse de que la sombra no se metía por medio, vio que se alejaba correteando por donde había venido, bajo la aureola anaranjada que envolvía su cabellera a las luces de la sala de generadores. Su misión, por lo que a él se refería, estaba cumplida.

En el interior de la pequeña sala de control el estruendo remitía un poco. Cuando cerraron la gruesa puerta desapareció casi por completo. Juliette se quitó el casco y los protectores para las orejas y los dejó sobre una estantería. Jahns comenzó a quitarse los suyos con gesto cauteloso, y al constatar que el ruido quedaba reducido a un zumbido lejano, terminó de hacerlo. Nunca había visto una sala con tantas superficies de metal y luces parpadeantes. Era extraño pensar que también era alcaldesa de aquella habitación, un lugar de cuya existencia casi no estaba al corriente y que, desde luego, habría sido incapaz de controlar.

Mientras el pitido de los oídos de Jahns iba remitiendo, Juliette ajustó unos controles circulares y siguió con la mirada el movimiento de unos pequeños brazos al otro lado de unos protectores de cristal.

—Creía que la reunión era mañana por la mañana —dijo. Parecía absorta en su trabajo.

—Hemos tardado menos de lo previsto.

Jahns miró a Marnes, quien, con los protectores para los oídos en las manos, se removía con aire incómodo.

—Me alegro de volver a verte, Jules —dijo.

La chica asintió. Mientras se inclinaba ligeramente para escudriñar las titánicas máquinas que había al otro lado del grueso ventanal, sus manos volaron sobre el panel de control sin necesidad de que mirara y ajustaron unos diales negros de gran tamaño con unas marcas medio borrosas de color blanco.

—Siento lo de tu compañero —manifestó mientras bajaba la mirada hacia unos controles. Cuando se volvió hacia Marnes, Jahns pudo comprobar que, por debajo de aquella capa de sudor y mugre, era una mujer muy hermosa. Tenía un rostro duro y fino, de ojos brillantes. Poseía una inteligencia feroz que se percibía desde lejos. Y observaba a Marnes con la máxima simpatía, un sentimiento visible en la flexión de sus cejas—. De verdad —insistió—. Lo siento mucho. Parecía un buen hombre.

—El mejor —balbuceó Marnes con voz rota.

Juliette asintió, como si eso fuese lo único que había que decir. Se volvió hacia Jahns.

—¿Siente la vibración del suelo, alcaldesa? Así es el acoplamiento cuando apenas hay dos milímetros de separación. Y si le parece mucho aquí, tendría que poner las manos sobre la maquinaria. Se le quedarían entumecidas al instante. Y si no las quitara, al cabo de un momento le empezarían a traquetear los huesos como un sonajero.

Se volvió, metió un brazo entre Jahns y Marnes para pulsar un enorme interruptor y a continuación dirigió de nuevo su atención al panel de control.

—Ahora imagine lo que le pasa a ese generador con semejante vibración. Los dientes de la transmisión comienzan a desgastarse y el aceite se llena de pequeñas virutas de metal, como una arenilla de papel de lija. Cuando quieres darte cuenta, hay una explosión de acero y nos quedamos sin más energía que la que sea capaz de vomitar el generador de reserva.

Jahns contuvo el asiento.

—¿Necesitas que detengamos a alguien? —preguntó Marnes.

Juliette se echó a reír.

—Es el pan nuestro de cada día. Si no hubiéramos desmontado el generador de emergencia para sacarle las juntas y pudiéramos trabajar a media potencia durante una semana, podría sacar el acoplador y ajustar la montura para que nuestra chica vuelva a girar como una bailarina. —Lanzó una mirada repentina a Jahns—. Pero como tenemos que estar a plena potencia por decreto, sin interrupciones, eso no va a pasar. Así que tendré que seguir apretando unos tornillos que se empeñan en aflojarse y procurar que esto siga girando a las revoluciones correctas para seguir cantando como es debido.

—No tenía ni idea. Cuando firmé ese decreto...

—Y yo que creía que había escrito un informe con tanta claridad como para que lo entendiera cualquier idiota... —replicó Juliette.

—¿Cuánto cree que puede tardar en producirse una avería?

Jahns comprendió de repente que no estaba allí para interrogar a aquella mujer. Las cosas estaban ocurriendo justo en sentido contrario.

—¿Cuánto? —Juliette se echó a reír y negó con la cabeza. Tras realizar un último ajuste en la maquinaria, se volvió hacia ellos con los brazos cruzados—. Podría suceder en cualquier momento. Podría suceder dentro de un siglo. La cuestión es ésta: va a suceder, pero es perfectamente evitable. Nuestro objetivo no debería ser que esto siga funcionando durante el resto de nuestras vidas... —dirigió una mirada significativa a Jahns— o hasta el final de nuestro mandato. Si el objetivo no es prolongar eternamente su vida útil, mejor será que hagamos las maletas.

Jahns vio que Marnes se ponía tenso al oír esto. Sintió que su propio cuerpo reaccionaba con un escalofrío que recorrió toda su piel. Aquella última afirmación estaba peligrosamente próxima a la traición. El hecho de que fuese una metáfora sólo la justificaba en parte.

—Podría declarar una festividad energética —sugirió Jahns—. En memoria de los que salen a limpiar. —Lo pensó un momento más—. Podríamos aprovechar para realizar otras reparaciones, aparte de sus máquinas. Podríamos...

—Pues le deseo suerte a la hora de convencer a los cabrones de Informática —la interrumpió Juliette. Se limpió la barbilla con la manga y luego ésta en el mono. A continuación bajó la mirada hacia la grasa que acababa de transferir a la tela vaquera—. Disculpe mi lenguaje, alcaldesa.

Jahns le habría dicho que tenía mucha razón, pero la actitud de la mujer, su poder, le recordaban demasiado a una versión anterior de sí misma de la que casi se había olvidado. Una mujer más joven que no tenía tiempo para tonterías y conseguía todo lo que quería. De repente se dio cuenta de que estaba mirando a Marnes.

—¿Por qué alude a Informática en concreto? En el caso de la electricidad, me refiero.

Juliette se echó a reír y levantó las manos hacia el techo.

—¿Por qué? Porque Informática ocupa... no sé, tres de los ciento cuarenta y cuatro pisos. Y sin embargo consume una cuarta parte de toda la electricidad que producimos. Puedo calcularlo, si lo desea.

—Es bastante aproximado.

—Y no recuerdo que ningún servidor haya alimentado a alguien, salvado alguna vida o cosido un agujero en los pantalones de nadie.

Jahns sonrió. De repente comprendía lo que le gustaba a Marnes de aquella mujer. Y vio también lo que había visto en su versión más joven, antes de que ella decidiese casarse con su mejor amigo.

—¿Y si Informática redujera su consumo durante una semana para proceder a tareas de mantenimiento? ¿Bastaría con eso?

—Creí que habíamos venido aquí abajo para llevárnosla —rezongó Marnes.

Juliette lo miró un instante.

—Y yo creía haberte dicho a ti, o al menos a la secretaria de la alcaldesa, que no os molestaseis. No es que tenga nada en contra de lo que haces, pero aquí abajo me necesitan. —Levantó el brazo y consultó algo que llevaba alrededor de la muñeca. Era un reloj de pulsera. Pero lo estudió como si todavía funcionase—. Mire, me encantaría seguir charlando. —Levantó la mirada hacia Jahns—. En especial si eso me garantizase una semana de parón energético, pero todavía tengo que realizar algunos ajustes y ya estoy haciendo horas extra. A Knox no le gusta que haga demasiados turnos adicionales.

—La dejaremos trabajar —asintió Jahns—. Aún no hemos cenado, así que quizá podríamos vernos luego, ¿no? Cuando haya salido y se haya adecentado un poco.

Juliette se miró a sí misma, como si necesitara confirmar que le hacía falta lavarse.

—Sí, claro —dijo—. ¿Están en los barracones?

Marnes asintió.

—Vale. Luego nos veremos. No se olviden las orejeras. —Señaló las orejas de la alcaldesa. Miró a Marnes a los ojos, asintió y volvió a su trabajo para hacerles entender que la conversación, al menos de momento, había terminado.

13

Marck, un mecánico que acababa de salir del segundo turno, llevó a Marnes y a Jahns al comedor. Marnes pareció ofenderse al ver que les asignaban un guía. El ayudante tenía la muy masculina costumbre de pretender siempre que sabía dónde estaba, aunque no fuese así. Se adelantó ligeramente para tratar de demostrarlo, se detuvo en una intersección y señaló ostentosamente en una dirección. Marck se echó a reír y lo corrigió.

—Pues es idéntico —refunfuñó el ayudante mientras continuaba.

Jahns, con una carcajada ante aquella exhibición de varonil orgullo, se retrasó para colocarse a la altura del joven mecánico. Sabía que trabajaba en el turno de Juliette. Tenía el olor de las profundidades, esa fragancia que despedían todos los mecánicos cuando subían a reparar algo en su oficina. Era fruto de su trabajo, una mezcla de transpiración, grasa y productos químicos imposibles de identificar. Pero Jahns estaba empezando a aprender a ignorarlo. Se dio cuenta en seguida de que Marck era un hombre amable y gentil. La cogió del brazo cuando pasó junto a ellos un carrito lleno de piezas a toda velocidad. Parecía conocer a todas las personas con las que se encontraban en aquellos oscuros pasillos, llenos de tuberías protuberantes y cables suspendidos del cielo. Su actitud no se correspondía con la vida que le había tocado vivir, pensó Jahns. Irradiaba confianza. Incluso en la oscuridad, su sonrisa disipaba las sombras.

—¿Conoce bien a Juliette? —le preguntó una vez que el ruidoso traqueteo del carrito se perdió en la distancia.

—¿A Jules? Como si fuera mi hermana. Aquí abajo somos una gran familia.

Lo dijo como si pensara que en el resto del silo las cosas eran distintas. Por delante de ellos, Marnes se rascó la cabeza al llegar a la siguiente intersección, pero atinó con el camino correcto. Un par de mecánicos dobló la esquina en dirección contraria entre risas. Conversaron con Marck durante un momento en algo que a Jahns se le antojó una lengua extranjera. Pensó que tal vez el mecánico tuviera razón. Puede que en las profundidades del silo las cosas funcionasen de manera diferente. Allí abajo, la gente parecía llevar los pensamientos y sentimientos a la vista y decir exactamente lo que pensaba, con una franqueza tan desnuda como la de las tuberías y los cables que se veían por todas partes.

—Por ahí —dijo Marck señalando una amplia sala desde la que llegaba el ruido de varias conversaciones y el tintineo de cuchillos y tenedores sobre platos de metal.

—Bueno, ¿y puede contarnos algo sobre Jules? —preguntó Jahns. Miró a Marck con una sonrisa mientras él le abría la puerta—. ¿Algo que crea que deberíamos saber?

Siguieron a Marnes hasta unas sillas vacías. Los trabajadores de la cocina caminaban entre las mesas sirviendo la comida para que los mecánicos no tuvieran que hacer cola. Antes incluso de que se hubieran sentado en los bancos de aluminio les pusieron delante, sobre la superficie abollada de la mesa, sendos cuencos de sopa, vasos de agua con una rodaja de lima flotando encima y unos trozos de pan de hogaza.

—¿Me pide que responda de ella? —Marck se sentó y dio las gracias al hombretón que les había repartido la comida y unas cucharas. Jahns miró a su alrededor en busca de servilletas y vio que la mayoría de los hombres y mujeres utilizaban unos trapos grasientos que colgaban de su espalda o de los bolsillos de su pecho.

—Sólo que nos cuente cualquier cosa que debamos saber —respondió.

Marnes examinó el pan, lo olisqueó y luego mojó una esquina en la sopa. Los ocupantes de la mesa de al lado prorrumpieron en grandes risotadas provocadas por la conclusión de una anécdota o un chiste.

—Sé que puede hacer cualquier trabajo que le impongan. Siempre ha podido. Pero supongo que no hace falta que le venda algo que se ha tomado la molestia de venir a buscar. Imagino que ya se han decidido por ella.

Tomó una cucharada de sopa. Jahns recogió su cubierto y vio que estaba mellado y abollado y que tenía la parte inferior arañada, como si lo hubieran utilizado para hurgar en algo.

—¿Cuánto hace que la conoce? —preguntó Marnes. El ayudante masticó el harinoso pan. Estaba haciendo enormes esfuerzos por pasar inadvertido, por comportarse como si perteneciese a aquel lugar.

—Yo nací aquí abajo —respondió Marck alzando la voz por encima del bullicio de la sala—. Era sombra en Electricidad cuando apareció Jules. Era más joven que yo. Pensé que no duraría ni dos semanas. Aquí siempre hemos tenido gente que se ha fugado o a la que han transferido desde otros sitios, chicos de los pisos intermedios que creían que sus problemas no se atreverían a seguirlos hasta las profundidades...

Dejó la frase sin terminar. Se le habían iluminado los ojos al ver que una chica de aspecto tímido se sentaba junto a Marnes, al otro lado de la mesa. La recién llegada se limpió las manos con el trapo que llevaba, se lo guardó en el bolsillo del pecho y se inclinó sobre la mesa para besar a Marck en la mejilla.

—Cariño, ¿te acuerdas del ayudante Marnes? —Marck señaló a Marnes, que estaba limpiándose el bigote con la palma de la mano—. Ésta es mi mujer, Shirly.

Se estrecharon la mano. Las manchas que tenía Shirly en los nudillos parecían permanentes, igual que un tatuaje dejado por el trabajo.

—Y te presento a la alcaldesa Jahns. —Las dos mujeres se dieron la mano. Jahns se sintió orgullosa de sí misma por aceptar el firme apretón de la otra sin preocuparse por la grasa.

—Un placer —dijo Shirly antes de sentarse. De algún modo su comida se había materializado en la mesa durante las presentaciones. La temblorosa superficie de su sopa despedía vapor.

—¿Algún delito, agente? —Shirly miró a Marnes mientras arrancaba un pequeño trozo de pan, y sonrió para que supiese que hablaba en broma.

—Vienen para convencer a Jules de que se mude al primer piso con ellos —dijo Marck, y Jahns vio que enarcaba una ceja en un gesto dirigido a su esposa.

—Buena suerte —respondió ella—. Si esa chica se cambia de piso será hacia abajo, para ir a las minas.

Jahns iba a preguntarle qué había querido decir, pero Marck se volvió y continuó donde lo había dejado.

—Pues eso, que yo trabajaba en Electricidad cuando ella...

—¿Ya los estás aburriendo con las historias de tus tiempos de sombra? —lo interrumpió Shirly.

—Sólo les estaba contando cuándo llegó Jules.

Su esposa sonrió.

—Por aquel entonces yo estudiaba con el viejo Walk. Cuando aún salía de vez en cuando de allí...

—Ah, sí, Walker. —Marnes señaló a Jahns con la cuchara—. Un tipo ingenioso. Nunca sale de su taller.

Jahns asintió mientras trataba de quedarse con los nombres. Varios de sus alegres vecinos se levantaron para irse. Shirly y Marck se despidieron levantando el brazo e intercambiaron unas palabras con ellos antes de continuar con la conversación.

—¿Por dónde iba? —preguntó Marck—. Ah, sí. La primera vez que la vi fue cuando llegó al taller de Walk con una bomba. —Tomó un sorbo de agua—. Era una de las primeras cosas que le habían encargado, y recuerden que sólo era una chiquilla, ¿vale? Doce años. Flaca como una tubería. Recién llegada de los pisos intermedios o algún otro sitio de allí. —Hizo un gesto vago, como queriendo decir que todo lo de arriba le parecía una misma cosa—. Tenía que llevar unas bombas enormes a Walk para que él rebobinara los motores. Básicamente, tenía que sacar un kilómetro de cable y volver a ponerlo en su sitio. —Hizo una pausa y se echó a reír—. Bueno, yo tenía que hacerlo, porque Walk se limitaba a dar las órdenes. Es como una especie de iniciación, ¿entienden? Son las cosas que le haces a tu sombra, ¿vale? Ablandarla un poquito.

Ni Jahns ni Marnes respondieron. Marck se encogió de hombros y continuó:

—Bueno, son unas bombas que pesan lo suyo, ¿saben ? Más que ella. Puede que el doble. Y se suponía que tenía que cargarlas en un carrito y subirlas cuatro tramos de escalera...

—Espere. ¿Cómo debía hacerlo? —preguntó Jahns mientras trataba de imaginarse a una chica de aquella edad tratando de mover una pieza metálica dos veces más pesada que ella.

—Eso daba igual. Con poleas, cuerdas, sobornando a alguien... Lo que fuese. Se trata de eso, ¿entienden? Y había diez de esos trastos en total...

—Diez —repitió Jahns.

—Sí, de los cuales sólo dos o tres necesitaban realmente el rebobinado —añadió Shirly.

—Como mucho —dijo Mark con una carcajada—. Así que Walk y yo apostamos cuánto tardaría en venirse abajo y volver corriendo con su papaíto.

—Yo le di una semana —dijo Shirly.

Marck removió la sopa mientras negaba con la cabeza.

—Pues el caso es que consiguió subirlas todas sin que supiésemos cómo. Sólo nos lo contó años después.

—Estábamos sentados en aquella mesa. —Shirly la señaló—. Nunca me he reído tanto en toda mi vida

—¿Qué les contó? —preguntó Jahns. Se había olvidado de la sopa, que había dejado de humear hacía rato.

—Bueno, aquella semana me la pase rebobinando el cable de diez bombas. Esperando que la chica se viniera abajo. Rezando para que lo hiciera. Tenía los dedos en carne viva. Era imposible que pudiera mover todo eso ella sola. —Volvió a negar con la cabeza—. Imposible. Pero allí estaba yo, sacando cable. Y ella seguía trayéndolas y trayéndolas. Las subió todas en seis días, las diez. La muy arrogante se fue a ver a Knox, que por entonces sólo era capataz en uno de los turnos, y le preguntó si podía cogerse un día libre.

Shirly se echó a reír con la mirada clavada en la sopa.

—La ayudaría alguien —apuntó Marnes—. Alguien que se apiadó ella.

Marck se frotó los ojos y negó otra vez con la cabeza.

—Que no, que no. Si hubiera sido así, alguien lo habría visto y se habría sabido. Sobre todo cuando Knox le ordenó que le contara cómo lo había conseguido. El viejo estaba que echaba humo. Pero Jules se quedó allí, más quieta que una batería descargada, y se encogió de hombros.

—¿Cómo lo hizo? —preguntó Jahns. Era evidente que se moría de ganas de saberlo.

Marck sonrió.

—Sólo subió una de las bombas. Casi se parte la espalda para traerla hasta aquí, pero sólo fue una.

—Sí, y tú la rebobinaste diez veces —remarcó Shirly.

—Ya, como si no lo supiera.

—Esperen. —Jahns levantó una mano—. ¿Y las otras?

—Las rebobinó ella. La culpa fue de Walk, que no hacía más que parlotear mientras ella revolvía el taller aquella primera noche. La chica se hartó de preguntarme cosas mientras yo trabajaba en la primera bomba. Cuando terminé, se la llevó por el pasillo y en lugar de volver a bajarla la dejó en el taller de pintura, con carrito y todo. Luego volvió a bajar, cogió la bomba siguiente y la llevó hasta el almacén de recambios. Se pasó toda la noche allí, aprendiendo a rebobinar un motor.

—Ah —exclamó Jahns al comprender—. Y a la mañana siguiente le llevó la misma bomba del día anterior, la que había guardado allí cerca.

—Exacto. Y luego bajó y se dedicó a enrollar cobre mientras yo hacía lo mismo cuatro pisos más arriba.

Marnes soltó una carcajada y dio un manotazo sobre la mesa que hizo temblar los cuencos y el pan.

—Tuve que rebobinar dos motores al día; un ritmo salvaje.

—Técnicamente sólo fue un motor —señaló Shirly con una carcajada.

—Sí, y ella no perdió el tiempo. Cuando le llevó la última de las bombas a su dueño aún le sobraba un día, así que se lo pidió.

—Y se lo concedieron, si no recuerdo mal —añadió Shirly con un movimiento de incredulidad de la cabeza—. Una sombra con un día libre. Imagínate.

—La cuestión es que nadie esperaba que pudiera acabar el trabajo.

—Una chica lista —declaró Jahns con una sonrisa.

—Demasiado —repuso Marck.

—¿Y qué hizo con el día libre? —preguntó Marnes.

Marck introdujo la rodaja de lima bajo la superficie del agua con el dedo y la mantuvo allí un momento.

—Pasárselo con Walk y conmigo, revolviendo el taller, preguntando cómo funcionaban las cosas, adónde iban esos cables, como se aflojaba aquel clavo, hurgando en las máquinas... Ese tipo de cosas. —Tomó un sorbo de agua—. Lo que quiero decir es que si le va a dar un trabajo a Jules, tenga mucho cuidado.

—¿Por qué? —preguntó Marnes.

Marck levantó la mirada hacia el revoltijo de tuberías y cables del techo.

—Porque lo hará, joder. Aunque no sea lo que se espera de ella.

14

Tras la comida, Shirly y Marck les indicaron cómo se llegaba a los dormitorios. Jahns observó a la joven pareja mientras se besaban para despedirse. Marck salía de su turno y Shirly entraba en el suyo. La comida que compartían era el desayuno de uno y el almuerzo del otro. Les dio las gracias por su tiempo, alabó la comida y luego salió del comedor, cuyo bullicio era casi tan estruendoso como el generador, y se alejó con Marnes por los enrevesados pasillos.

Marnes se quedaría en el dormitorio comunitario que utilizaban los mecánicos del primer turno. Le habían preparado un camastro que a Jahns le pareció treinta centímetros corto. A ella le habían reservado un pequeño aposento al final del dormitorio. Decidieron quedarse allí un rato, frotándose las entumecidas piernas y charlando de lo distintas que eran las cosas en las profundidades. Al cabo de algún tiempo alguien llamó a la puerta. Era Juliette.

—¿Los han colocado en la misma habitación? —preguntó con sorpresa.

Jahns se echó a reír.

—No, el ayudante pasará la noche en el dormitorio comunitario. Me habría quedado con los demás de mil amores.

—Imposible —dijo Juliette—. A los reclutas y las familias que vienen de visita siempre los meten aquí dentro.

Mientras Jahns la observaba, Juliette sujetó un trozo de cuerda con los dientes, se recogió el cabello, aún húmedo tras la ducha, y se hizo una coleta. Se había cambiado el mono, y al mirarlo Jahns llegó a la conclusión de que las manchas que tenía eran permanentes y la prenda había pasado por la lavandería y estaba lista para otro turno.

—¿Y cuándo piensa anunciar la festividad y el parón energético? —preguntó Juliette. Al terminar de hacerse el nudo de la coleta, cruzó los brazos y apoyó la espalda en la pared junto a la puerta—. Imagino que querrá aprovecharse de la atmósfera positiva que siempre hay después de la limpieza, ¿no?

—¿Cuándo podría empezar? —preguntó Jahns. De pronto se dio cuenta de que una de las razones por las que quería a aquella mujer como comisario era que parecía inalcanzable. Miró a Marnes de reojo y se preguntó hasta qué punto la atracción que había sentido por ella todos esos años, cuando era joven y estaba casada con Donald, habría tenido una motivación tan sencilla como ésa.

—Mañana mismo —afirmó Juliette—. Podríamos tener preparado el generador de reserva por la mañana. Podría volver a hacer un doble turno esta noche para asegurarme de que las juntas y los sellos...

—No —la interrumpió Jahns levantando la mano—. ¿Cuándo podría comenzar como comisaria? —Hurgó en su mochilla y fue dejando las carpetas sobre la cama en busca del contrato.

—No... Creía que esto ya lo habíamos hablado. No me interesa...

—Siempre acaban siendo los mejores —volvió a interrumpirla Marnes—. Los que no están interesados en el puesto, digo. —Se plantó frente a Juliette con los pulgares remetidos en el cinturón y se apoyó en una de las paredes de la pequeña sala.

—Lo siento, pero aquí abajo no hay nadie que pueda sustituirme —afirmó Juliette negando suavemente con la cabeza—. No creo que entiendan lo que hacemos...

—Y yo no creo que usted entienda lo que hacemos arriba —replicó Jahns—. Ni por qué la necesitamos.

Juliette echó la cabeza hacia atrás y se rió.

—Mire, tengo máquinas aquí abajo que usted no podría...

—¿Y para qué sirven? —preguntó Jahns interrumpiéndola—. ¿Qué hacen esas máquinas?

—¡Mantienen este puto sitio con vida! —proclamó Juliette—. ¿Sabe el oxígeno que respira? Lo reciclamos aquí. ¿Las toxinas que exhala? Las bombeamos a la tierra. ¿Quiere que le haga una lista con todos los usos del petróleo? Cada pieza de plástico, cada gramo de goma, todos los disolventes y limpiadores, por no hablar de la energía que genera... ¡Todo!

—Pero todo eso ya estaba aquí antes de que naciera —señaló Jahns.

—Y no habría durado demasiado tiempo, eso se lo puedo asegurar. Teniendo en cuenta el estado en que se encontraba... —Volvió a cruzar los brazos y a apoyarse en la pared—. Creo que no entiende cuál sería su situación sin esas máquinas.

—Y yo creo que usted no entiende lo inútiles que serán esas máquinas sin gente a la que abastecer.

Juliette apartó la mirada. Era la primera vez que Jahns la veía encogerse.

—¿Por qué nunca visita a su padre?

Juliette volvió bruscamente la cabeza hacia la pared opuesta. Se apartó el pelo de la frente.

—Vaya a ver mis horarios —dijo—. Ya me contará cuándo podría hacerlo.

Antes de que Jahns pudiera responder, pudiera decirle que estaban hablando de su familia, que para eso siempre había tiempo, Juliette se volvió hacia ella.

—¿Cree que no me importa la gente? ¿Se trata de eso? Porque se equivoca. Me importan todas las personas del silo. Y los hombres y mujeres de aquí abajo, los pisos de Mecánica, en los que nadie piensa nunca... Ésa es mi familia. Los visito a diario. Compartimos el pan varias veces al día. Trabajamos, vivimos y morimos juntos. —Miró a Marnes—. ¿Acaso miento? Tú lo has visto.

Marnes no dijo nada. Jahns se preguntó si se referiría concretamente a la parte de «morimos».

—¿Le ha preguntado a él por qué no viene a verme? Él sí que dispone de todo el tiempo del mundo. Allí arriba no tiene nada.

—Sí, estuvimos allí. Su padre parece un hombre muy ocupado. Tan responsable como usted. —Juliette desvió la mirada—. E igual de tozudo.

Jahns dejó los documentos sobre la cama y se acercó a la puerta, donde se plantó a un paso de Juliette. Podía captar el olor de la sopa en el pelo de la chica. Podía ver cómo se hinchaban sus fosas nasales con su respiración rápida y profunda.

—Los días se acumulan y van pesando cada vez más sobre las pequeñas decisiones, ¿verdad? Esa decisión de no hacer la visita. Los primeros días pasan fácilmente, ayudados por la rabia y la fuerza de la juventud, pero luego se amontonan como la basura sin reciclar, ¿no es así?

Juliette hizo un ademán.

—No sé a qué se refiere.

—Me refiero a días que se convierten en semanas, y luego en meses y luego en años... —Estuvo a punto de decir que había pasado por lo mismo y que los días aún seguían acumulándose, pero Marnes estaba en la habitación, escuchando—. Al cabo de un tiempo, se trata sólo de justificar un antiguo error. Y luego sólo de un juego. Dos personas que apartan la mirada, que se niegan a volver la cabeza por miedo a ser las primeras en hacerlo...

—No fue así —replicó Juliette—. No quiero su trabajo. Estoy segura de que hay muchos que sí.

—Si no es usted, será un hombre de quien no sé si puedo fiarme. Ya no.

—Pues déselo a la próxima chica de la lista. —Sonrió.

—Usted o él. Y él hará más caso a las sugerencias del piso treinta que a las mías o a las palabras del Pacto.

Juliette pareció reaccionar a esto. Apartó los brazos del pecho. Se volvió y miró a Jahns. Marnes estaba estudiando todo lo que sucedía desde el otro lado del cuarto.

—El último comisario, Holston, ¿qué le pasó?

—Salió a limpiar —dijo Jahns.

—Se ofreció voluntario —añadió Marnes con brusquedad.

—Ya lo sé, pero ¿por qué? —Frunció el ceño—. Se dice que fue cosa de su mujer.

—Corren toda clase de rumores...

—Recuerdo que hablamos de ella cuando vinisteis a investigar la muerte de George. Al principio pensé que estaba flirteando conmigo, pero lo único que hacía era hablar sobre su mujer.

—Por aquel entonces les acababa de tocar la lotería —le recordó Marnes.

—Sí. Es cierto. —Estudió la cama un momento. Los documentos seguían allí.

—No sabría hacer el trabajo. Yo sólo sé arreglar cosas.

—Es lo mismo —le dijo Marnes—. Nos ayudaste mucho con el

caso cuando estuvimos aquí. Te das cuenta de cómo funcionan las cosas. Cómo encaja todo. Pequeñas pistas que a otros se les escapan.

—Estás hablando de máquinas —repuso ella.

—La gente no es muy distinta —replicó Marnes.

—Creo que eso ya lo sabe —continuó Jahns—. De hecho, creo que tiene la actitud apropiada. La disposición apropiada. Se trata de un cargo con poco cariz político. Es bueno guardar las distancias.

Juliette asintió casi imperceptiblemente con la cabeza y volvió a mirar a Marnes.

—¿Me has propuesto tú, es eso? Me preguntaba de dónde había salido la idea. No entendía nada.

—Lo harías bien —dijo Marnes—. Demonios, creo que harías bien cualquier cosa que te propusieras. Y es un trabajo más importante de lo que crees.

—¿Y viviría arriba?

—El despacho está en el primer piso. Cerca de la esclusa.

Juliette pareció considerarlo. El simple hecho de que estuviera haciendo preguntas daba esperanzas a Jahns.

—Ganaría más que ahora, incluso con las horas extra.

—¿Lo ha comprobado?

Jahns asintió.

—Me tomé algunas libertades antes de venir.

—Como hablar con mi padre.

—Exacto. Le encantaría volver a verla, ya lo sabe. Si viene con nosotros.

Juliette se miró las botas.

—No lo tengo muy claro.

—Hay una cosa más —dijo Marnes mirando a Jahns a los ojos. Desvió la mirada un instante hacia la documentación que había sobre la cama. El flamante contrato de Peter Billings, doblado, estaba sobre ella—. Informática —le recordó.

Jahns comprendió lo que quería decir.

—Antes de que acepte, hay algo que debemos aclarar.

—No sé si voy a aceptar. Querría saber más sobre ese parón energético, organizar los turnos de trabajo aquí abajo...

—Según la tradición, Informática firma todas las propuestas de nombramiento...

Juliette puso los ojos en blanco y resopló.

—Informática...

—Sí, y de camino aquí abajo hablamos con ellos, para acelerar las cosas.

—No me cabe duda —dijo Juliette.

—Se trata de las requisas —intervino Marnes.

Juliette se volvió hacia él.

—Sabemos que probablemente no sea nada, pero como seguro que sale la cuestión...

—Esperen, ¿es por lo de la cinta térmica?

—¿Cinta térmica?

—Sí. —Juliette frunció el ceño y negó con la cabeza—. Serán cabrones...

Jahns levantó el pulgar y el índice en el aire separados por cinco centímetros.

—Tienen un dossier sobre usted de este grosor. Dicen que has estado escamoteando equipo que era para ellos.

—Eso es mentira. ¿Está de broma? —Señaló la puerta—. No podemos conseguir nada de lo que necesitamos por su culpa. Hace pocos meses hubo un escape en un intercambiador de calor y necesitábamos cinta térmica, pero no pudimos obtenerla porque Suministros nos dijo que todo el material que se utiliza para fabricarla estaba ya asignado. Lo había pedido hacía tiempo, y entonces me enteré por uno de nuestros porteadores de que la cinta se la queda toda Informática, porque usan cantidades ingentes para sus trajes de prueba. —Juliette aspiró hondo—. Así que hice que interceptaran un cargamento. —Miró a Marnes al admitirlo—. Miren, yo les suministro la energía que necesitan para hacer lo que sea que hacen ahí arriba y no puedo obtener ni siquiera los suministros más básicos. Y encima, cuando los consigo, resulta que son de una calidad ínfima, imagino que a causa de cuotas poco realistas que obligan a la cadena de montaje a trabajar con prisas y...

—Si realmente necesitaba ese material —la interrumpió Jahns—, lo entiendo.

Miró a Marnes, que sonrió y levantó la barbilla como para recordarle que ya le había dicho que aquélla era la mujer apropiada para el puesto.

Jahns optó por ignorarlo.

—La verdad es que me alegro de conocer su versión de los hechos —dijo a Juliette—. Ojalá hubiese hecho este viaje más a menudo, por mucho que le cueste a mis piernas. Arriba hay cosas que ni nos planteamos, más que nada porque no las comprendemos bien. Ahora me doy cuenta de que es necesario mejorar las comunicaciones entre nuestros departamentos, establecer un contacto permanente, como el que tengo con Informática.

—Es lo que yo vengo repitiendo desde hace unos veinte años —manifestó Juliette—. Aquí abajo solemos bromear diciendo que nos metieron en este agujero para que no estorbáramos. Y a veces una tiene la sensación de que es verdad.

—Bueno, si acepta subir con nosotros, si acepta el trabajo, la gente le escuchará. Sería el primer eslabón de la cadena de mando.

—¿E Informática dónde quedaría?

—Se resistirán, pero eso es lo habitual. Ya estoy acostumbrada. Mandaré un mensaje a mi oficina para pedir unos certificados de dispensa por razones de emergencia. Los haremos retroactivos y las requisas quedarán legalizadas. —Estudió a la joven—. Siempre que me dé su palabra de que cada uno de esos suministros era absolutamente necesario.

Juliette no se amilanó.

—Lo eran —afirmó—. Aunque tampoco sirvieron de mucho. Lo que conseguimos era basura. Ni hechos de encargo habrían podido ser peores. Mire, finalmente Suministros nos envió lo que habíamos pedido y tenemos cinta de sobra. Podríamos parar de camino arriba para hacer una ofrenda de paz. Lo cierto es que la cinta que nos enviaron a nosotros es muchísimo mejor...

—¿De camino arriba? —preguntó Jahns para asegurarse de que comprendía que Juliette estaba diciéndole que había aceptado.

Juliette los miró a los dos y asintió.

—Tendrán que darme una semana para arreglar el generador. Le tomo la palabra con respecto a lo del parón energético. Y para que quede claro, seguiré considerándome miembro de Mecánica, y en parte voy a aceptar porque sé lo que pasa cuando se ignoran los problemas. Mi gran objetivo aquí abajo ha sido el mantenimiento preventivo. No esperar a que las cosas se averíen para arreglarlas, sino tomar medidas mientras aún funcionan. Hemos ignorado demasiados problemas y dejado que las cosas se degradaran en exceso. Si imaginamos el silo como un gran motor, creo que los de aquí abajo somos como el cárter de aceite, que se ha ensuciado y necesita un poco de atención. —Extendió una mano en dirección a Jahns—. Si me consigue ese parón energético, soy suya.

Jahns sonrió y le estrechó la mano, admirada por la calidez, la fuerza y la seguridad de su apretón.

—Me pondré con ello a primera hora de la mañana —dijo—. Muchas gracias y bienvenida a bordo.

Marnes atravesó el cuarto para estrecharle también la mano a Juliette.

—Me alegro de contar con usted, jefa.

Juliette le guiñó un ojo.

—Bueno, bueno, no nos precipitemos. Creo que tengo mucho que aprender antes de ser digna de ese título.

15

Parecía apropiado que el regreso a la cima se produjera en medio de un parón energético. Jahns tenía la sensación de que sus energías, en cumplimiento del nuevo decreto, iban menguando a cada laborioso paso que daba. La agonía del descenso había sido una mera broma y la incomodidad del movimiento constante se había hecho pasar por fatiga real. Pero ahora sus débiles músculos tuvieron que someterse a un auténtico esfuerzo. Cada paso era una conquista. Llevaba un pie al peldaño siguiente, colocaba una mano sobre la rodilla y ascendía otros veinticinco centímetros de una escalera que parecía medir mil kilómetros.

En el rellano de su derecha se leía el número «58». Cada uno de ellos parecía estar a la vista durante una eternidad. Todo lo contrario que en el viaje de ida, donde podía perderse en sus pensamientos y soñar despierta durante varios pisos. Ahora los rellanos iban apareciendo poco a poco por detrás de la barandilla y se quedaban ahí, como burlándose de ella a la débil luz verdosa de las lámparas de emergencia mientras luchaba por continuar su ascenso con pasos lentos, pesados y vacilantes.

Marnes caminaba a su lado, con la mano en la barandilla interior mientras la de ella se apoyaba en la exterior. Entre ambos, el tintineo del bastón sobre los solitarios peldaños que los separaban. En ocasiones sus brazos se rozaban. Parecía que hubieran pasado meses fuera, lejos de su oficina, de sus obligaciones, de su fría familiaridad. La aventurera incursión en las profundidades en busca de un nuevo comisario había salido de manera distinta a como Jahns la había imaginado. Había soñado con un retorno a la juventud y en su lugar se había encontrado perseguida por viejos fantasmas. Había esperado encontrar un vigor renovado y en su lugar había sentido todo el peso de los años en las rodillas y en la espalda. Lo que iba a ser una travesía triunfal a través del silo se había convertido en una penosa excursión en estado de relativo anonimato, y ahora se preguntaba si había sido necesario que se encargara en persona de aquella misión.

El mundo que la rodeaba estaba estratificado. Lo veía con más claridad que nunca. La parte superior se contentaba con una imagen borrosa del exterior, sin pararse a pensar de dónde salía el zumo que disfrutaba en el desayuno. La gente que vivía debajo y trabajaba los jardines o limpiaba las jaulas de los animales giraba alrededor de un mundo propio, hecho de tierra, vegetación y fertilizante. Para ellos, la vista del exterior era algo periférico, que ignoraban hasta que se producía una limpieza. Y luego estaban los subterráneos, los talleres de recambios y los laboratorios de química, el bombeo del petróleo y el rechinar de los engranajes, el prosaico mundo de las uñas manchadas de grasa y el hedor a esfuerzo. Para esta gente, el mundo exterior y la comida que llegaba en un lento goteo desde arriba eran rumores y sustento vital. El objeto del silo era que la gente pudiera seguir manteniendo las máquinas en funcionamiento, mientras que para Jahns las cosas siempre habían sido al revés durante toda su vida.

El rellano cincuenta y siete apareció tras una neblina de penumbra. Había una muchachita sentada en la rejilla de acero, con las rodillas levantadas y los brazos alrededor de ellas, y un libro infantil, protegido por un forro de plástico, bajo la débil luz de una bombilla. Jahns observó a la niña, cuya total inmovilidad se interrumpía sólo por el vuelo de los ojos sobre las coloridas páginas. No desvió la mirada una sola vez para ver quién pasaba por delante de la zona residencial. La dejaron atrás y poco a poco se fue disolviendo en la oscuridad mientras Jahns y Marnes continuaban con su penoso avance, exhaustos al cabo de tres días de ascenso, sin vibraciones ni ruido de pisadas por encima o por debajo. El silo estaba silencioso e inquietantemente despojado de vida, como para dar espacio para que dos viejos amigos, dos camaradas, caminaran codo con codo sobre los escalones de pintura desconchada, rozando sus manos de vez en cuando.

Pasaron aquella noche en la oficina del ayudante de los niveles intermedios. El agente de la sección insistió en que aceptaran su hospitalidad y Jahns, deseando recabar los máximos apoyos posibles para un nuevo comisario que no procedía de la profesión, aceptó gustosa. Tras tomar una cena fría en una oscuridad casi completa y mantener una conversación intrascendente el tiempo suficiente para complacer a su anfitrión y su esposa, la alcaldesa se retiró a la oficina, donde le habían preparado un sofá cama con unas sábanas de misteriosa procedencia que olían a jabón de dos cupones. Marnes tenía un camastro en la celda, que aún apestaba a ginebra de alambique y a un borracho que se había excedido en su entusiasmo tras la limpieza.

Las luces eran tan tenues que cuando se apagaron no se dieron cuenta. Jahns se tumbó en el sofá cama en la oscuridad. Sus músculos palpitantes se solazaron en la inmovilidad. Tenía los pies acalambrados y endurecidos, como si estuviesen hechos de hueso macizo, y la espalda agarrotada y desesperadamente necesitada de un masaje. Pero su mente continuaba en movimiento. Volvía una vez tras otra a las conversaciones con las que habían ocupado el tiempo durante su último día de ascenso.

Era como si Marnes y ella estuvieran dando vueltas uno alrededor del otro, tanteando el recuerdo de antiguas atracciones, sondeando la dulzura de viejas cicatrices, buscando algún punto todavía tierno en sus cuerpos quebradizos y rotos, sobre la piel arrugada y reseca y dentro de unos corazones encallecidos por la ley y la política.

El nombre de Donald surgía con frecuencia, a modo de tentativa, como un niño que se cuela a hurtadillas en la cama de los adultos y obliga a los amantes a hacerle un sitio entre los dos. Jahns volvió a sentir la nostalgia por su fallecido marido. Por primera vez en su vida dejó que la invadiera el pesar por las décadas de soledad que había sufrido tras su muerte. Lo que siempre le había parecido una vocación —aquella vida apartada de los demás, al servicio de un bien mayor— se le antojaba ahora una maldición. Le habían arrancado la vida. La habían exprimido. Y la destilación de sus esfuerzos y los años sacrificados se había filtrado gota a gota a través de un silo que, apenas cuarenta pisos por debajo, casi no la conocía y apenas pensaba en ella.

La parte más triste de aquel viaje había sido el entendimiento al que había llegado con el fantasma de Holston. Ya podía admitirlo: una de las razones fundamentales de su aventura, e incluso puede que la razón de que quisiera a Juliette como comisaria, había sido escapar a las profundidades, huir de la triste imagen de dos amantes acurrucados en la ladera de una colina para que los vientos se llevasen poco a poco su derrochada juventud. Había partido para escapar de Holston y lo que había hecho era encontrarlo. Ahora comprendía, si no el misterio por el que todos aquellos a los que enviaban al exterior acababan limpiando, al menos por qué había quien se presentaba voluntario. Era mejor unirse a los fantasmas que sufrir su acoso. Para llevar una vida vacía, más valía no llevar ninguna...

La puerta de la oficina del ayudante se abrió con un chirrido que ni toda la grasa del mundo habría podido ocultar ya. Jahns intentó incorporarse y ver en la oscuridad, pero tenía los músculos demasiado agarrotados y los ojos demasiado viejos. Pensó en hablar, en decirles a sus anfitriones que estaba bien, que no necesitaba nada, pero lo que hizo fue escuchar.

Unos pasos se acercaron a ella, casi inaudibles sobre la desgastada alfombra. No hubo palabras, sólo el crujido de unas articulaciones viejas al aproximarse a la cama, una fragante sábana que se levantaba en la oscuridad y el entendimiento entre dos fantasmas vivientes.

Jahns sintió que se quedaba sin aliento. Su mano buscó a tientas la mano que había levantado las sábanas. Se deslizó sobre el pequeño sofá cama para hacer sitio al otro y lo atrajo a su lado.

Marnes la rodeó con los brazos y se introdujo por debajo de ella hasta dejarla tendida de lado, con una pierna sobre él y las manos en su cuello. Sintió que el bigote le rozaba la mejilla y sintió que los labios de Marnes se fruncían y rozaban los suyos en la comisura.

Jahns le puso las manos en los pómulos y enterró la cara en el hombro de Marnes. Lloró como una colegiala, como una sombra reciente que se siente perdida y asustada en los salvajes parajes de un trabajo extraño y aterrador. Lloró de miedo, pero el miedo no tardó en disolverse. Se disolvió como el dolor de su espalda bajo las caricias de las manos de él. Se disolvió hasta desaparecer, transformado en entumecimiento, y luego, tras lo que se le antojó una eternidad de sollozos temblorosos, las sensaciones tomaron el control.

Jahns notaba la piel viva. Sentía el hormigueo del contacto de la carne con la carne, de su antebrazo apoyado sobre las duras costillas de Marnes, de sus manos en sus hombros, de las manos de él en sus caderas. Y entonces las lágrimas fueron de gozosa liberación, en parte luto por el tiempo perdido en parte bienvenida tristeza por un momento largo tiempo demorado que por fin estaba allí, envolviéndola con los brazos y sujetándola con fuerza.

Se quedó dormida así, exhausta por algo más que la subida, sin otra cosa que unos besos temblorosos, las manos entrelazadas con las de él y un susurro de ternura y cariño antes de que las profundidades del sueño la arrastraran consigo y el agotamiento de sus articulaciones y huesos sucumbieran a un letargo que no deseaba pero necesitaba desesperadamente. Durmió entre los brazos de un hombre por primera vez en décadas, y despertó en una cama familiarmente vacía pero con el corazón extrañamente lleno.

A mediados del cuarto y último día de ascenso, dejaron atrás el piso cuarenta y entraron en el territorio de Informática. Jahns se dio cuenta de que estaba haciendo cada vez más paradas para beber y frotarse los músculos, no por un agotamiento que en realidad fingía, sino por el miedo que le inspiraban la visita a Bernard y la perspectiva de que terminara el viaje.

Las sombras oscuras y profundas que proyectaba el parón energético los seguían camino arriba y el tráfico continuaba siendo escaso, puesto que la mayoría de los comerciantes había decidido cerrar sus negocios mientras se realizaban los trabajos de mantenimiento del silo. Juliette, que se había quedado atrás para supervisar las reparaciones, ya los había advertido sobre el parpadeo de las luces provocado por el generador auxiliar. Sin embargo, el efecto de aquella iluminación titubeante había acabado con sus nervios durante el largo ascenso. El constante parpadeo le recordó a una bombilla averiada que había padecido durante buena parte de su primer mandato. Dos técnicos distintos de Electricidad habían acudido a inspeccionarla, y ambos habían dictaminado que era demasiado funcional para reemplazarla. Había tenido que apelar directamente a McLain, que ya por entonces era jefa de Suministros, para conseguir que se la cambiaran.

Jahns recordaba que McLain le había llevado la bombilla en persona. No hacía mucho que ocupaba el cargo de jefa de Suministros e hizo aquel viaje para darle la bombilla. Ya por entonces Jahns miraba con admiración a aquella mujer, aquel modelo de poder y responsabilidad. McLain le preguntó por qué no había hecho lo que todo el mundo: terminar de estropear la bombilla.

A Jahns, el hecho de que no se le hubiera ocurrido la idea la preocupó durante algún tiempo... hasta que empezó a sentirse orgullosa, hasta que llegó a conocer lo bastante a McLain como para darse cuenta de que su pregunta era en realidad una alabanza y el hecho de llevársela en persona un gesto de reconocimiento.

Al llegar al treinta y cuatro, Jahns tuvo la sensación de que, en cierto modo, volvía a estar en casa. De regreso al reino de lo conocido, el rellano principal de Informática. Esperó junto a la barandilla, con una mano apoyada en ella y la otra en el bastón, mientras Marnes se acercaba a la puerta. Al abrirse ésta, el pálido resplandor de las luces de emergencia desapareció del rellano, engullido por la intensidad de la iluminación que brillaba en el interior. No se le había dado al hecho demasiada publicidad, pero una de las razones de los graves recortes energéticos que sufría la mayoría del silo eran las exenciones concedidas a Informática. Bernard se había dado mucha prisa en señalar varias cláusulas del Pacto para sustentar su petición. Juliette había protestado diciendo que los servidores no debían tener prioridad sobre las luces de crecimiento de las huertas, pero al final acabó por resignarse. Al menos de este modo podría volver a alinear el generador principal. Jahns le dijo que lo considerara su primera lección sobre compromiso político. Juliette respondió que lo veía como una muestra de debilidad.

Bernard estaba esperándolos al otro lado de la entrada, con una expresión tan agria como si acabara de comerse una fruta demasiado verde. La conversación que estaban manteniendo a un lado varios miembros del departamento cesó en cuanto aparecieron, y Jahns tuvo la certeza de que los habían visto llegar y los esperaban.

—Bernard —dijo tratando de aparentar normalidad en la respiración. No quería que supiese lo cansada que estaba. Que creyera que regresaba paseando tranquilamente desde los subterráneos como si fuese la cosa más normal del mundo.

—Marie.

Fue un desaire deliberado. En cuanto a Marnes, ni lo miró ni reaccionó en modo alguno a su presencia en la sala.

—¿Quiere firmar los documentos aquí o en la sala de juntas? —preguntó Jahns mientras metía la mano en la mochila para sacar el contrato con el nombre de Juliette.

—¿A qué está jugando, Marie?

Jahns sintió que su temperatura corporal empezaba a aumentar. Los trabajadores, con los monos plateados de Informática, observaban atentamente la conversación.

—¿Jugando? —preguntó.

—¿Cree que este parón energético tiene gracia? ¿Es su manera de devolvérmela?

—¿Devolvérsela...?

—Tengo los servidores, Marie...

—Los servidores cuentan con pleno suministro energético —le recordó Jahns alzando la voz.

—Pero la refrigeración llega a través de tuberías desde Mecánica, y si la temperatura sube más habrá que reducir las cargas de trabajo, ¡cosa que nunca antes hemos tenido que hacer!

Marnes se interpuso entre ambos con las manos alzadas.

—Calma —dijo con frialdad, clavando los ojos en Bernard.

—Quíteme de encima a su pequeña sombra —dijo éste.

Jahns puso una mano sobre el brazo de Marnes.

—El Pacto es muy claro, Bernard. La decisión es mía. Los nombramientos me corresponden a mí. Usted y yo siempre hemos colaborado a la hora de decidir...

—Y le dije que la chica de los pozos no nos sirve...

—El puesto ya es suyo —lo interrumpió Marnes. Jahns se dio cuenta de que había apoyado la mano en la culata de su arma. No sabía si Bernard lo había visto, pero el caso es que guardó silencio. Pero sus ojos no se apartaron de los de Jahns.

—No pienso firmar.

—Pues la próxima vez no se lo pediré.

Bernard sonrió.

—¿Cree que sobrevivirá a otro comisario? —Se volvió hacia sus hombres y llamó a uno de ellos con un gesto—. No sé por qué, lo dudo. —Uno de los técnicos, un joven, se apartó del grupo y se acercó. Jahns recordaba haberlo visto en la cafetería algunas noches, cuando se quedaba trabajando hasta tarde. Lukas, si no recordaba mal. El muchacho le estrechó la mano y la saludó con cierta timidez.

Bernard agitó una mano en el aire con gesto de impaciencia.

—Firma lo que te diga, yo me niego. Haz copias. Encárgate de todo lo demás. —Hizo un ademán despectivo, se volvió y miró a Marnes y a Jahns de arriba abajo una última vez, con una expresión que parecía decir que lo asqueaba su condición, su edad, el puesto que ocupaban, vete a saber qué—. Ah, que Sims les rellene las cantimploras y asegúrate de que tienen comida suficiente para volver arrastrándose a casa. Que no les falte de nada a esas viejas piernas para salir de aquí y volver al sitio al que pertenecen.

Con estas palabras, se alejó hacia las puertas que conducían al corazón de Informática, donde los servidores zumbaban quedamente mientras la temperatura ascendía en el aire casi inmóvil que los rodeaba. Era como el calor que emite la carne en respuesta a la furia, cuando los capilares se contraen y la sangre se calienta hasta casi hervir en las venas.

16

Los pisos comenzaron a pasar con mayor rapidez a medida que se aproximaban a casa. En las zonas más oscuras de la escalera, entre pisos silenciosos donde se acurrucaba la gente a la espera de que volviese la normalidad, unas manos ancianas se entrelazaron y comenzaron a columpiarse entre los dos viajeros de manera descarada y abierta, mientras las otras ascendían deslizándose sobre el frío acero de las barandillas.

Jahns sólo se soltaba esporádicamente para asegurarse de que el bastón seguía bien sujeto en su mochila o para coger la cantimplora de Marnes y darle un trago. Se habían acostumbrado a beber de la cantimplora del otro, porque era más fácil que echar las manos a la espalda. Y además, aquello de transportar el sustento que necesitaba el otro y poder ofrecérselo de manera recíproca, en una relación perfectamente equitativa, era un gesto dotado de cierta dulzura. Algo por lo que valía la pena soltarse las manos. Al menos durante un momento.

Jahns terminó de beber, enroscó el tapón de metal con su cadenita y volvió a dejar la cantimplora en el bolsillo exterior de Marnes. Se moría por saber si las cosas cambiarían al regresar. Sólo estaban a veinte pisos. De pronto era como si una distancia que se le había antojado imposible el día anterior pudiera pasar sin que se diesen cuenta. Y cuando llegaran, ¿traería el entorno conocido los comportamientos de siempre? ¿Se iría transformando en un sueño lo que había sucedido la noche pasada? ¿Volverían a perseguirlos los viejos fantasmas?

Deseaba preguntar todas estas cosas, pero en lugar de hacerlo hablaba de trivialidades. ¿Cuándo estaría Jules, como insistían en llamarla, lista para empezar a trabajar? ¿Qué casos de los que Holston y él tenían abiertos eran más urgentes? ¿Qué concesiones realizaría para mantener contenta a Informática, para calmar a Bernard? ¿Y cómo respondería al descontento de Peter Billings? ¿Qué influencia podía tener sobre los casos que le tocaría juzgar un día en su condición de magistrado?

Jahns sentía mariposas en el estómago al hablar de estas cosas. O puede que fuesen los nervios por todo lo que habría querido decir pero tenía que callar. Los temas eran tan numerosos como las partículas de polvo del aire del exterior, y al igual que éstas, seguramente le habrían dejado la garganta reseca y la lengua paralizada. Descubrió que cada vez bebía con más frecuencia de la cantimplora de Marnes. Oía el chapoteo de su propia agua a la espalda y los gruñidos de su estómago al llegar a cada rellano, cada número que iban desgranando de camino a la conclusión de su viaje, de aquella aventura que, en tantos aspectos, se había saldado con un éxito rotundo.

Para empezar, tenían a su comisaria. Una vehemente mujer de los subterráneos que parecía tan segura de sí misma y tan capaz de liderar a los demás como le había prometido Marnes. Jahns veía en gente como ella el futuro del silo. Gente capaz de pensar a largo plazo. De planificar. Gente que se encargaba de que se hicieran las cosas. Había precedentes de comisarios que se habían presentado a alcaldes. Pensó que Juliette sería una elección perfecta.

Y hablando de elecciones, el viaje también había servido para atizar las llamas de sus objetivos y ambiciones. La perspectiva de los próximos comicios volvía a entusiasmarla, aunque no tuviese rival. Incluso había estado elaborando docenas de discursos durante el camino de regreso. Ahora veía cómo se podían hacer mejor las cosas, cómo podía cumplir con sus deberes con mayor diligencia y cómo se podía insuflar nueva vida a los viejos huesos del silo.

Pero el mayor reto era lo que había crecido entre Marnes y ella. Hasta le había dado por pensar, durante las últimas horas, que la auténtica razón por la que nunca había aceptado ningún ascenso era ella. Como ayudante, había distancia suficiente entre ellos para albergar sus esperanzas, el sueño imposible de tenerla. Como comisario era imposible. El conflicto de intereses sería demasiado grande, porque se habría convertido en su superiora inmediata. Esta teoría contenía tanto una intensa tristeza como una dulzura sobrecogedora. Le apretó la mano al pensar en ello y sintió que la idea la llenaba con un profundo vacío, una opresión en las entrañas por todo lo que había sacrificado, así como un deseo incontenible de vivir al máximo, pasara lo que pasara a continuación.

Estaban acercándose al piso de la guardería. No tenían previsto visitar al padre de Juliette para pedirle que recibiera a su hija cuando subiese, pero Jahns cambió de idea debido a las necesidades de su vejiga.

—Tengo que ir, en serio —le aseguró a Marnes, avergonzada como una niña al admitir que no podía contenerse. Tenía la boca seca y el estómago revuelto por exceso de líquido y tal vez también, un poco, por miedo a que terminara el viaje—. Y la verdad es que tampoco me importaría ver al padre de Juliette —añadió.

Las puntas del bigote de Marnes se arquearon hacia arriba al oír aquella excusa.

—En ese caso habrá que parar —dijo.

La sala de espera estaba vacía y los carteles les recordaban que debían guardar silencio. Jahns se volvió hacia la pared de cristal y vio que una enfermera se aproximaba por el oscuro pasillo con un gesto ceñudo que se transformó en una pequeña sonrisa al reconocerla.

—Alcaldesa... —susurró.

—Siento no haber avisado, pero esperaba tener la oportunidad de ver al doctor Nichols. Y, si fuera posible, utilizar su cuarto de baño...

—Naturalmente. —Pulsó el botón de apertura y les indicó que pasaran—. Hemos tenido dos partos desde la última vez que pasó usted por aquí. Las cosas se han descontrolado un poco con todo el lío del generador.

—Parón energético —la corrigió Marnes con voz brusca y un poco más alta que las de ellas.

La enfermera lo miró un momento en silencio, pero entonces asintió, como si hubiera tomado nota diligentemente. Cogió dos batas de las estanterías y se las ofreció mientras les indicaba que dejasen sus cosas junto a su escritorio.

Una vez en la sala de espera, los invitó a tomar asiento y les dijo que iría a buscar al doctor.

—Los baños están por allí. —Señaló una puerta con un antiguo símbolo, casi borrado por la acción repetida de los productos de limpieza.

—Ahora vuelvo —dijo la alcaldesa a Marnes. Tuvo que reprimir el impulso de cogerle la mano y apretársela. Se sentía como si aquella costumbre, oculta y nacida en la oscuridad, se hubiera convertido en algo normal.

El baño estaba prácticamente a oscuras. Jahns se peleó con la cerradura de diseño desconocido del cubículo, maldijo entre dientes al sentir un nuevo y más intenso retortijón y finalmente logró abrir y corrió al inodoro para sentarse. Al aliviarse se sintió como si le ardieran las tripas. La mezcla entre la agradable sensación de liberación y la quemazón provocada por haberse contenido durante demasiado tiempo la dejó casi sin aliento. Permaneció así durante lo que se le antojó una eternidad, sentada, con las piernas afectadas por un temblor incontrolable, y entonces se dio cuenta de que se había exigido demasiado durante el viaje de regreso. La idea de subir otros veinte pisos la angustiaba, la llenaba con un vacío de temor. Después de terminar se limpió en el bidé y luego se secó con una de las toallas. Apretó los dos botones de la cisterna para soltar el agua. Todo esto tuvo que hacerlo en la oscuridad, a ciegas, en un espacio tan desconocido como familiares le resultaban los de su apartamento y su despacho.

Salió del baño tambaleándose y con las piernas temblorosas. Tal vez tuviera que quedarse un día más, dormir en una de las camas de las parturientas y aguardar al día siguiente para concluir el viaje. Al abrir la puerta de la sala de espera, donde aguardaba Marnes, apenas sentía las piernas.

—¿Mejor? —preguntó el ayudante. Estaba sentado en uno de los bancos reservados para las familias de las parturientas con un elocuente espacio libre a su lado. Jahns asintió y se sentó con pesadez. Respiraba con entrecortados jadeos y empezó a preguntarse si admitir ante él que no podía continuar hasta el día siguiente sería una demostración de debilidad—. ¿Jahns? ¿Te encuentras bien?

Marnes se inclinó hacia adelante. No la miraba a ella sino el suelo.

—Jahns. ¿Qué es eso?

—Baja la voz —susurró ella.

Lo que hizo Marnes fue gritar.

—¡Doctor! —exclamó—. ¡Enfermera!

Una forma se movió tras el cristal tintado de la enfermería. Jahns apoyó la cabeza sobre el respaldo del asiento y trató de formar las palabras necesarias para decirle que se tranquilizara.

—Jahns, cielo, ¿qué te han hecho?

Le había cogido la mano y estaba dándole unas palmaditas. Le sacudió el brazo. Jahns sólo quería dormir. Oyó el ruido de unos pasos que se aproximaban. Unas luces insoportablemente intensas se encendieron. Oyó la conocida voz del padre de Juliette, un médico. Iban a llevarla a la cama, era evidente que estaba agotada...

Dijeron algo sobre la sangre. Alguien estaba examinando sus piernas. Marnes derramaba unas lágrimas sobre su bigote blanco salpicado de negro. Empezó a sacudirla por los brazos mientras la miraba a los ojos.

—Estoy bien —trató de decir Jahns.

Se pasó la lengua por los labios. Estaban muy secos. Lo mismo que su boca. Pidió agua. Marnes buscó la cantimplora con manos nerviosas, se la acercó a los labios y el agua chocó con las paredes de la boca y se metió dentro.

Trató de tragarla, pero no pudo. La tendieron sobre el banco y el médico le palpó las costillas mientras le enfocaba una luz sobre los ojos. Pero ni aun así logró despejar las sombras que se cernían sobre ella.

Marnes cogió la cantimplora con una mano mientras le acariciaba el pelo con la otra. Estaba sollozando. Por alguna razón parecía tristísimo. Y tenía muchas más fuerzas que ella. Le sonrió y, con un esfuerzo milagroso, logró alargar el brazo hacia su mano. Lo agarró por la muñeca y le dijo que lo quería. Su mente cansada estaba dejando escapar los secretos, estaba susurrándoselos a él mientras las lágrimas surcaban el rostro de Marnes.

Vio que sus ojos, luminosos y rodeados de arrugas, la miraban y luego se volvían hacia la cantimplora que sujetaba.

La cantimplora que había llevado todo el rato.

Con el agua, comprendió Jahns, y el veneno destinado a él.

17

La sala del generador estaba inusualmente abarrotada y sumida en un silencio inquietante. Tras la barandilla había tres filas de mecánicos con monos gastados observando el trabajo del primer turno. Juliette sólo era vagamente consciente de su presencia. Lo era mucho más del silencio.

Estaba apoyada en una máquina construida por ella misma, una plataforma elevada, soldada al suelo de metal y recubierta de espejos y ranuras diminutas que hacían rebotar una luz por toda la sala. La luz incidía sobre una serie de espejos que cubrían el generador y su gran dinamo para ayudarla a conseguir una alineación perfecta. Era el eje que los unía lo que le importaba, el alargado cilindro de acero, tan grueso como la cintura de un hombre, donde el potencial del combustible se transformaba en la chispa de la electricidad. Su objetivo era que las dos máquinas que unían ambos extremos del cilindro quedaran alineadas con un margen de error de media milésima de centímetro. Pero nada de lo que estaban haciendo tenía precedente. Habían planificado precipitadamente los procedimientos en sesiones nocturnas mientras se preparaba el generador de reserva. Y ahora lo único que podía hacer era concentrarse, esperar que los turnos de dieciocho horas sirviesen para algo y confiar en los planes que había elaborado cuando todavía tenía tiempo de descansar como es debido y aún podía pensar con claridad.

Mientras ella dirigía los preparativos finales, la sala, a su alrededor, continuaba sumida en un silencio mortal. A una señal suya, Marck y su equipo apretaron varios de los enormes tornillos de los nuevos soportes de goma del suelo. El parón energético se prolongaba ya cuatro días. El generador tenía que estar montado y en funcionamiento por la mañana y a plena potencia la noche siguiente. Le habían hecho tantas cosas —reemplazar los sellos y juntas o pulir los émbolos de metal, tarea que había obligado a jóvenes sombras a meterse en el corazón de la bestia— que Juliette tenía miedo hasta de ponerlo en marcha. El generador no se había desconectado totalmente en toda su vida. El viejo Knox aún recordaba que en una ocasión se había parado durante una emergencia, cuando él no era más que una sombra, pero para todos los demás su trepidación había sido una presencia tan permanente y familiar como los latidos de sus propios corazones. Juliette sentía sobre los hombros una presión insólita. La idea de llevar a cabo el parón energético para poner el equipo a punto era suya. Se tranquilizó pensando que estaban haciendo lo que debían y que lo peor que podía suceder era que el parón se prolongase más tiempo del previsto para resolver todos los problemas que se presentaran. Lo cual era preferible a una parada catastrófica varios años más tarde.

Marck le indicó con un gesto que los tornillos estaban asegurados y las contratuercas fijas. Juliette bajó de un salto de la improvisada plataforma y se reunió con él junto al generador. Era difícil caminar de manera normal con tantas miradas encima. No podía creer que aquella alborotadora cuadrilla, aquella familia amplia y disfuncional a la que pertenecía, pudiese mantenerse en tan perfecto silencio. Era como si estuviesen todos aguantando la respiración a la vez, preguntándose si la locura de los últimos días iba a servir para algo.

—¿Listo? —preguntó a Marck.

Éste asintió mientras se limpiaba las manos con un trapo mugriento que parecía tener siempre colgado del hombro. Juliette consultó su reloj. La visión de la manecilla larga, avanzando en su constante trayectoria, la tranquilizó. Siempre que la asaltaba la duda sobre si algo iba a funcionar miraba su reloj de pulsera. No para comprobar la hora, sino para ver una cosa que había logrado arreglar. Una reparación tan compleja e imposible —años de limpieza y de preparación de piezas tan pequeñas que eran casi invisibles— que, en comparación, la tarea que debía afrontar, fuera la que fuese, siempre parecía insignificante.

—¿Estamos dentro de los plazos previstos? —preguntó Marck con una sonrisa.

—Vamos bien. —Señaló la sala de control con un gesto de la cabeza. Comenzaron a brotar murmullos entre la multitud. La gente se había dado cuenta de que el reinicio era inminente. Docenas de los presentes cogieron los protectores para los oídos que llevaban colgados del cuello y se los pusieron sobre las orejas. Juliette y Marck se reunieron con Shirly en la sala de control.

—¿Cómo vamos? —preguntó Juliette a la segunda capataz, una mujer joven y menuda pero de formidable voluntad.

—De fábula —respondió Shirly mientras seguía haciendo pequeños ajustes, todas las correcciones que se habían hecho necesarias con el paso de los años. Esta vez estaban trabajando desde cero, nada de parches y apaños con los que disimular los síntomas, como las otras veces. Un nuevo comienzo—. Estamos listos —dijo.

Se apartó de los controles y se colocó junto a su esposo. El gesto de abandonar los controles tenía una significación evidente. Era el proyecto de Juliette, tal vez la última cosa que tendría que reparar en las profundidades de Mecánica. Todo el honor y la responsabilidad de poner en marcha el generador le correspondían a ella.

Juliette se acercó al panel de control y examinó los botones y ruedas. Habría podido localizarlos incluso en la oscuridad. Le costaba creer que aquella fase de su vida hubiera terminado y estuviese a punto de comenzar otra. La idea de marcharse a los pisos superiores la asustaba más que este último proyecto. La perspectiva de abandonar a sus amigos y familiares, de tratar con políticos, no tenía un sabor tan dulce en sus labios como la grasa y el sudor. Pero al menos allí arriba tenía aliados. Si gente como Jahns y Marnes podía conseguirlo, podía sobrevivir, ella también tenía que poder.

Con un temblor en la mano, fruto más del agotamiento que de los nervios, Juliette encendió el motor de arranque. Con un fuerte zumbido, el pequeño motor eléctrico trató de poner en movimiento el enorme generador diésel. El momento se prolongó durante lo que parecía una eternidad, pero Juliette no tenía ni idea de cómo debía sonar en condiciones normales. Marck se encontraba junto a la puerta. Su cometido era mantenerla abierta para que si alguien gritaba que cancelasen el procedimiento pudieran oírlo. Miró a Juliette, que seguía con la mano en el interruptor de encendido, con el ceño fruncido por arrugas de preocupación, mientras en la sala contigua el motor de arranque zumbaba y gemía.

En el exterior, alguien agitó los dos brazos tratando de llamar la atención de Juliette desde el otro lado del cristal.

—Apágalo, apágalo —dijo Marck. Shirly corrió al panel de control para ayudarla.

Juliette apartó la mano del interruptor de ignición y la acercó al de cancelación, pero no lo pulsó. Sonó un ruido fuera. Un potente zumbido. Le dio la impresión de que podía sentirlo a través del suelo, aunque no era como las vibraciones de antes.

—¡Funciona! —gritó alguien.

—Funciona —dijo Marck con una carcajada.

En la otra sala, los mecánicos comenzaron a dar voces de alegría. Alguien se quitó los protectores para los oídos y los lanzó al aire. Juliette se dio cuenta de que el motor de arranque era más ruidoso que el generador reparado y que había mantenido pulsado el control de ignición incluso después de que éste empezase a funcionar.

Shirly y Marck se abrazaron. Juliette comprobó los niveles de presión y temperatura de todos los indicadores recalibrados y vio pocas cosas que necesitaran ajustes, pero no podría estar segura del todo hasta que el motor se calentara. Tenía un nudo en la garganta por la emoción, por la liberación de tanta presión acumulada. Los trabajadores saltaban por encima de la barandilla para congregarse alrededor de la bestia reconstruida. Incluso algunos que raras veces bajaban hasta allí alargaban los brazos para tocarla, casi con reverente sobrecogimiento.

Juliette salió de la sala de control para verlos, para escuchar el sonido de una máquina en perfecto estado de funcionamiento, de unos engranajes bien alineados. Se colocó detrás de la barandilla con las manos apoyadas en una barra de acero que hasta entonces traqueteaba y bailaba al compás del movimiento del generador y observó la insólita celebración que tenía lugar en un espacio de trabajo que la gente solía evitar. Era un zumbido magnífico. Potencia sin miedo. La culminación de tanto y tan apresurado trabajo y tanta planificación.

El éxito le insufló una nueva confianza por lo que la esperaba en el futuro inmediato, lo que la esperaba arriba. Estaba tan entusiasmada y tan concentrada en la potente y renovada maquinaria que no se fijó en el joven porteador que entraba corriendo en la sala, con el rostro ceniciento y el pecho hinchado por la violencia de la respiración de una larga y frenética carrera. Casi no reparó en cómo avanzaba la noticia de boca en boca por la sala, propagándose entre los mecánicos al mismo tiempo que las expresiones de miedo y tristeza. Hasta que la celebración no languideció por completo y la sala quedó sumida en un silencio distinto, tachonado de sollozos, jadeos e incredulidad, de lamentos de hombres adultos, Juliette no se dio cuenta de que algo iba mal.

Había sucedido algo. Una maquinaria grande y poderosa había quedado desalineada.

Y no tenía nada que ver con su generador.

TERCERA PARTE

Expulsión

18

Había números en cada uno de los bolsillos. Cuando Juliette bajaba la mirada hacia el pecho podía leerlos, así que supuso que los habrían cosido del revés. Eran para que los leyera ella y nadie más. Con la mente entumecida, los miró a través del visor del casco mientras sellaban la puerta a su espalda. Había otra puerta, una puerta prohibida, que se cernía amenazante frente a ella. Estaba en silencio, esperando a que la abrieran.

Juliette se sentía perdida en el vacío entre las dos puertas, atrapada en aquella esclusa llena de tuberías de brillantes colores que sobresalían de las paredes y el techo, apenas visibles tras unos sudarios de plástico.

El siseo del argón bombeado al interior de la sala sonaba muy distante a través de su casco. Al oírlo supo que el fin se acercaba. La presión comenzó a dejarse sentir en el plástico, que se arrugó sobre el banco y las paredes y se tensó alrededor de las tuberías. Pudo sentir la presión contra su traje, como una mano invisible que la apretara con delicadeza.

Sabía lo que sucedería a continuación. Y una parte de ella se preguntó cómo había terminado allí, ella, una chica de Mecánica a la que nunca le había importado un comino el exterior, que sólo había quebrantado leyes sin importancia y que se habría contentado con pasar el resto de su vida en las entrañas de la tierra, cubierta de grasa, reparando cosas rotas, sin preocuparse por el mundo de muertos que la rodeaba.

19

Unos días antes

Juliette estaba sentada en el suelo de la celda, con la espalda apoyada en la alargada hilera de barrotes de acero, observando el mundo hostil que se desplegaba frente a sus ojos sobre la pantalla de la pared. Durante los tres últimos días, mientras trataba de aprender a ser comisaria del silo, había estudiado una y otra vez aquella vista del exterior sin llegar a comprender a qué venía tanto revuelo.

Lo único que ella veía allí fuera eran monótonas laderas de tierra, aquellas colinas grisáceas que se levantaban hacia unas nubes aún más grisáceas, bajo un sol moteado que pugnaba sin demasiado éxito por iluminar la tierra. Sobre todo ello soplaban los vientos terribles, las bocanadas frenéticas que levantaban nubecillas de tierra y las transformaban en volutas y espirales que jugaban a perseguirse unas a otras en una tierra concebida sólo para ellas.

Para Juliette no había nada inspirador en la imagen, nada que despertase su curiosidad. Era un yermo inhabitable, desprovisto de cualquier cosa útil. No había recursos, aparte del contaminado acero de las torres medio en ruinas que se alzaban más allá de las colinas. Un acero que, a buen seguro, sería más caro de transportar, fundir y purificar que lo que les costaba extraer el de las minas que el silo tenía debajo.

Los sueños prohibidos del mundo exterior, veía ahora, eran tristes y vacíos. Eran sueños muertos. La gente de los pisos superiores, que veneraba aquella vista, lo había comprendido todo al revés. El futuro estaba debajo. De allí provenía el petróleo del que extraían la energía, los minerales con los que se fabricaban todas las cosas útiles, el nitrógeno que renovaba los suelos de las granjas. Todo el que practicaba las artes de la química o de la metalurgia lo sabía. Los que leían libros infantiles, los que trataban de reconstruir el rompecabezas de un pasado olvidado e imposible de conocer, permanecían sumidos en un engaño.

El único sentido que podía encontrarle a su obsesión era el espacio abierto, un rasgo del paisaje que, sinceramente, la aterraba. Puede que hubiera algo malo en ella, en el hecho de que amase los muros del silo, los oscuros confines de los subterráneos. ¿Estaban locos todos los demás, los que albergaban sueños de fuga? ¿O era ella la perturbada?

Apartó la vista de las colinas resecas y de la neblina que cubría los suelos para dirigirla a las carpetas desordenadas que la rodeaban. Era el trabajo inacabado de su predecesor. Tenía una reluciente estrella en equilibrio sobre una de las rodillas. El metal estaba aún impoluto. Sobre una de las carpetas descansaba una cantimplora, protegida dentro de una de las bolsas de plástico reutilizables donde guardaban las pruebas. Ahora que había cumplido con su letal cometido era la viva imagen de la inocencia, allí tendida. En la bolsa había varios números escritos con tinta negra y luego tachados, casos resueltos o abandonados tiempo atrás. A un lado destacaba un número nuevo, el de un caso cuya carpeta aún no estaba presente, una carpeta llena con páginas y páginas de testimonios sobre una alcaldesa a la que todo el mundo había apreciado... pero que alguien había asesinado.

Juliette había visto algunas de aquellas notas, pero sólo desde lejos. Estaban escritas por la mano del ayudante Marnes, una mano que no parecía dispuesta a desprenderse de la carpeta, que la aferraba con violento afán. La había vislumbrado de vez en cuando desde el otro lado de la mesa y había visto los manchurrones que emborronaban las palabras aquí y allá, arrugando el papel. La letra que rodeaba aquellas lágrimas ya secas era una sucesión de garabatos, menos pulcra que las notas de los demás casos. La parte que había podido ver parecía escrita violentamente sobre la página, palabras tachadas con fuerza y reemplazadas después. Era la misma ferocidad que el ayudante Marnes exhibía ahora en todo momento, la rabia hirviente que había expulsado a Juliette de la mesa y la había desterrado a la celda para trabajar allí. Había descubierto que le era imposible estar sentada frente a una persona en aquel estado y pensar con frialdad, como en aquel momento se esperaba de ella. La vista del mundo exterior que se extendía ominosa frente a ella, en cambio, proyectaba una sombra mucho menos deprimente.

Era en la celda donde mataba el tiempo entre las comunicaciones preñadas de estática que recibía en la radio y las excursiones a los pisos inferiores para encargarse de pequeños atentados contra el orden. Muchas veces, lo único que hacía era sentarse para ordenar y reordenar las carpetas de los casos en función de su aparente gravedad. Era la comisaria de todo el silo. Un puesto que no había perseguido, pero que estaba empezando a comprender. Una de las últimas cosas que le había dicho la alcaldesa Jahns se había mostrado más certera de lo que habría podido imaginar: las personas eran como máquinas. Se averiaban. Traqueteaban. Podían quemarte o mutilarte si no te acercabas a ellas sin el debido cuidado. Y su trabajo no consistía sólo en averiguar por qué sucedía y quién era el responsable, sino también permanecer atenta a los indicios que lo anunciaban. En el trabajo de comisaria, como en el trabajo de mecánico, era tan importante el mantenimiento preventivo como la limpieza exhaustiva después de las averías.

Las carpetas que cubrían el suelo eran tristes ejemplos de esto último: problemas entre vecindarios que se habían descontrolado; denuncias de robo; un lote venenoso de ginebra destilada clandestinamente en alguna bañera; varios casos más derivados de los problemas que había provocado esta ginebra. Cada carpeta esperaba más hallazgos, más visitas, más excursiones por la escalera de caracol para entablar obtusos diálogos en los que desbrozar la verdad en medio de las mentiras.

Juliette había leído dos veces la sección legislativa del Pacto para prepararse. Tendida en su cama allá en los subterráneos, con el cuerpo exhausto por el trabajo de alinear el generador principal, había estudiado los procedimientos reglamentarios para el archivo de los casos, las estrategias para no contaminar las pruebas, toda la lógica del trabajo y las analogías con su antiguo trabajo como mecánico. Enfrentarse a la escena de un crimen o a una disputa sin resolver no era muy distinto a entrar en una sala de calderas donde se había averiado algo. Siempre había algo estropeado, fuese una cosa o una persona. Ella sabía escuchar, observar, formular las preguntas apropiadas a cualquiera que pudiera tener algo que ver con el equipo averiado o con las herramientas que se utilizaban en él, seguir una cadena de causas y efectos hasta el origen mismo del problema. Siempre había variables conflictivas —no podías mover un dial sin que algo se descontrolara—, pero Juliette poseía la habilidad, el talento, de saber lo que era importante y lo que se podía ignorar.

Suponía que era este talento lo que había visto en ella el ayudante Marnes, la paciencia y el escepticismo de que hacía gala para seguir planteando preguntas estúpidas hasta tropezar con la respuesta. El hecho de que ya hubiese participado en la resolución de un caso le infundía confianza. En su momento no lo había sabido, preocupada como estaba por la justicia y por su dolor en privado, pero aquel caso había sido un programa de formación y una entrevista combinados.

Recogió aquella carpeta del pasado, en cuya tapa un sello de color rojo pálido anunciaba «Cerrado» con letras grandes y gruesas. Levantó el papel de celofán que la recubría y hojeó las notas. Muchas de ellas habían sido escritas por la pulcra mano de Holston, una letra inclinada que reconoció por haberla visto por todas partes en la mesa, su antigua mesa. Leyó lo que había escrito sobre ella, volvió a familiarizarse con un caso que en su momento les había parecido a todos un asesinato evidente pero que en realidad no había sido más que una sucesión de desafortunadas casualidades. Al recordarlo —algo que se había cuidado mucho de hacer hasta aquel momento—, el viejo dolor volvió a salir a la superficie. Y sin embargo... también podía recordar lo reconfortante que había sido distraerse con las pistas. Aún se acordaba de la emoción que había sentido cuando resolvieron el problema, la satisfacción de contar con las respuestas que conjuraban el vacío provocado por la muerte de su amante. Había sido un proceso similar a reparar una máquina en sus horas extra. El esfuerzo y el agotamiento le había dejado el cuerpo dolorido, pero el hecho de saber que el problema ya había quedado resuelto compensaba en parte la sensación.

Dejó la carpeta a un lado. Aún no estaba lista para revivirlo todo. Cogió otra y, mientras la colocaba sobre el regazo, una de sus manos se posó sobre la estrella que descansaba en su rodilla.

El movimiento de una sombra sobre la pantalla de la pared la distrajo. Al levantar la mirada, vio que una nube de tierra bajaba por la colina. La capa de hollín parecía temblar en el viento mientras se aproximaba a unos sensores que le habían enseñado a considerar importantes, los mismos sensores que le mostraban un mundo exterior en el que temía pensar desde niña.

Pero ya no estaba tan segura, ahora que tenía la edad suficiente para pensar por sí misma y estaba lo bastante cerca para verlo con sus propios ojos. La obsesión de los primeros pisos con la limpieza apenas llegaba como una especie de goteo hasta los subterráneos, donde la auténtica limpieza mantenía el silo en funcionamiento y a sus habitantes con vida. Pero incluso allí abajo, a sus amigos de Mecánica les decían desde el mismo momento de su nacimiento que no debían hablar del exterior. Tarea fácil cuando nunca lo veías, pero ahora que caminaba a su lado para ir a trabajar, que se sentaba todos los días frente a una vastedad tal que el cerebro era incapaz de imaginar, se daba cuenta de lo inevitable que era que las preguntas salieran a la superficie. Veía por qué era tan importante reprimir determinadas ideas antes de que se formara una estampida hacia las salidas, antes de que las preguntas se acumulasen como una espuma rabiosa en los labios enloquecidos de la gente y provocaran la ruina de todos ellos.

Abrió la carpeta de Holston. Detrás del apartado destinado a su biografía había un grueso haz de documentos, las notas de sus últimos días como comisario. La parte que hacía referencia a su crimen apenas ocupaba media página. El resto estaba en blanco, un desperdicio de papel. Un solitario párrafo explicaba que, tras encerrarse en la celda de su oficina, había expresado su interés por el mundo exterior. Eso era todo. Unas pocas líneas que enunciaban la ruina de un hombre. Juliette leyó las palabras varias veces antes de pasar la página.

Por debajo había una nota de la alcaldesa en la que Jahns pedía que se recordara a Holston por los servicios prestados al silo y no sólo como un limpiador más. Juliette leyó la carta, escrita por la mano de alguien que acababa de morir. Era raro pensar en gente que sabía que no volvería a ver nunca. Si había evitado a su padre durante todos aquellos años era en parte porque, por expresarlo de manera sencilla, seguía allí. No corría el riesgo de no poder cambiar de opinión con respecto a él. Pero con Holston y Jahns no era así; ellos se habían ido para siempre. Y Juliette estaba tan acostumbrada a reparar máquinas aparentemente averiadas sin remedio que tenía la sensación de que si se concentraba lo suficiente, o realizaba las tareas apropiadas en el orden correcto, podría devolver la vida a los muertos, recrear sus cuerpos descompuestos. Pero sabía que no era así.

Mientras hojeaba el expediente de Holston, se planteó las preguntas prohibidas, algunas de ellas por primera vez. Lo que se le había antojado trivial en los subterráneos, donde las fugas de la ventilación podían asfixiarte y una bomba de desagüe rota podía ahogar a todas las personas que conocías, ocupaba ahora buena parte de sus pensamientos. ¿Qué sentido tenía la vida que llevaban en aquellas estrecheces subterráneas? ¿Qué había fuera, más allá de aquellas colinas? ¿Por qué estaban allí y con qué propósito? ¿Aquellos silos altos que se divisaban en la distancia eran obra de su raza? Y la más inquietante de todas: ¿Qué había llevado a Holston, un hombre plenamente razonable —o a su esposa— a decidir que deseaba marcharse?

Dos carpetas, ambas selladas como casos cerrados. Pertenecían a la oficina de la alcaldesa, donde tendrían que haber estado archivadas y guardadas a buen recaudo. Sólo que Juliette, sin poder evitarlo, volvía a abrirlas una vez tras otra en lugar de ocuparse de los casos más acuciantes que tenía delante. Una de ellas contenía la vida de un hombre al que había amado, cuya muerte había contribuido a investigar allá en los subterráneos. En la otra pervivía un hombre al que había respetado y cuyo puesto ocupaba ahora. No sabía qué era lo que la obsesionaba de aquellas dos carpetas, sobre todo porque no tenía estómago para ver cómo Marnes contemplaba con ojos desolados su propia pérdida, estudiaba una y otra vez los detalles de la muerte de la alcaldesa Jahns, repasaba los testimonios y se convencía de que había un asesino al que no tenía pruebas para detener.

Alguien golpeó los barrotes por encima de su cabeza. Se volvió pensando que sería al ayudante Marnes, que venía a decirle que la jornada había terminado, pero en su lugar había un desconocido.

—¿Comisaria? —le preguntó.

Juliette dejó las carpetas a un lado y cubrió con la palma de la mano la estrella de su rodilla. Se puso en pie y se volvió hacia el recién llegado, un hombrecillo de barriga prominente, con unas gafas suspendidas en el extremo de la nariz y un mono plateado de Informática hecho a medida y recién planchado.

—¿Puedo ayudarlo? —preguntó.

El hombre extendió una mano entre los barrotes. Juliette se cambió la estrella de mano para estrechársela.

—Siento presentarme tan tarde —dijo el individuo—. Hemos tenido mucho que hacer entre las ceremonias, el disparate del generador y todo el papeleo legal. Soy Bernard, Bernard Holland.

Juliette sintió que se le helaba la sangre. La mano del hombre era tan pequeña que parecía que le faltase un dedo. Pero a pesar de ello, su apretón era firme. Trató de soltarla, pero él la retuvo.

—Como comisaria, estoy seguro de que se conoce el Pacto al dedillo, así que ya sabrá que haré las veces de alcalde hasta que se puedan organizar los nuevos comicios.

—Eso he oído —respondió Juliette con frialdad. Se preguntaba cómo habría podido pasar por delante de la mesa de Marnes sin un estallido de violencia. Allí estaba el principal sospechoso del asesinato de Jahns, sólo que en el lado equivocado de los barrotes.

—La cojo haciendo un poco de trabajo de archivo, ¿no? —Le soltó la mano y Juliette la retiró con precipitación. Holland bajó los ojos hacia la documentación esparcida sobre el suelo y sus ojos parecieron posarse un momento en la bolsa de plástico que contenía la cantimplora, aunque Juliette no habría podido asegurarlo.

—Sólo estaba familiarizándome con los casos abiertos —dijo—. Aquí tengo un poco más de espacio para... bueno, pensar.

—Oh, estoy seguro de que esta estancia ha sido escenario de pensamientos muy profundos. —Bernard sonrió y Juliette se fijó en que tenía los dos dientes delanteros torcidos y uno de ellos montado sobre el otro. Esto hacía que se pareciese extraordinariamente a los ratoncitos que muchas veces había tenido que cazar en los cuartos de calderas.

—Sí, bueno, he comprobado que aquí me resulta más fácil pensar con libertad, así que puede que algo de verdad haya en eso. Y aparte —le dirigió un mirada directa—, no creo que esté desocupada mucho tiempo. Cuando deje de estarlo y envíe a alguien a hacer la limpieza, podré relajarme y no pensar tanto durante un día o dos...

—Yo no me haría demasiadas ilusiones —replicó Bernard volviendo a mostrarle su dentadura ratonil—. Lo que se dice abajo es que la pobre alcaldesa, descanse en paz, agotó las pocas fuerzas que le quedaban con esa absurda excursión y eso fue lo que le costó la vida. Creo que bajaba para verla a usted, ¿no es así?

Juliette sintió una penetrante punzada en la palma de la mano. Redujo un poco la presión sobre la estrella de bronce. Tenía los nudillos blancos de tanto apretar los puños.

Bernard se subió las gafas por la nariz.

—Y me he enterado de que está investigando el caso. Por si hubiera algo raro, ¿no?

Juliette volvió a mirarlo a los ojos, tratando de no dejarse distraer por el reflejo de las monótonas colinas sobre sus gafas.

—Supongo que, como alcalde en funciones, debe saber que estamos tratándolo como un caso de asesinato —dijo.

—Oh, vaya. —Sus ojos se abrieron de par en par sobre una sonrisa vacía—. Así que los rumores son ciertos. ¿Quién iba a hacer algo así? —La sonrisa se hizo un poco más grande y, al verlo, Juliette se dio cuenta de que estaba tratando con un hombre que se consideraba invulnerable. No era la primera vez que se encontraba con un ego sucio e hipertrofiado como aquél. Había estado rodeada de ellos todo el tiempo que había pasado como sombra en los subterráneos.

—Creo que descubriremos que los responsables son los más beneficiados por su muerte —dijo con voz seca. Y tras una pausa añadió—: Alcalde.

La sonrisa de dientes montados se esfumó. Bernard soltó los barrotes y retrocedió un paso con las manos metidas en el mono.

—Bueno, me alegro de haber podido conocerla cara a cara por fin. Estoy al corriente de que no ha pasado mucho tiempo fuera de los subterráneos... Y, para serle franco, yo también he estado demasiado aislado en mi oficina. Pero las cosas van a cambiar. Como alcalde y como comisaria tendremos que trabajar juntos. —Miró un momento los expedientes que tenía Juliette a los pies—. Así que espero que me mantenga informado. De todo.

Dicho esto, dio media vuelta y se marchó. Juliette tuvo que hacer un esfuerzo consciente para relajar los puños. Cuando finalmente logró separar los dedos de la estrella, descubrió que se le habían clavado sus afilados bordes en la palma de la mano, que ahora sangraba por varios cortes. Unas pocas gotas, que atrapaban la luz sobre el borde del metal, parecían hechas de óxido líquido. Juliette las limpió sobre su mono nuevo, un hábito fruto de una vida entera pasada entre grasa y suciedad. Al ver la mancha oscura que le había dejado la sangre en la ropa maldijo entre dientes. Dio la vuelta a la estrella y miró la insignia estampada que tenía en la cara anterior. Tenía los tres triángulos del silo y la palabra «Comisario» sobre ellos formando un arco. Volvió a darle la vuelta y pasó el dedo sobre el encaje del alfiler del broche. Lo abrió y sacó el alfiler. La aguja, doblada y enderezada en varios sitios a lo largo de los años, tenía ahora el aspecto de una pieza forjada a mano. No parecía muy firme..., más o menos tanto como su decisión de llevarla.

Pero mientras los pasos de Bernard se perdían en la distancia, mientras le oía decir unas palabras ininteligibles al ayudante Marnes, sintió que una nueva determinación disipaba sus dudas. Era como encontrarse con un tornillo oxidado que se negaba a salir. Algo en aquella intolerable rigidez, en aquella renuencia a moverse, era un desafío para Juliette. A lo largo de su vida había llegado a creer que no había tuerca que no pudiera aflojar. Había aprendido a atacarlas con grasa y con fuego, con aceite, con ácido y con fuerza bruta. Con una buena planificación y la suficiente persistencia, siempre cedían. Al final sí.

Atravesó la pechera del mono con la aguja curvada y cerró el broche por detrás. Al mirarla sintió un acceso de irrealidad. Había docenas de expedientes a sus pies que exigían atención, y Juliette sintió, por primera vez desde su llegada a los pisos superiores, que aquél era su trabajo. Su etapa en Mecánica quedaba atrás. Había dejado el lugar en mejores condiciones que al llegar, había permanecido allí el tiempo suficiente para oír el zumbido casi inaudible de un generador reparado, para ver girar el eje con una alineación tan perfecta que ni siquiera se podía saber con certeza si se estaba moviendo. Y ahora había subido a los pisos superiores para encontrarse con el traqueteo y el rechinar de unos engranajes de naturaleza distinta, un problema de alineación que estaba devorando el auténtico motor del silo, tal como Jahns había pronosticado.

Dejó la mayoría de los expedientes donde estaban y recogió el de Holston, una carpeta que ni siquiera tendría que estar mirando pero de la que no era capaz de desprenderse, y con él en la mano abrió la puerta de la celda. En lugar de volver a su despacho directamente, tomó la dirección opuesta, hacia la puerta de acero amarillo de la esclusa. Mientras miraba por el cristal de triple panel por enésima vez en los últimos días, se imaginó allí dentro al hombre al que había reemplazado, esperando a que se abriesen las puertas del otro lado. ¿Qué le pasa por la cabeza a un hombre mientras espera a que lo destierren? No podía ser sólo miedo, porque eso Juliette lo había saboreado de sobra. Tenía que ser algo más, una sensación totalmente única, la calma que está más allá del dolor o el entumecimiento que está más allá del terror. La imaginación, suponía, no estaba capacitada para comprender sensaciones únicas y completamente ajenas. Sólo podía amortiguar o acrecentar aquello que ya sabía. Sería como tratar de explicarle a alguien cómo era el sexo, o un orgasmo. Una tarea imposible. Pero una vez que lo sentías por ti misma, ya podías imaginarte la nueva sensación en todos sus grados de intensidad.

Era como los colores. Sólo podías describir un color comparándolo con las tonalidades que ya habías visto. Podías mezclar lo conocido, pero no crear lo insólito a partir de la nada. Así que puede que únicamente los limpiadores fuesen capaces de comprender lo que se sentía al estar allí, temblando —o quizá sin ningún miedo—, esperando a la muerte.

La obsesión con el porqué se propagaba en susurros a través del silo —gente que quería saber por qué hacían lo que hacían, por qué entregaban el regalo de su trabajo a quienes los habían exiliado—, pero esto no interesaba a Juliette en absoluto. Suponía que los desterrados verían colores nuevos, sentirían lo indescriptible y tal vez tendrían una de esas experiencias religiosas que sólo tienen lugar delante de la parca. ¿No bastaba con saber que siempre sucedía, todas las veces, sin excepción? Problema resuelto. Tomarlo como un axioma. Pasar a los problemas de verdad, como por ejemplo lo que debían sentir los que pasaban por ello. Ésta era la auténtica vergüenza del tabú: no que la gente no pudiera anhelar el mundo exterior, sino que ni siquiera se les permitiese lamentarse por los limpiadores durante las semanas siguientes, pensar en lo que debían de haber sentido para expresar como es debido su agradecimiento o sus remordimientos.

Juliette golpeó la puerta amarilla con el borde del expediente de

Holston mientras recordaba al hombre en tiempos mejores, cuando estaba enamorado y acababa de ganar la lotería y no hacía más que hablarle de su esposa. Saludó a su fantasma con un gesto de la cabeza y se apartó de la imponente compuerta de metal con su pequeño panel de grueso cristal. Sentía una especie de camaradería derivada de la responsabilidad que compartían por el puesto, por la estrella que llevaba, hasta por la celda en la que había estado sentada. Ella había amado a un hombre una vez y sabía lo que se sentía. Había amado en secreto, sin involucrar al silo en su relación, ignorando el Pacto. Así que también sabía lo que se sentía al perder algo tan preciado como aquello. Era capaz de imaginar que si su antiguo amante hubiera estado allí, sobre aquella colina, descomponiéndose ante sus ojos en lugar de alimentar la tierra, podía llegar un momento en que ella sintiera el impulso de salir a limpiar, el deseo de ver los nuevos colores con sus propios ojos.

Volvió a abrir el expediente de Holston mientras regresaba a su mesa. La mesa de Holston. Un hombre que conocía su amor secreto. Se lo había contado ella misma una vez cerrado el caso en los subterráneos; le había contado que el hombre que había muerto y cuyo caso ella había contribuido a resolver era su amante. Puede que fuese porque no había hecho más que hablar y hablar de su esposa durante los días anteriores. Puede que aquella sonrisa confiada que lo hacía parecer un buen comisario fuera lo que engendrase aquel sorprendente impulso de divulgar sus secretos. Al margen de la razón, había admitido ante un hombre de la ley algo que podía causarle muchos problemas, un asunto completamente ajeno a la costumbre, un flagrante desacato del Pacto, y lo único que había dicho él, aquel hombre a quien le estaba confiada la defensa de la ley, había sido «lo siento».

Sentía su pérdida. Y la había abrazado. Como si supiera lo que llevaba por dentro, aquel pesar secreto que se había endurecido en el mismo sitio ocupado en su día por su secreto amor.

Lo había respetado por ello.

Y ahora estaba sentado a su mesa, en su silla, frente a su antiguo ayudante, quien, con las manos en la cabeza se mantenía inmóvil, con la mirada clavada en un expediente abierto y salpicado de lágrimas. A Juliette sólo le hizo falta una mirada para darse cuenta de que también había un amor oculto entre él y el contenido de aquel expediente.

—Son las cinco —dijo con tanta delicadeza como le fue posible.

Marnes separó la cabeza de las manos y levantó los ojos. La frente se le había enrojecido al haber pasado tanto tiempo en la misma postura. Tenía los ojos inyectados en sangre y el bigote cano húmedo de lágrimas recientes. Parecía mucho más viejo que una semana antes, en los subterráneos, cuando vinieron a reclutarla. Giró sobre la vieja silla de madera, cuyas patas chirriaron como si el repentino movimiento las sobresaltara. Dirigió la mirada hacia el reloj de pared que tenía detrás y estudió la hora atrapada detrás de su vieja y amarillenta cúpula de plástico. Saludó con un silencioso asentimiento el avance de la manecilla larga y se levantó, encorvado durante unos segundos. Se pasó las manos por el mono, quizá para alisarlo, cogió el expediente con un gesto casi de ternura y se lo metió bajo el brazo.

—Hasta mañana —susurró al tiempo que se despedía de Juliette con una inclinación de la cabeza.

—Nos veremos por la mañana —dijo ella mientras lo miraba marcharse en dirección a la cafetería.

Sentía una inmensa lástima por él. Había reconocido el amor que se ocultaba detrás de su pérdida. Era muy triste imaginárselo en su pequeño apartamento, sentado sobre un camastro individual, sollozando sobre el expediente hasta que se lo llevaban unos sueños que no ofrecían descanso alguno.

Una vez a solas, dejó el expediente de Holston sobre la mesa y atrajo el teclado hacia sí. Las teclas estaban desgastadas hacía mucho, pero en los últimos años alguien había vuelto a pintar las letras con esmero. Pero también éstas estaban empezando a borrarse y pronto habría que darles una nueva capa. Juliette se encargaría de que fuese así. No era capaz de escribir sin mirar el teclado, como ese hatajo de oficinistas.

Escribió lentamente una solicitud para enviar un mensaje a Mecánica. Tras pasar otro día sin casi hacer progresos, obsesionada por el misterio de la decisión de Holston, había comprendido una cosa: nunca podría realizar el trabajo de aquel hombre si no entendía antes por qué le había dado la espalda a su puesto y al silo en su conjunto. Era como una vibración constante dentro de su cabeza, una distracción que la mantenía alejada de otros problemas. Así que en lugar de seguir engañándose, lo que iba a hacer era coger el toro por los cuernos. Lo que quería decir que tenía que averiguar más cosas de las que contenía aquel expediente.

No sabía bien cómo obtener lo que necesitaba, ni siquiera cómo acceder a ello, pero conocía a gente que lo sabría. Esto era lo que más añoraba de los subterráneos. Su familia de allí abajo, aquel colectivo de gente que se ayudaba entre sí con sus habilidades y conocimientos. Habría hecho cualquier cosa por cualquiera de ellos. Y sabía que ellos habrían hecho lo mismo por ella, incluso convertirse en su ejército. Era un consuelo que echaba muchísimo en falta, una red de seguridad que ahora sentía demasiado lejana.

Tras enviar la solicitud, volvió a sentarse con el expediente de Holston. Lo que tenía allí era un hombre, un buen hombre, que había conocido los más profundos secretos de Juliette. El único. Y pronto, Dios mediante, Juliette descubriría los suyos.

20

Eran ya más de las diez cuando Juliette se apartó de la mesa. Tenía los ojos demasiado irritados para seguir mirando el monitor y estaba cansada en exceso para leer una nota más sobre los casos. Cerró el ordenador, archivó los dossiers, apagó las luces del techo y cerró el despacho desde fuera.

Mientras se guardaba las llaves en el bolsillo notó que le gruñían las tripas, y el tenue aroma de un estofado de conejo le recordó que se había olvidado otra vez de cenar. Con ésa eran ya tres noches consecutivas. Tres noches tan concentrada en un trabajo que apenas conocía —un trabajo en el que no contaba con nadie para guiarla— que se había quedado sin comer. De no ser porque su despacho lindaba con una cafetería bulliciosa y llena de olores, es posible que lo hubiera olvidado del todo.

Sacó la llave de la cerradura y cruzó la habitación en penumbra sorteando las sillas casi invisibles que quedaban desperdigadas entre las mesas. En aquel momento estaba marchándose una pareja de adolescentes tras hurtarle unos últimos momentos al toque de queda bajo el crepúsculo que proyectaba la pantalla de la pared. Juliette les dijo que bajaran con cuidado, más que nada porque creía que era lo que debía hacer como comisaria, y ellos desaparecieron en la escalera riéndose entre dientes.

Supuso que ya estarían cogidos de la mano y se darían algunos besos furtivos antes de irse a sus apartamentos. Los adultos estaban al corriente de tales comportamientos ilícitos, pero hacían la vista gorda, un regalo que cada generación entregaba a la que venía detrás. Pero para Juliette era distinto. Ella había tomado la misma decisión como adulta, amar sin permiso, así que sentía con mayor intensidad su propia hipocresía.

Al acercarse a la cocina vio que la cafetería no estaba totalmente vacía. Había una solitaria figura sentada en las sombras, junto a la pantalla de la pared, mirando la negrura oleosa de las nubes que, de noche, colgaban suspendidas sobre las colinas en penumbra.

Parecía la misma figura que la noche antes, la que había estado observando cómo se desvanecía poco a poco la luz del sol mientras Juliette trabajaba a solas en su oficina. Modificó su ruta para pasar junto al hombre. Un día entero estudiando dossiers repletos de malas intenciones la había transformado en una paranoica en potencia. Antes admiraba a la gente que destacaba en medio de la multitud, pero ahora se daba cuenta de que le inspiraba recelos.

Pasó entre la pantalla de la pared y la mesa más cercana y se detuvo un instante para colocar las sillas en su sitio, haciendo chirriar las patas metálicas sobre las baldosas del suelo. Miró de reojo al hombre sentado, pero éste no se volvió una sola vez hacia el ruido. Siguió contemplando las nubes, con algo en el regazo y la barbilla apoyada en una mano.

Juliette pasó justo detrás de él, entre la mesa y la silla que ocupaba, que estaba extrañamente cerca de la pantalla. Combatió el impulso de aclararse la garganta o hacerle alguna pregunta, pero en su lugar, con un tintineo metálico, sacó la llave maestra del abarrotado llavero que había recibido junto con la placa mientras seguía su camino.

Dos veces volvió la cabeza hacia él antes de coger el picaporte. El hombre seguía sin moverse.

Entró en la cocina y pulsó uno de los interruptores de la luz. Tras un breve parpadeo, las bombillas del techo se encendieron deslumbrándola. Sacó una botella de zumo de una de las cámaras frigoríficas y un vaso limpio del estante de encima de la pila. Volvió a la cámara frigorífica, donde encontró el estofado —tapado y ya frío—, que también sacó. Llenó un cuenco hasta arriba y revolvió un cajón en busca de una cuchara. Por un instante, mientras devolvía la voluminosa cazuela al estante de la cámara, consideró la posibilidad de calentarlo, pero al final no lo hizo.

Con el cuenco y un zumo en la mano apagó las luces con el codo, cerró la puerta con el pie y volvió a la cafetería. Se sentó en la penumbra, al final de una de las mesas alargadas, y allí devoró su cena sin dejar de vigilar al desconocido, que parecía taladrar la oscuridad con la mirada, como si se pudiera encontrar algo en ella.

Finalmente la cuchara acabó por llegar al fondo del cuenco y el zumo se terminó. El hombre no había apartado la mirada una sola vez de la pantalla. Juliette empujó a un lado el cuenco y el vaso, poseída por una curiosidad enloquecedora. La figura pareció reaccionar a su movimiento, aunque también era posible que fuese mera coincidencia. Se inclinó hacia adelante y alargó el brazo hacia la pantalla. Juliette creyó distinguir que sostenía una vara o un bastón, pero la oscuridad era demasiado profunda como para asegurarlo. Al cabo de un instante, el hombre se inclinó sobre sí mismo y Juliette oyó el chirrido de un carboncillo al deslizarse sobre un papel que, a juzgar por el sonido, debía de ser muy caro. Decidió que aquel movimiento era una especie de invitación, así que se levantó y se acercó al lugar donde se encontraba el desconocido.

—Saqueando la despensa, ¿eh? —preguntó él.

Su voz la sobresaltó.

—Estaba trabajando y se me ha olvidado la cena —balbuceó, como si necesitara explicarse.

—Debe de ser una buena cosa tener las llaves.

Seguía sin apartar la mirada de la pantalla. Juliette se recordó que debía cerrar la puerta con llave antes de marcharse.

—¿Qué hace? —le preguntó.

El hombre estiró un brazo hacia atrás, cogió una silla cercana y le dio la vuelta para colocarla de cara a la pantalla.

—¿Quiere verlo?

Juliette se aproximó con cautela, cogió el respaldo y apartó deliberadamente la silla unos centímetros del hombre. La habitación estaba demasiado a oscuras como para distinguir sus rasgos, pero a juzgar por la voz debía de ser joven. Se reprendió mentalmente por no haber memorizado sus rasgos la noche antes, cuando había más luz. Tendría que ser más observadora si quería hacer bien su trabajo.

—¿Qué estamos mirando exactamente? —preguntó. Echó una mirada de reojo al regazo del hombre, donde un trozo grande de papel blanco reflejaba la débil luz que se colaba desde la escalera.

Estaba extendido sobre sus muslos, como si tuviese un tablero o una superficie dura por debajo.

—Creo que esas dos van a separarse. Mire.

El hombre señaló una masa de manchas negras en la pantalla, de tonalidades tan intensas que parecían formar una sola sombra. Los contornos y los colores oscuros que alcanzaban a distinguir sus ojos, tan irreales como fantasmas, parecían fruto del juego de las luces y sombras. Pero siguió el rastro del dedo del hombre, sin saber si estaba loco o borracho, y soportó el agotador silencio que se creó después.

—Ahí —susurró él, con el aliento entrecortado por la emoción.

Juliette vio un destello. Un punto de luz. Algo parecido al parpadeo de una antorcha al otro lado de una sala de generadores de gran tamaño. Y después nada.

Se levantó de un brinco y se plantó frente a la pantalla, sin saber qué acababa de ver.

El carboncillo del hombre rascó el papel.

—¿Qué demonios ha sido eso? —preguntó Juliette.

El hombre se echó a reír.

—Una estrella —dijo—. Si espera un rato, puede que vuelva a verla. Esta noche hay pocas nubes y vientos de altura. Esa de ahí no tardará demasiado en pasar.

Juliette se volvió para coger su silla y vio que el hombre sostenía el carboncillo con el brazo extendido. Tenía la mirada clavada en el punto donde había aparecido el destello y un ojo guiñado.

—¿Cómo puede ver nada ahí fuera? —preguntó mientras volvía a sentarse en la silla de plástico.

—Cuanto más te acostumbras a hacerlo, mejor ves de noche. —Se inclinó sobre su regazo y volvió a escribir en el papel—. Y yo llevo mucho tiempo haciendo esto.

—¿Haciendo qué, exactamente? ¿Mirando las nubes?

El hombre se echó a reír.

—Pues sí, más que nada. Por desgracia. Pero lo que estoy intentando es ver lo que hay más allá de ellas. Mire, puede que tengamos otra oportunidad.

Juliette dirigió la mirada hacia la zona en la que había aparecido el último destello. Y entonces reapareció, un destello súbito como una señal enviada desde muy por encima de la colina.

—¿Cuántas ha visto? —preguntó él.

—Una —le respondió. La imagen era algo tan nuevo que la había dejado casi sin aliento. Sabía que existían las estrellas porque formaban parte de su vocabulario, pero no había visto una hasta entonces

—Había otra a un lado, menos brillante. Deje que se lo muestre.

Sonó un chasquido casi imperceptible y una luz roja iluminó el regazo del hombre. Juliette vio que llevaba una linterna colgada del cuello, con un extremo cubierto por una película de plástico rojo. De este modo parecía que la lente estaba ardiendo, pero la luz que emitía era suave y no deslumbraba, como las bombillas de la cocina.

Lo que el hombre tenía sobre el regazo era un trozo de papel de gran tamaño cubierto de puntos. Parecían ordenados de manera fortuita, entre las líneas perfectamente rectas de una cuadrícula. El diagrama entero estaba cubierto de notas minúsculas.

—El problema es que se mueven —le dijo a ella—. Si ve esta de aquí, la de esta noche —tocó uno de los puntos con el dedo. Había un puntito más pequeño a su lado—, a la misma hora de mañana estará un poco más hacia aquí. —Se volvió hacia Juliette, y ésta comprobó que era un hombre joven, de veintitantos años, puede que treinta, y bastante apuesto, de ese modo aséptico de los oficinistas. Sonrió—. Me costó bastante tiempo deducirlo —añadió.

Juliette sintió el impulso de decirle que «bastante tiempo» era un término que no se podía aplicar siquiera a lo que había vivido hasta entonces, pero recordaba cómo se sentía cuando era una sombra y la gente la trataba con esa misma actitud despectiva.

—¿Y para qué sirve? —preguntó. La sonrisa del hombre se desvaneció.

—¿Para qué sirve cualquier cosa? —Dirigió de nuevo la mirada hacia la pared y apagó la linterna. Juliette comprendió que había formulado la pregunta equivocada y lo había molestado. Entonces se preguntó si habría algo ilícito en aquella actividad, cualquier cosa que desafiara los tabúes. ¿Recoger datos sobre el mundo exterior era muy distinto a lo que hacía la gente que se sentaba a contemplar las colinas? Estaba tomando nota mentalmente de que debía consultárselo a Marnes cuando el hombre se volvió hacia ella en la oscuridad.

—Me llamo Lukas —dijo. Sus ojos se habían acostumbrado lo bastante a la oscuridad como para ver que le tendía la mano.

—Juliette —respondió mientras la aceptaba y se la estrechaba. —La nueva comisaria.

No era una pregunta. Por supuesto, sabía quién era ella. Allí arriba todo el mundo parecía saberlo.

—¿A qué se dedica cuando no está aquí arriba? —preguntó. Estaba bastante segura de que aquél no era su trabajo. A nadie se le daban vales por contemplar las nubes.

—Vivo en los pisos superiores de la sección intermedia —respondió Lukas—. Durante el día trabajo con ordenadores. Sólo subo cuando la vista es buena. —Encendió de nuevo la lámpara y se volvió hacia ella de un modo que sugería que las estrellas ya no eran la cosa más importante en la que estaba pensando—. En mi piso vive un tío que trabaja aquí en el turno de la cena. Al volver a casa me cuenta cómo han estado las nubes durante el día. Si lo que oigo me gusta, subo a ver si hay suerte.

—¿Y está trazando un plano de ellas? —Juliette hizo un ademán hacia la hoja de papel.

—Eso intento. Probablemente necesitaría varias vidas para completarlo. —Se metió el carboncillo detrás de la oreja, sacó un trapo del mono que llevaba y se limpió el polvo negro de las manos.

—Entonces ¿qué va a hacer? —preguntó Juliette.

—Bueno, con un poco de suerte espero poder infectar a alguna sombra con mi enfermedad para que continúe con el trabajo donde yo lo deje.

—Así que lo de las varias vidas es literal.

El joven se echó a reír, y Juliette comprendió que con satisfacción.

—Como poco —asintió.

—Bueno, pues no lo molesto más —dijo. De repente se sentía culpable por hablar con él. Se levantó, le tendió la mano y él se la estrechó amistosamente. Le cubrió el dorso con la otra y la mantuvo así un momento más de lo que ella habría esperado.

—Es un placer conocerla, comisaria.

Le sonrió. Y Juliette no entendió ni una sola de las palabras que salieron de su boca a modo de respuesta.

21

A la mañana siguiente, Juliette llegó temprano al despacho tras haber dormido apenas cuatro horas. Junto a su ordenador la esperaba un paquete, un pequeño fardo cubierto con papel de pasta reciclada y atado con cables eléctricos de color blanco. Sonrió al ver este último detalle y metió la mano en el bolsillo en busca de su multiherramienta. Sacó el destornillador más fino, lo introdujo en la pequeña clema que cerraba uno de los cables y la fue abriendo lentamente para no romperla y así poder usarla en el futuro. Aún recordaba el lío en el que se había metido cuando todavía era sombra de un mecánico el día que la habían sorprendido cortando un cable como aquél de un tablero de circuitos. Walker, que ya era un viejo gruñón décadas antes, la había reprendido a gritos por aquel desperdicio y luego le había enseñado cómo abrir la clema sin estropearla.

Habían pasado los años y, ya mucho mayor, le había transmitido esta misma lección a otra sombra llamada Scottie. Por entonces no era más que un muchacho, pero ella le había gritado al encontrarse con que había cometido el mismo error que ella en su momento. Recordaba haber dejado al pobre chico tan blanco como un ladrillo de ceniza y que se había pasado los meses siguientes tembloroso como un flan. Puede que a causa de aquel episodio, había abordado su instrucción con más atención y finalmente se habían estrechado los lazos entre ellos. Terminó por convertirse en un joven muy capaz, con gran talento para la electrónica y capaz de programar el chip de cronometraje de una bomba en menos tiempo que ella tardaba en desmontarlo y volverlo a montar.

Mientras soltaba el segundo cable que envolvía el paquete se dio cuenta de que quien se lo enviaba era precisamente Scottie. Varios años antes, Informática lo había reclutado y se lo había llevado más allá del piso treinta. Se había vuelto «demasiado listo para Mecánica», en palabras de Knox. Juliette dejó a un lado los dos cables eléctricos mientras se imaginaba al joven preparándole el paquete. La solicitud que había enviado a Mecánica la noche pasada debía de haber terminado en sus manos y se habría pasado la noche en vela haciéndole aquel favor.

Abrió el papel con cuidado. Tenía que devolverlo, junto con los cables de plástico. Eran demasiado valiosos como para quedárselos, y como pesaban tan poco, la tarifa del porteador sería insignificante. Al abrir el paquete se dio cuenta de que Scottie había doblado los bordes del papel y plegado las pestañas entre sí, un truco que aprendían los niños para poder envolver notas sin necesidad de gastar pegamento o cinta adhesiva. Deshizo el meticuloso envoltorio con cuidado. Dentro había una caja de plástico como las que usaban en Mecánica para las tuercas y tornillos en proyectos pequeños.

Abrió la tapa y vio que el paquete no era sólo de Scottie. Debían de habérselo mandado junto con una copia de su solicitud. Los ojos se le llenaron de lágrimas al captar el olor de las galletas de avena y fécula de maíz de Mamá Jean. Sacó una, se la acercó a la nariz e inspiró con fuerza. Puede que se lo imaginase, pero habría jurado que podía percibir un atisbo de olor a aceite o grasa en el interior de la vieja caja: los olores del hogar.

Dobló cuidadosamente el papel de envoltorio y colocó las galletas encima. Pensó en la gente con la que podía compartirlas. Marnes, claro, pero también la chica de la cafetería, Pam, que tanto la había ayudado a instalarse en su nuevo apartamento. Y Alice, la joven secretaria de Jahns, que había tenido los ojos enrojecidos de tristeza durante más de una semana. Sacó la última galleta y finalmente localizó el pequeño disco de datos al fondo del recipiente, una golosina preparada especialmente por Scottie y escondida entre las migas.

Lo sacó y dejó la caja de plástico a un lado. Sopló en el extremo metálico del disco para limpiarlo de cualquier residuo antes de introducirlo en el puerto del ordenador. No era ningún genio de los ordenadores, pero podía arreglárselas con ellos. En Mecánica no se podía dar un paso sin enviar una solicitud, un informe, una petición o cualquier otro montón de basura. Y además eran muy útiles para conectarse a las bombas y los relés de manera remota y activarlos o desactivarlos, realizar diagnósticos y cosas de ésas.

Una vez que la lucecita del disco comenzó a parpadear, fue a buscarlo en la pantalla principal. Contenía una serie de carpetas y ficheros. Estaba lleno de datos hasta los topes. Se preguntó si Scottie habría podido pegar ojo la noche pasada.

Al comienzo de la lista de las carpetas principales había un archivo llamado «Jules». Al abrirlo vio que se trataba de un texto breve, escrito evidentemente por Scottie, pero sin firma:

J.

No te obsesiones con esto, ¿vale? Es todo lo que había en los ordenadores del comisario, tanto en la oficina como en casa. La información cubre los cinco últimos años. Sé que es muchísimo, pero no sabía lo que necesitabas y de este modo era más fácil de automatizar.

Quédate los cables y las clemas, yo tengo de sobra.

(Y he cogido una galleta. Espero que no te importe.)

Juliette sonrió. Sentía el deseo de alargar el brazo y pasar los dedos sobre las palabras, pero no era papel y no habría sido lo mismo. Cerró la nota, la borró y vació la papelera de reciclaje. Hasta la inicial de su nombre allí arriba parecía un exceso de información.

Se apartó un poco de la mesa y dirigió la mirada hacia la cafetería, vacía y a oscuras a aquella hora. No eran ni las cinco de la mañana y todavía tendría el primer piso para ella sola durante un rato. Dedicó un momento a examinar la estructura de directorios y comprobar a qué clase de datos se enfrentaba. Cada carpeta estaba perfectamente etiquetada. Parecía que lo que tenía allí era un historial completo de los dos ordenadores de Holston, con cada pulsación de las teclas realizada durante cada día de los últimos cinco años, organizadas por fecha y hora. Se sintió abrumada por el volumen de la información. Era mucho más de lo que podía llegar a tamizar en una sola vida.

Pero al menos lo tenía. Las respuestas que necesitaba estaban allí, en alguna parte, entre aquellos archivos. Y por alguna razón le bastaba con saber que la solución a aquel enigma, a la decisión de Holston de salir a limpiar, le cabía ahora en la palma de la mano para que se sintiera mejor.

Llevaba varias horas revisando los datos cuando el personal de la cafetería llegó arrastrando los pies para limpiar el desorden de la pasada noche y preparar el turno del desayuno. Una de las cosas a las que más costaba acostumbrarse en los pisos superiores eran los exigentes horarios que cumplía todo el mundo. No había tercer turno. Apenas había un segundo, salvo a la hora de la cena. En los subterráneos, las máquinas no dormían, así que los operarios que las manejaban tampoco lo hacían demasiado. A menudo había que prolongar los turnos con horas extra, de modo que Juliette se había acostumbrado a sobrevivir con unas pocas horas de sueño cada noche. El truco era sucumbir de vez en cuando al puro agotamiento, descansar con el cuerpo apoyado en una pared y los ojos cerrados durante quince minutos, el tiempo suficiente para mantener a raya al cansancio.

Pero lo que hasta entonces había sido supervivencia se había convertido ahora en un lujo. La capacidad de perder horas de sueño le proporcionaba tiempo por las mañanas y por las noches, tiempo que podía invertir en asuntos ajenos a los casos en los que en teoría tenía que estar trabajando. También le proporcionaba la oportunidad de aprender a hacer el trabajo, dado que Marnes estaba demasiado deprimido como para ayudarla en esta tarea.

Marnes...

Consultó el reloj que tenía sobre la mesa. Habían pasado ya diez minutos desde las ocho y las cacerolas en las que se calentaban la avena y el salvado de maíz inundaban ya la cafetería con los aromas del desayuno. Marnes llegaba tarde. Hacía menos de una semana que estaba allí y aún no lo había visto llegar tarde a nada ni una sola vez. Aquel atentado a la rutina era como una correa de transmisión que se daba de sí o un pistón que de pronto empezaba a fallar. Juliette apagó el monitor y se apartó de la mesa. Fuera, la cola del primer turno del desayuno comenzaba a desfilar entre el tintineo de los cupones de comida al caer en el interior del gran cubo que había junto a los viejos torniquetes. Salió del despacho y atravesó la marea humana que avanzaba desde la escalera. En la fila, una niña tiró a su madre del mono y señaló a Juliette al pasar. Ésta oyó cómo la madre la regañaba por maleducada.

En los últimos días se había hablado mucho de su nombramiento, el de aquella mujer que había desaparecido en Mecánica de niña y de repente había reaparecido para ocupar el puesto de uno de los comisarios más populares que se recordaban. Juliette, fastidiada por la atención ajena, apretó el paso en dirección a la escalera. Comenzó a bajar peldaños con la rapidez de un porteador poco cargado, saltando sobre los escalones, más y más rápido cada vez, a una velocidad que casi resultaba peligrosa. Cuatro tramos más abajo, tras rodear a una pareja que bajaba con lentitud y una familia que subía a desayunar, llegó al rellano de viviendas que había justo debajo del suyo y cruzó las puertas dobles.

En el pasillo que había al otro lado reinaba el bullicio de las escenas y los sonidos matutinos: el silbido de una tetera, las voces agudas de los niños, el ruido sordo de las pisadas sobre sus cabezas, las sombras que corrían a reunirse con sus maestros antes de seguirlos al trabajo... Los niños pequeños se dirigían con paso renuente a la escuela. Los cónyuges se besaban en las puertas de los apartamentos mientras los bebés les tiraban de las perneras de los monos y dejaban caer juguetes y tacitas de plástico al suelo.

Juliette dio varias vueltas por el pasillo y la zona central hasta llegar al otro extremo del piso. El apartamento del ayudante se encontraba allí, muy al fondo. Sabía que Marnes se había hecho acreedor a varios ascensos a lo largo de los años, pero había renunciado a ellos. Cuando le preguntó el porqué a Alice, la antigua secretaria de la alcaldesa Jahns, ésta se encogió de hombros y le dijo que Marnes nunca había querido o esperado nada que no fuese un papel secundario. Juliette asumió que con esto quería decir que nunca había querido el puesto de comisario, pero empezaba a preguntarse a cuántas más áreas de su vida se aplicaba esta filosofía.

Al llegar al pasillo donde estaba su apartamento pasaron corriendo dos niños, cogidos de la mano, que llegaban tarde a la escuela. Doblaron el recodo entre risas y chillidos y dejaron a Juliette allí sola. Se preguntó lo que iba a decirle a Marnes para justificar su presencia, para explicarle sus temores. Puede que fuese un buen momento para preguntarle por la carpeta sin la que no parecía poder vivir. Podía pedirle que se tomase el día libre, que dejase la oficina en sus manos y aprovechase para tomarse un descanso, o quizá contarle una mentirijilla y decirle que pasaba por allí porque estaba en la zona investigando un caso.

Se detuvo frente a su puerta y levantó la mano para llamar. Seguramente Marnes no lo vería como un abuso de autoridad. Sólo estaba preocupada por él. Nada más.

Llamó a la puerta y esperó a que la invitara a entrar... Tras unos instantes de espera se dio cuenta de que tal vez lo hubiera hecho. En los últimos días, su voz se había erosionado hasta quedar reducida a un susurro ronco y débil. Volvió a llamar, esta vez más fuerte.

—¿Ayudante? —preguntó—. ¿Va todo bien ahí dentro?

Una mujer asomó la cabeza por otra puerta del pasillo. Juliette, que recordaba haberla visto en la cafetería durante las horas del recreo de la escuela, estaba bastante segura de que se llamaba Gloria.

—Hola, comisaria.

—Hola, Gloria. No habrás visto al ayudante Marnes esta mañana, ¿verdad?

Gloria negó con la cabeza mientras se colocaba una varilla de metal en la boca y comenzaba a recogerse los largos rizos en un moño.

—No —murmuró. Se encogió de hombros y atravesó el moño con la varilla para sujetarse el pelo—. Anoche estaba en el rellano, con el mismo aire miserable que de costumbre. —Frunció el ceño—. ¿No se ha presentado a trabajar?

Juliette se volvió hacia la puerta y probó el picaporte. Se abrió con la facilidad de una cerradura en perfecto estado de mantenimiento. Empujó la puerta hacia dentro.

—¿Ayudante? Soy Jules. Sólo quería ver qué tal estaba.

La puerta se abrió en la oscuridad. La única luz era la que entraba desde el pasillo, pero fue suficiente.

Se volvió hacia Gloria.

—Llame al doctor Hicks... No, mierda. —Aún pensaba como si estuviese en los subterráneos—. ¿Quién es el médico más cercano por aquí? ¡Llámelo!

Entró corriendo en la habitación sin esperar respuesta. En el pequeño apartamento no había demasiado espacio para ahorcarse, pero Marnes había encontrado el modo de hacerlo. Tenía el cinturón alrededor del cuello y la hebilla encajada en la parte superior de la puerta del baño. Sus pies estaban sobre la cama, pero su posición, en ángulo recto, les impedía sustentar su peso. El rostro había perdido ya la tonalidad rojiza y el cinto mordía profundamente la carne.

Juliette lo agarró por la cintura y lo levantó. Era más pesado de lo que parecía. Le bajó los pies de la cama de una patada y así le fue más fácil sujetarlo. Alguien profirió una maldición en la puerta. El marido de Gloria entró corriendo y la ayudó a sujetar al ayudante. Entre los dos buscaron a tientas el cinturón para descolgarlo de la puerta. Finalmente Juliette logró abrirlo y lo liberó.

—En la cama —dijo casi sin resuello.

Lo llevaron hasta la cama y lo depositaron boca arriba sobre ella. El marido de Gloria apoyó las manos en las rodillas. Tenía la respiración entrecortada.

—Gloria ha ido a buscar al doctor O'Neil.

Juliette asintió y aflojó el nudo del cuello de Marnes. La carne estaba amoratada por debajo. Mientras le buscaba el pulso, se acordó de que George tenía exactamente el mismo aspecto cuando lo encontró en Mecánica, con el cuerpo inmóvil y lacio. Tardó un momento en comprender que lo que tenía delante era el segundo cadáver que veía en toda su vida.

Y entonces, mientras se echaba hacia atrás, se preguntó si, con el trabajo que había aceptado, sería el último.

22

Tras elaborar los correspondientes informes, descubrir que Marnes no tenía herederos vivos, hablar con el forense en la granja de tierra y responder a las preguntas de los vecinos curiosos, Juliette pudo finalmente dar un largo y solitario paseo por ocho tramos de escalera, de vuelta a su oficina vacía.

El resto del día trabajó poco, con la puerta que daba a la cafetería abierta para conjurar los fantasmas que abarrotaban la pequeña oficina. Trató de distraerse con los archivos de los ordenadores de Holston, pero la ausencia de Marnes le pesaba muchísimo más que su melancólica presencia. No terminaba de creerse que se hubiera ido. Llevarla hasta allí para luego abandonarla tan de repente le parecía una afrenta personal. Sabía que sentir aquello era una cosa horrible y egoísta, y admitirlo mucho más.

En medio de las divagaciones de su mente, de vez en cuando dirigía alguna mirada hacia la puerta y observaba el discurrir de las nubes por la lejana pantalla. Se preguntó si parecían despejadas o densas, si aquélla sería una buena noche para salir a contemplar las estrellas. Era otro pensamiento cargado de culpabilidad, pero se sentía terriblemente sola. Ella, una mujer que se jactaba de no necesitar a nadie.

Siguió jugueteando con el laberinto de archivos mientras la luz de un sol invisible iba menguando en la cafetería y a su alrededor arreciaban y luego languidecían los ruidos de dos turnos de comida y otros dos de cena, mientras contemplaba el cielo cubierto de nubes y deseaba, sin ninguna razón lógica para ello, la ocasión de tener otro encuentro fortuito con el extraño cazador de estrellas de la noche pasada.

E incluso así, entre los olores y el ruido que hacían al comer todos los habitantes de los cuarenta y ocho primeros pisos, Juliette se olvidó de hacerlo ella. Cuando el personal del segundo turno de noche estaba marchándose, con las luces reducidas a una cuarta parte de su intensidad, Pam entró en el despacho con un cuenco de sopa y una galleta. Juliette le dio las gracias e introdujo una mano en el mono para buscar algunos cupones, pero Pam se negó. Los ojos de la joven, enrojecidos por el llanto, flotaron hasta la silla vacía de Marnes, y Juliette se dio cuenta de que posiblemente el personal de la cafetería habría estado muy unido al ayudante.

Pam se marchó sin pronunciar palabra y Juliette empezó a comer con el poco apetito que tenía. Al cabo de un rato se le ocurrió otra pesquisa que podía realizar con los datos de Holston, una búsqueda global de nombres significativos, y tras darle unas cuantas vueltas se le ocurrió un modo de programarla. Entretanto la sopa se le quedó fría. Mientras el ordenador comenzaba a fagocitar las montañas de datos, cogió el cuenco y algunas carpetas y salió de la oficina para ir a sentarse a una de las mesas de la cafetería, cerca de la pantalla.

Estaba buscando estrellas por sí sola cuando apareció Lukas a su lado, en silencio. Sin decir nada, cogió una silla, se sentó con su tablero y su papel y contempló la amplia vista de la noche exterior.

Juliette no habría podido decir si estaba demostrando delicadeza al honrar su silencio o grosería al no saludarla. Finalmente se decantó por esto último, y al cabo de un rato el silencio se convirtió en algo normal. Compartido. Un momento de paz al final de un día espantoso.

Pasaron varios minutos. Una docena. No había estrellas y ninguno de ellos dijo nada. Juliette sostenía una carpeta sobre el regazo, simplemente para que sus dedos tuvieran algo en qué entretenerse. Les llegó un ruido desde la escalera, las carcajadas de un grupo en la zona de apartamentos inferior, y luego volvió a hacerse el silencio.

—Siento lo de su compañero —dijo Lukas al fin. Sus manos alisaron el papel sobre el tablero. Aún no había hecho marcas ni tomado notas.

—Se lo agradezco —replicó Juliette. No sabía cuál era la respuesta apropiada, pero aquélla parecía la menos absurda—. He estado buscando estrellas, pero no he visto ninguna —añadió.

—No las verá. Esta noche no. —Hizo un ademán en dirección a la pantalla—. Esas nubes son las peores.

Juliette las estudió, casi incapaz de distinguirlas con los últimos destellos del lejano crepúsculo. No parecían distintas a otras que hubiese visto.

Lukas se volvió en su asiento de manera casi imperceptible.

—Ya que es usted la representante de la ley y todo eso, tengo una confesión que hacer.

La mano de Juliette buscó a tientas la estrella que llevaba sobre el pecho. Siempre corría el peligro de olvidar lo que era.

—¿Sí?

—Sabía que esta noche habría nubes de ésas. Pero he subido a pesar de ello.

Juliette confiaba en que la oscuridad ocultara su sonrisa.

—No creo que el Pacto tenga mucho que decir sobre ese tipo de duplicidades —respondió.

Lukas se echó a reír. Era raro lo familiar que le resultaba ya aquel sonido y lo mucho que necesitaba oírlo. Juliette sintió el repentino impulso de abrazarlo, enterrar la barbilla en su cuello y echarse a llorar. Casi podía sentir cómo empezaba su cuerpo a encajar las piezas..., pero su piel nunca lo aceptaría. No podía suceder. Lo supo a pesar de que la sensación estaba resonando en su interior. Sólo era la soledad, el espanto que había sentido al tener a Marnes en los brazos, de sostener el peso de aquel cuerpo que había perdido lo que fuera que lo animase a seguir vivo. Anhelaba desesperadamente el contacto humano y aquel desconocido era la única persona a la que conocía lo bastante como para pensar en pedírselo.

—¿Y ahora qué va a suceder? —preguntó él cuando remitieron sus carcajadas.

Juliette estuvo a punto de responder, estúpidamente, «¿entre nosotros?», pero Lukas la salvó.

—¿Sabe cuándo será el funeral? —preguntó—. ¿Y dónde?

Juliette asintió en la oscuridad.

—Mañana. No tenía familia, así que no tiene que venir nadie y no habrá investigación. —Se tragó las lágrimas—. No tenía testamento, así que lo han dejado todo en mis manos. He decidido que lo entierren al lado de la alcaldesa.

Lukas observó detenidamente la pantalla. Había oscurecido ya lo bastante para ocultar los cuerpos de los limpiadores, cosa que era de agradecer.

—A él le habría gustado —afirmó.

—Creo que en secreto eran amantes —dijo Juliette de repente—. Y si no amantes, algo muy parecido.

—Corrían rumores —convino él—. Lo que no comprendo es para qué mantenerlo en secreto. A nadie le habría importado.

Por alguna razón, sentada en la oscuridad con un completo desconocido le resultaba más fácil hablar de aquellas cosas que en los subterráneos, con sus amigos.

—Puede que a ellos sí les importase que la gente lo supiera —pensó en voz alta—. Jahns había estado casada. Creo que preferían respetar eso.

—¿Sí? —Lukas apuntó algo en su papel. Juliette levantó la mirada, pero estaba segura de que no había sido una estrella—. No concibo cómo será amar a alguien en secreto.

—Pues lo que yo no concibo es tener que disponer del permiso de alguien, sea el Pacto o el padre de una chica, para enamorarse —respondió ella.

—¿No? ¿Y cómo iba a ser si no? ¿Sólo dos personas cualesquiera juntándose cuando les viniera en gana?

Juliette no respondió.

—¿Y para qué si no se iba a apuntar la gente a la lotería? —insistió Lukas, en su misma línea de razonamiento—. Seguro que era igual ahí fuera. Es una celebración, ¿no cree? Hay un ritual. El hombre tiene que pedir permiso al padre de la chica...

—¿Es que usted no está con nadie? —lo interrumpió Juliette—. O sea... sólo lo pregunto porque parece que... que tiene opiniones muy marcadas al respecto, pero puede que no haya...

—Aún no —replicó. Era la segunda vez que acudía a su rescate—. Aún me quedan fuerzas para seguir soportando los comentarios de mi madre. Todos los años le gusta recordarme la de loterías que me he perdido y lo que significa eso para sus probabilidades de ser abuela. Como si no conociese las estadísticas. Pero bueno, apenas tengo veinticinco.

—Ya —dijo Juliette.

—¿Y usted?

Estuvo a punto de decírselo allí mismo. A punto de soltar su secreto sin que él se lo pidiera. Como si aquel hombre, aquel muchacho, un desconocido para ella, fuese digno de toda su confianza.

—No he encontrado a la persona apropiada —mintió.

La juvenil carcajada de Lukas volvió a resonar.

—No, no, me refería a qué edad tiene. Espero que no sea una grosería preguntarlo...

Juliette sintió que la recorría una oleada de alivio. Creía que le había preguntado si había estado con alguien.

—Treinta y cuatro —respondió—. Y sí, es una grosería, pero nunca me han importado demasiado las normas.

—Dijo la comisaria —remató Lukas con una nueva carcajada.

Juliette sonrió.

—Supongo que aún tengo que acostumbrarme a eso.

Se volvió de nuevo hacia la pantalla y ambos disfrutaron del silencio. Era extraño estar allí, sentada con aquel hombre. En su presencia se sentía más joven y, de algún modo, más segura. O al menos no tan sola. Lo había clasificado como otra persona rara, un tornillo desparejado que no encajaba en ninguna tuerca estándar. Y había estado allí todo ese tiempo, al otro extremo del silo, buscando estrellas mientras ella pasaba todo el tiempo libre de que disponía en las minas, lo más lejos posible, buscando bonitas piedras.

—Parece que no va a ser una noche muy productiva para ninguno de los dos —dijo al fin para romper el silencio mientras pasaba las manos sobre la carpeta aún cerrada que tenía sobre el regazo.

—Oh, no sé —repuso Lukas—. Todo depende de lo que haya venido a buscar aquí.

Juliette sonrió. Al otro lado de la amplia sala, apenas audible, el ordenador de su mesa emitió un pitido para anunciar que la rutina de búsqueda había terminado de peinar los datos de Holston y se disponía a escupir los resultados.

23

La mañana siguiente, en lugar de subir a su oficina, Juliette bajó cinco pisos hasta la primera de las granjas de tierra para asistir al funeral de Marnes. No habría dossier para su ayudante, ni tampoco investigación. Simplemente enterrarían su cuerpo viejo y cansado en el profundo suelo, donde se descompondría para alimentar a las raíces. Resultaba extraño plantearse allí, en medio de la gente que se había congregado para honrarlo, si tendría dossier o no. Llevaba menos de una semana en el trabajo y ya veía los sobres Manila como el lugar donde residían los fantasmas. Nombres y números de caso. Vidas destiladas en unas veinte hojas de papel de pasta reciclada, con fragmentos de hebras y dardos de fortuito color entrelazados bajo la tinta negra que transmitía su triste relato.

La ceremonia fue larga, pero no lo pareció. En la tierra cercana se apreciaba aún el abombamiento donde habían enterrado a Jahns. Muy pronto, los dos se entrelazarían en el interior de las plantas, las mismas plantas que luego servirían para alimentar a los habitantes del silo.

Juliette aceptó un tomate maduro mientras el sacerdote y su sombra avanzaban entre la densa multitud. Ataviados con atuendos rojos, marchaban cantando con voces sonoras que se complementaban mutuamente. Juliette dio un mordisco al vegetal y, tras dejar que una cantidad razonable de zumo le manchara el mono, masticó y tragó. Era consciente de que el tomate estaba delicioso, pero sólo de un modo mecánico. Era difícil disfrutar realmente de él.

Cuando llegó el momento de llenar de nuevo la fosa con la tierra, observó la multitud. Dos muertos de los pisos superiores en menos de una semana. Y había habido dos muertos más en el silo, lo que suponía una semana realmente mala.

O buena, dependiendo del caso. Vio que varias parejas sin hijos mordían vigorosamente sus tomates, con las manos entrelazadas, mientras hacían cálculos en silencio. Para el gusto de Juliette, las loterías llegaban demasiado temprano después de las muertes. Ella habría preferido que se celebrasen todos los años en las mismas fechas, aunque sólo fuese para transmitir la sensación de que se producirían pasase lo que pasase, independientemente de las muertes.

Pero claro, la concurrencia en el tiempo del enterramiento de los cuerpos y la recogida de los frutos maduros de la tierra estaba concebida para expresar con toda claridad una idea: éste es el ciclo de la vida. Es imposible escapar de él. Más vale abrazarlo, adorarlo, apreciarlo. El que se marcha deja tras de sí el regalo del sustento, de la vida. Hace sitio a la siguiente generación. Nacemos, somos sombras, proyectamos nuestras propias sombras y luego desaparecemos. Lo máximo a lo que podemos aspirar es a que nuestro recuerdo perviva durante dos sombras.

Antes de que el agujero estuviera tapado del todo, varios participantes en la ceremonia se acercaron al borde y arrojaron a su interior el resto de los frutos que habían mordido. Juliette se adelantó y añadió el resto de su tomate a la lluvia multicolor de pulpa y piel. Un acólito apoyó todo su peso sobre una pala enorme mientras ante sus ojos volaba lo que quedaba de vegetales. Recogió los restos con paladas de tierra oscura y rica en nutrientes, dejando un montículo que, con el paso del tiempo y la ayuda del agua de riego, acabaría por asentarse.

Tras el funeral, Juliette emprendió el ascenso a la oficina. Podía sentir el transcurrir de los pisos en las piernas, a pesar de que le gustaba alardear de su buen estado de forma. Pero caminar y subir escaleras eran ejercicios de otra naturaleza. No era como girar tuercas y sacar clavos enquistados, y la resistencia física que exigía era distinta a la que hacía falta para soportar despierta los turnos extra. Decidió que aquel constante subir y bajar era algo antinatural. Los seres humanos no estaban hechos para aquello. De hecho, dudaba que, desde el punto de vista genético, estuvieran preparados para atravesar mucho más que un solo piso del silo. Pero entonces, al ver que un porteador bajaba volando la escalera a su lado, con una rápida sonrisa de saludo en el rostro fresco y el vuelo de los pies sobre los peldaños de acero, se preguntó si no sería simplemente algo que requería práctica.

Cuando finalmente llegó a la cafetería ya era hora de comer y en la habitación reinaba el bullicio de las conversaciones y el tintineo de los tenedores sobre los platos de metal. El montón de notas plegadas que había junto a la puerta de su oficina había crecido. Había una planta dentro de un tiesto de plástico, un par de zapatos y una pequeña escultura hecha de alambre de colores. Juliette se detuvo frente a aquella heterogénea colección de regalos. Como Marnes no tenía familia, supuso que le tocaría a ella revisarlo todo y asegurarse de que cada cosa terminaba en manos de quien más la necesitaba. Se inclinó y recogió una de las tarjetas. Estaba escrita con una letra temblorosa trazada con ceras. Supuso que la escuela de primaria se habría pasado el día entero dibujando tarjetas para el ayudante Marnes. Esto la entristeció más que cualquiera de las ceremonias. Se limpió las lágrimas de los ojos y maldijo a los profesores a los que se les había ocurrido involucrar a los niños en un asunto tan horrible.

—Dejadlos fuera de esto —susurró para sí.

Tras devolver la tarjeta a su sitio, recobró la compostura. Al ayudante Marnes le habría gustado aquello, decidió. Era un hombre fácil de interpretar, uno de esos que envejecían de cuerpo pero no de corazón, el único órgano que no se le había desgastado porque nunca se había atrevido a utilizarlo.

Al llegar a su oficina descubrió con sorpresa que la esperaba alguien. Había un desconocido sentado a la mesa del ayudante Marnes. Apartó la mirada del ordenador y le sonrió. Se disponía a preguntarle quién era cuando Bernard —en su fuero interno se negaba a llamarlo alcalde, aunque lo fuese sólo a título interino— salió de la celda con un dossier en la mano y una amplia sonrisa en el rostro.

—¿Qué tal el sepelio? —preguntó.

Juliette atravesó la oficina y le arrebató la carpeta de la mano.

—No toquetee nada —dijo.

—¿Toquetear? —Bernard se echó a reír y se ajustó las gafas—. Es un caso cerrado. Iba a llevarme eso a la oficina para volver a archivarlo.

Juliette miró la carpeta y vio que se trataba de la de Holston.

—Sabe que está a mis órdenes, ¿verdad? Se suponía que al menos debía haber hojeado el Pacto antes de que Jahns le tomara juramento.

—Yo me encargo de esto, gracias.

Lo dejó junto a la celda abierta y se acercó a su mesa. Guardó la carpeta en el primer cajón, comprobó que el disco de datos seguía enchufado a su ordenador y levantó la mirada hacia el individuo que tenía enfrente.

—¿Y usted es...?

El sujeto se puso en pie con el acostumbrado chirrido de la silla del ayudante Marnes. Juliette trató de sacarse de la cabeza la idea de que seguía siendo suya.

—Peter Billings, señora. —Le tendió la mano. Juliette la aceptó—. Me estaba tomando juramento yo mismo. —Agarró de la punta la estrella que llevaba sobre el mono y se la acercó para que pudiera verla.

—De hecho, Peter iba a ocupar su puesto, en un primer momento —manifestó Bernard.

Juliette se preguntó lo que pretendía decir con aquello o el sentido que podía tener el hecho de sacar el tema a colación en aquel momento.

—¿Necesitaba algo? —le preguntó. Hizo un ademán en dirección a su mesa, donde se había acumulado el trabajo del día anterior mientras ella resolvía los asuntos de Marnes—. Porque si necesita algo puedo añadirlo al final de uno de estos montones.

—Todo lo que yo le mande se coloca encima —dijo Bernard. Dio un manotazo sobre la carpeta que llevaba el nombre de Jahns—. Y le hago un favor al venir a verla en lugar de llamarla a mi despacho para mantener esta reunión.

—¿De qué reunión estamos hablando? —preguntó Juliette. En lugar de mirarlo, se entretuvo ordenando la documentación. Con un poco de suerte comprendería lo ocupada que estaba y se marcharía para que pudiese poner al día a Peter con lo poco que había logrado aprender sobre el trabajo.

—Como sabe, en las últimas semanas hemos tenido bastante... agitación. Algo inaudito, en realidad, al menos desde el levantamiento. Y ése es precisamente el peligro que corremos, me temo, si no remamos todos en la misma dirección. —Clavó un dedo sobre la carpeta que Juliette estaba tratando de cambiar de sitio. La comisaria levantó la mirada—. La gente quiere continuidad. Quieren saber que mañana será muy parecido a hoy. Quieren seguridad. Acabamos de tener una limpieza y después hemos sufrido algunas pérdidas, así que es normal que los ánimos estén un poco alterados. —Hizo un ademán dirigido a los dossiers y el montón de papel reciclado que había sobre la mesa de Juliette, tan alto ya que se inclinaba ligeramente hacia la de Marnes. El joven que la comisaria tenía delante lo miraba con cautela, como si temiera que si seguía inclinándose podía acabar por sumarse a su propio trabajo—. Razón por la que voy a anunciar una amnistía. No sólo para reforzar la moral del silo entero, sino para ayudarlos a hacer *tabula rasa.* Así no se les acumulará el trabajo antes de que hayan tenido tiempo de acostumbrarse a sus nuevas responsabilidades.

—¿*Tabula rasa?* —preguntó Juliette.

—Exacto. Todos esos delitos cometidas bajo los efectos del alcohol... ¿Éste por qué es? —Recogió una carpeta y estudió el nombre que había en la etiqueta—. Vaya, ¿qué ha hecho Pickens esta vez?

—Comerse la rata de un vecino —dijo Juliette—. Era la mascota de la familia

Peter Billings se rió entre dientes. Mientras lo miraba con los ojos entornados, Juliette se preguntó de qué le sonaba su nombre. Entonces se acordó de un memorando que había leído en una de las carpetas. Aquel muchacho, prácticamente de niño, había sido la sombra de uno de los jueces del silo. Al verlo costaba imaginarlo. Parecía más bien cortado por el patrón de Informática.

—Yo creía que era ilegal tener ratas como mascotas —apuntó Bernard.

—Así es. Es el demandante. La otra parte lo había denunciado antes a él. —Rebuscó entre las carpetas—. Aquí.

—Vamos a ver... —dijo Bernard. Cogió la segunda carpeta, la levantó junto con la otra y las dejó caer en la papelera. Todos los documentos cuidadosamente organizados que contenían se mezclaron con el resto de los papeles que esperaban para su reciclaje—. Olvidar y perdonar —declaró mientras juntaba las manos—. Ése va a ser mi lema de cara a las elecciones. Es lo que necesita la gente. Nuevos comienzos, olvidar el pasado en estos tiempos tumultuosos. ¡Mirar hacia el futuro! —Le dio unas palmaditas en la espalda a Juliette, se despidió de Peter con un gesto de la cabeza y se encaminó a la puerta.

—¿Lema de cara a las elecciones? —preguntó ella antes de que tuviese tiempo de marcharse. Y entonces se dio cuenta de que en uno de los dossiers que estaba sugiriéndole que olvidara él era el principal sospechoso.

—Ah, sí —asintió Bernard volviendo la cabeza. Se apoyó en la jamba de la puerta y la miró—. Tras muchas deliberaciones, he decidido que no hay nadie más cualificado para el puesto que yo. No veo ningún problema en seguir desempeñando mis funciones en Informática al mismo tiempo que ocupo el puesto de alcalde. ¡De hecho, ya lo estoy haciendo! —Le guiñó un ojo—. Continuidad, ¿comprende? —Y diciendo esto, se marchó.

Juliette dedicó el resto de la tarde, hasta mucho más allá de lo que Peter Billings consideraba «un horario de trabajo razonable», a poner al día a su nuevo ayudante. Lo que más necesitaba en aquel momento era alguien que atendiese las reclamaciones y respondiera a la radio. Ése era el antiguo trabajo de Holston, asegurarse de que reinaba la paz en los cuarenta y ocho pisos superiores y responder a cualquier perturbación. El ayudante Marnes había albergado la esperanza de que Juliette, cuyas piernas eran más jóvenes y fuertes, se ocupara de ello. Además le había dicho que una mujer bonita como ella «podía alegrarle un poco el día a la gente». Juliette sospechaba que sus intenciones no eran exactamente éstas. Tenía la sensación de que Marnes prefería que no estuviera en la oficina para poder pasar todo el tiempo a solas con su carpeta y el fantasma que contenía. Y entendía bien este deseo. Así que tras mandar a Peter Billings a casa con una lista de apartamentos y comercios a los que debía llamar al día siguiente, tuvo tiempo al fin de sentarse frente a su ordenador y revisar los frutos de la rutina de búsqueda del día anterior.

El programa había arrojado resultados interesantes. No los nombres que ella esperaba, sino grandes bloques de algo que parecía texto codificado, un galimatías con una puntuación extraña intercalada con sangrías y palabras que reconocía pero que parecían fuera de sitio. Estos enormes párrafos estaban por todo el ordenador que

Holston tenía en su casa a partir de una fecha que databa de unos tres años atrás. Esto encajaba con la cronología de lo sucedido, pero lo que realmente llamó la atención de Juliette fue la frecuencia con la que aparecían los datos en directorios y la profundidad de la estructura, que a veces superaba las doce carpetas. Era como si alguien hubiera tratado de mantenerlos ocultos por todos los medios y al mismo tiempo hubiese guardado varias copias, aterrado por la posibilidad de perderlos.

Asumió que el texto, fuera lo que fuese, estaba codificado y era importante. Mientras desmigaba una pequeña barra de pan y mojaba los trozos en sopa de maíz, hizo una copia para enviarla a Mecánica. Tenía allí algunos amigos lo bastante listos como para descifrar aquel material, empezando por Walker. Terminó de comer y luego dedicó las siguientes horas a repasar el rastro que había elaborado al investigar los últimos años de Holston en el trabajo. No le había sido fácil acotar todas sus actividades, determinar lo que era importante y lo que era rutina, pero abordó la tarea con el mismo enfoque lógico que si se hubiera tratado de la avería de una máquina. Porque esto era precisamente lo que le había pasado al comisario, decidió, una avería. Gradual e interminable. Casi inevitable. La pérdida de su esposa había sido como la aparición de una grieta en un sello o una junta. Todas las cosas de la vida de Holston que habían quedado fuera de control parecían tener su origen, de manera casi mecánica, en aquel episodio.

Una de las primeras cosas que había comprendido era que las actividades del antiguo comisario en su ordenador de trabajo no contenían ningún secreto. Estaba claro que Holston se había convertido en un ave nocturna que, al igual que ella, se pasaba horas despierto en su apartamento. Éste era otro vínculo que sentía entre ellos y que alimentaba aún más la obsesión que le inspiraba el hombre. Si se ceñía al ordenador de casa, sólo le quedaba la mitad de los datos. También descubrió que había dedicado la mayor parte de este tiempo a investigar a su esposa, del mismo modo que Juliette lo investigaba ahora a él. Éste era su vínculo común más profundo. Allí estaba ella, observando cómo el último limpiador voluntario observaba a su vez a su esposa, con la esperanza de descubrir qué razón incomprensible podía llevar a una persona a optar por el exterior prohibido.

Y fue allí donde Juliette comenzó a encontrar unas pistas que resultaban casi aterradoras al encajar. Parecía ser que Allison, la esposa de Holston, era la que había desvelado los misterios de los antiguos servidores. El mismo método que había puesto a disposición de Juliette los datos de Holston había permitido a Allison, en algún momento, descubrir algún secreto que luego había acabado en manos de su marido. Juliette se centró en los mensajes de correo electrónico borrados por la pareja y descubrió que aproximadamente en las mismas fechas en que ella había publicado un artículo en el que explicaba un método para recuperar información borrada el número de éstos había crecido de manera exponencial. Parecía un rastro interesante. Juliette comenzó a pensar que Allison había encontrado algo en los servidores. El problema era determinar de qué se trataba y si sería capaz de reconocerlo aun en el caso de que lo localizara.

Barajó distintas ideas, incluso la posibilidad de que fuese una infidelidad lo que había vuelto loca a Allison, pero al recordar cómo era Holston se dio cuenta de que no podía tratarse de eso. Y entonces reparó en que todos los rastros de su actividad parecían desembocar en los párrafos ininteligibles. Era una posibilidad que estaba tratando de negar con cualquier excusa porque no podía comprenderla. ¿Por qué Holston, y sobre todo Allison, habían pasado tanto tiempo estudiando aquel sinsentido? Los registros de actividad demostraban que mantenía abiertos aquellos archivos durante varias horas consecutivas, como si aquella recopilación abigarrada de letras y símbolos se pudiera leer. A Juliette se le antojaba un lenguaje totalmente desconocido.

De modo que, ¿era eso lo que había condenado a Holston y a su esposa a la limpieza? La opinión generalizada en el silo era que Allison había perdido la cabeza, presa de una insana obsesión con el mundo exterior, y que Holston, pasado un tiempo, había sucumbido a la tristeza. Pero Juliette nunca se lo había creído. No le gustaban las coincidencias. Normalmente, cuando desmontaba una máquina para repararla y al cabo de pocos días aparecía un problema nuevo, lo único que tenía que hacer era desandar los pasos hasta la última reparación. La respuesta siempre estaba allí. Aquel acertijo lo veía del mismo modo: el diagnóstico sería mucho más sencillo si la causa que los había movido a ambos era la misma.

Lo que sucedía era simplemente que no podía encontrarla. Y parte de ella temía que, si llegaba a conseguirlo, la hiciera enloquecer también.

Se frotó los ojos. Al mirar de nuevo la mesa se fijó casualmente en el dossier de Jahns. Encima de la carpeta estaba el informe médico sobre la muerte de Marnes. Lo apartó y sacó la nota que había debajo, la que Marnes había escrito y dejado sobre la mesilla de noche:

«Tendría que haber sido yo.»

«Qué pocas palabras», pensó Juliette. Pero claro, ¿quién le quedaba en el silo? Volvió a estudiar la frase, pero fue incapaz de extraerle más información. La cantimplora envenenada era la de él, no la de Jahns. De hecho, esto convertía la muerte en un caso de homicidio involuntario, un término nuevo para Juliette. Marnes le había explicado algo sobre la ley: el peor delito del que habrían podido acusar al responsable no era el desgraciado accidente que se había cobrado la vida de la alcaldesa, sino el intento de asesinato contra él. Esto significaba que, aun en el caso de que lograran demostrar su culpabilidad, tal vez pudieran condenarlo a la limpieza por lo que no había conseguido hacer con Marnes, pero sólo a cinco años de libertad condicional y trabajos forzados por lo que, accidentalmente, le había sucedido a Jahns. Juliette creía que esta perversión del sentido de la justicia, más que cualquier otra cosa, era lo que había empujado al pobre Marnes hasta la desesperación. Nunca podría albergar la esperanza de que se hiciese verdadera justicia, de pagar la vida arrebatada con otra. Estas extrañas leyes, unidas a la desesperante idea de que era él quien había transportado el veneno encima en todo momento, lo habían herido de gravedad. Tenía que vivir con la certeza de que algo bueno que habían compartido juntos, aquel viaje, le había costado la vida a la persona a la que amaba.

Mientras estaba allí, con la nota de suicidio en la mano, se maldijo por no haberlo visto venir. Era una avería previsible, un problema que podría haberse resuelto mediante tareas de mantenimiento preventivo. Podría haber dicho algo más, haber llegado hasta él de algún modo. Pero en aquellos primeros días había estado demasiado ocupada tratando de permanecer a flote como para darse cuenta de que el hombre que la había llevado hasta los primeros pisos del silo estaba desmoronándose poco a poco ante sus ojos.

El parpadeo del icono de su bandeja de entrada interrumpió estos pensamientos perturbadores. Soltó una maldición mientras alargaba la mano hacia el ratón. Debían de haber rechazado el fragmento de datos de gran tamaño que había enviado a Mecánica varias horas antes. Puede que fuese demasiado grande como para mandarlo de una vez. Pero entonces vio que era un mensaje de Scottie, el amigo de Informática que le había enviado el disco de datos.

«Ven a verme ahora mismo», rezaba.

Era una extraña solicitud. Vaga pero muy directa, sobre todo a aquellas horas. Juliette apagó el monitor, sacó el disco del ordenador por si venía alguien más a visitarla y, por un momento, barajó la idea de ceñirse la antigua pistola de Marnes. Se levantó, fue a la taquilla de las llaves y, al pasar la mano por el suave cinturón, palpó la zona abombada donde la hebilla, durante décadas, había desgastado el viejo cuero. Volvió a pensar en la sucinta nota de Marnes y dirigió una mirada hacia su silla vacía. Al final optó por dejar el arma colgada donde estaba. Inclinó la cabeza un instante al pasar junto a su mesa, se aseguró de que llevaba las llaves y salió corriendo.

24

Había treinta y cuatro pisos hasta Informática. Juliette los bajó corriendo a tal velocidad que tuvo que mantenerse agarrada a la barandilla interior para no salir despedida y arrollar a las personas con las que se cruzaba. Cerca del sexto piso adelantó a un porteador, que dio un respingo al ver que lo rebasaban. Al llegar al piso décimo comenzaba a sentirse mareada de tanta vuelta. Se preguntó cómo responderían Holston y Marnes a los problemas urgentes. Las otras dos comisarías, una en los pisos centrales y la otra en los subterráneos, se encontraban muy cerca del centro de sus respectivos cuarenta y ocho niveles, lo que representaba una solución mucho más práctica. Al llegar a la primera veintena de pisos estaba pensando en esto, que su oficina no estaba bien situada para responder a problemas surgidos al otro extremo de su demarcación. Se encontraba cerca de la esclusa y la celda, próxima a la forma última de pena capital de que disponía el silo. Maldijo tal decisión al pensar en el viaje de regreso.

Poco antes del treinta estuvo a punto de tropezar con un hombre que no miraba por dónde iba. Logró salvarlos a ambos de una fea caída rodeándolo con un brazo al mismo tiempo que se agarraba a la barandilla con el otro. El hombre se disculpó mientras ella se tragaba una maldición. Y entonces vio que se trataba de Lukas, con el tablero colgado a la espalda y unos trozos de tiza en los bolsillos del mono.

—Oh —exclamó el joven—. Hola.

Sonrió al verla, pero sus labios esbozaron una mueca al darse cuenta de que corría en dirección opuesta.

—Lo siento —dijo ella—. Tengo que irme.

—Claro.

Entonces se apartó y Juliette, finalmente, le quitó la mano de la cintura. Asintió sin saber qué decir, porque en su mente sólo había sitio para Scottie, y reanudó su carrera silo abajo, demasiado veloz hasta para echar una mirada atrás.

Cuando por fin llegó al treinta y cuatro, se detuvo en el rellano para recobrar el aliento y dejar que se le pasara el mareo. Tras revisar el mono —que la estrella estuviera en su sitio y el disco siguiera en el bolsillo—, abrió la puerta principal de Informática y entró tratando de caminar como si estuviera en su casa.

Estudió rápidamente la sala. A la derecha había un ventanal que daba a una sala de juntas. La luz estaba encendida incluso entonces, en plena noche. Se veía un puñado de cabezas al otro lado del cristal: una reunión. Le pareció oír que la voz de Bernard, fuerte y nasal, se colaba través de la puerta.

Frente a ella se encontraban las puertas de seguridad que conducían al laberinto de viviendas, oficinas y talleres de Informática. Juliette podía imaginarse la disposición de los planos; había oído que los tres pisos tenían muchas cosas en común con Mecánica, sólo que menos divertidos.

—¿Puedo ayudarla? —preguntó un joven de mono plateado desde detrás de las puertas.

Se acercó a él.

—Soy la comisaria Nichols —dijo. Le mostró su identificación antes de pasarla por debajo del escáner láser de la puerta. La luz se volvió roja y la puerta emitió un furioso zumbido. No se abrió—. He venido a ver a Scottie, uno de sus técnicos. —Volvió a probar la tarjeta, con idéntico resultado.

—¿Tiene una cita? —preguntó el hombre.

Juliette lo miró con los ojos entornados.

—Soy la comisaria. ¿Desde cuándo necesito una cita? —Volvió a pasar la tarjeta y la puerta volvió a rechazarla. El joven no hizo ademán alguno de ayudarla.

—No haga eso, por favor —le pidió.

—Mire, hijo, estoy en medio de una investigación. Y está usted interfiriendo.

El joven sonrió.

—Estoy seguro de que está usted al tanto de la posición que detenta el departamento y de que sabe que sus poderes...

Juliette guardó la tarjeta de identidad y alargó las manos sobre la compuerta para agarrarlo por las correas del mono con ambas manos. Dio un tirón y estuvo a punto de hacerlo pasar al otro lado por encima de la compuerta, con los brazos hinchados por una musculatura fibrosa forjada a base de aflojar incontables tornillos.

—A ver si nos entendemos, enano miserable. Si no me abres las puertas voy a pasar sobre ellas y luego a través de ti. Y quiero que sepas que despacho directamente con Bernard Holland, alcalde en funciones además de tu puñetero jefe. ¿Me he expresado con claridad?

Los ojos del muchacho, todo pupilas, se abrieron de par en par. Balanceó la cabeza de arriba abajo.

—Pues entonces mueve el trasero —dijo ella mientras lo soltaba con un empujón.

El chico buscó a tientas su tarjeta de identificación y la pasó por delante del escáner.

Juliette empujó el brazo giratorio del torno y pasó por delante de él. Entonces se detuvo.

—Mmm... ¿por dónde es, exactamente?

El joven estaba todavía tratando de guardar su tarjeta de identificación en el bolsillo de la chaqueta con manos temblorosas.

—P-p-p-por ahí, señora. —Señaló hacia la derecha—. Segundo pasillo a mano izquierda. El último despacho.

—Buen chico —respondió ella—. Se volvió y sonrió para sí. Parecía que el mismo tono que utilizaba con los mecánicos perezosos para que volvieran a trabajar funcionaba también allí. Y se rió por dentro al pensar en el argumento que había utilizado: tu jefe es también mi jefe, así que abre la puerta. Pero claro, con los ojos así de abiertos y el miedo que le había metido en el cuerpo, lo mismo podría haberle leído la receta del pan de Mamá Jean, que él le habría abierto las puertas igualmente.

Tomó el segundo pasillo y se cruzó con un hombre y una mujer ataviados con el mono plateado de Informática que iban en dirección contraria. La miraron al pasar. Al final del pasillo había despachos a ambos lados y no sabía cuál era el de Scottie. Primero se asomó al que tenía la puerta abierta, pero las luces estaban apagadas. Se volvió hacia el otro y llamó a la puerta.

Al principio no hubo respuesta, pero la luz que se colaba por la ranura inferior se apagó, como si alguien se hubiera detenido delante de la puerta.

—¿Quién es? —susurró una voz desde el otro lado.

—Abre, joder —dijo Juliette—. Ya sabes quién es.

El picaporte descendió y, con un chasquido, la puerta se abrió. Juliette entró inmediatamente y Scottie, después de dejarla pasar, cerró la puerta y echó el cerrojo.

—¿Te han visto? —le preguntó.

Le lanzó una mirada de incredulidad.

—¿Que si me han visto? Pues claro. ¿Cómo crees que he entrado? Hay gente por todas partes.

—Pero ¿te han visto entrar aquí? —susurró él.

—Scottie, ¿qué demonios está pasando? —Juliette comenzaba a sospechar que había corrido hasta allí para nada—. Me has enviado un mensaje, cosa que ya de por sí resulta bastante inquietante... pero es que encima me decías que viniese ahora mismo. Así que aquí estoy.

—¿De dónde has sacado esto? —preguntó Scottie. Cogió un puñado de hojas de impresora de su mesa y las sostuvo frente a su cara con manos temblorosas.

Juliette se acercó a él. Le puso una mano en el brazo y miró los documentos.

—Tranquilízate —le dijo en voz baja. Leyó algunas líneas y al instante reconoció el galimatías que había enviado a Mecánica aquel mismo día—. ¿De dónde lo has sacado? —preguntó—. Se lo mandé a Knox hace unas horas.

Scottie asintió.

—Y él me lo mandó a mí. Pero no ha debido hacerlo. Podría meterme en muchos líos por esto.

Juliette se echó a reír.

—Estás de broma, ¿no?

Al instante se dio cuenta de que no era así.

—Scottie, fuiste tú el primero que sacó todo eso. —Retrocedió un paso y lo miró intensamente—. Espera, sabes lo que es, ¿verdad? ¿Puedes leerlo?

Scottie ladeó la cabeza.

—Jules, no sabía lo que era cuando me lo pediste. Gigas de basura y nada más. Ni lo miré. Me limité a sacarlo y a pasarlo al disco...

—¿Qué tiene de peligroso? —preguntó.

—Ni siquiera puedo hablar de ello —dijo Scottie—. No quiero acabar limpiando, Jules. No quiero. —Le tendió el rollo de papel impreso—. Ten. No debería haberlo impreso, pero quería borrar el mensaje. Cógelo. Tienes que llevártelo de aquí. No pueden atraparme con esto.

Juliette cogió el rollo, pero sólo para que su amigo se calmara.

—Scottie, siéntate, por favor. Mira, sé que estás asustado, pero necesito que te sientes y me cuentes lo que pasa. Es muy importante.

Scottie negó con la cabeza.

—Scottie, siéntate ahora mismo, joder. —Señaló la silla y Scottie obedeció de mala gana. Mientras Juliette tomaba asiento en la esquina de la mesa, se fijó en que habían usado recientemente el camastro que había al otro lado de la sala. Sintió pena por el joven.

—Sea lo que sea esto... —sacudió el rollo de papel—, es la causa de las dos últimas limpiezas.

Se lo dijo como si fuese algo más que una teoría que estaba formándose por momentos en su cabeza, como si fuese algo que sabía a ciencia cierta. Puede que fuese el miedo que leía en sus ojos lo que cimentase la idea, o la necesidad de demostrar firmeza y seguridad para ayudarlo a tranquilizarse—. Scottie, necesito saber qué es. Mírame.

Lo hizo.

—¿Ves esta estrella? —Le dio un golpecito con el dedo y el símbolo emitió un tintineo sordo.

Scottie asintió.

—Ya no soy tu capataz de turno, chaval. Represento la ley, y esto es algo muy importante. Mira, no sé si eres consciente de ello, pero si no respondes a mis preguntas puedes meterte en líos. De hecho, estás obligado a responderlas.

Scottie la miró con una sombra de esperanza en los ojos. Saltaba a la vista que no sabía que se lo estaba inventando. No es que estuviera mintiendo —no traicionaría a Scottie por nada del silo—, pero estaba bastante segura de que no existía tal cosa como la inmunidad para nadie.

—¿Qué es lo que tengo en la mano? —preguntó mientras agitaba el rollo de papel de impresora.

—Un programa —susurró él.

—¿Como un circuito de cronometraje, quieres decir? ¿Como un...?

—No, para un ordenador. Un lenguaje de programación. Es un... —Apartó la mirada—. No quiero decirlo. Oh, Jules, sólo quiero volver a Mecánica. Quiero hacer como si nada de esto hubiera ocurrido.

Estas palabras cayeron sobre ella como un chorro de agua helada. Scottie estaba más que asustado. Estaba aterrorizado. Temía por su vida. Juliette se apartó de la mesa, se puso en cuclillas a su lado y le cogió la mano, que descansaba sobre una rodilla que se agitaba arriba y abajo a causa del nerviosismo.

—¿Para qué sirve ese programa? —le preguntó.

Scottie se mordió el labio y negó con la cabeza.

—No pasa nada. Estamos a salvo. Dime para qué sirve.

—Es para una pantalla —dijo al fin—. Pero no como una lectura, o un LED, o una matriz de puntos. Estos algoritmos de aquí los reconozco. Cualquiera podría... —Se detuvo—. Color de sesenta y cuatro bits —susurró mirándola fijamente—. Sesenta y cuatro bits. ¿Para qué se pueden necesitar tantos colores?

—Explícamelo como si fuera idiota —le pidió Juliette. Scottie parecía al borde de un ataque de nervios.

—La has visto, ¿verdad? La imagen de arriba, digo.

Juliette ladeó la cabeza.

—Ya sabes dónde trabajo.

—Bueno, pues yo también la vi, antes de que empezara a comer aquí, antes de que empezara a trabajar tanto como para desgastarme los dedos hasta el hueso. —Se pasó las manos por el pelo cobrizo y revuelto—. Este programa, Jules, lo que has encontrado, podría hacer que algo como lo que se ve en esa pantalla pareciese real.

Juliette asimiló sus palabras. Entonces se echó a reír.

—Pero ¿no es eso precisamente lo que hace? Scottie, hay sensores ahí fuera. Captan las imágenes que vemos y luego la pantalla tiene que recrear la imagen, ¿no? A ver, ¿qué me estoy perdiendo? —Sacudió el rollo de papel impreso lleno de códigos—. ¿No sirve esto precisamente para eso? ¿Para que la imagen aparezca en la pantalla?

Scottie se retorció las manos.

—Para eso no necesitarías algo como esto. Estás hablando de transmitir una imagen. Eso podría programarlo yo mismo con una docena de líneas de código. No, estoy hablando de crear imágenes. Es más complicado.

Cogió a Juliette del brazo.

—Jules, esto puede crear imágenes totalmente nuevas. Puede mostrarte cualquier cosa que desees.

Inspiró profundamente y un lapso fugaz quedó suspendido en el aire entre ellos, una pausa en la que los corazones no palpitaban y los ojos no se movían.

Juliette se echó hacia atrás y se mantuvo en equilibrio sobre los talones de sus viejas botas. Tras un instante así, se sentó en el suelo y apoyó la espalda en los paneles metálicos de la pared de la oficina.

—Ahora lo entiendes... —comenzó a decir Scottie, pero Juliette levantó una mano para pedirle silencio. Nunca se le había ocurrido que la imagen se pudiera crear. Pero ¿por qué no? ¿Y con qué propósito?

Pensó en lo que habría sentido la mujer de Holston al descubrirlo. Debía de ser tan inteligente como Scottie. Era ella la que había inventado la técnica que habían utilizado para encontrar aquello, ¿no? ¿Qué habría querido hacer con el descubrimiento? ¿Decir algo en voz alta y provocar un motín? ¿Contárselo a su marido, el comisario? ¿Qué?

Juliette sólo podía saber lo que habría hecho ella en su posición de haber sabido lo que sabía. Era de naturaleza demasiado curiosa. Estaba claro lo que habría sucedido. La información la habría carcomido por dentro, como el traqueteo de las entrañas de una máquina sellada, o el funcionamiento secreto de un dispositivo sin abrir. Habría tenido que coger un destornillador y una llave inglesa y echar un vistazo...

—Jules...

Lo acalló con un ademán. Los detalles del dossier de Holston acudieron en tropel a su cabeza. Notas sobre Allison, sobre una crisis de locura repentina que casi parecía surgida de la nada. Su curiosidad debía de haberla llevado allí. Salvo... salvo que Holston no lo supiera. Salvo que hubiera sido todo una farsa. Salvo que Allison hubiera querido proteger a su marido del horror con un falso velo de demencia.

Pero ¿había tardado Holston tres años en componer las piezas del puzle que ella había reconstruido en una sola semana? ¿O lo sabía desde hacía tiempo y simplemente había tardado años en reunir el valor necesario para ir a buscarla? ¿O es que Juliette contaba con una ventaja de la que él no disponía? Tenía a Scottie. Y a fin de cuentas estaba siguiendo el rastro de miguitas dejado por alguien que, a su vez, seguía el rastro de migas de otro, por lo que el suyo era mucho más evidente y fácil de seguir.

Levantó la mirada hacia su joven amigo, que la observaba con expresión preocupada.

—Tienes que sacar eso de aquí —dijo mirando de reojo el papel de impresora.

Juliette asintió. Se levantó y se guardó el rollo de papel bajo el mono. Tendría que destruirlo, pero aún no sabía cómo.

—He borrado todas las copias del material que he sacado para ti —dijo—. No quiero volver a verlas. Y tú deberías hacer lo mismo.

Juliette se llevó una mano al bolsillo del pecho y palpó el disco que guardaba allí.

—Y… Jules, ¿podrías hacerme un favor?

—Lo que quieras.

—Averigua si hay algún modo de que vuelvan a trasladarme a Mecánica, ¿vale? No quiero seguir aquí arriba.

Ella asintió y le puso una mano en el hombro.

—Veré lo que puedo hacer —le prometió. Sentía un nudo en el estómago por haber involucrado al muchacho en todo aquello.

25

A la mañana siguiente Juliette llegó tarde a su despacho, exhausta, con las piernas entumecidas por la tardía visita a Informática y por no haber dormido nada. Se había pasado toda la noche dando vueltas en la cama, preguntándose si había descubierto una caja que era mejor no abrir, temiendo estar planteando unas preguntas que no podían traer más que malas respuestas. Si iba a la cafetería y miraba en una dirección que por regla general solía evitar, podría ver a los dos últimos limpiadores tendidos en la ladera de una colina, casi abrazados. ¿Se arrojaron aquellos dos amantes al viento venenoso por culpa del mismo secreto que estaba investigando Juliette? El miedo que había visto en los ojos de Scottie le hacía preguntarse si estaría tomando las debidas precauciones. Miró a su nuevo ayudante, al otro lado de la mesa, aún más inexperto que ella en el nuevo trabajo. En aquel momento estaba transcribiendo datos de una de las carpetas.

—Oye, Peter.

El ayudante apartó la mirada del teclado.

—¿Sí?

—Estuviste en Justicia antes de venir aquí, ¿verdad? Como sombra de un juez.

El otro ladeó la cabeza.

—No, era auxiliar del juzgado. Como sombra estuve en la oficina del ayudante de los niveles intermedios hasta hace pocos años. Quería aquel trabajo, pero no pudo ser.

—¿Te criaste allí o en los pisos superiores?

—En los intermedios. —Apartó las manos del teclado y las apoyó sobre el regazo. Sonrió—. Mi padre era fontanero en las granjas hidropónicas. Murió hace unos años. Mi madre trabaja en la guardería.

—¿De verdad? ¿Cómo se llama?

—Rebecca. Es una de las...

—La conozco. Estaba de sombra cuando yo era pequeña. Mi padre...

—Trabaja en la guardería superior, lo sé. No quería decir nada...

—¿Por qué no? Oye, si te preocupa ser el favorito de la jefa, me temo que va a ser así. Eres mi ayudante y tengo que cuidarte las espaldas.

—No, no es eso. Es que no quería que empezáramos con mal pie. Sé que tu padre y tú no...

Juliette quitó importancia a sus palabras con un ademán.

—Sigue siendo mi padre. Simplemente nos hemos distanciado. Saluda a tu madre de mi parte.

—Lo haré. —Peter sonrió y volvió a inclinarse sobre el teclado.

—Oye, tengo una pregunta para ti. Algo que no sé.

—Claro —respondió él levantando la mirada—. Adelante.

—¿Sabes por qué es más fácil enviar una nota por medio de un porteador que enviar un mensaje a través de los ordenadores?

—Ah, sí —asintió—. Enviar un mensaje a alguien cuesta un cuarto de cupón. ¡Y al final se nota!

Juliette se echó a reír.

—No, ya sé lo que cuesta. Pero el papel tampoco es barato. Ni los porteadores. Pero en cambio mandar un mensaje por ordenador debería ser prácticamente gratis, ¿no? Es sólo información. No pesa nada.

Peter se encogió de hombros.

—Ha sido un cuarto de cupón durante toda mi vida. Además, aquí tenemos un presupuesto de cincuenta cupones por día e ilimitados en caso de emergencia. Yo no me agobiaría demasiado.

—No estoy agobiada, sólo confusa. O sea, entiendo por qué no puede llevar todo el mundo radios como las que tenemos nosotros. Sólo puede transmitir una persona a la vez y necesitamos que las ondas estén libres en caso de emergencia, pero deberíamos poder mandar y recibir todos los mensajes que quisiéramos.

Peter levantó los codos y apoyó la barbilla sobre los puños.

—Bueno, piensa en el coste de los servidores y en la electricidad. Está el petróleo, el mantenimiento de los cables, los sistemas de refrigeración y vete a saber qué más... Sobre todo si hay muchísimo tráfico. Compara eso con presionar un montón de pulpa sobre un estante, dejarla secar, garabatear unas letras sobre ella y pedirle a una persona que ya va en la misma dirección que la lleve por ti. ¡No es de extrañar que sea más barato!

Juliette asintió, pero más que nada por él. No estaba tan convencida. No le gustaba nada expresar en voz alta sus temores, pero no podía evitarlo.

—Pero ¿y si fuese por otra razón? ¿Y si alguien quisiera hacerlo así a propósito?

—¿Por qué? ¿Para ganar dinero? —Peter chasqueó los dedos—. ¿Para mantener a los porteadores llevando notas de un lado a otro?

Juliette negó con la cabeza.

—No. ¿Y si se trata de hacer que sea más difícil comunicarse? O al menos más costoso. Ya sabes, separarnos, hacer que nos guardemos lo que pensamos...

Peter frunció el ceño.

—¿Y para qué querrían hacer eso?

Juliette se encogió de hombros y volvió a mirar la pantalla de su ordenador, mientras su mano acudía lentamente al rollo de papel que tenía sobre el regazo. Tuvo que recordarse que ya no vivía entre gente en la que pudiera depositar su confianza sin pensarlo.

—No sé —dijo—. Olvídalo. Sólo era un pensamiento tonto.

Se acercó el teclado y, al mirar la pantalla, apareció un icono de emergencia. Peter fue el primero en verlo.

—Caray. Otra alerta —exclamó.

Antes de que Juliette tuviera tiempo de pulsar sobre el parpadeante icono oyó que Peter resoplaba.

—¿Qué demonios está pasando aquí? —preguntó.

Abrió el mensaje en la pantalla y lo leyó rápidamente sin poder creer lo que veía. El trabajo no podía ser así. No era posible que la gente estuviera muriendo constantemente. ¿O se trataba simplemente de que ella no se había enterado porque siempre estaba con la nariz metida en alguna máquina?

Reconoció el código que había sobre el mensaje sin necesidad de recurrir a la hoja que se había preparado a tal efecto. Estaba volviéndose tristemente familiar. Otro suicidio. No daban el nombre de la víctima, pero sí el número de una oficina. Y ella conocía el piso y la dirección. Aún tenía las piernas entumecidas por su viaje hasta allí.

—No... —murmuró mientras sus manos aferraban el borde de la mesa.

—¿Quieres que me...? —Peter alargó la mano hacia la radio.

—No, maldita sea, no. —Juliette negó con la cabeza. Al apartarse de la mesa tropezó con la papelera, que esparció todas las carpetas amnistiadas por el suelo. El papel de impresora que tenía en el regazo cayó encima de ellas.

—Puedo... —comenzó a decir Peter.

—Yo me encargo —dijo ella, rechazando su oferta con un ademán—. Maldita sea. —Negó con la la cabeza con incredulidad. El despacho daba vueltas a su alrededor y el mundo se volvía un sitio borroso por momentos. Mientras se encaminaba a la puerta con los brazos separados del cuerpo para no perder el equilibrio, Peter volvió de nuevo su atención a la pantalla del ordenador y movió el ratón sobre la mesa.

—Eh, Juliette...

Pero ella se encontraba junto a la entrada, preparándose para el largo y doloroso descenso...

—¡Juliette!

Al volverse vio que Peter corría hacia ella con una mano sobre la radio que llevaba a la cadera.

—¿Qué pasa? —preguntó.

—Lo siento... Es... No sé cómo hacer esto...

—Escúpelo —respondió con impaciencia. Sólo podía pensar en Scottie, colgado del cuello. En su imaginación lo había hecho utilizando los cables eléctricos. Así era como su pesadilla, sus morbosos pensamientos, retrataban la escena de su muerte en su cabeza.

—Es que acaban de mandarme un mensaje privado y...

—Ven conmigo si quieres, pero tengo que bajar. —Se volvió hacia la escalera.

Peter la agarró del brazo. Sin contemplaciones. Con fuerza.

—Lo siento, señora, pero tengo que detenerla...

Se revolvió y al instante vio lo inseguro que parecía el otro.

—¿Qué acabas de decir?

—Sólo cumplo con mi deber, comisaria, lo juro. —Alargó la mano hacia las esposas de metal. Mientras Juliette lo miraba con expresión incrédula, él cerró una de las argollas alrededor de su muñeca y buscó a tientas la segunda.

—Peter, ¿qué pasa aquí? Tengo que ir a ver a un amigo...

Peter negó con la cabeza.

—El ordenador dice que es usted sospechosa, señora. Sólo hago lo que me dice...

La segunda argolla se cerró sobre su otra muñeca. Juliette bajó los ojos y vio la situación en la que se encontraba, incapaz todavía de sacarse de la cabeza la imagen de su joven amigo colgado del cuello.

26

Juliette tenía permiso para recibir una visita, pero ¿quién querría que la viese así? Nadie. Así que mientras la desolada imagen del exterior iba iluminándose con la salida de un sol invisible permaneció sentada, con la espalda apoyada en los barrotes, sobre un suelo desnudo de carpetas y fantasmas. Estaba sola, despojada de un trabajo que ni siquiera sabía si había llegado a querer alguna vez, con un reguero de cadáveres a su estela, mientras la vida sencilla y fácil de entender que siempre había llevado se había desmoronado por completo.

—Estoy seguro de que todo esto pasará en seguida —dijo una voz a su espalda. Juliette se apartó de los barrotes de acero y, al volverse, se encontró con que Bernard estaba allí, sujetando los barrotes con las manos.

Juliette retrocedió unos centímetros y se sentó sobre el camastro, de espaldas a las grisáceas vistas del exterior.

—Sabe que no lo he hecho —dijo—. Era mi amigo.

Bernard frunció el ceño.

—¿Por qué cree que está detenida? El muchacho se ha suicidado. Parecía perturbado por las tragedias que hemos vivido en los últimos tiempos. No es del todo insólito que cuando alguien se muda a otra parte del silo, lejos de sus amigos y su familia, y se le encomienda un trabajo para el que no está totalmente capacitado...

—Entonces, ¿por qué me tienen aquí? —preguntó Juliette. De repente se dio cuenta de que tal vez no hubiera habido doble limpieza. A un lado, al final del pasillo, podía ver a Peter moviéndose de un lado a otro, como si una barrera física le impidiese acercarse más.

—Por entrar sin autorización en el piso treinta y cuatro —respondió Bernard—. Por amenazar a un miembro del silo, por entrometerse en asuntos de Informática, por sacar propiedad de Informática de una zona de seguridad...

—Eso es absurdo —protestó Juliette—. Me llamó uno de sus trabajadores. ¡Tenía todo el derecho a estar allí!

—Eso ya lo veremos —replicó Bernard—. Bueno, Peter, aquí presente, se encargará de hacerlo. Me temo que tendrá que llevarse su ordenador para buscar pruebas. Mi gente, allí abajo, está más cualificada para determinar si...

—¿Su gente? ¿Quiere ser alcalde o jefe de Informática? Porque lo he comprobado y el Pacto dice claramente que no se pueden compaginar las dos cosas...

—Eso se someterá a votación dentro de poco. No sería la primera vez que se modifica el Pacto. Se puede hacer cuando lo exigen las circunstancias.

—Así que quiere quitarme de en medio. —Juliette se acercó a los barrotes para poder ver a Peter Billings y que él la viese a ella—. Y supongo que tú estabas aquí para encargarte de este trabajito, ¿no es así?

Peter se perdió de vista.

—Juliette. Jules. —Bernard negó suavemente con la cabeza y chasqueó la lengua—. No quiero quitarla de en medio. No quiero quitar de en medio a nadie del silo. Lo que quiero es que la gente esté en su sitio. En el sitio donde encajan. Scottie no estaba hecho para Informática. Ahora me doy cuenta. Y no creo que usted esté hecha para los primeros pisos.

—Entonces ¿qué? ¿Van a desterrarme de nuevo a Mecánica? ¿Se trata de eso? ¿Por unos cargos absurdos?

—Desterrar es una palabra horrible. Estoy seguro de que la ha escogido sin pensar. ¿No quiere recuperar su antiguo trabajo? ¿Acaso no era más feliz allí? Aquí hay demasiadas cosas que aprender para las que no se ha preparado como sombra. Y la gente que pensaba que era la persona más apropiada para el empleo, la gente que, estoy seguro, pensaba ayudarla a integrarse...

Dejó la frase inconclusa y, por alguna razón, esto fue peor aún, porque obligó a Jules a completar la idea en su cabeza en lugar de oírla en voz alta. Se imaginó dos montículos de tierra fresca en las huertas, cubiertos por mondas y peladuras funerarias.

—Voy a dejar que recoja sus cosas, todo lo que no nos haga falta como prueba, y luego vuelva abajo. Mientras pase a ver a mis ayudantes de camino a los subterráneos retiraremos los cargos. Considérelo una ampliación de mi pequeña... amnistía

Sonrió y se subió las gafas.

Juliette apretó los puños. De pronto se dio cuenta de que, en toda su vida, nunca había golpeado a alguien en la cara.

Y sólo por miedo a fallar, a no hacerlo correctamente y romperse los nudillos contra uno de los barrotes de acero, no cambió aquel hecho allí mismo.

Hacía una semana que había llegado a los primeros pisos y Juliette se marchaba con menos cosas de las que había traído. Le habían dado un mono azul de Mecánica que le estaba grande. Peter ni siquiera se despidió. Juliette pensaba que más que porque creyese que ella había cometido algún delito era por pura vergüenza. La llevó por la cafetería hasta la escalera, y cuando se volvió para estrecharle la mano, se lo encontró con la mirada gacha, los pulgares metidos en el cinto y la estrella de comisario colgada en ángulo sobre la parte izquierda del pecho.

Juliette inició el largo descenso por la totalidad del silo. Sería menos agotador que la subida, pero más difícil en otros aspectos. ¿Qué le había sucedido exactamente al silo y por qué? No podía quitarse de encima la sensación de que se encontraba en medio, de que cargaba con parte de la culpa sobre sus hombros. Nada de todo aquello habría sucedido si la hubiesen dejado en Mecánica, si no hubieran bajado para convencerla. Seguiría quejándose de la alineación del generador, sin dormir por las noches por miedo al momento inevitable en que fallara y los sumiera en un caos en el que tendrían que aprender a sobrevivir con el generador de emergencia durante las décadas que los llevaría reconstruirlo. En cambio, lo que había hecho había sido presenciar una avería de naturaleza distinta, donde lo que se había desalineado no eran engranajes sino cuerpos humanos. Lo que más lamentaba era lo del pobre Scottie, un muchacho lleno de talento y posibilidades, desaparecido antes de alcanzar la plenitud de su potencial.

Había sido comisaria durante poquísimo tiempo y la estrella había permanecido en su pecho apenas un suspiro, pero aun así sentía unos increíbles deseos de investigar la muerte de Scottie. Había algo muy extraño en el suicidio del muchacho. Los indicios estaban allí, sí. Tenía miedo de salir de su despacho... Claro que había sido la sombra de Walker durante muchos años y puede que hubiese adquirido los hábitos eremíticos del viejo. Además, Scottie albergaba un secreto demasiado grande para su joven mente y estaba tan asustado que le había mandado un mensaje para pedirle que bajara corriendo a verlo... Pero conocía al muchacho tan bien como a su propia sombra y sabía que no era capaz de hacerlo. De repente se preguntó si Marnes sería de los que se suicidan. Si Jahns hubiera estado allí, a su lado, ¿le habría pedido a gritos que investigara las dos muertes diciéndole que nada de aquello encajaba?

—No puedo —respondió Juliette al fantasma. Un porteador en el camino de ascenso oyó su susurro al pasar y volvió la cabeza.

Se guardó estos nuevos pensamientos para sí. Al llegar al piso de la guardería de su padre se detuvo en el rellano y consideró largo y tendido la posibilidad de pasar a verlo. El impulso era más fuerte que en el camino de ida. Entonces se lo había impedido el orgullo, y ahora fue la vergüenza lo que puso sus pies en movimiento y se la llevó lejos de él en un descenso en espiral, mientras en su interior se reprendía por volver a pensar en unos fantasmas del pasado que creía expulsados de su recuerdo hacía tiempo.

Al llegar al piso treinta y cuatro, la entrada de Informática, volvió a pensar en detenerse. Tenía que haber pistas en el despacho de Scottie y cabía la posibilidad de que no las hubieran limpiado todas. Negó para sí misma con la cabeza. Su mente empezaba a llenarse de conspiraciones. Y por muy duro que fuese dejar atrás la escena del crimen, sabía que no la dejarían acercarse ni a un kilómetro de su despacho.

Siguió bajando y pensó, mientras consideraba la posición de Informática dentro del silo, que aquello tampoco podía ser un accidente. Debía bajar otros treinta y dos pisos antes de llegar a la oficina del primer ayudante, situada cerca de los pisos centrales. La del comisario se encontraba treinta y tres pisos por encima de su cabeza. Informática, por tanto, estaba tan lejos de las oficinas de la ley como lo permitía la estructura del silo.

Hizo un esfuerzo para desechar este pensamiento paranoico. Así no era como se hacía un diagnóstico. Su padre se lo habría dicho.

Tras encontrarse con el primer ayudante alrededor del mediodía y aceptar un trozo de pan y una fruta (acompañados por la recomendación de que se los comiera), atravesó a buen paso los pisos centrales. Al pasar por delante de la zona superior de viviendas se preguntó en qué piso viviría Lukas y si estaría al corriente de que la habían arrestado.

El peso del pasado parecía empujarla escaleras abajo, como si la gravedad tirara de sus botas y las presiones del cargo de comisario se disipasen a medida que se alejaba de la que había sido su oficina. Y poco a poco, cuanto más se acercaba a Mecánica, estas presiones se veían reemplazadas por las ganas de volver junto a sus amigos, aunque fuese de aquel modo.

Paró para ver a Hank, el ayudante de la zona de los subterráneos, en el piso ciento veinte. Lo conocía hacía tiempo. Cada vez se sentía más rodeada de rostros conocidos, gente que la saludaba al pasar con aspecto sombrío, como si conociesen hasta el último detalle de su periplo por los pisos superiores. Hank le pidió que se quedara a descansar un rato, pero sólo se detuvo el tiempo justo para no parecer maleducada y rellenar la cantimplora antes de marcharse arrastrando los pies para recorrer los veinte últimos pisos que la separaban del lugar al que realmente pertenecía.

Knox parecía encantado de haberla recuperado. La envolvió en un enorme abrazo y le raspó la cara con la barba al levantarla del suelo. Olía a grasa y a sudor, un aroma en el que Juliette nunca había reparado plenamente en las profundidades porque nunca había estado libre de él.

El paseo desde allí hasta su antigua habitación estuvo salpicado de palmaditas en la espalda, buenos deseos, preguntas sobre los pisos superiores, gente que la llamaba comisaria a modo de broma y todas las toscas frivolidades con las que se había criado y a las que se había acostumbrado durante la mayor parte de su vida. Esto la entristeció más que ninguna otra cosa. Se había ido de allí con un objetivo y había fracasado. Y, sin embargo, sus amigos se alegraban de tenerla de vuelta, como si no le diesen la menor importancia.

Shirly, del segundo turno, la vio venir por el pasillo y la acompañó el resto del camino hasta su cuarto. La puso al día con respecto al estado del generador y la producción del nuevo pozo de crudo, como si Juliette se hubiera ido a pasar unas cortas vacaciones y nada más. Le dio las gracias en la puerta y entró pisoteando todas las notas que le habían metido por debajo de la puerta. Se quitó las cinchas de la mochila por la cabeza y la dejó caer al suelo antes de desplomarse sobre la cama, demasiado agotada y enfadada consigo misma hasta para echarse a llorar.

Despertó en plena noche. La pequeña pantalla que había sobre la mesita indicaba la hora en gruesas letras de color verde: las 2.14 de la madrugada.

Se sentó en el borde de la cama, con aquel mono que realmente no era suyo, y examinó mentalmente su situación. Su vida no había terminado aún, decidió. Sólo lo parecía. Al día siguiente, aunque no la esperaran, volvería al trabajo en los pozos para hacer lo que mejor se le daba, mantener el silo en funcionamiento. Necesitaba despertar a esta realidad, dejar a un lado otras ideas y responsabilidades. Cada vez le parecían más lejanas. Incluso dudaba mucho de que acudiese al funeral de Scottie, salvo que enviaran su cuerpo allí abajo, para enterrarlo al lugar donde pertenecía.

Alargó los brazos hacia el estante del teclado, colgado de la pared. En aquel momento reparó en que todo estaba cubierto por una capa de porquería. Nunca se había fijado en ello. La grasa que traía tras cada turno de trabajo quedaba sobre las teclas. La pantalla del monitor tenía en los bordes un cerco grasiento. Combatió el impulso de limpiar la pantalla. Así sólo conseguiría esparcir por toda ella la brillante y aceitosa capa. No obstante, decidió que tendría que ser un poco más diligente con la limpieza. Ahora veía las cosas con una mirada más crítica y objetiva.

En lugar de empeñarse en vano por conciliar el sueño, encendió el monitor para consultar los turnos de trabajo del día siguiente. Cualquier cosa era mejor que perder el tiempo pensando en los sucesos de la pasada semana. Pero antes de que tuviese tiempo de abrir el administrador de tareas vio que tenía media docena de mensajes en la bandeja de entrada. Nunca había visto tantos. Por lo general la gente se comunicaba introduciendo notas de papel reciclado bajo las puertas de los demás. Claro que se encontraba muy lejos cuando llegó la noticia de su arresto y no había podido utilizar un ordenador desde entonces.

Entró en su cuenta de correo y abrió el mensaje más reciente. Era de Knox. Un punto y coma y un paréntesis, nada más: una sonrisa por valor de medio cupón.

Juliette sonrió a su vez, incapaz de contenerse. Aún podía captar el olor de Knox sobre su piel y se dio cuenta de que, al menos para el enorme hombretón, todos los problemas y contratiempos que descendían por la escalera en un proceso de transmisión de susurros no tenían la menor importancia comparados con su regreso. Para él, lo peor que había sucedido en la última semana era seguramente el hecho de haber tenido que reemplazarla en el primer turno.

Abrió el siguiente mensaje. Era del capataz del tercer turno, que le daba la bienvenida de vuelta a casa. Posiblemente a causa de las horas extra que estaba teniendo que hacer su personal para cubrir su baja.

Había más. Un largo mensaje de Shirly por valor de un jornal entero en el que le deseaba suerte en el camino de regreso. Eran notas que le habían enviado creyendo que las recibiría allí arriba, con la esperanza de que le facilitasen el viaje de vuelta, para que no se sintiese humillada ni considerara que su aventura había sido un fracaso. Juliette sintió deseos de llorar al leerlas. La última vez que había visto su mesa, la mesa de Holston, no tenía otra cosa que una maraña de cables sueltos por encima, porque acababan de llevarse el ordenador. Nunca habría podido leer aquellos mensajes en el lugar al que se le habían enviado. Se secó los ojos y trató de no pensar en las notas enviadas como dinero derrochado, sino como extravagantes demostraciones de amistad desde los subterráneos.

Pero el proceso de leerlas tratando de no perder la compostura hizo que la lectura del último mensaje fuese doblemente irritante. Tenía varios párrafos. Juliette supuso que era un documento oficial de alguna clase, puede que una lista de cargos, una acusación formal contra ella. Sólo había visto documentos como aquél en la oficina de la alcaldesa, normalmente en vacaciones, notas que se enviaban a todos los habitantes del silo. Pero entonces vio que el remitente era Scottie.

Se sentó muy derecha y trató de aclararse la cabeza. Comenzó por el principio, maldiciendo las lágrimas que le emborronaban la vista.

J.
Te he mentido. No he podido borrar todo el material. He encontrado más. ¿Recuerdas la cinta térmica que te conseguí? Lo que dijiste en broma era la verdad. Y el programa... NO es para la pantalla grande. La densidad de pxls no es la correcta. ¡32.768 x 8.192! No sé para qué tamaño. ¿8" x 2"? En ese caso son muchos pxls.

Estoy intentando encontrarle sentido a esto. No me fío de los porteadores, así que te envío esto por correo. Que le den a los cupones, respóndeme por el mismo sistema. Quiero que me trasladéis a Mecánica. Esto no es seguro.

S.

Juliette lo leyó una segunda vez, ahora con los ojos llenos de lágrimas. Era la voz de un fantasma que la advertía de algo, sólo que demasiado tarde. Y no era así como hablaba alguien que estuviera pensando en matarse, de eso estaba segura. Comprobó la hora del mensaje. Lo habían enviado antes de que ella volviese a su oficina aquel día, antes de la muerte de Scottie.

Antes de su asesinato, se corrigió. Lo habrían sorprendido husmeando, o puede que su visita los alertara. Se preguntó lo que podría llegar a ver la gente de Informática e incluso si tendrían acceso a su cuenta de correo. En tal caso, no debían de haber accedido aún, porque de ser así su mensaje no habría estado allí, esperándola.

Se puso en pie de un salto y cogió una de las notas dobladas que había junto a la puerta. Sacó un carboncillo de su mochila y volvió a sentarse en la cama. Copió el mensaje entero, literalmente, comprobando dos veces que apuntaba bien cada número, y luego lo borró. Para cuando terminó le corrían escalofríos por el brazo, como si una persona invisible estuviera acercándose a ella a toda velocidad para alcanzar su ordenador antes de que eliminara las pruebas. Se preguntó si Scottie habría tenido la precaución de borrar la nota de la bandeja de mensajes enviados y supuso que sí, al menos si podía pensar con claridad.

Volvió a sentarse en la cama con la copia del mensaje en las manos, sin pensar ya en los turnos de trabajo del día siguiente. En su cabeza sólo había sitio para la siniestra maraña que daba vueltas a su alrededor y giraba en espiral por el corazón del silo. Las cosas marchaban mal de arriba abajo. Demasiados engranajes habían quedado desalineados. Podía oír los ruidos procedentes de la pasada semana, el traqueteo y el tintineo de una maquinaria que se había salido de su estructura de soporte y dejaba tras de sí una estela de cadáveres.

Y Juliette era la única que podía oírla. La única que estaba al corriente de lo que había sucedido. Y no sabía en quién podía confiar para enderezar las cosas. Pero lo que sí sabía era esto: había que desconectar la maquinaria para volver a alinear todas las piezas.

27

Juliette se presentó a las cinco en el taller de electrónica de Walker. Temía encontrárselo dormido en su camastro, pero en cuanto llegó al pasillo de acceso captó el olor del soldador. Llamó a la puerta al entrar y Walker apartó la mirada de uno de sus numerosos tableros de circuitos de color verde, entre las volutas de humo que emitía la punta de su soldador y que se enroscaban en el aire como sacacorchos.

—¡Jules! —exclamó. Se levantó las gafas de aumento y las acomodó sobre la cabellera cana al tiempo que dejaba el soldador sobre el banco de trabajo de acero—. Ya me había enterado de que volvías. Quería mandarte una nota, pero... —Señaló con el brazo las piezas amontonadas, cada una de ellas con su correspondiente albarán colgado de una pequeña cinta—. Estaba muy ocupado —le explicó.

—No te preocupes —dijo Juliette. Al abrazarlo captó el característico olor a fuego eléctrico sobre su piel que siempre le recordaba a él. Y a Scottie—. Ya me siento suficientemente culpable por tener que abusar de tu tiempo con esto —le explicó.

—¿Eh? —Walker retrocedió un paso y la estudió, con las pobladas cejas blancas y el entrecejo arrugados por la preocupación—. ¿Me traes algo? —La miró de arriba abajo en busca de alguna pieza averiada, un hábito de una vida entera recibiendo cosas diminutas que necesitaban reparación.

—Lo cierto es que sólo necesito tu cerebro. —Se sentó en uno de los bancos de trabajo y Walker hizo lo mismo.

—Adelante —la invitó éste. Mientras se secaba la frente con la manga, Juliette constató lo viejo que se había hecho. Lo recordaba sin tantas canas en el pelo, sin las arrugas y las manchas de la piel. Lo recordaba con su sombra.

—Tiene que ver con Scottie —le advirtió.

Walker volvió la cabeza hacia un lado y asintió. Trató de decir algo, se dio varios golpecitos en el pecho con el puño y se aclaró la garganta.

—Una vergüenza, joder —fue lo único que pudo decir. Pasó un instante con la mirada clavada en el suelo.

—Puedo esperar —le dijo Juliette—. Si necesitas tiempo...

—Yo lo convencí de que aceptara el trabajo —le confesó Walker negando con la cabeza—. Recuerdo que cuando llegó la oferta tenía miedo de que la rechazara. Por mí mismo, ¿sabes? Me daba miedo que rechazara la oferta para que yo no me molestara, que pensara que quería retenerlo aquí para siempre, así que le insistí para que la aceptara. —La miró con los ojos brillantes—. Sólo quería que supiera que era libre de escoger. No pretendía empujarlo.

—No lo hiciste —le aseguró Juliette—. Nadie piensa que lo hicieras y tú tampoco deberías pensarlo.

—Supongo que no era feliz allí. Aquél no era su hogar.

—Bueno, era demasiado listo para nosotros. No lo olvides. Siempre lo decíamos.

—Te quería —dijo Walker antes de secarse los ojos—. Joder, cómo te miraba el chico...

Juliette sintió que regresaban sus propias lágrimas. Metió la mano en el bolsillo y sacó el mensaje que había transcrito en la parte trasera de la nota. Tenía que recordarse a sí misma por qué se encontraba allí, para que no la desbordara la tristeza.

—Pero no parece propio de él irse de ese modo... —murmuró Walker.

—No, es verdad —respondió—. Walker, tenemos que hablar de algunas cosas que no pueden salir de esta habitación.

Walker se echó a reír. Más que nada para no seguir llorando.

—Como si yo saliese alguna vez de aquí... —le recordó.

—Bueno, pues no puedes decírselo a nadie. A nadie. ¿De acuerdo?

Walker asintió con la cabeza.

—No creo que Scottie se suicidase.

Walker se tapó la cara con las manos. Se inclinó hacia adelante y, con un estremecimiento, se echó a llorar. Juliette se levantó, se acercó a él y le rodeó los temblorosos hombros con el brazo.

—Lo sabía —sollozó contra las palmas de sus manos—. Lo sabía, lo sabía.

La miró con la barba cana de varios días surcada por regueros de lágrimas.

—¿Quién ha sido? Tendrán que pagarlo, ¿no? Dime quién lo ha hecho, Jules.

—Fuera quien fuese, no creo que tuviese que caminar mucho para llegar hasta allí —respondió ella.

—¿Informática? Malditos.

—Walker, necesito que me ayudes a entender esto. Scottie me envió un mensaje poco antes de... Bueno, poco antes de que lo mataran.

—¿Que te envió un mensaje?

—Sí. Mira, me había reunido con él aquel mismo día. Me pidió que bajara a verlo.

—¿A Informática?

Juliette asintió.

—Había encontrado algo en el ordenador del último comisario.

—Holston. —Walker ladeó la cabeza—. El último limpiador. Sí, Knox me trajo algo que le habías mandado. Un programa, parecía. Le dije que Scottie era el que más sabía de esas cosas, así que se lo enviamos.

—Pues tenías razón.

Walker se limpió las mejillas e inclinó la cabeza.

—Era más listo que ninguno de nosotros.

—Lo sé. Me dijo que era un programa, un programa capaz de crear imágenes muy detalladas. Como lo que vemos del exterior...

Esperó un momento para ver cómo reaccionaba. En la mayoría de las situaciones era tabú hasta utilizar la palabra. Walker permaneció impasible. Tal como ella esperaba, estaba demasiado curtido para dejarse amilanar por temores infantiles. Y posiblemente era demasiado viejo y estaba demasiado solo como para que le importara.

—Pero en el mensaje que me envió habla de que la densidad de píxels era excesiva. —Le tendió la copia. Walker cogió las gafas y volvió a ponérselas.

—Píxels —dijo mientras sorbía por la nariz—. Se refiere a los pequeños puntitos de color que forman una imagen. Cada uno de ellos es un píxel. —Cogió la nota y continuó leyéndola—. Dice que no estaba seguro allí. —Se rascó la barbilla y sacudió la cabeza en un gesto de rabia—. Malditos.

—Walker, ¿qué clase de pantalla podría tener ocho pulgadas por dos? —Miró todos los tableros, pantallas y rollos de alambre que había desperdigados por el local —. ¿Tienes algo así?

—¿Ocho por dos? Puede que una pantalla de lecturas, como las que llevan los servidores, o algo así. Con ese tamaño podría incluir algunas líneas de texto, temporizadores internos, ciclos de reloj... —Negó con la cabeza—. Pero sería absurdo hacer una pantalla de esas características con tal densidad de píxels. Aunque fuese posible, no tendría sentido. Sería imposible distinguir un píxel del otro aunque lo tuvieras delante mismo de las narices.

Se frotó la incipiente barba mientras seguía estudiando la nota.

—¿Qué es esto sobre la cinta térmica y una broma? ¿Qué significa?

Juliette se puso a su lado y estudió la nota.

—Lo he estado pensando. Debía de referirse a la cinta térmica que Scottie robó para mí hace algún tiempo.

—Creo recordar algo sobre eso...

—Bueno, ¿pues recuerdas todos los problemas que nos causó? La tubería con la que la envolvimos estuvo a punto de quemarse. La cinta era una porquería. Creo que nos mandó una nota para preguntar si habíamos recibido la cinta y, si no me equivoco, le respondí dándole las gracias y añadiendo que la cinta no se habría autodestruido mejor ni hecha de encargo.

—¿Ésa era la broma? —Walker giró en su banqueta y apoyó los codos en la mesa de trabajo. Seguía mirando las palabras copiadas a carboncillo como si fuesen el rostro de Scottie, su pequeña sombra, que volvía una última vez para contarle algo importante.

—Y dice que mi broma era verdad —recalcó Juliette—. Llevo despierta las tres últimas horas, muriéndome de ganas de hablar de esto con alguien.

Walker se volvió hacia ella con las cejas enarcadas.

—No soy comisaria, Walk. No nací para serlo. No tendría que

haber aceptado. Pero sé, tan seguro como que estoy viva, que si se enteran de lo que te voy a contar me mandarán a limpiar...

Al instante Walker se levantó de su banqueta y se apartó de ella. Juliette se maldijo por bajar, por abrir la boca, por no limitarse a acudir al primer turno de trabajo y mandar todo esto al infierno...

Walker cerró la puerta del taller con llave. La miró y levantó un dedo. Se acercó al compresor de aire y cogió una tubería de plástico. La dobló para que el motor comenzase a acumular presión. Al cabo de un momento, la boquilla comenzó a emitir un fuerte y constante siseo. Volvió a la mesa de trabajo en medio de este ruido y se sentó. Sus ojos, abiertos de par en par, le indicaron a Juliette que continuara.

—Hay una colina ahí arriba, con una barranca —empezó. Tuvo que alzar un poco la voz para hacerse oír—. No sé cuánto tiempo hace que no la ves, pero hay allí dos cuerpos unidos, marido y mujer. Si aguzas mucho la mirada, puedes ver una docena de formas como éstas por todo el paisaje. Varios limpiadores en distintos estados de descomposición. La mayoría ya no están, claro. Se han descompuesto con el paso de los años y ya no son más que polvo.

Walker asintió con la cabeza en respuesta a la imagen que se estaba formando dentro de ella.

—¿Cuántos años llevan perfeccionando esos trajes para que los limpiadores tengan al menos una oportunidad? ¿Centenares?

Walker asintió.

—Y sin embargo nadie consigue ir más allá de las colinas. Pero, en cambio, siempre han tenido el tiempo necesario para limpiar.

Walker levantó la mirada y la miró a los ojos.

—Tu broma es cierta —dijo—. La cinta térmica está diseñada para fallar.

Juliette apretó los labios.

—Eso creo yo. Pero no sólo la cinta. ¿Recuerdas aquellos filtros que conseguimos hace unos años? ¿Los de Informática que pusimos en las bombas de agua y que nos habían llegado por accidente?

—Desde entonces no hemos hecho más que burlarnos de los de Informática por inútiles e idiotas...

—Pero los idiotas éramos nosotros... —repuso Juliette. Y se sintió fabulosamente bien por poder admitirlo delante de otro ser humano, por dejar que sus ideas salieran a la luz. Sabía que también tenía razón en lo del coste de los mensajes. No querían que la gente hablase. Pensar era aceptable. A cada uno se lo enterraba con sus pensamientos. Pero nada de colaboración, nada de grupos que coordinaran su trabajo, nada de intercambio de ideas.

—¿Crees que nos tienen aquí abajo para que estemos cerca del petróleo? —preguntó a Walker—. Pues yo no. Ya no. Creo que lo que pretenden es tener lo más lejos posible a todo el que tenga la más pequeña noción de mecánica. Hay dos cadenas de suministros, dos estructuras de fabricación de piezas, y todo ello en completo secreto. ¿Y quién los cuestiona? ¿Quién se arriesgaría a terminar como limpiador?

—¿Crees que han matado a Scottie? —preguntó Walker.

Juliette asintió.

—Walk, creo que es peor aún. —Se acercó a él entre el traqueteo del compresor y el siseo del aire liberado que llenaba la estancia—. Creo que los han matado a todos.

28

Cuando Juliette se presentó en el primer turno, a las seis, la conversación con Walker se repetía una y otra vez en su cabeza. Los técnicos presentes respondieron a su aparición en la oficina con un aplauso sostenido y embarazoso. Knox se limitó a fulminarla con la mirada desde la esquina, sumido en su acostumbrada actitud malhumorada. Ya le había dado la bienvenida y por nada del mundo volvería a hacerlo.

Saludó a la gente a la que no había visto la noche pasada y consultó la lista de trabajos pendientes. Las palabras que figuraban en el tablero tenían sentido, pero tuvo dificultades para procesarlas. En el fondo de su mente estaba pensando en el pobre Scottie, confundido y luchando mientras alguien mucho más corpulento que él, o incluso varios individuos, lo asfixiaban hasta matarlo. Pensaba en su pequeño cuerpo, que, seguramente rebosante de pruebas, se convertiría pronto en pasto de las raíces de las granjas. Pensó en un matrimonio, tendido sobre una colina, sin que les dieran la oportunidad de avanzar, de ver lo que había más allá del horizonte.

Mientras elegía un trabajo de la lista que requiriese poco esfuerzo mental por su parte, volvió a pensar en Jahns y Marnes y en lo trágico que había sido su amor —si es que había interpretado correctamente a Marnes—. La tentación de contarle lo que sabía a toda la sala era abrumadora. Miró a Megan y a Ricks, a Jenkins y a Marck, y pensó en el pequeño ejército que podía formar con su leal hermandad. El silo estaba podrido hasta la médula. Un hombre malvado ocupaba el asiento del alcalde. Un títere había reemplazado a un buen comisario. Y todos los hombres y las mujeres de bien habían desaparecido.

Era cómico de imaginar: ella reclutando una tropa de mecánicos para asaltar los niveles superiores y enderezar las cosas. ¿Y luego qué? ¿Sería así el levantamiento del que les habían hablado de niños? ¿Así empezaba? ¿Con una mujer estúpida y ardiente de indignación que inflamaba los corazones de una legión de idiotas?

Sin decir nada, se encaminó a la sala de calderas dejándose llevar por la corriente de los mecánicos de la mañana y con la cabeza más pendiente de lo que habría tenido que hacer arriba que de las reparaciones que había que afrontar abajo. Bajó una de las escaleras laterales, se detuvo junto a la sala de herramientas para coger una bolsa estándar y la arrastró hasta uno de los fosos profundos, donde el trabajo constante de las bombas impedía que la mitad del silo se inundara.

Caryl, una miembro del tercer turno a la que habían trasladado, ya estaba trabajando cerca del pozo, reparando el cemento podrido. La saludó con la rasilla y Juliette, al verla, bajó la barbilla y se obligó a sonreír.

La bomba averiada descansaba inactiva junto a una de las paredes. A su lado, la de reserva trabajaba a tope, echando agua por los sellos resecos y agrietados. Desde lo alto del foso Juliette trató de calcular la profundidad del agua. Se veía apenas un 9 sobre la oscura superficie. Conocía el diámetro del foso, y sabiendo que se había inundado hasta los tres metros, hizo algunos cálculos rápidos. La buena noticia era que tenían al menos un día antes de que se les mojaran las botas. En el peor de los casos reemplazarían la bomba con otra hecha de piezas de repuesto y aguantarían el chaparrón de gritos de Hendricks por haber sustituido el equipo en lugar de haber reparado el que ya tenían.

Mientras comenzaba a desmontar la bomba averiada, cubierta por la humedad que emitía las fugas de su vecina más pequeña, Juliette reflexionó sobre su vida con la nueva información que le habían proporcionado las revelaciones de aquella mañana. El silo era una realidad que nunca se había planteado. Los sacerdotes decían que siempre había estado allí, que era la gozosa creación de un Dios que los amaba para que les proporcionara todo lo que siempre pudieran necesitar. Juliette tenía un problema con esta historia. Pocos años antes había formado parte del equipo que había alcanzado nuevas reservas de crudo al perforar por debajo de los tres mil metros. Por un instante alcanzó a atisbar las dimensiones y la magnitud del mundo que había más allá. Y entonces pudo ver con sus propios ojos la imagen del exterior, donde aquellas bolsas de humo a las que llamaban nubes pasaban rodando a altitudes milagrosas. Incluso había visto una estrella, situada según Lukas a una distancia inimaginable. ¿Qué clase de Dios habría creado tal cantidad de tierra y de aire a su alrededor para luego confinarlos en un triste silo situado entre medias?

Y luego estaba el cielo putrescente y las imágenes de los libros infantiles, dos realidades que parecían preñadas de indicios. Los sacerdotes, claro está, dirían que el cielo era la prueba de que el hombre no debía superar los límites que se le habían impuesto. ¿Y los libros con aquellas páginas de colores desgastados? Fruto de la desbocada imaginación de los creadores, un colectivo del que se habían librado por los muchos problemas que generaban.

Pero lo que Juliette veía en aquellos libros no era imaginación desbocada. Se había pasado toda su infancia en la guardería, leyéndolos una y otra vez cuando no la vigilaban, y tanto las cosas que contenían como las historias milagrosas que se interpretaban en los teatros del bazar tenían más sentido para ella que el cilindro ruinoso en el que vivían.

Desconectó la última de las tuberías de agua y comenzó a separar la bomba de su motor. La presencia de rebabas de acero sugería que el rotor se había desgastado, lo que significaba que habría que extraer el eje. Mientras su cuerpo realizaba de manera automática tareas que ya había llevado a cabo mil veces, su mente regresaba a la miríada de animales que poblaban aquellos libros, nunca vistos por ojos vivientes. Suponía que la única concesión a la imaginación era que todos ellos hablaban y se comportaban como seres humanos. En algunos de los libros aparecían ratones y gallinas que lo hacían, y ella sabía a ciencia cierta que tales especies no poseían el don del habla. Los demás animales debían de existir en otra parte, o al menos haber existido en el pasado. Lo sentía en la médula de los huesos, sobre todo porque no parecían tan fantásticos. Todos ellos parecían cortados por un mismo patrón, al igual que todas las bombas del silo. Se notaba que cada uno de ellos se basaba en los demás. Un diseño concreto que funcionaba y que el creador había utilizado para hacerlos a todos. La existencia del silo tenía aún menos sentido. Si no era obra de un Dios, posiblemente había sido diseñado por Informática. Era una teoría que se le acababa de ocurrir, pero cada vez estaba más convencida de que era verdad. Ellos controlaban todos los elementos importantes. La limpieza era tanto su pena capital como el elemento más crucial de su religión, y ambas manifestaciones estaban entrelazadas y alojadas en el interior de sus paredes, celosas de sus secretos. Y luego estaba el hecho de la distancia que los separaba de Mecánica y de las comisarías: más pistas. Por no hablar de las cláusulas del Pacto que, en la práctica, les concedían inmunidad. Y ahora el descubrimiento de una segunda cadena de suministros, una serie de piezas diseñadas para fallar, una razón oculta tras la aparente falta de progresos en alargar el tiempo de que disponían quienes salían a limpiar. Informática había construido el lugar e Informática los mantenía allí cautivos.

Era tal su nerviosismo que estuvo a punto de romper un perno. Se volvió hacia Caryl, pero la chica ya se había marchado. El parche que había dejado se veía como una mancha de un gris más oscuro sobre la maquinaria, que cuando terminara de secarse se confundiría con el resto. Juliette levantó la mirada y recorrió con ella el techo de la sala de calderas, donde se formaba una maraña de cables y tuberías sobre sus cabezas. Las conducciones de vapor estaban apartadas a un lado para que no amenazasen el cableado con el calor que emitían. El extremo serpenteante de un trozo de cinta térmica colgaba suelto de una de ellas. Habría que reemplazarla pronto, pensó. Aquella cinta tendría diez o veinte años. Pensó en la cinta robada que había provocado buena parte del lío en el que se encontraba. Con suerte, habría durado veinte minutos allí arriba.

Y en aquel momento comprendió lo que debía hacer. Un proyecto para arrancarles a todos el velo de lana que les cubría los ojos, un favor para el próximo idiota que diera un traspié o se atreviese a soñar en voz alta. Sería tan fácil... No tendría que construir nada por ella misma... Ellos le harían todo el trabajo. Lo único que necesitaría sería cierta capacidad de convicción, y de eso estaba sobrada.

Sonrió, y mientras extraía el impulsor roto de la bomba averiada, en su cabeza se fue formando la lista de las piezas que iba a necesitar. Lo único que le hacía falta para resolver el problema eran una o dos piezas de recambio. Era la solución perfecta para conseguir que el silo volviera a funcionar correctamente.

Trabajó dos turnos completos hasta sentir un dolor sordo en los músculos, y luego devolvió las herramientas y fue a darse una ducha. Se pasó un cepillo de cerdas duras bajo las uñas en la pila del baño, decidida a que quedaran impolutas. A continuación se dirigió a la cafetería, impaciente por tomarse un buen plato de la comida rebosante de calorías que tomaban allí abajo en lugar del insípido guiso de conejo del primer piso. Al pasar junto a la sala de entrada de Mecánica, vio que Knox estaba hablando con el ayudante Hank. Su forma de volverse y mirarla indicaba que estaban hablando de ella. Juliette sintió que se le hacía un nudo en las tripas. Primero pensó en su padre. Y luego en Walker. ¿A quién más podían quitarle que le importara? No sabían nada sobre Lukas y, en realidad, ni siquiera la propia Juliette sabía lo que significaba para ella.

Se volvió hacia ellos. Al mismo tiempo que se les acercaba, se dirigieron hacia ella para interceptarla. Las expresiones de sus rostros confirmaron todos sus miedos. Había sucedido algo horrible. Juliette apenas se fijó en que Hank alargaba las manos hacia las esposas.

—Lo siento, Jules —dijo cuando llegaron a su lado.

—¿Qué ha pasado? —preguntó Juliette—. ¿Mi padre?

Hank arrugó el entrecejo, confuso. Knox negó con la cabeza mientras se mordisqueaba el bigote con nerviosismo. Miraba al ayudante como si en cualquier momento pudiera abalanzarse sobre él.

—Knox, ¿qué sucede?

—Jules, lo siento. —Era como si quisiera decir algo más pero fuese incapaz de hacerlo. Juliette sintió que Hank la cogía del brazo.

—Estás arrestada por crímenes graves contra el silo.

Recitó las palabras como si fuesen los versos de un poema triste. Con un chasquido, el acero se cerró alrededor de su muñeca.

—Se te juzgará y condenará conforme al Pacto.

Juliette levantó la mirada hacia Knox.

—¿Qué es esto? —preguntó. ¿De verdad estaban arrestándola otra vez?

—Si eres declarada culpable, se te concederá una salida honorable.

—¿Qué quieres que haga? —susurró Knox mientras sus enormes músculos se hinchaban bajo el mono. Observó, con las manos entrelazadas, cómo le ponían la segunda esposa. El enorme jefe de Mecánica parecía estar barajando la posibilidad de recurrir a la violencia... o algo peor.

—Tranquilo, Knox —dijo Juliette. La idea de que más gente saliera herida por su culpa le resultaba insoportable.

—Si la humanidad decidiera desterrarte... —continuó recitando Hank, con la voz rota y los ojos empañados de vergüenza.

—Déjalo estar —le dijo Juliette a Knox. Tras él, otros dos trabajadores que salían en aquel momento del segundo turno se acercaban para ver cómo le ponían las esposas a su hija pródiga.

—... que en ese destierro se limpien tus pecados para siempre —concluyó Hank.

Levantó la mirada hacia ella, con una mano en la cadena que unía sus muñecas y lágrimas en los ojos.

—Lo siento —dijo.

Juliette asintió. Apretó los dientes, miró a Knox y volvió a asentir.

—No pasa nada —dijo—. No pasa nada, Knox. No te preocupes.

29

La subida llevaría tres días. Más de lo estrictamente necesario, pero había protocolos que seguir. Un día hasta la oficina de Hank y una noche en su celda. A la mañana siguiente, el ayudante Marsh llegó desde los pisos centrales para escoltarla otros cincuenta pisos hasta su oficina.

Al segundo día de ascenso se sentía como entumecida y las miradas de la gente con la que se cruzaban le resbalaban como el agua sobre la grasa. Era difícil preocuparse por su propia vida cuando estaba demasiado ocupada pensando en las de los demás, algunas de las cuales estaban en peligro por su culpa.

Marsh, al igual que había hecho Hank, trató de darle conversación. Lo único que Juliette habría podido responderle era que estaba en el bando equivocado. Que la maldad campaba a sus anchas en el silo. Pero mantuvo la boca cerrada.

Al llegar a la comisaría de los pisos centrales la llevaron hasta una celda que le resultaba sobradamente familiar, idéntica a la de la oficina de Hank. Sin pantalla, sólo paredes desnudas de ladrillos de ceniza. Se desplomó sobre el camastro antes incluso de que el ayudante hubiera cerrado la puerta y permaneció allí lo que se le antojaron horas, esperando a que llegara y pasara la noche y, al amanecer, apareciese el nuevo ayudante de Peter para acompañarla en la última etapa de su viaje.

Se miraba la muñeca con frecuencia, pero Hank le había confiscado el reloj. Lo más probable era que ni siquiera supiese cómo se le daba cuerda. Con el tiempo se estropearía y volvería a ser una pieza de bisutería, una cosa inútil que se llevaba puesta por el mero hecho de que tenía una bonita correa.

Esto la entristeció más de lo que esperaba. Estaba frotándose la muñeca desnuda, desesperada por saber la hora, cuando apareció Marsh y le dijo que tenía una visita.

Juliette se incorporó sobre el camastro y bajó las piernas. ¿Quién habría subido hasta los pisos intermedios desde Mecánica?

Al ver que aparecía Lukas al otro lado de los barrotes, la presa que contenía todas sus emociones se desmoronó. Sintió que se le cerraba la garganta, que empezaban a dolerle las mandíbulas de tanto contener los sollozos y que el vacío de su pecho amenazaba con reventar. Se agarró a los barrotes y apoyó la cabeza en ellos. Las sienes entraron en contacto con el frío acero y apareció una sonrisa triste en su cara.

—Hola —dijo él con voz apagada.

Juliette apenas lo reconocía. Estaba acostumbrada a verlo en la oscuridad, y la última vez, cuando se cruzaron en la escalera, tenía demasiada prisa. Era un hombre muy apuesto, con unos ojos más maduros de lo que aparentaba, la cara y el cabello castaño humedecidos por el sudor, suponía, de un descenso apresurado hasta allí.

—No hacía falta que vinieras —susurró en voz baja, pronunciando las palabras con lentitud para no echarse a llorar. Lo que realmente la entristecía era que alguien la viese así, alguien que, empezaba a darse cuenta, le importaba. Era demasiado indigno.

—Estamos tratando de impedírselo —le aseguró él—. Tus amigos están recogiendo firmas. No te rindas.

Juliette negó con la cabeza.

—No servirá de nada —replicó—. No quiero que te hagas ilusiones. —Se acercó a él y cogió los barrotes pocos centímetros por encima de sus manos—. Ni siquiera me conoces.

—Pero sé que todo esto es una mierda... —Volvió la cara, con una lágrima en la mejilla—. Otra limpieza —continuó con voz rota—. ¿Por qué?

—Es lo que quieren —musitó Juliette—. Y no hay manera de impedírselo.

Las manos de Lukas se deslizaron por los barrotes y rodearon las suyas. Juliette no pudo liberarlas para secarse las mejillas. Trató de ladear la cabeza para usar el hombro.

—Aquel día subía a verte... —Lukas inclinó la cabeza y respiró hondo—. Iba a pedirte que...

—No —lo interrumpió ella—, Lukas, no lo hagas.

—Le había hablado a mi madre de ti.

—Oh, por el amor de Dios, Lukas...

—Esto no puede estar pasando —fue su respuesta. Negó con la cabeza—. No puede ser. No puedes irte.

Cuando levantó de nuevo el rostro Juliette vio que había aún más miedo en sus ojos que en los de ella. Sacó una de sus manos y la usó para tirar de la otra hasta arrancárselas a Lukas. Y luego apartó las de él.

—Debes olvidarte de esto —dijo—. Lo siento. Encuentra a alguien. No debes acabar como yo. No esperes...

—Creía que ya había encontrado a alguien —replicó con voz lastimera.

Juliette se volvió para ocultar el rostro.

—Vete —susurró.

Permaneció inmóvil, consciente, desde el otro lado de los barrotes, de la presencia del muchacho que sabía tanto sobre las estrellas y tan poco sobre ella. Y aguardó escuchando sus sollozos mientras ella misma lloraba en silencio para sí, hasta que finalmente oyó cómo se alejaba con pasos tristes, arrastrando los pies por el suelo.

Aquella noche también la pasó sobre un frío camastro sin que nadie le dijera por qué la habían arrestado, recordando de nuevo todas las personas a las que, sin pretenderlo, había hecho mal. Al día siguiente, la última etapa de su viaje se adentró por una tierra de desconocidos, entre los rumores y cuchicheos sobre aquella nueva limpieza. Juliette se sumió en un nuevo trance de aturdimiento en el que no había otra cosa que la sucesión de los pasos.

Al finalizar el ascenso, la metieron en una celda que conocía bien, más allá de Peter Billings y su antigua mesa. Su escolta se dejó caer sobre la chirriante silla de Marnes, resoplando de agotamiento.

Juliette podía sentir el caparazón que se había formado a su alrededor durante aquellos tres largos días, aquel duro esmalte de entumecimiento e incredulidad. No era que la gente hablase más bajo, sino que a ella se lo parecía así. No es que estuviesen más lejos de ella, es que le parecían más distantes.

Se sentó en el solitario camastro y oyó cómo Peter Billings la acusaba de conspiración. Un disco de datos yacía en el interior de una flácida bolsa de plástico, como un pez el agua de cuya pecera se hubiese evaporado por completo y permaneciera allí, muerto. Rescatado de algún modo del incinerador. Tenía los bordes ennegrecidos. También tenían un rollo de papel convertido parcialmente en pasta y detalles sobre las búsquedas que había realizado con su ordenador. Sabía que la mayoría de los datos que habían encontrado eran de Holston, no suyos. No sabía de qué serviría decírselo. Ya tenían pruebas suficientes como para enviarla varias veces a limpiar.

Un juez esperaba junto a Peter con su mono negro mientras se completaba la enumeración de sus pecados, como si realmente estuviera allí para decidir su destino. Juliette sabía que la decisión ya se había tomado y quién era el responsable.

Se mencionó el nombre de Scottie, pero no se enteró del contexto. Puede que hubieran descubierto en su cuenta de correo el mensaje que le había enviado. Tal vez quisieran colgarle también su muerte, por si las moscas. Huesos enterrados con huesos, para que los secretos que había entre ellos se mantuvieran bien escondidos.

Cerró los oídos a sus voces, y en lugar de prestarles atención se dedicó a observar un pequeño tornado que se había formado en las llanuras y comenzaba a acercarse rodando a las colinas. Al encontrarse con la suave cuesta se disipó y se disolvió, como tantos limpiadores, arrojados a la brisa cáustica y dejados allí para descomponerse.

Bernard no hizo acto de presencia. Si por miedo o por arrogancia, Jules nunca lo sabría. Se miró las manos, el fino rastro de grasa que tenía bajo las uñas, y comprendió que ya estaba muerta. Por alguna razón, no le importó. Había un rastro de cuerpos por delante y por detrás de ella. Ella no era más que el lento y parsimonioso presente, el engranaje de la máquina que giraba y hacía rechinar los dientes hasta acabar desgastado, hasta que su yo se deshacía en fragmentos que hacían más daño a la maquinaria y había que sacarlo, desecharlo y reemplazarlo.

Pam le trajo su plato preferido de la cafetería, copos de avena y patatas fritas. Lo dejó junto a los barrotes, sin tocar. Todo el día estuvieron llegando porteadores de Mecánica con notas para ella. Por suerte, ninguno de sus amigos vino a visitarla. Sus voces silenciosas eran visita más que suficiente.

Sus ojos se ocuparon del llanto, pues el resto de ella estaba demasiado aturdido. Leyó los dulces mensajes mientras le goteaban las lágrimas sobre los muslos. El de Knox era una simple disculpa. Juliette suponía que habría preferido matar a alguien, hacer lo que fuese —aunque eso le costara el exilio—, que aquella demostración de impotencia que, decía en su nota, lamentaría el resto de su vida. Otros enviaban mensajes más espirituales, promesas de verse en la otra vida, pasajes de libros memorizados. Shirly, tal vez quien mejor la conocía, la puso al día sobre el estado del generador y la nueva centrifugadora de la refinería. Le dijo que todo funcionaba bien y en gran parte gracias a ella. Sus palabras le provocaron los más suaves sollozos. Acarició las letras de carboncillo con los dedos, como si quisiera transferir a su propia persona algunos de los pensamientos plasmados en negro por su amiga.

Finalmente llegó a la nota de Walker, la única que fue incapaz de descifrar. Mientras se ponía el sol sobre el paisaje quebrado y el viento agonizaba a la llegada de la noche y dejaba que se posara el polvo, leyó sus palabras una vez tras otra, tratando de desentrañar su significado.

Jules:
No tengas miedo. Es hora de reír. La verdad es una broma y tenemos un Suministro abundante de ellas.

Walk.

No sabía cómo se había quedado dormida, sólo que de pronto despertó rodeada por las notas, como copos de pintura descascarillada. Durante la noche habían llegado más y alguien las había metido entre los barrotes. Juliette volvió la cabeza y, al percatarse de que no estaba sola, dirigió la mirada hacia la oscuridad. Había un hombre detrás de los barrotes. Cuando vio que ella despertaba se apartó, y al hacerlo golpeó los barrotes con su anillo de compromiso, que emitió un tintineo metálico. Juliette se levantó apresuradamente y corrió hacia los barrotes con las piernas aún adormecidas. Los agarró con manos temblorosas y escudriñó las sombras mientras la figura se fundía con la negrura.

—¿Papá? —lo llamó estirando un brazo entre los barrotes.

Pero el hombre no se volvió. La alta figura apretó el paso y se perdió en el vacío, transformada en un espejismo y un lejano recuerdo de infancia.

El amanecer siguiente fue digno de contemplarse. Por alguna circunstancia insólita, los bajos y oscuros nubarrones se abrieron y dejaron pasar unos rayos de humo dorado que incidieron sesgados sobre las colinas. Juliette permaneció en el camastro, observando cómo se iba transformando la penumbra en luz, con la mejilla apoyada en las manos, mientras el olor de la avena fría y sin tocar le llegaba desde el otro lado de los barrotes. Pensó en los hombres y las mujeres de Informática que habían trabajado durante las tres últimas noches para hacerle un traje a medida, con las piezas defectuosas enviadas desde Suministros. Un traje que estaría preparado para durar lo justo, para permitirle limpiar pero nada más.

Durante la ordalía de aquel ascenso con las manos esposadas, los días y noches de entumecida aceptación, la idea concreta de la limpieza no se le había pasado por la cabeza hasta entonces, en la misma mañana del deber. Sentía, con absoluta certeza, que no iba a hacerlo. Sabía que todos ellos, hasta el último de los limpiadores, decían lo mismo y que todos experimentaban una especie de transformación mágica o quizá espiritual al encontrarse ante el umbral de la muerte que finalmente los llevaba a hacerlo. Pero ella no tenía a nadie arriba para quien limpiar. No era la primera limpiadora que salía de Mecánica, pero estaba decidida a ser la primera en negarse.

Se dijo todo esto mientras Peter la sacaba de la celda y se la llevaba hacia la puerta amarilla. Un técnico de Informática la esperaba para realizar los últimos ajustes al traje.

Juliette escuchó sus instrucciones con clínico desapego. Vio todos los defectos del diseño. Se dio cuenta de que si no hubiera estado tan ocupada haciendo turnos dobles en Mecánica para mantener en funcionamiento las bombas de desagüe, los extractores de petróleo y los generadores de energía del silo, habría podido hacer un traje mejor con los ojos cerrados. Estudió las arandelas y los sellos, idénticos a los que se utilizaban en las bombas, pero diseñados, ahora lo sabía, para fallar. Sabía también que la reluciente banda de la cinta térmica, aplicada en varias capas para formar la piel del traje, era premeditadamente de calidad inferior. Estuvo a punto de mencionarle al técnico todas estas cosas mientras él le prometía el diseño más moderno y de mejor calidad. Le subió la cremallera, le puso los guantes, la ayudó a ponerse las botas y le explicó la numeración de los bolsillos.

Juliette se repetía el mantra de la nota de Walker: «No tengas miedo. No tengas miedo. No tengas miedo. Es hora de reír. La verdad es una broma y tenemos un Suministro abundante de ellas.»

El técnico comprobó los cierres de velcro sobre las cremalleras mientras Juliette daba vueltas y más vueltas a la nota de Walker. ¿Por qué había puesto con mayúsculas la inicial de «Suministro?» Porque lo había hecho, ¿no? No estaba segura. Una tira de cinta térmica rodeó una de sus botas y a continuación la otra. El espectáculo hizo reír a Juliette. Era completamente ridículo. Deberían enterrarla en las granjas, donde al menos su cuerpo serviría para algo.

El casco fue lo último, manipulado con evidente cuidado. El técnico le pidió que lo sujetase mientras ajustaba el cierre metálico alrededor del cuello. Miró su propio reflejo en el visor: los ojos vacíos y mucho más envejecidos de lo que recordaba, pero mucho más jóvenes de lo que sentía. Finalmente el técnico lo bajó y la habitación se ensombreció al otro lado del cristal opaco. El de Informática le recordó la descarga de argón y las llamaradas que la seguirían. Tenía que salir rápidamente si no quería sufrir una muerte mucho más atroz allí dentro.

La dejó sola para que pensara en ello. La puerta amarilla se cerró a su espalda con un tañido metálico. Las ruedas giraron por dentro como impulsadas por un fantasma.

Juliette se preguntó si no sería mejor quedarse y sucumbir en las llamas para no dar a aquel despertar espiritual la ocasión de persuadirla. ¿Qué dirían en Mecánica cuando el relato de lo ocurrido se abriera paso en espiral hacia las entrañas del silo? Sabía que algunos se enorgullecerían de su obstinación. A otros los horrorizaría que se hubiera ido de aquel modo, convertida en cenizas en aquel infierno. Incluso puede que algunos pocos creyesen que no había tenido el valor de dar un solo paso más allá de la puerta, que había desperdiciado la oportunidad de ver el mundo exterior con sus propios ojos.

El traje comenzó a arrugarse cuando bombearon el argón al interior de la sala y se creó la presión suficiente para mantener momentáneamente a raya las toxinas. Juliette se dio cuenta de que comenzaba a caminar lentamente hacia la puerta, casi en contra de su voluntad. Con un crujido, el revestimiento de plástico que cubría la sala se pegó contra las tuberías y contra el banco de patas bajas en el que había estado sentada antes, y supo que había llegado el fin. Las puertas se abrieron frente a ella. La epidermis del silo se dividía en dos como la cáscara de una lenteja y, a través de una neblina de vapor condensado, le ofrecía una primera imagen del exterior.Una bota cruzó la abertura, seguida por la otra. Y Juliette salió al mundo, decidida a hacerlo en sus propios términos, a verlo con sus propios ojos a través de aquel limitado portal, aquella plancha de cristal del visor cuyas medidas eran aproximadamente, comprendió de repente, ocho pulgadas por dos.

30

Bernard observaba la limpieza desde la cafetería mientras los técnicos recogían las pertenencias de Juliette en la oficina de Peter. Tenía la costumbre de presenciar estas cosas a solas. Sus técnicos no solían acompañarlo. Sacaron el equipo de la oficina y se encaminaron a la escalera. A veces, Bernard se sentía avergonzado de las supersticiones y los miedos que fomentaba hasta en sus propios hombres.

Lo primero que emergió a la superficie fue la cúpula del casco, seguida por el brillante espectro de Juliette Nichols. Ascendió por la rampa con movimientos envarados e inseguros. Bernard revisó el reloj de la pared mientras estiraba el brazo hacia el vaso de zumo. Se recostó para ver si podía evaluar la reacción de un nuevo limpiador a lo que estaba viendo: un mundo fresco, brillante y limpio, con el cielo rebosante de vida, la hierba mecida por una suave brisa y una resplandeciente acrópolis al otro lado de las colinas.

Había presenciado casi una docena de limpiezas durante su vida y siempre había disfrutado de aquellas primeras piruetas, cuando los condenados veían lo que tenían a su alrededor. Había visto a hombres que habían dejado atrás a su familia bailar delante de los sensores, llamando con gestos de los brazos a sus seres queridos, tratando de recrear los maravillosos embustes que les mostraban las pantallas de los visores, siempre en vano, para una audiencia inexistente. Había visto a personas que estiraban los brazos hacia los insectos que volaban cerca de sus caras, tomándolos equivocadamente por aves. Uno de los limpiadores había incluso regresado por la rampa hasta la puerta para, seguramente, aporrearla como si alguien pudiera oírlo desde el otro lado, antes de ponerse a limpiar. ¿Qué eran tan diversas reacciones salvo una demostración de que el sistema funcionaba? ¿De que, al margen de la psicología individual, al encontrarse frente a la falsa cristalización de sus esperanzas todos ellos acababan por hacer lo que se habían prometido que no harían?

Puede que por eso la alcaldesa Jahns nunca tuviera estómago para presenciarlo. No sabía lo que veían, lo que sentían, aquello que los hacía responder de esa manera. A la mañana siguiente aparecía con las tripas revueltas y contemplaba el amanecer sumida en una especie de luto propio para el que el resto del silo le concedía su espacio. Pero Bernard amaba aquella transformación, aquel engaño que sus predecesores y él habían perfeccionado al máximo. Sonrió, tomó un trago de zumo de fruta fresca y observó cómo caminaba Juliette con paso vacilante, contemplando todo lo que le mostraban sus engañados sentidos. Los objetivos de los sensores apenas estaban cubiertos por una película de porquería, tan fina que habría bastado con pasarle la mano para limpiarla, pero después de haber presenciado otras limpiezas dobles en el pasado, sabía que ella limpiaría de todos modos. Todos lo habían hecho.

Tomó otro sorbo de zumo y se volvió hacia la oficina del comisario para comprobar si Peter había reunido el valor necesario para venir a mirar, pero la puerta estaba prácticamente cerrada. Había depositado grandes esperanzas en el muchacho. Hoy comisario y un día puede que alcalde. Bernard ocuparía el cargo durante algún tiempo, puede que un mandato o dos, pero sabía que su sitio era Informática, que aquél no era su puesto. O, más bien, que tenía otras obligaciones para las que era mucho más complicado encontrar sustituto.

Cuando apartó la mirada de la oficina de Peter para seguir disfrutando del espectáculo estuvo a punto de caérsele el vaso de zumo.

La figura plateada de Juliette Nichols había comenzado a ascender colina arriba. El polvo de los sensores seguía en su sitio.

Bernard se levantó tan bruscamente que volcó la silla hacia atrás. Se acercó dando traspiés a la pantalla de la pared, casi como si creyera que podía ir tras Juliette.

Y entonces observó, estupefacto, cómo ascendía por aquella barranca oscura y se detenía un momento junto a las formas inmóviles de sus dos predecesores. Bernard volvió a consultar su reloj. En cualquier momento, en cualquier momento se desplomaría y se llevaría las manos al casco. Comenzaría a dar vueltas sobre el suelo polvoriento, levantando una nube con sus patadas y estertores, y luego resbalaría por la ladera hasta detenerse, muerta.

Pero el minutero siguió avanzando y Juliette también. Dejó tras de sí a los dos limpiadores e, impulsada por unas piernas que aún conservaban las fuerzas, coronó con paso firme la colina y allí se detuvo, contemplando quién sabe qué, antes de perderse, aunque pudiera parecer imposible, de vista.

Bernard bajó las escaleras corriendo, con la mano manchada de zumo. Mantuvo el vaso de papel estrujado en el puño durante los tres primeros pisos, cuando alcanzó a los técnicos y se lo tiró a la espalda. La bola de basura rebotó y se perdió dando vueltas por el hueco de la escalera, destinada a aterrizar en algún lugar más abajo. Bernard maldijo a los confusos técnicos mientras pasaba corriendo a su lado con peligrosa celeridad. Una docena de pisos más abajo estuvo a punto de chocar contra los primeros curiosos que subían para presenciar el segundo amanecer nítido en pocas semanas.

Cuando por fin llegó al piso treinta y cuatro estaba dolorido y agotado, y las gafas le resbalaban sobre el sudor que le cubría el puente de la nariz. Cruzó corriendo las puertas exteriores y pidió a gritos que abrieran la compuerta. Un aterrorizado guardia obedeció y pasó su propia tarjeta de identificación por el lector justo antes de que Bernard se estrellara contra el grueso brazo de metal del torno. Atravesó el pasillo prácticamente a la carrera y, después de doblar dos esquinas, llegó a la estancia mejor protegida de todo el silo.

Tras pasar su tarjeta de identificación e introducir a toda prisa el código de seguridad, entró corriendo en una sala con paredes de acero macizo. Hacía calor en la sala de los servidores. Las carcasas, negras e idénticas, descansaban sobre el suelo de baldosas como monumentos a lo posible, al ingenio y la capacidad de creación. Bernard pasó entre ellos con las cejas cada vez más sudorosas y el labio superior empapado de transpiración. Sus manos pasaban sobre las caras de las máquinas, cuyas luces parpadeantes eran como alegres ojos empeñados en disolver su furia, cuyo zumbido eléctrico era como un canturreo para su amo, emitido con la esperanza de tranquilizarlo.

Sus esfuerzos fueron en vano. Lo único que sentía Bernard era un terror incontenible. Repasó una vez tras otra todo lo que podía haber salido mal. No es que la chica pudiera sobrevivir, eso era imposible, pero su principal cometido, sólo superado en importancia por el de preservar los datos que contenían aquellas máquinas, era el de no permitir que nadie se perdiera de vista. Era la orden fundamental. Conocía los motivos para ello, y por eso lo que acababa de suceder le hacía temblar.

Maldijo el calor al llegar al servidor de la pared opuesta. Los conductos de ventilación del techo transportaban aire fresco desde los subterráneos hasta la sala de los servidores. En la parte trasera de la sala, unos grandes ventiladores removían el calor y se lo llevaban hacia el interior del silo. De este modo se podía mantener la cruda y sórdida hostilidad de unas temperaturas insoportables en unos niveles tolerables para el ser humano. Bernard lanzó una mirada llena de resentimiento a los conductos de ventilación al acordarse del parón técnico, aquella semana de temperaturas amenazantes para sus servidores, que se había producido por un condenado generador y por culpa de la mujer a la que acababa de perder de vista. El recuerdo atizó las llamas que sentía por debajo del cuello. Maldijo el defecto de diseño que dejaba el control de los sistemas de ventilación en manos de los grasientos simios de Mecánica, aquellos chatarreros incivilizados. Pensó en las monstruosas y estruendosas máquinas que había allí abajo, en el olor de las fugas de humo y el petróleo en combustión. Sólo había tenido que bajar allí una vez —para matar a un hombre—, pero hasta eso había sido demasiado. Le bastaba con acordarse de aquellas toscas maquinarias y compararlas con los sublimes servidores para que desapareciera de su cabeza cualquier deseo de abandonar alguna vez los confines de Informática. Allí era donde los chips de silicio emitían su intensa fragancia al calentarse por el esfuerzo de deglutir los datos. Allí era donde se podía oler el revestimiento de goma de los cables que circulaban en paralelo, dispuestos con toda pulcritud, etiquetados y codificados, por los que discurrían gigabits de gloriosos datos cada segundo. Allí era donde supervisaba la recuperación de todo lo que se había borrado durante el último levantamiento. Allí era donde un hombre podía pararse a pensar, rodeado de máquinas dedicadas silenciosamente al mismo empeño.

En cambio, allá abajo, en algún lugar situado al final de aquellos conductos, flotaba la peste de la suciedad. Bernard se secó el sudor de la frente y se limpió la mano en el mono. Con sólo pensar en aquella mujer, que primero le había robado, luego había sido recompensada por Jahns con el puesto más eminente de la ley y ahora se atrevía a no limpiar, a desaparecer...

Sintió que le hervía la sangre.

Al llegar al último servidor de la fila, se introdujo entre él y la pared del fondo. La llave que llevaba al cuello penetró fácilmente en las engrasadas entrañas de las cerraduras. Mientras las giraba se recordó a sí mismo que la chica no podía haberse alejado demasiado. ¿Cuántos problemas podía causar, en realidad? Y lo más importante de todo, ¿qué era lo que había salido mal? El cronometraje siempre había sido impecable. Siempre.

La tapa trasera del servidor se abrió y reveló un interior casi vacío. Bernard volvió a guardarse la llave en el mono y apartó el panel de acero negro. Estaba tan caliente que casi quemaba al tacto. El vientre del servidor contenía un estuche de tela. Bernard levantó la tapa, introdujo una mano y sacó unos auriculares de plástico de su interior. Se los puso sobre las orejas, ajustó el micrófono y desplegó el cable.

Podía mantener la situación bajo control, se dijo. Era el director de Informática. Era el alcalde. Peter Billings trabajaba para él. A la gente le gustaba la estabilidad y él podía mantener la ilusión de que existía. Le tenían miedo al cambio y él podía ocultarlo para que no tuviesen que verlo. Mientras ocupara ambos cargos, ¿quién se le opondría? ¿Quién podía estar más cualificado? Explicaría lo sucedido y todo iría bien.

Pero nada de esto logró aplacar el intenso e inconfundible temor que lo embargaba mientras localizaba la entrada correcta y enchufaba la clavija. Al instante sonó un pitido en los auriculares que indicaba que la conexión se había establecido.

Podía supervisar Informática desde lejos, para asegurarse de que aquello no se repetiría jamás, prestar más atención a los informes. Todo estaba bajo control. Se repitió estas palabras mientras se oía un chasquido en los auriculares que ponía fin al pitido. Supo que había alguien al otro lado, aunque le negasen hasta el menor saludo. Sintió que el silencio estaba preñado de fastidio.

Tampoco él tenía tiempo para preámbulos. Fue directo al grano.

—¿Silo uno? Aquí silo dieciocho. —Se pasó la lengua por los labios cubiertos de sudor y volvió a ajustar el micrófono. De repente tenía las palmas de las manos frías y húmedas y sentía ganas de orinar.

—Eh... puede que... puede que tengamos... un pequeño problema por aquí...

CUARTA PARTE

Resolución

31

La trágica historia de Romeo y Julieta

Era una caminata larga y más aún para su joven mente. Aunque Juliette tenía que dar pocos pasos con sus propios piececitos, tenía la sensación de que sus padres y ella llevaban semanas de viaje. Para su juvenil impaciencia, todas las cosas tardaban una eternidad y cualquier clase de espera suponía una tortura.

Marchaba sobre los hombros de su padre, agarrada a su barbilla y con las piernas alrededor de su cuello. Tan arriba que tenía que inclinar la cabeza para no golpearse con la parte inferior de los peldaños. El ruido que hacían las botas de los desconocidos resonaba en los escalones sobre su cabeza y las motitas de polvo de óxido caían flotando sobre sus ojos.

Juliette parpadeó y enterró la cara en el pelo de su padre. A pesar de lo emocionada que estaba, con aquel rítmico subir y bajar de los hombros le resultaba imposible permanecer despierta. Cuando su padre se quejó de que le dolía la espalda, bajó unos pisos aferrada a las caderas de su madre, con las manos entrelazadas alrededor de su cuello, cabeceando de sueño.

Disfrutaba de los sonidos del viaje, de las pisadas y del tranquilizador sonido de las voces de su padre y su madre al conversar sobre cosas de adultos, voces que iban y venían al compás de sus momentos de sueño.

El viaje se convirtió en una borrosa recopilación de recuerdos brumosos. La despertaron los chillidos de los cerdos al otro lado de una puerta abierta y notó de manera vaga que atravesaban una huerta. Despertó por completo ante una fragancia dulce y comió, aunque no habría podido decir si era la cena o el almuerzo. Aquella noche apenas se dio cuenta de cómo la bajaban de los hombros de su padre para depositarla en una cama, a oscuras. A la mañana siguiente despertó junto a un primo al que no conocía en un apartamento idéntico al suyo. Había llegado el fin de semana. Lo supo por el ruido que hacían los niños mayores que jugaban en el pasillo en lugar de estar en la escuela. Tras un desayuno frío volvió a la escalera con sus padres y a la sensación de que llevaban toda la vida viajando y no sólo un día. Y luego volvieron los momentos de sueño, con el delicado borrado del tiempo.

Tras otro día más llegaron al centésimo rellano de las insondables profundidades del silo. Los últimos pasos los dio por sí misma, de la mano de su madre y de su padre, como para que comprendiera el significado de aquello que estaban haciendo. Ahora se encontraba en un sitio al que llamaban «los subterráneos» le dijeron. La más baja de las tres partes del silo. Ayudaron a sus piernas aún soñolientas a bajar los últimos peldaños de la nonagésimo novena escalera y llegar al rellano. Su padre señaló encima de las puertas, abiertas y bulliciosas, donde se podía ver pintado un número de gran tamaño con un increíble tercer dígito:

100

Los dos círculos cautivaron a Juliette. Eran como grandes ojos abiertos que contemplaran el mundo por última vez. Le dijo a su padre que ya sabía contar hasta cien.

—Lo sé —respondió él—. Es que eres muy lista.

Siguió a su madre al interior del bazar, agarrada a la mano fuerte y áspera de su padre. Había gente por todas partes. Era ruidoso pero agradable. Un eco de felicidad impregnaba el aire allí donde la gente alzaba la voz para hacerse oír, igual que en la clase cuando se iba la maestra.

Juliette tenía miedo de perderse, así que se aferraba a su padre. Esperaron juntos mientras su madre regateaba por la comida del almuerzo. Tuvieron que detenerse en una docena de puestos, o al menos eso le pareció a Juliette, para conseguir todas las cosas que necesitaba. Su padre convenció a un hombre de que la dejara colarse por una cerca para tocar un conejito. Tenía un pelaje tan suave que era como si no estuviese allí. Cuando el animal volvió la cabeza, Juliette retiró la mano con aprensión, pero el conejito se limitó a masticar algo invisible y mirarla con cara de aburrimiento.

El bazar parecía extenderse hasta el infinito. Los pasillos serpenteaban perdiéndose de vista, incluso cuando el laberinto de piernas de adulto se despejaba lo bastante para dejarle ver el otro extremo. A los lados, los pasadizos estrechos, repletos de puestos y tiendas, se entrelazaban formando una maraña laberíntica de colores y sonidos, pero no dejaron que Juliette se adentrase por ninguno de ellos. Permaneció con sus padres hasta llegar a la primera escalera cuadrada que veía en toda su joven vida.

—Y ahora cuidado —la advirtió su madre mientras la ayudaba a subir por ella.

—Puedo sola —respondió ella con tozudez, a pesar de lo cual se agarró a la mano de su madre.

—Dos adultos y una niña —dijo su padre a alguien situado en lo alto de la escalera. Oyó el tintineo de los cupones al caer a una caja que parecía llena de ellos. Cuando su padre cruzó la puerta, Juliette pudo ver que el hombre de la caja llevaba un traje multicolor y un sombrero en la cabeza, que además de absurdo era demasiado grande para él. Trató de verlo mejor mientras su madre la ayudaba a cruzar la puerta con una mano en su espalda y le decía que no se alejase de su padre. El señor volvió la cabeza haciendo tintinear el sombrero, la miró y sacó la lengua para un lado en una especie de mueca.

Juliette se rió, pero aún seguía asustada del hombre extraño cuando encontraron un asiento. Su padre sacó una fina sábana de la mochila y la desplegó sobre uno de los amplios bancos. Su mamá le dijo que se quitara los zapatos y se subiese a la sábana. Apoyada en los hombros de su padre, contempló una ladera de bancos y asientos que desembocaba en una sala amplia y abierta, más abajo. Su padre le explicó que aquello se llamaba «escenario». En los subterráneos todo tenía nombres distintos.

—¿Qué hacen? —preguntó a su padre. Sobre el escenario, varios hombres vestidos con trajes tan coloridos como los del portero lanzaban pelotas al aire y, a pesar de que parecía imposible dado su elevado número, las recogían antes de que tocaran el suelo.

Su padre se echó a reír.

—Malabares. Están aquí para entretenernos antes de que comience la obra.

Juliette no estaba demasiado segura de querer que comenzase el espectáculo. Lo que quería ver era aquello. Los malabaristas comenzaron a lanzarse pelotas y aros unos a otros, y Juliette sintió que sus brazos se movían por voluntad propia al contemplarlos. Trató de contar los aros que había en el aire, pero sus ojos se negaban a quedarse parados en un mismo sitio.

—La comida —le recordó su madre mientras comenzaba a pasarle un sándwich de fruta a pequeños trozos.

Juliette estaba hipnotizada. Cuando los malabaristas dejaron las pelotas y los aros a un lado y comenzaron a perseguirse por el escenario, a hacer el tonto y a caerse al suelo, se rió con tantas ganas como los demás niños. Miraba constantemente a sus padres para comprobar si ellos también estaban mirando. Les tiraba de las mangas, pero ellos se limitaban a asentir y seguían charlando, comiendo y bebiendo. Entonces llegó otra familia y se sentó cerca, y al ver que un niño más pequeño que ella se reía también de los malabaristas, Juliette sintió de repente que tenía compañía. Comenzó a reírse con más ganas aún. Los malabaristas eran lo más increíble que jamás hubiese visto. Podría pasarse toda la eternidad mirándolos.

Pero entonces se apagaron las luces y comenzó la obra, que comparada con ellos era francamente aburrida. Comenzó con un emocionante duelo a espada, pero en seguida lo interrumpieron con un montón de palabras extrañas y un hombre y una mujer que se miraban como sus padres y hablaban con un lenguaje muy raro.

Juliette se quedó dormida. Soñó que volaba por el silo con cien pelotas y aros de colores volando a su alrededor, siempre fuera de su alcance. Los aros eran como los números del piso del bazar..., y entonces despertó entre silbidos y aplausos.

Sus padres estaban de pie, vociferando, mientras en el escenario varias personas vestidas con trajes muy extraños hacían reverencias. Juliette bostezó y miró al chico que había en el banco, a su lado. Estaba dormido, con la boca abierta y la cabeza apoyada en el regazo de su madre, y su cuerpo se estremecía cada vez que ella aplaudía.

Recogieron la sábana y su padre la llevó al escenario, donde los espadachines y los hombres que hablaban raro estaban conversando con los espectadores y estrechándole la mano a la gente. Juliette quería conocer a los malabaristas. Quería que le enseñaran a hacer flotar los aros en el aire. Pero sus padres esperaron hasta poder hablar con una de las chicas, la que tenía el cabello recogido en una coleta y varios mechones ondulados.

—Juliette —le dijo su padre mientras la subía al escenario—. Quiero que conozcas a... Julieta. —Señaló con un gesto a la mujer del vestido voluminoso y el cabello raro.

—¿Es tu nombre de verdad? —preguntó la dama mientras se arrodillaba y le cogía la mano a Juliette.

Ésta se apartó como si fuese otro conejo que deseara morderla, pero asintió.

—Ha estado usted maravillosa —dijo su madre a la señora. Se estrecharon la mano y se presentaron.

—¿Te ha gustado la obra? —preguntó la señora del peinado extraño.

Juliette asintió otra vez. Se había dado cuenta de qué era lo que se esperaba de ella, así que estaba permitido mentir.

—Su padre y yo vinimos a ver la obra hace años, cuando empezábamos a salir —dijo su madre acariciándole el pelo—. Decidimos que llamaríamos a nuestro primer hijo Romeo o Juliette.

—Pues entonces me alegro de que tuvieran una niña —dijo la señora con una sonrisa.

Sus padres se echaron a reír y Juliette comenzó a tenerle cada vez menos miedo a aquella mujer que se llamaba como ella.

—¿Cree que podría darnos su autógrafo? —Su padre le quitó la mano del hombro a Juliette y comenzó a hurgar en su mochila—. Tengo un programa por alguna parte...

—¿Y por qué no un guión para la joven Juliette? —La señora le sonrió—. ¿Ya has aprendido a leer?

—Sé contar hasta cien —anunció Juliette con orgullo.

Al cabo de un instante la mujer sonrió, y seguida por la mirada de Juliette cruzó el escenario. El vestido la envolvía con una fluidez que habría sido imposible para los monos que llevaban ellos. La mujer volvió de detrás del telón con un pequeño libro de papel sujeto con alfileres de latón. Le pidió un carboncillo al padre de Juliette y, con una letra grande y florida, estampó su nombre sobre la tapa.

La mujer depositó los papeles sobre sus manitas.

—Quiero que tengas esto, Juliette del silo.

Su madre hizo ademán de protestar.

—Oh, no podemos. Es demasiado papel.

—Sólo tiene cinco años —dijo su padre.

—Tengo otro —les aseguró la mujer—. Los hacemos nosotros mismos. Quiero que se lo quede.

Alargó la mano y tocó a Juliette en la mejilla, y esta vez la niña no se apartó. Estaba demasiado ocupada pasando las páginas, mirando todas las notas que la misma letra elegante había consignado a los márgenes, a un lado de las palabras impresas. Entonces se fijó en que una de las palabras se repetía una y otra vez entre las demás. No conocía la mayoría, pero aquélla sí sabía cuál era. Era su nombre. Estaba al comienzo de numerosas frases:

Juliette. Juliette.

Era ella. Mientras levantaba la mirada hacia la señora, comprendió por fin por qué la habían traído sus padres, por qué habían caminado tanto y durante tanto tiempo.

—Gracias —dijo, recordando los modales que le habían enseñado. Y luego, tras pensarlo un poco, añadió—: Siento haberme quedado dormida.

32

Una paz sombría nos trae la mañana:
no muestra su rostro el sol dolorido.
Salid y hablaremos de nuestras desgracias.
Perdón verán unos; otros, el castigo.

Era la mañana de la peor limpieza de la vida de Lukas, y por una vez pensó en ir a trabajar, ignorar las vacaciones pagadas y fingir que era un día como otro cualquiera. Se sentó al pie de su cama mientras reunía el valor para moverse, con una de sus muchas cartas estelares en el regazo. Suavemente, como para que no se corriese el carboncillo sobre el papel, acarició con los dedos el contorno de una estrella concreta.

No era una estrella como las demás. Las otras eran simples puntos sobre una rejilla meticulosamente trazada, con los datos sobre su fecha de avistamiento, su posición y su intensidad. Ésta no era una de esas estrellas. No era tan antigua ni de lejos. Era de las de cinco puntas, una estrella de comisario. Recordaba haber dibujado la forma una noche, mientras hablaba con ella. El acero de su pecho captaba la débil luz que llegaba desde la escalera y la despedía en forma de suaves destellos. Recordaba que su voz le había parecido mágica y su forma de moverse hipnótica, y su llegada a su aburrida rutina tan sorprenderte como la separación de las nubes.

También recordaba cómo le había dado la espalda dos noches antes, cómo había tratado de proteger sus sentimientos echándolo de allí.

A Lukas no le quedaban más lágrimas. Se había pasado la mayor parte de la noche derramándolas por una mujer a la que apenas conocía. Y ahora se preguntaba lo que iba a hacer con aquel día, con aquella vida. La mera idea de que ella estaría allí fuera, haciendo un trabajo para ellos —limpiar— lo ponía enfermo. Se preguntó si sería por ello que llevaba dos días sin tener apetito. Una parte profunda de sus entrañas debía de saber que no retendrían nada aunque se obligase a comer.

Dejó la carta estelar a un lado y se cubrió la cara con las manos. Permaneció allí un rato, rendido, tratando de reunir fuerzas para levantarse e ir a trabajar. Si lo hacía, al menos tendría con qué distraerse. Trató de recordar dónde se había quedado la pasada semana en la sala de servidores. ¿Era el número ocho el que se había estropeado esta vez? Sammi le había sugerido que retirara el tablero de control, pero Lukas sospechaba que se trataba de un cable defectuoso. Eso era lo que había estado haciendo —recordó entonces—, modular las conexiones Ethernet. Y es lo que tenía que estar haciendo en aquel momento, aquel mismo día. Cualquier cosa era mejor que pasarse el día de brazos cruzados, sintiendo que se moría por una mujer con la que no tenía otro vínculo que haberle hablado a su madre sobre ella.

Se incorporó y se puso el mismo mono que había llevado el día antes. Se quedó allí un momento, mirándose los pies desnudos, preguntándose por qué se había levantado. ¿Adónde pensaba ir? Tenía la mente totalmente en blanco y el cuerpo entumecido. Se preguntó si podría quedarse allí, inmóvil, con un nudo en el estómago, durante el resto de su vida. Al final lo encontraría alguien, ¿no? Muerto y tieso, todavía en pie, como la estatua de un cadáver.

Agitó la cabeza para librarse de estos pensamientos tan lúgubres y buscó sus botas.

Las encontró. Fue toda una hazaña. Había conseguido algo vistiéndose.

Salió del cuarto y se encaminó con paso lento hacia el descansillo, entre niños que expresaban a gritos su alegría por el día libre y padres que trataban de acorralarlos para ponerles las botas y el mono. Para Lukas todo este bullicio era poco más que un ruido de fondo. Era un zumbido, como los calambres en las piernas que todavía tenía tras hacer la larga bajada para verla y la aún más larga subida de vuelta. Salió al rellano de su piso, donde se encontró con la acostumbrada corriente de ascenso hacia la cafetería. En su cabeza sólo había sitio para el mismo pensamiento que la había ocupado durante toda la semana: dejar que pasase otro día para tener la ocasión de subir a verla.

De repente se le ocurrió que podía hacerlo. No era una persona de amaneceres —prefería los anocheceres y las estrellas—, pero si quería verla, lo único que tenía que hacer era subir a la cafetería y recorrer el paisaje con la mirada. Habría un cuerpo nuevo allí. Un traje nuevo y todavía reluciente bajo los débiles rayos de sol que lograsen colarse entre aquellas nubes malditas.

Podía ver la imagen con toda claridad en su cabeza: las piernas retorcidas, un brazo atrapado bajo el cuerpo, la cabeza hacia un lado, mirando en dirección al silo. Embargado por la tristeza, se vio a sí mismo décadas más tarde, un hombre solitario sentado frente a aquella pantalla grisácea, ya no dibujando cartas estelares, sino paisajes. Los mismos paisajes una vez tras otra, y en ellos la imagen de una posibilidad desperdiciada, siempre en la misma pose inmóvil mientras él derramaba unas lágrimas que caían sobre el carboncillo y lo transformaban en barro.

Sería como aquel desgraciado, Marnes. Y al pensar en el ayudante, que había muerto sin que nadie cercano lo enterrara, Lukas se acordó de lo último que le había dicho Juliette. Le había suplicado que buscase a alguien, que no fuese como ella, que no se quedase solo.

Se agarró a la barandilla de frío acero del quincuagésimo rellano y se inclinó sobre ella. Al mirar hacia abajo se veía cómo se adentraba la escalera en las profundidades de la tierra. El rellano del cincuenta y seis asomaba más abajo, mientras que los de los pisos intermedios sobresalían en puntos que no alcanzaba a ver desde su posición. Era difícil calcular la distancia, pero supuso que sería más que suficiente. No le haría falta bajar hasta el ochenta y dos, el predilecto de la mayoría de los que saltaban porque ofrecía una caída diáfana hasta el noventa y nueve.

De repente se vio a sí mismo cayendo, dando vueltas en el aire, con los brazos y las piernas extendidos. Imaginó que no llegaba a tocar el rellano. Chocaría contra una de las barandillas. Se vio casi cortado por la mitad. O puede que si saltaba un poco más, tal vez si se lanzaba de cabeza, pudiera acabar rápidamente.

Se enderezó y sintió que lo atravesaba una punzada de temor y una descarga de adrenalina al imaginar con tal viveza la caída, el fin. Miró en derredor para comprobar si, en medio del tráfico matutino, alguien lo estaba mirando. Había visto a otros adultos asomarse sobre las barandillas en otras ocasiones. Siempre había supuesto que sus cabezas estarían llenas de malos pensamientos. Porque sabía, después de haberse criado en el silo, que allí sólo a los niños se les caían cosas desde los rellanos. Para cuando te hacías adulto ya habías aprendido a aferrarte a tus posesiones materiales. Y al final acababa por ser otra cosa la que se te escurría entre los dedos, algo que se perdía dando vueltas hacia el interior del silo y que te hacía barajar la idea de saltar detrás...

El rellano tembló con las zancadas de un porteador que pasaba corriendo. A continuación llegó el sonido de unos pies desnudos sobre los peldaños, acercándose en espiral. Lukas se apartó de la barandilla y trató de pensar en lo que iba a hacer durante aquel día. Quizá lo mejor fuese volver arrastrándose a la cama y dormir, matar algunas horas con la inconsciencia.

Mientras trataba de reunir siquiera un atisbo de voluntad, el porteador pasó como una centella a su lado y, por un breve instante, Lukas vislumbró el rostro del muchacho, retorcido por la consternación. Se perdió de vista a gran velocidad —con paso tan rápido como temerario—, pero la imagen de su preocupación quedó vívidamente grabada en la mente de Lukas.

Y entonces lo supo. Al mismo tiempo que el rápido traqueteo de los pies del muchacho se adentraba dando vueltas en la tierra, supo que aquella mañana había sucedido algo allí arriba, algo importante y relacionado con la limpieza.

Una semilla de esperanza. El núcleo donde se ocultaban sus deseos, enterrado en lo más profundo de sí por temor a que lo envenenase o asfixiase, comenzó a germinar. Puede que la limpieza no hubiera llegado a producirse. ¿Era posible que hubiesen reconsiderado su destierro? La gente de Mecánica había hecho una petición. Cientos de valientes firmas que arriesgaban su propio cuello para salvar el de ella. ¿Podría conseguir aquel disparatado gesto convencer a los jueces?

La diminuta semilla de esperanza comenzó a echar raíces. Se propagó como una enredadera por el pecho de Lukas y lo llenó de un urgente deseo de subir corriendo para comprobar con sus propios ojos lo que había sucedido. Dejó la barandilla y el sueño de saltar detrás de su desesperación y se abrió paso entre la multitud matutina. Habían comenzado a formarse susurros tras la estela del porteador. No era el único que se había fijado.

Al sumarse al tráfico de ascenso, se dio cuenta de que el dolor que sentía en las piernas por la actividad de los días anteriores había desaparecido. Estaba intentando adelantar a una familia que avanzaba lentamente por delante de él cuando oyó a su espalda el crepitante chirrido de una radio.

Al volverse vio que el ayudante Marsh, algunos peldaños por detrás, trataba de coger el transmisor que llevaba en la cadera. Tenía una caja de cartulina apoyada en el pecho y la frente cubierta por una película de sudor

Lukas se detuvo y se agarró a la barandilla para esperar a que el ayudante de los pisos intermedios llegara a su altura.

—¡Marsh!

El ayudante logró al fin bajar el volumen de su transmisor y levantó la mirada. Saludó a Lukas con un gesto de la cabeza. Ambos se pegaron a la barandilla para dejar pasar a un obrero y su sombra en dirección a los pisos superiores.

—¿Qué pasa? —preguntó Lukas. Conocía bien al ayudante y sabía que se lo contaría sin pedir nada a cambio.

Marsh se secó la frente mientras se colocaba la caja bajo la axila.

—Que Bernard me está volviendo loco esta mañana —protestó—. ¡He subido y bajado más escaleras que en una semana entera!

—No, ¿qué pasa con la limpieza? —preguntó Lukas—. Acaba de pasar un porteador como si hubiese visto un fantasma...

El ayudante Marsh levantó la mirada escaleras arriba.

—Me han dicho que suba las cosas de esa chica al treinta y cuatro para ayer. Hank casi se mata trayéndomelas... —Reanudó el ascenso como si no tuviera un segundo más que perder—. Mira, tengo que seguir si quiero conservar el trabajo.

Lukas no le soltó el brazo. El tráfico comenzó a acumularse tras ellos, al adelantarlos los curiosos que subían, impulsados por la impaciencia, y encontrarse con las personas que bajaban.

—¿Ha habido limpieza o no? —quiso saber Lukas.

Marsh se apoyó en la barandilla. Unas voces casi inaudibles se comunicaban por la radio.

—No —susurró. Lukas se sintió de pronto capaz de volar. Capaz de cruzar al vuelo el espacio que separaba la escalera y el corazón de hormigón del silo, de remontarse entre los rellanos, de atravesar cincuenta pisos de un salto...— La chica ha salido pero no ha limpiado —dijo Marsh en voz baja, con palabras tan cortantes que hicieron trizas los sueños de Lukas—. Ha desaparecido al otro lado de las colinas...

—Espera. ¿Qué?

Marsh asintió. La nariz del ayudante goteaba sudor.

—Bum, como si se la hubiera tragado la tierra —siseó, como una radio a la que le hubiesen bajado el volumen de pronto—. Y ahora tengo que llevarle sus cosas a Berna...

—Yo lo haré —se ofreció Lukas mientras extendía los brazos—. De todos modos tengo que ir al treinta y cuatro.

Marsh se cambió la caja de brazo. Daba la impresión de que el pobre ayudante pudiera desplomarse en cualquier momento. Lukas le suplicó, igual que había suplicado dos días antes que le dejaran ver a Juliette en su celda.

—Deja que lo lleve yo —insistió—. Sabes que a Bernard no le importará. Somos buenos amigos. Como tú y yo...

El ayudante Marsh se limpió el labio y asintió de manera casi imperceptible mientras lo pensaba.

—Mira, de todos modos tengo que subir —intentó convencerlo Lukas. Sus manos, dotadas casi de voluntad propia, avanzaron para coger la caja de los brazos del exhausto Marsh. Las oleadas de emoción que atravesaban su cuerpo hacían que le costase concentrarse. El tráfico de la escalera se había transformado en ruido de fondo. La idea de que Juliette pudiera seguir en el silo se había desvanecido, pero la noticia de que no había limpiado, de que había llegado hasta las colinas... lo confortaba con otra cosa. Algo que apelaba a la parte de él que anhelaba cartografiar las estrellas. Significaba que nadie tendría que contemplar cómo se iba deshaciendo su cuerpo.

—Ten mucho cuidado con eso —le advirtió Marsh. Tenía los ojos clavados en la caja, que ahora se encontraba en manos de Lukas.

—Lo protegeré con mi vida —respondió éste—. Confía en mí.

Marsh asintió, como para expresar que lo hacía. Y Lukas subió a paso vivo, por delante de aquellos que lo hacían para celebrar la limpieza, cargado con el peso de las pertenencias de Juliette en una caja que aferraba contra el pecho.

33

... y aún tus lamentos suenan en mi oído.

Walker se inclinó sobre un banco de trabajo de electricista abarrotado de piezas y ajustó las lentes de aumento. Tal vez la gran lente bulbosa que llevaba sujeta en la cabeza por medio de un aro le hubiese resultado incómoda de no ser porque había estado allí durante la mayor parte de sus sesenta y dos años. Colocó el cristal en posición y el pequeño chip negro del tablero verde cobró de pronto una nitidez cristalina. Podía ver cada una de las patitas de metal de la pieza como las articulaciones de una araña y los piececillos minúsculos aparentemente atrapados en plateados charcos de acero fundido.

Walker rozó uno de los puntos plateados con la punta de su soldador más fino mientras con el pie accionaba la perilla de succión. El metal que rodeaba el diminuto pie del chip se fundió y fue absorbido a través de una pequeña tubería. Una de las dieciséis patas quedó libre.

Se disponía a pasar a la siguiente —se había pasado toda la noche reparando chips estropeados para mantener su mente ocupada con otras cosas— cuando oyó que las reconocibles pisadas de un nuevo porteador se acercaban por el pasillo.

Dejó el tablero y el soldador sobre la mesa de trabajo y se acercó a buen paso a la puerta. Se agarró a la jamba y se asomó al mismo tiempo que el muchacho pasaba corriendo.

—¡Porteador! —gritó. El muchacho se detuvo de mala gana—. ¿Cuál es la noticia, chico?

El muchacho esbozó una sonrisa de juvenil blancura.

—Una muy importante —dijo—. Pero te costará un cupón.

Walker rezongó de indignación, pero metió igualmente la mano en el bolsillo del mono y llamó al muchacho con el brazo.

—Eres el chico de Sampson, ¿no?

El muchacho movió la cabeza arriba y abajo, haciendo que su cabello bailara alrededor de su rostro juvenil.

—Fuiste sombra de Gloria, ¿verdad?

El chico asintió de nuevo mientras seguía con los ojos el cupón plateado que había salido de los tintineantes bolsillos de Walker.

—Mira, Gloria solía apiadarse de un anciano sin familia y sin vida propia. Y me contaba las noticias.

—Gloria está muerta —dijo el muchacho mientras extendía la palma de la mano.

—Así es —asintió Walker con un suspiro. Soltó el cupón en la palma extendida y luego agitó la suya, vieja y llena de manchas, para reclamar la noticia prometida. Se moría por saber qué estaba pasando y habría pagado gustoso diez cupones por la información—. Los detalles, chaval, no te saltes ni uno.

—¡No ha habido limpieza, señor Walker!

El corazón de Walker dio un vuelco. El muchacho hizo ademán de marcharse.

—¡Alto ahí, chico! ¿Qué quieres decir con que no ha habido limpieza? ¿La han soltado?

El porteador negó con la cabeza. Tenía el pelo largo y despeinado, aparentemente para volar arriba y abajo de la escalera.

—No, señor. ¡Pero no ha limpiado!

Los ojos del chico despedían chispas y su enorme sonrisa evidenciaba el placer que le proporcionaba estar en posesión de tal información. Nadie se había negado a limpiar en toda su vida. Ni en la de Walker. Incluso puede que jamás hubiera sucedido. Walker sintió que lo embargaba el orgullo por su Juliette.

El muchacho esperó un momento. Parecía arder en deseos de echar a correr.

—¿Algo más? —preguntó Walker.

Sampson asintió y lanzó una mirada rápida a los bolsillos del electricista.

Walker exhaló otro prolongado suspiro de indignación. «¡Vaya con los jóvenes!», parecía querer decir. Introdujo una mano en el bolsillo a la vez que lo instaba a continuar con un gesto de impaciencia.

—¡Se ha ido, señor Walker! —Al mismo tiempo que lo decía le arrebató el cupón de la palma de la mano.

—¿Que se ha ido? ¿Que ha muerto, quieres decir? ¡Habla, chico!

Los dientes de Sampson volvieron a centellear mientras el cupón desaparecía en su mono.

—No señor. Al otro lado de la colina. Sin limpiar, señor Walker, simplemente caminó hasta allí y se perdió de vista. ¡Se fue a la ciudad y el señor Bernard lo presenció todo!

El joven porteador dio a Walker una palmada en el hombro. Obviamente necesitaba descargar su entusiasmo de algún modo. Se apartó el pelo de la cara, esbozó una enorme sonrisa y reanudó su ruta a la carrera con pies ligeros y los bolsillos más pesados gracias a su relato.

Walker se quedó en el umbral de la puerta, aturdido. Tuvo que sujetarse a la jamba con mano de hierro para no caer de bruces. Permaneció en el sitio, moviéndose adelante y atrás, con la mirada clavada en unos platos que había dejado al otro lado de la puerta la noche antes. Volvió la cabeza hacia el desordenado camastro que llevaba toda la noche llamándolo por su nombre. El soldador aún echaba humo. Abandonó el pasillo, que no tardaría en resonar con los tintineos y las pisadas del primer turno, y desenchufó el soldador antes de que le prendiese fuego a algo.

Se quedó un momento donde estaba, pensando en Jules, pensando en las noticias. Se preguntó si habría recibido su nota a tiempo y si ésta habría aliviado el terrible miedo que seguramente debía de sentir.

Volvió a la puerta. Los subterráneos estaban desperezándose. Sintió el impulso casi irreprimible de salir de allí, de cruzar el umbral, de formar parte de lo inaudito.

Probablemente Shirly estaría a punto de llegar para traerle el desayuno y llevarse los platos. Podía esperarla y charlar un poco. Puede que de ese modo pasara aquella sensación de locura.

Pero la idea de esperar, de que los minutos se amontonaran como las órdenes de trabajo, de no saber hasta dónde había llegado Juliette ni cuál era la reacción de los demás a su desafío, lo impulsó a entrar en acción.

Levantó un pie y, al pisar al otro lado umbral, tuvo la sensación de que hollaba por primera vez una tierra inexplorada.

Aspiró hondo, apoyó el peso del cuerpo en el pie y se mantuvo allí un momento. Y de repente se sintió él mismo como un intrépido explorador. Allí estaba, cuarenta y tantos años más tarde, caminando por un pasillo que conocía a la perfección, con una mano pegada a las paredes de acero, con la sensación de que al otro lado de la esquina a la que estaba acercándose lo esperaba un mundo nuevo e ignoto.

Y Walker se convirtió en uno más de los espíritus que se adentraban en la inmensidad de lo desconocido, aturdido por la incertidumbre ante lo que podía esperarlo más allá.

34

¿No hay misericordia en las alturas
que conciba la hondura de mi pena?
¡Ah, madre querida, no me rechacéis!

Las pesadas puertas del silo se abrieron y una densa nube de argón salió al exterior con un furioso siseo. El gas comprimido, al entrar en contacto con el aire más caliente y menos denso del otro lado, se transformó en una especie de espuma batida.

Juliette Nichols introdujo una bota por la estrecha abertura. Las puertas se abrían lo mínimo indispensable, a fin de mantener a raya las letales toxinas y que el argón saliese con mayor fuerza, así que tuvo que ponerse de lado para pasar y su voluminoso traje rozó la superficie de las puertas. Sólo podía pensar en las terribles llamaradas que no tardarían en llenar la esclusa. Tenía la sensación de que le mordían ya la espalda y la impulsaban a huir.

Sacó la otra bota y, de repente, se encontró fuera.

Fuera.

Sobre su cabeza, protegida en el interior del casco, no había otra cosa que las nubes, el cielo y las estrellas invisibles.

Avanzó con zancadas pesadas por la siseante nube de argón y se encontró en una rampa de ascenso cuyas esquinas estaban recubiertas de tierra. Era fácil olvidar que el último piso del silo estaba por debajo de la tierra. La vista desde su antigua oficina y la cafetería generaba la ilusión de que se encontraba sobre la superficie, rodeada por la atmósfera, pero esto era porque los sensores se encontraban situados allí.

Juliette bajó la mirada hacia los números del pecho y recordó lo que teóricamente tendría que estar haciendo. Subió por la rampa con la cabeza gacha y la mirada clavada en las botas. Ni siquiera sabía cómo podía moverse, si se trataba del aturdimiento que embarga a la gente al encontrarse cara a cara frente a la muerte o de un mecanismo automatizado de defensa, un simple impulso de alejarse del infierno que iba a desencadenarse en la esclusa, el intento por parte de su cuerpo de retrasar lo inevitable por la sencilla razón de que era incapaz de pensar más allá de unos pocos segundos.

Al llegar al final de la rampa su cabeza salió a una mentira, una grandiosa y bellísima ficción. Las colinas estaban tapizadas de hierba, tan verde como una alfombra recién pintada. El cielo era de un azul embriagador, las nubes blancas como lino nuevo y el aire estaba sembrado de criaturas voladoras.

Se volvió sobre sí misma y contempló la espectacular invención. Era como si la hubiesen arrojado de pronto dentro de un libro de su juventud, un libro en el que los animales hablaban, los niños volaban y no existía el color gris.

Y a pesar de saber que no era real, que estaba viendo a través de una capa de mentiras de ocho pulgadas por dos, la tentación de creerlo era abrumadora. Deseaba hacerlo. Quería olvidar lo que sabía sobre el programa de Informática, olvidar todo lo que había hablado con Walker y dejarse caer sobre una suave hierba que no estaba allí, rodar entre una vida inexistente, despojarse de su ridículo traje y echar a correr dando gritos por el ficticio paisaje.

Se miró las manos y las abrió y cerró todo lo que le permitieron los gruesos guantes. Era su ataúd. Sus pensamientos se dispersaron por su mente mientras pugnaba por recordar lo que era real y lo que era una falsa esperanza superpuesta a la realidad por Informática y su visor. El cielo no era real. La hierba tampoco. Lo real era su muerte. El feo mundo que siempre había conocido. Y entonces, por un instante, recordó que se suponía que tenía que estar haciendo algo. Debía estar limpiando.

Se volvió y reparó por primera vez en la torre de los sensores. Era un grueso bloque de hormigón, con una escalerilla oxidada y recomida a un lado. La mayoría de los sensores sobresalían como verrugas de las caras de la torre. Juliette se llevó una mano al pecho, cogió uno de los estropajos y lo sacó. Las palabras de Walker seguían resonando en su mente: «No tengas miedo.»

Cogió el estropajo de tosca lana y lo usó para frotar el brazo del traje. La cinta térmica no se levantó, no se deshizo como la que habían robado en una ocasión de Informática, la cinta diseñada para fallar. Esta cinta era del tipo que solía utilizar Juliette para trabajar, con diseño de Mecánica.

«Tenemos un Suministro abundante de ellas», decía la nota de Walker. Ahora se daba cuenta de que se refería a la gente de Suministros. Después de años ayudándola con piezas de repuesto cuando más las necesitaba, habían hecho algo extraordinario por ella. Mientras pasaba tres días subiendo escaleras y tres noches solitarias en otras tantas celdas para preparar su destierro, ellos reemplazaban el material de Informática por el de Mecánica. Habían rellenado los pedidos de piezas con imaginativas excusas, probablemente a instancias de Walker. Y después Informática —sin saberlo, y para variar— había construido un traje hecho para durar y no para desintegrarse.

Juliette sonrió. Su muerte, aunque segura, se había aplazado. Pasó un largo momento mirando los sensores y luego abrió los dedos y dejó caer la lana sobre la hierba ficticia. Mientras se volvía hacia la colina más próxima, hizo cuanto pudo por ignorar los falsos colores y las capas de vida proyectadas sobre lo que realmente había allí. En lugar de ceder a la euforia, se centró en el movimiento de sus botas sobre la tierra compacta, en el azote furioso del viento contra su traje, en escuchar el tenue siseo que producían los diminutos granitos de arena que llovían sobre su casco desde todas direcciones. Un mundo aterrador la rodeaba, un mundo del que podía ser vagamente consciente si se concentraba lo bastante, un mundo que conocía pero que ya no podía ver.

Comenzó a subir la empinada ladera en la dirección aproximada de la resplandeciente metrópolis que había más allá del horizonte. No tenía demasiado sentido llegar hasta allí. Lo único que quería era morir al otro lado de las colinas para que nadie tuviera que ver como se iba consumiendo su cuerpo, para que su cazador de estrellas, Lukas, pudiera subir antes del anochecer sin miedo a encontrarse con la imagen de su cuerpo tendido.

Y de repente se sintió bien al caminar, al tener un propósito. Se ocultaría a los ojos de sus conciudadanos. Era un objetivo más real que la ciudad falsa, que sabía en ruinas.

A medio camino de la cima se encontró con un par de rocas de gran tamaño. Comenzó a rodearlas antes de comprender dónde estaba, de darse cuenta de que había seguido el camino más natural, por la barranca que formaban las dos colinas al encontrarse, donde yacía la más horrible de las mentiras.

Holston y Allison. Ocultos a sus ojos por la magia del visor. Cubiertos por un espejismo en forma de piedra.

No había palabras. Nada que ver, nada que decir. Recorrió la colina con la mirada y allí fue encontrando otras rocas esparcidas en medio de la hierba, en los mismos sitios que habían caído los limpiadores.

Se volvió para dejar atrás estas cosas tan tristes. Era imposible saber de cuánto tiempo disponía para ocultar su cuerpo a quienes se regodearían de su destino y a los pocos que lo lamentarían.

Al acercarse a la cima de la colina, con las piernas aún entumecidas por el ascenso a través del silo, comenzó a ver las primeras grietas en el engañoso velo de Informática. Aparecieron nuevas zonas del cielo y de la distante ciudad, zonas que habían permanecido hasta entonces ocultas detrás de la colina. Parecía haber una frontera en el programa, un límite a su capacidad de mentir. Mientras que los pisos superiores de los lejanos monolitos parecían enteros y resplandecientes a la falsa luz del sol, por debajo de aquellos paneles de nítido cristal y brillante acero yacía la mugre en descomposición de un mundo abandonado. Se podía ver a través de los pisos inferiores de muchos de los edificios, que coronados por aquellas moles parecían listos para desmoronarse en cualquier momento.

A un lado los edificios nuevos, los que no reconocía, no tenían cimientos ni sustentación alguna por debajo. Flotaban en el aire con el cielo oscuro por debajo. La misma vista de nubes grises y colinas desprovistas de toda vida se extendía a lo largo del horizonte, una línea azul que marcaba el límite del programa del visor.

Juliette pensó en las limitaciones de la ficción de Informática. ¿Se debía a que no tenían ni idea de lo que había al otro lado de las colinas y por tanto no podían saber lo que debían modificar? ¿O es que pensaban que habría sido un esfuerzo superfluo, teniendo en cuenta que nadie llegaría tan lejos? Al margen de la razón, la naturaleza perturbadora e ilógica de la visión le provocaba mareos. Así que optó por centrar la vista en sus pies y dar las últimas pisadas sobre la colina pintada de verde hasta llegar a la cima.

Una vez allí se detuvo, azotada por unos vientos que la obligaban a inclinar el cuerpo. Al recorrer el horizonte con la mirada se dio cuenta de que se encontraba en la línea divisoria entre dos mundos. Más allá de la ladera que tenía delante se extendía un paisaje que sus ojos no habían visto nunca, un mundo desnudo de polvo y tierra cuarteada, de ventoleras y pequeños tornados, cuyo aire podía matar. Era una tierra nueva y sin embargo le resultaba más familiar que todo lo que había visto hasta entonces.

Se volvió y miró el camino por donde acababa de llegar, la hierba alta que mecía la suave brisa, las flores desperdigadas que agachaban la cabeza ante ella, el brillante azul y el resplandeciente blanco del cielo. Era una creación malvada, tentadora pero falsa.

Lanzó una última mirada de admiración a la ilusión. Se fijó en la depresión redondeada que, en el centro de las colinas, parecía marcar el contorno del techo plano del silo, por debajo del cual, enterrado profundamente en la tierra, se extendía un hogar habitable. La forma en que la tierra se alzaba a su alrededor hacía que pareciese que un dios hambriento hubiera sacado una gran cucharada de tierra. Con el corazón apesadumbrado, comprendió que el mundo en el que se había criado estaba cerrado para ella, que su casa y su hogar estaban a salvo tras unas puertas cerradas a cal y canto y que debía resignarse a su destino. La habían exiliado. Le quedaba poco tiempo. Así que dio la espalda a la vista sugerente y los brillantes colores para afrontar la imagen polvorienta, muerta y real.

Mientras descendía por la ladera, Juliette comprobó con cautela el aire de su traje. Sabía que Walker le había hecho un regalo de tiempo, un tiempo del que ningún limpiador había disfrutado antes que ella, pero ¿cuánto? ¿Y para qué? Ya había conseguido su objetivo, se había colocado más allá del alcance de los sensores, así que ¿para qué continuar caminando, para qué seguir descendiendo por aquella colina desconocida? ¿Era por inercia? ¿Por la fuerza de la gravedad? ¿Por la atracción de lo desconocido?

Apenas había comenzado el descenso en dirección a la ciudad en ruinas cuando se detuvo para contemplar el paisaje desconocido. Su posición elevada le permitía elegir el camino de su último descenso, aquel paseo hacia el cadalso entre elevadas dunas de tierra reseca. Y fue entonces cuando, al dirigir la mirada hacia la ciudad oxidada, se dio cuenta de que la presencia del silo en la cuenca que ocupaba no era accidental. En las colinas que se extendían hasta perderse en la distancia se podía divisar un evidente patrón. Una cuenca circular tras otra, rodeadas por paredes de tierra que parecían levantadas como para proteger de los vientos cáusticos los huecos dejados por las cucharadas de tierra del gigante.

Juliette reflexionó sobre esto mientras descendía hacia la cuenca con pisadas cautelosas. Apartaba las piedras más grandes de una patada y controlaba la respiración. Su experiencia trabajando en los pozos inundados del fondo del silo, entre el lodo que rehuían hombres fornidos mientras ella desatascaba los desagües, le había enseñado que cuando uno estaba calmado consumía menos oxígeno. Levantó la mirada y se preguntó si habría aire suficiente en el traje para cruzar aquella cuenca hasta llegar a la siguiente colina.

Y entonces reparó en la esbelta torre que se alzaba en el centro de la cuenca, cuyas partes metálicas resplandecían a la débil luz del sol. Allí el paisaje no estaba contaminado por el programa de su visor. La realidad atravesaba el casco inmaculada. Al ver aquello, la conocida torre de sensores, se preguntó si se habría desorientado mientras contemplaba el paisaje en lo alto de la colina y, en realidad, había dado la vuelta y estaba regresando al silo.

La imagen de un limpiador muerto que se descomponía sobre la tierra parecía confirmar que era así. Se trataba de un mero contorno, los restos hechos jirones de un antiguo traje y lo que quedaba de un casco.

Se detuvo, y al tocar la bóveda del casco con la punta de la bota el cascarón se desmoronó y cedió. La carne y los huesos que contuvo en su día se los había llevado el viento hacía mucho.

Juliette buscó a la pareja dormida con la mirada, pero la barranca formada por las dos colinas no estaba por ninguna parte. De repente se sintió confundida y perdida. Se preguntó si el aire habría penetrado al fin los sellos y la cinta térmica, si su cerebro estaría sucumbiendo a los vapores tóxicos, pero no era así. Se encontraba más cerca de la ciudad, de aquel horizonte de moles cuyas cimas aparecían aún enteras y resplandecientes, por delante de un cielo azul y moteado de nubes brillantes.

Lo que quería decir que la torre que había allí abajo... no era la suya. Y aquellas dunas, aquellos grandes montículos de tierra, no estaban allí para bloquear los vientos o contener la venenosa atmósfera. Estaban allí para protegerlos de ojos curiosos. Para impedir que aquella imagen, aquella vista, fuese captada por otros.

35

... una, dos y la tercera en el pecho.

Lukas sujetaba la pequeña caja contra su pecho mientras subía hacia el rellano del treinta y ocho. Se trataba de un piso de uso mixto, con oficinas, tiendas, una fábrica de plásticos y una de las pequeñas plantas de tratamiento de aguas. Cruzó la puerta y corrió por pasillos que la limpieza del día había dejado vacíos hasta llegar a la sala de calderas principal. Su llave maestra de Informática le permitió acceder. La habitación contenía un alto soporte de ordenadores que había revisado el martes, durante el mantenimiento programado. Dejó la luz apagada para que los transeúntes no pudiesen ver nada a través de la pequeña ventanilla de la puerta. Se introdujo entre el soporte de los servidores y la pared, se sentó en el suelo y sacó la linterna del mono.

A la tenue luz rojiza de su lámpara nocturna abrió delicadamente la tapa de la caja y examinó su contenido.

La sensación de culpa fue inmediata. Se abrió paso a través del afán, la emoción del descubrimiento, de la intimidad. No fue por haber desafiado a su jefe o haberle mentido al ayudante Marsh, ni por retrasar la entrega de unos objetos cuya importancia le habían dejado muy clara. Fue por la violación de las cosas de ella. El recuerdo de la suerte que había corrido. Lo que tenía allí eran los restos de Juliette. No su cuerpo, ya desaparecido y perdido, sino los recuerdos de la vida que había llevado.

Aspiró hondo y pensó en cerrar la tapa y olvidarse de lo que contenía, pero entonces se acordó de lo que sucedería con ellos de todos modos. Probablemente serían sus amigos de Informática los que hurgarían en ellos. Abrirían la caja y se intercambiarían sus contenidos como niños con una caja de caramelos. La profanarían.

Así que terminó de abrir la tapa, decidido a honrarla.

Ajustó la luz y vio un montón de cupones atados con un alambre. Los sacó y los revisó. Eran cupones de vacaciones. A docenas. Se los llevó a la nariz, intrigado por el intenso olor a grasa que emanaba de la caja.

Bajo los cupones había algunas tarjetas de comida caducadas y asomaba la esquina de una chapa de identificación. Lukas alargó la mano hacia la chapa, con el código plateado que correspondía al cargo de comisaria. Buscó otra entre las distintas tarjetas que había allí, pero parecía que aún no la habían reemplazado por una del color que utilizaba Mecánica, fuera el que fuese. No había transcurrido demasiado tiempo entre que la despidieran por un delito y la condenaran a muerte por otro.

Dedicó un momento a estudiar la fotografía de la chapa. Parecía reciente y mostraba a Juliette tal como la recordaba. Llevaba el pelo recogido en una coleta y estirado hacia atrás. Al ver los mechones sueltos que se le escapaban a un lado y otro de la cabeza, se acordó de la primera noche que la había visto trabajar, cómo se había recogido el pelo mientras, sentada a solas en una esfera de luz, pasaba las páginas de aquellas carpetas suyas.

Pasó los dedos sobre la fotografía y se echó a reír al ver su expresión. Tenía la frente arrugada y los ojos entornados, como si estuviera intentando averiguar lo que pretendía el fotógrafo o por qué demonios tardaba tanto. Se tapó la boca para impedir que la risa se transformara en sollozos.

Los cupones volvieron a la caja, pero la chapa de identificación acabó en el bolsillo del pecho de su mono, como impulsada por la voluntad tenaz de la propia Juliette. Lo siguiente que le llamó la atención fue una multiherramienta plateada de aspecto nuevo, un modelo ligeramente distinto a la suya. La cogió y se inclinó ligeramente hacia adelante para sacar su propia herramienta del bolsillo trasero. Para compararlas, abrió algunas de las aplicaciones y comprobó con admiración la suavidad con la que se deslizaban y encajaban en sus respectivas posiciones. Tras limpiar un poco la suya para borrarle las huellas y los restos del revestimiento de plástico de los cables, las intercambió. Decidió que sería mejor que se llevase la de ella antes que permitir que acabase perdida en un almacén o manoseada por un desconocido que no sabría apreciarla...

El ruido de unos pasos y unas carcajadas lo dejó petrificado. Contuvo el aliento mientras esperaba a que entrara alguien en la sala, a que se encendiesen las luces del techo. A su lado, el servidor emitía chasquidos y zumbidos. El ruido en el pasillo fue remitiendo y las risas se perdieron en la distancia.

Estaba forzando su suerte y lo sabía, pero la caja contenía aún más cosas. Volvió a mirar dentro y encontró una valiosa antigüedad, una elegante cajita de madera. Era ligeramente más grande que la palma de su mano y tardó un momento en averiguar cómo se abría. Lo primero que vio al retirar la tapita deslizante fue un anillo, un anillo de compromiso de mujer. Puede que fuese de oro macizo, pero era difícil de decir. Los colores tendían a confundirse bajo la luz roja de su linterna y todo parecía apagado y desprovisto de vida.

Buscó una inscripción, pero no la encontró. Era una joya curiosa. Estaba seguro de que Juliette no lo llevaba cuando se conocieron y se preguntó si la habría heredado de algún pariente o procedería de antes del levantamiento. Volvió a dejarlo en la caja de madera y sacó el otro objeto que contenía, una especie de brazalete. No, no era un brazalete. Al examinarlo mejor se dio cuenta de que era un reloj de pulsera, con una esfera tan diminuta que se confundía con el diseño de la correa. Lukas estudió la esfera y, al cabo de un instante, pensó que o sus ojos o la luz roja de la linterna estaban jugándole una mala pasada. ¿No? Acercó la mirada para asegurarse y vio que una de las manecillas, tan fina que parecía imposible, se movía. El reloj funcionaba.

Sin pararse a pensar en las dificultades que entrañaría ocultar un objeto así o las consecuencias de que lo descubrieran con él, Lukas se lo guardó en el bolsillo del pecho. Miró el anillo, solo en la caja, y tras titubear un momento lo cogió y también se lo guardó. Introdujo la mano en la caja de cartón, sacó algunos cupones sueltos que había en el fondo y los colocó en el interior de la cajita antigua antes de cerrarla y volver a guardarla.

¿Qué estaba haciendo? Sentía cómo le corría un reguero de sudor desde la cabeza hasta la barbilla. El calor que emanaba de la parte posterior del ordenador parecía intensificarse. Ladeó la cabeza y levantó el hombro para rascarse el picor provocado por el sudor. Había más cosas en la caja y no pudo contenerse: tenía que seguir mirando.

Encontró un pequeño cuaderno y lo hojeó. Contenía varias listas de tareas pendientes, una tras otra, cada una de ellas minuciosamente tachada. Volvió a dejarla donde estaba y metió la mano en la caja para sacar un trozo de papel doblado que había al fondo, pero entonces se dio cuenta de que no era un solo trozo. Se trataba de un grueso fajo de hojas sujetas con presillas de bronce. Sobre la tapa, con una letra muy parecida a la del cuaderno, alguien había escrito: «Manual de manejo de la sala de control del generador».

El interior estaba lleno de diagramas inescrutables y notas escritas con una letra apretujada en los márgenes. Parecía algo hecho por ella misma, bien para no olvidarse del funcionamiento de la sala con el paso del tiempo, o bien como guía para otros. Vio que el papel ya había sido utilizado en el pasado, pero sin que después de ese primer uso lo convirtieran en pasta. Le dio la vuelta y pasó por la mirada sobre las líneas de texto impreso que cubrían el otro lado. Había notas en los márgenes y un nombre rodeado con un círculo una y otra vez: Juliette. Juliette. Juliette.

Volvió a darle la vuelta, y al abrirlo se encontró con que era la portada original. *La trágica historia de Romeo y Julieta*, decía el título. Era una obra de teatro. Una obra de la que Lukas había oído hablar. Frente a él, en el interior del servidor, se puso en marcha un ventilador que empezó a refrigerar los recalentados chips de alambre y silicio. Lukas se limpió el sudor de la frente y volvió a guardar la obra de teatro en la caja. Ordenó con pulcritud los demás objetos y colocó de nuevo la tapa de cartón en su sitio. Tras incorporarse, apagó la linterna y se la metió en el bolsillo, donde quedó guardada junto a la multiherramienta de Juliette. Con la caja bajo el brazo, se dio unas palmaditas en el pecho y sintió la presencia del reloj, el anillo y la chapa de identificación de Juliette con su foto. Todos junto a su pecho.

Negó brevemente con la cabeza. Se preguntó en qué demonios estaría pensando mientras salía a hurtadillas de la sala pequeña y oscura, observado sólo por un alto panel de luces parpadeantes.

36

¡Ojos, mirad por última vez!
¡Brazos, dad vuestro último abrazo!
Y labios, puertas del aliento,
¡sellad con un beso un trato perpetuo con la ávida Muerte!

Los cuerpos estaban por todas partes. Cubiertos de polvo y de tierra, con los trajes carcomidos por los agentes tóxicos que vivían en los vientos. Juliette tropezaba con ellos, cada vez más numerosos hasta que se hicieron constantes, una masa de rocas amontonadas. Algunos llevaban trajes similares al suyo, pero la mayoría sólo se cubrían con unos harapos tan deshilachados que eran meras serpentinas. Cuando el viento soplaba entre sus botas y los cuerpos, las tiras de tela se ondulaban como las algas de las piscifactorías de los subterráneos. Incapaz de sortearlos a todos, tuvo que pisar algunos restos para acercarse a la torre de sensores. Posiblemente la cuenta de cadáveres alcanzase centenares, si no miles.

No eran los habitantes de su silo, comprendió. La idea, aunque obvia, resultaba asombrosa. Otras personas. El hecho de que estuviesen muertas no atenuaba en modo alguno la devastadora realidad de que había gente viviendo tan cerca de ella sin que nunca lo hubiese sabido. De algún modo, Juliette había atravesado un vacío inhabitable, había pasado de un universo a otro, posiblemente por primera vez en la historia, para llegar hasta allí, a un cementerio de almas extranjeras, de gente como ella que había vivido y muerto en un mundo muy similar y muy próximo al suyo.

Caminó entre cadáveres tan amontonados como los guijarros del suelo, cuyos cuerpos eran imposibles de distinguir entre sí. Estaban amontonados hasta gran altura y tenía que escoger su camino con cuidado. Al acercarse a la rampa de descenso de este otro silo no le quedó más remedio que arrastrarse por encima de un cuerpo o dos para poder avanzar. Era como si hubiesen tratado de escapar y se hubieran subido unos encima de otros, creando pequeños montículos en un desesperado intento por alcanzar las colinas de verdad. Pero entonces, al llegar por fin a la rampa de descenso, vio la inmensa cantidad de cuerpos amontonados junto a la puerta de acero de la esclusa y comprendió que lo que estaban intentando era volver a entrar.

De repente, su propia e inminente muerte cobró un aspecto aún más amenazante, como una sensación percibida de manera constante, grabada en su piel e intensamente sentida en todos los poros. Muy pronto se uniría a aquellos cuerpos, pero, por alguna razón, no tenía miedo. Había dejado atrás ese miedo en la cima de la colina y ahora se encontraba en una tierra nueva, viendo cosas nuevas, un regalo terrible por el que debía dar gracias. La curiosidad la impulsaba hacia adelante. O puede que fuese la visión de aquella muchedumbre petrificada, sumida en afanoso descenso, una marea de cuerpos cuyo oleaje avanzaba hacia las puertas.

Nadó entre ellos. Los vadeó cuando tuvo que hacerlo. Pisó entre cuerpos rotos y huecos, apartó a patadas huesos y restos hechos jirones y se abrió caminó luchando entre ellos hasta las puertas entreabiertas. Había una figura atrapada entre sus dientes de hierro, con un brazo dentro y otro fuera, un grito atrapado en un rostro grisáceo y consumido y las dos cuencas oculares vacías y abiertas de par en par.

Juliette era una de ellos, una de aquellos otros. Estaba muerta, o casi. Pero mientras ellos habían quedado petrificados en su movimiento, ella aún avanzaba. Por el camino que le mostraban. Tiró del cuerpo para sacarlo de la puerta, ensordecida por el atronador ruido de su propia respiración dentro del casco y con la pantalla velada por el vaho de la neblina de sus exhalaciones. La mitad del cuerpo cedió y la otra mitad se desplomó al otro lado. Una neblina de carne pulverizada quedó flotando en el hueco.

Metió uno de los brazos y trató de introducirse de lado. El hombro pasó, seguido por la pierna, pero no por el casco. Movió la cabeza y volvió a intentarlo... y el casco quedó encajado entre las puertas. Durante un momento de pánico sintió que las fauces de acero le agarraban la cabeza y, sujetándola por el casco, la dejaban casi suspendida en el aire. Introdujo el brazo por la abertura tratando de llegar al otro lado, de encontrar algún asidero del que tirar para liberarse, pero tenía el torso atrapado. Una pierna había quedado dentro y otra fuera. No había dónde apoyarse o agarrarse para empujar o tirar. Estaba atrapada y no podía hacer otra cosa que agitar inútilmente el brazo que había quedado en el interior mientras, en su frenesí, consumía el poco aire que le quedaba.

Trató de introducir el segundo brazo. No podía girar la cintura, pero sí doblar el codo y pasar los dedos entre el angosto espacio que separaba su barriga y la puerta. Cerró los dedos alrededor del borde del acero y tiró. Era imposible hacer palanca en un espacio tan estrecho. No contaba más que con la fuerza de sus dedos, de sus manos. De repente sintió que no quería morir, no allí. Cerró la mano y los dedos apresaron el borde de aquellas fauces de acero. La tensión era tan fuerte que sintió que le estallaban los nudillos. Gritó. Dentro del casco, su cabeza daba sacudidas, como si quisiera embestir la condenada pantalla con la cara. Se retorció, empujó, tiró... y de repente quedó libre.

Cayó de bruces al interior de la esclusa. Una de sus botas quedó atrapada por un instante en la puerta y, agitando los brazos para tratar de recobrar el equilibrio, pisoteó un montón de huesos carbonizados que levantaron una nube negra de cenizas. Eran los restos de los que habían quedado atrapados en el fuego purificador de la esclusa. Juliette se encontraba en una sala carbonizada, tan parecida a la que había abandonado hacía poco que daba escalofríos. En su mente exhausta y confundida daban vueltas y vueltas fantasías atroces. Puede que ya estuviese muerta y aquellos fueran los fantasmas que la estaban esperando. Puede que se hubiera quemado viva en la esclusa de su propio silo y aquello sólo fueran sus sueños enloquecidos, su manera de escapar del dolor, y estuviera condenada a vagar por allí para siempre.

Caminó a trompicones entre los restos desperdigados hasta llegar a la compuerta interior, donde pegó la cabeza a la portilla de cristal. Buscó a Peter Billings al otro lado, sentado en su escritorio. O tal vez un atisbo de Holston en el pasillo, un espectro en busca del fantasma de su esposa.

Pero no era la misma esclusa. Trató de calmarse. Se preguntó si se le estaría agotando el aire, si respirar sus propias emanaciones sería como aspirar los vapores de un motor encendido y le estaría consumiendo el cerebro.

La puerta estaba sellada. Era real. Aquellos cuerpos estaban muertos, pero ella no. Aún no.

Trató de girar la gran rueda de acero que controlaba la apertura de la puerta, pero estaba atrancada o cerrada desde dentro. Golpeó el cristal con la esperanza de que la oyera el comisario del silo o alguno de los trabajadores de la cafetería. El interior estaba a oscuras, pero no se podía quitar de la cabeza la idea de que debía de haber alguien allí dentro. La gente vivía dentro de los silos. No estaba amontonada a su alrededor.

Nadie respondió. No se encendió ninguna luz. Se apoyó en la gran rueda. Recordaba las explicaciones de Marnes sobre el funcionamiento de todos los mecanismos, pero aquellas lecciones parecían datar de una eternidad atrás, de un tiempo en el que no les había dado la menor importancia. Aunque sí recordaba algo: tras el baño de argón y el fuego, ¿no se abría la puerta automáticamente para que se pudiera limpiar a fondo la esclusa? Era algo que recordaba haberle oído decir a Marnes. Había bromeado con la posibilidad de que alguien volviese a entrar después de que el fuego hubiera hecho su trabajo. ¿Era verdad o se lo estaba inventando? ¿Era una vana esperanza creada por una mente casi sin oxígeno?

Sea como fuere, la rueda de la puerta no cedía. Juliette empujó con todas sus fuerzas, pero estaba atrancada. Retrocedió un paso. El banco que salía de la pared, donde se sentaban los limpiadores antes de salir a la muerte, resultaba muy tentador. La caminata y el esfuerzo que había hecho para entrar la habían dejado rendida. ¿Y para qué quería entrar, de todos modos? Miró en derredor, indecisa. ¿Qué estaba haciendo?

Necesitaba aire. Por alguna razón, creía que el silo podía tenerlo. Miró a su alrededor los huesos desperdigados de un número incontable de muertos. ¿Cuántos? Estaban demasiado revueltos para saberlo. Los cráneos, pensó. Si los contaba, lo sabría. Se sacó esa idea absurda de la cabeza. Definitivamente estaba perdiendo la cordura.

«La rueda de la puerta es una pieza rota —dijo una parte de ella que estaba perdiéndose por momentos—. Es un tornillo atascado.»

¿Y acaso no se había hecho famosa cuando era una sombra por su capacidad de sacar tornillos atascados?

Se dijo que era factible. Lubricante, calor y palanca. Eran los secretos para vencer a una pieza de metal que se negaba a ceder. No disponía de ninguno de ellos, pero de todos modos miró a su alrededor. Volver a atravesar la puerta exterior era impensable. Nunca podría repetirlo. Así que sólo contaba con aquella sala. El banco estaba sujeto a la pared y colgaba de dos cadenas. Juliette tiró de ellas, pero no sabía cómo podía sacarlas ni de qué le iban a servir aun en el caso de que lograra hacerlo.

En la esquina había una tubería que subía serpenteando en dirección a una serie de conductos. El argón debía de salir por allí, pensó. La rodeó con las manos, apoyó un pie en la pared y tiró.

La conexión con los conductos se movió. El aire tóxico la había corroído y debilitado. Juliette sonrió, apretó los dientes y volvió a tirar con ferocidad.

La tubería cedió en la base. Sintió una repentina sacudida de emoción, como una rata salvaje que se hubiera encontrado de pronto con un mendrugo de pan. Agarró la tubería por el extremo suelto y comenzó a moverlo de un lado a otro. Cualquier pieza de metal podía partirse si lograbas que se moviese aunque sólo fuera un poco y la zarandeabas el tiempo suficiente. Había sentido incontables veces el calor que emitía el acero reblandecido a medida que lo doblaba hasta conseguir que cediese.

El sudor que le cubría la frente brillaba a la escasa luz que dejaba entrar la pantalla del visor. Resbalaba por su nariz y empañaba la pantalla, pero ella lo ignoró y siguió tirando de un lado a otro, cada vez más frenética, más desesperada...

Y de pronto, para su sorpresa, la tubería se partió. Un chasquido casi imperceptible se coló hasta el interior de su casco y la alargada pieza de metal hueco quedó libre. Uno de los extremos estaba retorcido y aplastado, mientras que el otro era redondeado y tenía los bordes enteros. Juliette se volvió hacia la puerta, ya con una herramienta en la mano. Introdujo la tubería entre los radios de la rueda sin dejar que llegase a tocar la pared. La agarró con las dos manos, se estiró hasta tener el extremo a la altura de la cintura y, doblando el cuerpo sobre la tubería, apoyó el casco en la puerta. Dio un salto y dejó caer todo su peso sobre la palanca. Sabía que es necesario un movimiento brusco para sacar un tornillo atascado, no la aplicación de una fuerza constante. Se deslizó hacia el extremo de la tubería balanceando el cuerpo, y al ver que ésta se doblaba un poco, se dio cuenta de que corría el peligro de que se partiera antes de conseguir que la puerta cediese.

Al llegar al final, en posición de máxima palanca, levantó el cuerpo de nuevo y lo dejó caer con todas sus fuerzas. Masculló una maldición al sentir que la tubería cedía. Con un fuerte ruido metálico, apenas amortiguado por el traje, Juliette cayó al suelo y aterrizó dolorosamente sobre un codo.

La tubería había quedado doblada debajo de ella, clavándosele en las costillas. Trató de recobrar el aliento. El goteo del sudor sobre la pantalla del visor le emborronaba la vista. Al incorporarse vio que la tubería no estaba rota. Se preguntó si se habría salido, pero no, aún estaba encajada entre los radios de la enorme rueda.

Incrédula pero expectante, sacó la tubería por el otro lado. Cogió dos radios con las manos y se apoyó sobre ellos.

Y la rueda...

Cedió.

37

... pues este calor inflama la sangre.

Al llegar al final del pasillo, Walker se encontró con que terminaba la tranquilizadora estrechez de un corredor y comenzaba el amplio vestíbulo de Mecánica. La sala, constató, estaba repleta de jóvenes sombras. Formaban pequeños grupos que cuchicheaban entre sí. Tres jóvenes, acurrucados junto a una pared, se jugaban los cupones tirando piedras. Walker podía oír una docena de voces entrelazadas que salían del comedor que había al otro lado de la sala. Los jefes de las sombras habían echado de allí a los jóvenes mientras ellos discutían cosas de adultos. Respiró hondo y atravesó con rapidez el maldito espacio abierto, concentrándose en cada paso, en mover un pie detrás del otro, en la pequeña conquista que representaba cada pequeña franja de terreno atravesada...

Al cabo de una pequeña vida, finalmente se encontró con la pared del otro lado y se abrazó con alivio a los paneles de acero. Tras él, las sombras se reían, pero estaba demasiado aterrorizado como para que le importase. Avanzó paralelamente al acero sembrado de remaches hasta llegar al borde de la puerta del comedor, donde se agarró a la jamba y tiró de sí mismo. El alivio fue inmenso. Aunque el comedor era varias veces más grande que su taller, al menos estaba lleno a rebosar de mobiliario y gente a la que conocía. Con la espalda apoyada en la pared y el hombro junto a la puerta abierta, casi podía fingir ser más pequeño de lo que era en realidad. Resbaló hasta el suelo y allí descansó un momento, mientras los hombres y las mujeres de Mecánica discutían con voces airadas.

—De todos modos, a estas alturas ya se habrá quedado sin aire —estaba diciendo Rick en aquel momento.

—Eso no lo sabes —replicó Shirly. Se había subido a una silla para estar a la misma altura que los demás. Recorrió la sala con la mirada—. No sabemos qué avances han hecho.

—¡Porque no nos lo dicen!

—Puede que las cosas hayan mejorado fuera.

Este último comentario dejó la sala en silencio. A la espera, quizá, de comprobar si la voz se atrevía a hablar de nuevo y salía del anonimato. Walker estudió los ojos de los que miraban en su dirección. Los tenían todos muy abiertos, con una mezcla de miedo y emoción. La doble limpieza se había llevado consigo algunos tabúes. Habían echado de allí a las sombras. Los adultos se sentían audaces y libres para expresar en voz alta sus más prohibidos pensamientos.

—Pero ¿y si han mejorado? —insistió alguien.

—¿En dos semanas? ¡Os lo estoy diciendo, chicos, son los trajes! ¡Han perfeccionado los trajes! —Marck, un perforador, miró a todos los demás con rabia en los ojos—. Estoy seguro de ello —dijo—. Han perfeccionado los trajes y ahora tenemos una oportunidad.

—¿Una oportunidad para qué? —refunfuñó Knox. El canoso jefe de Mecánica, sentado a una de las mesas, devoraba el contenido de un cuenco—. ¿Una oportunidad para mandar a más de los nuestros a pasear por las colinas hasta que se queden sin aire? —Negó con la cabeza, tomó otro bocado y los señaló a todos con la cuchara—. Lo que tenemos que discutir ahora —continuó mientras masticaba— es este fraude de elecciones, este alcalde infecto que nos han impuesto mientras nosotros estamos aquí, encerrados en la oscuridad...

—No han perfeccionado los trajes —siseó Walker, aún sin aliento por el trance que acababa de pasar.

—Somos nosotros los que mantenemos este sitio en funcionamiento —continuó Knox mientras se mesaba la barba—. ¿Y qué recibimos a cambio? Dedos luxados y sueldos de mierda. ¡Y ahora se llevan a los nuestros para limpiar algo que a nosotros nos trae sin cuidado! —Dio un puñetazo tan fuerte sobre la mesa que el cuenco se levantó.

Walker se aclaró la garganta. Permaneció en cuclillas, con la espalda apoyada en la pared. Nadie lo había visto entrar ni había oído sus palabras la primera vez. Ahora, mientras la sala guardaba silencio, amedrentada por Knox, volvió a intentarlo.

—No han perfeccionado los trajes —repitió, esta vez con algo más de fuerza.

Shirly lo miró desde su silla. Se quedó boquiabierta. Señaló y media docena de cabezas se volvieron en la dirección que indicaba su dedo.

Todos lo miraron estupefactos. Walker seguía tratando de recobrar el aliento y debía de parecer al borde de la muerte. Courtnee, una joven fontanera que siempre se mostraba amable con él cuando pasaba por el taller, abandonó su asiento y corrió a su lado. Susurró su nombre con sorpresa, lo ayudó a levantarse y le dijo que se acercara a la mesa y se sentara.

Knox apartó el cuenco y dio una palmada sobre la mesa.

—Bueno, parece que ya se ha enterado todo el mundo, ¿eh?

Walker levantó la mirada con timidez. Por debajo de la barba, el viejo capataz le sonreía. Otras dos docenas de personas lo miraban fijamente, todas a la vez. Walker las saludó con poco entusiasmo y volvió a bajar la mirada hacia la mesa. De repente había demasiada gente.

—¿Tanto griterío te ha despertado, abuelo? ¿También tienes ganas de subir a ver las colinas?

Shirly bajó de la silla de un salto.

—Oh, Dios, cuánto lo siento. Me olvidé de llevarle el desayuno. —Corrió a la cocina para traerle algo de comer mientras Walker trataba de detenerla con un gesto. No tenía hambre.

—No es... —Se le quebró la voz. Volvió a intentarlo—. He venido porque me he enterado —susurró—. Jules. Ha desaparecido. —Hizo un gesto con la mano, como si sobrevolara una colina imaginaria que se alzara sobre la mesa—. Pero no han sido los de Informática los que han perfeccionado nada —dijo. Miró a Marck a los ojos y se tocó el pecho con la mano—. He sido yo.

Una conversación mantenida entre susurros en el rincón se interrumpió. Nadie dio un sorbo a su zumo, nadie pronunció palabra. Seguían asombrados por haber visto salir a Walker del taller y mucho más por encontrárselo allí, en medio de un grupo tan numeroso. La mayoría de ellos no eran lo bastante mayores como para haber presenciado la última vez que se produjo una circunstancia similar. Lo conocían como el electricista loco que vivía en una cueva y se negaba a tener otra sombra.

—¿Qué estás diciendo? —preguntó Knox.

Walker aspiró hondo. Se disponía a hablar cuando Shirly volvió y le puso delante un cuenco de copos de avena caliente, tan densos que la cuchara se mantenía reposando sobre ellos. Como a él le gustaba. Rodeó el cuenco con las dos manos y sintió que se propagaba el calor a través de ellas. De repente se sentía agotado por falta de sueño.

—¿Walk? —preguntó Shirly—. ¿Te encuentras bien?

Walker asintió, le hizo un ademán para que se apartara y entonces levantó la vista y miró a Knox a los ojos.

—Jules vino a verme el otro día. —Ladeó la cabeza, más seguro de sí mismo a cada instante que pasaba. Trató de ignorar la cantidad de gente que lo estaba mirando y el centelleo de las luces sobre sus ojos acuosos—. Tenía una teoría sobre esos trajes, sobre Informática. —Removió los copos con la cuchara mientras trataba de encontrar fuerzas para decir lo impensable. Pero a fin de cuentas, ¿qué edad tenía? ¿Qué le importaban a él los tabúes?—. ¿Os acordáis de la cinta térmica? —Se volvió hacia Rachele, que trabajaba en el primer turno y conocía bien a Juliette. La chica asintió—. Jules se dio cuenta de que la cinta no se deshacía por accidente. —Asintió en silencio—. Lo comprendió todo.

Tomó una cucharada. No tenía hambre, pero le gustaba la sensación de la cuchara caliente sobre la lengua. La habitación seguía en silencio, expectante. Los susurros y juegos de las sombras, fuera del comedor, apenas eran audibles.

—Llevo un montón de años trabajando con Suministros y me debían muchos favores —les explicó—. Muchísimos. Así que les pedí que me los pagaran. Les dije que estaríamos en paz. —Contempló a aquel grupo de hombres y mujeres de Mecánica. Podía oír que había más en el pasillo, gente que había llegado tarde y al encontrarse con la atmósfera que reinaba en la sala se había dado cuenta de que era mejor que guardara silencio—. No es la primera vez que metemos la mano en la cadena de suministro de Informática. Que me lo digan a mí. Los mejores cables y componentes electrónicos son para los que hacen los trajes...

—Esos cabrones de mierda... —murmuró alguien, y sus palabras recibieron la silenciosa sanción de algunos cabeceos afirmativos.

—Así que pedí a Suministros que me hicieran un favor. En cuanto me enteré de que tenían a Jules... —Hizo una pausa y se secó los ojos—. En cuanto me enteré, les mandé mensajes para pedirles que me devolvieran los favores que me debían. Para que reemplazaran todos los componentes que les pidieran esos cabrones por componentes nuestros. Los de mejor calidad. Sin que ellos se enteraran.

—¿Qué has dicho? —preguntó Knox.

Walker asintió varias veces. Se sentía bien al dejar salir la verdad.

—Han estado fabricando trajes diseñados para fallar. Y no porque las cosas no estén mal ahí fuera, no se trata de eso. Sino porque no quieren que nadie llegue muy lejos, por eso. —Removió los copos de avena—. Nos quieren aquí cerquita, donde puedan vernos.

—¿Así que ella sigue viva? —preguntó Shirly.

Walker frunció el ceño y negó lentamente con la cabeza.

—Ya os lo dije, chicos —apuntó alguien—. A estas alturas se le habrá acabado el aire.

—De todas maneras ya estaba condenada —replicó alguien, y la discusión de antes volvió a comenzar—. ¡Esto sólo quiere decir que son unos hijos de puta!

Walker no podía sino estar de acuerdo con esta última afirmación.

—A ver, que todo el mundo se tranquilice —rugió Knox. Pero él parecía el menos tranquilo de todos. Ahora que el momento de silencio parecía haber terminado, otros obreros aprovechaban para entrar en la sala. Se reunieron alrededor de la mesa con las caras mostrando preocupación.

—Así —dijo Walker para sus adentros al ver lo que estaba sucediendo, lo que había comenzado. Contempló cómo se enfurecían sus amigos y compañeros de trabajo, cómo lanzaban al aire sus preguntas, indignados —. Así —volvió a decir mientras sentía cómo se iba preparando, listo para estallar—. Así, así, así...

Courtnee, que aún seguía a su lado, cuidándolo como si fuese un inválido, lo agarró por la muñeca con sus manos delicadas.

—¿Qué pasa? —preguntó. Intentó acallar a los demás con gestos para poder oírlo. Se acercó a Walker—. Walk, dime, ¿qué es así? ¿Qué pasa? ¿Qué intentas decir?

—Así es como empieza —susurró él, con la sala de nuevo en silencio. Miró todas las caras, las estudió y vio en su furia, en todos los tabúes caídos, que tenía razón en sus temores—. Así es como empieza el levantamiento.

38

... su penuria lo había enflaquecido.
Y por los estantes, un número exiguo de cajas vacías.

Lukas llegó al piso treinta y cuatro sin aliento, aferrando la pequeña caja, más exhausto por las leyes que había quebrantado que por el esfuerzo de subir la escalera, al que estaba acostumbrado. Aún podía sentir en la boca el regusto metálico que se le había quedado tras ocultarse detrás de los servidores para curiosear entre las cosas de Juliette. Se dio unas palmaditas en el pecho y al hacerlo sintió los objetos que había allí y los latidos acelerados de su corazón.

Tras recobrar un poco la compostura, alargó la mano hacia las puertas de Informática, pero en ese mismo momento se abrieron por sí solas y estuvieron a punto de partirle uno de los nudillos. Sammi, un técnico al que conocía, salió precipitadamente y pasó a su lado como una exhalación. Lukas lo llamó por su nombre, pero el veterano técnico ya se había perdido de vista escaleras arriba.

En el vestíbulo reinaba un enorme revuelo. Se oían voces alteradas por todas partes. Lukas entró con cautela, sin saber a qué venía todo aquello. Mantuvo la puerta abierta con el codo y entró en la sala con la caja apretada contra el pecho.

La mayoría de los gritos, según parecía, procedían de Bernard. El jefe de Informática, junto a las puertas, interpelaba a voces a todos los técnicos que veía. Cerca de él, Sims, director de seguridad de Informática, chillaba de manera similar a tres hombres vestidos con mono gris. Lukas permaneció paralizado junto a la puerta, intimidado por el colérico dúo.

Al verlo allí, Bernard dejó de gritar al instante y avanzó entre los amilanados técnicos en su dirección. Lukas abrió la boca para decir algo, pero su jefe no estaba tan interesado en él como en lo que llevaba en las manos.

—¿Esto es todo? —preguntó Bernard mientras le arrebataba la caja.

—¿Todo...?

—¿Todo lo que poseía esa grasienta cabe en esta puta cajita? —Bernard levantó la tapa—. ¿No hay nada más?

—Eh... Esto es lo que me han dado —balbuceó Lukas—. Marsh ha dicho que...

—Sí, el ayudante ha mandado un mensaje para avisar de lo de sus calambres. De verdad, el Pacto debería estipular alguna limitación por edad para esos puestos. ¡Sims! —Bernard se volvió hacia su jefe de seguridad—. A la sala de juntas. Vamos.

Lukas señaló la compuerta de seguridad y la sala de servidores que había al otro lado.

—Supongo que será mejor que yo...

—Ven conmigo —lo interrumpió Bernard mientras le pasaba un brazo alrededor de los hombros y se los estrechaba amistosamente—. Quiero que estés presente. Parece que cada vez hay menos técnicos en los que pueda confiar.

—¿No me quiere en los servidores? Ha habido un problema con la torre trece...

—Eso puede esperar. Esto es más importante. —Bernard lo llevó hacia la sala de juntas precedido por el corpachón de Sims.

El jefe de seguridad abrió la puerta y la mantuvo así para dejarlos pasar. Cuando Lukas pasó por delante de él lo miró con el ceño fruncido. El joven se estremeció al cruzar el umbral. Podía sentir los regueros de sudor que le corrían por el pecho y el calor de la culpabilidad en las axilas y alrededor del cuello. De repente se imaginó a sí mismo arrojado sobre la mesa, inmovilizado y cacheado. Encontrarían las cosas que había robado y las agitarían delante de su cara...

—Siéntate... —le ordenó Bernard. Dejó la caja sobre la mesa y, con la colaboración de Sims, comenzó a extraer todo lo que contenía mientras Lukas tomaba asiento en una silla.

—Cupones de vacaciones —dijo Sims mientras los sacaba. Lukas vio que la musculatura de sus brazos se tensaba al menor movimiento. Sims había sido técnico en el pasado, hasta que el desarrollo de su cuerpo lo convirtió en el candidato perfecto para otro tipo de tareas menos cerebrales. Se llevó los cupones a la nariz, los olisqueó y apartó la cara—. Huele como esos grasientos sudorosos —refunfuñó.

—¿Falsificados? —preguntó Bernard.

Sims negó con la cabeza. Bernard estaba inspeccionando la cajita de madera. La sacudió y, al golpetearla con los nudillos, oyó el traqueteo de los cupones que contenía. Examinó el exterior en busca de bisagras o cierres.

Por un momento Lukas estuvo a punto de decirle que era una tapa deslizante, de una manufactura tan delicada que apenas se veía la juntura y que hacía falta mucha maña para moverla. Bernard murmuró algo y dejó la cajita a un lado.

—¿Qué está buscando exactamente? —preguntó Lukas. Se inclinó hacia adelante, cogió la caja y fingió que la examinaba por primera vez.

—Cualquier cosa. Una pista, joder —replicó Bernard con voz alterada mientras fulminaba a Lukas con la mirada—. ¿Cómo ha logrado llegar esa grasienta hasta la colina? ¿Ha sido algo que hizo ella? ¿Uno de mis técnicos? ¿Qué?

Lukas seguía sin comprender su enfado. ¿Qué más daba que no hubiera limpiado? De todos modos había sido una doble limpieza. ¿Estaría tan furioso porque no comprendía cómo había podido sobrevivir tanto tiempo? Aquello sí podría entenderlo. Cuando reparaba en algo por accidente se ponía casi tan nervioso como cuando se producía una avería. Y había visto a Bernard enfadado otras veces, pero esto era algo distinto. El hombre estaba lívido. Literalmente enloquecido. Que era exactamente como se sentiría Lukas de haber tenido un éxito sin precedentes y sin causa a la que atribuirlo.

Sims, entretanto, había encontrado el cuaderno y comenzó a hojearlo.

—Oiga, jefe...

Bernard se lo arrebató de las manos y comenzó a pasar páginas y a leer su contenido.

—Alguien tendrá que examinar todo esto. —Se empujó las gafas por el puente de la nariz—. Puede que aquí haya algún indicio de confabulación...

—Eh, miren —les llamó la atención Lukas mientras señalaba la cajita—. Se abre —dijo al tiempo que les mostraba la tapa deslizante.

—A ver eso. —Bernard dejó el cuaderno sobre la mesa y le arrebató la caja de madera de las manos. Arrugó la nariz—. Sólo cupones —masculló con tono de rabia.

Los dejó caer sobre la mesa e hizo ademán de tirar la cajita a un lado, pero Sims la cogió antes de que pudiera hacerlo.

—Es una antigüedad —dijo el hombretón—. ¿Cree que es una pista o puedo...?

—Sí, quédatela, claro. —Bernard agitó los brazos hacia el ventanal, desde donde se veía la sala de entrada—. A fin de cuentas, tampoco está pasando nada importante, ¿verdad, cerebro de mosquito?

Sims se encogió de hombros con indiferencia mientras se metía la cajita en el bolsillo. Lukas sentía deseos desesperados de estar en cualquier otra parte, en cualquier otro rincón del silo salvo aquél.

—Puede que simplemente tuviese suerte —conjeturó Sims.

Bernard estaba vaciando el resto de la caja sobre la mesa. Tuvo que sacudirla para que cayera el manual, que, como Lukas sabía perfectamente, estaba encajado en el fondo. Interrumpió un momento su labor y miró a Sims por encima de las gafas.

—Suerte —repitió Bernard.

Sims ladeó la cabeza.

—Largo de aquí —le dijo Bernard.

Sims asintió.

—Vale, sí.

—¡Lo estoy diciendo en serio! —Bernard señaló la puerta—. ¡Que salgas, joder!

El jefe de seguridad sonrió como si aquello tuviese gracia, pero aun así se encaminó pesadamente a la puerta. Salió de la sala y cerró con delicadeza.

—Estoy rodeado de imbéciles —masculló Bernard una vez que se quedaron a solas.

Lukas supuso que aquello no era un insulto dirigido a su persona.

—Mejorando lo presente —añadió el jefe de Informática, como si le hubiera leído la mente.

—Gracias.

—Bueno, al menos tú eres capaz de arreglar un puto servidor. ¿Para qué coño pago a los inútiles de mis otros técnicos, joder?

Volvió a subirse las gafas por el puente de la nariz mientras Lukas trataba de recordar si alguna vez había oído hablar de aquel modo al jefe de Informática. Creía que no. ¿Sería la tensión de ocupar interinamente la alcaldía? Algo había cambiado. Hasta le costaba seguir viendo a Bernard como un amigo. Ahora era un hombre mucho más importante, mucho más atareado. Puede que el estrés que acarreaban sus nuevas responsabilidades, el dolor de tener que ser el que enviaba buenas personas a hacer la limpieza, estuviera pasándole factura...

—¿Sabes por qué nunca he tenido una sombra? —preguntó Bernard. Al pasar las páginas del manual se percató de la presencia de la obra impresa al otro lado y le dio la vuelta. Miró un momento a Lukas, que levantó las manos y se encogió de hombros.

»Porque me echo a temblar cuando pienso en dejar este lugar en manos de otro.

Lukas asumió que se refería a Informática, no al silo. No llevaba demasiado tiempo como alcalde.

Bernard dejó la obra sobre la mesa y dirigió la mirada hacia la ventana, donde unas voces amortiguadas habían reanudado su discusión.

—Pero tendré que hacerlo un día de éstos. Estoy en esa edad donde tus amigos, la gente con la que te has criado, empiezan a caer como moscas, mientras tú sigues siendo lo bastante joven como para fingir que a ti no te va a suceder.

Sus ojos se posaron sobre Lukas. El joven técnico se sentía incómodo a solas con Bernard. Era algo que jamás le había ocurrido.

—Ha habido silos que han ardido hasta los cimientos por culpa del orgullo desmedido de un solo hombre —le aseguró Bernard—. Lo único que hace falta es un error de planificación, la idea de que estarás ahí para siempre, porque cuando desaparece un hombre —chasqueó los dedos— dejando un vacío tras de sí, puede ser suficiente para acabar con todo.

Lukas se moría de ganas de preguntarle a su jefe de qué diablos estaba hablando.

—Hoy es ese día, creo. —Bernard rodeó la alargada mesa de juntas dejando tras de sí los restos desperdigados de la vida de Juliette.

La mirada de Lukas sobrevoló los objetos. La culpa que había sentido antes por curiosear entre ellos se desvaneció al ver cómo los había tratado Bernard. Ahora sólo lamentaba no haberse quedado más cosas.

—Lo que necesito es alguien que ya tenga acceso a los servidores —dijo Bernard. Lukas volvió la cabeza hacia un lado y vio que el menudo y orondo jefe de Informática se encontraba justo detrás de él. Se llevó la mano al bolsillo del pecho para asegurarse de que no se abría y le mostraba a Bernard lo que no debía.

—Sammi es un buen técnico. Confío en él, pero es casi tan viejo como yo.

—No es usted tan viejo —lo rebatió Lukas tratando de mostrarse amable mientras intentaba comprender lo que estaba sucediendo.

—No hay muchos a los que pueda considerar amigos —afirmó Bernard.

—Se lo agradezco...

—Posiblemente tú seas el único...

—Lo mismo digo.

—Conocí a tu padre. Era un buen hombre.

Lukas tragó saliva y asintió. Levantó la mirada hacia Bernard y entonces se dio cuenta de que estaba tendiéndole la mano. Llevaba así un rato. Alargó la suya para estrechársela, sin saber muy bien qué era lo que le estaban ofreciendo.

—Necesito una sombra, Lukas. —La mano de Bernard parecía muy pequeña en la suya. Ante su atenta mirada, el brazo de su jefe se movió arriba y abajo—. Y quiero que seas tú.

39

Prudente y despacio. Quien corre, tropieza.

Juliette se abrió paso por la puerta interior de la esclusa y la empujó con todas sus fuerzas para cerrarla a su espalda. Una oscuridad asfixiante la envolvió cuando la puerta, con un chirrido de los goznes, se posó sobre los sellos resecos. Buscó a tientas la gran rueda de cierre y apoyó todo el peso de su cuerpo sobre los radios para girarla y sellar la compuerta.

El aire del interior de su traje estaba enrarecido. Comenzaba a sentir que el mareo se apoderaba de ella. Se volvió y, con una mano pegada a la pared, echó a andar a ciegas en la oscuridad. La bocanada de aire exterior que había dejado entrar parecía arañarle la espalda como un enjambre de insectos enloquecidos. Juliette avanzó a trompicones por el pasillo, sin ver nada, tratando de interponer toda la distancia posible entre ella y los cadáveres que había dejado atrás.

No había luces encendidas, y el brillo de las pantallas de la pared, con sus vistas del mundo exterior, no se veía por ninguna parte. Rezó para que la distribución fuese la misma que en su silo, para que pudiera orientarse. Rezó para que el aire de su traje aguantase unos instantes más, para que la atmósfera del silo no fuese tan ponzoñosa y tóxica como los vientos del exterior. O —lo que sería igualmente malo— para que en el silo no quedase tan poco oxígeno como en el interior de su traje.

Sus manos rozaron los barrotes de una celda en el lugar donde esperaba que estuvieran. Sus esperanzas de poder orientarse en la oscuridad revivieron. No sabía muy bien lo que esperaba encontrar en aquella negrura —no tenía ningún plan para salir de ésta—, simplemente estaba huyendo como mejor podía de los horrores del mundo exterior. Apenas era consciente de que había estado allí, había salido al exterior y ahora se encontraba en un sitio nuevo.

Mientras avanzaba a tientas por la oficina, inhalando las últimas bocanadas de aire que contenía su casco, sus pies tropezaron con algo y Juliette cayó de bruces al suelo. Aterrizó bruscamente sobre un fardo blando, lo palpó con la mano y sintió la forma de un brazo. Un cuerpo. Varios cuerpos. Juliette reptó sobre ellos. La carne esponjosa parecía más humana y firme que los restos resecos y los huesos del exterior y resultaba más difícil desplazarse sobre ella. Palpó la barbilla de alguien. El peso de su cuerpo hizo que se doblara un cuello ajeno y estuvo a punto de perder el equilibrio. Su cuerpo, asqueado, intentó huir de la sensación de lo que estaba haciendo, impelido por el reflejo de pedir disculpas, de apartar los miembros, pero se obligó a avanzar sobre una montaña de ellos a través de la oscuridad, hasta que su casco chocó con la puerta de la oficina.

El golpe, totalmente inesperado, le hizo ver las estrellas y, por un instante, tuvo miedo de perder el sentido. Alargó la mano y buscó a tientas el picaporte. La oscuridad era tan completa que parecía como si le hubiesen cosido los párpados. Ni siquiera en las entrañas de Mecánica había visto nunca unas tinieblas tan profundas y perfectas.

Encontró el picaporte y lo giró. La puerta no estaba cerrada con llave, pero aun así no cedía. Juliette se puso en pie clavando las botas en cuerpos sin vida y embistió la puerta con el hombro. Sólo quería salir de allí.

La puerta se movió. Un poco. Al sentir que algo resbalaba por el suelo al otro lado, se imaginó que habría más cuerpos amontonados. Volvió a abalanzarse sobre la puerta, profiriendo gruñidos de esfuerzo y pequeños gritos de frustración que resonaban en el interior de su casco. Tenía el pelo suelto, sudoroso y pegado a la cara. No podía ver. No podía respirar. Estaba envenenando su propia atmósfera interna y comenzaba a sentir que se desvanecía.

Cuando por fin logró una abertura lo bastante grande, trató de meterse a la fuerza. Primero introdujo un hombro, luego el casco y por fin el otro brazo y la otra pierna. Cayó al suelo, se dio la vuelta y se arrojó contra la puerta para cerrarla.

Había una luz muy tenue allí, tan tenue que al principio resultaba casi imperceptible. A su alrededor percibió una barricada de sillas y mesas que había amontonado en su afán por entrar. Sus bordes duros y sus patas alargadas y finas parecían empeñados en hacer que tropezara.

Juliette oyó los resoplidos ahogados de su propia respiración y supo que se le estaba agotando el tiempo. Imaginó que el veneno la cubría de arriba abajo como una capa de grasa. El aire tóxico que había dejado entrar era un enjambre de alimañas que esperaba a que saliera reptando de su cascarón para poder devorarla.

Pensó en tumbarse y dejar que se le agotara el suministro de aire. Quedaría preservada en aquella crisálida en forma de traje, un traje bien fabricado, el regalo de Walker y de la gente de Suministros. Su cuerpo dormiría para siempre en aquel silo oscuro que no debería existir, pero era un destino mil veces mejor que pudrirse en una colina sin vida y acabar descompuesta en un millón de fragmentos que se iría llevando la brisa. Sería una buena muerte. Le costaba respirar, pero al menos se sentía orgullosa de sí misma por hacerlo en un lugar de su propia elección, por haber conquistado los últimos obstáculos. Apoyada en la puerta, estuvo a punto de quedarse allí tendida y cerrar los ojos... y lo habría hecho de no haber sido por el aguijoneo de su curiosidad.

Levantó las manos y las estudió a la débil luz de la escalera. Con aquellos guantes relucientes —envueltos en cinta térmica y fundidos para que formaran una piel brillante— parecía una especie de máquina. Se pasó las manos por la bóveda del casco y pensó que era como una especie de tostadora ambulante. Cuando no era más que una sombra en Mecánica, había desarrollado la costumbre de desmontar los aparatos, incluso los que funcionaban. ¿Qué había dicho Walker de ella? Que nada le gustaba más que curiosear en el interior de las tostadoras.

Se incorporó y trató de concentrarse. Estaba perdiendo la capacidad sensorial y con ella la voluntad de vivir. Sacudió la cabeza para despejarla y, al ponerse en pie, tiró varias sillas al suelo. Ahora la tostadora era ella, comprendió. Su curiosidad quería abrirla. Esta vez para ver lo que había fuera. Para respirar una vez más y saber.

Avanzó entre las mesas y las sillas, decidida a alejarse todo lo posible del aire envenenado que hubiera dejado entrar. Los cuerpos sobre los que había reptado en la oficina del comisario parecían enteros.

Muerte natural, entonces. Atrapados dentro y muertos de hambre o asfixia, quizá. Pero no descompuestos. Aun así, y a pesar de su mareo y su necesidad de respirar, creía que tenía que darse una ducha, o algo parecido, antes de quitarse el casco; tenía que intentar diluir las toxinas como habría hecho con cualquier otro vertido químico en Mecánica.

Huyó de la barricada de mesas y sillas y se abrió paso por la sala de la cafetería. Las verdosas luces de emergencia de la escalera iluminaban débilmente el camino. Entró en la cocina por la puerta de servicio y probó los grifos de la pila grande. Las manillas giraban, pero no salía una gota de agua. Ni siquiera captó el temblor que habría evidenciado el fútil intento de recurrir a las lejanas bombas. Se acercó a la manguera que colgaba sobre el lavavajillas, tiró de la palanca que la accionaba... y obtuvo el mismo resultado. Seguía sin haber agua.

A continuación pensó en las cámaras refrigerantes, donde quizá podría congelar las presencias hostiles que sentía subiéndole por todo el traje. Avanzó con paso tambaleante entre las cocinas y tiró del gran picaporte plateado de la puerta. La respiración le empañaba el visor. La luz procedente del fondo de la cocina era ya tan tenue que apenas podía ver nada. No podía sentir el frío a través del traje, pero tampoco creía que debiera sentirlo. El traje estaba construido para protegerla, y esta vez a conciencia. La luz superior no se encendió, así que supuso que el congelador no funcionaba. Con la puerta abierta, se asomó al interior en busca de cualquier cosa líquida y vio unos grandes recipientes que parecían tinajas de sopa.

Estaba lo bastante desesperada como para probar cualquier cosa. Entró en la cámara frigorífica y dejó que la puerta se cerrara lentamente tras ella. Cogió uno de los grandes contenedores de plástico, un cubo tan grande como las cazuelas más voluminosas, y le quitó la tapa. La puerta terminó de cerrarse en aquel momento con un chasquido y dejó la cámara sumida en una completa oscuridad. Juliette se arrodilló bajo el estante y volcó el enorme cubo. Sintió que la sopa líquida le corría por el traje antes de derramarse sobre el suelo. Sus rodillas resbalaron en ella. Buscó la siguiente a tientas e hizo lo mismo, antes de pasar las manos por los charcos para embadurnarse entera. No había forma de saber si lo que estaba haciendo era una locura, si estaba empeorando las cosas o si algo de todo aquello tenía algún sentido. Su bota resbaló en el líquido y cayó de espaldas al suelo. Sintió que el casco se agrietaba por el impacto.

Se quedó donde estaba, en un charco de sopa templada, incapaz de ver nada, casi sin aliento. Se le había terminado el tiempo. La cabeza le daba vueltas y no se le ocurría ninguna otra cosa que intentar, aparte de que tampoco tenía aliento ni fuerzas para hacerlo. Tenía que quitarse el casco.

Buscó los cierres a tientas, pero apenas pudo sentirlos a causa de los guantes. Eran unos guantes demasiado gruesos. Iban a matarla.

Rodó sobre sí misma e intentó reptar, pero las manos y las rodillas le resbalaron en el suelo. Alargó la mano hacia la puerta, casi sin poder respirar, buscó el picaporte y, al encontrarlo, lo bajó. Tras el mostrador había un cuchillero lleno de relucientes utensilios de cocina. Se puso en pie con dificultad, cogió uno de los cuchillos y, empuñándolo con los gruesos guantes, se dejó caer al suelo, exhausta y mareada.

Tras dirigir la hoja hacia su propio cuello, comenzó a buscar los cierres. Deslizó la punta por la juntura hasta encontrar la protuberancia del botón. Enderezó la espalda y, con el brazo tembloroso, empujó el cuchillo en dirección a su cuerpo a pesar de su instinto de supervivencia.

Sonó un tenue chasquido. Juliette resopló y volvió a recorrer el borde con la hoja hasta encontrar el siguiente cierre. Repitió la maniobra.

Con otro chasquido, el casco se abrió.

El cuerpo de Juliette, dotado de pronto de voluntad propia, la obligó a inhalar grandes bocanadas de aire nauseabundo. El olor era insoportable, pero no podía detenerse. Comida en mal estado y descomposición biológica. Una templada miasma de hedores invadió su boca, su lengua y su nariz.

Se volvió hacia un lado y trató de vomitar, pero no salió nada de su cuerpo. Aún tenía las manos embadurnadas de sopa. Respirar resultaba doloroso. Creyó sentir una quemazón sobre la piel, pero puede que fuese su estado febril. Salió arrastrándose de la cámara frigorífica, de aquella neblina de sopa descompuesta, para inhalar otra bocanada de aire.

Aire.

Llenó sus pulmones. El olor seguía siendo insoportable porque tenía el cuerpo recubierto de sopa. Pero por encima del hedor había algo más. Algo casi imperceptible. Algo respirable que comenzaba a alejar el mareo y el pánico. Oxígeno. Vida.

Juliette seguía viva.

Profirió una risotada demente y avanzó con paso tambaleante hacia la escalera, atraída por el brillo débil y verdoso de las luces de emergencia, respirando profundamente, demasiado agotada como para apreciar aquello, aquella vida que, contra toda posibilidad, continuaba latiendo dentro de ella.

40

... que nuestra época de bailes ya pasó.

Knox vio el tumulto de Mecánica como otra emergencia a la que había que hacer frente. Como aquella vez en la que apareció una fuga en el muro secundario de los sótanos, o cuando la perforadora petrolífera se encontró con una bolsa de metano y hubo que evacuar ocho pisos hasta que los purificadores de aire se aseguraron de que todo había vuelto a la normalidad. Frente a la inevitable marea de la conmoción, lo que tenía que hacer era imponer el orden. Asignar trabajos. Tenía entre manos una tarea inmensa que debía dividir en cometidos más pequeños y asegurarse de que recaían en las manos apropiadas. Sólo que, esta vez, lo que iban a hacer sus hombres y él no sería reparar algo. Esta vez había cosas que las buenas gentes de Mecánica estaban decididas a romper.

—La clave es Suministros —dijo a sus capataces mientras señalaba al plano de grandes dimensiones que colgaba de la pared. Fue trazando con el dedo una línea que pasaba por los treinta rellanos que los separaban del piso donde estaban las principales fábricas de Suministros—. Nuestra principal ventaja es que Informática no sabe que vamos. —Se volvió hacia los jefes de los turnos—. Shirly, Marck y Courtnee, vosotros venís conmigo. Coged provisiones y llevad a vuestras sombras. Walker, envíales un mensaje para que sepan que vamos para allá. Pero con discreción. Debemos asumir que Informática tiene orejas por todas partes. Diles que les llevamos un cargamento de piezas que has reparado.

Se volvió hacia Jenkins, que había sido su sombra durante seis años, antes de que le saliese barba y pasase al tercer turno. Todos daban por hecho que sería el sucesor de Knox cuando llegara el momento.

—Jenks, quiero que te encargues de las cosas aquí abajo. Nada de días libres durante algún tiempo. Que todo siga funcionando, pero prepárate para lo peor. Quiero que almacenéis todas las provisiones que podáis. Y agua. Asegúrate de que la cisterna está llena hasta los topes. Si es necesario, desvía una parte de la asignación de las granjas hidropónicas, pero con discreción. Prepara una excusa, como una fuga o algo así, para el caso de que se den cuenta. Y que alguien haga una ronda para revisar hasta la última cerradura y la última bisagra, por si la lucha llega hasta aquí. Y haced acopio de todas las armas que podáis. Martillos, tuberías... lo que sea.

Algunos enarcaron las cejas al oír esto, pero Jenkins asintió como si fuese una lista de tareas perfectamente lógica y factible. Knox se volvió hacia sus capataces.

—¿Y bien? Sabéis lo que va a suceder, ¿no?

—Pero ¿con qué objeto? —preguntó Courtnee mientras lanzaba una mirada hacia el enorme plano de su hogar subterráneo—. Asaltamos Informática, ¿y luego? ¿Nos ocupamos nosotros de dirigir el lugar?

—De hecho ya lo dirigimos —refunfuñó Knox. Pasó la mano sobre los pisos intermedios—. Sólo que lo hacemos en la oscuridad. Al igual que estos niveles de aquí están en la oscuridad para nosotros. Pero ahora pretendo encender una luz dentro de esa ratonera para obligarlos a salir y poder ver lo que esconden allí dentro.

—Comprendes lo que han estado haciendo, ¿no? —Marck se volvió hacia Courtnee—. Han estado sacando gente para que muriera. Premeditadamente. ¡No porque tuviera que suceder, sino porque ellos querían!

Courtnee se mordió el labio y, sin decir nada, siguió mirando el plano.

—Hay que ponerse en marcha —dijo Knox—. Walker, avísalos. Carguemos nuestras cosas. Y pensad en algo agradable para conversar mientras subimos. No quiero que nadie mencione nada de lo que está pasando para que lo oiga de pasada algún porteador y se saque un par de cupones vendiéndonos a esas ratas.

Asintieron. Knox dio una palmada a Jenkins en la espalda y lo apuntó con la barbilla.

—Cuando os necesitemos a todos, te avisaré. Quédate con los

mínimos indispensables y envíame a todos los demás. La coordinación es crucial, ¿de acuerdo?

—Sé lo que tengo que hacer —asintió Jenkins. No intentaba mostrarse arrogante, sólo tranquilizar a su superior.

—Muy bien —dijo Knox—. Pues manos a la obra.

Subieron diez rellanos sin apenas protestas, pero Knox empezaba a sentir en las piernas el peso con el que cargaba. Llevaba sobre sus anchos hombros un saco lleno hasta arriba de delantales de soldador, además de un puñado de cascos. Les habían pasado una cuerda por debajo de las cinchas de la barbilla y al caminar rebotaban sobre sus anchas espaldas. Marck tenía que luchar con un cargamento de tuberías que se empeñaban en resbalar unas sobre otras y caérsele de los brazos. Las sombras venían en retaguardia, detrás de las mujeres, con grandes sacos de pólvora colgados del cuello. Los porteadores profesionales, con cargamentos similares, pasaban junto a ellos en las dos direcciones y al alejarse los miraban con una mezcla de curiosidad e indignación profesional. Una de ellos —una mujer a la que Knox reconocía porque solía llevar cargamentos hasta los subterráneos— se detuvo un momento y se ofreció a ayudarlos. Knox le dijo sin contemplaciones que siguiera su camino. La mujer se alejó a gran velocidad escaleras arriba, con una última mirada antes de perderse de vista, y Knox lamentó no haber aprovechado su oferta para aliviar un poco su carga.

—Ánimo —dijo a los demás. A pesar de que eran un grupo pequeño, estaban dando un verdadero espectáculo. Y a medida que las noticias sobre la desaparición de Juliette se propagaban a su alrededor, cada vez les costaba más mantener la boca cerrada. En casi todos los rellanos se reunía a su alrededor un grupo de gente, normalmente jóvenes, para preguntarles lo que significaba todo aquello. El tabú había pasado del pensamiento a los cuchicheos. Ideas prohibidas nacían en sus lenguas y flotaban por el aire. Knox ignoró el dolor que sentía en la espalda y continuó subiendo y subiendo, consciente de que cada paso los acercaba un poco más a Suministros y embargado por una sensación de creciente apremio.

Al dejar atrás el piso ciento treinta, las protestas flotaban en el ambiente. Estaban acercándose a la mitad superior de los subterráneos, donde gente que trabajaba, compraba y comía en los pisos intermedios se entremezclaba con los que preferían no hacerlo. El ayudante Hank se encontraba en la escalera del piso ciento veintiocho, tratando de intermediar entre dos multitudes que discutían. Knox pasó por detrás con la esperanza de que el agente no se volviese y, al ver un grupo tan cargado, les preguntase qué estaban haciendo allí arriba. Al dejar atrás el tumulto se volvió un momento y vio que las sombras pasaban discretamente, pegadas a la barandilla interior. El ayudante Hank estaba pidiéndole a una mujer que hiciese el favor de tranquilizarse cuando el rellano desapareció de su vista.

Al pasar por las granjas de tierra del ciento veintiséis, Knox pensó que se trataba de un elemento crucial. Una larga caminata los separaba aún de los pisos de Informática, pero si se veían obligados a retroceder, tendrían que hacerse fuertes en Suministros. Entre las fábricas de éstos, los alimentos que se producían en aquel piso y la maquinaria de Mecánica, puede que fuesen autosuficientes. Sabía que tenían algunos puntos débiles, pero Informática tenía muchos más. Siempre podían cortarles el suministro de energía o dejar de depurar el agua que bebían, pero al acercarse a Suministros sobre sus cansadas piernas rezaba interiormente para que no hubiera que llegar a eso.

En el rellano del ciento diez se encontraron con un comité de bienvenida formado por miradas ceñudas. McLain, la anciana que dirigía Suministros, aguardaba con los brazos cruzados sobre el mono amarillo, con una actitud que transmitía cualquier cosa menos hospitalidad.

—Hola, Jove. —Knox la miró con una gran sonrisa en los labios.

—No me vengas con «Jove» —refunfuñó McLain—. ¿Qué es esta tontería?

Knox recorrió la escalera con la mirada, primero hacia arriba y luego hacia abajo, antes de ajustarse la carga que llevaba al hombro.

—¿Te importa que entremos para hablar sobre ello?

—Aquí no queremos problemas —dijo ella con un centelleo de los ojos bajo el ceño fruncido.

—Vamos a entrar —manifestó Knox—. No hemos parado ni una sola vez en el camino de ida. Salvo que quieras que nos desplomemos aquí fuera.

McLain pareció pensarlo un momento. Relajó los brazos sobre el pecho. Se volvió hacia tres de sus trabajadores, que formaban un muro imponente tras ella, y asintió. Mientras ellos abrían las relucientes puertas de Suministros, se dio la vuelta y agarró a Knox del brazo.

—No os pongáis demasiado cómodos —le dijo.

Tras el vestíbulo de Suministros, Knox se encontró frente a un pequeño ejército expectante de hombres y mujeres con monos amarillos. La mayoría de ellos se encontraba detrás del mostrador bajo y alargado donde la gente del silo solía esperar las piezas que necesitaban, nuevas o reparadas. Los profundos pasillos paralelos formados por las estanterías que había detrás se perdían en la penumbra de la distancia, rebosantes de cajas y cubos. Reinaba en toda la sala un significativo silencio. Por lo general se oían por todas partes el martilleo de las máquinas y los ruidos metálicos de los procesos de fabricación. O las conversaciones de trabajadores invisibles que, en la parte de atrás, ordenaban en cubos los tornillos y las tuercas recién fabricados.

Pero ahora no había más que silencio y miradas de desconfianza. Knox se detuvo allí con sus seguidores y, exhaustos, dejaron descansar sus sacos en el suelo, con la frente empapada de sudor, mientras los hombres y las mujeres de Suministros los observaban, inmóviles.

Había esperado una bienvenida más amigable. Mecánica y Suministros tenían un dilatado historial de colaboración. Explotaban conjuntamente la pequeña mina que, por debajo de los últimos niveles de Mecánica, complementaba las reservas de minerales del silo.

Pero en aquel momento, al seguir a sus muchachos al interior, McLain dirigió a Knox una mirada de desprecio que éste no había visto desde la muerte de su madre.

—¿Qué coño significa esto? —preguntó la anciana con un siseo.

Su forma de hablarle lo sorprendió, sobre todo porque allí estaba delante de sus hombres. Se veía a sí mismo y a McLain como iguales, pero ella acababa de revolverse contra él como si fuese uno de los chuchos que tenían muchos de los trabajadores de Suministros. Creados para sentirse pequeños e insignificantes.

La mirada de McLain recorrió la fila formada por los exhaustos trabajadores de Mecánica y sus sombras antes de regresar a él.

—Antes de que hablemos de cómo vamos a resolver este problema quiero que me digas que la persona responsable, sea la que sea, se va a llevar su merecido. —Sus ojos lo taladraron—. Acierto al asumir que no has tenido nada que ver con ello, ¿verdad? ¿Que has venido a disculparte y a cubrirme de sobornos?

Shirly se disponía a decir algo, pero Knox la acalló con un gesto. Ya había demasiada gente en la sala que deseaba que las cosas saliesen mal.

—Sí, me disculpo —dijo Knox apretando los dientes y agachando la cabeza—. Y, en efecto, no he sabido nada hasta hoy mismo. Después de enterarme de lo de la limpieza, por cierto.

—Así que ha sido cosa de tu electricista —aventuró McLain con los delgados brazos cruzados sobre el pecho—. Un solo hombre.

—Exacto, pero...

—Me he encargado de castigar a los responsables de mi sección, quiero que lo sepas. Y espero que tú hagas algo más que desterrar a ese viejo inútil a su habitación...

Hubo algunas risas detrás del mostrador. Knox puso una mano sobre el hombro de Shirly para contenerla y dirigió la mirada hacia los hombres y mujeres que había detrás de McLain.

—Vinieron y se llevaron a uno de nuestros trabajadores —dijo. Puede que estuviera agotado, pero su voz seguía siendo imponente—. Ya sabéis cómo funciona. Cuando quieren a alguien para la limpieza, se lo llevan. —Se tocó el pecho con el pulgar varias veces—. Y yo se lo permito. Me quedo allí porque confío en el sistema. Lo temo, como todos vosotros.

—Bueno... —comenzó a decir McLain, pero Knox la cortó con aquella voz suya, acostumbrada a impartir órdenes tranquilas por encima del estrépito de la maquinaria.

—Se llevaron a uno de los míos y solo el más viejo de nosotros, el más sabio de nosotros, hizo algo por él. Fue el más débil y el más asustado el que arriesgó el cuello. Y si recurrió a alguno de vosotros para pediros ayuda, y se la ofrecisteis, os debo la vida. —Parpadeó para aclararse los ojos y continuó—. No sólo le habéis dado a ella la oportunidad de cruzar esa colina, de morir en paz donde nadie pueda verla. Me habéis dado a mí el valor de abrir los ojos. De ver este velo de mentiras tras el que vivimos...

—Ya es suficiente —exclamó McLain—. Podrían mandarnos a todos a limpiar por escuchar tales disparates, tales locur...

—No son disparates —gritó Marck desde la fila—. Juliette ha muerto porque...

—¡Ha muerto porque quebrantó esa misma ley! —le espetó McLain con voz aguda y penetrante—. ¿Y ahora queréis subir para quebrantar más leyes aún? ¿En mi piso?

—¡Sólo para quebrantar algunas cabezas! —exclamó Shirly.

—¡Callaos! —les exigió Knox a los dos. Vio la cólera en los ojos de McLain, pero también algo más: los esporádicos gestos de asentimiento y las cejas enarcadas entre las filas de trabajadores que había tras ella.

Un porteador entró en la sala con varios sacos vacíos en cada mano y miró a su alrededor en medio del tenso silencio. Uno de los fornidos trabajadores de Suministros que había junto a la puerta volvió a echarlo al rellano y, tras disculparse, le dijo que volviera más tarde. Knox aprovechó la interrupción para elegir con cuidado sus siguientes palabras.

—Por muy grande que fuese el tabú, nunca han enviado a nadie a limpiar por escuchar. —Dejó que sus palabras hicieran efecto. Miró a McLain con el ceño fruncido al ver que se disponía a interrumpirlo, pero al final ésta optó por no hacerlo—. Así que dejad que sea yo el que acabe desterrado por lo que estoy a punto de deciros. Lo aceptaré de buen grado si los hechos que voy a exponer no os empujan a uniros a nosotros. Porque esto es lo que Walker y algunos valientes entre vosotros nos habéis mostrado esta mañana. Tenemos más razones para la esperanza de las que se atreven a concedernos. Tenemos los recursos necesarios para ampliar nuestros horizontes, pero no nos lo permiten. Nos han criado con un montón de mentiras para que, al ver la imagen de nuestros camaradas pudriéndose en esas colinas, nos embargara el temor. ¡Pero ahora uno de los nuestros ha ido más allá! ¡Ha visto nuevos horizontes! Nos dieron sus sellos y sus juntas y nos dijeron que era lo mejor que teníamos, pero ¿era eso verdad?

Miró a los hombres y las mujeres que había al otro lado del mostrador. Los brazos de McLain parecían colgar lacios sobre sus costados.

—¡No, porque estaban diseñados para fallar! Eran un fraude. ¿Quién sabe qué más mentiras nos han contado? ¿Y si fuese posible recuperar a los limpiadores al terminar su trabajo y salvarlos? Limpiarlos, desinfectarlos, hacer cuanto estuviera en nuestras manos. ¿Sobrevivirían? ¡Informática nos dice que no, pero ya no podemos fiarnos de ellos!

Knox vio barbillas que subían y bajaban en señal de asentimiento. Sabía que sus hombres estaban listos para asaltar la sala si era necesario. Estaban tan enfurecidos y enardecidos como él.

—No hemos venido a causar problemas —dijo—. ¡Hemos venido a traer el orden! El levantamiento ya se ha producido. —Se volvió hacia McLain—. ¿No lo ves? Hemos vivido el levantamiento. Nuestros padres fueron sus vástagos y ahora alimentamos esa misma maquinaria con nuestros propios hijos. Esto no será el comienzo de algo nuevo, sino el fin de algo antiguo. Y si Suministros está de nuestro lado, tenemos una oportunidad. Si no, que la visión de nuestros cuerpos os atormente desde el exterior... ¡que ahora me parece un lugar menos contaminado que este podrido silo!

Bramó todo esto en abierto desafío de todos los tabúes. Lo sacó de dentro y después saboreó el reconocimiento de que cualquier cosa que hubiera más allá de aquellas paredes curvas podía ser mejor que lo que había en su interior. El susurro que había costado la vida a tantos se convirtió en un rugido incontenible, proferido desde el fondo de su ancho pecho.

Y se sintió bien.

McLain se encogió. Retrocedió un paso con algo parecido a miedo en los ojos. Le dio la espalda a Knox para volverse con los suyos, y al verlo él supo que había fracasado. Que durante un breve instante había tenido la oportunidad, aunque pequeña, de inspirar a esa gente para que se uniera a él, pero había dejado que el momento se le escurriera entre los dedos o los había asustado con sus palabras.

Y entonces McLain hizo algo. Knox pudo ver cómo se le hinchaban los tendones del fino cuello. Levantó la barbilla orgullosamente hacia los suyos, con el cabello cano recogido en un apretado moño sobre la coronilla, y con voz calmada dijo:

—¿Qué decís, Suministros?

Fue una pregunta, no una orden. Más adelante, Knox se preguntaría si la había formulado con tristeza; se preguntaría si había valorado mal a sus hombres, que habían escuchado pacientemente su enloquecida diatriba; se preguntaría también si ella sentía curiosidad o estaba retándolos a echar de allí a sus mecánicos y a él.

Pero ahora se preguntaba, con la cara empapada en lágrimas y el corazón rebosante de recuerdos sobre Juliette, si había podido oír las voces de sus camaradas por debajo de los enfurecidos gritos de guerra de los buenos hombres y mujeres de Suministros.

41

Quien pronto se casa, pronto se amarga.
Mis otras esperanzas las cubrió la tierra.

Lukas seguía a Bernard por los pasillos de Informática, entre técnicos nerviosos que se dispersaban a su paso como insectos nocturnos sorprendidos de pronto por la luz. Su jefe no parecía fijarse en los hombres que se refugiaban en las oficinas y asomaban por las ventanas. Lukas tenía que correr para no rezagarse, y sus ojos miraban constantemente en todas direcciones mientras a él lo asaltaba una sensación de sospecha provocada por la atención de tantas personas escondidas.

—¿No soy un poco mayor para hacer de sombra en otro trabajo? —preguntó. Estaba bastante seguro de que no había aceptado la oferta, al menos de manera verbal, pero Bernard hablaba como si fuese cosa hecha.

—Tonterías —respondió éste—. Y esto no será como ser una sombra en el sentido tradicional del término. —Hizo un ademán en el aire—. Continuarás con tus obligaciones, como antes. Sólo necesito a alguien capaz de tomar las riendas, alguien que sepa lo que hay que hacer en caso de que me suceda algo. Mi testamento...

Se detuvo frente a la gruesa puerta de la sala de servidores y se volvió hacia Lukas.

—Si llegamos a eso, en caso de emergencia, mi testamento se lo explica todo al próximo jefe, pero... —Recorrió el pasillo con la mirada por encima del hombro de Lukas—. Sims es mi albacea, cosa que habrá que cambiar. No creo que eso funcione...

Bernard se frotó la barbilla, perdido por un momento en sus pensamientos. Lukas, tras un instante de espera, se adelantó un paso, introdujo su código en el panel de la puerta, sacó su tarjeta de identificación del bolsillo —poniendo mucho cuidado para no coger la de

Juliette— y la pasó por el lector. Con un leve chasquido, la puerta se abrió sacando a Bernard de sus ensoñaciones.

—Sí, bueno, esto será mucho mejor. Y no es que crea que me voy a ir a ninguna parte, desde luego. —Se ajustó las gafas y atravesó el umbral de acero. Lukas, después de entrar tras él, cerró la monstruosa puerta y esperó a oír el chasquido de las cerraduras.

—Pero si le sucediera algo, ¿tendría que encargarme de supervisar las limpiezas? —No alcanzaba a imaginárselo. Sospechaba que había más cosas que saber sobre los trajes que sobre los servidores. Sammi estaba más cualificado para el trabajo y, además, lo deseaba. Y aparte... ¿tendría que renunciar a sus cartas estelares?

—Ésa es sólo una pequeña parte del trabajo, pero sí. —Lo guió entre los servidores, más allá del número trece, con su carátula vacía y sus ventiladores inmóviles, hasta el fondo de la sala—. Éstas son las llaves del verdadero corazón del silo —dijo mientras sacaba un tintineante juego de debajo del mono. Colgaban de un cordel de cuero que llevaba alrededor del cuello. Lukas no las había visto hasta entonces—. Este armario tiene otros secretos que irás aprendiendo con el tiempo. Por ahora sólo necesitas saber cómo se llega abajo. —Introdujo la llave en varias cerraduras situadas en la parte trasera del servidor, camufladas como cabezas de tornillos en cruz. ¿Qué servidor era aquél? ¿El veintiocho? Lukas miró a su alrededor y trató de contar, pero entonces se dio cuenta de que nunca se le había asignado el mantenimiento de aquella torre.

La tapa posterior se soltó con un leve ruido metálico. Cuando Bernard la dejó a un lado, Lukas comprendió por qué no había trabajado nunca en la máquina. Estaba prácticamente vacía, como un cascarón, como si le hubiera extraído todas las piezas a lo largo de los años.

—Es muy importante que cierres esto cuando vuelvas a salir... Lukas vio que Bernard agarraba una manivela en el fondo del chasis vacío. Tiró de ella y, muy cerca de allí, sonaron unos engranajes.

—Cuando la rejilla vuelve a estar en su sitio, sólo tienes que empujar esto hacia adelante para cerrarlo.

Se disponía a preguntar «qué rejilla» cuando vio que Bernard se colocaba a un lado y metía los dedos en los agujeros de la plancha metálica del suelo. Con un gruñido, levantó la pesada superficie y comenzó a apartarla. Lukas lo rodeó para colocarse al otro lado y echarle una mano.

—¿Y la escalera no...? —comenzó a preguntar.

—A esta zona no se puede acceder desde el treinta y cinco. —Lo invitó a bajar por una escalerilla que se adentraba en el suelo—. Tú primero.

Lukas sentía que le daba vueltas la cabeza por el inesperado cariz que habían tomado las cosas. Al inclinarse para agarrar la escalerilla, el contenido del bolsillo de su pecho se desplazó y Lukas se llevó una mano allí para impedir que se le cayeran el anillo, el reloj y la chapa de identificación. ¿En qué había estado pensando? ¿En qué estaba pensando ahora? Mientras bajaba por la escalerilla se sentía como si alguien hubiera activado una rutina automática en su cerebro, un programa que se hubiese hecho cargo de sus acciones. Al llegar al fondo, vio que Bernard bajaba los primeros peldaños antes de colocar de nuevo la rejilla en su sitio y los dejaba encerrados en la oscura mazmorra que había bajo una sala de servidores de acceso severamente restringido de por sí.

—Estás a punto de recibir un gran regalo —dijo Bernard en la oscuridad—. Como me sucedió a mí hace tiempo.

En aquel momento encendió una luz y Lukas vio que su jefe sonreía como un loco, sin el menor rastro de cólera en el rostro. El que tenía frente a él era un hombre distinto, un hombre rebosante de confianza y entusiasmo.

—Todo cuanto contiene el silo y todas las personas que viven en él orbitan alrededor de lo que estoy a punto de mostrarte —declaró Bernard. Con un gesto, invitó a Lukas a avanzar por un pasillo estrecho y bien iluminado hasta una amplia sala que había al final. Los servidores parecían encontrarse muy lejos, sobre sus cabezas. Parecían aislados de todas las demás almas del silo. Lukas sentía curiosidad, pero también temor. No estaba seguro de querer cargar con tal responsabilidad y se maldecía por haberse prestado a ello.

Pero aun así sus pies se movieron. Lo llevaron por aquel pasillo secreto hasta una sala que contenía lo extraño y lo curioso, un lugar cuya existencia convertía las cartas estelares en algo insignificante, un escondrijo donde la noción de la escala del mundo, de sus dimensiones, iba a cobrar proporciones totalmente nuevas.

42

Triunfal sepulcro te espera. ¿Qué digo sepulcro?
Morada de luz, pobre joven. Allí duerme Julieta,
y ella basta para dar luz y hermosura al mausoleo.

Juliette dejó el casco manchado de sopa en el suelo y se encaminó hacia el pálido y verdoso fulgor de la luz. Parecía más brillante que antes. Se preguntó en qué medida se debería a la oscuridad del interior de su casco. Ahora que estaba recobrando la calma, se acordaba de que no había estado mirando a través de un cristal, sino de una pantalla infernal que tomaba el mundo que veía y le superponía media mentira. Puede que en el proceso oscureciese también la vista.

Se percató de que el hedor de su traje empapado la seguía, una peste a verduras podridas y moho, o puede que a los vapores tóxicos del mundo exterior. Mientras cruzaba la cafetería en dirección a la escalera notó que le ardía la garganta. Comenzó a picarle la piel, no sabía si a causa del miedo, de su imaginación o de algo que pudiera haber realmente en el aire. Tampoco se atrevía a tratar de averiguarlo, así que contuvo el aliento y, tan rápidamente como se lo permitieron sus cansadas piernas, dobló el recodo en dirección al lugar donde sabía que estaban las escaleras.

«Este mundo es el mismo que el mío —se dijo al llegar al primer tramo de escaleras bajo la tenue luz de los flexos de emergencia—. Dios construyó más de uno.»

Sus pesadas botas, aún manchadas de sopa, resbalaban en los peldaños de metal. Al llegar al segundo rellano, se detuvo para inhalar unas cuántas bocanadas de aire, menos dolorosas esta vez, y pensó en cómo podía hacer para quitarse aquel traje voluminoso e infernal que convertía cada movimiento en una agonía y despedía una fétida peste a podredumbre y aire del exterior. Se miró los brazos. Habían tenido que ayudarla para ponérselo. Tenía una cremallera doble en la espalda, varias capas de velcro y kilómetros de cinta térmica. Al ver el cuchillo que llevaba en la mano, la embargó un repentino sentimiento de alegría por no haberlo soltado tras usarlo para quitarse el casco.

Lo empuñó con uno de los voluminosos guantes e insertó cuidadosamente la punta por debajo de la muñeca de la otra manga. Empujó la punta hacia adelante, presionando hacia arriba para que no se le clavara en el brazo aunque llegase hasta el final. El tejido no era fácil de cortar, pero finalmente, cuando empezó a mover la empuñadura en pequeños círculos, apareció un desgarro sobre la superficie. Introdujo la punta por la diminuta abertura con la parte roma de la hoja orientada hacia el brazo y la deslizó en dirección a los nudillos. Cuando la punta de la hoja cortó por fin la tela entre sus dedos, pudo sacar el brazo por la abertura y la manga quedó colgando a la altura del codo.

Se sentó sobre la rejilla metálica del suelo, se pasó el cuchillo a la mano que acababa de liberar y repitió el proceso en el otro lado. Sacó el otro brazo con la sopa goteándole desde los hombros. Sin los guantes le era más fácil manejar el cuchillo, así que pudo seguir por el pecho. Se arrancó la capa exterior de papel de aluminio como si fuese la piel de una naranja. La gorguera sólida del casco tuvo que quedarse donde estaba —unida al tejido de carbono que llevaba por debajo así como a las cremalleras reforzadas de la parte de atrás—, pero fue arrancando pieza a pieza la brillante capa exterior que la cubría, con una saña que atribuyó en parte a la sopa y en parte a la larga caminata a través de las colinas.

A continuación llegó el turno de las botas, que cortó a la altura de los tobillos hasta que pudo quitárselas. Serró una abertura en el borde exterior para sacar el pie y luego repitió la operación con la segunda.

Antes de seguir retirando los jirones de tejido que colgaban de su cuerpo o de preocuparse del material cosido a la cremallera de su espalda, se puso en pie y bajó unos cuantos peldaños más para alejarse del rellano. Quería poner la máxima distancia posible entre ella y aquel aire que parecía arañarle la garganta. Descendió otros dos pisos bajo la luz verdosa de la escalera, y entonces, de repente, se dio cuenta de que seguía con vida.

Seguía con vida.

Aunque no fuese a prolongarse demasiado, era una realidad brutal, maravillosa y totalmente inesperada para Juliette. Había pasado tres días tratando de hacerse a la idea del destino que la esperaba mientras subía por unas escaleras muy parecidas a ésas. Otro día y otra noche en una celda preparada para los futuros cadáveres que salpicaban los alrededores del silo. Y entonces... esto. Una excursión imposible por la campiña de lo imposible, una irrupción en lo impenetrable y lo desconocido. Supervivencia.

Pasara lo que pasara después, por el momento Juliette no podía hacer otra cosa que bajar por unos peldaños desconocidos con los pies descalzos. Sentía el frío del acero contra la piel hormigueante y la aspereza del aire —más liviana a cada peldaño que bajaba—, pero el hedor y el recuerdo de la muerte iban quedando cada vez más alejados. Y al cabo de un rato sólo permaneció el tableteo de un descenso dichoso en medio de aquella oscuridad vacía y solitaria, como un amortiguado repicar de campanas que doblara no por los muertos, sino por los que todavía seguían con vida.

Se detuvo al llegar al piso seis y aprovechó para descansar mientras trabajaba para desprenderse de los restos de su traje protector. Con mucho cuidado, hizo sendos cortes a la capa interior negra a la altura de los hombros y las clavículas, y a continuación, de un tirón, se la fue arrancando a tiras, con la cinta térmica aún pegada. Una vez que logró separar la gorguera del casco de la tela —y no quedó más que la cremallera colgando de su espalda, como una segunda columna vertebral— pudo quitárselo por fin. Tras dejarlo caer al suelo, se arrancó lo que le quedaba del tejido de carbono negro en los brazos y las piernas. Los restos del traje quedaron amontonados en desorden junto a las puertas dobles del piso.

El sexto era un piso de viviendas, si no recordaba mal. Contempló la idea de entrar para pedir ayuda a gritos o buscar ropa o suministros en los numerosos apartamentos, pero sentía un impulso irrefrenable de seguir descendiendo. Los pisos superiores parecían envenenados y aún estaban demasiado cerca. Lo de menos es que fuese una idea creada por su imaginación o derivada de las miserables experiencias que había pasado en la zona equivalente de su propio silo. El hecho es que su cuerpo sentía repulsión por aquel lugar. La seguridad estaba en los subterráneos. Como siempre había sido para ella.

En su cabeza perduraba una imagen esperanzadora que había visto en las cocinas: las hileras de comida enlatada y envasada que se guardaba para las épocas de malas cosechas. Juliette suponía que habría más en los comedores de los pisos inferiores. Y ahora que estaba empezando a respirar con normalidad, el aire parecía de una calidad razonable. La quemazón que había sentido antes en los pulmones y en la lengua se había desvanecido. O el vasto silo contenía una cantidad inmensa de aire que nadie estaba consumiendo ahora, o poseía aún una fuente que lo generaba. Todos estos pensamientos, este acopio de recursos, alimentaban sus esperanzas. Así que dejó tras ella los jirones de ropa contaminada y, armada sólo con un gran cuchillo de cocina, comenzó a bajar desnuda la escalera. A cada paso que daba sentía que su cuerpo cobraba un poco más de vida y en su mente se afianzaba la determinación de mantenerse así todo el tiempo posible.

Al llegar al piso trece se detuvo y miró al otro lado de las puertas. Siempre existía la posibilidad de que el trazado de aquel silo fuese distinto, piso por piso, así que no tenía demasiado sentido hacer planes sin saber lo que la podía esperar. En los pisos superiores sólo había un puñado de zonas que conociese bien y hasta el momento le habían parecido idénticas. En el trece tendría la confirmación, más allá de toda sombra de duda. Había ciertas cosas que había aprendido de niña y que recordaba con tanta claridad que eran como pequeños guijarros en el centro de su mente. De todas las facetas que componían su personalidad, éstas serían las últimas en desvanecerse, las que aún perdurarían cuando el resto se hubiese dispersado al viento o quedase enterrado en lo más profundo. Mientras abría una rendija en las puertas, no era un silo distinto lo que estaban viendo sus ojos, el cascarón vacío de un silo abandonado, sino su pasado, una puerta a los días de su juventud.

El interior estaba a oscuras, sin luces de emergencia o de seguridad. El olor era distinto. La atmósfera estaba estancada y apestaba a descomposición.

—¿Hola? —gritó Juliette desde el pasillo.

Oyó el eco de su voz sobre las paredes vacías. La voz que volvía a ella parecía lejana, más débil, más aguda que la suya. Se imaginó a los nueve años, correteando por aquellos mismos pasillos, gritándole algo a aquella versión de sí misma que había llegado a través de los años. Trató de imaginar también a su madre, corriendo detrás de aquella niña, tratando de alcanzarla para que se estuviese callada, pero los fantasmas se desvanecieron en la oscuridad. Los últimos ecos se perdieron y se quedó sola y desnuda en el umbral.

Cuando sus ojos se acostumbraron a la oscuridad, vislumbró que había un mostrador de recepción al final de la sala. La luz se reflejaba sobre las ventanas de cristal en los sitios exactos que ella esperaba. La disposición del piso era idéntica a la de la guardería que tenía su padre, el sitio en el que no sólo había nacido, sino que fue allí donde también se había criado. Costaba creer que se tratase de un sitio distinto. Que allí hubieran vivido otras personas, que a sólo una colina y una depresión de distancia otros niños hubiesen nacido, aprendido y jugado al escondite, al pilla-pilla o a otros juegos cualesquiera de su invención, sin saber de la existencia de aquellos otros tan cercanos. Puede que fuese porque se encontraba en el umbral de una guardería, pero no pudo sino pensar en todas las vidas que había albergado aquel lugar. Gente que había crecido, se había enamorado y había enterrado a sus muertos.

Toda la gente del exterior... Gente a la que había profanado con sus botas, cuyos huesos y cenizas había esparcido mientras trataba de entrar por cualquier medio en el mismo lugar del que ellos habían huido. Juliette se preguntó cuánto haría de todo aquello, cuánto llevaría el silo abandonado. ¿Qué habría sucedido? La escalera seguía iluminada, lo que quería decir que la sala de generadores aún funcionaba. Necesitaba papel para hacer los cálculos, para determinar cuánto tiempo hacía que toda aquella vida se había transformado en muerte. Tenía buenas razones para averiguarlo, más allá del mero aguijoneo de la curiosidad.

Con una última mirada al interior, una última punzada de remordimientos por no haber hecho una visita a su padre las últimas veces que había pasado frente a la enfermería, Juliette cerró la puerta a la oscuridad y los fantasmas y se detuvo un momento a reflexionar sobre su situación. Era muy posible que estuviese sola en un silo agonizante. La dicha de seguir con vida estaba desvaneciéndose a pasos agigantados, reemplazada por la realidad de su soledad y de lo precario de su supervivencia. Un gruñido de sus tripas confirmó este análisis. Por alguna razón, le parecía que aún podía oler la fétida sopa sobre ella y tenía en la boca el sabor ácido de sus arcadas. Necesitaba agua. Necesitaba ropa. Estos impulsos primarios se apoderaron del escenario y desterraron de él la gravedad de su situación, las desalentadoras tareas que le deparaba el futuro y los remordimientos del pasado.

Si la disposición de ambos silos era idéntica, las primeras granjas hidropónicas estarían cuatro pisos más abajo. La mayor de las dos granjas de los pisos superiores estaría justo debajo de ella. Una bocanada de aire frío llegada desde abajo la hizo tiritar. El foso de la escalera estaba creando su propio ciclo térmico y el frío no haría más que aumentar a medida que descendiese. Pero aun así tenía que seguir bajando. Cuanto más, mejor. Al llegar al piso siguiente probó la puerta. Estaba demasiado oscuro para ver más allá del primer pasillo, pero parecía una sección de oficinas o talleres. Trató de recordar lo que contenía el piso catorce de su propio silo, pero en vano. Y no era de extrañar. Los pisos superiores de su silo le habían sido en parte ajenos. Los de éste, por tanto, eran un completo enigma para ella.

Mantuvo abierta la puerta del decimocuarto piso e introdujo la hoja del cuchillo por la ranura de metal que había en las rejillas del suelo de todos los rellanos. La empuñadura quedó fuera haciendo las veces de tope. Soltó la puerta, que se cerró impulsada por los goznes hasta chocar con la empuñadura. De este modo entraba la luz suficiente para que pudiera explorar las primeras estancias

No había ningún mono colgado detrás de las puertas, pero una de las habitaciones era una sala de juntas. El agua de las jarras se había evaporado hacía tiempo, pero la tela morada del mantel que la cubría parecía bastante cálida. Mejor que estar desnuda, al menos. Juliette apartó las tazas, platos y jarras que había sobre él y lo levantó. Se cubrió los hombros con él, pero se dio cuenta de que resbalaría y se le caería cuando se moviese, así que trató de atarse las esquinas por delante. Al ver que le resultaba imposible, regresó corriendo al rellano y se quitó la tela de los hombros. Sacó el cuchillo —lo que hizo que la puerta se cerrase tras ella con un inquietante chirrido— y cortó el mantel por el centro hasta tener una tira alargada de tela. Se cubrió los hombros con ella, pero era demasiado larga y arrastraba los extremos por el suelo. Tras unos minutos de trabajo con el cuchillo había cortado la tela sobrante, que utilizó para hacerse un cinturón y una especie de turbante con el que protegerse la cabeza del frío.

La sensación de estar haciendo algo, de estar abordando un problema concreto mediante su ingenio, resultaba agradable. Ya tenía una herramienta, un arma en caso de que la necesitara y ropa para cubrirse. La apabullante lista de tareas se había reducido un poco. Siguió bajando por la helada escalera, soñando con unas botas, sedienta, muy consciente de todas las cosas que le quedaban aún por hacer.

Al llegar al piso quince sus piernas agotadas cedieron para recordarle otra de sus necesidades. Al sentir que se le doblaban las rodillas se agarró a la barandilla, y una vez que la adrenalina desapareció de sus venas se dio cuenta de que estaba mortalmente agotada. Se detuvo en el rellano con las manos en las rodillas y respiró hondo varias veces. ¿Cuánto tiempo llevaba bajando? ¿Cuánto más podría seguir adelante? Comprobó su reflejo en la hoja del cuchillo, vio el aspecto horrible que tenía y decidió que necesitaba descansar antes de continuar. Descansar ya, mientras conservara aún el calor suficiente para no morir de frío.

La idea de explorar el piso en busca de una cama era tentadora, pero la rechazó. Poca comodidad podía encontrar en la negrura impenetrable que había detrás de aquellas puertas. Así que se hizo un ovillo sobre la rejilla de acero del rellano quince, apoyó la cabeza en los brazos y se cubrió lo mejor que pudo con la tiras del mantel. Y antes de que tuviera tiempo de repasar la larga lista de tareas que se estaba formando en su cabeza, el agotamiento se apoderó de ella. Sucumbió al sueño tras un instante de pánico provocado por la idea de que aquel podía ser uno de aquellos descansos de los que no se despierta, de que estaba destinada a unirse a los residentes de aquel lugar extraño, acurrucados e inmóviles, petrificados y sin vida, comidos por la podredumbre y la descomposición...

43

Pero estos viejos... Muchos se hacen el muerto;
torpes, lentos, pesados y más pálidos que el plomo.

—¿Comprendes lo que estás proponiendo que hagamos?

Knox levantó la mirada hacia McLain y respondió a sus ojos arrugados y marchitos con toda la confianza que fue capaz de reunir. La mujer diminuta que controlaba todas las piezas de maquinaria y los procesos de fabricación del silo proyectaba una imagen extrañamente imponente. No poseía el poderoso perímetro pectoral de Knox ni su poblada barba y sus muñecas apenas eran tan gruesas como dos de los dedos del mecánico, pero su mirada de ojos grises y el peso de los largos y duros años que cargaba sobre sus hombros lo hacían sentir como una sombra en su presencia.

—No es un levantamiento —respondió. Las palabras prohibidas salían más fácilmente con el lubricante de la costumbre y el tiempo—. Vamos a enderezar las cosas.

McLain resopló.

—Seguro que es lo mismo que dijeron mis tatarabuelos. —Se recogió unos mechones de cabello plateado y bajó la mirada hacia el plano extendido que tenían delante. Era como si supiese que aquello era un error pero se hubiera resignado a participar en lugar de interponerse. Puede que fuese por la edad, pensó Knox mientras contemplaba su rosado cuero cabelludo a través de una mata de cabellos tan fina y blanca que parecía hecha de filamentos de cristal. Puede que si uno dejaba pasar el tiempo suficiente entre aquellas paredes acabara por resignarse a que las cosas nunca mejorarían ni cambiarían demasiado. O puede que, con el paso de tiempo, las personas perdieran la fe en que hubiera algo que mereciese la pena preservar.

Bajó la mirada hacia el plano y alisó las marcadas arrugas del fino papel. De repente se fijó en el aspecto de sus manos, en lo gruesos y manchados de grasa que estaban sus dedos. Se preguntó si McLain lo vería como un energúmeno que irrumpía en su casa con absurdas pretensiones de justicia. Era lo bastante vieja como para considerarlo joven, comprendió. Joven y acalorado, mientras que él se veía a sí mismo como un hombre viejo y sabio.

Entre las docenas de perros que vivían en Suministros, uno expresó su descontento desde debajo de la mesa con un gruñido, como si aquella planificación bélica estuviera arruinándole la siesta.

—Creo que podemos asumir que Informática sabe que se prepara algo —dijo McLain mientras pasaba sus pequeñas manos sobre los numerosos pisos que los separaban del treinta y cuatro.

—¿Por qué? ¿No crees que hemos sido discretos al venir?

Ella le sonrió.

—Esto convencida de ello, pero lo mejor es asumirlo, porque asumir lo contrario sería peligroso.

Knox asintió mientras se mordisqueaba el mechón de la barba que nacía debajo del labio inferior.

—¿Cuánto tardará en llegar hasta aquí el resto de tus mecánicos? —preguntó McLain.

—Saldrán alrededor de las diez, cuando se reduzca la intensidad de las luces en la escalera, así que llegarán alrededor de las dos. Tres como máximo. Vendrán cargados.

—¿Y crees que bastará con una docena de ellos para encargarse de todo allí abajo?

—Si no se produce ninguna avería importante, sí. —Se rascó la nuca—. ¿De qué lado crees que se decantarán los porteadores? ¿Y la gente de los pisos intermedios?

McLain se encogió de hombros.

—En general, los de los pisos intermedios se ven a sí mismos como gente de arriba. Sé de lo que hablo, me crié allí. Suben por las vistas siempre que pueden y comen en la cafetería para justificar el paseo. Pero en cambio, los de los pisos superiores... Tengo más esperanzas con ellos.

Knox no estaba seguro de haber oído bien.

—¿Cómo dices?

McLain lo miró al mismo tiempo que Knox sentía que el perro le apoyaba levemente el hocico en las botas, en busca de calor o compañía.

—Piénsalo —argumentó la anciana—. ¿Por qué estás tan furioso? ¿Porque has perdido una buena amiga? Eso sucede constantemente. No, es porque te han mentido. Y a esa gente le gustará menos aún, te lo aseguro. Ellos tienen que ver a las víctimas de esas mentiras todos los días. Los más reacios serán los de los pisos intermedios, quienes aspiran a ascender sin saber lo que hay arriba en realidad y nos miran a nosotros sin compasión.

—¿Así que crees que podemos encontrar aliados allí arriba?

—Sí podemos llegar hasta ellos, sí. Aunque habrá que convencerlos. Por ejemplo, con un bonito discurso como el que has utilizado para envenenar a mi gente.

Lo obsequió con una de sus infrecuentes sonrisas y Knox, sin poder evitarlo, respondió sonriendo a su vez. Y en aquel mismo instante comprendió la devoción que sentían sus hombres por ella. Era algo similar a la influencia que ejercía él sobre otros, pero por razones distintas. A él lo temían y querían sentirse seguros. Pero a McLain la respetaban y querían sentirse amados.

—El problema que tenemos es que los pisos intermedios nos separan de Informática —dijo ella mientras pasaba la mano sobre el plano—. Así que tenemos que atravesarlos de prisa, pero sin que estalle un conflicto.

—Creo que deberíamos entrar justo antes del amanecer —respondió Knox con voz irritada. Se echó un paso atrás y bajó la mirada hacia el perro, que se había sentado sobre una de sus botas y lo observaba con la estúpida lengua fuera, meneando la cola. Lo único que Knox veía en el animal era una máquina que consumía comida y dejaba excrementos a su paso. Una peluda bola de carne que no se podía comer. Se quitó a la pulgosa criatura de encima de la bota—. Largo —lo ahuyentó.

—*Jackson*, ven aquí —dijo McLain chasqueando los dedos.

—No entiendo por qué conserváis a esos bichos, y todavía menos por qué dejáis que se reproduzcan.

—No digas eso —repuso McLain—. Son buenos para el espíritu... para aquellos que tienen uno.

La miró fijamente para comprobar si estaba hablando en serio y vio que volvía a sonreír, esta vez con más facilidad.

—Bueno, pues cuando hayamos enderezado las cosas por aquí, pienso imponer otra lotería para ellos. Hay que controlar su número. —Le devolvió la sonrisa sarcástica. *Jackson* gimoteó hasta conseguir que McLain bajara la mano para acariciarlo.

—Si todos fuésemos tan leales como estas criaturas nunca habría levantamientos —dijo ella al tiempo que miraba hacia Knox.

Éste bajó la cabeza, en absoluto de acuerdo. A lo largo de los años había visto algunos perros en Mecánica, los suficientes para saber que, aunque él no pensase del mismo modo, otros sí lo hacían. Siempre miraba con incomprensión a quienes invertían parte de los cupones que tanto les costaba ganar en engordar a unas criaturas que nunca les devolverían el favor. Mientras *Jackson* cruzaba la mesa por debajo y se apoyaba en su rodilla mendigando una caricia, extendió las dos manos sobre el plano, desafiante.

—Lo que necesitamos para el ascenso es una maniobra de distracción —sugirió McLain—. Algo que distraiga a la gente de los pisos intermedios. Si pudiéramos conseguir que muchos de ellos subiesen a los pisos superiores... Porque vamos a organizar un buen jaleo al marchar con tanta gente.

—¿Vamos? Espera, no creerás que vas a venir...

—Si los míos van, por supuesto que sí. —Adelantó la cabeza con decisión—. Llevo cincuenta años subiendo y bajando las escaleras de los almacenes. ¿Crees que me van a desanimar unos pocos pisos?

Knox no sabía si existía algo capaz de desanimarla. La cola de *Jackson* golpeteaba las patas de la mesa mientras el hocico permanecía en el mismo sitio, mirándolo con la estúpida sonrisa que solía verse en la cara de los de su raza.

—¿Y si soldamos las puertas de camino hacia arriba? —apuntó Knox—. Así los mantendremos encerrados hasta que todo haya terminado.

—¿Y luego qué hacemos? ¿Disculparnos? ¿Y si la cosa se prolonga durante semanas?

—¿Semanas?

—No creerás que va a ser tan fácil, ¿verdad? Que vamos a subir allí y arrebatarles las riendas como si tal cosa...

—No me hago ilusiones con respecto a lo que vaya a pasar. —Señaló la puerta de la oficina de la anciana, que daba a unos talleres abarrotados de ruidosa maquinaria—. Nuestra gente está fabricando armas para una guerra, y si es necesario estoy decidido a utilizarlas. Aceptaría de buen grado una transición pacífica y me contentaría con mandar a Bernard y a algunos otros a limpiar, pero tampoco me da miedo ensuciarme las manos.

McLain asintió.

—Que quede claro.

—Como el agua —asintió él.

Dio una palmada. Se acababa de formar una idea en su cabeza. *Jackson* se apartó, asustado por el repentino ruido.

—Ya lo tengo —le dijo a la mujer—. La distracción, quiero decir. —Señaló los pisos inferiores de Mecánica sobre el plano—. ¿Y si le decimos a Jenkins que provoque un apagón? Podría empezar pocos pisos por encima de aquí, o mejor aún, en las granjas y los comedores. Podemos echar la culpa a los últimos trabajos de reparación del generador...

—¿Crees que los pisos intermedios se vaciarán? —McLain entornó los ojos.

—Si quieren tomar una comida caliente, sí. O si no quieren quedarse en la oscuridad.

—Yo creo que saldrán a la escalera a cotillear y ver qué pasa. Lo que quiere decir que habrá más gente en nuestro camino.

—¡Pues entonces les diremos que subimos a solucionar el problema! —Knox empezaba a sentirse frustrado. El dichoso perro había vuelto a sentársele en la bota.

—¿Subir para solucionar un problema? —McLain se echó a reír—. ¿Cuándo fue la última vez que eso tuvo algún sentido?

Knox se mesó las barbas. No entendía cuál era el problema. Eran muy numerosos. Trabajaban a diario con herramientas. Ahora iban a subir para dar su merecido a unos cuantos técnicos, hombrecillos como Bernard que se pasaban el día sentados, tecleando como secretarias. Sólo tenían que subir y hacerlo.

—¿Tienes alguna idea mejor? —preguntó.

—También debemos pensar en el después —dijo McLain—. Cuando hayas roto unas cuantas cabezas y la sangre esté filtrándose por las rejillas, ¿qué pasará? ¿Quieres que la gente viva temiendo que pueda repetirse? ¿O que volvamos a hacer lo que tengamos que hacer para llegar hasta allí arriba?

—Sólo quiero castigar a los que nos han mentido —respondió él—. Es lo que queremos todos. Todos hemos vivido con miedo. Miedo al exterior. Miedo a la limpieza. Miedo incluso a hablar sobre un mundo mejor. Y eran todo mentiras. El sistema estaba amañado de un modo perverso, para que agachásemos la cabeza y lo aceptáramos...

Jackson le ladró y comenzó a gimotear mientras su cola barría el suelo como la tubería de un compresor de aire con la boquilla atascada y fuera de control.

—Creo que cuando esto acabe —dijo Knox— y empecemos a hablar sobre utilizar nuestros conocimientos para explorar un mundo que hasta ahora sólo hemos podido contemplar, la gente se sentirá inspirada. Demonios, hasta yo me siento esperanzado al pensarlo. ¿Tú no?

Bajó la mano y acarició a *Jackson* en la cabeza, lo que hizo que el animal se calmara un poco. McLain lo miró un instante y por fin expresó su conformidad con un gesto de asentimiento.

—Adelante con el apagón —dijo con tono decidido—. Esta noche, antes de que quienes habían subido a ver la limpieza regresen decepcionados. Enviaré un grupo con velas y linternas para disipar los posibles temores. Tú nos seguirás varias horas más tarde con los demás. A ver hasta dónde llegamos con el cuento de las reparaciones antes de que comiencen los problemas. Con suerte, la mayoría de ellos estarán en la cama en los pisos intermedios, demasiado cansados tras haber tenido que subir a comer como para preocuparse por el revuelo.

—Habrá menos tráfico siendo tan temprano —convino Knox—, así que puede que nos encontremos con menos dificultades.

—El objetivo será llegar hasta Informática y aislarlos. Bernard sigue jugando a los alcaldes, así que es probable que no se encuentre allí. Pero cuando los pisos del treinta al cuarenta sean nuestros, se entregará o iremos a buscarlo. No creo que oponga demasiada resistencia una vez que sus instalaciones estén en nuestro poder.

—De acuerdo —asintió Knox. Era agradable tener un plan. Y un aliado—. Gracias por lo que estás haciendo.

McLain sonrió.

—Das muy buenos discursos para ser un grasiento —bromeó—. Y además... —señaló al perro con la cabeza—, a *Jackson* le gustas, y él casi nunca se equivoca. Al menos con los hombres.

Knox bajó la mirada y se dio cuenta de que seguía rascando al animal. Retiró la mano y vio que el perro lo miraba con la lengua fuera. En la sala contigua alguien se rió de un chiste y las voces de sus mecánicos se entremezclaron con las de los miembros de Suministros, amortiguadas por la pared y la puerta cerrada. Al sonido de las carcajadas se sumaron los ruidos de las varillas de acero moldeadas, las piezas planas convertidas en herramientas afiladas a base de martillazos y las máquinas para fabricar tornillos dedicadas ahora a hacer balas. En aquel momento comprendió las palabras de McLain sobre la lealtad. En los ojos de aquel perro tonto vio que estaría dispuesto a hacer cualquier cosa que él le pidiera. Y Knox se dio cuenta de que aquel peso que recaía sobre sus hombros, el de todos los hombres y mujeres que sentían aquello mismo por McLain y por él, era precisamente la carga más pesada de todas.

44

... y la Muerte aún no ha izado su pálida bandera.

La granja impregnaba el aire de la escalera con la intensa fragancia de la podredumbre fresca. Juliette seguía medio dormida cuando, al bajar las escaleras del piso, reparó en el olor. No sabía cuánto había dormido. Le parecía que días, pero lo mismo podían haber sido horas. Despertó con la cara pegada a la rejilla y una cuadrícula de líneas rojizas grabada en la mejilla, y se había puesto en marcha al instante. Sentía calambres en las tripas y el olor de la granja la apremiaba. A la altura del piso veintiocho era tan intenso que le parecía estar nadando a través de los aromas. Era el olor de la muerte, decidió. De los entierros. De un suelo arcilloso que, al ser removido, expulsaba al aire todas esas moléculas penetrantes.

Se detuvo al llegar al piso treinta —las granjas hidropónicas— e intentó abrir las puertas. Llegaba un sonido desde el final del pasillo, el suave zumbido de un ventilador o un motor. Resultaba extraño encontrarse con eso. Durante más de un día no había oído otra cosa que los ruidos que hacía ella misma. El brillo verdoso de las luces de emergencia no era ninguna compañía. Era como el calor de un cuerpo agonizante, como una pila que se agota con la fuga de los fotones. Pero allí había algo que se movía, algo aparte de su respiración y sus pisadas, y acechaba en el interior de los oscuros pasillos de las granjas hidropónicas.

Una vez más, dejó su única herramienta y defensa a su espalda, como tope de la puerta, para que entrase al menos un poco de luz. Dentro, el olor de la vegetación no era tan intenso como en la escalera. Juliette avanzó por el pasillo con una mano pegada a la pared. Las oficinas y la sala de recepción estaban a oscuras, como muertas, y el aire parecía seco. El torno tenía la luz apagada y no llevaba encima su tarjeta de identificación ni cupones. Apoyó las manos sobre los soportes y saltó por encima, un pequeño acto de desafío que, de algún modo, se le antojó importante, como si hubiera llegado a aceptar la anarquía de aquel lugar muerto, la completa falta de civilización y de normas.

La luz que se colaba desde la escalera apenas alcanzaba las primeras salas de cultivo. Esperó a que sus ojos se acostumbraran a la oscuridad, una capacidad que había perfeccionado en las profundidades de Mecánica y el interior de las máquinas averiadas y a la que ahora daba gracias. Lo que alcanzó a entrever, cuando al fin pudo hacerlo, no le gustó demasiado. Las granjas hidropónicas se habían perdido. Aquí y allá colgaban tallos gruesos como cuerdas de una red de tuberías suspendidas en alto. Esto le permitió hacerse una idea del tiempo que había transcurrido desde que dejaran de funcionar las granjas, si no el silo entero. No eran siglos, pero tampoco eran días. Hasta un abanico tan amplio se le antojaba una información valiosísima, la primera pieza del rompecabezas que ocultaba aquel lugar misterioso.

Golpeó una de las tuberías con los nudillos y oyó el eco sordo que revelaba que estaba llena.

¡No había plantas pero sí agua! La mera idea bastó para que le pareciese que se le secaba la boca. Pasó por encima de la barandilla y entró en la sala de cultivo. Pegó la boca a uno de los agujeros de las tuberías donde, en condiciones normales, tendría que estar el tallo de una planta. Hizo el vacío con los carrillos y aspiró. El fluido que cayó sobre su lengua era cenagoso y turbio, pero contenía agua. Y no sabía a productos químicos, sino a materia orgánica, aunque estuviese rancia. A tierra. Sólo un poco más desagradable que la grasa y el aceite en los que llevaba dos décadas prácticamente sumergida.

Así que siguió bebiendo hasta hartarse. Y se dio cuenta de que, ahora que tenía agua, si había más piezas del rompecabezas por ahí perdidas, existía la posibilidad de que viviera lo bastante como para encontrarlas.

Antes de marcharse, arrancó el extremo final de un tramo de tubería, con su tapa y todo. Apenas tenía tres centímetros de diámetro y sesenta de longitud, pero le serviría como cantimplora. Con delicadeza, dobló hacia abajo el extremo roto de la tubería para dejar que cayese el agua. Mientras llenaba su improvisado recipiente, aprovechó para echarse un poco de agua en los brazos y las manos, recelosa aún de la contaminación del exterior.

Una vez que su tubería estuvo llena, regresó a la iluminada entrada del final del pasillo. Había tres granjas hidropónicas, cada una de ellas con un circuito cerrado de tuberías que serpenteaba por largos y sinuosos pasillos. Trató de hacer un cálculo aproximado mentalmente, pero la única conclusión a la que llegó fue que tenía agua suficiente para beber durante mucho tiempo. El líquido le dejaba un sabor horrible en la boca y no la sorprendería que le provocara retortijones, pero si conseguía encender un fuego y encontraba tela y papel en cantidad suficiente para alimentarlo, podría resolver este problema hirviendo el líquido.

Al volver a la escalera se encontró de nuevo con los intensos olores que había dejado atrás. Recogió su cuchillo y descendió un largo tramo del silo, casi dos vueltas alrededor del hueco central, hasta llegar al rellano siguiente, donde comprobó que las puertas estaban abiertas.

Sin ningún género de dudas, el olor procedía de las granjas de tierra. Y de nuevo se oía el zumbido del motor, sólo que esta vez más fuerte. Dejó la tubería junto al cuchillo que usaba como tope para la puerta antes de entrar.

El olor a vegetación era asfixiante. Por delante, bajo la escasa luz verdosa que se colaba por la entrada, se veían unos brazos vegetales que reptaban sobre las barandillas y por el suelo del pasillo. Saltó sobre la puerta de seguridad y exploró el límite de la luz, con una mano pegada a la pared, mientras sus ojos se acostumbraban de nuevo a la oscuridad. Definitivamente había una bomba encendida en alguna parte. Además, oía el goteo del agua, procedente de una fuga o de algún grifo que aún funcionaba. Las hojas que le rozaban los brazos le provocaban escalofríos. El hedor de la materia descompuesta ya era discernible: era un olor a frutas y verduras que, abandonadas, se habían podrido en el suelo y marchitado en las ramas. Oyó el zumbido de las moscas, el sonido de la vida.

Introdujo la mano en una mata de vegetación y palpó a ciegas hasta que su mano se encontró con algo suave. Dio un tirón y sacó un tomate maduro a la luz. Al verlo, sus cálculos de tiempo sufrieron un brusco recorte. ¿Cuánto tiempo podían mantenerse solas las granjas de tierra? ¿Los tomates había que plantarlos todos los años o volvían a salir, como las malas hierbas? No lo recordaba. Le dio un mordisco y comprobó que el tomate aún no estaba totalmente maduro. Oyó un ruido detrás. ¿Otra bomba que se ponía en marcha?

Se volvió justo a tiempo de ver que la puerta de la escalera se cerraba bruscamente y sumía a la granja en una oscuridad absoluta.

Juliette quedó petrificada. Esperó a oír el tintineo del cuchillo al caer por la escalera. Trató de imaginar si podía haberse soltado y caído solo. Sin la luz, su sentido del oído pareció conectarse a las partes del cerebro que no estaba utilizando. Su respiración, e incluso su pulso, de pronto le parecían audibles y el zumbido de la bomba era mucho más fuerte que antes. Con el tomate en la mano, se agazapó y avanzó hacia la otra pared con la mano extendida frente a ella. Se acercó lentamente a la salida, inclinada para no golpearse con las plantas, tratando de mantener la calma. Allí no había fantasmas ni cosas sobrenaturales. Se repitió estas palabras una vez tras otra mientras avanzaba lentamente paso a paso.

Y entonces sintió que un brazo la tocaba por encima del hombro. Chilló y soltó el tomate. El brazo la inmovilizó y le impidió incorporarse. Se defendió a puñetazos, tratando de apartarse del intruso, y en la lucha se le cayó el turbante de la cabeza... Pero entonces notó el duro acero del torno, una de cuyas barras se extendía en dirección al pasillo, y se sintió como una idiota.

—Casi me provocas un ataque al corazón —le dijo a la máquina. Puso las manos a los lados y se apoyó en ella para levantarse. Volvería a por más provisiones cuando tuviese luz. Mientras dejaba el torno atrás y se encaminaba a la salida se preguntó si iba a empezar a hablar con los objetos. A volverse loca. Engullida por la oscuridad, se daba cuenta de que su perspectiva mental cambiaba en cuestión de minutos. El día antes había estado resignada a la muerte, mientras que ahora sólo la aterraba la locura.

Era un avance.

Finalmente, su mano tropezó con la puerta y la abrió. Al buscar el cuchillo, soltó una imprecación. Había desaparecido por la rejilla, eso estaba claro. Se preguntó hasta dónde habría caído, si volvería a encontrarlo o si al menos daría con otro para reemplazarlo. Se volvió para recoger su improvisada cantimplora...

Y vio que también había desaparecido.

Sintió que su campo de visión se estrechaba y se le aceleraba el corazón. Se preguntó si la puerta, al cerrarse, podía haber tirado la tubería. Se preguntó cómo era posible que el cuchillo se hubiera salido de una ranura más estrecha que su empuñadura. Y al remitir el martilleo de sus sienes, oyó otra cosa:

Unos pasos.

Unos pasos que resonaban en la escalera, por debajo de ella.

Corriendo.

45

El gozo violento tiene un fin violento.

El mostrador de Suministros traqueteaba con el trajín de los equipos para la guerra. Las armas de fuego, recién salidas de las fábricas y totalmente prohibidas, se alineaban allí como simples palos de acero. Knox cogió una de ellas —pudo sentir el calor del cañón recién perforado y estriado— y abrió la culata para examinar el tambor. Metió la mano en uno de los cubos de balas recién fabricadas, casquillos hechos de pequeños fragmentos de tubería rellenos de pólvora, e introdujo una en la flamante arma. El manejo del artilugio parecía muy sencillo: apuntar y apretar el gatillo.

—Cuidado dónde apuntas —dijo uno de los hombres de Suministros mientras se quitaba de en medio.

Knox levantó el cañón hacia el techo y trató de imaginarse lo que podía hacer una de esas cosas. Sólo había visto un arma una vez, una de las pequeñas que llevaban los ayudantes al cinto. Y siempre había creído que servían para impresionar más que para otra cosa. Se guardó en el bolsillo un puñado de la letal munición, consciente de que cada una de aquellas cositas podía segar una vida y de las razones por las que estaban prohibidas. Matar a un hombre tendría que haber sido un acto más complicado que apuntarlo con un trozo de tubería. Debería ser un proceso que tardase lo bastante como para dar tiempo a intervenir a la conciencia.

Uno de los trabajadores de Suministros salió de los pasillos con un cubo lleno de tubos en las manos. Al ver lo encorvado que caminaba, Knox se dio cuenta de que era muy pesado.

—Hasta el momento sólo hemos hecho dos docenas de estos —informó el hombre mientras dejaba el cubo sobre el mostrador.

Knox metió la mano y sacó uno de los pesados cilindros. Sus mecánicos, e incluso algunos de los hombres y las mujeres de amarillo, miraron el cubo con ojos recelosos.

—Golpeas con ese extremo algo duro —dijo el hombre que había detrás del mostrador, con la misma calma que si estuviese explicándole a un cliente cómo funcionaba un relé eléctrico y dándole unos últimos consejos sobre su instalación—, como una pared, el suelo, el cañón de tu arma, o cualquier cosa así, y adiós muy buenas.

—¿No será peligroso llevarlas encima? —preguntó Shirly mientras Knox se guardaba uno de los tubos en el bolsillo.

—Oh, no, hay que darles con fuerza.

Varios de los presentes metieron una mano en el cubo y sacaron un tubo. Knox se fijó en la mirada de McLain al coger uno para ella y guardárselo en el bolsillo del pecho. La expresión de su rostro era de frío desafío. Era consciente de que a él no le gustaba la idea de que los acompañase, y bastaba con echarle un vistazo para comprender que no atendería a razones.

—Muy bien —dijo McLain mientras dirigía sus ojos entre azules y grisáceos hacia los hombres y las mujeres que se habían congregado alrededor del mostrador—. Escuchadme todos. Habrá que abrir para seguir trabajando con normalidad, así que si vais a llevar un arma, coged munición. Ahí hay tiras de tela. Envolvedlas lo mejor posible para que no se vean. Mi grupo sale dentro de cinco minutos. Los que pertenezcan a la segunda oleada pueden esperar atrás sin que los vean.

Knox asintió. Se volvió hacia Marck y Shirly, que se reunirían con él en la segunda oleada. Los más lentos en subir irían por delante y tratarían de pasar inadvertidos. Los más resistentes los seguirían a buen paso, con la idea de converger en el piso treinta y cuatro al mismo tiempo. Cada uno de los grupos podría resultar sospechoso por sí solo, pero si marchaban juntos sería como si anunciasen sus intenciones con cánticos mientras subían.

—¿Estás bien, jefe? —Shirly se apoyó en el hombro el fusil del que se había provisto y lo miró con el ceño fruncido. El mecánico estaba mesándose la barba y se preguntaba en qué medida percibirían los demás su preocupación y su miedo.

—Perfectamente —rezongó—. Sí.

Marck cogió una bomba, se la guardó y apoyó una mano en el hombro de su esposa. Knox sintió una punzada de duda. Habría preferido que las mujeres no tuvieran que participar. Al menos las esposas. Seguía esperando que no hubiera que recurrir a la violencia, pero al ver con qué avidez se precipitaban a coger las armas cada vez le costaba más convencerse de ello. Ahora todos estaban capacitados para quitar vidas, y creía que estaban lo bastante indignados como para hacerlo.

McLain pasó por la entrada del mostrador y lo miró de arriba abajo.

—Vamos allá —dijo tendiéndole una mano.

Knox se la estrechó. Admiraba la fuerza que tenía aquella mujer.

—Nos veremos en el treinta y cinco y subiremos juntos el último piso —le recordó—. No empecéis la fiesta sin nosotros.

McLain sonrió.

—No lo haremos.

—Y buen ascenso. —Miró a los hombres y las mujeres que había tras ella—. A todos, buena suerte. Nos veremos pronto.

Le respondió una sucesión de graves cabeceos y mandíbulas apretadas. El pequeño ejército de color amarillo comenzó a desfilar hacia la puerta, pero Knox retuvo a McLain todavía un momento.

—Oye —dijo—. Nada de problemas hasta que lleguemos.

Ella le dio una palmada en el hombro y sonrió.

—Y cuando empiecen los tiros —continuó Knox— quiero verte en retaguardia, detrás de...

McLain se le acercó y le agarró una manga del mono. Su rostro arrugado se había endurecido de repente.

—Y dime, Knox de Mecánica, ¿dónde estarás tú cuando las bombas empiecen a volar? Cuando estos hombres y estas mujeres que nos siguen se enfrenten a la más difícil de las pruebas que han conocido, ¿dónde estarás?

El repentino reproche, aquel siseo casi inaudible que recayó sobre él con toda la fuerza de un grito, lo cogió por sorpresa.

—Sabes perfectamente dónde es... —comenzó a responder.

—Exacto —lo interrumpió McLain mientras le soltaba el brazo—. Y espero que tengas claro que me verás allí, a tu lado.

46

Soñé que mi amada vino y me halló muerto.

Juliette permaneció totalmente inmóvil, escuchando cómo se alejaba por la escalera el ruido de pisadas. Podía sentir las vibraciones en la barandilla. De repente sintió que se le ponía la piel de gallina en las extremidades. Deseaba gritar, pedirle al desconocido que se detuviera, pero la brusca descarga de adrenalina había hecho que sintiese el pecho frío y vacío. Era como si un viento glacial se le hubiera colado en el interior de los pulmones y le hubiese arrebatado la voz. Había gente viva en el silo, con ella. Y estaban huyendo.

Se apartó de la barandilla, echó a correr hacia los curvos escalones y comenzó a bajar por ellos tan rápido como se lo permitían sus piernas. Un piso más abajo, cuando la adrenalina comenzaba a disolverse, encontró la fuerza necesaria en los pulmones para gritar «¡alto!», pero el sonido de sus pies descalzos sobre los peldaños de metal pareció tragarse su voz. Ya no oía las pisadas de la persona que escapaba y no se atrevía a parar por miedo a que se alejase demasiado, pero al llegar al piso treinta y uno empezó a preocuparse ante la posibilidad de que se metiese en algún sitio recóndito y desapareciese. Y si sólo había un puñado de ellos en el silo, podía suceder que no los encontrara nunca. Sobre todo si no querían ser encontrados.

Por alguna razón, esto era aún más aterrador que cualquier otra cosa: la idea de permanecer el resto de sus días buscando provisiones y agua y tratando de sobrevivir en un silo en ruinas, hablando con objetos inanimados mientras un grupo de personas hacía exactamente lo mismo sin dejarse ver. La inquietaba de tal modo que tardó un rato en considerar la idea contraria: que pudiera ser el otro grupo el que la buscara y no precisamente con buenas intenciones.

No tendrían buenas intenciones, pero sí, en cambio, su cuchillo.

Se detuvo en el treinta y dos para escuchar, con las manos aferradas a la barandilla. Contener la respiración para no hacer ruido era algo imposible. Sus pulmones necesitaban desesperadamente profundas bocanadas de aire. Pero permaneció inmóvil, notando el golpeteo de su pulso contra la fría barandilla mientras el sonido inconfundible de las pisadas seguía subiendo desde debajo de ella, ahora con más fuerza. ¡Estaba alcanzándolo! Reanudó la carrera, envalentonada. Comenzó a bajar los peldaños de tres en tres con el cuerpo de lado, como hacía de joven, con una mano en la curvada barandilla y la otra extendida frente a ella para conservar el equilibrio. Sus talones apenas rozaban cada peldaño antes de echar a volar hacia el siguiente, concentrándose en no tropezar. Un traspié podía ser letal a esa velocidad. Las imágenes de brazos y piernas entablillados y las historias de esos desgraciados ancianos que se partían la cadera acudieron a sus pensamientos. Pero aun así forzó sus límites y avanzó literalmente volando. El treinta y tres pasó por delante como una exhalación. Media espiral más tarde oyó un portazo por encima del ruido de sus zancadas. Se detuvo y levantó la mirada. Se inclinó sobre la barandilla y miró hacia abajo. Las pisadas habían desaparecido y lo único que se oía en el aire era el ruido de sus propios jadeos.

Dio otra vuelta al hueco del silo a toda velocidad y se detuvo en el rellano de la puerta. No se abría, pero tampoco estaba cerrada con llave. El picaporte bajaba y la puerta se movía, pero algo impedía que se desplazara. Tiró con todas sus fuerzas, pero en vano. Dio un nuevo tirón y esta vez oyó un crujido. Con un pie apoyado en la otra puerta, lo intentó una tercera vez. Echó la cabeza atrás y, haciendo presión con toda la fuerza de su pierna, tiró con los brazos hacia su pecho...

Algo se partió. La puerta se abrió bruscamente y a Juliette se le escurrió el picaporte entre los dedos. Al otro lado hubo una explosión de luz, un cegador destello que se derramó desde el interior del piso antes de que la puerta volviera a cerrarse violentamente.

Juliette se arrastró hasta allí y volvió a coger el picaporte. Abrió la puerta mientras pugnaba por ponerse en pie. Sobre el suelo del pasillo descansaba la mitad de una escoba rota, cuya otra mitad colgaba del picaporte. Las veía perfectamente bajo aquella luz cegadora. Las lámparas del techo estaban encendidas, todas ellas. Los brillantes rectángulos se iban alejando por el techo hasta perderse de vista. Juliette aguzó el oído intentando oír pasos, pero no oyó otra cosa que el zumbido de las bombillas. Frente a ella, el ojo rojo del torno parpadeaba sin descanso, como si conociese secretos que no estaba dispuesto a revelarle.

Se incorporó, se acercó a la máquina y miró hacia la derecha, donde se veía una sala de juntas, también con las luces encendidas, al otro lado de un muro de cristal. Saltó sobre el torno con un movimiento que se había convertido ya en un hábito y volvió a decir «hola» en voz alta. La única respuesta que recibió fue el eco de su voz, pero el aire iluminado lo hacía sonar distinto, si tal cosa era posible. Había vida en aquel lugar, electricidad, otros oídos que podían escuchar su voz, y todo ello, de algún modo, hacía que los ecos sonasen con menos fuerza.

Fue asomándose a todas las oficinas por las que pasaba, buscando señales de vida. El lugar estaba hecho un desastre: cajones por el suelo, archivadores metálicos volcados, carísimo papel por todas partes... Una de las mesas estaba orientada hacia ella y Juliette vio que el ordenador estaba encendido y la pantalla mostraba un texto de color verde. En dos días —suponiendo que hubiera dormido tanto— su cerebro se había acostumbrado gradualmente al fulgor verde de las luces de emergencia, a un mundo desierto, a una vida sin energía. Aún sentía el sabor del agua estancada en la lengua, pero ahora caminaba por una oficina desordenada pero por lo demás normal. Se imaginó que el turno siguiente (¿tenían turnos las oficinas como aquélla?) volvía entre risas desde la escalera, recogía los papeles, ordenaba los muebles y se ponía a trabajar otra vez.

Al pensar en el trabajo se preguntó qué harían en aquel lugar. Casi se olvidó de su precipitado descenso por la escalera mientras husmeaba por allí, tan intrigada por las salas y la electricidad como por los pasos que la habían atraído hasta allí. Al doblar una esquina se encontró con una amplia puerta de metal que, al contrario que las demás, no se abría. Juliette se apoyó sobre ella y notó que cedía mínimamente. Empujó con el hombro sobre la puerta de metal y fue abriéndola centímetro a centímetro hasta que pudo entrar. Tuvo que pasar por encima de un alto archivador de metal que alguien había colocado delante de la pesada puerta para mantenerla cerrada.

Era una sala enorme, casi tan grande como la de los generadores y mucho más que la cafetería. Estaba llena de muebles, más grandes que archivadores pero sin cajones. En su lugar, en su cara delantera había luces parpadeantes de colores rojo, verde y ámbar.

Juliette revolvió entre los papeles que se habían caído del archivador. Y mientras lo hacía se dio cuenta de que no podía estar sola en aquella sala. Alguien tenía que haber colocado el archivador delante de la puerta y haberlo hecho desde dentro.

—¿Hola?

Caminó entre las hileras de máquinas, pues es lo que suponía que eran. Emitían un zumbido eléctrico y, de vez en cuando, algún chirrido o chasquido que parecía indicar que en su interior no estaban ociosas. Se preguntó si sería una especie de central eléctrica de naturaleza distinta... ¿Tal vez para alimentar aquellas luces? ¿O habría baterías en su interior ? Al ver todos los cables que salían de la parte de atrás se inclinó por esta última posibilidad. No era de extrañar que la iluminación fuese cegadora. La sala era como veinte veces todas las salas de baterías de Mecánica juntas.

—¿Hay alguien? —preguntó en voz alta—. No tengan miedo, no traigo malas intenciones.

Siguió avanzando por la sala, muy atenta a cualquier movimiento, hasta llegar a una de las máquinas, que tenía la compuerta trasera abierta. Al asomarse a su interior descubrió no las baterías que esperaba, sino unos tableros como los que Walker estaba siempre soldando. De hecho, las entrañas de la máquina se parecían muchísimo al interior del ordenador de la sala de envíos...

Retrocedió un paso al comprender lo que estaba viendo.

—Los servidores —susurró. Estaba en el piso de Informática de aquel silo. El treinta y tres. Pues claro.

Hubo un chirrido procedente de la pared más lejana, el ruido de un objeto metálico que se deslizaba sobre una superficie del mismo material. Mientras Juliette echaba a correr en aquella dirección, esquivando los enormes servidores, se preguntó por qué demonios huía de ella con tanta obstinación y donde pretendía esconderse.

Al doblar la última hilera vio que una sección del suelo, una plancha de rejilla metálica, se desplazaba para tapar un hueco. Saltó hacia allí y, mientras se le enredaba entre las piernas el traje de tela que se había fabricado, agarró el borde de la rejilla antes de que ésta pudiera cerrarse. Justo delante de ella vio los nudillos y los dedos de las manos de un hombre que sujetaban el borde de la rejilla. Hubo un grito de sorpresa y un resoplido de esfuerzo. Juliette trató de levantar la rejilla, pero no tenía por dónde asirla. Una de las manos desapareció. Un cuchillo ocupó su lugar y arañó la rejilla buscando sus dedos.

Juliette metió los pies por debajo y se puso en cuclillas para hacer palanca con el cuerpo. Tiró de la rejilla y, al hacerlo, sintió que el cuchillo se le clavaba en el dedo.

Chilló. El hombre que había debajo también chilló. Salió y sostuvo el cuchillo entre ambos con manos temblorosas. Las luces del techo se reflejaban en la hoja. Juliette arrojó al suelo la rejilla metálica y se agarró la mano, que goteaba sangre.

—¡Calma! —gritó mientras retrocedía para ponerse fuera de su alcance.

El hombre bajó la cabeza y luego la levantó bruscamente. Miró detrás de Juliette, como si hubiera más gente a su espalda. Juliette tuvo que combatir el impulso de mirar hacia atrás, pero decidió fiarse del silencio, por si se trataba de una simple estratagema.

—¿Quién eres? —le preguntó. Se cubrió la mano con una parte de la tela para contener la hemorragia. Se fijó en que el hombre, que llevaba una barba larga y descuidada, vestía un mono de color gris. Lo mismo podrían haberlo hecho en su propio silo, porque eran prácticamente idénticos. La miraba fijamente, con la maraña desgreñada de cabello negro cayéndole sobre la cara. Gruñó, se tapó la boca con la mano para toser e hizo ademán de meterse de nuevo bajo el suelo y desaparecer.

—No te vayas —lo instó Juliette—. No quiero hacerte ningún daño.

El hombre miró la mano herida de Juliette y su cuchillo. Juliette bajó la mirada un instante y vio un fino reguero de sangre que bajaba serpenteando hacia su codo. La herida le dolía, pero había sufrido cosas peores en sus tiempos como mecánica.

—L-l-lo siento —balbuceó el hombre. Se pasó la lengua por los labios y tragó. El cuchillo temblaba en su mano de manera incontrolable.

—Me llamo Jules —dijo al comprender que el hombre le tenía mucho más miedo a ella que al revés—. ¿Y tú?

El hombre desvió un instante la mirada hacia el cuchillo que los separaba, casi como si estuviera mirándose al espejo. Negó con la cabeza.

—No tengo nombre —susurró con voz ronca—. No me hace falta.

—¿Estás solo? —preguntó ella.

El hombre se encogió de hombros.

—Solo —dijo—. Años. —La miró—. ¿De dónde... —se volvió a pasar la lengua por los labios y carraspeó. Sus ojos llorosos centelleaban bajo la luz— vienes? ¿De qué piso?

—¿Llevas años solo? —preguntó ella con asombro. No alcanzaba a imaginárselo—. No vengo de ningún piso —afirmó—. He venido de otro silo. —Lo pronunció en voz baja, lentamente, temiendo el efecto que pudiera tener la noticia sobre un hombre de apariencia tan frágil.

Pero «Solo» se limitó a asentir, como si aquello tuviera sentido para él. No era la reacción que había esperado Juliette.

—El exterior... —Solo volvió a mirar el cuchillo. Alargó el brazo hacia el hueco del suelo, lo dejó sobre la rejilla y lo empujó para alejarlo de ambos—. ¿Ya es seguro?

Juliette negó con la cabeza.

—No —dijo—. Tenía un traje. No está muy lejos. Pero aun así, no debería estar viva.

Solo movió la cabeza arriba y abajo. La miró. Unos regueros de humedad salían por el rabillo de sus ojos e iban a perderse en el interior de su barba.

—Ni ninguno de nosotros —afirmó—. Ni uno solo.

47

... déjanos un rato;
hemos de hablar a solas.

—¿Qué lugar es éste? —preguntó Lukas a Bernard. Se encontraban frente a un gran plano que colgaba de la pared, como un tapiz. Mostraba una rejilla de círculos separados por distancias similares, unidos por líneas entre sí y con otros detalles en su interior. Algunos de los círculos estaban tachados con gruesas líneas de tinta roja. Era un diagrama imponente, como el que esperaba componer un día con sus cartas estelares.

—Nuestro legado —repondió simplemente Bernard.

Lukas lo había oído con frecuencia hablar en términos similares de los grandes servidores del piso de arriba.

—¿Son los servidores? —preguntó mientras se atrevía a pasar la mano a lo largo de una hoja de papel tan grande como una sábana pequeña—. La disposición es la misma que la de los servidores.

Bernard se colocó a su lado, por detrás, y se frotó la barbilla.

—Mmm. Qué interesante. Es cierto. Nunca me había fijado.

—¿Qué son? —Lukas se acercó y vio que cada uno de ellos estaba numerado. Había también un revoltijo de cuadrados y rectángulos en un rincón, con una serie de líneas paralelas que mantenían separadas las compactas figuras. Los dibujos geométricos no contenían detalle alguno, pero la palabra «Atlanta» estaba escrita debajo de ellos en grandes letras.

—Ya hablaremos de eso. Ven, deja que te muestre algo.

Al final de la sala había una puerta. Bernard la atravesó, encendiendo otras luces a medida que avanzaba.

—¿Quién más conoce esto? —preguntó Lukas a su espalda.

Bernard volvió la cabeza.

—Nadie.

A Lukas no le gustó la respuesta. Volvió la mirada hacia atrás. Se sentía como si estuviera dirigiéndose a un sitio del que la gente no regresaba.

—Sé que esto debe de parecerte muy repentino —apuntó Bernard. Esperó a que Lukas llegara a su altura y le rodeó los hombros con el brazo—. Pero las cosas han cambiado esta mañana. El mundo está cambiando. Y cuando el mundo cambia, raras veces lo hace de manera agradable.

—¿Esto tiene que ver con... la limpieza? —Estuvo a punto de decir «con Juliette». Su fotografía lo quemaba junto a la clavícula.

El rostro de Bernard se tornó severo.

—No ha habido limpieza —replicó bruscamente—. Y ahora se desatará el infierno y morirá gente. Y ¿sabes?, los silos se diseñaron desde cero precisamente para impedir estas cosas.

—Diseñaron... —repitió Lukas. El corazón le palpitó violentamente una, dos veces. Los engranajes de su cerebro se pusieron en marcha y por fin computaron que Bernard había dicho algo que no tenía sentido—. Perdón —dijo—. ¿Ha dicho «silos»?

—Conviene que te vayas familiarizando con esto. —Hizo un gesto hacia una mesita, con una silla de madera de aspecto frágil junto a ella. Sobre la mesa había un libro distinto a todos los que Lukas hubiera visto u oído mencionar alguna vez. Era casi tan alto como ancho. Bernard le dio unas palmaditas y luego se inspeccionó la palma de la mano, por si había polvo—. Te daré la otra llave, que debes llevar siempre alrededor del cuello. Baja cuando puedas y lee. Contiene nuestra historia, así como todas las medidas que debes tomar en caso de emergencia.

Lukas se acercó al libro. El valor del papel que con el que estaba hecho superaba a lo que se podía ganar con una vida entera de trabajo. Abrió la tapa. Su contenido estaba impreso a máquina con tinta muy negra. Pasó una docena de páginas de índice hasta encontrar la primera página del texto principal. Curiosamente, reconoció inmediatamente las primeras líneas.

—Es el Pacto —dijo mirando a Bernard—. Ya lo conozco bastante a fo...

—Esto es el Pacto —lo corrigió Bernard mientras cogía con los dedos el primer centímetro del grueso libro—. El resto es la Orden.

Retrocedió un paso.

Lukas vaciló un momento mientras asimilaba aquello, y luego alargó las manos y abrió el tomo aproximadamente por la mitad.

- En caso de terremoto:
  — Ruptura del sello y filtraciones del exterior: véase BRECHAS EN LA ESCLUSA (p. 2180)
  — Desplome de un piso o más: véase COLUMNAS DE SUSTENTACIÓN, en SABOTAJE (p. 751)
  — Incendios: véase...

—¿Sabotaje? —Lukas pasó unas pocas páginas y leyó algo sobre gestión del aire y asfixia—. ¿Quién ha escrito todo esto?

—Gente que ha vivido cosas muy malas.

—¿Se refiere...? —No sabía si tenía permiso para decir aquello, pero le daba la sensación de que allí abajo podía romper los tabúes—. ¿Se refiere a la gente de antes del levantamiento?

—A la gente que había antes de esa gente —respondió Bernard—. La primera.

Lukas cerró el libro. Movió levemente la cabeza de lado a lado mientras se preguntaba si se trataría de una broma, una especie de iniciación. Las cosas que decían los sacerdotes solían tener más sentido que aquello. Y los libros infantiles.

—En realidad no debería saber todo esto, ¿verdad?

Bernard se echó a reír. Su semblante se había transformado en cuestión de momentos.

—Sólo necesitas saber lo que hay aquí dentro para que puedas acceder a ello en caso necesario.

—¿Y eso qué tiene que ver con lo que ha pasado esta mañana? —Se volvió hacia Bernard, y de repente se dio cuenta de que nadie conocía su fascinación por Juliette, el hechizo con el que lo había atrapado. Las lágrimas se habían evaporado de sus mejillas y la culpa por robar sus perdidas posesiones había disuelto la vergüenza que sentía por haberle fallado de tal modo a alguien a quien apenas conocía. Y ahora aquel secreto se había perdido de vista. Lo único que lo delataba era el rubor que afloraba a sus mejillas mientras Bernard lo estudiaba y meditaba su pregunta.

—Página setenta y dos —dijo Bernard con un rostro en el que todo rastro de humor se había esfumado, reemplazado por la misma frustración de antes.

Lukas se volvió de nuevo hacia el libro. Era una prueba. Un rito de iniciación. Hacía mucho que no era una sombra sometida al escrutinio de su mentor. Comenzó a pasar páginas y entonces descubrió que la sección que buscaba venía justo después del Pacto, al comienzo de aquella Orden.

Encontró la página. En la parte superior, en negrita, decía:

- En caso de una limpieza fallida:

Y debajo de esto descansaban unas palabras terribles, hilvanadas con un significado espantoso. Lukas leyó las instrucciones varias veces sólo para asegurarse. Miró de soslayo a Bernard, quien asintió con tristeza antes de que Lukas devolviese su atención al libro.

- En caso de una limpieza fallida:
  — Prepararse para la guerra.

48

¡Ah, cadáver vivo en tumba de muertos!

Juliette siguió a Solo por el hueco del suelo de la sala de servidores. Allí había una larga escalerilla y un corredor que llevaba al piso treinta y cinco, una parte del piso que, sospechaba, no era accesible desde la escalera. Solo lo confirmó al cruzar agachado el estrecho corredor y acceder a un pasillo sinuoso y muy bien iluminado. Era como si de pronto le hubieran quitado un tapón de la garganta y se hubiera liberado un torrente, fruto de la soledad. Hablaba con los servidores que tenían encima. Les fue diciendo cosas que tenían muy poco sentido para Juliette, hasta que el pasillo dio paso a una sala desordenada.

—Mi casa —anunció Solo mientras abría los brazos. Había un colchón en una esquina, rodeado por unas sábanas deshechas y unos cuantos almohadones. También tenía una cocina improvisada apoyada sobre dos estantes, botellas de agua, comida enlatada, tarros y cajas vacías. El sitio estaba muy desordenado y olía mal, pero Juliette supuso que Solo no se daba cuenta. Al otro lado de la sala había una pared cubierta de estantes repletos de envases metálicos del tamaño de cajas de herramientas. Algunos de ellos estaban parcialmente abiertos.

—¿Vives aquí solo? —preguntó Juliette—. ¿No hay nadie más? —Al oír su propia voz no pudo sino reparar en un débil temblor de esperanza.

Solo negó con la cabeza.

—¿Y más abajo? —Juliette se inspeccionó la herida. Casi había dejado de sangrar.

—No lo creo —dijo—. Aunque a veces me da la impresión de

que sí. En ocasiones desaparece algún tomate. Pero supongo que son las ratas. —Dirigió una mirada hacia una esquina de la sala—. No las puedo atrapar todas —se lamentó —. Cada vez son más...

—¿A veces crees que hay más como tú? ¿Más supervivientes? —preguntó, tratando de ayudarlo a concentrarse.

—Sí. —Se rascó la barba y miró a su alrededor como si pensase que debería estar haciendo algo, alguna ceremonia reservada para cuando se tenían invitados—. A veces me encuentro con cosas cambiadas de sitio. O las luces de las plantas encendidas. Pero después me acuerdo de que fui yo quien lo hizo.

Se rió para sí. Era la primera cosa natural que Juliette le veía hacer y supuso que se habría convertido en un hábito con el paso de los años. Reírse para conservar la cordura, o porque ya la habías perdido. Pero reírse, en cualquier caso.

—Pensé que el cuchillo de la puerta era algo que había hecho yo. Entonces encontré la tubería. Me pregunté si la habría dejado una rata realmente grande.

Juliette sonrió.

—No soy una rata —dijo. Se arregló el mantel con el que se cubría y, al llevarse la mano a la cabeza, se preguntó qué habría sido del otro jirón de tela.

Solo pareció meditar sus palabras.

—¿Cuántos años han sido? —preguntó Juliette.

—Treinta y cuatro —respondió Solo sin dudarlo.

—¿Treinta y cuatro años? ¿Desde que te quedaste solo?

Al ver que asentía, Juliette tuvo la sensación de que el suelo se desmoronaba bajo sus pies. La mera idea de pasar todo ese tiempo sin ninguna otra persona cerca hacía que le diese vueltas la cabeza.

—¿Qué edad tienes? —preguntó. No parecía mucho mayor que ella.

—Cincuenta —contestó—. El mes que viene, estoy casi seguro. —Sonrió—. Es divertido esto de hablar. —Señaló la habitación que los rodeaba—. A veces hablo con las cosas y silbo. —La miró a los ojos—. Silbar se me da muy bien.

Juliette se dio cuenta de que probablemente era una recién nacida cuando sucedió todo aquello.

—¿Cómo has sobrevivido todos estos años? —preguntó.

—No lo sé. No pensaba sobrevivir años. Sólo quería durar horas. Pero se van acumulando. Como. Duermo. Y... —Apartó la mirada, se acercó a una de las estanterías y revolvió entre una serie de latas, muchas de las cuales estaban vacías. Encontró una con la tapa abierta, sin etiqueta y se la ofreció—. ¿Una judía? —le preguntó.

El primer impulso de Juliette fue rechazar el ofrecimiento, pero al comprobar la mirada de entusiasmo en el rostro de Solo le fue imposible.

—Claro —dijo, y al mismo instante se dio cuenta de lo hambrienta que estaba. Aún tenía en la boca el sabor del agua estancada de antes, la quemazón de los jugos gástricos y el tomate verde. Solo se acercó y Juliette metió la mano en la lata y sacó una judía verde y cruda. Se la introdujo en la boca y masticó.

—Y hago caca —dijo con tono avergonzado mientras ella tragaba—. No es muy bonito. —Negó con la cabeza e introdujo los dedos en la lata en busca de una judía—. Estoy yo solo, así que voy a los baños de los apartamentos hasta que no puedo soportar más el olor.

—¿En los apartamentos? —preguntó Juliette.

Solo buscó un sitio para dejar las judías. Finalmente se decantó por el suelo, entre un pequeño montón de basura y otros desechos de su vida en solitario.

—Las cisternas no funcionan. No hay agua. Estoy solo. —Parecía avergonzado.

—Desde los dieciséis —dijo Juliette, que había hecho los cálculos—. ¿Qué pasó aquí hace treinta y cuatro años?

Solo levantó los brazos.

—Lo de siempre. Que la gente se vuelve loca. Solo hace falta una vez. —Sonrió—. Estar cuerdos no sirve de nada, ¿sabes? Nadie nos felicita por ello. Ni siquiera yo mismo. Aguanto y aguanto y así voy pasando los días y luego los años y no hay recompensa. No hay nada extraordinario en ser normal. En no estar loco. —Frunció el ceño—. Entonces tienes un mal día y ya está, ¿sabes? Sólo hace falta uno.

De pronto se sentó en el suelo, cruzó las piernas y comenzó a darle tirones al tejido del mono, a la altura de sus rodillas, donde se formaban unas arrugas.

—Nuestro silo sólo tuvo un mal día. No hizo falta más. —Levantó la mirada hacia Juliette—. Todos los años anteriores no sirvieron de nada. De nada. ¿Quieres sentarte?

Señaló el suelo con un ademán. Tampoco esta vez podía decirle que no. Se sentó lejos de la apestosa cama y apoyó la espalda en la pared. Eran demasiadas cosas para asimilarlas de una vez.

—¿Cómo sobreviviste? —preguntó—. Al mal día, me refiero. Y desde entonces.

Al instante lamentó haberlo preguntado. No era importante, pero sentía la necesidad de saber qué, puede que porque quería vislumbrar lo que le esperaba, puede que porque temía que sobrevivir en aquel lugar podía ser peor que morir en el exterior.

—Gracias al miedo —respondió—. El hombre del que mi padre era sombra era el jefe de Informática. De este sitio. —Asintió—. Mi papá era una gran sombra. Conocía estas habitaciones. Había sólo dos o tres personas que la conocían y él era una de ellas. En los primeros minutos de la pelea me enseñó el lugar y me dio las llaves. Organizó una maniobra de distracción y de repente me convertí en el único que conocía el lugar. —Se miró el regazo un momento y luego volvió a levantar la mirada. En aquel momento, Juliette comprendió por qué parecía mucho más joven. No eran únicamente el miedo y la timidez lo que le daban esa apariencia. Era algo que había en sus ojos. Estaba atrapado en el perpetuo terror del momento terrible al que se había enfrentado en su juventud. Simplemente, su cuerpo estaba envejeciendo alrededor del cascarón congelado de un muchachito aterrorizado.

Se pasó la lengua por los labios.

—Nadie lo consiguió, ¿verdad? Los que salieron, quiero decir. —Escudriñó su rostro en busca de respuestas. Juliette podía sentir las tremendas esperanzas que le salían por los poros.

—No —respondió con tristeza al recordar cómo había sido caminar entre ellos, arrastrarse entre ellos. Parecía que hubieran pasado semanas en lugar de días.

—¿Así que los has visto ahí arriba? ¿A los muertos?

Ella asintió.

Solo hundió la cabeza.

—La vista no duró mucho. En los primeros días sólo salí una vez. Aún estaban luchando. Con el paso de los días empecé a salir más y cada vez más lejos. Descubrí muchas de las cosas que habían hecho. Pero llevo sin encontrar un cuerpo... —lo pensó detenidamente—, puede que unos veinte años.

—¿Así que hubo otros aquí durante algún tiempo?

Solo señaló el techo.

—A veces entraban aquí, en la sala de los servidores, y peleaban. Peleaban por todas partes. Y las cosas fueron cada vez a peor, ¿sabes? Se peleaban por la comida, por las mujeres, por la propia pelea... —Giró la cintura y señaló otra puerta—. Estas habitaciones son como un silo dentro de un silo. Aquí se puede aguantar diez años. Más, si estás solo. —Sonrió.

—¿Qué quieres decir? ¿Un silo dentro de un silo?

Solo asintió.

—Claro —dijo—. Lo siento. Estoy acostumbrado a hablar con alguien que sabe lo mismo que yo, todo. —Le guiñó un ojo y Juliette se dio cuenta de que se refería a sí mismo—. No sabes lo que es un silo.

—Pues claro que sí —respondió ella—. Nací y me crié en un sitio como éste. Aunque supongo que se podría decir que allí aún estamos en los buenos tiempos, aunque no sirva de nada.

Solo sonrió.

—Entonces, ¿qué es un silo? —preguntó con un burbujeo de juvenil desafío aflorando en su expresión.

—Es... —Juliette buscó las palabras exactas—. Es nuestra casa. Un edificio como los que hay al otro lado de la colina, pero bajo tierra. El silo es la parte del mundo en la que se puede vivir. La parte interior —dijo. Y mientras lo hacía se dio cuenta de que era más difícil expresarlo que comprenderlo.

Solo se echó a reír.

—Eso es lo que significa la palabra para ti. Pero estamos todo el rato usando palabras que no sabemos qué significan en realidad. —Señaló la estantería con los envases metálicos—. El auténtico conocimiento, todo él, esta ahí. Todo lo que ha sucedido alguna vez. —Le lanzó una mirada—. ¿Has oído alguna vez la expresión «terco como una mula»? ¿O has oído que a alguien lo llamaran «mula» alguna vez?

—Naturalmente —asintió Juliette.

—Pero ¿qué es una mula? —le preguntó.

—Alguien muy bruto. O muy cabezota.

Solo se echó a reír.

—Hay tantas cosas que no sabemos... —dijo. Se miró las uñas—. Un silo no es el mundo. No es nada. El término, la palabra, procede de hace mucho tiempo, cuando las cosechas crecían en el exterior, hasta donde alcanzaba la vista y más allá. —Abarcó el suelo con un amplio movimiento circular de la mano, como si fuese un vasto terreno—. Cuando había más gente de la que se puede contar, cuando todo el mundo tenía montones de niños... —Levantó la mirada hacia ella. Juntó las manos y se las retorció, casi como si se sintiera avergonzado por sacar el tema de los niños delante de una mujer—. Cultivaban tanta comida —continuó— que ni siquiera toda esa gente podía comérsela de una vez. Así que la almacenaban para los malos tiempos. Cogían cantidades incontables de semillas y las guardaban en grandes silos que se alzaban por encima de la superficie...

—Por encima de la superficie —repitió Juliette—. Silos. —Tenía la sensación de que Solo estaba inventándose todo aquello, de que se trataba de una ilusión elaborada por aquel desgraciado a lo largo de las décadas pasadas en solitario.

—Puedo mostrarte las imágenes —respondió él con tono malhumorado, como si sus dudas la ofendieran. Se levantó y corrió hacia el estante que contenía los envases de metal. Leyó las pequeñas etiquetas blancas de la parte inferior mientras iba pasando los dedos sobre ellas.

—¡Ah! —cogió una, que parecía bastante pesada, y se la llevó. Abrió el cierre y levantó la tapa. En su interior había un objeto voluminoso—. Déjame... —dijo, a pesar de que ella no había movido un solo músculo para ayudarlo. Dio la vuelta al recipiente y dejó que el pesado objeto le cayese sobre la palma de la mano. La destreza con la que lo manipulaba demostraba que había repetido aquel mismo gesto muchísimas veces. Tenía el tamaño de un libro infantil, sólo que diez o veinte veces más grueso. Pero seguía siendo un libro. Juliette podía ver los bordes de las páginas de un papel fino y meticulosamente recortado.

—Déjame que lo encuentre... —repitió él. Comenzó a pasar las páginas en grandes bloques. Cada bloque era una fortuna en papel prensado, que resonaba con fuerza al caer sobre otras fortunas. Poco a poco fue refinando la búsqueda, y con ella los bloques de páginas, hasta que al fin comenzó a pasarlas de una en una—. Aquí está —exclamó con satisfacción señalando con el dedo.

Juliette se acercó. Era como un dibujo, pero tan fiel que parecía casi real. Era como mirar el mundo del exterior desde la cafetería o ver el retrato de alguien en su tarjeta de identificación, sólo que en color. Se preguntó si el libro llevaría baterías.

—Qué real parece —susurró mientras le pasaba los dedos por encima.

—Es que es real —declaró Solo—. Es una fotografía.

Juliette estaba maravillada por los colores, el campo verde y el cielo azul que le recordaban las mentiras de su visor. Se preguntó si también aquello sería falso. No se parecía en nada a las fotografías burdas y cubiertas de manchas que había visto toda su vida.

—Estos edificios —continuó él señalando unas cosas que parecían grandes latas de color blanco apoyadas en el suelo— son los silos. Ahí guardaban las semillas en las épocas de vacas flacas. Para cuando regresaran los buenos tiempos.

Levantó la mirada hacia ella. Juliette lo tenía a escasos centímetros de distancia. Desde ahí pudo ver las arrugas alrededor de su cuello y hasta qué punto le disimulaba la barba la edad.

—No comprendo lo que intentas decirme —confesó.

Solo la señaló. Se señaló a sí mismo.

—Nosotros somos las semillas —afirmó —. Esto es un silo. Nos pusieron aquí a la espera de que pasen los malos tiempos.

—¿Quiénes? ¿Quién nos puso aquí? ¿Y qué malos tiempos?

Solo se encogió de hombros.

—Pero no funcionará. —Negó con la cabeza, volvió a sentarse en el suelo y continuó mirando las fotografías del enorme libro—. No se puede almacenar las semillas tanto tiempo —manifestó—. Al menos en un sitio tan oscuro como éste. No se puede.

Apartó la mirada del libro y se mordió los labios con lágrimas en los ojos.

—Las semillas no enloquecen —le dijo—. No enloquecen. Tienen malos días y muchos días buenos, pero no importa. Si las abandonas, por muy numerosas que sean, hacen lo que hacen las semillas cuando las dejas demasiado tiempo...

Se calló. Cerró el libro y lo apretó contra su pecho. Ante los ojos de Juliette comenzó a balancearse adelante y atrás con pequeñas oscilaciones.

—¿Qué hacen las semillas cuando las dejas demasiado tiempo? —le preguntó.

Solo frunció el ceño.

—Nos pudrimos —dijo—. Nos echamos a perder aquí abajo y nos pudrimos tan profundamente que ya no volvemos a germinar. —Parpadeó y la miró—. Nunca volveremos a germinar.

49

... y, aunque tengáis el vigor de veinte hombres,
al instante os matará.

La espera tras los pasillos de Suministros era lo peor. Los que podían conciliar el sueño echaron una siesta. La mayoría entabló conversaciones fruto del nerviosismo. Knox no podía dejar de consultar la hora en la pared mientras imaginaba cómo se movían todas las piezas por el silo. Ahora que los suyos estaban armados, lo único que podía esperar era un traspaso de poderes tranquilo y sin derramamiento de sangre. Confiaba en que pudieran obtener sus respuestas, averiguar lo que estaba sucediendo en Informática —esa pandilla de cabrones mentirosos— y quizá reivindicar la memoria de Jules. Pero sabía que las cosas se podían torcer.

Lo veía en la cara de Marck, en su modo de mirar a Shirly una y otra vez. La preocupación era evidente en el gesto ceñudo del hombre, en su manera de fruncir las cejas, en las arrugas que se dibujaban sobre el puente de su nariz. El lugarteniente de Knox no se molestaba en disimular la preocupación que sentía por su esposa, y Knox imaginaba que a él también se le notaba.

Sacó su multiherramienta y revisó la hoja. Separó los labios para comprobar en su reflejo si le había quedado algún resto de la última comida entre los dientes. Mientras la guardaba, la sombra de un miembro de Suministros apareció para informarlos de que tenían visitantes.

—¿De qué color? —preguntó Shirly mientras el grupo recogía las armas y se ponía en pie.

La joven señaló a Knox.

—Azul. Como vosotros.

Knox le acarició la cabeza y se alejó entre los estantes. Era buena señal. El resto de la gente de Mecánica llegaba antes de lo previsto. Se encaminó al mostrador mientras Marck reunía a los demás y despertaba a unos pocos entre el repiqueteo de los fusiles que sus hombres levantaban del suelo.

Al llegar al mostrador, vio que Pieter cruzaba la puerta principal después de que le franquearan el paso los dos hombres de Suministros que custodiaban la entrada.

Pieter sonrió y se estrecharon la mano. Tras él venían en fila varios trabajadores de su refinería, que habían reemplazado sus habituales monos negros por otros azules, más discretos.

—¿Cómo va la cosa? —preguntó Knox.

—Las escaleras están abarrotadas —informó Pieter. Hinchó el pecho con una profunda inhalación, que expulsó al cabo de un instante. Knox imaginaba el ritmo al que habían tenido que subir para llegar con tanta antelación.

—¿Todo el mundo está en marcha? —Pieter y él se hicieron a un lado mientras los dos grupos se entremezclaban y los miembros de Suministros se presentaban o abrazaban a los que ya conocían.

—Así es —asintió el otro—. El resto llegará en una media hora, calculo. Aunque me temo que los cuchicheos de los porteadores viajan aún más de prisa que nosotros. —Levantó la mirada hacia el techo—. Apostaría algo a que su eco resuena ya por encima de nuestras cabezas.

—¿Sospechas algo? —preguntó Knox.

—Oh, sí. Hemos tenido un problemilla en el mercado inferior. La gente quería saber lo que está pasando. Georgie los mandó a la mierda y pensé que iban a llegar a las manos.

—Dios, y eso que aún no hemos llegado a los pisos intermedios.

—Sí. No dejo de pensar que una incursión más modesta habría tenido más probabilidades de éxito.

Knox frunció el ceño, aunque entendía por qué Pieter pensaba así. Estaba acostumbrado a conseguir muchas cosas con únicamente un puñado de brazos fuertes a su disposición. Pero era demasiado tarde para discutir sobre unos planes que ya estaban en marcha.

—Bueno, supongo que los apagones ya habrán comenzado —advirtió Knox—. Ya no se puede hacer nada, salvo seguir adelante.

Pieter asintió con gesto grave. Recorrió con la mirada la sala, donde los hombres y las mujeres estaban armándose y preparando el equipo para otra ascensión rápida.

—Y supongo que pensamos abrirnos paso a la fuerza hasta arriba.

—Nuestro objetivo es que se nos oiga —declaró Knox—. Y para eso es necesario hacer algo de ruido.

Pieter dio unas palmadas a su jefe en el brazo.

—Bueno, en ese caso ya tenemos media victoria.

Se marchó para coger un arma y rellenar una cantimplora. Knox se reunió con Marck y Shirly junto a la puerta. Los que no llevaban armas de fuego se habían equipado con barras de hierro aplanado de aspecto temible, cuyos bordes evidenciaban en su plateado brillo el duro trabajo de la amoladora. Knox pensó que era asombroso que todos ellos supieran, de un modo instintivo, fabricar herramientas diseñadas para hacer daño. Aquella capacidad de infligirse dolor mutuamente era algo que hasta las sombras poseían desde muy jóvenes, un conocimiento dragado de algún modo desde las brutales profundidades de la imaginación.

—¿Vienen los otros detrás? —preguntó Marck a Knox.

—La cosa no va mal —respondió éste—. No son los únicos que llegan con antelación. El resto nos alcanzará pronto. ¿Estamos listos?

Shirly asintió.

—En marcha, pues —ordenó.

—Muy bien. Pues adelante y arriba, como se suele decir. —Knox recorrió con la mirada la sala, donde sus mecánicos se entremezclaban con los miembros de Suministros. No pocos rostros se habían vuelto en su dirección, puede que esperando alguna señal, tal vez otro discurso. Pero Knox no era capaz. Lo único que sentía en aquel momento era el miedo a estar arrastrando al matadero a buenas personas, consciente de que los tabúes estaban cayendo en cascada y todo podía estar sucediendo demasiado de prisa. Una vez fabricadas las armas, ¿quién se encargaría de destruirlas? Los cañones apoyados sobre los hombros conferían a su grupo el aspecto de un alfiletero. Había algunas cosas que, como las palabras una vez pronunciadas, no se podían deshacer. Y se dio cuenta de que sus hombres estaban a punto de hacer otras muchas.

—Conmigo —gruñó, y el parloteo empezó a remitir. Los hombres se colgaban las mochilas al hombro entre el tintineo de bolsillos repletos de peligro.

—Conmigo —volvió a decir a la sala de pronto silenciosa, y sus soldados comenzaron a formar en columnas. Knox se volvió hacia la puerta, consciente de pronto de que aquello se debía, en efecto, a él. Se aseguró de que llevaba el fusil tapado, se lo metió debajo del brazo y le apretó el hombro a Shirly mientras ella le abría la puerta.

En el exterior, dos trabajadores de Suministros aguardaban junto a la barandilla. Habían estado contándole a la gente que había un problema con el suministro eléctrico. Al abrirse las puertas, la luz radiante y el ruido de la maquinaria de Suministros se filtraron a la escalera, y Knox comprendió a qué se refería Pieter con lo de que los cuchicheos viajaban más de prisa que los pies. Se ajustó a la espalda la mochila con las herramientas, velas y linternas que pensaban utilizar para fingir que subían en una misión de auxilio y no de guerra. Bajo esta capa de engaño ocultaba más balas y una bomba adicional, vendas y un ungüento para las heridas, por si acaso. El fusil, cubierto con una tela, permanecía debajo de su brazo. Como sabía lo que era, el camuflaje le parecía ridículo. Miró al resto de los que iban a marchar con él, algunos de ellos con delantales de soldador, otros con cascos de obrero, y se dio cuenta de que sus intenciones eran evidentes.

Dejaron atrás el rellano y la luz que salía de Suministros e iniciaron el ascenso. Varios de los hombres de Mecánica se habían puesto monos amarillos para no llamar la atención en los pisos intermedios. Avanzaban ruidosamente a la tenue luz nocturna de la escalera. Al oír el ruido procedente de abajo, Knox recordó que el resto de los suyos los alcanzarían pronto, y eso le dio esperanzas. Lo sentía por sus cansadas piernas, pero se recordó que ellos viajaban ligeros de equipaje.

En un esfuerzo consciente, intentó retratar bajo la luz más positiva posible la mañana que se avecinaba. Puede que el conflicto concluyese antes de que llegase el resto de sus fuerzas. Puede que su participación se limitara a sumarse a las celebraciones. Para cuando los alcanzasen, Knox y McLain ya habrían penetrado en los niveles prohibidos de Informática, le habrían arrancado la tapa a la inescrutable maquinaria que contenían y habrían dejado a la vista de todos sus malvados engranajes de una vez para siempre.

Hicieron buenos progresos mientras Knox soñaba con un golpe de Estado incruento. Pasaron por un rellano donde un grupo de mujeres estaba colgando la colada sobre la barandilla de metal. Las mujeres, al ver a Knox y a sus hombres con sus monos azules, se quejaron de los cortes en el suministro eléctrico. Varios de sus compañeros pararon un momento para repartir algunos suministros y esparcir algunas mentiras. Hasta que no hubieron dejado atrás el rellano, Knox no se fijó en que la tela que cubría el cañón del arma de Marck se había soltado. Se lo avisó y pudieron arreglarlo antes de llegar al siguiente rellano.

El ascenso se convirtió en un trance silencioso y duro. Knox dejó que los demás tomaran la delantera mientras él se retrasaba hasta la retaguardia para comprobar cómo estaban sus hombres. Por mucho que vistieran de amarillo, seguía considerándolos su responsabilidad. Sus vidas pendían de un alambre tendido por decisiones tomadas por él. Era tal como había dicho el loco de Walker. Así era como empezaba. Un levantamiento, como los de las fábulas de su infancia. Y de pronto Knox sintió una profunda conexión con aquellos fantasmas de antaño, aquellos antepasados del mito y la tradición. Otros hombres y mujeres habían hecho exactamente lo mismo en el pasado. Puede que por razones diferentes, puede que con una cólera menos noble prendida de las gargantas, pero en algún momento, en algún piso, se habían organizado otras marchas como aquélla. Botas similares habían hollado los mismos peldaños. Puede que algunas de ellas siguieran allí, sólo que con nuevas suelas. Y todo ello en medio del traqueteo de un instrumental de guerra transportado por manos que no tenían miedo de utilizarlo.

La percepción repentina de este vínculo con un pasado misterioso sobresaltó a Knox. Tampoco hacía tantísimo, ¿verdad? ¿Menos de doscientos años? Calculó que para gente que hubiera vivido tanto como Jahns (o McLain, por cierto) habría bastado con tres generaciones. Tres saltos de aquel levantamiento a este que se producía ahora. ¿Y los años intermedios? ¿Aquella prolongada paz encajada entre dos guerras?

Knox iba devorando peldaños, paso a paso, mientras pensaba en todas estas cosas. ¿Se había convertido en una de las malas personas de las que le habían hablado en su infancia? ¿O es que le habían mentido? Pensar en ello hacía que le doliese la cabeza, pero allí estaba, encabezando una revolución. Algo que, sin embargo, le parecía totalmente justo. Totalmente necesario. ¿Y si había sucedido lo mismo en aquella guerra pretérita? ¿Habrían sentido lo mismo en el interior de su pecho los hombres y las mujeres que la habían librado?

50

Estando ahí abajo, me parece verte
como un muerto en el fondo de una tumba.

—Harían falta diez vidas para leer todo esto.

Juliette apartó la mirada de los recipientes metálicos y los gruesos libros amontonados sobre los estantes. En sus páginas, repletas de texto, había mil veces más maravillas que en cualquiera de los libros infantiles de su juventud.

Solo volvió la cabeza hacia ella, junto a la estufa donde estaba hirviendo agua y calentando sopa. Levantó una goteante cuchara de metal y los señaló con ella.

—No creo que fuesen para leerlos —le dijo—. Al menos para leerlos como los he leído yo, de la primera página a la última. —Tocó la cuchara con la lengua y luego volvió a meterla en la cazuela para remover—. Está todo obsoleto. Más bien es algo así como un telón de fondo del telón de fondo.

—No sé lo que significa eso —admitió Juliette. Se miró el regazo, donde las fotografías de unos seres llamados «mariposas» llenaban las páginas. Tenían unas alas tan brillantes que resultaba cómico. Se preguntó si serían tan grandes como sus manos o como ella misma. Todavía no era capaz de concebir la escala apropiada para aquellos seres.

—Los servidores —puntualizó Solo—. ¿A qué creías que me refería? El telón de fondo.

Parecía nervioso. Juliette lo observó junto a la estufa, haciendo movimientos convulsos y dementes, y se dio cuenta de que era ella la enclaustrada e ignorante, no él. Él había tenido a su disposición todos aquellos libros y se había pasado décadas leyendo sobre historia en compañía de unos antepasados que ni siquiera podía alcanzar a imaginar. ¿Con qué contaba ella como experiencia? ¿Con una vida en la oscuridad con millares de salvajes tan ignorantes como ella?

Trató de recordarlo mientras veía cómo el otro se metía un dedo en la oreja y luego inspeccionaba la uña.

—¿El telón de fondo de qué, exactamente? —preguntó, casi asustada por las respuestas crípticas que se avecinaban.

Solo sacó dos cuencos. Comenzó a limpiar uno de ellos con el tejido de la parte frontal de su mono.

—El telón de fondo de todo —manifestó —. Todo lo que sabemos. Todo lo que ha sucedido alguna vez. —Bajó los cuencos y los dejó en el suelo—. Sígueme —dijo con un gesto del brazo—. Te lo enseñaré.

Juliette cerró el libro y lo guardó en la lata. Se levantó y siguió a Solo a la habitación contigua.

—Disculpa el desorden —se excusó él señalando con un gesto un montón de basura apilado contra una pared. Parecía estar formado por un millar de latas de comida vacías y olía peor que diez millares. Juliette arrugó la nariz y combatió el reflejo de vomitar. Solo no pareció reparar en ello. Se detuvo frente a una pequeña mesa de madera y comenzó a buscar entre unos diagramas que colgaban de la pared en enormes hojas de papel.

—¿Dónde estará? —se preguntó en voz alta.

—¿Qué es eso? —preguntó Juliette, fascinada. Vio uno que parecía un plano del silo, aunque muy distinto al que había visto en Mecánica.

Solo se volvió. Tenía varias de las hojas colgando del hombro y su cuerpo prácticamente desaparecía bajo el papel.

—Mapas —dijo—. Quiero que veas todo lo que hay ahí fuera. Te vas a cagar. —Hizo un gesto de desagrado con la cabeza y murmuró algo para sí—. Perdón, no pretendía decir eso.

Juliette respondió que no pasaba nada y se llevó el dorso de la mano a la nariz. El hedor de la comida descompuesta resultaba insoportable.

—Aquí está. Sujeta esta parte. —Le tendió la esquina de media docena de hojas de papel. Él las cogió por el otro lado y entre los dos las apartaron de la pared. Juliette estuvo a punto de decir que los mapas tenían unas anillas en la parte inferior y seguramente habría por alguna parte unos ganchos o algún sitio donde colgarlos para extenderlos, pero al final optó por no hacerlo. Cuando abría la boca, el olor de las latas era aún peor.

»Estos somos nosotros —dijo Solo. Señaló un puntito sobre uno de los papeles. Había unas líneas negras y sinuosas por todas partes. No se parecía a los planos que había visto Juliette durante toda su vida. Parecía obra de un niño. Apenas contenía una sola línea recta.

—¿Y eso qué se supone que es? —preguntó.

—Fronteras. ¡Tierra! —Solo pasó la mano sobre una forma maciza que cubría casi una tercera parte del plano—. Todo esto es agua —afirmó.

—¿Dónde? —preguntó Juliette. Se le estaba empezando a cansar el brazo. Y entre el olor y los enigmas comenzaba a sentirse desorientada. Se sentía muy lejos de casa. Corría el peligro de que la emoción de la supervivencia fuese reemplazada por la deprimente perspectiva de años y años de larga y miserable existencia.

—¡Ahí fuera! Cubriendo la tierra —Señaló las paredes con un gesto vago. Entornó los ojos al ver la confusión de Juliette—. El silo, este silo, sería tan pequeño en comparación como un solo pelo de tu cabeza. —Dio unas palmaditas al mapa—. Aquí mismo. Todos ellos. Puede que todo lo que queda de nosotros. Tan pequeño como mi dedo pulgar. —Colocó un dedo sobre una maraña de líneas. Juliette pensó que parecía muy sincero. Se inclinó para ver mejor, pero él la empujó hacia atrás.

—Suéltalo —dijo. Le dio un cachete en la mano que sujetaba las esquinas del papel y alisó el mapa sobre la pared—. Éstos somos nosotros. —Señaló uno de los círculos de la primera de las hojas. Juliette examinó las filas y columnas y calculó que habría aproximadamente unas cuatro docenas de ellas—. Silo diecisiete. —Subió la mano hacia arriba—. El doce. Éste es el ocho. Y el silo uno está aquí arriba.

—No.

Juliette negó con la cabeza y alargó las manos hacia la mesa, con las piernas temblorosas.

—Sí. Silo uno. Probablemente tú seas del dieciocho, o del dieciséis. ¿Recuerdas si caminaste mucho?

Juliette cogió la pequeña silla y se dejó caer sobre ella.

—¿Cuántas colinas atravesaste?

Juliette no respondió. Estaba pensando en el otro mapa y en su escala. ¿Y si Solo tenía razón? ¿Y si había cincuenta silos más o menos y todos ellos se podían cubrir con un simple pulgar? ¿Y si Lukas tenía razón sobre la distancia a la que se encontraban las estrellas? Necesitaba algún sitio en el que meterse a rastras, algo con lo que cubrirse. Necesitaba dormir un poco.

—Una vez tuve noticias del silo uno —declaró Solo—. Hace mucho. No sé muy bien cómo les va a los demás...

—Espera —replicó Juliette mientras se enderezaba—. ¿Qué quieres decir con eso de que tuviste noticias de ellos?

Solo no apartó la mirada del mapa. Pasaba la mano de un círculo a otro con una expresión infantil en la cara.

—Llamaron. Para ver cómo estábamos. —Apartó la mirada del mapa y de ella y la dirigió hacia la esquina más lejana de la sala—. No hablamos mucho. Yo no me sabía todos los procedimientos. No parecían muy contentos.

—Muy bien, pero ¿cómo lo hiciste? ¿Podemos llamar a alguien ahora? ¿Era una radio? ¿Tenía antenitas, una pequeña cosa negra y puntiaguda...? —Se puso en pie, se acercó hasta él, lo cogió por los hombros y lo obligó a darse la vuelta. ¿Cuántas cosas más sabía aquel hombre que podían serle de ayuda pero no le contaba?—. Solo, ¿cómo hablaste con ellos?

—A través del cable —respondió él. Levantó las manos y se tapó los oídos con ellas—. Únicamente tienes que hablar por él.

—Tienes que enseñármelo —lo apremió.

Solo se encogió de hombros. Volvió a levantar algunos mapas y, al encontrar el que quería, sujetó los otros contra la pared. Era el plano del silo que ella había visto antes, un corte lateral dividido en tercios. Cada uno de los tercios estaba separado de los otros. Lo ayudó a sujetar las demás hojas.

—Aquí están los cables. Discurren por todas partes. —Siguió con el dedo unas gruesas líneas que salían de la pared exterior hasta perderse por un borde del papel. Tenían minúsculas anotaciones dentro de unos recuadros. Juliette se inclinó para poder leerlas y reconoció mucha nomenclatura propia de la ingeniería.

—Esto es la electricidad —aventuró señalando las líneas con un símbolo zigzagueante encima.

—Sí —asintió Solo—. Aquí ya no producimos nuestra propia energía. Creo que la recibimos de los demás. Es algo automático.

—¿La recibís de los demás? —Juliette sentía que su frustración iba en aumento. ¿Cuántas cosas cruciales sabía aquel hombre que tomaba por triviales?—. ¿Algo más que quieras añadir? —le preguntó—. ¿Tienes un traje volador que pueda llevarme de regreso a mi silo? ¿O hay pasadizos secretos bajo los pisos por los que podemos desplazarnos de uno a otro con toda tranquilidad?

Solo se echó a reír y la miró como si estuviese loca.

—No —respondió —. En ese caso habría una sola semilla, no muchas. Un mal día acabaría con todos nosotros. Además, los excavadores están muertos. Los enterraron. —Señaló un extremo, una sala rectangular que sobresalía del límite de Mecánica. Juliette estudió el plano con atención. Podía reconocer de un simple vistazo todos los pisos de los subterráneos, pero no sabía nada sobre la existencia de aquella sala.

—¿Qué es eso de los excavadores?

—Las máquinas que quitaban la tierra. Construyeron este sitio, ¿sabes? —Pasó la mano a lo largo de todo el silo—. Eran demasiado pesadas para moverlas, así que supongo que construyeron las paredes por encima de ellas.

—¿Aún funcionan? —preguntó Juliette. Una idea estaba formándose en su cabeza. Pensó en las minas, donde había trabajado excavando la roca a mano. Pensó en la clase de máquina capaz de excavar un silo entero y se preguntó si se podría utilizar para excavar entre dos de ellos.

Solo emitió un chasquido con la lengua.

—No. Aquí no funciona nada. Todo se quemó. Además... —Con un movimiento brusco bajó la mano hasta los subterráneos—. Están las inundaciones... —Se volvió hacia Juliette—. Espera. ¿Quieres salir? ¿Para ir a otra parte? —Movió la cabeza con incredulidad.

—Quiero irme a casa —confesó Juliette.

Solo abrió los ojos de par en par.

—¿Por qué? Ellos te echaron, ¿no? Quédate aquí. No queremos marcharnos. —Se rascó la barba y balanceó la cabeza de lado a lado.

—Alguien tiene que enterarse de todo esto —le dijo Juliette—. Toda esa gente que está ahí fuera. Todo el espacio que hay más allá. La gente de mi silo tiene que saberlo.

—Pero si ya lo saben —respondió él.

La estudió con expresión intrigada y entonces, de repente, Juliette se dio cuenta de que tenía razón. Comprendió en qué parte del silo estaban. Se encontraban en el corazón de Informática, en lo más profundo de la sala fortificada de los míticos servidores, por debajo de ellos, ocultos en una estancia que probablemente no conocía ni la gente que tenía acceso a los más profundos núcleos de los misterios del silo.

Alguien en su silo lo sabía, sí. Había conspirado para mantener todo aquello en secreto durante generaciones. Había decidido, por sí solo y sin la colaboración de nadie, lo que debían saber y lo que no. El mismo hombre que había mandado a Juliette a la muerte, un hombre que había matado quién sabe a cuántos más...

—Háblame de esos cables —le pidió Juliette—. ¿Cómo hiciste para hablar con el otro silo? Dame todos los detalles.

—¿Por qué? —preguntó Solo mientras parecía empequeñecerse delante de ella. Tenía los ojos húmedos de miedo.

—Porque —respondió Juliette— hay alguien a quien tengo muchas ganas de llamar.

51

Un día tan triste augura otros males:
empieza un dolor que ha de prolongarse.

La espera resultaba interminable. Era el largo silencio del picor en el cuero cabelludo y los regueros de sudor, La incomodidad del peso en los codos, de las espaldas dobladas, de la tripa pegada a una implacable mesa de juntas. Lukas, con el temible fusil preparado, miraba a través de la ventana hecha añicos de la sala de conferencias. Pequeños fragmentos como joyas engalanaban la cara interior del marco, como colmillos transparentes. Lukas aún podía oír, resonando en sus oídos, la increíble detonación del arma de Sims, cuyo disparo había destrozado el cristal. Aún podía oler el penetrante aroma de la pólvora en el aire y ver las miradas de preocupación en las caras de los demás técnicos. La destrucción le había parecido completamente innecesaria. Todos los preparativos, el transporte de las enormes armas desde la zona donde se almacenaban, la interrupción de sus conversaciones con Bernard, la noticia de que subía gente desde los subterráneos... Nada de todo eso tenía el menor sentido.

Mientras revisaba la corredera lateral del fusil, trató de recordar los cinco minutos de instrucción que había recibido horas antes. Había un «proyectil» en la «recámara». El arma estaba «amartillada». Más «balas» esperaban pacientemente en el «cargador».

Y los chicos de seguridad se metían con él por su jerga... El vocabulario de Lukas había experimentado un crecimiento exponencial y repentino. Pensó en los servidores, en las páginas y páginas de la Orden, en las hileras de libros que apenas había podido vislumbrar. Era tanto que temía que su mente no pudiese soportarlo.

Pasó otro minuto practicando con la «mira», deslizando la vista por encima del «cañón» y alineando la pequeña cruz con el minúsculo círculo. Apuntó a las sillas que habían amontonado frente a la puerta a modo de improvisada barricada. Hasta donde él sabía, podían pasarse días esperando así sin que sucediera nada. Hacía bastante que ningún porteador les traía noticias sobre lo que estaba sucediendo abajo.

Para practicar, metió el dedo delicadamente en el «guardamonte» y lo apoyó en el «gatillo». Trató de hacerse a la idea de que tendría que apretar ese gatillo, de prepararse para la sacudida sobre la que Sims lo había advertido.

Bobbie Milner —una sombra de no más de dieciséis años— hizo un chiste a su lado y Sims les dijo a ambos que cerraran la puta boca. Lukas no protestó al verse incluido en la reprimenda. Dirigió la vista hacia la puerta de seguridad, donde los pilares y el escritorio metálico estaban erizados de cañones de color negro. Peter Billings, el nuevo comisario, estaba allí, jugueteando con su pequeña arma. Bernard se encontraba a su lado, impartiendo instrucciones a sus hombres. Bobbie Milner se removió a su lado y refunfuñó, tratando de ponerse más cómodo.

Espera. Más espera. Todos estaban a la espera.

Pero claro, si Lukas hubiera sabido lo que se avecinaba, no le habría importado.

Habría suplicado que la espera se prolongara eternamente.

Knox y su grupo subieron del piso setenta al sesenta sin hacer más que unas pocas paradas para beber agua, asegurarse las mochilas y atarse las botas. Se cruzaron con varios porteadores del turno de noche que los interrogaron sobre lo que hacían allí y los apagones. Todos ellos se marcharon descontentos. Y, con un poco de suerte, sin saber aún lo que pasaba.

Pieter había dicho la verdad: la escalera estaba abarrotada. La vibración provocada por la marcha de tantísimos pies se dejaba sentir por toda ella como un cántico. Por lo general, quienes vivían arriba regresaban a su zona de origen para alejarse de los apagones, atraídos por la promesa de electricidad, comida y duchas calientes. Y mientras tanto, Knox y los suyos se movilizaban tras ellos para ir en busca de otras cosas.

Al llegar al cincuenta y seis se encontraron con el primer problema. Había un grupo de granjeros junto a la entrada de la granja hidropónica bajando unos cables eléctricos por encima de la barandilla, presumiblemente para que los cogiera un grupo más reducido que habían visto en el último rellano. Al ver los monos azules de la gente de Mecánica, uno de ellos les gritó:

—Eh, que nosotros os damos de comer. ¿No podéis mantener el suministro eléctrico?

—Hablad con Informática —replicó Marck desde la vanguardia—. Son ellos los que están cargándose los fusibles. Hacemos lo que podemos.

—Pues hacedlo más de prisa —insistió el granjero—. Que acabamos de tener un parón energético para prevenir este tipo de chorradas, joder.

—Estará hacia la hora de comer —les aseguró Shirly.

Knox y los demás llegaron junto al grupo y se organizó un pequeño atasco en el rellano.

—Cuanto antes lleguemos allí arriba, antes tendréis electricidad —les explicó Knox. Trató de sujetar con normalidad el arma que llevaba oculta, como si fuese una herramienta cualquiera.

—¿Y qué tal si nos echáis una mano con esto, entonces? En el cincuenta y siete han tenido electricidad la mayor parte de la mañana. Sólo queremos la justa para que no dejen de funcionar las bombas. —Señaló los cables que habían pasado por encima de la barandilla.

Knox lo pensó. Técnicamente, lo que el hombre pedía era ilegal. Oponerse supondría una demora, pero prestarse a su petición resultaría sospechoso. Podía oír al grupo de McLain varios pisos por encima, esperándolos. La velocidad y la coordinación lo eran todo.

—Puedo dejarte a dos de mis hombres para que os echen una mano. Como un favor y nada más. Siempre que no trascienda que Mecánica ha tenido algo que ver.

—A mí eso me trae sin cuidado —replicó el granjero—. Lo único que quiero es que el agua se mueva.

—Shirly, Courtnee y tú os quedáis a echar una mano. Reuníos con nosotros cuando podáis.

Shirly se quedó boquiabierta. Le suplicó con los ojos que lo reconsiderara.

—Vamos —le ordenó.

Marck se acercó a su esposa. Cogió su mochila y le entregó su multiherramienta. Ella la aceptó de mala gana. Miró a Knox con hostilidad durante un momento y luego se volvió para marcharse, sin decirles nada ni a su marido ni a él.

El granjero soltó los cables y dio un paso hacia el jefe de Mecánica.

—Oye, creí que habías dicho que me ibas a dejar a dos de tus...

Knox le dirigió una mirada tan furibunda que el hombre interrumpió lo que iba a decir al instante.

—¿Quieres a los mejores que tengo? —preguntó—. Porque eso es lo que te llevas.

El granjero levantó las manos y retrocedió un paso. Ya se oían los pasos de Courtnee y Shirly alejándose hacia el piso de abajo para coordinar los trabajos con los hombres del rellano inferior.

—Vámonos —dijo Knox mientras recogía su mochila.

Los hombres y mujeres de Mecánica y Suministros reanudaron de nuevo la marcha. Tras ellos quedó un grupo de granjeros en el rellano cincuenta y seis, que observó como desaparecía escaleras arriba la larga columna.

Los susurros comenzaron mientras los hombres bajaban los cables eléctricos. Potentes fuerzas estaban chocando por encima de sus cabezas, malas intenciones que convergían y ponían en marcha cosas espantosas.

Y cualquiera que tuviese ojos y oídos en la cara podría darse cuenta: era inminente un ajuste de cuentas.

No hubo aviso para Lukas, ni tampoco cuenta atrás. Sencillamente, las horas de silenciosa espera, de insufrible vacío, se transformaron de repente en una erupción de violencia. Aunque le habían advertido que esperara lo peor, se sintió como si aguardar que sucediera algo durante tanto tiempo lo hubiera convertido en una sorpresa aún más desagradable cuando finalmente se produjo.

Las puertas dobles del rellano treinta y cuatro se abrieron de repente. El acero macizo se dobló como si fuese papel. El agudo tintineo hizo dar un respingo a Lukas y su mano soltó la culata del fusil.

Tras él estalló un tiroteo. Bobbie Milner había empezado a disparar sin tener objetivo a la vista, chillando de miedo. O puede que de excitación. A pesar del estruendo, podían oírse los gritos de Sims. Cuando volvió el silencio, algo entró volando a través del humo, una lata que rebotó varias veces en dirección a la compuerta de seguridad.

Hubo una pausa terrible.... seguida de otra explosión, que fue como un golpe en los oídos. Lukas estuvo a punto de soltar el arma. El humo que cubría la zona de la compuerta de seguridad no podía enmascarar del todo la carnicería. Por todo el vestíbulo de Informática se veían trozos de gente que Lukas había conocido. Los responsables irrumpieron por la abertura antes de que pudiera darse cuenta, antes de que tuviese tiempo de asustarse por otra explosión que acababa de tener lugar delante de él.

El fusil que había a su lado volvió a ladrar, y esta vez Sims no gritó. Esta vez, varias armas más se unieron a la suya. La gente que estaba intentando atravesar la barricada de las sillas cayó sobre ella, con los cuerpos temblando como si tiraran de ellos unas cuerdas invisibles mientras expulsaban unos arcos rojos parecidos a salpicaduras de pintura.

Llegaron más. Un hombre grande entró lanzando un rugido atronador. Todo se movía a cámara lenta. Lukas pudo ver cómo abría la boca y se formaba un grito en el centro de una barba poblada y un pecho tan grande como dos hombres. Llevaba un fusil apoyado en la cadera. Disparó contra los restos de la garita de seguridad. Lukas vio que Peter Billings caía al suelo agarrándose el hombro con la mano. Los fragmentos de cristal del ventanal temblaban frente a Lukas, al mismo tiempo que los cañones de las armas, uno tras otro, entraban en erupción desde el otro lado de la mesa de conferencias. De repente, el ventanal roto parecía algo insignificante. Una demostración de prudencia.

La lluvia de balas alcanzó al desconocido. La sala de conferencias era una emboscada, un ataque lateral. El hombretón se estremeció, alcanzado por algunos disparos fortuitos. Su barba se dividió en el centro. Abrió el fusil por la mitad mientras sus dedos levantaban un brillante proyectil. Trató de recargar.

Las armas de Informática disparaban a tanta velocidad que era imposible contar el número de proyectiles. Los hombres pulsaron el gatillo y los resortes y la pólvora hicieron el resto. El gigantón trató aún de cargar el arma, pero no llegó a conseguirlo. Cayó de bruces sobre las sillas y las dispersó por todas partes. Otra figura atravesó la puerta, una mujer diminuta. Lukas la observó tras el punto de mira de su arma. Vio que se volvía y lo miraba. Un halo de humo la envolvía y se confundía con su cabellera blanca.

Pudo ver sus ojos. Aún no había disparado. Sólo había contemplado, con la mandíbula floja, cómo se desarrollaba la lucha.

La mujer echó el brazo hacia atrás e hizo ademán de lanzar algo en su dirección.

Lukas apretó el gatillo. El fusil soltó un fogonazo y se encabritó entre sus brazos. En el tiempo largo y terrible que tardó la bala en cruzar la sala, se dio cuenta de que no era más que una anciana. Una anciana que sujetaba algo. Una bomba.

Su torso giró sobre sí mismo y en su pecho apareció una flor de color rojo. El objeto cayó al suelo. Hubo otra espera espantosa e irrumpieron más atacantes gritando de rabia, pero entonces una explosión hizo volar por los aires las sillas y la gente que había entre ellos.

Lukas lloró mientras una segunda oleada realizaba un nuevo y fútil intento. Lloró hasta que se le vacío el cargador, lloró mientras buscaba el cierre, metía más munición y saboreaba la amargura de la sal en los labios al echar la corredera hacia atrás y descargar otra lluvia de letal acero, mucho más sólida y rápida que la carne con la que se encontraba.

52

Hubo un tiempo en que yo me ponía el antifaz
y musitaba palabras deleitosas al oído de una bella.

Bernard despertó entre gritos, con los ojos ardiendo a causa del humo y el pitido provocado por una detonación en los oídos.

Peter Billings lo zarandeaba por los hombros, con una mirada de terror en los ojos abiertos de par en par y la frente manchada de hollín. Su mono tenía una mancha grande y húmeda de color óxido.

—¿Mmm?

—¡Señor! ¿Puede oírme?

Bernard se quitó las manos de Peter de encima y trató de incorporarse. Se palpó todo el cuerpo en busca de sangre o fracturas. Le palpitaba la cabeza. Al apartar la mano de la nariz la tenía manchada de sangre.

—¿Qué ha sucedido? —preguntó con voz quebrada.

Peter se acurrucó a su lado. Bernard vio que Lukas se encontraba justo detrás del comisario, con el fusil al hombro y la mirada clavada en la escalera. En la distancia se oyeron unos gritos seguidos por el traqueteo de las armas.

—Tenemos tres muertos —dijo Peter—. Y algunos heridos. Sims ha llevado media docena de hombres a la escalera. Ellos han salido peor parados. Mucho peor.

Bernard asintió. Se tocó los oídos y comprobó, no sin sorpresa, que también le sangraban. La nariz le salpicó la manga de sangre mientras daba unas palmaditas a Peter en el brazo. Hizo un gesto con la cabeza en dirección a algo que había a su espalda.

—Trae a Lukas —dijo.

Peter frunció el ceño pero asintió. Habló con él y el joven se arrodilló junto a Bernard.

—¿Se encuentra bien? —preguntó Lukas.

Bernard asintió.

—Qué estúpido —masculló —. No sabía que tuvieran armas. Tendría que haberme esperado lo de las bombas.

—Cálmese.

Bernard negó con la cabeza.

—No tendría que haber dejado que estuvieses aquí. Podrían haber acabado con los dos.

—Bueno, pero no han acabado con ninguno, señor. Están huyendo por la escalera. Creo que todo ha terminado.

Bernard le dio unas palmaditas en el brazo.

—Llévame al servidor —dijo—. Habrá que informar sobre esto.

Lukas asintió. Sabía a qué servidor se refería Bernard. Lo ayudó a incorporarse poniéndole un brazo en la espalda. Peter Billings, con expresión ceñuda, los vio alejarse por el pasillo cubierto de humo.

—Tenemos problemas —dijo Bernard una vez que se hubieron alejado de los demás.

—Pero hemos ganado, ¿no?

—Aún no. Los daños no acabarán aquí. Ni tampoco hoy. Tendrás que quedarte abajo durante un tiempo. —Hizo una mueca y trató de caminar sin ayuda—. No podemos correr el riesgo de que nos pase algo a los dos.

La perspectiva no parecía alegrar demasiado a Lukas. Introdujo el código en la gran puerta, sacó su tarjeta de identificación, le limpió unas manchas de sangre ajena y luego la pasó por delante del lector.

—Comprendo —dijo al fin.

Bernard sabía que había escogido al hombre apropiado. Dejó que Lukas cerrara la gruesa puerta mientras él se dirigía al servidor más lejano. Dio un traspié y estuvo a punto de caerse sobre el número ocho, pero se sujetó a algo y aguardó un momento a que se le pasara el mareo. Lukas llegó a su altura antes de que hubiera alcanzado el servidor y sacó del mono su copia de la llave maestra.

Bernard se apoyó en la pared mientras Lukas abría el servidor. Seguía demasiado aturdido para reparar en el código parpadeante que había aparecido en el panel frontal del servidor. Y en sus oídos resonaban con tanta fuerza unos pitidos imaginarios que no era capaz de reparar en el único que era real.

—¿Qué significa eso? —preguntó Lukas—. Ese ruido.

Bernard le dirigió una mirada intrigada.

—¿Una alarma contra incendios? —Señaló el techo. Finalmente Bernard lo oyó también. Corrió como pudo hacia la parte trasera del servidor mientras Lukas abría la última cerradura y apartó al joven de su camino.

¿Qué posibilidades había de que se hubieran enterado ya? En el transcurso de dos cortos días, su vida se había trastocado por completo. Introdujo la mano en la bolsa de tela, sacó los auriculares y se los puso sobre los oídos aún medio ensordecidos. Enchufó el conector en la ranura marcada con un «1» y, para su sorpresa, oyó un pitido. Estaba recibiendo una llamada.

Sacó a toda prisa el conector para cancelarla y vio que no era la luz que había sobre el 1 la que parpadeaba. La que estaba encendida era la del 17.

Bernard sintió que la habitación comenzaba a dar vueltas a su alrededor. Lo estaban llamando desde un silo muerto. ¿Un superviviente? ¿Al cabo de tantos años? ¿Con acceso a los servidores? Con mano temblorosa acercó el conector al enchufe. Lukas le estaba preguntando algo a su espalda, pero Bernard no oía nada con los auriculares puestos.

—¿Hola? —dijo con un graznido —. ¿Hola? ¿Hay alguien ahí?

—Hola —respondió una voz.

Bernard se ajustó los auriculares. Mediante gestos ordenó a Lukas que se callara de una vez. Los oídos aún le pitaban y la sangre que le salía por la nariz se le estaba metiendo en la boca.

—¿Quién es? —preguntó—. ¿Me oye?

—Te oigo —respondió la voz—. ¿Eres quien creo que eres?

—¿Quién coño…? —balbuceó Bernard—. ¿Cómo tiene acceso al...?

—Tú me echaste —dijo la voz—. Me echaste para morir...

Bernard sintió que las piernas le flaqueaban y tuvo que sentarse en el suelo. El cable de los auriculares se tensó y estuvo a punto de arrancárselos de la cabeza. Cogió los auriculares e hizo un esfuerzo por recuperar el habla. Lukas lo sujetaba por las axilas para impedir que cayese de espaldas.

—¿Estás ahí? —preguntó la voz—. ¿Sabes quién soy?

—No —respondió. Pero lo sabía. Era imposible, pero lo sabía.

—Me enviaste a la muerte, cabrón.

—¡Conocías las normas! —gritó Bernard. Estaba gritándole a un fantasma—. ¡Las conocías!

—Cierra la boca y escucha, Bernard. Cierra la puta boca y escúchame con mucha atención.

Bernard esperó. Podía sentir el sabor cobrizo de la sangre sobre la lengua.

—Voy a ir a buscarte. Voy a volver a casa y voy a hacer limpieza.

¡El mundo no es amigo tuyo, ni las leyes del mundo!
Entre él y un infame hay millas de distancia.
Y recordaremos todas nuestras penas
en gratos coloquios de años venideros.
Quien ciego ha quedado no olvida
el tesoro que sus ojos perdieron.
un fuego apaga otro fuego;
el pesar de otro tu dolor amengua.

La tragedia de Romeo y Julieta

QUINTA PARTE

Los desamparados

53

Silo 18

Marck bajaba a trompicones por la gran escalera deslizando la mano sobre la fría barandilla, con un fusil bajo el brazo y las botas manchadas de sangre. Apenas oía los gritos que lo rodeaban: los alaridos de los heridos a los que sus compañeros llevaban medio a rastras por los escalones; las exclamaciones de espanto que brotaban de las multitudes de curiosos que se detenían en cada rellano por el que pasaban; o las amenazas proferidas por los hombres que perseguían a los mecánicos de piso en piso.

El pitido de sus oídos se sobreponía a casi todo el ruido. Era la explosión, la maldita explosión. No la que había arrancado las puertas de Informática como la piel de una fruta. Ésta se la esperaba y se había agazapado junto con los demás. Y tampoco la segunda bomba, la que había arrojado Knox al corazón de la guarida del enemigo. Había sido la última, la que no había visto llegar, la que se le había caído de las manos a la pequeña mujer de pelo cano de Suministros.

La bomba de McLain. Había estallado delante de él y lo había dejado sordo mientras a ella la mataba.

Y Knox, el duro e inamovible jefe de Mecánica, su jefe, su buen amigo... desaparecido.

Marck bajó todo lo de prisa que podía las escaleras, herido y asustado. Un largo camino lo separaba de la seguridad de los subterráneos y no podía pensar más que en encontrar a su esposa. Tenía que concentrarse en esto y no en el pasado, y tratar de no pensar en la explosión que había acabado con sus amigos, arruinado sus planes y se había llevado por delante cualquier esperanza de hacer justicia.

Unos gritos apagados bajaron desde más arriba, seguidos por el penetrante silbido de las balas que rebotaban contra el acero... y sólo el acero, a Dios gracias. Marck se apartó de la barandilla exterior para ponerse a salvo de los tiradores que los hostigaban desde los rellanos superiores con sus sofisticados fusiles. La buena gente de Mecánica y Suministros llevaba más de doce pisos huyendo, sin parar de combatir. En su fuero interno, Marck suplicó a los hombres que los seguían que se detuvieran, que les diesen una oportunidad de descansar, pero las botas y las balas seguían acercándose.

Medio piso más tarde alcanzó a tres miembros de Suministros. Al de en medio, herido, lo transportaban los otros dos con los brazos sobre sus hombros. Los dos tenían la parte trasera del mono amarillo salpicada de sangre. Les gritó que no se detuvieran. No podía oír su propia voz, pero al menos la sentía en su pecho. Parte de la sangre en la que resbalaban sus botas era de él.

Con el brazo herido pegado al pecho y el rifle apoyado en la articulación del codo, Marck mantuvo la otra mano sujeta a la barandilla para no caer de cabeza por la empinada escalera. No quedaban aliados tras él; ninguno había sobrevivido. Tras el último tiroteo, del que había salido con vida por los pelos, había enviado a todos los demás por delante. Pero ellos seguían bajando, incansables. De vez en cuando, Marck se detenía, sacaba un poco de su tosca munición, la cargaba en el arma y disparaba a ciegas escaleras arriba. Por hacer algo, cualquier cosa para frenarlos un poco.

Se detuvo para recobrar el aliento, se inclinó sobre la barandilla y apuntó hacia arriba con el fusil. Disparó, pero la bala era defectuosa. Las que le respondieron desde los pisos superiores no.

Se parapetó tras el pilar central de la escalera mientras recargaba. Su fusil no era como el de ellos. Disparaba las balas de una en una y no era fácil de apuntar. Ellos contaban con un armamento moderno del que nunca había oído hablar, que escupía las balas a la velocidad de un corazón desbocado. Se acercó a la barandilla y bajó la mirada hacia las caras de los curiosos que asomaban por un portal entreabierto. Sus dedos aferraban el borde de la jamba de acero. Era allí. Rellano cincuenta y seis. El último lugar en el que había visto a su esposa.

—¡Shirly!

Siguió gritando su nombre mientras bajaba un cuarto de piso

hasta llegar al rellano. Desde la parte interior de la escalera, a salvo de las miradas de sus perseguidores, escudriñó las caras ocultas entre las sombras.

—¡Mi mujer! —gritó desde el otro lado del rellano, haciendo bocina con una mano. Olvidaba que el insoportable pitido sólo lo afectaba a él, no a los otros—. ¿Dónde está?

Una boca se movió entre la oscura multitud. La voz que salió de ella era un zumbido apagado y distante.

Alguien más señaló hacia abajo. Los rostros se contorsionaron. La puerta se cerró bruscamente en el mismo instante en que se producía el estallido de una nueva descarga. La escalera se estremecía por efecto de las botas de los que huían hacia abajo, aterrorizados, y de las que los seguían desde arriba. Al ver los cables ilegales tendidos sobre la barandilla, Marck se acordó de los granjeros que querían robar electricidad del piso inferior. Bajó corriendo tras ellos, desesperado por encontrar a Shirly.

Un piso más abajo, convencido de que su esposa estaría dentro, se atrevió a salir al espacio abierto del rellano y lo cruzó a la carrera. Se lanzó contra las puertas. Sonaron varios disparos desde arriba. Marck agarró el picaporte y, mientras tiraba con todas sus fuerzas, gritó el nombre de su mujer a unos oídos tan sordos como los suyos. La puerta se negó a abrirse, sujeta por varios brazos invisibles y fuertes. Dio varias palmadas en la ventana de cristal, que quedó manchada de huellas rosadas, y les gritó que abrieran, que lo dejaran salir. Las balas repiquetearon entre sus pies con avidez. Una de ellas dejó una marca en la puerta. Agazapado y tapándose la cabeza, Marck corrió de regreso a la escalera.

Se obligó a huir de allí. Si Shirly estaba dentro, tal vez pudiera escapar. Sólo tenía que desprenderse de todo el equipo acusador y pasar inadvertida hasta que las cosas se calmaran. Si estaba abajo, tenía que alcanzarla. En cualquier caso, lo único que podía hacer era seguir bajando.

En el rellano siguiente volvió a encontrarse con los tres trabajadores de Suministros. El herido estaba sentado sobre la plataforma, con los ojos muy abiertos. Los otros dos, con el mono cubierto con su sangre, estaban ayudándolo. Uno de ellos era una mujer a la que Marck recordaba vagamente haber visto durante el camino de ascenso. Había un fuego frío en sus ojos cuando Marck se detuvo para ver si necesitaban ayuda.

—Puedo llevarlo —dijo mientras se arrodillaba junto al herido.

La mujer dijo algo. Marck negó con la cabeza y se señaló los oídos. La mujer repitió lo que había dicho, esta vez moviendo los labios de manera exagerada, pero Marck no logró entenderla. Finalmente, la mujer se rindió, lo agarró del brazo y tiró de él. El herido tenía las manos en la barriga, sobre una mancha rojiza y redonda que se extendía desde su abdomen hasta la entrepierna. Sus manos aferraban algo que sobresalía de allí, un poste de acero con una pequeña rueda giratoria en un extremo. La pata de una silla.

La mujer sacó una bomba de su bolsa, una de aquellas tuberías que tanta impresión habían causado a todos al principio. Con actitud solemne se la pasó al herido, quien la aceptó con los nudillos blancos y las manos temblorosas.

Los dos miembros de Suministros se llevaron a Marck de allí, lejos de aquel hombre con un trozo de mobiliario clavado en las tripas ensangrentadas. Los gritos parecían lejanos, pero él sabía que estaban cerca. Prácticamente los tenía junto al oído. Sintió que tiraban de él hacia atrás, pero estaba paralizado por la expresión vacía que mostraba el rostro de aquel hombre condenado. Sus ojos se clavaron en los de Marck. El hombre sostuvo la bomba lo más lejos posible de él, con los dedos enroscados alrededor de aquel terrible cilindro de acero y un rictus de tensa determinación sobre la mandíbula.

Marck levantó la mirada hacia la escalera, donde las botas de los que los perseguían comenzaban por fin a aparecer, negras y sin manchas de sangre, las botas de un enemigo incansable y superior. Se acercaban pisoteando el reguero de sangre dejado por Marck y los demás, decididos a darles muerte con unas armas que nunca fallaban.

Mientras retrocedía a trompicones por la escalera, medio arrastrado por los demás, con una mano en la barandilla, sus ojos se desviaron sin poder evitarlo hacia la puerta giratoria que se abría tras el hombre al que habían dejado atrás.

Un rostro joven apareció allí, el de un niño curioso que asomaba la cabeza para ver lo que pasaba. Una maraña de manos adultas apareció tras él para llevárselo.

Marck se vio arrastrado escaleras abajo. Sus ojos dejaron de ver lo que sucedía. Pero sus oídos, a pesar de la sordera, captaron el traqueteo de las armas, los silbidos de las balas y, un momento más tarde, una detonación. Fue una explosión atronadora que sacudió la gran escalera de arriba abajo y lo derribó junto a sus acompañantes arrojándolos contra la barandilla. Su fusil rebotó por el suelo en dirección al hueco de la escalera. Marck saltó hacia él y logró atraparlo antes de que cayese al vacío.

Aturdido, sacudió la cabeza y, apoyándose en las manos y las rodillas, consiguió ponerse lentamente en pie. Se alejó tambaleándose por los temblorosos escalones. Bajo sus pies, los peldaños se estremecían y vibraban mientras a su alrededor el silo continuaba su descenso en espiral hacia una siniestra locura.

54

Silo 18

El primer momento de auténtico descanso llegó horas más tarde en Suministros, en el extremo superior de los subterráneos. Algunos propusieron organizar la resistencia allí, levantar algún tipo de barricada, pero no estaba claro cómo podían bloquear todo el espacio que separaba la barandilla y el cilindro de hormigón del interior. Era el espacio donde cualquiera que asomara la cabeza se arriesgaba a ser abatido desde arriba, donde los suicidas saltaban en busca de la muerte y donde, seguramente, el enemigo podría dar con un modo de bajar.

Marck había empezado a recuperar el oído durante el último trecho de su huida. Lo bastante como para cansarse del rítmico golpeteo de sus botas y del ruido de sus resoplidos de agotamiento. Alguien había dicho que la explosión había destruido la escalera y detenido así a sus perseguidores. Pero ¿por cuánto tiempo? ¿Cuáles eran los daños? Nadie podía saberlo.

La situación era muy tensa en el rellano. La noticia de la muerte de McLain había perturbado a la gente de Suministros. Se llevaron al interior del piso a los heridos ataviados con monos amarillos, pero sugirieron —en términos poco amables— que la gente de Mecánica recibiría mejores cuidados más abajo. En el sitio al que pertenecían.

Marck caminaba con paso inseguro en medio de estas discusiones, cuyas voces sonaban aún amortiguadas y lejanas en sus oídos. Preguntó a todos por Shirly, y varios de los hombres de mono amarillo se encogieron de hombros, como si no la conocieran. Un tipo le dijo que ya había bajado con el resto de los heridos. Tuvo que repetírselo una segunda vez, más alto, antes de que Marck tuviera la seguridad de que lo había entendido.

Era una buena noticia y coincidía con lo que esperaba. Se disponía a marcharse cuando, sin previo aviso, su esposa apareció en medio de la ansiosa multitud.

Sus ojos se abrieron de par en par al reconocerlo. Y entonces su mirada recayó sobre su brazo herido.

—¡Ay, Dios!

Lo rodeó con los brazos y enterró la cabeza en su cuello. Marck la abrazó con el brazo ileso. El fusil estaba entre ellos y el frío cañón quedó apoyado sobre su mejilla temblorosa.

—¿Estás bien? —le preguntó.

Sin separarse de su cuello, Shirly deslizó la frente hasta su hombro, mientras decía algo que él no pudo oír pero sintió sobre la piel. Su mujer se apartó para inspeccionarle el brazo.

—No oigo —le dijo.

—Estoy bien —repitió ella, más alto. Negó con la cabeza, con los ojos muy abiertos y húmedos—. No estuve allí. No vi nada. ¿Es cierto lo de Knox? ¿Qué ha pasado? ¿Ha sido tan malo como cuentan?

Comenzó a inspeccionar la herida y Marck se sintió mejor al notar sus manos sobre el brazo. Fuertes y llenas de seguridad. La multitud fue disolviéndose a medida que los miembros de Mecánica reanudaban la retirada escaleras abajo. Varios hombres ataviados con el amarillo de Suministros lanzaron miradas frías a Marck y a su herida, como si temiesen que pudiera convertirse en su problema en cualquier momento.

—Knox ha muerto —dijo a su esposa—. Y McLain. Y algunos más. Yo estaba allí delante cuando la explosión acabó con ellos.

Se miró el brazo, que su esposa había dejado al descubierto al retirar la camiseta rota y manchada.

—¿Es un disparo? —le preguntó.

Marck subió los hombros en un gesto de ignorancia.

—No lo sé. Sucedió todo muy de prisa. —Se miró la herida—. ¿Adónde van todos? ¿Es que no vamos a resistir aquí?

Shirly apretó los dientes e hizo un gesto negativo en dirección a la puerta, cubierta por dos filas de trabajadores con monos amarillos.

—No creo que nos quieran aquí —dijo alzando la voz lo bastante para que pudiera oírla—. Tengo que limpiar esta herida. Creo que se te ha metido algo de metralla.

—Estoy bien —insistió él—. Sólo estaba buscándote. Estaba enfermo de preocupación.

Vio que su esposa estaba llorando, unos regueros ininterrumpidos de lágrimas que resbalaban en medio de las perlas de sudor.

—Pensé que te había perdido —dijo ella. Marck tuvo que leer las palabras en sus labios para entenderlas—. Creí que te habían... que habías...

Se mordió el labio y lo miró con un miedo que no era propio de ella. Marck nunca había visto a su esposa de aquel modo, ni siquiera cuando se producían fugas en la estructura central del silo, ni aquella vez en que hubo un derrumbamiento en las minas que dejó sepultados a varios de sus amigos. Ni siquiera cuando enviaron a Juliette a hacer la limpieza. Pero ahora, su expresión transpiraba temor. Y eso lo asustaba más que cualquier bomba o bala.

—Sigamos a los demás —dijo mientras la cogía de las manos. Sentía cómo aumentaba por momentos el nerviosismo en el rellano y las miradas que les suplicaban que se marchasen de allí.

Cuando reaparecieron los gritos sobre ellos y los miembros de Suministros se replegaron a la seguridad de su piso, Marck comprendió que el breve momento de respiro había terminado. Pero estaba bien. Había encontrado a su esposa y estaba ilesa. Poca cosa podían hacerle en aquel momento.

Al llegar al ciento treinta y nueve, Marck supo que lo habían conseguido. De algún modo, sus piernas habían logrado resistir. La hemorragia no lo había detenido. Con la ayuda de su esposa atravesaron el último rellano que precedía a Mecánica. Sólo podía pensar en levantar una línea de defensa frente a los cabrones que estaban disparándoles desde arriba. En el interior de Mecánica contarían con electricidad y serían más fuertes, con la ayuda de sus camaradas y la ventaja que les proporcionaba el conocimiento del terreno. Y lo más importante, podrían vendar sus heridas y descansar un poco. Eso era lo que más necesitaba: descanso.

Al dar los últimos pasos estuvo a punto de tropezar y caer, pues sus piernas habían perdido la costumbre de caminar por una superficie plana en lugar de bajar peldaños. Sus rodillas se doblaron y Shirly lo agarró para impedir que perdiese el equilibrio, y en ese momento reparó por fin en la multitud que esperaba en la garita de seguridad de la entrada de Mecánica.

La gente que se había quedado atrás mientras el resto subía para luchar no había permanecido ociosa. Habían soldado varias placas de acero sobre la gran entrada. El revestimiento se extendía del suelo al techo y de pared a pared. A un lado crepitaban las chispas de alguien que estaba terminando el trabajo desde dentro. El repentino torrente de refugiados y heridos se iba congregando allí, formando una muchedumbre desesperada por entrar. Los mecánicos se agolpaban delante de la barrera, peleando a empujones. Gritaban y aporreaban las planchas de acero, locos de miedo.

—¿Qué coño es esto? —exclamó Marck. Siguió a Shirly hasta el borde de la multitud. En la parte delantera alguien se arrastraba por el suelo para pasar por una estrecha abertura, un rectángulo que habían dejado bajo el torno, con la anchura justa para dejar pasar a la gente de una en una y muy fácil de defender.

—¡Calma! Esperad a que os toque —gritó alguien por delante de ellos.

Había monos amarillos mezclados con los demás. Algunos eran mecánicos que se habían disfrazado. Otros parecían gente de Suministros, que habían bajado para ayudar a algún herido, se habían dejado arrastrar por la marea humana o no confiaban en estar a salvo en su propia sección.

Mientras Marck trataba de llevar a Shirly hasta la parte delantera sonó un disparo, seguido por el impacto sordo de una bala de plomo que impactaba cerca de allí. Cambió de dirección y tiró de ella hacia la escalera. Alrededor de la absurda estrechez de la entrada, la multitud se volvió frenética. Los gritos iban de un lado a otro del agujero. Los de fuera gritaban que les estaban disparando, a lo que los otros respondían repitiendo «¡De uno en uno!»

Varios se habían tumbado en el suelo y reptaban hacia el diminuto agujero. Uno de ellos logró meter los brazos, y alguien tiró de él desde el otro lado y su cuerpo desapareció en la oscuridad. Otros dos comenzaron a disputarse el turno para seguirlo. Todos ellos se encontraban en una posición que se veía perfectamente desde la escalera. Sonó un segundo disparo y alguien cayó al suelo con una mano en el hombro mientras gritaba que lo habían herido. El gentío se dispersó. Varias personas regresaron corriendo a la escalera, donde estaban a salvo de los disparos bajo la protección de los escalones. El resto, en medio del caos, trataba de abrirse paso a la vez por un espacio concebido expresamente para dejar pasar a las personas de una en una.

Shirly chilló y le apretó el brazo a su esposo al ver que los disparos alcanzaban a otro de sus compañeros. Un mecánico cayó al suelo, retorciéndose de dolor. A gritos, preguntó a su marido qué debían hacer.

Marck soltó la mochila, besó a su mujer en la mejilla y corrió con el fusil escaleras arriba. Trató de subir los peldaños de dos en dos, pero tenía las piernas aún entumecidas. Sonó otro disparo seguido por los silbidos de una bala perdida que rebotaba en las paredes. El cuerpo se le antojaba increíblemente pesado, lento como en una pesadilla. Se acercó al rellano del ciento treinta y nueve con el arma preparada, pero los tiradores hostigaban a la multitud desde más arriba.

Tras asegurarse de que tenía una bala en su primitiva arma, la amartilló y salió al rellano. Más arriba se veía a varios hombres con los monos grises de Seguridad que, con las armas apoyadas en la barandilla, apuntaban hacia la entrada de Mecánica. Uno de ellos tocó a su compañero más cercano en el hombro y señaló a Marck. Éste lo vio todo desde detrás de la mira de su fusil.

Disparó. Un rifle negro cayó dando vueltas desde arriba mientras los brazos de su propietario, tras quedar colgados sobre la barandilla un instante, resbalaban hacia abajo y desaparecían al otro lado.

Las armas dispararon en desorden, pero él ya había retrocedido escaleras abajo. Los gritos se tornaron frenéticos tanto por encima de él como por debajo. Al llegar al otro lado de la escalera, lejos de donde lo habían visto por última vez, asomó la cabeza y miró hacia abajo. La multitud junto a la barrera de seguridad ya había disminuido. Cada vez era más la gente que lograba pasar al otro lado con la ayuda de los de dentro. Pudo ver que Shirly miraba hacia arriba, protegiéndose los ojos de la luz de la escalera.

Tras él resonó el ruido de unas botas. Recargó, se volvió y apuntó hacia el peldaño más alto que se veía desde su posición. Esperó a que apareciera el primero de sus perseguidores.

Al ver asomar la primera bota se preparó, dejó que la figura bajara un poco más y apretó el gatillo.

Otro fusil de color negro rebotó sobre los peldaños y cayó por la barandilla. Otro hombre se desplomó de rodillas.

Marck se dio la vuelta y echó a correr. El arma se le escapó de entre las manos y sintió que chocaba contra sus muslos y caía al suelo lejos de él, pero no se detuvo para recogerla. Bajó los escalones a toda prisa, dio un traspié, cayó sobre las posaderas y se incorporó al instante. Trató de seguir bajando los peldaños de dos en dos. Corría como en un sueño, demasiado lento, impulsado por unas piernas que le pesaban como si fueran de acero oxidado.

Sonó una detonación, un rugido amortiguado a su espalda, y de pronto algo lo alcanzó, le propinó un puñetazo entre los hombros y lo derribó.

Cayó de bruces y rebotó varias veces en la escalera. Su barbilla golpeó repetidamente los peldaños. Tenía sangre en la boca. Trató de seguir a rastras, impulsándose a trompicones con los pies, las rodillas y las manos.

Sonó un nuevo rugido y volvió a sentir otro puñetazo en la espalda, como si le propinaran un golpe y una patada al mismo tiempo.

«Así que esto es lo que se siente cuando te alcanza un disparo», pensó, aturdido. Su cuerpo bajó resbalando los últimos escalones, con las piernas totalmente entumecidas, antes de estrellarse sobre la rejilla metálica del suelo.

El rellano estaba casi vacío. Sólo había una persona junto a la diminuta abertura. Otra, con la mitad del cuerpo dentro y la otra mitad fuera, sacudía las piernas tratando de impulsarse.

Marck vio que era Shirly, tendida de bruces, mirándolo. Se encontraban los dos en el suelo. Se estaba tan bien allí... Sintió el frescor del acero contra la mejilla. No había más peldaños que bajar, ni más balas que cargar, ni nada contra lo que disparar.

Shirly gritaba. No parecía tan contenta como él de encontrarse allí.

Uno de sus brazos se extendió desde el interior del pequeño rectángulo negro y trató de alcanzarlo a través de los toscos cortes practicados en las planchas de acero. Su cuerpo se alejó, impulsado por alguna fuerza situada al otro lado y ayudado por una amable persona ataviada de amarillo que esperaba junto al extraño muro donde antes estaba la entrada a su casa.

—Vete —le dijo Marck. Sólo esperaba que ella no llorara. Su sangre goteaba sobre el suelo al compás de cada una de sus palabras—. Te quiero...

Y como en respuesta a su orden, los pies de su mujer desaparecieron en la oscuridad mientras aquellas fauces rectangulares y lúgubres se tragaban sus gritos.

La persona de amarillo se volvió. El individuo amable abrió los ojos de par en par y, boquiabierto, se estremeció de la cabeza a los pies por la violencia de los disparos.

Fue lo último que vio Marck, la danza de muerte de aquel hombre.

Y entonces, pero como desde lejos y sólo durante una fracción de segundo, sintió su propio final.

55

Silo 18

Tres semanas más tarde

Walker escuchaba los ecos de la lejana violencia desde su camastro. Los gritos que nacían en la entrada de Mecánica resonaron por todo su pasillo. A continuación llegó el conocido traqueteo de las armas de fuego, el pop pop pop de los buenos, seguido por el ratatatat de los malos.

Hubo una increíble detonación, el rugido de la pólvora contra el acero, y el traqueteo que se intercambiaban las dos posiciones cesó un momento. Más gritos. Botas que pasaban corriendo por delante de su puerta. Las botas eran el ritmo constante de la música de este mundo nuevo. Una música que podía oír desde su camastro, aunque fuese con las mantas cubriéndole la cabeza y la almohada por encima de ella, aunque no parase de suplicar a gritos que callasen de una vez.

Las botas que pasaban por delante del pasillo traían consigo más gritos. Walker se hizo un ovillo con las rodillas apoyadas sobre el pecho y se preguntó qué hora sería, temiendo que fuese ya la de levantarse.

Hubo un breve respiro de silencio, esa quietud en la que se podía atender a los heridos, cuyos gemidos eran demasiado débiles para atravesar su puerta.

Trató de conciliar el sueño antes de que la música volviese a comenzar. Pero como siempre, el silencio era peor. En el silencio germinaba la inquietud por el comienzo del próximo tiroteo. El deseo impaciente de conciliar el sueño espantaba inevitablemente al propio sueño. Y luego llegaría el terror a que la revuelta hubiese sido sofocada al fin, de que los malos hubieran ganado y vinieran a por él...

Alguien aporreó su puerta con un puño pequeño y colérico que conocía a la perfección. Cuatro golpes secos antes de desaparecer.

Shirly. Le habría dejado el desayuno en el mismo lugar que siempre, antes de llevarse los restos prácticamente intactos de la cena de la noche anterior. Con un gruñido, Walker hizo rodar sus viejos huesos en dirección contraria. De nuevo el golpeteo de las botas. Siempre acelerado, siempre ansioso, siempre beligerante. Su pasillo, antaño tan silencioso, tan alejado de las máquinas y bombas que realmente necesitaban las atenciones de los hombres, se había convertido en una autopista abarrotada. Ahora lo único que importaba era el vestíbulo de la entrada, el embudo sobre el que se vertía todo ese odio. El silo podía pudrirse, lo mismo que la gente de arriba y las máquinas de abajo, que ellos seguirían combatiendo por aquella franja de terreno sin valor, sembrada de cuerpos de los dos bandos. Lo harían porque ésa era la causa de ayer y nadie quería recordar nada que estuviese más allá del ayer.

Pero Walker sí. Claro que se acordaba...

La puerta de su taller se abrió de repente. A través de una abertura en su mugriento capullo, Walker pudo ver a Jenkins. Era un muchacho de menos de treinta años, aunque con una barba que le hacía parecer mayor, un chico que había heredado aquel desastre en el mismo momento en que cayó Knox. El chico avanzó por el laberinto de mesas de trabajo y piezas sueltas en dirección al camastro de Walker.

—Ya me levanto —rezongó Walker con la esperanza de que Jenkins se largara.

—Ya lo creo que te levantas. —Jenkins llegó al camastro y le clavó el cañón de su arma en las costillas—. ¡Venga, viejo, arriba!

Walker se apartó de él. Sacó un brazo para indicarle que se largara.

Jenkins le dirigió una mirada seria desde arriba, con un gesto ceñudo por debajo de la barba y los jóvenes ojos rodeados de arrugas de preocupación.

—Hay que arreglar esa radio, Walk. Nos están haciendo papilla, y si no conseguimos pinchar sus comunicaciones no creo que pueda defender este lugar.

Walker trató de incorporarse. Jenkins lo agarró por los tirantes del mono y lo ayudó a hacerlo.

—He estado toda la noche con eso —le dijo Walker. Se frotó la cara. El aliento le olía a rayos.

—¿Está arreglada? Necesitamos esa radio, Walk. Sabes que Hank arriesgó el pellejo para traérnosla, ¿no?

—Pues podría haberlo arriesgado un poco más y traerse un manual —protestó Walker. Apoyó las manos en las rodillas y, entre las protestas de sus articulaciones, se puso en pie y se dirigió a trompicones hacia la mesa de trabajo, dejando las mantas tiradas por el suelo. Todavía tenía las piernas medio dormidas y sentía en las manos un hormigueo, la sensación de no poder cerrar el puño con fuerza.

—Desmonté la batería —le explicó a Jenkins—. Y resulta que no era ése el problema. —Desvió la mirada hacia la puerta y vio que Harper, un trabajador de la refinería reconvertido en soldado estaba de pie en el umbral. Harper se había convertido en el número dos de Jenkins después de la muerte de Pieter. En aquel momento observaba el desayuno de Walker con la cara de un animal hambriento.

—Sírvete —le dijo Walker mientras señalaba el humeante cuenco con un ademán despectivo.

Harper lo miró con los ojos muy abiertos y no se hizo de rogar. Apoyó el fusil en la pared, se sentó junto al umbral del taller y comenzó a engullir la comida a grandes cucharadas.

Jenkins emitió un gruñido de desaprobación, pero no dijo nada.

—Bueno, ¿ves esto? —Walker le mostró la zona de su mesa de trabajo donde había desmontado la pequeña unidad de radio para luego volver a conectar todas sus piezas con cables, de manera que todo fuese accesible—. Tengo energía en todo momento. —Dio unas palmaditas al transformador que había construido para puentear la batería—. Y los altavoces funcionan. —Apretó el botón de transmisión y de los altavoces que había sobre la mesa brotó un crujido seguido por el siseo de la estática—. Pero no se oye nada. No dicen nada. —Se volvió hacia Jenkins—. Lo he tenido encendido toda la noche, y ya sabes que no tengo el sueño pesado.

Jenkins lo miró fijamente.

—Lo habría oído —insistió Walker—. No dicen nada.

Jenkins se frotó la cara y apretó el puño. Sin abrir los ojos, con la frente apoyada en la palma de la mano, preguntó con voz cansada:

—¿No se habrá roto algo cuando la has desmontado?

—La he desmontado —respondió Walker con un suspiro—. No me la he cargado.

Jenkins levantó la mirada hacia el techo y abrió el puño.

—De modo que crees que ya no las usan, ¿no? ¿Tú crees que saben que tenemos una? Estoy seguro de que ese condenado sacerdote que nos mandaron es un espía. Las cosas no han dejado de empeorar desde que lo dejamos entrar para administrar los últimos sacramentos a los heridos.

—No sé lo que están haciendo —admitió Walker—. Creo que siguen usando las radios, sólo que de algún modo han logrado excluir ésta del circuito. Mira, he fabricado otra antena, una más potente.

Le mostró unos cables que salían de la mesa de trabajo y subían en espiral por las vigas de acero hasta el techo.

Jenkins siguió su dedo, pero de pronto desvió la mirada hacia la puerta. Llegaban nuevos gritos desde el pasillo. Harper dejó de comer un momento y prestó atención. Pero únicamente un momento. Al instante volvió a hundir la cuchara en las gachas de maíz.

—Lo único que quiero saber es cuándo volveré a oírlos. —Jenkins dio unos golpecitos sobre la mesa con el dedo antes de recoger el fusil—. Hemos estado disparando a ciegas durante casi una semana. Necesito resultados, no lecciones sobre toda esta... —hizo un ademán dirigido al trabajo de Walker—... toda esta brujería.

Walker se dejó caer sobre su banquillo preferido y bajó los ojos hacia la miríada de circuitos que hasta hacía poco compartían las estrechas entrañas de la radio.

—No es brujería —replicó—. Es electrónica. —Señaló dos de los tableros, conectados mediante cables que había alargado y vuelto a soldar para poder analizar cada una de las piezas con mayor detenimiento—. Sé para qué sirve la mayoría de estas cosas, pero debes recordar que son cosas que ignora todo el mundo, salvo la gente de Informática. Tengo que especular mientras trabajo.

Jenkins se frotó el puente de la nariz.

—Pues avísame cuando sepas algo. Todos los demás trabajos pueden esperar. Esto es lo único que importa. ¿Está claro?

Walker asintió. Jenkins se volvió y le gritó a Harper que se levantase del suelo.

Su marcha marcó el reinicio de la música de las botas y Walker se quedó allí solo, sentado en su banquillo.

Clavó la mirada en la máquina desmontada sobre su mesa, con aquellas luces verdes de propósito misterioso que parecían burlarse de él. Sus manos se deslizaron hacia la lupa como si estuvieran dotadas de vida propia, impulsadas por un hábito de décadas, cuando lo único que Walker deseaba realmente era volver arrastrándose a su camastro, envolverse en su capullo y desaparecer.

Necesitaba ayuda, pensó. Al mirar a su alrededor y ver todas las cosas que tenía que hacer, sus pensamientos, como le sucedía siempre, volaron hasta Scottie, su pequeña sombra, que se había marchado a Informática, donde no habían podido protegerlo. Había existido un breve lapso, en algún lugar que cada día se alejaba más de él y se perdía en un pasado imposible de aprehender, en el que Walker había sido un hombre feliz. Un momento en el que tendría que haber terminado su vida para ahorrarse todo el sufrimiento que vino después. Pero había dejado atrás esa dicha y ahora a duras penas alcanzaba a recordarla. Ya no podía ni imaginar lo que era despertar por las mañanas esperando el día con impaciencia e irse a dormir con una sensación de satisfacción.

Solamente había miedo y temor. Y también remordimientos.

Era él quien había comenzado todo aquello, todo ese ruido y esa violencia. Walker estaba convencido. Cada vida perdida descansaba sobre sus hombros encorvados. Cada lágrima derramada era consecuencia de sus actos. Nadie lo decía, pero sabía que lo pensaban. Un pequeño mensaje enviado a Suministros, un favor para Juliette, una mera oportunidad de morir con dignidad, de poner a prueba su absurda y terrible teoría, de perderse de vista para ir a morir donde nadie pudiera verla... y mira qué sucesión de acontecimientos, qué erupción de furia, qué absurda violencia.

No merecía la pena, decidió. Ése era siempre el epílogo: no merecía la pena. Ya nada en su vida parecía merecerla.

Se inclinó sobre la mesa de trabajo y se puso manos a la obra. Es lo que siempre hacía, lo que siempre había hecho. Ya no había forma de escapar, de detener aquellos dedos de piel apergaminada, aquellas palmas de líneas profundas que parecían no terminar nunca, al menos no donde deberían. Siguió las líneas hasta las muñecas huesudas, bajo las que discurrían enterradas las débiles y pequeñas venas, como cables de aislante azul.

Un solo corte y adiós. De vuelta con Scottie, de vuelta con Juliette.

Era tentador.

Sobre todo porque Walker estaba convencido de que, dondequiera que estuviesen, tanto si había algo de verdad en lo que decían los sacerdotes como si era todo un montón de patrañas, sus dos amigos estaban en un sitio mucho mejor que aquél...

56

Silo 17

La minúscula hebra de cobre terminaba en una puntita en ángulo recto. Era como uno de los rellanos de la gran escalera del silo, un espacio plano en medio de una espiral retorcida. Cuando Juliette estaba envolviendo el cable con las yemas de los dedos e intentaba colocar el empalme en su sitio, la sobresaliente punta se le clavó en el dedo con la saña de un insecto enfurecido.

Juliette maldijo y sacudió la mano. Poco le faltó para soltar el otro extremo del cable, que habría caído varios pisos.

Se limpió la gota de sangre en el mono gris y, a continuación, terminó el empalme y aseguró el cable a la barandilla para aminorar en la medida de lo posible la tensión. Todavía no sabía cómo había conseguido soltarse, pero tenía la sensación de que en aquel silo maldito y desierto todo estaba viniéndose abajo. Empezando por su cordura.

Se apoyó sobre la barandilla e, inclinando el cuerpo todo lo posible, apoyó la mano sobre el revoltijo de tuberías y conducciones que discurrían paralelas a la pared de hormigón de la escalera. Trató de discernir, con las manos heladas por el aire gélido que ascendía desde las profundidades, cualquier vibración producida por el gorgoteo del agua al moverse por el interior de las tuberías.

—¿Algo? —preguntó a Solo alzando la voz. Una vibración casi imperceptible parecía recorrer las tuberías de plástico, pero lo mismo podía tratarse de su propio pulso.

—¡Creo que sí!

El eco de la débil voz de Solo resonó en los pisos de abajo.

Juliette frunció el ceño y dirigió la vista hacia el hueco en penumbra, más allá del espacio que separaba los peldaños de acero del grueso hormigón. Tendría que ir a comprobarlo sola.

Dejó su pequeña bolsa de herramientas en la escalera —tampoco iba a tropezar nadie con ella— y comenzó a bajar de dos en dos los peldaños de aquella espiral que se adentraba en las entrañas del silo. A cada vuelta que daba volvía a ver los cables eléctricos y la alargada serpiente de tubería, entre trozos de cinta adhesiva de color morado sobre los codos que, laboriosamente, había recortado y asegurado a mano, uno a uno.

Otros cables discurrían paralelamente a los suyos, cables de electricidad que bajaban serpenteando desde Informática, mucho más arriba, para suministrar electricidad a las lámparas de crecimiento de las granjas inferiores. Juliette se preguntaba quién habría sido el responsable. Solo no. Aquel cableado databa de los primeros días de la caída del silo 17. Solo había sido únicamente el beneficiario del ingrato y desesperado trabajo de otros. Ahora, las luces de crecimiento obedecían a sus cronómetros y la vegetación al impulso de crecer. Y de este modo, por encima del hedor del petróleo y el gas, de las inundaciones y del aire estancado, se podía captar desde varios rellanos de distancia la densa fragancia de las plantas que crecían sin control allá abajo.

Juliette se detuvo al llegar al rellano del ciento treinta y seis, el último piso que no estaba inundado. Solo había tratado de advertirla, había tratado de decírselo mientras ella soñaba con la imagen de las excavadoras gigantescas que había visto en los planos de la pared. Demonios, tendría que haberlo sabido sin necesidad de que nadie se lo dijera. También en su propio silo la profundidad de la excavación los sometía a la perpetua amenaza de las filtraciones de aguas freáticas. Sin las bombas de achique, las aguas habrían seguido su tendencia natural y habrían inundado poco a poco los pisos inferiores.

Al llegar al rellano se apoyó sobre la barandilla de acero y aguardó allí un instante para recobrar el aliento. Media docena de escalones más abajo, Solo se encontraba sobre el único peldaño que habían logrado achicar a pesar de todo su esfuerzo. Al cabo de casi tres semanas tendiendo cables y conducciones, de desmontar una parte considerable de la granja hidropónica inferior en busca de piezas, de buscar una bomba para desviar el agua sobrante a los tanques de la planta de depuración, lo único que habían logrado arrebatarle a las aguas era un solitario peldaño.

Solo se volvió y le sonrió.

—Funciona, ¿verdad? —Se rascó la cabeza. El cabello desordenado parecía un erizo de púas irregulares y tenía la barba salpicada de un gris que contradecía su juvenil entusiasmo. Su esperanzada pregunta flotó un momento en el aire, como una bocanada de vaho provocada por el frío de los subterráneos.

—No lo bastante —le dijo Juliette, contrariada por la falta de progresos. Se asomó sobre la barandilla y contempló, más allá de la puntera de unas botas prestadas, la capa de aguas grasientas y multicolores que tenía debajo. La superficie reflectante de petróleo y gas permanecía sumida en una quietud perfecta. Por debajo de esta capa viscosa brillaban las luces de emergencia de la escalera, cuyo fulgor verde prestaba a las profundidades un aspecto fantasmal de apariencia muy acorde con el resto del silo vacío.

En aquel silencio, Juliette oyó un leve gorgoteo en la tubería que pasaba a su lado. Hasta le pareció oír el lejano zumbido de una bomba sumergida, unos cuatro o cinco metros por debajo del gas y el petróleo. En aquel momento habría dado cualquier cosa por tener el poder de forzar al agua a subir los veinte pisos y centenares de codos de tubería que la separaban de los enormes tanques vacíos de la planta depuradora.

Solo tosió protegiéndose la boca con el puño.

—¿Y si instaláramos otra?

Juliette levantó una mano para hacerlo callar. Estaba calculando. Era difícil saber qué volumen total tenían los ocho pisos de Mecánica, repletos de pasillos y salas que podían estar inundados o no. Lo que sí podía hacer era una estimación de la altura del pozo cilíndrico entre los pies de Solo y la garita de seguridad. Por sí sola, la bomba había reducido el nivel de la inundación menos de treinta centímetros en un lapso de dos semanas. Les faltarían casi treinta metros. Si instalaban otra bomba podían tardar cerca de un año en llegar hasta la entrada de Mecánica. Pero según lo inundados que estuvieran los pisos intermedios, podía ser mucho más. Y para despejar Mecánica entera tardarían tres o cuatro veces más.

—¿Y si instalamos otra bomba? —insistió Solo.

Juliette comenzó a sentir náuseas. Aunque utilizasen las otras tres pequeñas bombas de las granjas hidropónicas, suponiendo que pudieran instalar las tuberías y conducciones eléctricas que las acompañaban, no pasaría menos de un año, o puede que dos, antes de que el silo volviera a estar seco. No podía estar segura de disponer de tanto tiempo. Al cabo de pocas semanas en aquel lugar abandonado, a solas con aquel hombre medio loco, estaba empezando a oír cuchicheos, a olvidar dónde dejaba las cosas y a encontrar luces encendidas que habría jurado haber apagado. O se estaba volviendo loca o Solo había descubierto que era divertido hacerla sentir así. Dos años viviendo de este modo, tan cerca de su casa pero al mismo tiempo tan imposiblemente lejos...

Se inclinó sobre la barandilla creyendo que iba a ponerse a vomitar. Mientras contemplaba el agua y su reflejo sobre aquella película grasienta, comenzó a considerar peligros aún mayores que dos años de soledad casi absoluta.

—Dos años —le dijo a Solo. Le parecía estar emitiendo una sentencia de muerte—. Dos años es lo que tardaremos si instalamos tres bombas más. La escalera nos llevará al menos seis meses, pero el resto irá más despacio.

—¡Dos años! —exclamó Solo con voz aguda—. ¡Dos años, dos años! —Introdujo dos veces la puntera de la bota en el agua, un peldaño más abajo, y las ondas distorsionaron su reflejo de manera inquietante. Se volvió sobre sí mismo y la miró—. ¡Eso no es nada!

Juliette luchó por contener la frustración. Dos años era una eternidad. ¿Y qué iban a encontrar allí abajo, de todos modos? ¿En qué condiciones estaría el generador principal? ¿Y las excavadoras? Una máquina sumergida en agua dulce podía aguantar mientras no la tocara el aire, pero en cuanto las bombas comenzaran a hacerla aflorar comenzaría la corrosión. Lo que auguraba la ruina de cualquier cosa útil que pudieran encontrar allí abajo era la acción del oxígeno sobre el metal húmedo. Tendrían que secar y engrasar máquinas y herramientas sin perder un solo instante. Y únicamente eran ellos dos para hacerlo...

Juliette observó con horror que Solo se inclinaba, apartaba la película de grasa que tenía a los pies y recogía con las manos un poco del agua que había debajo. La sorbió ruidosa y alegremente.

Bueno..., y con sólo ella para trabajar en las máquinas no bastaría. Quizá pudiera salvar el generador de reserva. Requeriría menos trabajo y les proporcionaría energía más que suficiente.

—¿Qué hacemos durante dos años? —preguntó Solo mientras se enjugaba la barba con el dorso de la mano y levantaba la mirada hacia ella.

Juliette negó con la cabeza.

—No vamos a esperar dos años —dijo. Las tres últimas semanas en el silo 17 habían sido insoportables. Esto no lo dijo.

—Bueno —respondió él con un encogimiento de hombros. Comenzó a subir las escaleras con torpes zancadas. Tanto las botas como el mono gris que llevaba le venían grandes, como si todavía fuera un niño que se pusiera la ropa de su padre. Se reunió con Juliette en el rellano y le sonrió por debajo de la reluciente barba—. Parece que tienes más proyectos —dijo con tono alegre.

Ella asintió. Siempre que trabajaban en algo, tanto si se trataba de arreglar el torpe cableado de una maquinaria averiada hace tiempo como de mejorar las granjas o reparar el estabilizador de un sistema de iluminación, Solo lo llamaba un «proyecto». Y aseguraba que le encantaban los proyectos. Juliette decidió que era un vestigio de su juventud, una especie de mecanismo de supervivencia desarrollado a lo largo de los años para enfrentarse a cualquier tarea con una sonrisa en lugar de con espanto o soledad.

—Oh, sí, va a ser un proyecto muy importante —afirmó Juliette. Temía el trabajo antes incluso de haberlo iniciado. Comenzó a elaborar en su cabeza una lista de todas las herramientas y piezas que tendrían que ir recogiendo en el camino de regreso arriba.

Solo se echó a reír y aplaudió.

—Bien —dijo—. ¡Volvamos al taller! —Extendió el brazo por encima de su cabeza y apuntó con el dedo la larga caminata que los esperaba

—Aún no —repuso ella—. Antes tenemos que comer algo en las granjas. Luego habrá que parar en Suministros a recoger unas cuantas cosas. Y después debo estar un rato a solas en la sala de los servidores. —Se apartó de la barandilla y del foso de agua teñida de verde iridiscente que lo cubría—. Antes de empezar a trabajar en el taller —dijo— quisiera hacer una llamada...

—¡Una llamada! —exclamó Solo con un mohín—. No quiero. Te pasas todo el día en esa maldita cosa...

Juliette lo ignoró y comenzó a subir. Por quinta vez en tres semanas inició el largo ascenso a Informática. Sabía que Solo tenía razón: pasaba demasiado tiempo haciendo llamadas, demasiado tiempo con aquellos auriculares en los oídos, escuchando su pitido. Sabía que era absurdo, que iba a volverse loca poco a poco, pero pasar el tiempo sentada en la parte trasera de aquel servidor vacío, con el micrófono junto a la boca y aislada de todo por los auriculares —con el cable como único vínculo entre un mundo muerto y otro que aún albergaba vida—, era lo único que podía hacer en el silo 17 para sentir que aún seguía cuerda.

57

Silo 18

...fue el año que la guerra civil devastó los treinta y tres estados. En este conflicto se perdieron más vidas estadounidenses que en todos los anteriores juntos, porque todas las bajas pasaban a engrosar la terrible lista. Durante cuatro años cundió la devastación, y cuando se despejó el humo que cubría el campo de batalla, las ruinas estaban sembradas por los cadáveres de hombres amontonados sobre sus hermanos. Se perdió más de medio millón de vidas. El doble de esta cifra, según algunos cálculos. La enfermedad, el hambre y la desolación regían la vida del hombre...

Se abrió una pantalla con imágenes en vivo de los servidores, aunque distorsionadas por la amplitud del ángulo de la toma. Esta capacidad de ver las cosas desde lejos era un secreto más en una sala repleta de ellos. Lukas recorrió con la mirada las imágenes de las cámaras mientras se preguntaba si sería Sammi u otro de los técnicos que venía a hacer una reparación. Pero su estómago esperaba que fuese alguien que le traía el desayuno.

Finalmente localizó a su visitante en la cámara cuatro: una figura menuda ataviada con un mono gris, bigote y gafas. Iba ligeramente encorvado, con una bandeja en las manos. La bandeja contenía un vaso de agua cuyo contenido amenazaba con derramarse y un plato cubierto, todo ello sostenido en parte por su barriga prominente. Bernard levantó los ojos hacia la cámara al pasar y lanzó una penetrante mirada a Lukas desde el piso de arriba mientras esbozaba una sonrisa tensa por debajo del bigote.

Lukas dejó el ordenador y corrió por el pasillo para ir a abrir la escotilla. Sus pies desnudos golpeaban suavemente el frío acero del suelo. Se encaramó a la escalerilla con una destreza fruto de la práctica y deslizó hacia un lado el asa de apertura de color rojo. Al mismo tiempo que levantaba la rejilla, la sombra de Bernard sumió la escalera en penumbra. La bandeja se detuvo haciendo tintinear su contenido mientras Lukas apartaba a un lado la sección del suelo.

—Hoy te voy a malcriar —dijo Bernard. Husmeó el aire y destapó el plato. Una nube de vapor escapó del confinamiento de la tapa metálica, y debajo de ésta aparecieron dos jugosas chuletas de cerdo.

—Caray. —Lukas sintió que empezaban a gruñirle las tripas al ver la carne. Salió por la escotilla y se sentó en el suelo con las piernas colgando por el agujero de acceso. Se apoyó la bandeja sobre las piernas y cogió los cubiertos.

—Creí que el silo entero estaba sometido a un racionamiento estricto, al menos hasta que cesara la resistencia.

Cortó un trozo de carne y se lo metió en la boca.

—Y no es que me queje, ¿eh? —Mientras masticaba y saboreaba la descarga de proteínas, se recordó que debía dar gracias por el sacrificio del animal.

—El racionamiento sigue en vigor —le aclaró Bernard—. Encontramos un núcleo de resistencia en el bazar y nuestro pobre amiguito se encontró en medio del fuego cruzado. No iba a dejar que se desperdiciara. Como es natural, la mayor parte de la carne se ha entregado a las esposas y maridos de los que hemos perdido...

—¿Mmm? —murmuró Lukas con la boca llena—. ¿Cuántos son? —preguntó después de tragar.

—Cinco, más los tres del primer ataque.

Lukas hizo un gesto de desagrado con la cabeza.

—No está mal, teniéndolo todo en cuenta. —Bernard se atusó el bigote con la mano mientras veía comer a Lukas. Éste hizo un gesto con el tenedor para ofrecerle un poco al tiempo que masticaba, pero Bernard rechazó el ofrecimiento con la mano. Se apoyó sobre el servidor vacío que albergaba el canal de comunicación con el exterior y el asa de apertura de la escalerilla. Lukas procuró no mostrar sus emociones.

—¿Cuánto tiempo voy a tener que quedarme? —Trató de no mostrar demasiado interés, como si le diese igual la respuesta—. Ya hace tres semanas que estoy aquí, ¿no? —Cortó otro trozo de carne haciendo caso omiso de las verduras—. ¿Unos días más, quizá?

Bernard se frotó las mejillas y se pasó los dedos por su ya escasa cabellera.

—Eso espero, pero no lo sé. Lo he dejado en manos de Sims, que cree que la amenaza continúa. Los de Mecánica están muy bien atrincherados allí abajo. Han amenazado con cortar el suministro de energía, pero no creo que lo hagan. Supongo que finalmente se han dado cuenta de que no controlan la electricidad en nuestros pisos. Es muy posible que intentaran cortarla antes de su ataque y se encontraran con que volvíamos a restablecerla por nuestros propios medios.

—No creerá que van a cortar el suministro eléctrico de las granjas, ¿verdad? —Estaba pensando en el racionamiento y en la amenaza del hambre.

Bernard frunció el ceño.

—Más adelante, puede ser. Si llegan a estar lo bastante desesperados. Pero tal decisión les arrebatará a esos grasientos todas las simpatías que pudieran conservar. No te preocupes, cuando les entre el hambre se rendirán. Todo está saliendo conforme a lo previsto.

Lukas asintió y tomó un trago de agua. El cerdo le sabía mejor que ningún otro que hubiera comido en su vida.

—Cambiemos de tema —dijo Bernard—. ¿Cómo vas con tus estudios?

—Bien —Lukas asintió. Lo cierto es que apenas había tocado el libro de la Orden. La información más interesante estaba en otras partes.

—Vale. Cuando termine todo este revuelo te programaremos unas cuantas horas extra en la sala de los servidores. Puedes dedicar ese tiempo a hacer de sombra. Una vez que convoquemos las elecciones no creo que nadie más se atreva a presentarse, sobre todo después de esto, así que pasaré mucho más tiempo arriba. Te tocará a ti dirigir Informática.

Lukas dejó el vaso y cogió la servilleta de tela. Se limpió la boca mientras pensaba en lo que acababa de decirle.

—Bueno, espero que no estemos hablando de semanas. Me siento como si llevara años...

Un zumbido lo interrumpió. Lukas quedó petrificado y soltó la servilleta, que cayó planeando sobre la bandeja.

Bernard se apartó del servidor como si le hubiera dado una descarga eléctrica o como si su superficie negra y metálica se hubiese puesto al rojo vivo.

—¡Maldita sea! —mascculló mientras daba un puñetazo al servidor. Sus manos buscaron la llave maestra en el interior del mono.

Lukas se obligó a tomar otro bocado y actuar con normalidad. El constante pitido del servidor estaba acrecentando la agitación de su jefe. Lo volvía irracional. Era como vivir de nuevo con su padre, antes de que la ginebra de alambique lo enviara por fin a descansar bajo las patatas.

—Joder, te juro que... —refunfuñó Bernard mientras llevaba a cabo la secuencia de apertura de las distintas cerraduras. Miró de soslayo a Lukas, quien masticaba un trozo de carne con parsimonia, incapaz de pronto de sentir su sabor—. Tengo un proyecto para ti —dijo mientras, sacudiendo la llave, se disponía al fin a abrir la última cerradura. Lukas sabía por propia experiencia que a veces se atascaba un poco—. Quiero que instales otro panel ahí detrás, un simple sistema de luces LED. Con un código que nos permita ver quién llama. Quiero saber si se trata de algo importante o si, por el contrario, podemos ignorarlo tranquilamente.

Arrancó el panel posterior y lo apoyó sin el menor cuidado sobre el frontal del servidor número 40, situado a su espalda. Lukas tomó otro sorbo de agua mientras Bernard se asomaba al interior oscuro y cavernoso de la máquina y estudiaba las luces parpadeantes que había sobre los pequeños conectores de comunicaciones. Las negras entrañas de la torre de servidores y su frenético zumbido se tragaron las maldiciones mascculladas por su jefe.

Sacó la cabeza, que estaba roja de rabia, y se volvió hacia Lukas, que dejó la taza sobre la bandeja.

—De hecho, sólo necesito dos luces aquí. —Bernard señaló un costado de la torre—. Una roja si quien llama es el silo diecisiete. Una verde en cualquier otro caso. ¿Entendido?

Lukas asintió. Bajó la mirada hacia la bandeja y comenzó a cortar una patata por la mitad. De repente se acordaba de su padre. Bernard se volvió y cogió el panel trasero del servidor.

—Ya me encargo yo de colocarlo —murmuró Lukas mientras masticaba la patata. Abrió la boca para intentar no quemarse la lengua y tomó un poco de agua para ayudarse a tragar.

Bernard dejó el panel donde estaba. Se volvió y lanzó una mirada llena de hostilidad al interior de la máquina, que seguía pitando y pitando mientras las luces parpadeaban con alarma.

—Buena idea —asintió—. Podrías ponerte con este proyecto inmediatamente.

Finalmente, el servidor interrumpió sus frenéticas llamadas y la sala quedó sumida en un silencio interrumpido sólo por el ruido del tenedor de Lukas sobre la bandeja. Era como los recuerdos de su juventud teñidos de olor a centeno. Pronto —al igual que su padre cuando perdía el sentido sobre el suelo de la cocina o del baño—, Bernard se marcharía.

Y en efecto, en aquel momento su superior y jefe de Informática se levantó y volvió a dejarlo sumido en la oscuridad al tapar la luz del techo.

—Que disfrutes de la cena —le deseó—. Luego mandaré a Peter a buscar los platos.

Lukas pinchó unas judías con el tenedor.

—¿La cena? Creía que esto era el almuerzo. —Se metió las judías en la boca.

—Son más de las ocho —le aclaró Bernard mientras se alisaba el mono—. Ah, hoy he hablado con tu madre.

Lukas dejó el tenedor.

—¿Ah, sí?

—Le he recordado que estás haciendo cosas muy importantes para el silo, pero ha insistido en verte. He hablado con Sims de la posibilidad de dejarla entrar...

—¿En la sala de servidores?

—Sólo un momento. Para que pueda ver que estás bien. Lo haría en otra parte, pero Sims no cree que sea buena idea. No está totalmente seguro de la lealtad de los técnicos. Sigue buscando posibles filtraciones...

Lukas resopló.

—Sims es un auténtico paranoico. Ninguno de los técnicos va a alinearse con esos grasientos. Nunca traicionarían al silo y mucho menos a usted. —Cogió un hueso y le quitó la carne restante con los dientes.

—No obstante, me ha convencido de que tu seguridad es primordial. Si puedo organizar un encuentro, te lo haré saber.

Se inclinó hacia Lukas y le apretó el hombro con una mano.

—Gracias por tu paciencia. Me alegra tener alguien a mi lado que comprenda la importancia de este trabajo.

—Oh, lo entiendo perfectamente —afirmó Lukas—. El silo antes que nada.

—Bien. —Con otro apretón en el hombro, Bernard se puso en pie—. Sigue leyendo la Orden. Sobre todo la parte sobre insurrecciones y levantamientos. Quiero que aprendas todo lo que puedas de éste para el caso de que, no lo quiera Dios, llegara a repetirse durante tu mandato.

—De acuerdo —asintió Lukas. Dejó el hueso limpio sobre el plato y se limpió los dedos en la servilleta. Bernard se dio la vuelta para marcharse.

—Oh... —Se detuvo y se volvió hacia él—. Sé que no necesito recordártelo, pero no debes responder a este servidor bajo ninguna circunstancia. —Pinchó con el dedo la parte frontal de la máquina—. Aún no he informado de tu nombramiento a los demás jefes de Informática, así que tu posición correría... bueno, un grave peligro si hablaras con cualquiera de ellos antes de tiempo.

—¿Está de broma? —Lukas negó vehementemente con la cabeza—. Lo último que querría en este mundo sería hablar con cualquiera capaz de ponerlo nervioso a usted. No, muchas gracias.

Bernard sonrió y se limpió la frente.

—Eres un buen hombre, Lukas. Me alegro de contar contigo.

—Y yo me alegro de ser útil —respondió Lukas. Alargó la mano hacia otra costilla y sonrió a su superior, que lo miraba desde arriba con expresión radiante. Finalmente, el hombre se volvió para irse. El sonido de sus botas sobre la rejilla de acero se fue perdiendo a medida que se alejaba en dirección a la enorme puerta que mantenía a Lukas prisionero entre las máquinas y sus secretos.

Lukas siguió comiendo mientras Bernard introducía el nuevo código en la cerradura, una cadencia de pitidos familiar pero desconocida..., un código que Lukas ya no poseía.

«Por tu propio bien», le había dicho Bernard. Masticó un trozo de grasa mientras la pesada puerta se cerraba con un estruendo metálico y las luces rojas, bajo sus pies y en la escalerilla, parpadeaban y se apagaban.

Dejó el hueso en la bandeja. Mientras apartaba las patatas tuvo que combatir el impulso de vomitar al verlas, pues le hicieron pensar en el lugar en el que descansaban los huesos de su padre. Tras colocar la bandeja sobre la rejilla, sacó los pies del agujero de la escalera y se colocó detrás del servidor abierto.

Los auriculares salieron de su bolsillo sin ofrecer resistencia. Se los puso sobre las orejas mientras se rascaba la barba de tres semanas que le cubría la barbilla. Cogió el cable y lo introdujo en el conector marcado con un «17».

Comenzaron a sonar unos pitidos mientras se establecía la comunicación. Lukas se imaginó el zumbido al otro lado y el parpadeo de las luces.

Esperó conteniendo el aliento.

—¿Sí? —dijo una voz femenina en su oído. Lukas sonrió.

—Hola —respondió.

Se sentó, con la espalda apoyada en el servidor número 40 y se puso cómodo.

—¿Cómo va todo por ahí?

58

Silo 18

Walker hacía aspavientos con los brazos mientras trataba de explicar su teoría sobre el posible funcionamiento de la radio.

—Sabemos que el sonido, las transmisiones, son como ondas que mueven el aire, ¿no es así? —Persiguió a las voces invisibles con los dedos. Sobre él colgaba la tercera antena, que había construido en dos días, suspendida de las vigas—. Esas ondas se desplazan por la antena, arriba y abajo, arriba y abajo —hizo un gesto que abarcaba la antena en toda su extensión—, razón por la que, cuanto más larga sea, mejor. Así le es más fácil atraparlas en el aire.

«Pero si las ondas están por todas partes, ¿por qué no captamos ninguna?»

Walker asintió con la cabeza mientras meneaba el dedo en un gesto de complicidad. Era una buena pregunta. Una pregunta excelente, joder.

—Las captaremos —afirmó—. Estamos cada vez más cerca. —Ajustó el nuevo amplificador que había construido, mucho más potente que el diminuto trasto que llevaba el viejo transistor de Hank—. Escucha —dijo.

Un siseo repleto de crujidos llenó la habitación, como si alguien estuviera estrujando trozos de plástico.

«No oigo nada.»

—Porque no te estás callado. ¡Escucha!

Ahí. Era muy tenue, pero por debajo del siseo había un retazo de sonido coherente.

«¡Lo oigo!»

Walker asintió con orgullo. No tanto por el aparato que estaba construyendo como por su brillante pupilo. Miró de soslayo la puerta para asegurarse de que seguía cerrada. Sólo hablaba con Scottie cuando estaba cerrada.

—Lo que no entiendo es por qué no consigo captarlo con más claridad. —Se rascó la barbilla—. Salvo que sea porque estamos a demasiada profundidad...

«Siempre hemos estado a la misma profundidad —señaló Scottie—. Y aquel comisario al que conocimos hace años hablaba por la radio sin ningún problema.»

Walker se rascó la pelusa de la barbilla. Su pequeña sombra, como de costumbre, tenía razón.

—Bueno, lo cierto es que hay un pequeño tablero de circuitos que no entiendo. Creo que sirve para aislar la señal a fin de que se oiga con más claridad. Todo parece pasar por él.

Se volvió en su banquillo hacia la mesa de trabajo, ocupada por los tableros verdes y las marañas de cables multicolores que empleaba en su último y más singular proyecto. Bajó la lupa y escudriñó el tablero en cuestión. Imaginó que Scottie se inclinaba a su lado para verlo mejor.

«¿Qué es esa pegatina?»

Scottie señaló una minúscula pegatina redonda con un «18» impreso en ella. Era Walker quien le había enseñado que no pasaba nada por admitir que no sabes algo. Si no eres capaz de hacerlo, nunca podrás llegar a saber nada.

—No estoy seguro —admitió Walker—. Pero ¿ves este pequeño tablero que lleva la radio dentro, con cables planos?

Scottie asintió.

—Es como si estuviera hecha para que pueda ser sustituida. Puede que tenga tendencia a quemarse, o algo así. Creo que eso es lo que nos tiene encallados, algo así como un fulminante mojado.

«¿Podríamos sortearla?»

—¿Sortearla? —Walker no sabía muy bien lo que quería decir su ayudante.

«Puentearla. Por si se ha quemado. Saltárnosla.»

—Podríamos cargarnos cualquier otra cosa. O sea, no estaría ahí si no fuese realmente necesaria. —Walker lo pensó un momento. Quería decir que lo mismo podía decirse de Scottie, de la voz tranquilizadora del muchacho. Pero claro, nunca se le había dado bien decirle a su sombra lo que sentía. Sólo lo que sabía.

«Bueno, eso es lo que intentaría yo...»

Sonó una llamada a la puerta seguida por el chirrido de unos goznes que no estaban engrasados premeditadamente. Scottie se fundió con las sombras que había bajo la mesa y su voz se perdió en el siseo de la estática que emitían los auriculares.

—Walk, ¿qué demonios está pasando aquí?

El electricista giró sobre su banquillo. La bonita voz y las duras palabras se habían fundido de un modo que sólo estaba al alcance de Shirly. Entró en el taller con una bandeja cubierta, los labios apretados y una ceñuda mirada de desaprobación en el rostro.

Walker bajó el volumen de la estática.

—Estoy tratando de reparar la...

—No, ¿qué es ese disparate que he oído de que no comes? —Dejó la bandeja frente a él y le quitó la tapa. Por debajo humeaba un plato de maíz—. ¿Te tomaste el desayuno esta mañana o se lo has dado a otra persona?

—Eso es demasiado —respondió él mirando las tres o cuatro raciones que le había traído.

—No, porque has estado regalando la comida. —Le puso el tenedor en la mano—. Come. O al final se te va a caer el mono al suelo.

Walker se quedó mirando el maíz. Removió la comida con el tenedor, pero tenía el estómago agarrotado y no sentía hambre. Tenía la sensación de que no volvería a tenerla en su vida. Su estómago se iría encogiendo más y más hasta terminar convertido en un minúsculo puño apretado, y entonces todo iría bien para siempre...

—Que comas, joder.

Walker sopló el maíz. No tenía el menor deseo de comérselo, pero se metió un poco en la boca para complacer a Shirly.

—Y que no me entere yo de que alguno de mis hombres anda merodeando por aquí haciéndote la pelota, ¿entendido? No les vas a dar tu comida. ¿Estamos? Otro bocado.

Walker tragó. Tenía que reconocer que era agradable sentir cómo le bajaba la comida hacia el estómago.

—Si me como todo esto me pondré enfermo —dijo.

—Y si no lo haces te mataré yo.

La miró de soslayo, esperando verla sonreír, pero Shirly ya no sonreía. Como todos los demás.

—¿Qué demonios es ese ruido? —Se volvió y recorrió el taller con la vista en busca de la fuente del sonido.

Walker dejó el tenedor y ajustó el volumen. El dial estaba soldado a una serie de resistencias. El propio dial se llamaba potenciómetro. De pronto sintió el impulso de explicarle todo esto, de hacer cualquier cosa con tal de no comer. Podía explicarle cómo funcionaba el amplificador y que el potenciómetro era en realidad una resistencia ajustable y que cada pequeño giro del dial podía elevar el volumen hasta donde él quisiera...

Se detuvo. Cogió el tenedor y removió el maíz. Podía oír a Scottie susurrándole desde las sombras.

—Eso está mejor —dijo Shirly refiriéndose a la bajada del volumen —. Es un ruido aún peor que el que hacía el viejo generador. Pero si puedes bajarlo, ¿por qué lo tienes siempre tan alto?

Walker tomó otro bocado. Mientras masticaba, dejó el tenedor y cogió el soldador del soporte. Buscó otro potenciómetro en el cubo de las piezas de repuesto.

—Sujeta esto —dijo a Shirly con la boca llena. Le tendió los cables que salían del potenciómetro y los alisó con las plateadas puntas del multímetro.

—Si con eso sigues comiendo.... —Cogió los cables y las pinzas entre los índices y los pulgares.

Walker volvió a llenarse la boca de maíz, esta vez sin acordarse de soplar. Las gachas le quemaron la lengua. Tragó sin masticar y sintió cómo el fuego se abría paso hasta su pecho. Shirly le dijo que tuviera cuidado y se lo tomara con más calma. Sin hacerle caso, giró el potenciómetro. Al ver que la aguja del multímetro se ponía en movimiento supo que la pieza funcionaba.

—¿Por qué no te tomas un descanso y comes un poco aprovechando que estoy aquí?

—Shirly separó un banquillo de la mesa de trabajo y se dejó caer sobre él.

—Porque está demasiado caliente —respondió él mientras se abanicaba la boca con la mano. Cogió un poco de estaño y le acercó la punta candente del soldador, que quedó embadurnada de brillante metal plateado—. Tengo que soldar el cable negro a esto. —Tocó suavemente la minúscula pata de una resistencia del tablero marcado con el número 18. Shirly se inclinó sobre la mesa y, con la mirada entornada, examinó lo que le indicaba.

—¿Y luego te acabarás la cena?

—Prometido.

Shirly entrecerró los ojos para expresar que se tomaba la promesa muy en serio y luego hizo lo que él le había pedido.

Sus manos no eran tan firmes como las de Scottie, pero aun así, Walker bajó la lente y realizó la conexión con rapidez. Luego le mostró el sitio donde iba el cable rojo y lo soldó también. Aunque no funcionase, siempre podía desoldarlo y probar con otra cosa.

—Ahora no dejes que se te enfríe —le advirtió Shirly—. Sé que no te gusta frío y no pienso volver al comedor para pedir que te lo calienten.

Walker se quedó mirando el pequeño tablero con la pegatina numerada. A regañadientes, cogió la cuchara y se metió una buena cantidad de maíz en la boca.

—¿Cómo van las cosas ahí fuera? —preguntó mientras soplaba sobre la comida.

—Se está yendo todo a la mierda —dijo Shirly—. Jenkins y Harper están discutiendo si deben dejar sin suministro eléctrico a todo el silo. Pero claro, algunos de los chicos que estuvieron allí, ya sabes, cuando Knox y...

Apartó la mirada y dejó la frase sin terminar.

Walker asintió y masticó.

—Algunos dicen que en Informática tenían plena potencia aquella mañana, a pesar de que la habíamos desconectado desde aquí abajo.

—Puede que la hubiesen redireccionado —apuntó Walker—. O que contasen con baterías de reserva. Existen cosas así, ¿sabes? —Tomó otro bocado, pero se moría de ganas de girar el potenciómetro. Estaba convencido de que la estática había cambiado cuando realizó la segunda conexión.

—Yo siempre les digo que si jodemos al silo entero haremos más mal que bien. Se pondrán todos en nuestra contra.

—Ya. Oye, ¿puedes ajustar esto? Ya sabes, mientras yo como.

Subió el volumen. Necesitó las dos manos para girar el dial suelto, que colgaba de los cables de colores. Shirly pareció encogerse al oír el ruido que salía de los altavoces caseros. Alargó la mano hacia el mando, como si se dispusiera a bajarlo...

—No, quiero que gires el que acabamos de instalar...

—¿Qué coño pasa, Walk? Cómete el dichoso maíz de una vez.

Walker tomó otro bocado Y Shirly, a pesar de sus maldiciones y protestas, comenzó a girar el dial.

—Despacio —dijo él con la boca llena.

Y, en efecto, la estática que salía por los altavoces empezó a modularse. Era como si el plástico que estrujaban hubiera empezado a moverse y a dar saltos por la habitación.

—¿Y qué es lo que estoy haciendo exactamente?

—Ayudar a un anciano...

—... sí, puede que te necesite aquí arriba...

Walker soltó la cuchara y le indicó con una mano que se detuviera. Pero Shirly ya se había pasado y sólo salía estática por los altavoces. La chica pareció comprender lo ocurrido. Se mordió el labio y giró el dial en sentido contrario hasta que volvieron las voces.

—Suena bien. De todos modos las cosas están muy tranquilas aquí abajo. ¿Quieres que lleve a mi equipo?

—Lo has conseguido —dijo Shirly con un susurro, como si temiera que aquella gente pudiese oírla si hablaba demasiado fuerte—. La has arreglado...

Walker levantó la mano. La conversación continuó:

—Negativo. No hace falta. La ayudante Roberts ya está aquí con el suyo. Está buscando pistas mientras hablamos...

—¡Lo que hago es trabajar mientras él está de brazos cruzados! —exclamó una segunda voz, más débil, al fondo.

Walker se volvió hacia Shirly mientras sonaban unas carcajadas por la radio. Parecía que más de una persona había disfrutado del chiste. Hacía mucho tiempo que no oía reír a nadie. Pero él no se reía. Sintió que se le arrugaba el ceño a causa de la confusión.

—¿Qué sucede? —preguntó Shirly—. ¡Lo hemos conseguido! ¡Lo hemos reparado! —Se levantó del banquillo y se dio la vuelta, como si se dispusiera a echar a correr para contárselo a Jenkins.

—¡Alto! —Walker se mesó la barba con la mano mientras apuntaba con la cuchara la desperdigada colección de piezas sueltas. Shirly aguardó a un paso de distancia, mirándolo con una sonrisa en los labios—. ¿Ayudante Roberts? —preguntó Walker—. ¿Y ésa quién coño es?

59

Silo 17

Juliette encendió las luces del laboratorio de trajes al llegar con un último cargamento de piezas desde Suministros. Al contrario de Solo, no daba por garantizado el suministro eléctrico. Y como no sabía de dónde salía, siempre temía que se acabase. Así que mientras que él tenía la costumbre, la compulsión casi, de encender todas las luces a máxima potencia y dejarlas así, ella trataba de ahorrar toda la energía posible.

Mientras dejaba sobre el camastro los frutos de sus últimos saqueos se acordó de Walker. ¿Era así como había terminado viviendo en medio de su trabajo? ¿Era la obsesión, el impulso, la necesidad de seguir luchando contra una serie de problemas interminables hasta que no podía alejarse siquiera unos pasos de ellos?

Cuanto mejor entendía a su pobre compañero, más alejada de él se sentía, y también más sola. Se sentó y se frotó las piernas, porque tenía los muslos y los gemelos agarrotados tras la última excursión. Puede que estuviera desarrollando unas piernas de porteadora en las últimas semanas, pero ahora tenía constantemente la sensación de que estaban hinchadas. Cuando se daba un masaje en los músculos la sensación se transformaba en dolor, cosa que, por alguna razón, le agradaba. Las sensaciones intensas y definidas eran preferibles a las sordas y vagas. Le gustaban las cosas que podía comprender.

Se quitó las botas sacudiendo las piernas y luego se incorporó. Ya había descansado suficiente. Era lo máximo que podía permitirse. Trasladó el saco de tela a una de las sofisticadas mesas de trabajo que, como todo lo que había en el laboratorio de trajes, eran mucho mejores que las que usaban en Mecánica. Hasta las piezas diseñadas expresamente para fallar demostraban una pericia en los campos de la ingeniería y la química que sólo podía apreciar ahora que comprendía su perverso propósito. Había acumulado gran cantidad de arandelas y sellos, tanto los de calidad, que había sacado de Suministros, como los defectuosos que había en el laboratorio. Al compararlos averiguaría cómo funcionaban. Estaban amontonados en la parte trasera de la mesa principal, como un recuerdo de la diabólica malicia con que la habían enviado al exterior.

Mientras dejaba allí las piezas de Suministros, pensó en lo extraño que resultaba tener acceso al prohibido corazón de otro silo, vivir en él. Y más aún apreciar aquellas mesas de trabajo, esas herramientas inmaculadas, diseñadas con el único fin de enviar a la muerte a gente como ella.

Observar las paredes, ocupadas por casi una docena de trajes de limpieza en distintos estados de reparación, era como vivir y trabajar en una sala llena de apariciones fantasmales. Si alguno de aquellos trajes hubiera bajado de un salto del gancho del que colgaba y hubiese echado a andar por sí solo, Juliette no se habría sorprendido demasiado. Todos tenían los brazos y las piernas hinchados, como si llevasen un ocupante, y era muy fácil imaginar que los visores de espejo ocultaban rostros llenos de curiosidad. La presencia allí de aquellas formas colgantes era como tener compañía. La observaron impasibles mientras separaba sus hallazgos en dos montones: el de las cosas que necesitaba para su próximo proyecto y el de los diversos chismes útiles que había recogido sin tener una idea concreta sobre el uso que iba a darles.

A este segundo grupo pertenecía una valiosa pila recargable, con una mancha de sangre que no había sido capaz de quitar. Por su mente pasaron algunas de las escenas con las que se había encontrado mientras buscaba materiales: como los dos hombres que se habían suicidado en la oficina central de Suministros, con las manos entrelazadas, las muñecas cortadas y una mancha de color óxido a su alrededor. Era una de las peores escenas, un recuerdo que no podría quitarse de encima. Había otras evidencias de violencia esparcidas por todo el silo. El lugar entero estaba maldito, arruinado. Ahora entendía por qué Solo limitaba sus paseos a las granjas. Y también comprendía su costumbre de bloquear todas las noches la entrada de la sala de servidores con el archivador, a pesar de que llevaba años sin encontrarse con nadie. No podía culparlo. Ella misma echaba los cierres del laboratorio de trajes todas las noches antes de irse a dormir. No es que creyese en fantasmas, pero su convicción en este sentido flaqueaba frente a la constante sensación de ser vigilada, si no por gente de verdad, al menos por el propio silo.

Comenzó a trabajar en el compresor de aire y, como le sucedía siempre, se sintió mejor en cuanto tuvo algo que hacer con las manos. En cuanto empezó a reparar algo. A distraerse. Las primeras noches, tras haber sobrevivido al horrible trance de la expulsión, de abrirse paso hasta el interior de aquel esqueleto de silo, había recorrido incansablemente el lugar en busca de un sitio en el que fuera capaz de conciliar el sueño. En la habitación que había bajo la sala de servidores no podía ser a causa del hedor de los desechos que Solo había ido acumulando por todas partes. Probó en los aposentos del jefe de Informática, pero el recuerdo de Bernard la alteraba de tal modo que no podía permanecer quieta ni un instante. Los sofás de las distintas oficinas no eran lo bastante grandes. Intentó montar una especie de camastro en la sala de servidores, que era agradablemente cálida, pero los chirridos y chasquidos que emitían los voluminosos equipos estuvieron a punto de volverla loca.

Por extraño que pueda parecer, el laboratorio de trajes, con sus monstruos en las paredes, fue el único sitio donde logró disfrutar de algo parecido a una noche de sueño decente. Probablemente fuese porque había herramientas por todas partes, soldadores, llaves eléctricas y paredes con cajones repletos de todos los enchufes y destornilladores imaginables. Si quería arreglar algo, aunque fuese a ella misma, tendría que ser en aquella sala. Aparte de éste, el único lugar del silo 17 en el que se había sentido cómoda eran las celdas, donde a veces dormía cuando subía o bajaba. Y también sentada detrás de aquel vacío servidor, cuando hablaba con Lukas.

Pensó en él mientras cruzaba la habitación para sacar la válvula que necesitaba de una de las cajas de herramientas. Se la guardó en el bolsillo y descolgó uno de los trajes de limpieza terminados. Al admirar su peso se acordó de lo aparatoso que le había parecido cuando la obligaron a ponerse uno idéntico. Lo trasladó hasta una mesa de trabajo despejada y le extrajo del cuello la pieza de anclaje para el casco, que llevó hasta la prensa de taladro. Allí, con todo cuidado, le practicó un agujero de guía. Con la pieza sujeta por unas pinzas, procedió a introducir la válvula en el agujero para dejar paso al tubo del oxígeno. Estaba atareada haciendo esto y pensando en su última conversación con Lukas cuando el aroma a pan recién horneado llegó al laboratorio.

—¡Hola! —la saludó Solo desde la puerta. Juliette levantó la cabeza y lo invitó a pasar con un movimiento de la barbilla. No era fácil girar la válvula. La empuñadura de metal se le clavaba en las palmas de las manos y una película de sudor se le estaba formando en la frente.

—He preparado más pan.

—Huele de maravilla —respondió ella sin demasiado entusiasmo.

Desde que había enseñado a Solo a preparar pan ácimo, no podía conseguir que parara. Los grandes cajones de harina que contenían los estantes de provisiones enlatadas estaban desapareciendo uno a uno como consecuencia de sus experimentos. Una vez más, tomó nota de que tenía que enseñarle a cocinar más cosas, para que pudiera sacar partido a su laboriosidad con un poco de variedad.

—Y he cortado unos pepinos en rodajas —dijo, tan orgulloso como si estuviera hablando de un festín sin igual. En muchísimas cosas, Solo tenía la mente de un adolescente. En sus hábitos culinarios, por ejemplo.

—Comeré dentro de un rato —le dijo. Finalmente logró introducir la válvula por el hueco. El resultado era una conexión roscada tan bien terminada como si hubiera salido de Suministros. La válvula encajaba tan perfectamente como un tornillo hecho a medida.

Solo dejó la bandeja de pan y verduras sobre la mesa y cogió un banquillo.

—¿En qué estás trabajando? ¿Otra bomba? —Miró el gran compresor de aire con ruedas, del que salían varios tubos de plástico.

—No. Me habría llevado demasiado tiempo. Estoy trabajando en un diseño que me permita respirar bajo el agua.

Solo se echó a reír. Se metió un trozo de pan en la boca y mientras lo masticaba se dio cuenta de que no era una broma.

—Hablas en serio.

—Sí. Las bombas que realmente necesitamos se encuentran en los sumideros que hay al fondo del silo. Sólo necesito llevarles un poco de electricidad desde Informática. Tardaremos solamente semanas o meses en achicar toda el agua, en lugar de años.

—Respirar bajo el agua —repitió él. La miró como si fuese Juliette la que estaba perdiendo la cabeza.

—No es muy distinto al sistema que usé para llegar hasta aquí desde mi silo. —Envolvió con cinta de silicona el extremo macho del acoplador del tubo del aire y luego lo introdujo en el cuello—. Son trajes estancos, lo que quiere decir que se pueden meter bajo el agua. Lo único que necesito es un suministro constante de oxígeno que me permita respirar y podré trabajar allí abajo todo el tiempo que quiera. O al menos el suficiente para poner en funcionamiento las bombas.

—¿Crees que todavía funcionarán?

—Deberían. —Cogió una llave inglesa y apretó el acoplador hasta donde le pareció prudente—. Están diseñadas para trabajar bajo el agua y son máquinas sencillas. Sólo necesitan energía, y de esto tenemos de sobra aquí arriba.

—¿Y yo qué voy a hacer? —Solo se limpió las migas de las manos sobre la mesa de trabajo de Juliette y alargó la mano hacia otro trozo de pan.

—Te encargarás de vigilar el compresor. Te enseñaré a manejarlo y a abastecerlo de combustible. Voy a instalar una de esas radios portátiles que llevaban los ayudantes en el casco, aquí, para que podamos comunicarnos. Entre los cables eléctricos y los tubos para el aire, va a ser un caos. —Lo miró y sonrió—. No te preocupes, te voy a mantener muy ocupado.

—No estoy preocupado —le aseguró Solo. Suspiró y, mientras devoraba un trozo de pepino, sus ojos se posaron en el compresor.

Y Juliette se dio cuenta de que, al igual que un adolescente con poca práctica pero mucha necesidad, aún no había dominado el arte de mentir de manera convincente.

60

Silo 18

... muchachos del otro lado del campamento. Los resultados eran observados muy de cerca por los responsables del experimento, que se hacían pasar por consejeros. Cuando se desató la violencia, el experimento se detuvo antes de que pudiera alcanzar niveles peligrosos. Lo que comenzó en Robber Cave como dos grupos de chicos de valores y perfiles casi idénticos había terminado en lo que en el campo de la psicología conocemos como un escenario de integración y aislamiento. Las pequeñas diferencias que se percibían en los otros, como la manera de llevar un sombrero o las inflexiones de la voz, se convertían en transgresiones imperdonables. Cuando comenzaron a volar las piedras y las incursiones contra el campamento rival se volvieron sangrientas, no quedó más remedio que cancelar el experimento antes de que...

Lukas no podía seguir leyendo. Cerró el libro y se apoyó en las elevadas estanterías. Su olfato captó un olor desagradable y acercó el lomo del viejo libro a su nariz. Era él, decidió por fin. ¿Cuándo se había duchado por última vez? Su rutina había saltado en mil pedazos. Ya no lo despertaban los gritos de los niños por las mañanas, ni podía subir por las noches a mirar las estrellas, y la condenada escalera por la que volvía cada noche a su cama era cosa del recuerdo. Todo ello había sido reemplazado por un camastro del piso treinta y cinco, en el que no hacía más que dar vueltas y vueltas tratando de conciliar el sueño (había una docena de ellos en total, pero sólo el suyo tenía ocupante); por luces rojas para avisarlo de que tenía compañía, por conversaciones con Bernard y Peter Billings cuando le llevaban la comida, por largas charlas con Juliette siempre que llamaba y él estaba libre para responder. Y en medio de todo ello, por los libros. Libros de una historia que no alcanzaba a comprender, sobre miles de millones de personas, sobre otras estrellas, incluso. Relatos sobre la violencia, sobre la locura de las multitudes, sobre la asombrosa cronología de la vida, sobre soles rodeados de planetas que un día estallarían, sobre armas que podían acabar con todo y sobre enfermedades que habían estado a punto de hacerlo.

¿Cuánto tiempo podría seguir así, sin hacer más que leer, dormir y comer? Las semanas ya se le antojaban meses. No había forma de llevar la cuenta de los días, de recordar cuánto tiempo hacía que llevaba puesto el mismo mono, de saber si ya era hora de cambiárselo por el que había en la secadora. A veces le daba la sensación de que se cambiaba de ropa y la lavaba tres veces al día. Aunque también puede ser que lo hiciese una vez cada dos semanas. Olía como si fuese así, o aún peor.

Apoyó la cabeza en los contenedores de los libros y cerró los ojos. Las cosas que estaba leyendo no podían ser ciertas. Un mundo tan repleto de cosas y tan extraño no tenía sentido. Cuando consideraba las dimensiones de todo aquello y lo comparaba con la vida que llevaban sepultados bajo el suelo, mandando a gente a limpiar, luchando por minucias como quién le robaba qué a quién... a veces sentía una especie de vértigo mortal, un paralizante terror provocado por la sensación de que estaba en pie sobre un abismo, contemplando una siniestra verdad situada mucho más abajo, pero incapaz de distinguirla antes de que la realidad lo apartara de aquel precipicio.

No supo cuánto tiempo estuvo así, soñando con un lugar y un momento que no eran los suyos, antes de darse cuenta de que las luces rojas parpadeaban.

Volvió a meter el libro en su recipiente y se puso trabajosamente en pie. La pantalla del ordenador mostraba a Peter Billings en la puerta del servidor, que era lo más lejos que le permitían adentrarse en la sala. Sobre el archivador alargado que había al otro lado de la puerta descansaba una bandeja con la cena de Lukas.

Dio la espalda al ordenador, recorrió el pasillo con largas zancadas y subió por la escalerilla. Tras extraer la rejilla, salió a la sala de servidores, volvió a tapar el hueco y se dirigió hacia la puerta caminando entre las voluminosas máquinas.

—Ah, aquí tenemos a nuestro pequeño protegido —lo saludó Peter. Estaba sonriendo, pero entornó los ojos al ver a Lukas.

Éste levantó la barbilla.

—Comisario —dijo. Siempre tenía la sensación de que Peter se burlaba de él en silencio, a pesar de que tenían más o menos la misma edad. Cada vez que aparecía con Bernard, sobre todo el día que Bernard le explicó la necesidad de mantener a Lukas a salvo, parecía generarse una especie de tensión competitiva entre ellos. Una tensión que Lukas sentía, aunque no la compartiese. En privado, Bernard había explicado a Lukas que estaba preparando a Peter para ocupar el puesto de alcalde y que algún día tendrían que trabajar unidos. Lukas trató de recordar esto mientras cogía la bandeja de encima del archivador. Peter lo observaba con el ceño fruncido en actitud pensativa.

Lukas se volvió para marcharse.

—¿Por qué no te sientas y comes aquí? —preguntó Peter sin moverse del lugar en el que se encontraba, apoyado sobre la gruesa puerta de la sala de servidores.

Lukas se detuvo.

—Siempre te veo sentado aquí con Bernard mientras comes, pero cuando vengo yo parece que tienes prisa por marcharte. —Estiró el cuello y miró los servidores ordenados en hileras—. ¿Y qué haces aquí todo el día, por cierto?

Lukas se sentía atrapado. A decir verdad, no tenía demasiada hambre y había pensado en guardar la comida para más tarde, pero por lo general, acabarse la comida pronto era el modo más rápido de poner punto final a ese tipo de conversaciones. Se encogió de hombros antes de sentarse en el suelo, con la espalda apoyada en el mueble donde se archivaban los horarios de trabajo y las piernas estiradas frente a él. Al levantar la tapa se encontró con un cuenco de sopa de naturaleza indefinible, dos rodajas de tomate y un poco de pan de maíz.

—Más que nada trabajar en los servidores, como antes. —Comenzó por el pan, que estaba algo soso—. La única diferencia es que no tengo que volver andando a casa al finalizar el día.

—Sonrió a Peter mientras masticaba el pan reseco.

—Eso está bien. Vives en los pisos intermedios, ¿no? —Peter cruzó los brazos y se apoyó en la puerta para estar un poco más cómodo.

Lukas se inclinó y dirigió la mirada hacia el pasillo, a su espalda. Desde el otro lado de la esquina llegaban unas voces. De repente sintió el impulso de levantarse y echar a correr por el mero placer de hacerlo.

—No, qué va —respondió—. Mi apartamento está prácticamente en el tercio superior.

—Como todos los de los pisos intermedios —repuso Peter con una sonrisa—... para la gente que vive allí.

Lukas se metió en la boca lo que quedaba de pan para no tener que responder. Mientras masticaba, dirigió una mirada desconfiada a la sopa.

—¿Te ha contado Bernard lo del gran asalto que tenemos planeado? Estoy pensando en participar.

Lukas negó con la cabeza al tiempo que sumergía la cuchara en la sopa.

—¿Sabes ese muro que construyó Mecánica, donde se emparedaron esos idiotas? Bueno, pues Sims y sus chicos van a volarlo por los aires. Han tenido tiempo de sobra para preparar el ataque, así que esta pequeña rebelión habrá terminado en unos pocos días, como mucho.

Mientras saboreaba la sopa caliente, lo único en lo que podía pensar Lukas era en los hombres y las mujeres de Mecánica, atrapados tras aquel muro de acero, y en que sabía exactamente lo que iba a pasar con ellos.

—¿Significa eso que podré salir pronto? —Cortó el duro y verde tomate con el borde de la cuchara en lugar de usar el cuchillo y el tenedor—. Ya no habrá ningún peligro para mí ahí fuera, ¿no? Nadie sabe quién soy.

—Eso es decisión de Bernard. Últimamente ha estado comportándose de manera un poco extraña. El estrés, supongo. —Se dejó resbalar por la puerta hasta quedar en cuclillas. Lukas se alegró de no tener que estirar el cuello para mirarlo—. Ha dicho algo sobre traer a tu madre para que te haga una visita. Supongo que eso quiere decir que al menos vas a pasar aquí una semana más.

—Qué bien. —Lukas se llenó la boca con un nuevo bocado antes incluso de haber terminado de masticar el anterior. En aquel momento el lejano servidor comenzó a zumbar y su cuerpo se estremeció como si le hubieran dado un tirón con una cuerda. Las luces del techo parpadearon débilmente, una señal inequívoca para quienes sabían lo que significaba.

—¿Qué es eso? —preguntó Peter mientras se ponía de puntillas para mirar al interior de la sala de servidores.

—Quiere decir que tengo que volver al trabajo. —Le tendió la bandeja—. Gracias por traerme la comida. —Se dio la vuelta para marcharse.

—Oye, el alcalde me ha pedido que me asegurara de que te lo comías todo...

Lukas se despidió con la mano. Desapareció detrás del primer servidor y, consciente de que Peter no podía seguirlo, echó a correr hacia la parte trasera de la sala limpiándose la boca con la mano.

—¡Lukas...!

Pero ya se había ido. Mientras corría hacia la pared opuesta sacó la llave que llevaba al cuello.

Cuando estaba tratando de abrir la cerradura vio que las luces superiores dejaban de parpadear. Peter había cerrado la puerta. Extrajo el panel posterior, sacó los auriculares de su bolsa y se los puso.

—¿Hola? —Se ajustó el micrófono para asegurarse de que no estaba demasiado cerca.

—Eh. —La voz de Juliette lo llenó mucho más que la comida—. ¿Te he hecho correr?

Lukas aspiró hondo. Viviendo en aquel confinamiento, donde no tenía que subir y bajar las escaleras todos los días para ir a trabajar, estaba empezando a volverse sedentario.

—No —mintió—. Pero quizá deberías tomarte con más calma lo de las llamadas. Al menos durante el día. Ya-sabes-quién está aquí todo el rato. Ayer, cuando estuviste tanto tiempo llamando, estábamos sentados justo detrás del servidor mientras pitaba. Se enfadó muchísimo...

—¿Y crees que eso me importa? —Juliette se echó a reír—. Es que quiero que responda. Me encantaría volver a hablar con él. Además, ¿qué pretendes que haga? Quiero hablar contigo. Necesito hablar con alguien. Y tú siempre estás ahí. No puedo quedarme aquí, esperando a que me devuelvas las llamadas. Joder, tengo el sitio entero para mí. ¿Sabes cuántas veces he ido de los pisos de Informática a Suministros en la última semana? Adivina.

—Prefiero no hacerlo —respondió Lukas mientras se frotaba los párpados.

—Probablemente media docena. Y oye, ya que está ahí todo el tiempo, podrías hacerme un favor y matarlo. Así me ahorrarías todos estos problemas...

—¿Matarlo? —Lukas puso los ojos como platos —. ¿Cómo, a golpes?

—¿De verdad quieres alguna sugerencia? Porque he soñado con varias posibilidades distintas...

—No, no quiero sugerencias. Y no quiero matar a nadie. Nunca lo he hecho.

Se llevó el dedo índice a la sien y comenzó a presionar con firmeza describiendo pequeños círculos. Las jaquecas se repetían sin cesar. Llevaba así desde que...

—Olvídalo —dijo Juliette con un fastidio que se transmitió por los cables a la velocidad de la luz.

—Mira... —Lukas reajustó el micro. Detestaba aquellas conversaciones. Le gustaba más cuando no hablaban de nada en concreto—. Lo siento, lo que pasa es que... las cosas están descontrolándose por aquí. No sé quién está haciendo qué. Estoy encerrado en esta celda, con toda esta información y con una radio en la que no se oyen más que gritos de gente que está luchando constantemente, pero aun así parece que no sé una mierda comparado con todos los demás.

—Pero sabes que puedes confiar en mí, ¿no? Que estoy con los buenos, ¿verdad? No hice nada malo para que me expulsaran, Lukas. Necesito que lo sepas.

Lukas oyó que Juliette inspiraba profundamente. Se la imaginó allí sentada, abandonada en aquel silo en compañía de un loco, con el micrófono pegado a los labios, el pecho hinchado por la exasperación y la cabeza llena de expectativas relativas a él...

—Lukas, sabes que estoy del lado correcto, ¿verdad? Y que tú trabajas para un loco...

—Todo se ha vuelto loco —dijo él—. Todo. Lo que sé es esto: estábamos aquí sentados, en Informática, sin temer nada, y de repente la peor cosa que se nos podría ocurrir vino a buscarnos a nuestra casa.

Juliette suspiró de nuevo y Lukas pensó en las cosas que le había contado sobre el levantamiento y las que había omitido.

—Sé lo que dices que hizo mi gente, pero ¿entiendes por qué lo hicieron? ¿Lo entiendes? Había que hacer algo, Lukas. Aún hay que hacerlo...

Lukas se encogió de hombros, olvidando que ella no podía verlo. Por mucha frecuencia con la que hablaran, seguía sin estar acostumbrado a comunicarse de aquel modo.

—Estás en posición de ayudar —le dijo ella.

—No pedí estar aquí. —Sentía que su frustración crecía por momentos. ¿Por qué todas sus conversaciones tenían que acabar derivando hacia los temas complicados? ¿Por qué no podían seguir hablando de los platos que más les gustaban, sus libros preferidos cuando eran niños y los gustos y aversiones que tenían en común?

—Ninguno de nosotros pidió estar donde está —le recordó ella con frialdad.

Lukas se paró un momento a pensarlo, a pensar dónde se encontraba ella y lo que había tenido que pasar para llegar hasta allí.

—Lo que sí controlamos —continuó Juliette— son nuestros actos cuando el destino nos pone ahí.

—Creo que tengo que marcharme. —Tomó aire. No quería pensar en las acciones y en el destino. No quería mantener aquella conversación—. Peter me va a traer la cena pronto —mintió.

Hubo un silencio. Lukas podía oír la respiración de Juliette. Era casi como oír a alguien pensar.

—Vale —dijo—. Lo entiendo. De todos modos tengo que ir a probar el traje. Ah, una cosa, si esto funciona puede que esté ocupada una temporada. De modo que si no sabes nada de mí en un día o dos...

—Ten cuidado —le pidió Lukas.

—Lo tendré. Y recuerda lo que te dicho, Lukas. Lo que hacemos define lo que somos. Tú no eres uno de ellos. Ése no es tu sitio. No lo olvides, por favor.

Lukas musitó una expresión de asentimiento y Juliette se despidió. Su voz seguía aún en sus oídos cuando alargó la mano y desenchufó el conector.

En lugar de guardar los auriculares en la bolsa, apoyó la espalda en el servidor y los estrujó entre las manos mientras pensaba en lo que había hecho y en quién era.

Tenía ganas de hacerse un ovillo y echarse a llorar, cerrar los ojos y dejar que desapareciera el mundo. Pero sabía que si los cerraba, si se dejaba engullir por la oscuridad, lo único que vería sería a ella. La mujercita del cabello cano, estremeciéndose de la cabeza a los pies a causa de los impactos de las balas, las balas de Lukas. Sentiría su dedo en el gatillo, las mejillas húmedas de sal, el tufo de la pólvora quemada y el ruido del vacío metal de los casquillos sobre las mesas, y oiría los gritos de júbilo y victoria de los hombres y mujeres con los que se había alineado.

61

Silo 18

—... dijo el jueves que te llegaría en dos días.

—Vale, joder, pues ya han pasado dos días, Carl. Eres consciente de que la limpieza es mañana por la mañana, ¿no?

—Y tú eres consciente de que hoy todavía es hoy, ¿no?

—No te hagas el listillo. Consigue esa carpeta y me la traes cuanto antes. Te juro que como esta mierda trascienda porque no has...

—Te la llevaré. Vamos, hombre, sólo te estoy tocando un poco las pelotas. Relájate.

—Que me relaje... Anda y que te den. Me relajaré mañana. Voy a colgar. Y ahora deja de perder el tiempo.

—Ya voy, ya voy.

Shirly tenía las manos a los dos lados de la cabeza, los dedos entrelazados en el pelo y los codos clavados en la mesa de trabajo de Walker.

—Por toda la mierda de los subterráneos, ¿qué está pasando? —le preguntó—. Walk, ¿qué sucede? ¿Quién es esa gente?

Walker miraba a través de la lupa. Mojó la cerda que le había arrancado al plumero en la pintura blanca de la húmeda tapa de témpera. Con el máximo cuidado, utilizando la otra mano para sujetarse la muñeca, pasó la cerda sobre la parte exterior del potenciómetro, justo enfrente de la marca que había pintado sobre el propio dial. Satisfecho, contó las marcas que había pintado hasta entonces, cada una de las cuales indicaba una señal coherente.

—Once —dijo. Se volvió hacia Shirly, que había estado diciéndole algo, no sabía el qué—. Y creo que aún no hemos encontrado la nuestra.

—¿La nuestra? Walk, me estás asustando. ¿De dónde salen estas voces?

Se encogió de hombros.

—¿De la ciudad? ¿Del otro lado de las colinas? ¿Cómo quieres que lo sepa? —Comenzó a girar lentamente el dial en busca de más conversaciones—. Once aparte de nosotros. ¿Y si hay más? Tiene que haber más, ¿no? ¿Qué probabilidades hay de que las hayamos encontrado todas?

—En la última estaban hablando sobre una limpieza. ¿Crees que se referían a eso? ¿Como...?

Walker asintió y la lupa se movió de sitio. La reajustó y luego volvió a girar el dial.

—O sea, que están en silos. Como nosotros.

Señaló el pequeño tablero verde al que había ayudado a soldar el potenciómetro.

—Ese circuito servirá para esto; puede que module la frecuencia. —Shirly estaba aterrada por las voces. Él, en cambio, parecía fascinado. Hubo un chirrido de estática. Detuvo el dial un instante y luego lo movió adelante y atrás, pero sin encontrar nada. Siguió probando.

—¿Te refieres al pequeño tablero con el número dieciocho?

Walker la miró en silencio. Sus dedos interrumpieron la búsqueda. Asintió.

—Así que al menos hay dieciocho —dijo. Lo había deducido en menos tiempo que él—. Tengo que encontrar a Jenkins. Quiero contarle esto. —Se levantó del banquillo y se encaminó hacia la puerta. Walker movió la cabeza arriba y abajo. Las implicaciones del descubrimiento lo mareaban. La mesa y las paredes parecían dar vueltas y vueltas en su cabeza. La idea de que hubiera gente más allá de aquellos muros...

Un violento rugido lo golpeó con tal violencia que creyó que se le iba a salir la dentadura. El suelo tembló bajo sus pies y lo derribó, al mismo tiempo que desalojaba décadas de polvo de entre las tuberías y cables que cruzaban el techo y los hacía caer sobre ellos como una lluvia.

Walker rodó de costado, tosiendo, mientras inhalaba el polvoriento rocío que flotaba en el aire. Le pitaban los oídos por la fuerza de la detonación. Se palpó la cabeza en busca de las gafas y entonces vio la montura sobre el suelo de acero, frente a él, con la lente convertida en un millar de fragmentos.

—Oh, no. Necesito... —Trató de levantarse apoyándose en las manos y sintió un lanzazo en la cadera, un fuerte dolor en el punto donde el hueso había golpeado contra el acero. No podía pensar. Agitó las manos y suplicó a Scottie que saliera de las sombras para ayudarlo.

Una gruesa bota aplastó lo que quedaba de la lente. Unas manos fuertes y jóvenes lo agarraron por el mono y lo ayudaron a incorporarse. Se oían gritos por todas partes. Y también detonaciones y disparos.

—¡Walk! ¿Estás bien?

Jenkins lo sujetaba por el mono. Walker estaba seguro de que si el muchacho lo soltaba, se caería al suelo.

—Mi lupa...

—¡Señor! ¡Tenemos que irnos! ¡Han entrado!

Walker se volvió hacia la puerta y vio que Harper ayudaba a Shirly a ponerse en pie. La chica tenía los ojos abiertos de par en par, confusos, y los hombros y el cabello oscuro cubiertos por una película de polvo grisáceo. Su mirada estaba clavada en Walker y parecía tan aturdida como él.

—Coged vuestras cosas —dijo Jenkins—. Nos retiramos. —Sus ojos recorrieron la sala hasta llegar a la mesa de trabajo.

—La he arreglado —dijo Walker con el puño en la boca, tosiendo—. Funciona.

—Un poco tarde, me temo.

Jenkins lo soltó y Walker tuvo que agarrarse al banquillo para no caer de nuevo al suelo. En el exterior el tiroteo se aproximaba por momentos. Unas botas pasaron por delante de la puerta entre más gritos, y luego hubo otra detonación que se pudo sentir a través del suelo. Jenkins y Harper estaban en la puerta, gritando órdenes y dando indicaciones con las manos a la gente que pasaba corriendo. Shirly se reunió con Walker junto a la mesa. Tenía los ojos clavados en la radio.

—Necesitamos eso —dijo con voz entrecortada.

Walker bajó la vista hacia los brillantes fragmentos de cristal del suelo. Dos meses de sueldo invertidos en esas lentes...

—¡Walk! ¿Qué tengo que coger? Ayúdame.

Walker se volvió y vio que Shirly estaba recogiendo las piezas de la radio y la maraña de cables que unía los distintos tableros. Junto a su puerta resonó la detonación seca de una de las sofisticadas armas del enemigo, una sola vez. Walker se encogió de terror y su mente huyó de miedo.

—¡Walk!

—¡La antena! —susurró señalando las vigas, desde las que caía aún una lluvia de polvo. Shirly asintió y se encaramó de un salto a la mesa de trabajo. La mirada de Walker recorrió la sala, una sala que había prometido no volver a abandonar, y esta vez en serio. ¿Qué debía llevarse? Estúpidos recuerdos... Basura. Ropa sucia. Un montón de planos. Cogió el cubo de las piezas y lo volcó sobre el suelo. Barrió con el brazo todos los componentes de la radio. El transformador se desenchufó de la toma de corriente y se reunió con todos los demás. Shirly estaba bajando la antena, con los cables y las varillas de metal pegadas al pecho. Walker cogió el soldador y unas cuantas herramientas. Harper les gritó que era ahora o nunca.

Shirly lo agarró del brazo y tiró de él hacia la puerta.

Y Walker comprendió que iba a ser «nunca».

62

Silo 17

El pánico que sintió al ponerse el traje fue una reacción inesperada. Juliette se había esperado algún acceso de miedo al sumergirse, pero el mero acto de embutirse en el traje de limpieza le había provocado un arrebato de profundo temor, seguido por un dolor frío y vacío en la boca del estómago. Luchó por controlar la respiración mientras Solo le subía la cremallera de la espalda e iba colocándole las sucesivas capas de velcro.

—¿Dónde está mi cuchillo? —preguntó mientras palpaba los bolsillos de la parte delantera y buscaba entre las herramientas.

—Aquí —respondió él. Se inclinó y lo sacó de la bolsa del equipo, bajo una toalla y una muda. Se lo pasó con la empuñadura por delante y Juliette lo introdujo en el grueso bolsillo que había cosido a la parte delantera del traje. El mero hecho de tenerlo al alcance de la mano hizo que le resultara un poco más fácil respirar. La modesta arma que había encontrado en la cafetería se había convertido para ella en algo muy parecido a la mantita de un niño. Siempre estaba comprobando si la tenía cerca, como le sucedía antes con su reloj de pulsera.

—El casco para el final —dijo a Solo al ver que levantaba la transparente pecera del suelo del rellano—. Antes coge esa cuerda. —Señaló con los voluminosos guantes. El grosor del material y las dos capas del mono interior estaban dándole calor. Esperaba que esto significara que no se congelaría al sumergirse en las profundidades.

Solo levantó varios rollos de cuerda unida mediante empalmes, con una llave inglesa tan larga como su antebrazo anudada a un extremo.

—¿Por dónde? —preguntó.

Juliette señaló el sitio en el que los peldaños, siguiendo la poco pronunciada curva de la escalera, se sumergían gradualmente en el agua.

—Bájala despacio. Y mantén la cuerda firme para que no se enganche en los escalones de más abajo.

Solo asintió. Juliette revisó el instrumental mientras él iba introduciendo la llave inglesa en el agua. El peso de la herramienta mantendría la cuerda tensa hasta llegar al fondo de la escalera. Juliette llevaba en un bolsillo una serie de destornilladores. Cada uno de ellos estaba atado con una cuerda larga. En otro bolsillo llevaba una llave más pequeña, y en el que tenía un número 4 cosido, varios alicates. Al bajar la mirada y ver su propio cuerpo embutido en el traje, los recuerdos de su salida al exterior cobraron de nuevo vida en su cabeza. Volvió a oír el sonido de la fina arena golpeando contra su casco, volvió a sentir cómo se agotaba el suministro de aire, volvió a recordar el ruido sordo de sus pesadas botas al caer sobre la tierra compactada...

Se agarró a la barandilla que tenía delante y trató de pensar en otra cosa. La que fuese. En los cables de la electricidad y el tubo para el aire. Necesitaría ambas cosas en abundancia. Respiró hondo y examinó los grandes rollos de tubo plástico y cableado eléctrico que había sobre el suelo. Los había amontonado en forma de ocho para que no pudieran enredarse. Bien. El compresor estaba listo. Lo único que tenía que hacer Solo era asegurarse de que no se interrumpía el suministro de aire y el tubo no se enganchaba en ninguna parte...

—Ha llegado al fondo —anunció Solo. Lo vio atar el cabo a la barandilla de la escalera. Estaba de buen humor aquel día. Lúcido y lleno de energía. Era un buen momento para hacerlo. Redirigir el agua de la inundación a la depuradora habría sido una solución poco elegante y temporal. Lo que había que hacer era poner las grandes bombas de abajo a hacer su trabajo con el agua, bombearla al otro lado de las paredes de hormigón, de vuelta a la tierra de la que había salido.

Juliette se acercó al borde del rellano arrastrando los pies y, una vez allí, bajó la mirada hacia la plateada superficie de las contaminadas aguas. ¿Era una completa locura su plan? ¿No debería estar asustada? ¿O la aterraba aún más la idea de esperar durante años y llevar adelante su plan de la manera prudente? La perspectiva de sumirse en la locura, centímetro a centímetro, parecía un peligro aún mayor. Aquello sería igual que salir al exterior, se recordó, cosa que ya había logrado hacer con éxito. Si acaso, lo de ahora era más seguro. Contaba con un suministro inagotable de aire y allí abajo no había nada tóxico, nada que intentara devorarla.

Contempló su reflejo sobre las tranquilas aguas. El voluminoso traje la hacía parecer enorme. Si Lukas hubiera estado allí con ella, de haber podido ver lo que se disponía a hacer, ¿habría tratado de disuadirla? Creía que sí. En realidad, ¿hasta dónde se conocían? ¿Habían tenido cuántos, dos, tres encuentros en persona?

Pero también estaban las docenas de conversaciones que habían mantenido desde entonces. ¿Había llegado a conocerlo con sólo oír su voz? ¿A través de las historias de su infancia? ¿De una risa que la embriagaba cuando todo lo demás le hacía sentir deseos de llorar? ¿Por eso eran tan caros los mensajes de correo electrónico, para evitar ese tipo de vida, esa clase de relación? ¿Cómo podía estar allí, pensando en un hombre al que apenas conocía en lugar de en la tarea absurda que tenía por delante?

Puede que Lukas se hubiera convertido en su cordón umbilical, la minúscula hebra de esperanza que la conectaba con su hogar. ¿O sería más bien como un diminuto puntito de luz atisbado de vez en cuando en medio de las sombras, una baliza que la guiaba de vuelta a casa?

—¿El casco? —Solo se encontraba a su lado, observándola. Tenía en las manos una cúpula de plástico transparente con una linterna sujeta a la parte superior.

Juliette alargó las manos para cogerla. Se aseguró de que la linterna se mantuviera firme y trató de sacarse de la cabeza aquellos pensamientos ociosos.

—Primero conecta el aire —dijo—. Y enciende la radio.

Solo asintió. Sin soltar la cúpula, introdujo el tubo de aire en la boquilla que ella había colocado en el cuello. Con un siseo, y tras bombear el aire residual que quedaba en el casco, la pieza encajó en su sitio. La mano de Solo le rozó la nuca cuando accionó el interruptor de la radio. Juliette bajó la barbilla para pulsar el botón que había colocado por debajo del mono interior.

—Hola, hola —dijo para probar si funcionaba correctamente. La unidad que Solo llevaba a la cadera emitió un extraño aullido acompañado por la atronadora voz de Juliette.

—Un poco alto —dijo él mientras ajustaba el volumen.

Juliette levantó el casco y lo colocó en posición. Le habían quitado la pantalla y todo el forro plástico. Tras frotarlo hasta conseguir que se desprendiera casi toda la pintura del exterior, se convirtió en una esfera traslúcida de plástico rugoso. Mientras el casco ajustaba con un chasquido en su posición, Juliette pensó con satisfacción que era agradable saber que todo lo que veía estaba realmente allí.

—¿Estás bien?

La conexión estanca entre el casco y el traje amortiguaba la voz de Solo. Juliette levantó el puño con el pulgar extendido y luego señaló el compresor.

Solo asintió, se arrodilló junto a la máquina y se rascó la barba. Bajo la atenta mirada de Juliette, puso en marcha la unidad principal, pulsó cinco veces el interruptor de encendido y por fin tiró de la cuerda de arranque. El pequeño motor escupió una bocanada de humo y, con un chirrido sostenido, comenzó a funcionar. A pesar de las ruedas de caucho, la trepidación hizo estremecer el rellano entero y se transmitió hasta las botas de Juliette. Si organizaba semejante estrépito incluso con el casco puesto, no quería ni imaginar cómo resonaría el motor por todo el silo.

Solo mantuvo el estrangulador un segundo más, tal como le había enseñado ella, y entonces tiró con todas sus fuerzas. Entre los traqueteos y resoplidos de la máquina, levantó los ojos hacia ella con una sonrisa por debajo de la barba y la miró como si fuese uno de los perros de Suministros y ella su fiel dueña.

Juliette señaló la segunda lata roja de combustible y volvió a levantar el pulgar. Se dirigió arrastrando los pies hacia los peldaños, con la mano enguantada aferrada a la barandilla para no perder el equilibrio. Solo la adelantó pegándose a la escalera y fue hasta la cuerda que había atado unos minutos antes. Le tendió una mano para ayudarla mientras ella apoyaba en los resbaladizos escalones las aparatosas botas del traje.

Esperaba que fuese más fácil moverse una vez en el agua, pero no tenía más certeza que una noción intuitiva de los fundamentos físicos de la idea, del mismo modo que, con sólo mirar una máquina era capaz de adivinar más o menos su utilidad. Dio los últimos pasos en seco y luego sus botas atravesaron la aceitosa superficie del agua antes de encontrarse con el primer peldaño sumergido. Bajó otros dos, esperando sentir en cualquier momento cómo se filtraba el frío de las aguas gélidas, pero no fue así. El traje y el mono interior la mantenían caliente. Casi demasiado, de hecho, porque se dio cuenta de que se empezaba a formar vaho en el interior del casco. Pulsó con la barbilla el interruptor de la radio y le dijo a Solo que abriese la válvula para dejar entrar el aire.

Solo palpó el cuello del traje hasta encontrar la válvula e hizo lo que le pedía. El aire penetró con un fuerte siseo y Juliette sintió que el traje se hinchaba a su alrededor. La válvula de compensación que había colocado al otro lado del cuello se abrió con un agudo siseo y dejó salir el exceso de presión para impedir que el traje —y su propia cabeza, sospechaba Juliette— reventase por dentro.

—Lastre —dijo abriendo de nuevo la radio.

Solo fue corriendo al rellano y regresó con unas pesas. Se arrodilló sobre el último peldaño que no estaba cubierto por el agua y se los ató por debajo de las rodillas con velcro grueso. Luego levantó una mirada interrogante hacia ella.

Juliette levantó con dificultades un pie y luego el otro para asegurarse de que el lastre estaba bien sujeto.

—Cable —dijo. Comenzaba a cogerle el truco al manejo de la radio.

Era la parte más importante: el suministro eléctrico procedente de Informática reviviría las bombas sumergidas. Veinticuatro voltios de energía. Había instalado un interruptor en el rellano para que Solo pudiera comprobar si funcionaba mientras ella estaba allí abajo. No quería llevar encima los cables conectados a la corriente.

Solo separó cuatro metros de cable con dos conectores en un extremo y se lo enrolló alrededor de la cintura. Sabía hacer buenos nudos, tanto con la cuerda como con el cable. La fe de Juliette en las posibilidades de éxito crecían a cada segundo que pasaba y en la misma medida aminoraban sus temores con respecto al traje.

Solo sonrió al otro lado de la pecera de plástico transparente con un centelleo de la dentadura amarilla por debajo de la barba. Juliette le devolvió la sonrisa. Permaneció inmóvil mientras él encendía la linterna que llevaba sujeta al casco. Acababan de cambiarle las pilas y su autonomía era de veinticuatro horas, mucho más de lo que podía necesitar allí abajo.

—Muy bien —dijo—. Ayúdame.

Levantó la barbilla del contacto de la radio, se volvió y se apoyó en la barandilla. Se encaramó a ella apoyando el vientre y luego pasó la cabeza por encima. Este simple movimiento le provocó una sensación indescriptible. Se sintió como si se estuviera suicidando. Aquélla era la gran escalera. Aquél era su silo. Se encontraba cuatro pisos por encima de Mecánica. Todo aquel espacio que tenía debajo, aquella larga caída a plomo era algo reservado para los locos, y ella había decidido afrontarlo por propia voluntad.

Solo la ayudó con los pies cargados con el lastre. Juliette pasó la pierna sobre la barandilla mientras él se la mantenía levantada. De pronto se encontró montada a horcajadas sobre aquella barra estrecha de acero resbaladizo, preguntándose si realmente la sostendría el agua, si frenaría su descenso. Y hubo un momento de pánico desnudo en el que sintió un sabor metálico en la boca, un nudo en el estómago y la imperiosa necesidad de orinar mientras Solo la ayudaba a pasar el otro pie. Sus manos enguantadas buscaron desesperadamente la cuerda que él había atado a la barandilla, y entonces sus botas, con un chapoteo ruidoso y violento, entraron en contacto con la plateada piel de las aguas de la inundación.

—¡Mierda!

La brusca sensación de hundirse le hizo exhalar violentamente dentro del casco y se aferró a la cuerda con manos y piernas mientras se contorsionaba en el interior de un traje inflado, que por momentos parecía una capa de piel demasiado grande desprendida de repente de su cuerpo.

—¿Estás bien? —preguntó Solo haciendo bocina con las manos alrededor de la boca.

Juliette asintió sin que se le moviera el casco. Podía sentir la presión de las pesas en los gemelos, tratando de arrastrarla hacia abajo. Había una docena de cosas que quería decirle a Solo, pequeños detalles de última hora, consejos y expresiones de buena suerte, pero su mente volaba demasiado rápido como para pensar en usar la radio. Así que lo que hizo fue aflojar la presión de manos y rodillas, dejar que su cuerpo resbalara a lo largo de la cuerda con un chirrido distante e iniciar así su descenso en picado.

63

Silo 18

Lukas contemplaba un libro que contenía una fortuna en crujiente papel, sentado a una mesita fabricada con una cantidad excesiva de madera. Probablemente, la silla que tenía debajo valía más de lo que ganaría en toda su vida, y aun así estaba sentado sobre ella. Cuando se movía, las junturas del delicado mueble se retorcían y chirriaban, como si fuesen a deshacerse en cualquier momento.

Por si acaso, mantenía las botas bien plantadas a ambos lados, con todo el peso del cuerpo apoyado sobre las puntas de los pies.

Pasó una página y fingió que seguía leyendo. No es que no quisiera leer, lo que no quería era leer precisamente aquello. Estanterías enteras de obras más interesantes parecían llamarlo con miradas burlonas desde el interior de aquellas latas de metal. Le suplicaban que las examinara, que dejase a un lado la Orden, con su rígido estilo de redacción, sus listas de apretujada letra y el laberinto de referencias a páginas de su interior más enrevesado que la gran escalera del silo.

Cada anotación de la Orden remitía a otra página y cada página a otra anotación. Mientras pasaba unas cuantas de una vez, Lukas se preguntó si Bernard lo estaría vigilando. El jefe de Informática estaba sentado al otro lado del pequeño estudio, una de las muchas habitaciones que contenía el bien aprovisionado escondrijo que había bajo los servidores. Mientras Lukas fingía cumplir con sus obligaciones como sombra de este nuevo puesto, Bernard alternaba entre trabajar en el pequeño ordenador que tenía sobre la mesa y acercarse a la radio montada en la pared para dar instrucciones a las fuerzas de seguridad en los subterráneos.

Lukas cogió entre los dedos un buen montón de hojas y las pasó.

Se saltó todas las fórmulas para evitar desastres en el silo y las cambió por algunas de las referencias más académicas de la sección final. Era aún peor: capítulos enteros sobre persuasión colectiva, control mental, efectos del miedo durante los levantamientos, tablas y gráficos relacionados con el crecimiento demográfico...

No podía seguir soportándolo. Movió la silla y observó a Bernard un rato mientras el jefe de Informática y alcalde interino pasaba pantallas de texto y, moviendo la cabeza de un lado a otro, iba desgranando su contenido.

Al cabo de un momento, Lukas se atrevió a romper el silencio:

—Oiga, Bernard.

—¿Mmm?

—¿Por qué aquí no dice nada sobre el principio?

La silla de Bernard chirrió al girar en su dirección.

—Perdona, ¿cómo dices?

—La gente que hizo todo esto, que escribió estos libros... ¿Por qué la Orden no dice nada sobre ellos? Como por ejemplo, por qué construyeron todas estas cosas.

—¿Y por qué iba a decirlo? —Bernard le volvió la espalda a su ordenador.

—Para que lo supiéramos. No sé, como todas las cosas que dicen los demás libros...

—No quiero que leas esos libros. Aún no. —Bernard señaló la mesa de madera—. Apréndete primero la Orden. Si no eres capaz de mantener el silo en funcionamiento, esos libros no valen ni la pasta del papel que contienen. Si no hay nadie que pueda leerlos, son como madera procesada.

—Nadie puede leerlos salvo nosotros dos si permanecen aquí encerrados...

—Nadie vivo. Hoy. Pero un día habrá mucha gente que los leerá. Al menos si te aplicas en el estudio. —Señaló con la cabeza el grueso y aterrador volumen antes de volverse de nuevo hacia el teclado y estirar la mano hacia el ratón.

Lukas permaneció allí un momento, mirando la espalda de su jefe y el cordel anudado en el que llevaba colgada la llave maestra, que asomaba por encima del cuello de la camisa.

—Me imagino que sabían lo que iba a pasar —dijo Lukas, incapaz de contener del todo su imaginación. Siempre se había planteado preguntas sobre estas cosas, pero, obligado a reprimirlas, había buscado consuelo en los misterios de las estrellas, cuya lejanía las hacía ajenas a los tabúes que cubrían esas colinas. Pero ahora vivía en aquel vacío, aquel espacio hueco en el interior del silo del que nadie sabía nada, donde los temas prohibidos no se atrevían a poner el pie y tenía acceso privilegiado a un hombre que parecía conocer la preciosa verdad.

—Sigues sin estudiar —lo reprendió Bernard. Su cabeza seguía inclinada sobre el teclado, pero parecía saber que Lukas lo estaba observando.

—Pero debieron de verlo venir, ¿no? —Lukas levantó la silla y la giró ligeramente—. Es decir, si construyeron todos estos silos antes de que las cosas se pusieran tan mal ahí fuera...

Bernard volvió la cabeza hacia un lado, apretando y relajando las mandíbulas alternativamente. Su mano se apartó del ratón y subió para atusarse el bigote.

—¿Ésas son las cosas que quieres saber? ¿Cómo sucedió todo?

—Sí —asintió Lukas. Se inclinó hacia adelante con los codos sobre las rodillas—. Quiero saberlo.

—¿Crees que importa lo que sucedió ahí fuera? —Bernard se volvió, miró los planos de la pared y luego a Lukas—. ¿Por qué iba a importar?

—Porque sucedió. Sucedió de algún modo, sólo de uno, y me quema por dentro no saberlo. O sea, sabían lo que iba a pasar, ¿no? Harían falta años para construir todos los...

—Décadas —lo corrigió Bernard.

—Y luego meter todas estas cosas, toda la gente...

—Eso llevó mucho menos tiempo.

—Así que lo sabe, ¿no?

Bernard asintió.

—La información está almacenada aquí, pero no en los libros. Y te equivocas. No importa. Es el pasado, y el pasado no es lo mismo que nuestro legado. Tienes que aprender cuál es la diferencia.

Lukas pensó en ello. Por alguna razón, una conversación que había mantenido con Juliette apareció en su mente, algo que ella siempre le repetía...

—Creo que lo sé —afirmó.

—¿Sí? —Bernard se subió las gafas hasta el puente de la nariz y lo miró fijamente—. Dime lo que crees saber.

—Todas nuestras esperanzas, los logros de quienes nos precedieron, lo que podría ser el mundo, eso es nuestro legado.

Los labios de Bernard se separaron formando una sonrisa. Lo invitó a continuar con un gesto.

—Y las cosas malas que no se pueden impedir, los errores que nos trajeron hasta aquí, eso es el pasado.

—¿Y qué significa esa diferencia? ¿Qué crees tú que significa?

—Que no podemos cambiar lo que ya ha sucedido, pero sí influir en lo que va a suceder.

Bernard dio una palmada con sus pequeñas manos.

—Muy bien.

—Y esto... —Lukas se volvió, apoyó una mano sobre el grueso volumen y continuó sin que lo invitaran a hacerlo— la Orden... es un mapa para atravesar todo lo malo que separa nuestro pasado de la esperanza del futuro. Son todas las cosas que podemos prevenir, las cosas que podemos arreglar.

Bernard enarcó una ceja al oír la afirmación de Lukas, como si fuese un modo nuevo de mirar una verdad antigua. Finalmente su bigote se curvó hacia arriba en una sonrisa y sus gafas subieron por el arrugado puente de su nariz.

—Creo que ya estás casi listo —declaró—. Dentro de poco. —Se volvió de nuevo hacia su ordenador y apoyó la mano en el ratón—. Dentro de muy poco.

64

Silo 17

El descenso hacia Mecánica fue extrañamente tranquilo, casi hipnótico. Juliette avanzaba a través de la verdosa masa de agua, esquivando la barandilla curva cada vez que la escalera describía una espiral por debajo de sus pies. Lo único que oía era el siseo del aire que entraba en el casco y el gorgoteo del que salía por el otro lado. Frente a su visor pasaba un incesante reguero de burbujas, como chispas de soldador, que ascendían en abierto desafío a la gravedad.

Juliette siguió con la mirada estas esferas plateadas que se perseguían unas a otras, jugando como niños a través de las escaleras de metal. Al tocar la barandilla explotaban y dejaban tras de sí minúsculos puntitos de aire pegados a la superficie de metal, donde rodaban y colisionaban unos con otros. Otras ascendían por el hueco de la escalera siguiendo líneas sinuosas. Se reunían formando manadas bajo los escalones huecos, donde formaban bolsas de aire que se mecían temblorosas bajo la luz que irradiaba la parte superior de su casco.

Era fácil olvidar dónde se encontraba y lo que estaba haciendo. Lo familiar se había vuelto distorsionado y extraño. Todo parecía magnificado por el plástico curvo del visor y podía imaginar sin demasiadas dificultades que en realidad no estaba hundiéndose, sino que la gran escalera ascendía a través de las entrañas de la tierra en dirección a las nubes. Hasta la sensación que le transmitía la cuerda al resbalar por sus manos enguantadas y sobre su vientre acolchado parecía un tirón inexorable más que una guía de descenso.

Tuvo que doblar la espalda hacia atrás y levantar la mirada para recordar la gran cantidad de agua que había dejado encima. El resplandor verde de las luces de emergencia fue perdiendo intensidad hasta transformarse en una negrura espeluznante en el espacio de un rellano o dos. La luz de su linterna apenas alcanzaba a perforarla. Juliette inhaló profundamente y se recordó que contaba con todo el aire del silo. Trató de ignorar la sensación de que tenía un volumen inmenso de líquido sobre los hombros, de que estaba enterrándose en vida. Si era necesario y le entraba el pánico siempre podía cortar el lastre. Con un solo golpe del cuchillo de cocina volvería a subir a la superficie. Se repitió todas estas cosas mientras continuaba descendiendo. Soltó la cuerda con una mano y le dio unas palmaditas al cuchillo para asegurarse de que seguía allí.

—¡Más despacio! —aulló su radio.

Juliette agarró la cuerda con las dos manos y apretó hasta detenerse. Se recordó a sí misma que Solo estaba allí arriba, observando cómo se iban deshaciendo poco a poco los pulcros ochos de tubo de aire y cable eléctrico. Se lo imaginó enredado en ellos, dando saltos sobre un solo pie. Las burbujas que salían expulsadas por la válvula de compensación atravesaban haciendo cabriolas las aguas turbias en dirección a la superficie. Echó la cabeza atrás y, mientras las observaba dando vueltas alrededor del tenso cable, se preguntó qué sería lo que estaba reteniéndolo. En la parte baja de los peldaños helicoidales las bolsas de aire bailaban como mercurio plateado, temblorosas en las turbulencias generadas por su paso.

—Muy bien —graznó el altavoz de la radio detrás de su cuello—. Todo en orden por aquí.

Juliette se encogió, sobresaltada por el volumen de la voz de Solo. Tendría que haberlo comprobado antes de cerrar el casco, pero ya no había forma de solucionarlo.

Con un pitido en los oídos y el silencio y la majestad de su descenso interrumpidos, bajó otro piso a un ritmo lento y regular, atenta al cable y el tubo del aire por si detectaba el menor indicio de tensión en ellos. Al pasar junto al rellano del ciento treinta y nueve vio que faltaba una de las puertas, que parecía haber sido arrancada violentamente de sus goznes. El piso entero debía de estar inundado, lo que significaba más trabajo para las bombas de achique. Justo antes de que el rellano se perdiera de vista, vio unas formas oscuras en el interior del pasillo, sombras que flotaban en el agua. La linterna de su casco alcanzó apenas a iluminar un rostro pálido e hinchado antes de alejarse dejando allí los muertos del pasado lejano.

Juliette no había pensando hasta entonces que podía encontrarse con más cuerpos. No ahogados, claro —las aguas no podían haber subido tan de prisa como para coger a nadie por sorpresa—, sino por cualquier clase de violencia que se hubiera desatado en los subterráneos, preservada después de tanto tiempo en sus gélidas profundidades. El frío del agua que la rodeaba parecía estar penetrando por fin las capas del traje. O puede que fuese cosa de su imaginación.

Con un ruido sordo, sus botas llegaron al fondo de la escalera mientras ella, con la cabeza levantada, seguía vigilando el cable y el tubo. La inesperada interrupción del descenso le hizo temblar las rodillas. El descenso le había llevado mucho menos tiempo de lo que habría tardado en bajar caminando sin toda esa agua.

Se mantuvo agarrada con una mano para mantener el equilibrio mientras agitaba la otra en medio de la densa y verdosa atmósfera de las aguas. Pulsó el interruptor de la radio con la barbilla.

—He llegado abajo —informó a Solo.

Dio unos cuantos pasos pesados e inseguros, y entonces, agitando los brazos, sin caminar ni nadar sino con una especie de movimiento híbrido entre ambos, inició su avance hacia la entrada de Mecánica. La luz procedente de la escalera apenas llegaba más allá de las puertas de seguridad. Al otro lado la esperaban las oleosas profundidades de un hogar que le era a un tiempo familiar y extraño.

—Entendido —respondió Solo tras un instante de demora.

Juliette sintió que se le tensaban todos los músculos en respuesta al estruendo de su voz dentro del casco. Se iba a volver loca si no lograba ajustar el volumen.

Al cabo de una docena de pasos medio fallidos, comenzó a acostumbrarse al incómodo movimiento de avance y aprendió a arrastrar sus botas lastradas sobre el suelo de acero. Con el traje hinchado y los brazos y piernas libres en su interior, era como mover una burbuja de plástico empujándola desde dentro. Hizo una pausa para volverse y mirar el tubo del aire y asegurarse de que no se enganchaba en la barandilla. Antes de seguir, lanzó una última mirada a la cuerda por la que había descendido. A pesar de la proximidad, parecía una hebra de increíble delgadez, tan imposible de encontrar en el interior de las aguas como la proverbial aguja en el pajar. Se mecía ligeramente en la turbulencia generada por su paso, como si estuviera despidiéndose.

Juliette trató de contener su imaginación. Se volvió hacia la entrada de Mecánica. «No es necesario que lo hagas», se dijo una vez más. Seguro que podía reparar otras dos o tres de las pequeñas bombas y aprovechar las tuberías de las granjas hidropónicas. El trabajo le llevaría meses y el nivel de las aguas tardaría años en bajar, pero un día aquellos pisos volverían a ser accesibles y podría investigar las excavadoras de las que Solo le había hablado. Y todo ello con los mínimos riesgos... salvo para su cordura.

Y si su única razón para volver a casa era cobrarse venganza, si ésta era su verdadera motivación, podía optar por esperar, por usar la ruta más segura. Incluso en aquel momento volvió a sentir la tentación de quitarse el lastre de las botas y ascender levitando por la escalera, pasar volando por delante de los pisos, como soñaba con hacer de niña, ingrávida y libre...

Pero Lukas le había contado la terrible situación en la que se encontraban sus amigos y las desventuras provocadas por su marcha. Había una radio en la pared del lugar donde ahora vivía el joven, bajo la sala de los servidores, que transmitía día y noche un relato de violencia. El aposento subterráneo de Solo contaba con una radio idéntica, pero ésta sólo podía comunicarse con los transmisores portátiles del silo 17. Juliette había renunciado a conseguir otra cosa hacía tiempo.

Una parte de ella se alegraba de no estar al corriente de lo que estaba pasando. No necesitaba oír la crónica de la lucha. Sólo quería volver a casa y ponerle fin. Se había convertido en una compulsión desesperada: volver a su silo. La idea de que se encontraba a un corto paseo de casa, pero tras unas puertas que únicamente se abrían para matar gente, era desesperante. ¿Y para qué iba a volver, por cierto? ¿Serviría el hecho de que hubiera sobrevivido a la limpieza y revelase la verdad para desenmascarar a Bernard y al resto de Informática?

Lo cierto es que tenía otros planes, aún más absurdos. Seguramente fuese una fantasía, pero al menos le daba esperanza. Soñaba con reparar una de las excavadoras que habían construido el silo, una máquina enterrada y escondida en un extremo de su plano vertical, y utilizarla para atravesar la tierra hasta las profundidades del 18.

Soñaba con romper el bloqueo, con llevar a los suyos hasta aquellos pasillos, una vez achicada toda el agua, y resucitar el lugar. Soñaba con vivir en un silo sin mentiras ni engaños.

Siguió avanzando por las densas aguas hacia la puerta de seguridad, sumida en esos sueños infantiles que, había descubierto, afianzaban de algún modo su determinación. Al acercarse al torno de entrada vio que la abandonada y desprotegida puerta representaría el primer escollo auténtico de su descenso. No sería fácil pasar. Le dio la espalda a la máquina, apoyó las manos a ambos lados e hizo presión, retorciéndose y golpeando la parte baja de la pared con sus pesadas botas, hasta que estuvo casi sentada sobre la unidad de control.

Sus piernas pesaban demasiado como para levantarlas... y de todos modos tampoco podría pasarlas por arriba, porque no eran lo bastante largas. El lastre era más que suficiente para contrarrestar la flotabilidad del traje. Contorsionó el cuerpo para volver a su posición anterior y, una vez que colocó el trasero en mejor posición, trató de rodar de lado. Con uno de los gruesos guantes metido por debajo de una rodilla, hizo fuerza y se inclinó hacia atrás hasta apoyar la bota en el borde de la pared. Descansó un momento con la respiración entrecortada y entonces, de repente, se echó a reír. Era absurdo. Tanto esfuerzo para hacer algo tan ridículamente sencillo, tan trivial. Con una bota ya arriba, la otra era fácil de levantar. Sintió que los músculos de su abdomen y sus muslos, doloridos tras semanas de trabajo digno de un porteador, la ayudaban finalmente a levantar el otro pie.

Hizo un gesto de alivio con la cabeza mientras le corría un reguero de sudor por la nuca. Ya había empezado a temer el momento de repetir la maniobra en el viaje de vuelta. Dejarse caer al otro lado fue muy sencillo: el lastre hizo todo el trabajo. Tardó un momento en asegurarse de que los cables que llevaba anudados a las muñecas y el tubo del aire del cuello del traje no se habían enganchado en ningún sitio y luego echó a andar por el pasillo principal, sin otra luz que la de la linterna de su casco.

—¿Estás bien? —preguntó Solo sobresaltándola otra vez.

—Perfectamente —respondió. Volvió a apoyar la barbilla en el pecho para dejar el contacto abierto—. Te avisaré si te necesito. El volumen está un poco alto aquí dentro. Me das un buen susto cada vez que hablas.

Soltó el contacto y volvió la cabeza para ver cómo andaba su cable de seguridad. En el techo, las burbujas de aire bailaban como diminutas gemas a la luz de la linterna...

—Vale, entendido.

Sin levantar apenas las botas del suelo, arrastrando primero una y después la otra, comenzó a avanzar lentamente por la intersección principal, más allá de los comedores. Por la izquierda, si seguía por el pasillo y doblaba dos recodos más, llegaría al taller de Walker. ¿Habría sido siempre un taller? No tenía ni idea. En aquel sitio lo mismo podía ser un almacén. O una vivienda.

El pequeño apartamento en el que siempre había vivido se encontraría en dirección opuesta. Se volvió para mirar por aquel pasillo y el cono de luz de su cabeza, al disolver la oscuridad, reveló la presencia de un cuerpo pegado al techo, enredado entre las tuberías y conducciones eléctricas. Apartó la mirada. Era demasiado fácil imaginarse que era el cuerpo de George, Scottie o cualquier otro de sus seres queridos. Era demasiado fácil imaginarse que era ella misma.

Avanzó hacia las escaleras con pasos lentos y vacilantes en el agua densa pero cristalina. El peso de las botas y la flotabilidad del traje la mantenían derecha, aunque tenía la sensación de estar siempre a punto de caerse de bruces. Se detuvo a la entrada de la estrecha escalera.

—Estoy a punto de bajar —dijo con la barbilla gacha—. Asegúrate de que todo sigue funcionando como es debido. Y, por favor, no respondas salvo que haya un problema. Aún me pitan los oídos desde la última vez.

Separó la barbilla del contacto y dio los primeros pasos, esperando a que la voz de Solo volviera a dejarla sorda, pero esta vez no ocurrió. Con el cable y el tubo bien agarrados, especialmente al doblar los tramos de la escalera, continuó su descenso a través de la oscuridad. A su alrededor, lo único que perturbaba el agua era el ascenso de sus burbujas y el débil cono de luz en movimiento de su linterna.

Seis pisos más abajo comenzó a sentir resistencia en el tubo y el cable. La fricción de los escalones comenzaba a acumularse. Se detuvo para desenrollar parte de lo que llevaba alrededor del cuerpo. Las dos líneas quedaron flotando en la ingravidez del agua. Varios de los empalmes que había realizado con todo cuidado pasaron entre sus dedos. Paró un momento y los revisó para comprobar si estaban resistiendo bien. Uno de ellos soltaba unas burbujas minúsculas que trazaban una línea de puntos casi invisible en las aguas oscuras. Nada importante.

Una vez que hubo recobrado margen suficiente para llegar hasta el fondo, se volvió y marchó con paso decidido hacia su objetivo. La parte más dura había quedado atrás. El aire seguía entrando, fresco y puro, con un siseo junto a su oído. El sobrante salía por la otra válvula, dejando una cortina de burbujas allá donde Juliette volvía la cabeza. Tenía cable y tubo en cantidad suficiente para llegar hasta su objetivo y todas las herramientas intactas. Ahora que el descenso había concluido, sentía que por fin podía relajarse. Lo único que le quedaba por hacer era acoplar las líneas eléctricas, dos sencillos empalmes, y salir de allí.

Se encontraba tan cerca del objetivo que se atrevió a pensar en el éxito de su plan, en rescatar la zona de Mecánica y resucitar uno de sus generadores y luego una de las ocultas máquinas excavadoras. Estaban haciendo progresos. El rescate de sus amigos se encontraba más cerca. Todo parecía perfectamente factible, prácticamente en su mano, tras semanas de frustrantes reveses.

Encontró la sala del colector donde esperaba. Arrastró las botas hasta el sumidero del fondo. Se inclinó hacia adelante y apuntó con la linterna los números que indicaban la altura del agua. Bajo tantas decenas de metros anegadas parecían cómicos. Cómicos y tristes. Aquel silo le había fallado a sus moradores.

Pero entonces Juliette se corrigió: los moradores le habían fallado al silo.

—Solo, estoy en la bomba. Voy a conectar la electricidad.

Dirigió la mirada hacia el fondo del sumidero para asegurarse de que no había escombros que obstruyeran la entrada de la bomba. Allí abajo el agua era de una transparencia sorprendente. Todo el petróleo y la porquería en los que siempre había trabajado enterrada se habían diluido en quién sabe cuántos miles de litros de aguas subterráneas. El resultado era un líquido cristalino que seguramente se podía beber sin peligro.

Se estremeció, consciente de pronto de que el frío de las aguas comenzaba a filtrarse a través de las capas de su traje para robarle el calor corporal. «Ya he hecho la mitad del camino», pensó. Se volvió hacia la inmensa bomba montada en la pared. Unas tuberías tan gruesas como su cintura bajaban hasta el suelo y luego serpenteaban hasta el borde del foso. El desagüe ascendía por la pared en una tubería de tamaño similar que luego iba a sumarse a los diferentes sistemas mecánicos de más arriba. Mientras desenrollaba los cables que llevaba alrededor de la cintura, de pie junto a la bomba, se acordó del último trabajo que había llevado a cabo como mecánica. Había extraído el eje de una bomba similar y había descubierto un rotor desgastado y en malas condiciones. Sacó un destornillador Phillips del bolsillo y comenzó a abrir la terminal del polo positivo. Esperaba que esta bomba no estuviese en un estado similar cuando se quedaron sin electricidad en el silo 17. No quería tener que bajar a repararla. Al menos hasta que pudiera hacerlo sin mojarse las botas.

El cable del polo positivo salió más fácilmente de lo que esperaba. Juliette lo reemplazó con el nuevo que traía. El sonido reiterado de su propia respiración dentro del casco era su única compañía. Mientras terminaba de fijar el nuevo cable a la terminal se dio cuenta de que podía oír su respiración porque el siseo del aire junto a su mejilla había desaparecido.

Se quedó petrificada. Dio unos golpecitos al casco de plástico a la altura de los oídos y vio que la válvula de compensación aún emitía burbujas, pero ahora más lentamente. El traje seguía teniendo presión, sólo que ya no estaban bombeando aire a su interior.

Pulsó el interruptor con la barbilla. Pudo sentir cómo se le acumulaba el sudor alrededor del cuello y comenzaba a resbalar por un lado de la mandíbula. Mientras se le congelaban los pies, la parte superior de su cuerpo empezaba a sudar.

—¿Solo? Soy Juliette. ¿Me oyes? ¿Qué está pasando ahí arriba?

Esperó un momento y se volvió para iluminar el tubo con la linterna en busca de algún indicio de dificultades. Seguía teniendo aire, el aire del interior del traje. ¿Por qué no respondía Solo?

—¿Hola? ¿Solo? Di algo, por favor.

Tenía que ajustar la linterna del casco, pero podía sentir el tictac de un reloj silencioso dentro de su cabeza. ¿De cuánto aire disponía a partir de entonces? Había tardado cerca de una hora en bajar hasta allí. Solo arreglaría el compresor antes de que se le agotara el aire.

Tenía tiempo de sobra. Puede que Solo estuviera llenando el depósito de la máquina. Tiempo de sobra, se dijo mientras el destornillador resbalaba en los tornillos de la terminal negativa. El condenado trasto estaba atascado.

Para esto, en cambio, para lidiar con piezas corroídas, no tenía tiempo. El cable del polo positivo ya estaba empalmado y en su sitio. Trató de ajustar la linterna sobre el casco. Apuntaba demasiado arriba, lo que era bueno para caminar, pero espantoso para trabajar. Logró moverla un poco, hasta conseguir que el haz apuntara hacia la enorme bomba.

La toma de tierra se podía conectar a cualquier parte de la carcasa, ¿no? Trató de acordarse. La carcasa entera hacía las veces de tierra, ¿verdad? ¿O no era así? ¿Por qué no podía acordarse? ¿Por qué de repente le costaba tanto pensar?

Estiró el extremo del cable negro y trató de enroscar las hebras de cobre con los gruesos guantes. Enganchó el extremo a la tapa de un conducto de la parte trasera, una pieza de metal que parecía conectada al resto de la bomba. Anudó los hilos conductores a un pequeño tornillo, ató el cable para que no se soltara y trató de convencerse de que con eso valdría para que el condenado trasto volviera a funcionar. Walker lo habría sabido. ¿Dónde demonios estaba cuando lo necesitaba?

Junto a su cuello, la radio emitió un chirrido —una detonación repentina seguida por una descarga de estática— que sonó como si alguien pronunciara una parte de su nombre en un lugar muy lejano. Un ominoso siseo y luego nada.

Juliette agitó los brazos de dolor en las aguas oscuras y frías. La detonación había hecho que le pitaran fuertemente los oídos. Al bajar la barbilla para decirle a Solo que no se acercara tanto a la radio al hablar, vio a través del plástico de su casco que la válvula de compensación del casco había dejado de emitir la suave cortina de burbujas que ascendía frente a sus ojos. El traje estaba perdiendo presión.

Y una presión de naturaleza distinta comenzó a reemplazarla en su interior.

65

Silo 18

Walker se vio arrastrado por la escalera, más allá de un grupo de mecánicos que en aquel momento trataba de soldar nuevas planchas de acero sobre el estrecho espacio de paso. Llevaba la mayor parte de la radio en un recipiente de piezas sueltas que aferraba desesperadamente con las dos manos. Vio zarandearse los componentes mientras se abría paso a empujones entre la muchedumbre de mecánicos que huía del ataque. Frente a él, Shirly llevaba el resto de la radio contra el pecho, arrastrando por el suelo los cables de la antena. Walker dio un traspié y tuvo que saltar sobre sus viejas piernas para no enredarse en ellos.

—¡Vamos! ¡Vamos! ¡Vamos! —gritaba alguien. Todo el mundo empujaba. El tableteo de las armas de fuego pareció incrementarse a su espalda mientras un dorado chorro de chispas sibilantes atravesaba el aire y salpicaba la cara de Walker. Corrió a través de la brillante llovizna con la mirada entornada al mismo tiempo que un grupo de mineros con monos a rayas luchaba por abrirse paso desde el rellano inferior con otra plancha de acero de grandes dimensiones.

—Por aquí —lo conminó Shirly tirando de él. Al llegar al piso siguiente, lo apartó a un lado. Sus pobres piernas tenían dificultades para seguir el ritmo de los demás. A alguien se le cayó un petate. Un joven con un arma se dio la vuelta y corrió a recogerlo.

—A la sala del generador —le dijo Shirly, mientras señalaba en aquella dirección.

Un torrente humano ya estaba cruzando las dobles puertas. Jenkins se encontraba allí, tratando de organizar las cosas. Algunos de los que llevaban fusiles tomaron posiciones cerca de una perforadora petrolífera, cuyo cabezal de contrapeso permanecía perfectamente inmóvil, como si fuese la primera baja de la inminente batalla.

—¿Qué es eso? —preguntó Jenkins cuando llegaron a su lado señalando con la barbilla los cables que llevaba Shirly en los brazos—. ¿Es la...?

—La radio, señor —asintió ella.

—Para lo que nos sirve ahora... —Hizo un gesto para que pasaran otras dos personas. Shirly y Walker se pegaron a la pared para dejarles sitio.

—Señor...

—Llévatelo dentro —ordenó Jenkins refiriéndose a Walker—. No quiero que se meta por medio

—Pero señor, creo que debe oír...

—¡Vamos, venga! —gritó Jenkins a los rezagados que habían quedado atrás. Agitó el brazo haciéndoles señas para apremiarlos. Sólo los mecánicos que habían cambiado las llaves inglesas por armas permanecieron allí. Formaron como si estuvieran acostumbrados a aquel juego, con las armas apoyadas sobre la barandilla, largos cañones de acero orientados en una misma dirección.

—¿Entráis o no? —le preguntó Jenkins a Shirly mientras hacía ademán de cerrar la puerta.

—Vamos —le dijo ella a Walker con una profunda exhalación—. Entremos.

Walker obedeció como un autómata, sin dejar de pensar un solo instante en todas las piezas y herramientas que tendría que haber cogido, cosas que ahora habían quedado varios pisos por encima y estaban fuera de su alcance, tal vez para siempre.

—¡Eh, sacad a esa gente de la sala de control!

Shirly, arrastrando los cables, cruzó la sala del generador en cuanto estuvieron dentro. Tras ella, las piezas de rígido aluminio rebotaban sobre el suelo.

—¡Fuera!

Un grupo formado principalmente por mecánicos, entre los que había algunos de los monos amarillos de Suministros, salió obedientemente en fila de la pequeña sala de control. Fueron a reunirse con los demás alrededor de una barandilla que demarcaba los límites de la poderosa maquinaria a la que la gigantesca sala debía su nombre. Al menos el nivel de ruido era tolerable. Shirly imaginó a toda esa gente atrapada allí cuando el rugido del eje y las monturas sueltas del motor podía dejar sordo a un hombre.

—Todos fuera de mi sala de control —dijo mientras ahuyentaba con el brazo a los últimos rezagados. Sabía por qué había sellado Jenkins aquel piso. El único recurso que les quedaba era la energía, literalmente. Tras echar al último intruso de la salita, repleta de sensibles interruptores, diales y paneles, procedió a revisar los niveles de combustible.

Los dos tanques estaban llenos hasta los topes. Al menos eso sí lo habían planificado bien. Como mínimo, dispondrían de algunas semanas de electricidad. Recorrió con la mirada los demás instrumentos, con la maraña de cables aún apretada contra el pecho.

—¿Dónde...? —preguntó Walker.

Le tendió la caja de las piezas. Las únicas superficies planas que contenía la sala estaban cubiertas de interruptores y otro tipo de cosas que no convenía tocar. Walker parecía ser consciente de ello.

—En el suelo. —Shirly dejó su carga allí y se acercó a la puerta para cerrarla. Desde el otro lado del ventanal, la gente a la que había echado miraba con anhelo al interior de la sala refrigerada. Shirly los ignoró.

—¿Lo tenemos todo? ¿Está todo aquí?

Walker sacó las piezas de la caja y chasqueó la lengua al ver los cables doblados y las piezas amontonadas.

—¿Tenemos electricidad? —preguntó mientras cogía el enchufe de un transformador.

Shirly se echó a reír.

—Walk, sabes dónde estamos, ¿verdad? Pues claro que tenemos electricidad. —Cogió el transformador y lo enchufó en el panel principal—. ¿Está todo? ¿Podemos volver a montarla? Walk, Jenkins tiene que oír esto.

—Ya. —Walker inclinó la cabeza y comenzó a organizar las piezas. Al tiempo que lo hacía, iba empalmando algunos cables sueltos—. Hay que colocar eso en su sitio. —Señaló con la cabeza las piezas de la antena que Shirly llevaba aún en los brazos.

La chica levantó la mirada. No había vigas en el techo.

—Cuélgala de esa barandilla de ahí —le dijo Walker—. Tiene que estar recta. Y asegúrate de que el extremo llega hasta aquí.

Shirly se dirigió hacia la puerta arrastrando la antena.

—¡Ah, y que las partes metálicas no toquen la barandilla! —le advirtió Walker tras ella.

Shirly reclutó a algunos de los mecánicos de su turno para ayudarla. Una vez que comprendieron lo que había que hacer se pusieron a deshacer los nudos como un equipo perfectamente coordinado mientras ella regresaba con Walker.

—Estará en un minuto —le dijo mientras cerraba la puerta y comprobaba que el cable cabía perfectamente en el espacio que la separaba de la jamba acolchada.

—Creo que lo tenemos todo —manifestó Walker. La miró. Tenía los ojos hinchados, el pelo revuelto y la barba blanca reluciente de sudor—. ¡Mierda! —exclamó entonces dándose una palmada en la frente—. Nos faltan los altavoces.

Shirly sintió que se le encogía el corazón al oír que se habían olvidado algo crucial.

—Espera aquí —le dijo mientras salía y se dirigía al estante donde guardaban los protectores para los oídos. Cogió un juego con su correspondiente cable. Solían utilizarlos para comunicarse desde allí con los hombres que estaban trabajando en los generadores primario y secundario. Volvió a la sala de control entre una multitud de curiosos de aspecto aterrado. En ese momento se dio cuenta de que debería estar tan asustada como ellos. A fin de cuentas, se les acercaba una guerra de verdad. Pero lo único en lo que podía pensar era en la conversación que había interrumpido esa guerra. Su curiosidad era mucho más intensa que su miedo. Como siempre.

—¿Te sirven éstos?

Cerró la puerta a su espalda y le mostró los auriculares.

—Perfectamente —respondió un sorprendido Walker, con los ojos muy abiertos. Antes de que ella tuviese tiempo de protestar, arrancó el enchufe con su multiherramienta y comenzó a pelar cables—. Menos mal que aquí hay silencio —dijo con una risita.

Shirly también se echó a reír, pero mientras lo hacía se preguntó qué demonios le pasaba. ¿Qué pensaban hacer, sentarse allí dentro y jugar con los cables mientras los ayudantes y las fuerzas de seguridad de Informática venían y se los llevaban a rastras?

Una vez que Walker terminó de conectar los auriculares, se oyó un débil siseo de estática. Shirly corrió junto a Walker, se sentó a su lado y lo agarró por la muñeca para tranquilizarlo. Los auriculares temblaban en su mano.

—Puede que tengas que... —Le mostró el dial en el que había pintado las marcas blancas.

Al mismo tiempo que asentía, Shirly se dio cuenta de que se habían dejado la pintura. Cogió el dial y estudió las distintas marcas.

—¿Cuál cojo? —preguntó.

—No. —La detuvo al ver que empezaba a girarlo hacia una de las voces que habían encontrado—. En sentido contrario. Tengo que ver cuántas... —Se tapó la boca para toser—. Tenemos que ver cuántas hay.

Shirley asintió y, lentamente, devolvió el dial a la posición inicial. Los dos contuvieron el aliento. El zumbido del generador apenas era audible tras la gruesa compuerta y el cristal doble.

Shirly estudió a Walker mientras giraba el dial. Se preguntó qué sería de él cuando los atraparan. ¿Los mandarían a todos a limpiar? ¿O podrían alegar que se habían visto atrapados por lo sucedido en contra de su voluntad? Al pensar en las consecuencias de su rabia, su sed de venganza, se entristeció. Su marido ya no estaba, lo habían arrancado de su lado, ¿y para qué? Había gente muriendo, ¿y qué iban a conseguir? Pensó en que las cosas podrían haber salido de manera distinta, en los sueños que habían albergado todos, tal vez poco realistas, sobre un cambio de poder, una solución fácil para problemas irresolubles. La habían tratado de forma injusta, pero al menos entonces estaba a salvo. Había injusticia, pero ella estaba enamorada. ¿Hacía eso que estuviera bien? ¿Qué sacrificio tenía más sentido?

—Un poco más de prisa —la apremió Walker, impaciente con aquel silencio. En un par de ocasiones oyeron crujidos en medio de la estática, pero ninguna voz. Shirly aumentó muy levemente la velocidad de avance.

—¿Crees que la antena...? —comenzó a preguntar.

Walker levantó la mano. Algo sonó en los pequeños auriculares que descansaban sobre su regazo. El anciano señaló con el pulgar hacia un lado para indicarle que volviera atrás. Shirly lo hizo. Trató de recordar lo que había avanzado desde el sonido, utilizando las mismas habilidades que había perfeccionado en aquella misma sala con los ajustes del generador antes de que lo repararan.

—¿... Solo? Soy Juliette. ¿Me oyes? ¿Qué está pasando?

Shirly soltó el dial. Lo vio columpiarse del extremo del cable y chocar contra el suelo.

Las manos se le habían quedado insensibles. Sentía un hormigueo en los dedos. Se volvió boquiabierta y miró el regazo de Walker, de donde había salido aquella voz fantasmal. El anciano estaba mirándose las manos con expresión de aturdimiento.

Ninguno de ellos se movió. La voz y el nombre eran inconfundibles.

Unas lágrimas de confusa dicha resbalaron por la barba de Walker y le cayeron sobre el regazo.

66

Silo 17

Juliette agarró el flácido tubo del aire con las dos manos y dio un tirón. Lo único que consiguió fue que salieran unas pocas burbujas, que subieron dando vueltas delante de su visor. El tubo se había quedado sin presión.

Masculló una maldición entre dientes, apretó con la barbilla el interruptor de la radio y pronunció de nuevo el nombre de Solo. Algo le había pasado al compresor. Solo tenía que estar ocupándose de ello, quizá llenándolo de combustible. Le había dicho que no lo apagara si tenía que llenar el depósito. No sabría qué hacer, no sería capaz de volver a arrancarlo. No había pensado bien en todas las posibles contingencias del plan. Se encontraba a una distancia infranqueable del aire respirable, de cualquier esperanza de supervivencia.

Inhaló con cautela. Contaba con el aire que contenía el traje y lo que quedaba en el tubo. De este último, ¿cuánto podría absorber sin contar más que con la fuerza de sus pulmones? Creía que no demasiado.

Echó una última mirada al sumidero, a su apresurado trabajo de reparación, a los cables sueltos que había procurado asegurar contra las vibraciones y los tirones accidentales y ahora se mecían plácidamente en las aguas. Nada de esto tenía ya la menor importancia, al menos para ella. Impulsándose con las piernas y los brazos, comenzó a alejarse de la bomba a través de aquel fluido que estorbaba su avance sin proporcionarle asidero alguno desde el que poder impulsarse.

El lastre la frenaba. Se inclinó para soltarlo y descubrió que no podía. La flotabilidad de los brazos, la rigidez del traje... Buscó a tientas las tiras de velcro, pero sus dedos, ampliados por el visor y el efecto de lupa del agua, pasaron a varios centímetros de las malditas cosas.

Respiró hondo. El sudor le goteaba por la nariz y salpicaba el interior del casco. Volvió a intentarlo y esta vez estuvo a punto de conseguirlo. Con los dos brazos estirados, gruñendo y aplicando toda la fuerza de sus hombros al sencillo acto de alcanzar sus malditos tobillos, las yemas de los dedos casi rozaron las cintas negras...

Pero no lo logró. Desalentada, avanzó unos pasos detrás del cable y el tubo que iluminaba el tenue cono de luz blanca emitido por la linterna del casco. Trató de no tocar el cable. Temía el efecto de cualquier contacto accidental porque sabía lo precaria que era la conexión que había hecho. Al mismo tiempo que su cuerpo pugnaba por aspirar con todas sus fuerzas, su mente seguía tratando de resolver problemas mecánicos. Se maldijo por no haber dedicado más tiempo a los preparativos.

¡El cuchillo! Al acordarse del cuchillo dejó de arrastrar los pies. Lo sacó de la improvisada vaina que se había colocado sobre el abdomen y la hoja resplandeció a la luz de la linterna.

Se inclinó y aprovechó el alcance adicional que le proporcionaba. Deslizó la punta entre el traje y una de las tiras de velcro. A su alrededor, el agua era oscura y densa. Con la limitada cantidad de luz que emitía su casco, enterrada bajo aquella inundación en el fondo de Mecánica, se sintió más alejada y sola que en toda su vida, y también más asustada.

Agarró el cuchillo con las dos manos, aterrada por la posibilidad de perderlo, y comenzó a moverlo arriba y abajo usando la fuerza de sus abdominales. Atacó la cinta con un trabajoso movimiento de vaivén mientras en el interior del casco maldecía el esfuerzo, la tensión, el dolor que le provocaba en el abdomen el acto de inclinarse hacia adelante, de impulsar la cabeza hacia abajo... Y entonces, de pronto, la pesa se soltó. Mientras la enorme pieza de hierro impactaba con un ruido amortiguado sobre las planchas de acero del suelo, Juliette tuvo la sensación de que su gemelo se tornaba liviano y desnudo.

Su cuerpo se inclinó hacia un lado. Una pierna seguía sujetándolo al suelo mientras la otra trataba de levantarse. Introdujo cuidadosamente la hoja por debajo de la segunda cinta. Tenía miedo de cortar el traje y ver aparecer un reguero de preciosas burbujas. Con esfuerzos desesperados, comenzó a presionar la hoja contra la cinta negra, como antes. En su visión ampliada, las hebras de tejido comenzaban a ceder. El sudor salpicaba el interior de su casco. El cuchillo hizo su trabajo y la pesa se soltó.

Juliette soltó un grito mientras sus botas comenzaban a tirar de ella y se elevaban por encima de su cabeza. Giró el torso y agitó los brazos con todas sus fuerzas, pero su casco chocó contra las tuberías que cubrían el techo del pasillo.

Hubo un fuerte ruido y de pronto el agua se volvió negra a su alrededor. Buscó la linterna a tientas para volver a encenderla, pero ya no estaba. Algo le rozó un brazo en la oscuridad. Lo buscó a ciegas con una de las manos mientras sujetaba el cuchillo con la otra, pero se le escurrió entre los dedos y desapareció. Guardó el cuchillo en el bolsillo delantero para no perderlo, pero antes de que terminara de hacerlo, su única fuente de luz, invisible ahora, se hundió dando vueltas en dirección el suelo.

Juliette no oía otra cosa que su respiración acelerada. Iba a morir así, atrapada en el techo, como uno más de los cuerpos hinchados que moraban en aquellos pasillos. Era como si estuviera destinada a perecer dentro de uno de aquellos trajes de un modo u otro. Golpeó las tuberías con los pies tratando de liberarse. ¿En qué dirección iba? ¿Hacia dónde estaba mirando? La negrura era absoluta. No alcanzaba a ver ni sus propios brazos. Era peor que haberse quedado ciega, era como saber que sus ojos funcionaban pero aun así no percibían cosa alguna. Su pánico aumentó mientras en el interior del traje el aire parecía cada vez más enrarecido.

El aire.

Se llevó las manos al cuello y buscó la válvula, apenas perceptible a través de los guantes. Comenzó a recoger cable con ambas manos, como si estuviera sacando un cubo del pozo de una mina.

Tuvo la sensación de que pasaban kilómetros de tubo entre sus dedos. El tubo restante flotaba a su alrededor como una masa de fideos, golpeándola y enredándose con sus miembros. La respiración de Juliette sonaba cada vez más desesperada. Estaba sucumbiendo al pánico. ¿Hasta qué punto se debía su respiración entrecortada a la acción de la adrenalina, al miedo? ¿Cuánto de su preciado aire estaba consumiendo de más por esa razón ? De pronto la embargó la aterradora idea de que hubieran cortado el tubo que estaba recogiendo, de que alguien lo hubiera serrado en la escalera, de que en cualquier momento sus dedos se encontraran con el extremo suelto y de que cuando volviera a tirar de su precioso cordón umbilical lo único que encontrara fuese agua negra como la tinta y nada más...

Pero entonces sus manos se cerraron alrededor de un tramo de tubo que tenía tensión, tenía vida. Una tensa línea que no contenía aire pero al menos señalaba el camino de salida.

Sollozando en el interior del casco, alargó el brazo sobre el tubo y volvió a aferrarlo con la otra mano. Dio un tirón. Su casco rebotó contra una tubería y la impulsó en dirección contraria al techo. Siguió avanzando así, buscando a tientas el camino a la salvación, tirando de sí misma, cruzando aquella lóbrega sopa de ahogados y muertos mientras se preguntaba hasta dónde lograría llegar antes de exhalar su último aliento y unirse finalmente a ellos.

67

Silo 18

Lukas estaba sentado con su madre bajo la gruesa jamba de la puerta de la sala de servidores. Estaba mirándole las manos, cada una de las cuales envolvía una de las de él. Su madre le soltó una sólo un momento para coger una fibra que tenía sobre el hombro y mandar lejos de su preciado hijo al insolente jirón de tejido.

—¿Y dices que se trata de un ascenso? —preguntó mientras le alisaba la camiseta a la altura del hombro.

Lukas asintió.

—Y muy importante. —Dirigió la mirada hacia Bernard y el comisario Billings, que esperaban tras ella en el pasillo, charlando en voz baja. Bernard tenía las manos metidas bajo el cinturón del mono. Billings agachó la mirada e inspeccionó sus armas.

—Eso es estupendo, cariño. Así es mucho más fácil soportar tu ausencia.

—Ya no durará mucho. Al menos eso creo.

—¿Y podrás votar en las elecciones? ¡No puedo creer que mi muchacho esté haciendo cosas tan importantes!

Lukas se volvió hacia ella.

—¿Votar? Creía que se habían cancelado las elecciones.

Su madre negó con la cabeza. Su rostro parecía bastante más arrugado que un mes antes y también su cabello más blanco. Lukas se preguntó si era posible que ocurriera tal cosa en tan corto espacio de tiempo.

—Se han vuelto a convocar —dijo—. Se supone que ese feo asunto de los rebeldes está a punto de acabarse.

Lukas miró de soslayo a Bernard y al comisario.

—Seguro que darán con el modo de dejarme votar —respondió a su madre.

—Bueno, eso está muy bien. Me gusta pensar que te he criado como es debido. —Se aclaró la garganta tapándose la boca con una mano y a continuación volvió a coger la de él—. ¿Y te dan bien de comer? Con el racionamiento y todo eso...

—Más de lo que puedo comer.

Su madre abrió los ojos de par en par.

—Entonces, ¿crees que van a levantar las...?

Lukas se encogió de hombros.

—No estoy seguro. Creo que sí. Y me encargaré de que no te falte de nada...

—¿A mí? —dijo con voz aguda mientras se llevaba una mano al pecho—. No te preocupes por mí.

—Ya sabes que lo hago... Oye, mamá, creo que se nos ha acabado el tiempo. —Señaló el pasillo con un gesto de la cabeza. Bernard y Peter se les acercaban—. Parece que tenemos que seguir trabajando.

—Oh. Claro, por supuesto. —Se alisó la parte delantera del mono rojo y dejó que Lukas la ayudara a levantarse. Apretó los labios y le ofreció la mejilla—. Mi pequeño... —dijo mientras lo besaba ruidosamente y lo estrechaba entre sus brazos. Retrocedió un paso y lo contempló con orgullo—. Cuídate mucho.

—Lo haré, mamá.

—Y haz mucho ejercicio.

—Sí, mamá.

Bernard se detuvo junto a ellos y los miró sonriendo. La madre de Lukas se volvió y examinó de arriba abajo al alcalde interino del silo. Alargó la mano y le dio unas palmaditas en el pecho.

—Gracias —pronunció con voz rota.

—Mucho gusto en conocerla, señora Kyle. —Bernard la cogió de la mano e hizo un gesto en dirección a Peter—. El comisario, aquí presente, la acompañará a la salida.

—Claro. —Se volvió una última vez y se despidió de su hijo con la mano. Él, a pesar de sentirse un poco avergonzado, le devolvió el gesto.

—Una señora encantadora —manifestó Bernard, siguiéndola con

la mirada—. Me recuerda a mi madre. —Se volvió hacia Lukas—. ¿Estás listo?

Lukas sintió el impulso de expresar su renuencia, sus vacilaciones. Sintió el impulso de responder algo así como «supongo», pero lo que hizo fue enderezar la espalda, juntar las manos y levantar la barbilla.

—Totalmente —alcanzó a decir, aparentando una confianza que no sentía en absoluto.

—Estupendo. Oficialicemos esto. —Le estrechó el hombro antes de entrar en la sala de servidores. Lukas rodeó el borde de la gruesa compuerta y se apoyó sobre ella. Con un chirrido de las enormes bisagras, se encerró a sí mismo allí dentro. Las cerraduras eléctricas se activaron automáticamente y penetraron en la jamba. El panel de seguridad emitió un pitido y su alegre lucecita verde se transformó en el amenazante ojo rojo de un centinela.

Lukas aspiró hondo y se alejó de la puerta avanzando entre los servidores. Trató de no seguir los pasos de Bernard. Siempre procuraba no repetir el mismo camino. Utilizaba rutas más largas sólo por romper la monotonía, por tener una rutina menos en el interior de aquella prisión.

Cuando llegó al final, Bernard ya había abierto la tapa posterior del servidor. Le tendió los auriculares.

Lukas los cogió y se los puso al revés, con el micrófono encarado a la nuca.

—¿Así?

Bernard se echó a reír y describió un círculo en el aire con los dedos.

—Al revés —dijo alzando la voz para que el otro pudiera oírlo a pesar de las orejeras.

Lukas le dio la vuelta a los auriculares y mientras lo hacía se le enredó el cable en el brazo. Bernard esperó pacientemente.

—¿Estás listo? —preguntó una vez que todo estuvo en su sitio. Tenía la clavija en una mano. Lukas asintió. Bernard se dio la vuelta y la introdujo en uno de los conectores. Lukas se imaginó que su mano se movía hacia abajo y hacia la derecha e introducía la clavija en el número 17, antes de volverse para interrogarlo sobre su pasatiempo favorito, su gran y fascinante secreto...

Pero la pequeña mano de su jefe no se desvió. La clavija, con un chasquido, penetró en el lugar adecuado. Lukas conocía perfectamente la sensación, sabía que era como si el agujero abrazase la clavija, como si le diese la bienvenida, mientras la yema de uno de los dedos que la habían impulsado recibía una pequeña descarga al activarse el sistema de retención.

La luz que había encima del enchufe comenzó a parpadear. Un pitido ya conocido sonó en el oído de Lukas. Esperó a que respondiera la voz de Juliette.

Un clic.

—Nombre.

Un escalofrío de temor recorrió su espalda y le erizó el vello de los brazos. La profunda e impersonal voz, impaciente y distante a la vez, apareció y desapareció como el parpadeo fugaz de una estrella. Lukas se pasó la lengua por los labios.

—Lukas Kyle —dijo haciendo un esfuerzo por no tartamudear.

Hubo una pausa. Se imaginó que alguien, en alguna parte, escribía su nombre o revisaba unos archivos o hacía cualquier cosa horrible con aquella información. La temperatura detrás del servidor subió bruscamente. Bernard le sonreía, ajeno al silencio en su lado de la línea.

—Fuiste sombra en Informática.

Parecía una afirmación, pero Lukas asintió.

—Sí, señor —respondió.

Se pasó la palma de la mano por la frente y luego se la secó en la parte trasera del mono. Sentía unos deseos desesperados de sentarse, de apoyar la espalda en el servidor 40 y relajarse. Pero Bernard lo miraba con una sonrisa que le levantaba el bigote, con los ojos muy abiertos detrás de las gafas.

—¿Cuál es tu principal deber hacia el silo?

Bernard lo había preparado para responder a preguntas similares.

—Mantener la Orden.

Silencio. No recibió respuesta ni indicación alguna de que la respuesta fuese correcta o incorrecta.

—¿Qué debes proteger por encima de todo?

Era una voz monótona, pero dotada al mismo tiempo de una poderosa seriedad. Muy grave y a la vez, de algún modo, tranquila. Lukas sintió que se le secaba la boca.

—La vida y el legado —recitó. Pero había algo en esta fachada de conocimiento que no lo convencía. Quería entrar en detalles, hacer que aquella voz, como un padre fuerte y sobrio, comprendiera que sabía por qué era importante. No era tonto. Tenía más cosas que decir que frases memorizadas...

—¿Qué hay que hacer para proteger estas cosas que tanto nos importan?

Hizo una pausa.

—Sacrificios —susurró Lukas. Pensó en Juliette..., y el comportamiento tranquilo que estaba tratando de proyectar para Bernard estuvo a punto de desmoronarse. Había algunas cosas de las que no estaba seguro, cosas que no comprendía. Ésa era una de ellas. No tenía la certeza de que mereciese el sacrificio, de que el peligro fuese tan grande como para dejar que gente, buena gente, tuviera que salir a...

—¿Cuánto tiempo has pasado en el laboratorio de trajes?

La voz había cambiado, se había relajado un poco. Lukas se preguntó si la ceremonia habría terminado. ¿Eso era todo? ¿Había pasado la prueba? Suspiró, con la esperanza de que el micrófono no lo captara, y trató de relajarse.

—No demasiado, señor. Bernard... eh, mi jefe me ha dicho que podré hacerlo cuando termine el... ya sabe.

Miró a Bernard, que con una mano a un lado de las gafas lo estaba observando.

—Sí. Lo sé. ¿Cómo marcha el problema en los pisos inferiores?

—Mmm, bueno, sólo me informan de la situación general y tiene buen aspecto... —Mientras se aclaraba la garganta pensó en los disparos y los ruidos de lucha que había oído a través de la radio en el piso de abajo—. Es decir, parece que se están haciendo progresos y que ya no durará mucho más.

Una pausa larga. Lukas se forzó a respirar hondo y a mirar a Bernard con una sonrisa.

—¿Habrías hecho algo de manera distinta, Lukas? ¿Desde el principio?

Lukas sintió una sensación de vértigo y como una flojera repentina se apoderaba de sus piernas. Volvió a estar parapetado tras la mesa de conferencias, con el negro acero pegado a la mejilla. Había una línea que salía de su ojo, atravesaba una pequeña cruz y un agujerito y apuntaba como un láser a una mujer de pelo cano con una bomba en la mano. Volaban balas a lo largo de aquella línea. Balas que él había disparado.

—No, señor —dijo al fin—. Se hizo todo conforme a la Orden, señor. Está todo bajo control.

Aguardó. Sentía que en alguna parte estaban sometiéndolo a una evaluación.

—Eres el segundo en el mando para las operaciones de control y dirección del silo dieciocho —entonó la voz.

—Gracias, señor.

Lukas alargó la mano hacia los auriculares, listo para pasárselos a Bernard. Por si tenía que decir algo o para que le comunicaran que ya era oficial.

—¿Sabes cuál es la peor parte de mi trabajo? —preguntó la voz impersonal.

Lukas bajó las manos.

—¿Cuál, señor?

—Estar aquí, mirando un silo en este mapa y tener que trazar una línea roja sobre él. ¿Te imaginas cómo me hace sentir eso?

Lukas negó con la cabeza.

—No, señor.

—Es como si un padre perdiera miles de hijos, sólo que todos a la vez.

Una pausa.

—Tendrás que ser cruel con tus hijos si no quieres perderlos.

Lukas pensó en su padre.

—Sí, señor.

—Bienvenido a la Operación Cincuenta del Orden Mundial, Lukas Kyle. Y ahora, si tienes alguna pregunta, dispongo de algún tiempo para responder, pero que sea breve.

Lukas sintió el impulso de responder que no tenía preguntas. Quería abandonar la línea. Quería llamar a Juliette y hablar con ella para sentir que alguien insuflaba una bocanada de cordura a aquella sala asfixiante y absurda. Pero recordó que Bernard le había enseñado que la admisión de la ignorancia era la llave del conocimiento.

—Sólo una, señor. Me han dicho que no es importante y estoy

seguro de que es cierto, pero creo que si lo sé, mi trabajo aquí será más sencillo.

Hizo una pausa por si la voz quería decir algo, pero parecía estar esperando a que formulara su pregunta.

Lukas se aclaró la garganta.

—¿Hay...? —Cogió el micrófono con dos dedos y se lo acercó a los labios mientras miraba a Bernard de reojo—. ¿Cómo empezó todo esto?

No podía asegurarlo —puede que fuese el ventilador de algún servidor que se había puesto en marcha —, pero le pareció oír que el hombre de la voz profunda suspiraba.

—¿Es muy importante para ti saberlo?

Lukas tenía miedo de responder a la pregunta con sinceridad.

—No es crucial —concedió—, pero me ayudaría a hacerme una idea más clara de lo que estamos haciendo y a lo que hemos sobrevivido. Sería como si eso... nos proporcionara un objetivo, ¿sabe?

—La razón es el objetivo —respondió el hombre, críptico—. Pero antes de que te lo cuente, me gustaría saber lo que piensas tú.

Lukas tragó saliva.

—¿Lo que pienso yo?

—Todo el mundo tiene ideas. ¿Estás sugiriendo que tú no?

En aquella voz monótona se podía discernir una leve nota de sarcasmo.

—Creo que fue algo que vimos venir —dijo Lukas. Se volvió hacia Bernard, que frunció el ceño y apartó la mirada.

—Es una posibilidad.

Bernard se quitó las gafas y comenzó a limpiárselas en la manga de la camisa, con los ojos clavados en las puntas de los pies.

—Piensa en esto... —La voz profunda hizo una pausa—. ¿Y si te dijera que sólo hay cincuenta silos en todo el mundo y que estamos todos aquí, en una fracción infinitamente pequeña de ese mundo?

Lukas lo pensó. Parecía otra prueba.

—Diría que éramos los únicos... —Estuvo a punto de decir que eran los únicos con los recursos necesarios para la tarea, pero había visto lo bastante del Legado como para saber que no era así. En muchas partes del mundo se habían construido edificios que se alzaban por encima de las colinas. No eran los únicos que podían haberse preparado para el desastre—. Diría que éramos los únicos que lo sabíamos —sugirió al fin.

—¿Muy bien? ¿Y eso por qué?

Detestaba aquello. No quería deducir la verdad, quería que se la contaran.

Y entonces, como el empalme de un cable que se conecta de pronto, como la electricidad que atraviesa una conexión por primera vez, la verdad lo alcanzó.

—Porque... —Trató de encontrar sentido a la respuesta que había en su cabeza, de imaginar si una idea semejante podía aproximarse a la verdad—. No porque lo supiéramos —continuó, inspirando profundamente —, sino porque lo hicimos nosotros.

—Sí —respondió la voz—. Y ahora ya lo sabes.

Dijo algo más, apenas audible, como si estuviera hablando con otra persona.

—Se ha acabado el tiempo, Lukas Kyle. Felicidades por el nombramiento.

Lukas tenía los auriculares pegados a la cabeza y la cara cubierta por una película de sudor frío y pringoso.

—Gracias —acertó a decir.

—Ah, Lukas, una cosa más.

—¿Sí, señor?

—De cara al futuro, te sugiero que te concentres en lo que tienes bajo tus pies. Ese asunto de las estrellas se ha terminado, ¿de acuerdo, hijo? Ya sabemos dónde están la mayoría de ellas.

68

Silo 18

—¿Hola? ¿Solo? Por favor, di algo.

La voz era inconfundible, incluso en los pequeños altavoces de los auriculares modificados. Su eco resonó incorpóreo en la sala de control, la misma sala de control que había albergado durante muchos años a su propietaria. Precisamente el lugar fue la clave para Shirly, que se quedó mirando los diminutos altavoces del mágico aparato sabiendo que no podía tratarse de nadie más.

Ni ella ni Walker se atrevían a respirar. Esperaron lo que se les antojó una eternidad antes de romper finalmente el silencio.

—Era Juliette —susurró Shirly—. ¿Cómo podemos...? ¿Está su voz atrapada ahí? ¿En el aire? ¿Cuánto tiempo puede haber pasado desde eso?

Shirly no comprendía los fundamentos científicos del fenómeno. No tenía cualificación para ello. Walker siguió mirando los altavoces, sin moverse, sin decir palabra, con lágrimas brillantes resbalando por su barba.

—Esas... esas ondas que captamos con la antena, ¿rebotan por todas partes aquí abajo?

Se preguntaba si sucedería lo mismo con todas las voces que habían captado. Puede que simplemente estuvieran recogiendo conversaciones del pasado. ¿Era posible tal cosa? ¿Como una especie de eco eléctrico? De algún modo, parecía más factible que la alternativa.

Walker se volvió hacia ella con una expresión extraña en el rostro. Tenía la boca entreabierta, pero había unas arrugas en las comisuras de los labios, unas arrugas que se hicieron más profundas.

—No funciona así —dijo. Las arrugas se transformaron en una

sonrisa—. Es el presente. Está sucediendo ahora. —Agarró a Shirly del brazo—. Tú también lo has oído, ¿no? No estoy loco. Realmente era ella, ¿verdad? Está viva. Lo ha conseguido.

—No... —Shirly movió con desconcierto la cabeza—. Walk, ¿qué estás diciendo? ¿Que Juliette está viva? ¿Dónde?

—Ya lo has oído. —Señaló la radio—. Antes. Las conversaciones. La limpieza. Ahí fuera hay más. Más como nosotros. Está con ellos, Shirly. Y todo está sucediendo ahora mismo.

—Está viva...

Shirly se quedó mirando la radio mientras intentaba asimilarlo. Su amiga seguía en alguna parte. Aún respiraba. La imagen del cuerpo de Juliette sobre las colinas, tendido en mudo reposo, azotado por el viento, había sido tan nítida en su cabeza... Y ahora se la imaginaba moviéndose, respirando, hablando con alguien por radio, en alguna parte.

—¿Podemos hablar con ella? —preguntó.

Sabía que era una pregunta estúpida. Pero Walker se estremeció de pronto, como si sus viejos miembros hubieran recibido una descarga eléctrica.

—Oh, Dios. Dios, sí. —Dejó el amasijo de piezas en el suelo. Sus manos temblaban, pero Shirly se dio cuenta de que ya no era de miedo, sino de emoción. El miedo los había abandonado a ambos, como si se lo hubieran succionado desde la sala, el pequeño espacio más allá del cual el resto del mundo estaba desapareciendo en la nada.

Walker enterró las manos en el cubo de las piezas. Sacó algunas herramientas y palpó el fondo del recipiente.

—No —dijo. Se volvió y examinó todas las piezas que había por el suelo—. No, no, no.

—¿Qué sucede? —Shirly se apartó para dejarle más espacio—. ¿Qué falta? Hay un micrófono ahí. —Señaló los auriculares medio desmontados.

—El transmisor. Es un pequeño tablero de circuitos. Creo que está en mi mesa de trabajo.

—Pero si lo metí todo en el cubo —replicó ella con voz aguda. Se acercó al cubo de plástico.

—La otra mesa de trabajo. No lo necesitaba. Jenks sólo quería oír. —Señaló la radio con un ademán—. Hice lo que me pidió. ¿Cómo iba yo a saber que necesitaríamos transmitir...?

—No podías saberlo —le dio la razón Shirly poniéndole una mano en el brazo. Se daba cuenta de que su amigo estaba adentrándose en el camino equivocado. Lo había visto hacerlo con demasiada frecuencia y sabía que podía utilizar atajos para llegar hasta allí casi al instante—. ¿No hay nada aquí que podamos utilizar? Piensa, Walk… concéntrate.

Walker negó con la cabeza y meneó un dedo en dirección a los auriculares.

—El micrófono no sirve. Sólo transmite el sonido. Tiene unas pequeñas membranas que vibran...

Se volvió y la miró.

—Espera... Sí que hay algo.

—¿Aquí abajo? ¿Dónde?

—En el almacén de la mina. Transmisores. —Simuló que tenía una caja entre las manos y giraba un interruptor—. Para las cargas de detonación. Reparé uno hace un mes. Debería funcionar.

Shirly se puso en pie.

—Iré a por él—dijo—. Tú quédate aquí.

—Pero la escalera...

—No me pasará nada. Voy a bajar, no a subir.

Walker asintió con la cabeza.

—No toques eso. —Señaló la radio—. No busques más voces. Sólo la de ella. Déjalo ahí.

—Por supuesto.

Shirly se inclinó y le dio un apretón en el hombro.

—Ahora mismo vuelvo.

Al salir se encontró con docenas de caras orientadas hacia ella, con los ojos muy abiertos y expresiones asustadas e interrogantes y las bocas entreabiertas. Sintió ganas de gritarles por encima del ruido del generador que Juliette seguía viva, que no estaban solos, que había más gente que vivía y respiraba en el prohibido exterior. Deseaba hacerlo, pero no tenía tiempo. Corrió hacia la barandilla en busca de Courtnee.

—Oye...

—¿Va todo bien ahí dentro? —preguntó Courtnee.

—Sí, perfectamente. Hazme un favor, ¿quieres? Vigila a Walker por mí.

Courtnee asintió.

—¿Adónde...?

Pero Shirly ya se alejaba corriendo hacia la puerta principal. Atravesó a empujones el grupo de gente amontonada que obstruía la entrada. Jenkins se encontraba al otro lado, con Harper. Dejaron de hablar al ver que pasaba junto a ellos.

—¡Oye! —Jenkins la agarró del brazo—. ¿Adónde coño te crees que vas?

—Al almacén de la mina. —Retorció el brazo para zafarse—. No tardaré mucho...

—De eso nada. Vamos a volar la escalera. Esos idiotas se están metiendo en una ratonera.

—¿Que vais a hacer qué?

—La escalera —repitió Harper—. Está minada. Cuando entren y empiecen a bajar... —Hizo una bola con las manos y las separó en una pantomima de explosión.

—No lo entendéis... —Se volvió hacia Jenkins—. Es para la radio.

Jenkins frunció el ceño.

—Walk ya ha tenido su oportunidad.

—Estamos captando muchas voces—le dijo ella—. Sólo necesita una pieza. Volveré en seguida, lo juro.

Jenkins miró a Harper.

—¿Cuánto tiempo nos queda?

—Cinco minutos, señor. —Su barbilla subió y bajó de manera casi imperceptible.

—Tienes cuatro —dijo Jenkins a Shirly—. Pero procura...

Shirly no oyó el resto. Las planchas de acero del silo vibraban ya con las zancadas que la llevaban hacia la escalera. Pasó volando junto a la plataforma petrolífera, con su triste cabezal inmovilizado, y por delante de las hileras de hombres confusos y nerviosos cuyos rifles apuntaban todos en una misma dirección.

Llegó a la entrada de la escalera y dobló la esquina. Medio piso más arriba, alguien lanzó un grito de alarma. Shirly vislumbró por un momento a dos mineros con cartuchos de TNT antes de desaparecer escaleras abajo.

Al llegar al piso siguiente dio la vuelta y se encaminó al pozo de la mina. En los pasillos no se oía otra cosa que sus jadeos y el golpeteo de sus botas.

Juliette. Viva.

Una persona a la que habían mandado a limpiar, viva.

Pasó junto al rellano siguiente, el piso donde dormían los trabajadores de los pisos más profundos, los mineros y los perforadores, hombres que ahora enarbolaban armas en lugar de excavar agujeros en el suelo, armados con fusiles y no con herramientas. Aquella noticia nueva, aquel descubrimiento imposible, aquel secreto, hacía que tanta lucha pareciese irreal. Insignificante. ¿Cómo podía luchar la gente si había otros sitios a los que ir más allá de aquellos muros, si su amiga seguía ahí fuera? ¿No tendrían que salir también ellos?

Llegó al almacén. Habrían pasado unos dos minutos. El corazón le retumbaba dentro del pecho. Seguramente Jenkins no volaría la escalera hasta que ella regresase. Se movió entre los estantes, revisando cubos y cajones. Sabía el aspecto que tenía lo que buscaba. Debía de haber varios dispositivos por allí. ¿Dónde estaban?

Revisó las taquillas, tiró al suelo los mugrientos monos que contenían, apartó cascos de su camino... No veía nada. ¿De cuánto tiempo disponía?

A continuación probó en la pequeña oficina del capataz. Abrió la puerta y corrió a la mesa. En los cajones no había nada. Tampoco en las estanterías de la pared. Uno de los grandes cajones del fondo no se abría. Estaba cerrado con llave.

Shirly se apartó un paso y dio una patada a la parte delantera del cajón metálico. Volvió a clavarle el talón de acero de la bota una, dos veces. El borde se curvó hacia abajo dejando un hueco con respecto al de arriba. Shirly metió las manos, arrancó la frágil cerradura y el cajón se abrió con un chirrido.

Explosivos. Cartuchos de dinamita. Algunos de los pequeños relés que metían en los cartuchos para hacer las veces de detonadores. Debajo de éstos encontró tres de los transmisores que buscaba Walker.

Cogió dos de ellos junto con algunos relés y se los guardó en el bolsillo. Cogió también dos cartuchos de dinamita —simplemente porque estaban allí y podían resultar útiles—, salió corriendo de la oficina y atravesó el almacén en dirección a la escalera.

Había perdido demasiado tiempo. Tenía una sensación de frío y vacío en el pecho y le costaba respirar. Corrió lo más de prisa posible, concentrándose en mover las piernas, en tragarse el suelo a grandes zancadas.

Al llegar al final del pasillo y dar la vuelta, volvió a pensar en lo ridícula que era aquella lucha. Le costaba recordar por qué había empezado. Knox había muerto, lo mismo que McLain. ¿Seguiría luchando su pueblo si sus grandes líderes siguieran entre ellos? ¿Habrían hecho algo distinto en algún momento? ¿Algo más cuerdo?

Maldijo la estupidez de la situación al llegar a la escalera. Seguro que ya habían pasado los cinco minutos. Esperó a que sonara la detonación sobre ella, a que la dejara sorda con la contundente ferocidad de las ondas de choque. Llegó hasta arriba subiendo los escalones de dos en dos y, al dar la vuelta, vio que los mineros habían desaparecido. Unos ojos llenos de ansiedad la miraban por encima de los improvisados cañones de sus armas.

—¡Fuera de ahí! —gritó alguien mientras la apremiaba agitando los brazos hacia un lado.

Shirly clavó la mirada en Jenkins, agazapado junto a Harper con su fusil. Estuvo a punto de tropezar con los cables que salían de la escalera al correr en su dirección.

—¡Ahora! —gritó Jenkins.

Alguien giró un interruptor.

El suelo se estremeció y se abombó bajo los pies de Shirly, que cayó de bruces. Su barbilla golpeó las planchas de acero de los escalones y resbaló sobre ellas. La dinamita estuvo a punto de caérsele de las manos.

Los oídos aún le pitaban cuando logró incorporarse. Los hombres se movían tras la barandilla, perforando con los cañones de sus fusiles la nube de humo que brotaba de unas fauces de retorcido y dentado acero. Desde el otro lado, lejanos, llegaban los gritos de los heridos.

Mientras los hombres luchaban, Shirly se dio unas palmaditas en el bolsillo y metió la mano en busca de los transmisores.

Y de nuevo fue como si el estrépito de la guerra se desvaneciera, se volviera insignificante. Sin dejar de correr, atravesó la puerta de la sala del generador en busca de Walker, con los labios sangrando y la mente concentrada en cosas más importantes.

69

Silo 17

Juliette avanzaba a tirones por las frías y oscuras aguas, chocando a ciegas contra el techo o las paredes, sin saber dónde estaba. Siguió así, tirando del tubo con movimientos ciegos y desesperados, sin saber lo rápido que estaba avanzando, hasta que de pronto tropezó con la escalera. Su nariz chocó con la parte interior del casco y un destello de luz perforó por un instante la oscuridad. Aturdida, quedó allí flotando un momento, mientras el tubo del aire se le escurría entre los dedos.

Sus manos buscaron a tientas el precioso cordón umbilical mientras, gradualmente, su cabeza iba volviendo en sí. Uno de sus guantes tocó algo y lo aferró con fuerza, pero cuando se disponía a tirar se dio cuenta de que eran los cables de la electricidad. Lo soltó y agitó los brazos en medio de la más ciega oscuridad. Sus botas chocaron con algo. Era imposible distinguir lo que estaba arriba de lo que estaba abajo. Comenzó a dar vueltas sobre sí misma, aturdida y desorientada.

Sintió la presión de una superficie rígida contra el cuerpo y supuso que debía de estar flotando hacia arriba, lejos del tubo.

Se impulsó apoyando los pies en lo que asumía que era el techo y nadó hacia lo que esperaba que fuese el suelo. Los brazos se le engancharon en algo —lo sintió sobre el pecho acolchado— y lo buscó con las manos, temiendo que fuese de nuevo el cable de la electricidad, pero se encontró con la esponjosa flacidez del tubo sin aire. Ya no le suministraba oxígeno, pero al menos señalaba el camino de salida.

Tiró en una dirección y el tubo siguió sin ofrecer resistencia, así que probó en la otra. Se puso tenso. Volvió a salir a la escalera dando tirones, rebotó en la estructura metálica con un gruñido y siguió recogiendo tubo. El tubo ascendía doblando los recodos de la escalera y Juliette avanzó dando tirones, con un brazo estirado para repeler los ciegos asaltos de las paredes, el techo, los escalones... De este modo, medio ingrávida y dándose golpes, convirtiendo cada centímetro una batalla, subió seis pisos en una pelea que parecía no tener fin.

Cuando llegó al final, estaba sin aliento. Pero entonces se dio cuenta de que no es que estuviera exhausta, sino que se le estaba agotando el aire. Había consumido lo que le quedaba en el traje. Decenas de metros de tubo flotaban invisibles a su alrededor, vacías.

Volvió a probar con la radio mientras avanzaba por el pasillo. El traje, con mucho menos aire en su interior, ejercía sólo una leve presión hacia arriba.

—¡Solo! ¿Me oyes?

La noción de la cantidad de agua que aún tenía por encima, todos esos niveles inundados que presionaban sobre su cabeza, decenas de metros de espacio anegado, era asfixiante. ¿Cuánto tiempo le quedaba en el traje? ¿Minutos? ¿Cuánto tardaría en llegar nadando o flotando hasta el final de la escalera? Más, mucho más. Probablemente habría botellas de oxígeno en algún lugar de aquellos pasillos de negrura absoluta, pero ¿cómo iba a encontrarlas? Aquélla no era su casa. No tenía tiempo para buscarlas. Su única esperanza era aquella loca carrera por llegar a la escalera y ganar la superficie.

De un tirón, impulsándose con las piernas, logró doblar la última esquina y salió al pasillo principal. Los músculos protestaban por los renovados esfuerzos que les estaba exigiendo, la lucha contra el aparatoso traje en medio de aquella atmósfera viscosa. Pero en aquel momento se dio cuenta de que una oscuridad carbonífera había reemplazado la negrura absoluta de las aguas. Había una leve tonalidad verdosa en su ceguera.

Volvió a impulsarse con las piernas, a tirar del tubo, chocando con el techo, consciente de la proximidad de la puerta de seguridad y de la escalera. Había avanzado por un pasillo como aquél miles de veces y en dos ocasiones sumida en una oscuridad total, en otros tantos apagones. Recordaba haberse movido a tientas por allí, igual que ahora, diciéndoles a sus compañeros que estuvieran tranquilos y no se movieran, que ella se encargaría de todo.

Ahora trató de hacerlo consigo misma, de mentirse diciendo que todo saldría bien, que sólo tenía que seguir moviéndose sin ceder al pánico.

Al llegar a la puerta de seguridad comenzó a sentirse mareada. Por delante, el agua, con su brillo verdoso, era una invitación a poner fin al ciego avance, a los constantes golpes contra obstáculos que no podía ver.

Uno de sus brazos se enganchó en el cable eléctrico. Lo sacudió para liberarlo y se impulsó hacia la elevada columna de agua que tenía por delante, la escalera inundada.

Pero antes de llegar hasta allí sufrió el primer espasmo, como un ataque de hipo, una sacudida violenta y automática provocada por la falta aire. Soltó el tubo y tuvo la sensación de que le iba a estallar el pecho por el esfuerzo. La tentación de quitarse el casco e inhalar una profunda bocanada de agua estuvo a punto de dominarla. Algo en su cabeza se empeñaba en convencerla de que podría respirar aquel líquido viscoso. «Dale la oportunidad —le decía—. Llena los pulmones de agua.» Cualquier cosa sería mejor que las toxinas que había exhalado en el interior del traje, un traje diseñado precisamente para mantenerlas fuera.

Un nuevo espasmo sacudió su garganta y comenzó a toser dentro del casco mientras avanzaba hacia la escalera. La cuerda estaba allí, atada a la grúa. Nadó hacia ella, aun sabiendo que era demasiado tarde. Al tirar de ella no encontró resistencia alguna... El extremo suelto de la cuerda cayó en espiral hacia el fondo.

Comenzó a ascender hacia la superficie, pero muy lentamente. La escasa presión que conservaba el interior del traje no bastaba para impulsarla con rapidez. Sintió un nuevo espasmo y decidió que tenía que quitarse el casco. El mareo iba en aumento y pronto perdería el conocimiento.

Buscó los cierres del cuello de metal. La sensación de *déjà vu* era abrumadora. Sólo que esta vez no pensaba con claridad. Recordaba la sopa, el fétido olor, el penoso proceso de escapar del interior del traje. Recordaba el cuchillo.

Se llevó la mano al pecho y tocó la empuñadura emergiendo de la vaina. Algunas de las herramientas se le habían salido de los bolsillos. Colgaban de las cuerdas que debían impedir que se perdieran, cuerdas que ahora se habían convertido en un estorbo, en pesos muertos que lastraban su ascenso.

Siguió subiendo lentamente, con el cuerpo estremecido por el frío y la falta de aire respirable. Ajena a toda razón, a toda noción del lugar en el que se encontraba, sólo era consciente de la tóxica neblina que rodeaba su cabeza, de la presencia de aquel casco que la mantenía atrapada e iba a matarla. Introdujo la punta del duchillo bajo el primer cierre del casco y presionó con fuerza.

Con un clic, Juliette sintió un fino chorrito de agua fría contra la frente. Una pequeña burbuja salió arrastrándose del casco y ascendió frente al visor. Buscó a tientas el otro cierre, introdujo el cuchillo por debajo y entonces el casco se desprendió. El agua le inundó la cara y el traje, la envolvió con su frío entumecedor y volvió a arrastrarla hacia las profundidades de las que había salido.

El frío gélido devolvió bruscamente la consciencia a Juliette. Parpadeó. Le ardían los ojos por el contacto con las verdosas aguas, pero vio que todavía llevaba el cuchillo en la mano y el casco daba vueltas en medio de la oscuridad, como una burbuja que se moviera en dirección contraria a la natural. Y ella estaba hundiéndose lentamente tras él, sin aire en los pulmones, empujada por el peso de decenas de metros de agua.

Intentó introducir el cuchillo donde no era y vio las distintas herramientas que su trabajoso avance por la oscuridad había desalojado de sus bolsillos. Impulsándose con las piernas, trató de alcanzar el cable, que todavía subía por los cuatro pisos inundados que la separaban de la superficie.

Las burbujas de aire que salían de su traje pasaban por delante de su cuello y se le metían en el pelo. Interrumpió su descenso agarrándose al cable mientras su garganta aullaba suplicando una bocanada de aire, de agua, de lo que fuese. La necesidad de tragar era abrumadora. Cuando apenas había reanudado su descenso vio, en la cara inferior de los escalones, un brillante destello de esperanza.

Burbujas atrapadas. Puede que desde su descenso. Se movían como el mercurio líquido en los huecos de la escalera de caracol.

Un ruido escapó del fondo de la garganta de Juliette, un grito desgarrado de desesperación y esfuerzo. Nadó como un animal, combatiendo el peso del traje, hasta alcanzar la barandilla de la sumergida escalera. Impulsándose con las piernas, pasó por debajo de la barandilla y logró llegar hasta el trémulo brillo de las burbujas. Allí, agarrada al borde de la escalera, pegó la boca a la cara inferior del escalón.

Inhaló una desesperada bocanada de aire, pero no pudo hacerlo sin absorber también un montón de agua. Enterró la cabeza bajo la superficie y tosió. La quemazón de sus propios fluidos le inundó la nariz. Sintió que le entraba agua en los pulmones y que el corazón, desbocado, amenazaba con salírsele del pecho. Volvió a pegar la cabeza a la superficie oxidada y húmeda del escalón y, con los labios apretados y temblorosos, logró inhalar con delicadeza un poco de aire.

Las luces parpadeantes que habían aparecido en sus ojos remitieron. Bajó la cabeza y exhaló, lejos del escalón. Las burbujas de los gases expelidos por su cuerpo ascendieron frente a sus ojos. Volvió a pegar la cara al escalón para inhalar de nuevo.

Aire.

Parpadeó para quitarse de los ojos unas lágrimas submarinas, fruto de su esfuerzo, su frustración y su alivio. Levantó la cabeza hacia el retorcido laberinto formado por los peldaños de metal. Muchos de ellos parecían moverse como espejos flexibles, allí donde sus violentas sacudidas agitaban el aire que había quedado atrapado, y en éste reconoció Juliette su vía de salida. Comenzó a avanzar así. Se impulsaba con las piernas, franqueando varios peldaños cada vez, y respiraba las diminutas burbujas de aire que habían quedado alojadas en el espacio hueco de varios centímetros que había debajo de cada peldaño. Habían diseñado aquellos peldaños para que pudieran soportar el paso de millones de botas y ahora albergaban el exceso de aire que había expulsado su traje durante el descenso. Sus labios fueron rozándolos, saboreando óxido y metal, abriéndose camino a besos hacia la salvación.

A su alrededor, la intensidad de las lámparas de emergencia se mantenía constante, así que Juliette no era consciente del paso de los rellanos. Sólo podía concentrarse en avanzar: cinco peldaños con una inhalación, luego seis, un tramo largo casi sin aire, otra bocanada mezclada con agua a causa de una burbuja demasiado pequeña, una lucha interminable contra el peso del traje inundado y las herramientas en la que no podía pensar en detenerse para cortar las cuerdas, sólo avanzar y seguir avanzando. Una mano detrás de otra, por debajo de los peldaños, en pos de un reguero de aire, un nuevo peldaño y una nueva bolsa de aire, sin exhalar debajo de los peldaños, ahora con calma. Cinco pasos más. Era un juego, como los juegos de saltos de los niños: cinco cuadrados de un brinco, no hagas trampa, cuidado con las rayas de tiza... Se le daba bien y un poco mejor a cada segundo que pasaba.

Y entonces sintió algo ácido en la boca, el sabor del agua que se tornaba tóxica, y su cabeza, por debajo de un peldaño, atravesó una película con olor a gas y viscoso aceite.

Juliette exhaló todo el aire de sus pulmones mientras, con la cabeza todavía atrapada bajo los escalones, se frotaba la cara con la mano. Resolló y se rió, y al tratar de apartarse se golpeó la cabeza contra el borde afilado de un peldaño. Pero era libre. Todavía permaneció un momento sumergida, bamboleándose arriba y abajo como un corcho, mientras trataba de rodear la barandilla. Le quemaban los ojos a causa de la capa de petróleo y gas que flotaba sobre la superficie del agua. Con violentos chapoteos, entre sollozos y súplicas de ayuda lanzadas a Solo, trepó sobre la barandilla. Sus rodillas temblorosas se asentaron por fin sobre los escalones.

Lo había logrado. Aferrada a la parte seca de escalera, con el cuello doblado hacia abajo, resoplando, medio ahogada, trató de gritar que lo había logrado, pero lo único que escapó de sus labios fue un débil gimoteo. Tenía frío. Se estaba helando. Con los brazos temblorosos, comenzó a subir penosamente los escalones, en silencio, sin el traqueteo del compresor y sin que ningún brazo amigo acudiera a ayudarla.

—¿Solo...?

Subió arrastrándose la docena de peldaños que la separaban del rellano y allí se dejó caer boca arriba. Algunas de las herramientas, atrapadas en los escalones de abajo, tiraban de ella por medio de las cuerdas que las unían a los bolsillos. El agua que le salía del traje resbalaba por su cuello y se le metía en las orejas. Volvió la cabeza

—tenía que quitarse el traje antes de que se congelara— y encontró a Solo.

Estaba tendido de lado, con los ojos cerrados y la cara cubierta sangre, parte de la cual ya había empezado a coagularse.

—¿Solo?

Estiró una mano hacia él. Apenas veía un borrón tembloroso. ¿Qué había ocurrido?

—Eh. Despierta, maldita sea.

Le castañeteaban los dientes. Agarró a su compañero del hombro y lo zarandeó con violencia.

—¡Solo! ¡Necesito ayuda!

Solo entreabrió un ojo. Parpadeó varias veces y entonces se dobló sobre sí mismo y tosió. La sangre salpicó el suelo del rellano alrededor de su cara.

—Ayúdame —dijo Juliette. Buscó a tientas la cremallera de su espalda, sin darse cuenta de que era Solo quien la necesitaba a ella.

Solo tosió sobre su propia mano y luego volvió a tenderse de espaldas. Su cabeza seguía sangrando por alguna herida y el líquido rojizo resbalaba sobre los coágulos que se habían formado ya hacía un buen rato.

—¿Solo?

Éste gimió. Juliette se le acercó a rastras, a pesar de que tenía el cuerpo prácticamente entumecido. El otro susurró algo con una vocecilla que apenas era un siseo al borde del silencio.

—Eh... —Juliette pegó su cara a la de él. Notaba los labios hinchados e insensibles y sentía aún en la boca el sabor de la gasolina.

—No me llamo así... —Tosió una neblina rojiza. Levantó el brazo unos centímetros, como si quisiera taparse la boca, pero no consiguió hacerlo—. No me llamo así —repitió. Movió la cabeza de un lado a otro y Juliette comprendió al fin que estaba malherido. Su mente comenzaba a aclararse lo bastante como para comprender en qué estado se encontraba su compañero.

—Quieto —gimió—. Solo, necesito que te estés quieto.

Trató de incorporarse, de sacar fuerzas de flaqueza para moverse. Solo parpadeó y la miró con ojos vidriosos. La sangre teñía de carmesí el gris de su barba.

—Solo no —dijo con voz apenas audible—. Me llamo Jimmy...

Volvió a toser. Se le pusieron los ojos en blanco...

—... y creo que no... —cerró los párpados con fuerza y parpadeó de dolor varias veces— ... creo que no he estado...

—Quédate conmigo —le suplicó Juliette mientras unas lágrimas candentes resbalaban por su rostro helado.

—... creo que no he estado nunca solo... —susurró. Las arrugas de su rostro se relajaron y su cabeza cayó lacia sobre el frío acero del rellano.

70

Silo 18

El cazo burbujeaba ruidosamente sobre la estufa. La superficie de agua despedía una columna de vapor y unas diminutas gotas saltaban sobre el borde en busca de la libertad. Lukas sacudió suavemente la lata reutilizable para echar unas hojas de infusión sobre el pequeño colador. Le temblaban ligeramente las manos mientras introducía la cestita en la jarra. Al levantar el cazo, un poco de agua se derramó directamente sobre el quemador. Las gotas chisporrotearon y se evaporaron emitiendo un olor a quemado. Lukas observó a Bernard con el rabillo del ojo mientras vertía el agua hirviendo sobre las hojas.

—No lo entiendo —dijo sujetando la taza con las dos manos para dejar que el calor se transmitiera a las palmas—. ¿Cómo pudo nadie...? ¿Cómo pudieron hacer algo así a propósito? —Movió la cabeza en un gesto de incomprensión y miró el interior de la taza, donde unas cuantas hojas intrépidas se habían liberado y nadaban fuera del cestillo—. ¿Y tú lo sabías...? ¿Cómo podías saberlo?

Bernard frunció el ceño. Se alisó el bigote con una mano mientras se apoyaba la otra sobre el mono, a la altura del vientre.

—Ojalá no fuera así —respondió—. Pero ahora ya sabes por qué hay que eliminar ciertos hechos, cierta parte de la verdad, en cuanto amenaza con salir a la luz. La curiosidad soplaría sobre esos rescoldos y acabaría incendiando el silo hasta los cimientos. —Se miró las botas—. En su día llegué más o menos a la misma conclusión que tú, sabiendo lo que tenemos que saber para hacer este trabajo. Por eso te escogí, Lukas. Junto con unos pocos más, conoces parte de lo que ocultan esos servidores. Ya estás preparado para saber más. ¿Te imaginas si le contaras algo de esto a alguien que va a trabajar todos los días vestido de verde o de rojo?

Lukas negó con la cabeza.

—Ya ha sucedido, ¿sabes? Así fue como cayó el silo diez. Yo estaba ahí sentado... —señaló el pequeño estudio con los libros, el ordenador y la ruidosa radio— y lo oí todo. Oí cómo la sombra de un colega transmitía su locura a todo el que pudiera escucharlo...

Lukas estudió la infusión. Un puñado de hojas nadaba en los candentes remolinos de agua cada vez más oscura. El resto permanecía atrapado en la cesta que era su prisión.

—Por eso están bloqueados los controles de la radio —dijo.

—Y por eso estás encerrado.

Lukas asintió. Ya lo había deducido.

—¿Cuánto tiempo estuviste aquí? —Levantó la mirada hacia Bernard y, de repente, una imagen apareció en su mente, la del comisario Billings inspeccionando su arma mientras él hablaba con su madre. ¿Habrían estado escuchando? ¿Le habrían pegado un tiro y otro a su madre si le hubiera dicho algo?

—Pasé algo más de dos meses aquí abajo hasta que mi jefe supo que estaba listo, que había aceptado y comprendido todo lo que me habían enseñado. —Cruzó los brazos por encima de la barriga—. Preferiría que no me lo hubieras preguntado, que no lo hubieses deducido tan de prisa. Es mucho mejor enterarse cuando eres más viejo.

Lukas frunció los labios y asintió. Era raro hablar así con su superior, alguien que tenía mucha más información y era mucho más sabio que él. Imaginó que era la clase de conversación que uno mantenía con un padre... sólo que ésta trataba de la planificación y ejecución de un genocidio planetario.

Inclinó la cabeza e inhaló el aroma que desprendía la infusión. La menta era como una línea directa a través del tembloroso estrés, un golpe al centro de placer tranquilo de las regiones profundas de su cerebro. Mantuvo un momento el aroma en su interior y finalmente lo dejó escapar. Bernard atravesó la habitación hasta la esquina donde descansaba la pequeña estufa y comenzó a prepararse una taza.

—¿Cómo lo hicieron? —preguntó Lukas—. Matar a tanta gente. ¿Sabes cómo lo lograron?

Bernard se encogió de hombros. De un golpecito en la lata, logró verter la cantidad precisa de infusión sobre otro cestillo.

—Hasta donde yo sé, podrían estar haciéndolo aún. Nadie dice cuánto tiempo se supone que debería durar. Temen que existan pequeñas bolsas de supervivientes en otras zonas del planeta. La Operación Cincuenta carece por completo de sentido si sobrevive alguien más. La población superviviente debe ser homogénea...

—El hombre con el que hablé dijo que éramos los únicos. Sólo los cincuenta silos...

—Cuarenta y siete —repuso Bernard—. Y hasta donde sabemos, no queda nadie más. Cuesta creer que hubiera otros tan bien preparados como nosotros. Pero siempre existe la posibilidad. Sólo han sido unos pocos siglos.

—¿Unos pocos siglos? —Lukas se apoyó en el mostrador. Levantó la infusión, pero la menta estaba dejando de hacerle efecto—. Así que hace varios cientos de años decidimos...

—Decidieron. —Bernard llenó la taza de humeante agua—. Lo decidieron ellos. No te incluyas. Y, desde luego, no me incluyas a mí.

—Vale, decidieron destruir el mundo. Arrasarlo entero. ¿Por qué?

Bernard dejó la taza sobre la estufa para que se fuera haciendo la infusión. Se quitó las gafas, les limpió el vapor y luego hizo un gesto en dirección al estudio, la pared ocupada por las enormes estanterías de los libros.

—Por causa de la peor parte de nuestro legado. Al menos creo que eso es lo que dirían si siguieran con vida. —Bajó la voz y añadió con un murmullo—: Aunque, a Dios gracias, no es así.

Lukas se estremeció. Seguía sin poder creer que un hombre pudiera tomar semejante decisión, independientemente de la situación. Pensó en los miles de millones de personas que, según había leído, vivían bajo las estrellas por entonces, siglos antes. Nadie podía matar a tanta gente. ¿Cómo se podían destruir tantas vidas?

—Y ahora trabajamos para ellos —dijo con tono de repugnancia. Se acercó a la pila, sacó el cestillo de su taza y lo dejó sobre la superficie de acero inoxidable. Tomó un sorbito cauteloso para no quemarse—. Me has dicho que no nos incluya, pero ahora formamos parte de esto.

—No. —Bernard se apartó de la estufa y se detuvo frente al pequeño mapa del mundo que colgaba sobre la rudimentaria cocina—. Ni tú ni yo somos los cabronazos dementes que hicieron esto. Si los tuviera en mis manos, a los hombres que lo hicieron, si los tuviera en una sala conmigo, mataría a esos hijos de puta sin dejar ni uno. —Dio un golpe sobre el mapa con la mano abierta—. Los mataría con mis propias manos.

Lukas no dijo nada. Ni siquiera se movió.

—No nos dieron la menor oportunidad. Esto no es una oportunidad. —Abarcó la sala con un ademán—. Esto es una prisión. Una jaula, no un hogar. Su objetivo no era protegernos, sino obligarnos, mediante el dolor de la muerte, a hacer realidad su visión.

—¿Qué visión?

—La de un mundo en el que seamos completamente idénticos, en el que dependamos tanto los unos de los otros que no podamos perder el tiempo luchando, derrochando nuestros limitados recursos en la protección de esos mismos recursos. —Levantó la taza y tomó un ruidoso sorbo—. Al menos ésa es mi teoría después de décadas leyendo. La gente que hizo esto dirigía un poderoso país que estaba empezando a desmoronarse. Se dieron cuenta de que se acercaba el fin, su fin, y eso los aterró de tal modo que acabó empujándolos al suicidio. Al ver que se les agotaba el tiempo, con el paso de las décadas decidieron que sólo había una cosa que pudieran hacer para prevalecer, para preservar lo que consideraban su modo de vida. Así que, antes de se les escapara la única oportunidad que creían tener, pusieron en práctica su plan.

—¿Sin que nadie se enterara? ¿Cómo es posible?

Bernard tomó otro sorbo. Apretó los labios y se alisó el bigote.

—¿Quién sabe? De todos modos, es muy posible que nadie lo hubiera creído. Puede que la recompensa por mantener el secreto fuese la garantía de inclusión en el plan. Construyeron otras cosas en fábricas más grandes de lo que puedas imaginar, fábricas de las que nadie sabía nada. Construyeron las bombas, que también desempeñaron un papel en su plan, sin que nadie se enterara. Y el legado contiene historias sobre hombres de hace mucho más tiempo, en una tierra de grandes reyes, como los alcaldes pero con mucha más gente bajo su autoridad. Cuando murieron aquellos hombres, sus súbditos construyeron complejas cámaras subterráneas para ellos, donde los enterraron con sus tesoros. Cientos de hombres tuvieron que trabajar en ellas. ¿Sabes cómo mantuvieron en secreto la ubicación de esas cámaras?

Lukas levantó los hombros.

—¿Pagaron una tonelada de cupones a los trabajadores?

Bernard se echó a reír. Se sacó una hojita de infusión de la lengua.

—No tenían cupones. Y para asegurarse, más allá de toda duda, de que los hombres guardaban su secreto, los asesinaron.

—¿A sus propios hombres? —Lukas miró de soslayo la sala de los libros y se preguntó en cuál de las latas estaría aquel relato.

—También nosotros sabemos lo que es matar para guardar un secreto. —El rostro de Bernard se endureció al decir esto—. Y algún día, cuando te hagas cargo, será una de tus responsabilidades.

Lukas sintió una penetrante punzada de dolor en las tripas al comprender que era cierto. Comenzaba a vislumbrar la verdadera magnitud de lo que había aceptado. A su lado, disparar contra sus semejantes con un rifle automático le parecía un ejercicio de honestidad.

—No somos los hombres que crearon este mundo, Lukas, pero sí los que debemos garantizar que nuestra especie sobrevive a él. Debes entenderlo.

—No tenemos control sobre el sitio en el que estamos —murmuró Lukas—, sólo sobre nuestra manera de avanzar.

—Sabias palabras —asintió Bernard con un nuevo sorbo de infusión.

—Sí, estoy empezando a comprenderlas.

Bernard dejó su taza en la pila y apoyó una mano sobre su prominente barriga. Se quedó mirando a Lukas un momento y luego se volvió de nuevo hacia el pequeño mapamundi.

—Los que hicieron esto eran unos malvados, pero han desaparecido. Sólo necesitas saber esto: encerraron a sus descendientes para garantizar, de una forma perversa, su propia supervivencia. Nos metieron en un juego, un juego en el que si quebrantamos las normas morimos todos, hasta el último de nosotros. Pero si nos ceñimos a esas normas, si las obedecemos, todos sufrimos.

Se ajustó las gafas, caminó hacia Lukas y le dio unas palmaditas en el hombro al pasar a su lado.

—Estoy muy orgulloso de ti, hijo. Estás asimilándolo todo mucho mejor que yo. Ahora ve a descansar un poco. Haz un poco de espacio en tu corazón y tu cabeza. Mañana debes seguir estudiando. —Se alejó en dirección al estudio, al pasillo, a la lejana escalera.

Lukas asintió y guardó silencio. Esperó a que Bernard se hubiera ido, al lejano repique metálico que anunciaba que la rejilla volvía a estar en su lugar, antes de volver al estudio para observar el gran plano, el que tenía los silos tachados. Mientras contemplaba el tejado del silo 1, se preguntó quién demonios estaría al mando de todo aquello y si también sería capaz de justificar todos sus actos diciendo que le habían sido impuestos, que en realidad no era culpable, sino que se limitaba a aceptar algo que había heredado, un juego perverso con unas reglas crueles en el que casi todos los demás participantes estaban encerrados y sumidos en la ignorancia.

¿Quién diablos eran? ¿Podía verse a sí mismo como uno de ellos? ¿Y cómo podía Bernard no darse cuenta de que lo era?

71

Silo 18

La puerta de la sala del generador se cerró violentamente tras ella y el tableteo de las armas de fuego quedó reducido a un ladrido distante. Shirly corrió hacia la sala de control con las piernas entumecidas, ignorando a todos los amigos y camaradas que le preguntaban por lo que estaba pasando fuera. Se habían pegado a las paredes y agazapado detrás de la barandilla, asustados por la explosión y los disparos que sonaban de vez en cuando. Justo antes de llegar a la sala de control, vio que varios de los trabajadores del segundo turno, subidos al generador principal, estaban manipulando el colosal sistema de escape de gases de la rugiente máquina.

—Lo tengo —dijo casi sin resuello nada más cerrar la puerta de la sala de control. Courtnee y Walker la miraron desde el suelo. La expresión boquiabierta de Courtnee y sus ojos, abiertos de par en par, evidenciaban su estado de confusión—. ¿Qué pasa? —le preguntó. Le entregó los dos transmisores a Walker—. ¿Te has enterado? Walk, ¿ya lo sabe?

—¿Cómo es posible? —preguntó Courtnee—. ¿Cómo ha podido sobrevivir? ¿Y qué te ha pasado en la cara?

Shirly se llevó una mano al labio entumecido y la barbilla hinchada. Al retirar los dedos, vio que estaban manchados de sangre. Usó la manga de la camiseta para limpiarse la boca.

—Si esto funciona —murmuró Walker mientras comenzaba a trabajar con uno de los transmisores—, podremos preguntárselo a la propia Jules.

Shirly se volvió hacia el ventanal de observación de la sala de control. Terminó de limpiarse la boca y bajó el brazo.

—¿Qué están haciendo Karl y esos hombres con el sistema de salida de gases? —preguntó.

—Pretenden desviarlo —respondió Courtnee. Se levantó del suelo mientras Walker comenzaba a soldar algo, como si el olor de la soldadura le hubiera recordado su propio trabajo. El viejo electricista rezongó algo relacionado con su vista mientras Courtnee se reunía con Shirley junto al ventanal.

—¿Desviarlo hacia dónde?

—Hacia Informática. Al menos es lo que dice Heline. Las conducciones del sistema de refrigeración para sus servidores discurren por el techo de esta sala antes de ascender paralelamente al eje del generador. Alguien se dio cuenta al verlo en un plano y pensó que era un buen modo de atacarlos desde aquí.

—O sea, ¿que vamos a asfixiarlos con nuestro humo? —El plan no le gustaba. Se preguntó lo que habría dicho Knox de seguir con vida y al mando. Seguramente, que los hombres y las mujeres que trabajaban allí arriba en sus mesas no eran el problema—. Walker, ¿cuánto tiempo falta para que podamos hablar con ella, o al menos tratar de ponernos en contacto?

—Ya casi lo tengo... Condenados amplificadores...

Courtnee apoyó una mano sobre el brazo de Shirly.

—¿Estás bien? ¿Cómo lo llevas?

—¿Yo? —Shirly se echó a reír y negó con la cabeza. Miró las manchas de sangre que tenía en la manga y sintió los regueros de sudor que le caían por el pecho—. Me limito a seguir adelante, medio aturdida. Ya no tengo ni la menor idea de lo que está pasando, joder. Aún me pitan los oídos desde lo de la escalera. Creo que me he torcido el tobillo. Estoy muerta de hambre. Ah, ¿y he mencionado que mi amiga no está muerta, en contra de lo que yo creía?

Aspiró hondo.

Courtnee siguió mirándola con cara de preocupación. Shirly sabía que su amiga no estaba preguntándole por nada de todo eso.

—Y sí, echo de menos a Marck —añadió en voz baja.

Courtnee la rodeó con el brazo y la atrajo hacia sí.

—Lo siento —dijo—. No pretendía...

Shirly le restó importancia con un ademán. Las dos permanecieron en silencio, observando al pequeño grupo del segundo turno que, al otro lado del ventanal, trabajaba en el generador tratando de desviar los gases nocivos emitidos por una máquina tan grande como una vivienda hacia la zona situada entre los pisos treinta y cuarenta.

—Pero ¿sabes qué? Hay veces en que me alegro de que no esté. Veces en que sé que no voy a estar mucho más por aquí, porque ya no tardarán en llegar, y me alegro de que se haya ido, porque así no tendrá que preocuparse por lo que nos van a hacer. Lo que me van a hacer a mí. Y me alegro de no tener que verlo luchando, viviendo con la comida racionada y con todas estas locuras. —Señaló con la barbilla a los hombres del exterior. Sabía que Marck estaría allí con ellos, dirigiendo aquel terrible trabajo, o fuera, con un arma pegada a la mejilla.

—Probando, probando. Hola, hola...

Las dos mujeres se giraron. Walker, con el micrófono de los auriculares sujeto junto a la barbilla y la frente cubierta por arrugas de preocupación, pulsaba repetidamente el interruptor rojo del detonador.

—¿Juliette? —preguntó—. ¿Me oyes? ¿Hola?

Shirly se acercó a él, se sentó en cuclillas a su lado y le apoyó una mano en el hombro. Los tres se quedaron mirando los auriculares, en espera de una respuesta.

—¿Hola?

Una vocecilla se filtró por los diminutos altavoces. Shirly se llevó una mano al pecho, sin aliento ante aquel milagro. Una segundo después, tras aquella oleada de desesperada esperanza, se dio cuenta de que en realidad no se trataba de Juliette. Era una voz distinta.

—No es ella —susurró Courtnee, abatida. Walker la hizo callar con un ademán. Entre el traqueteo ruidoso del botón rojo del detonador, volvió a transmitir.

—Hola. Me llamo Walker. Hemos recibido una transmisión de alguien que conocemos. ¿Hay alguien más ahí?

—Pregúntales dónde están —susurró Courtnee.

—¿Dónde os encontráis? —añadió Walker antes de soltar el interruptor.

El diminuto altavoz emitió un pequeño crujido.

—No estamos en ninguna parte. Nunca nos encontraréis. No os acerquéis.

Hubo una pausa, un siseo cuajado de estática.

—Y vuestro amigo está muerto. Lo hemos matado.

72

Silo 17

El agua que contenía el traje estaba helada, y unida al frío del aire formaba una combinación letal. Los dientes de Juliette castañeteaban furiosamente mientras trabajaba con el cuchillo. Mientras deslizaba la hoja por el empapado tejido del traje, la sensación de que ya había pasado por aquello, de que estaba repitiendo algo que había hecho una vez, era abrumadora.

Los guantes fueron lo primero en salir. El traje, sembrado de cortes, expulsaba agua por multitud de agujeros. Juliette se frotó las manos. A duras penas podía sentirlas. Mientras atacaba la sección del pecho, sus ojos recayeron sobre Solo, de quien se había apoderado una quietud mortal. En aquel momento reparó en que había perdido la gran llave inglesa. Y también la bolsa con las provisiones. El compresor estaba a un lado, volcado, con el tubo enredado por debajo. El combustible goteaba por la boca del depósito, que estaba abierta.

Juliette estaba congelándose. Ya casi no podía respirar. Una vez que terminó de abrir un agujero lo bastante grande en el pecho del traje, sacó las rodillas y los pies, le dio la vuelta y trató de abrir el velcro.

Tenía los dedos demasiado entumecidos incluso para una tarea tan sencilla. Así que lo que hizo fue introducir la hoja del cuchillo por la juntura y serrar el velcro hasta llegar a la cremallera.

Y por fin, apretando los dedos con tanta fuerza que se le quedaron blancos, tiró de la pequeña lengüeta hasta separarla del cuello. Hecho esto, pudo arrojar a un lado lo que quedaba del traje. Pesaba el doble con toda el agua dentro. Se quedó allí tendida, embutida en dos capas de mono interior negro, todavía empapada y tiritando, con un cuchillo en la mano y el cuerpo de un hombre bueno a su lado, un hombre que había sobrevivido a todo lo que le había hecho su asqueroso mundo, salvo la llegada de ella.

Se arrastró hasta Solo y buscó su cuello. Tenía las manos heladas. No le notaba el pulso, pero no sabía si es que había perdido la capacidad de percibirlo. De hecho, si lo intentaba, apenas podía sentir el suyo propio.

Pugnó por ponerse en pie. Estuvo a punto de desplomarse y se agarró a la barandilla del rellano. Avanzó bamboleándose hacia el compresor, consciente de que tenía que calentarse de algún modo. Sentía unas ganas terribles de dormir, pero sabía que si cedía nunca volvería a despertar.

La lata de gasolina seguía llena. Trató de quitarle la tapa, pero en aquel momento sus dedos no servían de nada. Los tenía entumecidos y temblorosos a causa del frío. Su aliento formaba nubes de vaho frente a sus ojos, una gélida constatación de que estaba perdiendo por momentos el poco calor que aún conservaba.

Cogió el cuchillo, lo empuñó con las dos manos y apoyó la punta contra la tapa. Dio varias vueltas al cuchillo hasta que logró perforarla. Una vez conseguido, extrajo el arma y dejó un momento el cuchillo sobre su regazo.

Inclinó la lata sobre el compresor. El líquido empapó las grandes ruedas de caucho, el chasis y el motor entero. Nunca más se atrevería a utilizarlo, no volvería a depender de una máquina para suministrarle aire. Dejó la lata en el suelo, todavía medio llena, y la apartó del compresor con el pie. La gasolina goteó entre las rejillas de metal y cayó al agua con musicales impactos cuyo eco resonó entre los muros de hormigón de la escalera antes de sumarse a la capa superficial tóxica y multicolor de la inundación.

Juliette agarró el cuchillo con el filo hacia arriba y comenzó a golpear las aletas metálicas del intercambiador de calor. Tras cada golpe apartaba inmediatamente el brazo, temiendo el estallido de una llama repentina. Pero no lograba que saltara una chispa. Golpeó con más fuerza, a pesar de que detestaba maltratar de aquel modo a su preciosa herramienta, su única defensa. La figura inmóvil de Solo, junto a ella, le recordaba que podía necesitarla si lograba sobrevivir al frío letal...

El cuchillo arañó la máquina y, con un sonido alentador, Juliette sintió que una bocanada de calor ascendía por su brazo en dirección a su cara.

Soltó el cuchillo y agitó el brazo en el aire, pero no estaba ardiendo. El compresor sí. Y también parte de la rejilla del suelo.

Al ver que el fuego comenzaba a extinguirse, cogió la lata y vertió un poco más de gasolina. Al momento, unas llamaradas anaranjadas se alzaron en el aire con un siseo. Las ruedas crujieron mientras se consumían. Juliette se desplomó cerca del fuego y se dejó envolver por el calor de la llama danzarina que cubría la máquina de metal. Mientras se desvestía, sus ojos volvían de vez en cuando a Solo. Se prometió que no dejaría su cuerpo allí, que volvería a por él.

Poco a poco, sus extremidades recobraron la sensibilidad. Al cabo de un rato, el regreso de ésta se vio acompañado por un doloroso hormigueo. Desnuda, se hizo un ovillo junto al pequeño y débil fuego y, mientras se frotaba las manos, comenzó a exhalar sobre ellas unas bocanadas de cálido vaho. Tuvo que alimentar dos veces el voraz y rácano fuego. Sólo las ruedas ardían bien, pero gracias a ellas no necesitó más chispas. El glorioso calor se propagó por las rejillas del suelo del rellano y Juliette comenzó a sentir su efecto sobre la piel.

Los dientes todavía le castañeteaban violentamente. Dirigió una mirada hacia la escalera. De repente la había asaltado el temor a oír en cualquier momento el ruido de unas botas, a verse atrapada entre esos otros supervivientes y el agua helada. Recogió el cuchillo, lo sostuvo frente a ella con ambas manos y trató de contener los violentos escalofríos que estremecían su cuerpo.

Pero entonces vislumbró un atisbo de su rostro en la hoja y la asaltó un acceso de angustia. Estaba tan pálida como un fantasma. Tenía los labios morados, los ojos hundidos y rodeados por grandes cercos oscuros. Al ver cómo temblaban sus labios y cómo castañeteaban sus dientes, con tal rapidez que la imagen resultaba borrosa, estuvo a punto de echarse a reír. Se acercó al fuego. La luz anaranjada bailaba sobre la hoja. El combustible que no se quemaba caía al suelo gota a gota y allí formaba unos charcos plateados y multicolores.

Cuando se agotó lo que quedaba de gasolina, las llamas comenzaron a menguar y Juliette decidió que era hora de moverse. Seguía tiritando, pero en las profundidades del hueco de la escalera, tan lejos de la electricidad de Informática, hacía demasiado frío. Palpó las dos mudas de tejido negro que se había quitado antes. Una de ellas, que había dejado hecha un ovillo, seguía empapada. Al menos la otra había quedado extendida al caer al suelo. Si hubiera podido pensar con claridad en aquel momento las habría colgado. Estaba húmeda, pero era preferible ponérsela con la esperanza de que se calentara al moverse que dejar que el aire frío le arrebatara todo el calor corporal. Introdujo las piernas, luego metió a la fuerza los brazos por las mangas y cerró la cremallera por delante.

Volvió junto a Solo caminando sobre los pies descalzos, insensibles e inseguros. Esta vez sí sintió su piel bajo los dedos al buscarle el pulso. Su cuerpo parecía más caliente. No sabía cuánto tiempo podría permanecer así. Y entonces sintió que una trepidación lenta y débil recorría el cuello. Un latido.

—¡Solo! —Lo sacudió por los hombros—. Oye... —¿Qué nombre había susurrado? Entonces se acordó—. ¡Jimmy!

Su cabeza se balanceó de un lado a otro, como un peso muerto, cuando ella lo zarandeó. Le palpó el cuero cabelludo por debajo de la hirsuta melena y notó que había mucha sangre. Seca, en su mayor parte. Buscó la bolsa a su alrededor. Habían traído comida, agua y ropa seca para cuando saliera del agua. No estaba por ninguna parte. Cogió el segundo mono interior de tela negra. No sabía si el agua que había impregnado el tejido era potable, pero sería mejor que nada. Lo estrujó hasta formar una bola, de la que cayeron unas cuantas gotas sobre los labios de Solo. Tras repetir la operación sobre su cabeza, le apartó el pelo húmedo para inspeccionar la herida y palpó el feo corte con los dedos. En cuanto el agua entró en contacto con la herida abierta, fue como si hubieran pulsado un botón. Con una sacudida, Solo apartó la cabeza de la mano de Juliette y del agua. Gritó de dolor enseñando los dientes amarillos y levantó las manos con los brazos tensos, aún inconsciente.

—Solo… Eh, no pasa nada.

Lo abrazó mientras él volvía en sí, con los ojos en blanco y pestañeando.

—No pasa nada —repitió—. Te vas a poner bien.

Utilizó el mono húmedo para limpiarle la herida. Solo gruñó y la agarró por la muñeca, pero esta vez no intentó apartarse.

—Me duele —dijo. Parpadeó y miró a su alrededor—. ¿Dónde estoy?

—En los subterráneos —le recordó ella. Se alegraba mucho de volver a oír su voz. De hecho, sentía tal alivio que tenía ganas de llorar—. Creo que te han atacado...

Solo trató de incorporarse siseando entre dientes, agarrado a la muñeca de Juliette.

—Calma —dijo ella mientras intentaba impedir que se moviera—. Tienes una herida muy fea en la cabeza. Y se te ha hinchado bastante.

El cuerpo de Solo se relajó.

—¿Dónde está? —preguntó.

—No lo sé —respondió Juliette—. ¿De qué te acuerdas? ¿Cuántos eran?

Solo cerró los ojos. Ella siguió limpiándole la herida.

—Sólo uno. Creo. —De pronto, sus ojos se abrieron de par en par, como si lo hubiera asaltado el recuerdo del ataque—. Era de mi edad.

—Tenemos que subir —dijo Juliette—. Hay que llegar a un sitio donde haga más calor. Tengo que lavarte la herida y yo necesito secarme. ¿Crees que estás en condiciones de moverte?

—No estoy loco —murmuró Solo.

—Ya lo sé.

—Las cosas que se movían, las luces... No era yo. No estoy loco.

—Claro que no —asintió Juliette. Recordaba todas las veces que había pensando aquello de sí misma, siempre en los pisos inferiores de aquel lugar. Por lo general, cerca de la zona de Suministros—. No estás loco —declaró para reconfortarlo—. Nada de eso.

73

Silo 18

Lukas no era capaz de estudiar, al menos lo que se suponía que debía estudiar. La Orden descansaba abierta sobre la mesa de madera, bañada en la esfera de luz que emitía la lámpara de brazo flexible situada a su lado.

Él, en cambio, se encontraba junto a los planos de la pared. Estaba observando la disposición de los silos, organizados como los servidores que contenía la sala bajo la que se encontraba, al tiempo que escuchaba la confusa crónica de la lejana guerra que emitía la radio.

El asalto final ya había comenzado. El equipo de Sims había perdido algunos hombres en una explosión horrible. Había pasado algo en la escalera —aunque no la grande— y en aquel momento estaban librando una batalla que esperaban fuese la última. Por los pequeños altavoces de la radio, entre el siseo de la estática, le llegaba el eco de los esfuerzos que hacían los hombres por coordinarse y las órdenes que gritaba Bernard desde su despacho, un piso más arriba. El ruido constante de los disparos ponía su acento a la escena.

Lukas sabía que no debería estar escuchando, pero aun así no podía dejar de hacerlo. Juliette lo llamaría en cualquier momento para que la pusiera al día. Querría saber lo que había sucedido, cómo habían terminado finalmente las cosas, y lo único peor que contárselo sería admitir que no lo sabía, que no había tenido el valor de escuchar.

Alargó el brazo y tocó el techo redondo del silo 17. Era como si fuese un dios y estuviera contemplando las estructuras desde lo alto. Se imaginó que su mano atravesaba las negras nubes sobre la cabeza de Juliette y cubría una techumbre concebida para albergar miles de personas. Pasó los dedos sobre la X de color rojo trazada sobre el silo, aquellas dos rayas que simbolizaban tan catastrófica pérdida. Tenían una textura rugosa, como si las hubieran dibujado con ceras o algo similar. Trató de imaginar que, un día, recibía la noticia de que una comunidad entera había desaparecido, borrada del mapa. Tendría que buscar el lápiz rojo en la mesa de Bernard —su mesa— y tachar otra oportunidad de preservar su legado, otra vaina de esperanza desaparecida.

Levantó la mirada hacia las luces del techo, intensas y constantes. ¿Por qué no había llamado Juliette?

Una de sus uñas tropezó con una protuberancia de la raya roja y arrancó un pequeño copo de pintura. La cera se le metió por debajo. El papel seguía teñido de rojo. No había forma de repararlo, de limpiarlo, de devolverle la perdida integridad...

En la radio sonaron unos disparos. Lukas se acercó al estante donde estaba montada la pequeña unidad y oyó voces que gritaban órdenes y hombres que morían. Un sudor frío y pegajoso le cubrió la frente. Sabía lo que se sentía al apretar el gatillo para segar una vida. Un vacío se apoderó de su pecho y un temblor se aposentó en sus rodillas. Se sujetó al estante con manos sudorosas y observó el transmisor, allí colgado, dentro de su jaula. Cómo deseaba llamar a aquellos hombres y decirles que no lo hicieran, que pusieran fin a la locura, a la violencia, a la absurda matanza... Podía haber una cruz roja sobre todos ellos. Eso era lo que deberían temer, no los unos a los otros.

Tocó la jaula de metal que mantenía los controles de la radio a salvo de sus manos y se dio cuenta de que, aunque era cierto, habría sido absurdo contárselo a todos los demás. Era una ingenuidad. No cambiaría nada. Era demasiado sencillo saciar la rabia que había al final del cañón de un arma. Para conjurar la extinción definitiva hacía falta otra cosa, algo más preñado de visión, algo dotado de imposible paciencia.

Su mano resbaló sobre el metal de la jaula. Al otro lado, la flecha de uno de los diales señalaba el número 18. Había cincuenta números en aquel círculo, uno por cada silo. Lukas dio un fútil tirón a la jaula. Habría dado lo que fuese por oír otra cosa. ¿Qué estaría sucediendo en las otras tierras inalcanzables? Cosas inocuas, posiblemente. Chascarrillos y conversaciones banales. Cotilleos. Podía imaginarse la emoción de irrumpir en una de esas conversaciones y presentarse a gente que ignoraba la verdad. «Soy Lukas, del silo dieciocho», podría decir. Y querrían saber por qué tenían número los silos. Y Lukas les diría que fuesen buenos los unos con los otros, que quedaban muy pocos, y que todos los libros y todas las estrellas del universo no servirían de nada si no había nadie para leerlos o para buscarlas entre las nubes al abrirse.

Se apartó de la radio, de la guerra que relataba, y pasó junto a la mesa y la ávida esfera de luz que rodeaba aquel libro aterrador. Revisó las latas en busca de algo que captara su atención. Se sentía inquieto como un cerdo en su corral. Tendría que ir a dar un paseo entre los servidores, pero para eso habría tenido que darse una ducha, y, por alguna razón, ducharse había empezado a antojársele una obligación insufrible.

Sentado en cuclillas a un extremo de las estanterías, comenzó a hojear los papeles amontonados que descansaban allí, sin recipiente propio. Eran las notas manuscritas y las adiciones que había recibido el legado con el paso de los años. Notas para los futuros líderes del silo, instrucciones, manuales, recuerdos... Cogió el manual de la sala de control del generador, el que había redactado Juliette. Bernard lo había archivado allí hacía semanas, diciendo que podía serles útil si las cosas empeoraban abajo.

Y el estruendo que vociferaba la radio parecía anunciarlo así.

Se acercó a la mesa y dobló el brazo flexible de la lámpara para poder leer la letra manuscrita del interior. Había días en que temía las llamadas de Juliette, temía que lo cogieran, o que respondiera Bernard, o que ella le pidiera hacer cosas que no podía, cosas que no volvería a hacer. Pero ahora, sin parpadeos ni zumbidos, lo único que pedía era una llamada. Le dolía el pecho de tanto desearlo. Una parte de él sabía que lo que estaba haciendo Juliette era peligroso, que podía haberle sucedido algo malo. A fin de cuentas, vivía bajo una marca roja, una marca que significaba la muerte de todos los que estaban debajo.

Las páginas del manual estaban llenas de notas que había tomado ella con un lápiz de punta fina. Pasó la mano por encima de una de ellas y sintió los surcos bajo sus dedos. El contenido era inescrutable para él. Configuraciones de diales en todos los órdenes imaginables, posiciones de válvulas, diagramas eléctricos... A medida que pasaba las páginas, comenzó a ver el manual como un proyecto no muy distinto de su carta estelar, creado por una mente que no era demasiado diferente a la suya. Esta percepción agravó aún más la distancia que los separaba. ¿Por qué no podían volver atrás? Antes de la limpieza, antes de aquella sucesión de entierros. Ella saldría de trabajar cada noche e iría a sentarse con él para contemplar la oscuridad, pensando y mirando, charlando y esperando.

Dio la vuelta al manual y leyó algunas de las palabras impresas de la obra, casi igual de indescifrables. En los márgenes había notas escritas por una mano distinta. Supuso que serían de la madre de Juliette, o puede que de uno de los actores. En algunas de las páginas había diagramas, pequeñas flechas que indicaban movimientos. La mano de un actor, decidió. Indicaciones para el escenario. La obra debía de haber sido un regalo para Juliette, la mujer por la que albergaba sentimientos y cuyo nombre estaba en el título.

Recorrió los versos con la mirada en busca de algo poético que transmitiera su lúgubre estado de ánimo. Mientras avanzaba por el texto, sus ojos captaron de pronto un fugaz destello de una letra familiar que no era la del actor. Volvió hacia atrás pasando las páginas de una en una hasta encontrarlo.

Era la mano de Juliette, sin duda. Colocó la obra bajo la luz para poder leer las palabras medio borradas por el paso del tiempo:

George: Ahí yaces, sereno. Las arrugas de tu frente
y del borde de tus ojos no están a la vista.
Un roce cuando otros desvían la mirada, buscando pistas,
pero sólo yo sé lo que te sucedió.
Espérame. Espérame. Espérame, querido mío.
Deja que estas delicadas súplicas lleguen a tus oídos,
y entiérralas allí, para que pueda germinar este beso robado
en el amor secreto que nadie más llegará a conocer.

Lukas sintió que un estilete de hielo le atravesaba el pecho. Un destello de cólera reemplazó su melancolía. ¿Quién era ese George? ¿Un flirteo de juventud, quizá? Juliette nunca había tenido una relación oficial. Había consultado los archivos el día después de conocerla. El acceso a los servidores le proporcionaba ciertas ventajas vergonzantes. ¿Un enamoramiento, quizá? ¿Un hombre de Mecánica que quería a otra mujer? Desde su punto de vista, esto habría sido aún peor. Un hombre al que ella deseaba como nunca lo desearía a él... ¿Por eso había cogido un trabajo tan lejos de casa? ¿Para dejar de ver a ese George al que no podía tener? ¿Para escapar a los sentimientos que había escrito en los márgenes de una obra de teatro sobre un amor prohibido?

Se volvió y tomó asiento frente al ordenador de Bernard. Movió el ratón para activarlo y accedió a los servidores del piso de arriba. Sentía las mejillas arreboladas por aquel sentimiento enfermizo y nuevo. Sabía que eran celos, pero no estaba familiarizado con la sensación de vertiginoso descontrol que los acompañaba. Entró en los archivos personales y buscó el nombre «George» en los subterráneos. Obtuvo cuatro resultados. Copió los números de identificación de todos ellos en un archivo de texto y lo pasó al departamento de verificación. Al aparecer sus fotografías, leyó por encima el dossier de cada uno. Se sentía un poco culpable por aquel abuso de poder, un poco preocupado por su descubrimiento y mucho menos aburrido que antes, ahora que había encontrado algo que hacer.

Sólo uno de los George trabajaba en Mecánica. Un hombre ya viejo. La radio seguía graznando tras él y Lukas se preguntó lo que sería de aquel hombre si todavía continuaba abajo. Existía la posibilidad de que no siguiera con vida, de que el bloqueo se hubiera convertido en una barrera para la verdad y los datos de los archivos estuvieran atrasados unas cuantas semanas.

Dos de los resultados eran demasiado jóvenes. Uno de ellos no tenía ni un año. El otro era la sombra de un porteador. Eso sólo dejaba a uno, de treinta y dos años. Trabajaba en el bazar, en algo que se englobaba en la categoría de «otros», casado y con dos hijos. Lukas estudió la imagen borrosa de la oficina de identificaciones. Bigote. Pelo escaso. Una sonrisa sarcástica. Tenía los ojos demasiado separados, decidió, y las cejas demasiado oscuras y excesivamente tupidas.

Lukas cogió el manual y volvió a leer el poema.

El hombre estaba muerto, concluyó. «Entierra estas súplicas.»

Realizó otra búsqueda, esta vez global y extendida también a los archivos ya cerrados. Aparecieron cientos de resultados por todo el silo, nombres que se remontaban hasta los tiempos del levantamiento. Esto no desalentó a Lukas. Sabía que Juliette tenía treinta y cuatro años, así que le dio un margen de dieciocho. Si tenía menos de dieciséis cuando se enamoró de aquel hombre, lo olvidaría, dejaría que aquel ardor de envidia y vergüenza se consumiera dentro de él.

En toda la lista sólo había tres personas que hubieran muerto en los subterráneos durante esos dieciocho años. Uno de ellos tenía más de cincuenta en el momento de su muerte y el otro más de sesenta. Ambos habían muerto por causas naturales. Lukas pensó en cruzar sus referencias con las de Juliette para ver si habían tenido alguna relación laboral o compartían un mismo árbol genealógico.

Y entonces vio el tercer archivo. Aquél era su George. El de ella. Lo supo. Hizo los cálculos y comprobó que, de haber seguido vivo, tendría veintiocho años en la actualidad. Había muerto sólo tres años antes, trabajaba en Mecánica y nunca se había casado.

Buscó su identificación y la fotografía confirmó sus temores. Era un hombre apuesto, de mandíbula cuadrada, nariz grande y ojos oscuros. Le sonreía a la cámara con expresión tranquila y relajada. Era difícil odiarlo. Especialmente porque estaba muerto.

Lukas comprobó la causa de la muerte y vio que, tras un proceso de investigación, se había archivado como accidente laboral. Una investigación. Recordó haber oído algo sobre Jules cuando la nombraron comisaria jefe. Su cualificación había sido objeto de debate y tensiones, un cúmulo de rumores. Sobre todo en Informática. Pero se decía que había colaborado en la investigación de un caso algún tiempo antes y por eso la habían elegido.

Aquél era el caso. ¿Estaba enamorada de él antes de que muriera? ¿O se había enamorado de su recuerdo una vez muerto? Se decidió por lo primero. Registró la mesa en busca de una tiza, y cuando la encontró apuntó el número de identificación y el caso del hombre. Por fin tenía algo en que ocupar su tiempo, un modo de llegar a conocerla mejor. Al menos así podría distraerse hasta que ella volviera a llamarlo. Se relajó, se puso el teclado sobre el regazo y comenzó a excavar.

74

Silo 17

Juliette tiritaba de frío mientras ayudaba a Solo a ponerse en pie. El hombre se tambaleó y tuvo que agarrarse con las dos manos a la barandilla para no caer.

—¿Crees que puedes andar? —le preguntó. Vigilaba de reojo la escalera que descendía en espiral hacia ellos. La asustaba la presencia del desconocido, el que había atacado a su amigo y había estado a punto de matarla a ella.

—Creo que sí —respondió Solo. Se pasó la palma de la mano por la frente y estudió la mancha de sangre que le había quedado en ella—. Aunque no sé hasta dónde.

Juliette lo guió hasta la escalera. El penetrante olor del caucho y la gasolina le quemaba en las fosas nasales. Sentía la tela negra ajustada y húmeda contra la carne. Su vaho formaba nubes que la precedían, y cuando dejaba de hablar sus dientes castañeteaban sin control. Se inclinó para recoger el cuchillo mientras Solo se agarraba a la barandilla curva. Levantó la mirada y consideró la magnitud de la tarea que tenían por delante. Llegar hasta Informática en una sola etapa parecía un imposible. Sus pulmones estaban agotados tras el trance que había pasado y tenía los músculos agarrotados por los espasmos y el frío. Y Solo tenía aún peor aspecto. El labio inferior le colgaba flácido sobre la barbilla y sus ojos revoloteaban de un lado a otro aparentemente sin control. Apenas parecía consciente del lugar en el que se encontraba.

—¿Crees que podrías llegar a la oficina del ayudante? —le preguntó. Había dormido varias veces allí mientras transportaba las cosas que necesitaba para su trabajo. La celda de contención era un sitio extrañamente confortable para hacerlo. Las llaves seguían en la caja. Tal vez pudieran descansar si se encerraban allí con llave desde dentro.

—¿Cuántos pisos son? —preguntó Solo.

No conocía los subterráneos tan bien como ella. Raras veces se aventuraba hasta allí.

—Más o menos una docena. ¿Crees que podrás?

Solo levantó un pie, dio el primer paso y apoyó el peso de su cuerpo sobre la pierna.

—Puedo intentarlo.

Su única arma era un cuchillo, y Juliette se sentía afortunada de tenerlo. Era un misterio cómo había podido sobrevivir a su travesía a ciegas por los oscuros pasillos de Mecánica. Lo agarró con fuerza. La empuñadura estaba fría, pero su mano aún más. El sencillo utensilio de cocina se había convertido en su amuleto de seguridad; había reemplazado a su reloj como la herramienta indispensable que debía llevar siempre consigo. En el camino de ascenso, la empuñadura chocaba contra la barandilla y emitía un agudo tintineo cada vez que Juliette estiraba el brazo para enderezar el cuerpo. Con el otro brazo rodeaba a Solo, que, entre gruñidos y gemidos, tenía que luchar por cada paso que daba.

—¿Cuántos crees que son? —le preguntó Juliette antes de dirigir de nuevo una mirada nerviosa hacia arriba.

Solo volvió a gruñir.

—No tendría que haber nadie. —Se balanceó ligeramente, pero Juliette lo ayudó a recuperar el equilibrio—. Murieron todos. Hasta el último de ellos.

Pararon para descansar en el rellano siguiente.

—Tú lo conseguiste —señaló ella—. Han sido muchos años y has sobrevivido.

Solo frunció el ceño y se limpió la barba con el dorso de la mano. Respiraba con dificultad.

—Pero yo estoy solo —insistió. Negó con la cabeza con tristeza—. Ellos desaparecieron. Todos.

Juliette levantó la mirada hacia el hueco de la escalera, el espacio que separaba los peldaños y el hormigón. El brillo pálido y verdoso de la escalinata se perdía en una negrura impenetrable. Apretó los dientes para contener su castañeteo mientras aguzaba el oído en busca de ruidos, de cualquier indicio de vida. Solo continuó con su penoso acenso hasta el rellano siguiente. Juliette se apresuró a seguirlo.

—¿Lo viste bien? ¿Qué recuerdas?

—Recuerdo... recuerdo haber pensado que era como yo.

Juliette creyó oírlo sollozar, pero puede que fuese por el agotamiento que le suponía subir cada nuevo escalón. Se volvió hacia la puerta que estaban dejando atrás, el interior en tinieblas al que no llegaba la electricidad que ellos, como sanguijuelas, le robaban a Informática. ¿Estarían pasando por delante del atacante de Solo? ¿Estarían dejando atrás a un fantasma viviente?

Deseaba que fuese así con todas sus fuerzas. Aún les quedaba mucho camino por delante hasta llegar a la oficina del ayudante y mucho más para cualquier lugar al que pudiera llamar hogar.

Siguieron subiendo en silencio durante un piso y medio. Juliette tiritaba mientras Solo gruñía con el rostro crispado por el dolor. Cada poco tiempo ella se frotaba los brazos. El esfuerzo de la subida y de tener que ayudar a Solo estaba haciéndola sudar, y esto casi habría bastado para que se mantuviera caliente, de no ser por la prenda mojada que llevaba. Además, tenía tanta hambre que para cuando terminaron de subir tres pisos creía que se iba a desvanecer. Necesitaba combustible, cualquier cosa que pudiera quemar para mantenerse caliente.

—Dentro de un piso voy a tener que parar —dijo a Solo. Su acompañante expresó su conformidad con un simple gruñido. Era agradable saber que su esfuerzo tenía la recompensa de un próximo descanso. Era más fácil subir los peldaños cuando eran finitos, cuando los podías contar. Al llegar al rellano del ciento treinta y dos, Solo utilizó la barandilla como apoyo para sentarse en el suelo, bajando una mano tras otra como si fuesen los travesaños de una escalerilla. Cuando tocó el suelo, se tumbó y se cubrió la cara con las manos.

Juliette confiaba en que lo de Solo no fuese más que una contusión. Había visto muchas trabajando con hombres demasiado duros como para ponerse el casco..., aunque no tanto cuando les caía una herramienta o una viga de acero en la cabeza. Lo único que podía hacer por Solo era dejarlo descansar.

El problema era que si paraban, ella se enfriaría más. Dio unos pisotones contra el suelo para reactivar la circulación de la sangre. La capa de sudor que se había formado sobre su piel durante el ascenso estaba trabajando en su contra. Sentía la corriente que atravesaba el hueco de la escalera, aire frío que subía desde los pisos inferiores y soplaba sobre su piel helada como una unidad de aire acondicionado. Le temblaban tanto los hombros y el cuchillo que llevaba en la mano que su reflejo sobre la hoja se convirtió en una imagen borrosa de color plateado. Seguir avanzando era complicado. Quedarse quieta significaría la muerte. Y todavía ignoraba dónde estaba su atacante. Sólo podía esperar que lo hubieran dejado atrás.

—Deberíamos continuar —dijo. Miró las puertas que había tras él, con los ventanucos a oscuras. ¿Y si alguien salía por allí en aquel momento y los atacaba? ¿Qué clase de resistencia podría ofrecer?

Solo levantó un brazo y agitó la mano.

—Vete —dijo—. Yo me quedo.

—No, tú vienes conmigo. —Se frotó las manos, sopló sobre ellas para calentarlas y reunió las fuerzas que necesitaba para continuar. Se acercó a Solo y trató de cogerle la mano, pero él la apartó.

—Necesito descansar —dijo—. Ya te alcanzaré.

—Que me maten si... —sus dientes castañeteaban sin control. Al ver que comenzaba a tiritar, transformó el involuntario espasmo en una excusa para sacudir los brazos y así llevar más sangre a las extremidades— ... si dejo que te quedes aquí solo —terminó.

—Tengo sed... —respondió él.

A pesar de haber visto agua suficiente para una vida entera, Juliette también estaba sedienta. Levantó la mirada.

—Un piso más y estaremos en las granjas inferiores. Venga, será suficiente por hoy. Comida, agua y algo de ropa seca para mí. Vamos, Solo, arriba. Me da igual que tardemos una semana en llegar a casa, no nos vamos a rendir aquí.

Lo cogió de la muñeca. Esta vez él no se resistió.

Tardaron una eternidad en llegar hasta el rellano siguiente. Solo se detuvo varias veces para apoyarse en la barandilla, con una mirada vacía clavada en el peldaño siguiente. Un reguero de sangre le corría por el cuello. Juliette volvió a pisotear el suelo con los pies helados y maldijo para sus adentros. Era todo una estupidez. Había sido una estúpida, joder.

Pocos peldaños antes de llegar al rellano, dejó a Solo atrás y fue a comprobar las puertas de las granjas. Los cables eléctricos que bajaban desde Informática y penetraban como pequeñas serpientes en su interior eran un legado de varias décadas de antigüedad, procedentes de una época en la que los supervivientes como Solo aprovechaban los recursos que tenían para aplazar su fin. Se asomó al interior y vio que las lámparas de crecimiento estaban apagadas.

—¿Solo? —lo llamó—. Voy a ir a ver los temporizadores. Tú descansa aquí.

No obtuvo respuesta. Abrió la puerta y trató de introducir el cuchillo en la rejilla de metal que había junto a su pie para que la empuñadura la mantuviera abierta. Le temblaba el brazo de tal modo que el mero hecho de introducir la hoja en el agujero le exigió un esfuerzo considerable. Su ropa, reparó en ese momento, olía a caucho quemado, a humo de fogata.

—Espera —dijo Solo. Sujetó la puerta y se sentó con la espalda apoyada en ella, dejando la hoja pegada a la barandilla.

Juliette sujetó el cuchillo con las dos manos a la altura del pecho.

—Gracias.

Solo respondió con un simple ademán. Se le cerraron los ojos.

—Agua —dijo pasándose la lengua por los labios.

Juliette le dio una palmadita.

—En seguida vuelvo.

El vestíbulo de entrada a las granjas engullía las luces de emergencia procedentes de la escalera, cuyo débil resplandor verde se transformaba en una negrura impenetrable en cuestión de pocos metros. En la distancia se oía el zumbido de una bomba de circulación, el mismo sonido que le había dado la bienvenida a las granjas superiores muchas semanas antes. Pero ahora sabía lo que significaba y dónde podía encontrar agua. Agua, comida y quizá, con un poco de suerte, algo de ropa que ponerse. Sólo tenía que encender las luces para poder ver lo que hacía. Se maldijo por no haberse traído una linterna de sobra y por haber perdido la mochila y el equipo.

La oscuridad se la tragó al pasar por encima del torno de seguridad. Conocía el camino. Aquellas granjas los habían alimentado a Solo y a ella durante las semanas que había pasado trabajando en las patéticas bombas hidropónicas y el sistema de fontanería. Pensó en la nueva bomba que había conectado. Sentía curiosidad por el resultado y se preguntaba si el arreglo funcionaría y si tendría que haber activado el interruptor en el rellano antes de marcharse. Era un pensamiento absurdo, pero aunque no viviera para verlo, una parte de ella quería achicar toda el agua del silo. Todo lo que había padecido allí dentro se le antojaba de pronto extrañamente lejano, como algo que hubiera visto en un sueño inacabado, pero aun así quería que significase algo. Quería que las heridas de Solo tuvieran algún sentido.

Su ropa mojada hacía un ruido húmedo cuando movía las piernas al caminar y sus pies emitían un susurro al levantarlos del suelo. Una de sus manos iba pegada a la pared mientras la otra buscaba consuelo en el cuchillo. Comenzaba a sentir el calor residual que había dejado en el aire el último turno de las luces de crecimiento. Dio gracias por haber salido de aquella escalera glacial. De hecho, comenzó a sentirse mejor. Sus ojos empezaron a acostumbrarse a la oscuridad. Conseguiría algo de comer, un poco de agua y un sitio seguro para dormir. Al día siguiente partirían hacia la oficina del ayudante de los pisos intermedios. Podrían armarse y hacer acopio de fuerzas. Solo se recuperaría. Necesitaba que lo hiciera.

Al llegar al pasillo buscó a tientas la puerta de la sala de control. Su mano, por propia iniciativa, encontró el interruptor al otro lado, pero ya estaba en posición de encendido. Llevaba décadas sin funcionar.

Buscó a ciegas por la sala, con los brazos extendidos por delante. Esperaba topar con la pared mucho antes de lo que sucedió. La punta del cuchillo arañó una de las cajas de control. Juliette estiró la mano en busca del cable que colgaba desde el techo, tendido por alguien mucho tiempo atrás. Lo siguió hasta el temporizador al que lo habían conectado, buscó el interruptor de la electroválvula y lo giró lentamente hasta oír un clic.

Una serie de fuertes chasquidos recorrió los pasillos de germinación de las salas del exterior y se encendieron unas débiles luces. Tardarían unos minutos en alcanzar su intensidad normal.

Juliette salió de la sala de control y continuó por una de las pasarelas invadidas de maleza que discurrían entre alargados tramos de tierra de cultivo a cuyas plantas les habían arrancado los frutos. Se abrió camino entre la vegetación que, desde ambos lados del pasillo, se daba la mano en el centro, en dirección a la bomba de circulación.

Agua para Solo, calor para ella. Repitió este mantra para sus adentros mientras rezaba para que las luces empezaran a dar calor lo antes posible. A su alrededor, el aire estaba sumido en unas tinieblas nebulosas, como la vista de un amanecer en el exterior bajo la densa capa de nubes.

Pasó entre las plantas de guisantes, descuidadas hacía mucho. Recogió algunas vainas para dar a sus tripas algo en qué ocuparse, aparte de sentir dolor. El zumbido de la bomba que empujaba el agua por los tubos de goteo fue ganando intensidad. Mordió un guisante, lo masticó, pasó por debajo de la barandilla y se encaminó al pequeño claro que rodeaba la bomba.

Bajo ésta, la tierra estaba ennegrecida y compactada por sus pisadas y las de Solo, que llevaban semanas acudiendo allí a beber y rellenar sus contenedores. Había algunos vasos tirados a su alrededor. Se arrodilló junto a la bomba y cogió uno alto. Por encima de ella las luces ganaban fuerza poco a poco. Ya creía poder sentir su calor.

Con esfuerzo, logró abrir el grifo de drenaje que había en la parte inferior de la bomba y darle unas cuantas vueltas. El agua, que circulaba a presión, salió formando un fino chorro. Mantuvo el vaso pegado a la bomba para que se perdiera el mínimo posible. El vaso borboteó al llenarse.

Se bebió un vaso mientras llenaba otro. En el agua había algo de tierra, que crujió entre sus dientes.

Llenó los dos vasos, los hundió en la tierra húmeda para que no se volcaran y a continuación giró el grifo hasta cortar el chorro. Se guardó el cuchillo bajo el brazo y recogió los dos vasos. Se dirigió a la barandilla, lo dejó todo al otro lado y luego, pasando una pierna por encima, salió de allí.

Ahora necesitaba calor. Dejó los vasos en el suelo y cogió el cuchillo. Al otro lado de la esquina había unas oficinas y un comedor. Recordaba su primera vestimenta en el silo 17: un mantel cortado por la mitad. Rió para sí mientras doblaba la esquina. Se sentía como en una especie de regresión, como si todas aquellas semanas de trabajo la hubieran devuelto al mismo sitio donde estaba al principio.

El largo pasillo que separaba las dos estaciones de germinación estaba a oscuras. Un puñado de cables discurrían paralelos a las tuberías del techo, atados precipitadamente en varios puntos. Suspendidos de este modo, como una especie de puente colgante, se alejaban en dirección al zumbido y la luz de los campos de germinación.

Juliette revisó las oficinas y no encontró nada que le sirviera para calentarse. Ni monos ni cortinas. Se dirigió al comedor y, cuando estaba dando la vuelta para entrar, creyó oír algo procedente del otro lado de la vegetación. Un clic. Un chasquido. ¿Más relés de las luces? ¿Algún mecanismo que se había quedado trabado, quizá?

Dirigió la mirada hacia la estación de germinación que había al final del pasillo. Las luces eran más brillantes allí y se estaban calentando. Puede que se hubieran encendido antes. Avanzó lentamente hacia ellas, atraída como una temerosa mosca por una llama. La idea de secarse, de calentarse de verdad, bastaba para ponerle la piel de gallina.

Al llegar junto a la estación oyó otra cosa. Una especie de chirrido, puede que el roce de dos cosas metálicas, posiblemente otra bomba de circulación que trataba de arrancar. Solo y ella no habían revisado las demás bombas de aquel piso. Pero allí podían comer y beber más de dos personas.

Juliette se quedó petrificada y se volvió para mirar hacia atrás.

¿Dónde se instalaría ella si quisiera sobrevivir en aquel lugar? ¿En Informática, por la electricidad? ¿O allí, donde había comida y agua? Se imaginó a otro hombre como Solo, que se escabullía por los espacios que quedaban entre la violencia y se las arreglaba para mantenerse escondido y sobrevivir al paso de los largos años. Puede que hubiera oído el compresor de aire y, al bajar para investigar, se asustara, hubiera golpeado a Solo en la cabeza y echado a correr. Puede que se hubiera llevado la mochila por la sencilla razón de que estaba allí, o puede que, empujándola accidentalmente al pasar, la hubiese mandado hacia el fondo de los pozos de Mecánica.

Levantó el cuchillo frente a ella y avanzó a hurtadillas por el pasillo, entre las plantas florecientes. El muro de verdor que tenía delante se abrió a su paso con un leve susurro. La vegetación era más tupida allí. Hostil. Sin cosechar. Esto le inspiraba sentimientos contradictorios. Es posible que estuviera imaginándose cosas otra vez, como llevaba semanas haciendo, pero parte de ella quería tener razón. Quería encontrar a aquel otro Solo. Quería entablar contacto. Era preferible eso a vivir eternamente asustada de cada sombra, de lo que podía ocultarse detrás de cada rincón.

Pero ¿y si había más de uno? ¿Podía haber sobrevivido un grupo durante tanto tiempo? ¿Cuántos podían vivir allí sin que los detectaran? El silo era colosal, pero Solo y ella habían pasado semanas enteras en los subterráneos y habían entrado y salido de aquellas granjas varias veces. Dos personas, una pareja de ancianos, no más. Solo le había dicho que el hombre tenía su edad. Probablemente era así.

Estos cálculos y otros pasaban por su mente, como tratando de convencerla de que no tenía nada que temer. Estaba temblando, pero su organismo no dejaba de bombear adrenalina. Estaba armada. Las hojas de la asilvestrada vegetación le rozaban la cara. Nada más atravesar esta densa barrera exterior supo que había encontrado algo al otro lado.

Allí las plantas eran distintas. Estaban cuidadas. Domesticadas. Guiadas por la mano del hombre, y no hacía mucho. Sintió una oleada de miedo y alivio, dos sentimientos opuestos que se enroscaban mutuamente como la escalera y la barandilla. No quería estar sola, no quería que el silo estuviera tan desolado y vacío, pero tampoco quería que la atacaran. La primera parte de ella sintió el impulso de llamar a voces, de decirle a quienquiera que estuviese allí escondido que no pretendía hacerle el menor daño. La segunda aferró con más fuerza el cuchillo mientras apretaba con fuerza los dientes y le suplicaba que diese media vuelta.

Al final de la estación de germinación el pasillo describía un brusco giro. Juliette asomó la cabeza y se encontró con más territorio inexplorado. Un largo trecho de oscuridad serpenteaba hasta el otro extremo del silo, donde podía verse una lejana fuente de luz emanada probablemente por otra estación de germinación que parasitaba la electricidad de Informática.

Había alguien allí. Lo notaba. Podía sentir los mismos ojos que desde hacía semanas, podía percibir los susurros sobre su piel, sólo que esta vez sabía que no eran imaginaciones suyas. No tenía que negar la sensación ni pensar que estaba volviéndose loca. Armada con su cuchillo y con la idea reconfortante de que ella era lo único que se interponía entre aquel desconocido y un indefenso Solo, avanzó, lenta pero decidida, por el oscuro pasillo, entre despachos y salas de degustación abiertos, con una mano pegada a la pared para guiarse...

Se detuvo. Algo no iba bien. ¿Había oído algo? ¿El llanto de una persona? Retrocedió hasta la puerta siguiente. Apenas veía nada, pero se dio cuenta al instante de que estaba cerrada. La única que estaba cerrada en todo ese pasillo, que ella hubiera visto.

Se apartó un paso de la puerta y se arrodilló. Oyó un ruido al otro lado. Estaba segura. Como un débil sollozo, o algo así. Levantó la mirada y, en la penumbra, vio que algunos de los cables se desviaban de los demás en perpendicular y cruzaban serpenteando la pared por encima de la puerta.

Juliette se aproximó. Se agachó y pegó una oreja a la hoja. Nada. Levantó la mano y probó el picaporte, que estaba cerrado. ¿Cómo podía estarlo salvo que...?

De repente, la puerta se abrió de par en par —la mano de Juliette seguía en el picaporte— y la arrastró consigo hacia el interior. Hubo un destello de luz y entonces apareció un hombre sobre ella, que trató de golpearla con algo en la cabeza.

Juliette se dejó caer hacia atrás. Una cosa borrosa y plateada pasó frente a su cara y una enorme llave inglesa la alcanzó en el hombro y la derribó de bruces.

Al fondo de la sala se alzó un agudo chillido que se tragó el grito de dolor de Juliette. Golpeó a ciegas con el cuchillo y sintió que alcanzaba la pierna del hombre. La llave cayó al suelo y hubo más gritos, gritos de varias personas. Juliette se apartó frenéticamente de la puerta y se levantó con una mano en el hombro. Estaba lista para que el hombre se abalanzara sobre ella, pero su atacante retrocedía cojeando. Era un chico de no más de catorce años, quince como mucho.

—¡Quieto ahí! —Juliette lo apuntó con el cuchillo. El muchacho tenía los ojos muy abiertos y llenos de miedo. Había un grupo de niños apiñados contra la pared, sobre un montón de colchones y mantas. Estaban abrazados unos a otros y todos miraban a Juliette con los ojos abiertos de par en par.

La confusión era abrumadora. La sensación de que pasaba algo raro se había apoderado de ella. ¿Dónde estaban los demás, los adultos? Por un momento tuvo la sensación de que gente con malas intenciones avanzaba sobre ella por el oscuro pasillo, lista para echársele encima. Aquellos debían de ser sus niños, a los que habían encerrado para que no corrieran peligro. En cualquier momento, las ratas de aquellos ratones aparecerían allí para castigarla por haber perturbado su nido.

—¿Dónde están los demás? —preguntó. Le temblaban las manos por culpa del frío, la confusión y el miedo. En aquel momento, al recorrer la habitación con la mirada, se dio cuenta de que el muchacho que estaba en pie, el que la había atacado, era el mayor de ellos. Había una muchachita paralizada sobre las mantas, con dos niños pequeños y una niña pegados a ella.

El muchacho se miró la pierna. Una mancha de sangre estaba propagándose por su mono verde.

—¿Cuántos sois? —Juliette avanzó un paso. Obviamente, aquellos niños le tenían más miedo a ella que al revés.

—¡Déjanos en paz! —chilló la adolescente. Aferraba algo contra el pecho. La niña que había a su lado pegó la cara a su regazo, como tratando de desaparecer. Los dos niños la miraban como perros acorralados, pero sin moverse.

—¿Cómo habéis llegado hasta aquí? —les preguntó. Apuntó al joven con el cuchillo, pero empezaba a sentirse un poco ridícula con él en la mano. El chico la miró con expresión confusa, sin comprender la pregunta, y entonces Juliette lo entendió. Pues claro. ¿Cómo iban a transcurrir décadas de guerra en el silo sin que hubiera lugar para la segunda de las pasiones humanas?

—Nacisteis aquí abajo, ¿verdad?

Nadie respondió. Las facciones del muchacho se arrugaron en una mueca de confusión, como si la pregunta misma fuese una locura. Juliette volvió la mirada hacia atrás.

—¿Dónde están vuestros padres? ¿Cuándo volverán? ¿Cuánto tiempo estarán fuera?

—¡Nunca! —chilló la muchacha con tal violencia que su cabeza se proyectó hacia adelante—. ¡Están muertos!

Su boca permaneció abierta, como desencajada. Todos los tendones se mostraban tensos sobre su joven cuello.

El joven se volvió y la fulminó con la mirada, como instándola a guardar silencio. Juliette aún estaba intentando asimilar que no se trataba más que de niños. Sabía que no podían estar solos. Alguien tenía que haber atacado a Solo.

Y como en respuesta a este pensamiento, sus ojos se desviaron hacia la llave inglesa que había caído al suelo. Era la de Solo. Sus manchas de óxido eran inconfundibles. ¿Cómo era posible? Solo le había dicho...

Y entonces Juliette recordó lo que le había dicho. Comprendió que aquellos muchachos, aquel joven, eran de la misma edad con la que él seguía viéndose a sí mismo. La misma edad que tenía cuando lo abandonaron. ¿Era entonces que los últimos supervivientes de las profundidades habían muerto en los últimos años, pero no antes de dejar a sus descendientes detrás?

—¿Cómo te llamas? —preguntó al muchacho. Bajó el cuchillo y le enseñó la palma de la otra mano—. Yo soy Juliette —dijo. Habría añadido que procedía de otro silo, un mundo más cuerdo que el de ellos, pero no quería confundirlos ni asustarlos.

—Hijo de Rick —siseó el muchacho. Hinchó el pecho—. Mi padre era Rick *el Fontanero.*

—Rick *el Fontanero.* —Juliette asintió. Junto a una pared, sobre una alta montaña de provisiones y cosas traídas de otras partes del silo estaba la mochila que les habían robado. Su muda asomaba por un extremo. Su toalla también estaría allí. Se acercó lentamente a ella sin apartar la vista de los niños, que se acurrucaban juntos sobre la improvisada cama, su nido colectivo. No sabía cómo iba a reaccionar el muchacho.

—Bueno, Hijo de Rick, quiero que recojáis vuestras cosas. —Se arrodilló junto a su mochila y hurgó en su interior en busca de la toalla. Cuando la encontró, la sacó y pudo disfrutar del indescriptible placer de secarse el pelo con ella. Por nada del mundo iba a dejar allí a aquellos niños. Se volvió hacia los demás con la toalla sobre el cuello y los ojos clavados en ellos—. Vamos —dijo—. Recoged vuestras cosas. Se acabó vivir así...

—Déjanos en paz —le espetó la mayor de las chicas. Los dos niños se habían levantado de la cama y estaban revolviendo entre las cosas amontonadas. Miraron a la chica y luego a Juliette, indecisos.

—Vuelve al sitio del que has venido —dijo Hijo de Rick. Los dos mayores parecían estar extrayendo fuerzas el uno del otro—. Llévate tus ruidosas máquinas y vete.

De modo que se trataba de eso. Juliette recordó la imagen del compresor caído de costado, atacado con más saña quizá que el propio Solo. Hizo un gesto de asentimiento dirigido a los dos niños, cuyas edades debían de oscilar entre los diez y los once años.

—Adelante —les dijo—. Vais a ayudarnos a llegar a casa a mi amigo y a mí. Allí tenemos mejor comida. Electricidad de verdad. Agua caliente. Recoged vuestras cosas...

La niña más joven gritó al oír esto, un alarido horrible, el mismo que había oído Juliette desde el pasillo en penumbra. Hijo de Rick caminaba de un lado a otro, mirando alternativamente la llave y a Juliette. Ésta se acercó a la cama para consolar a la muchacha, pero entonces se dio cuenta de que no era ella la que lloraba.

Algo se movía entre los brazos de la mayor de las niñas.

Juliette se quedó petrificada al borde de la cama.

—No —susurró.

Hijo de Rick dio un paso hacia ella.

—¡Quieto! —Lo apuntó con el cuchillo. El muchacho se miró la herida de la pierna un momento y se detuvo. Los niños dejaron de recoger sus cosas. Nada se movía en la sala, excepto el niño que lloraba y se debatía entre los brazos de la chica.

—¿Eso es un bebé?

La chica giró los hombros. Era un gesto maternal, pero la muchacha no podía tener más de quince años. Juliette no sabía si tal cosa era posible. Pensó que tal vez por eso les pusieran los implantes tan pronto. Su mano se deslizó hacia su cadera, casi como si quisiera tocar el lugar, rozar la protuberancia que tenía debajo de la piel.

—Vete —sollozó la adolescente—. Hemos vivido bien sin ti.

Juliette dejó el cuchillo en el suelo. No le fue fácil soltarlo, pero le parecía peor tenerlo en alto al acercarse a la cama.

—Puedo ayudaros —afirmó. Se volvió para asegurarse de que el muchacho la oía—. Yo antes trabajaba en un sitio donde cuidaban a los recién nacidos. Déjame... —Estiró las manos. La muchacha retrocedió hacia la pared para proteger al niño con su cuerpo—. Vale. —Juliette levantó las manos y le mostró las palmas en gesto amistoso—. Pero no vais a seguir viviendo así. —Hizo un nuevo gesto de cabeza dirigido a los niños y se volvió hacia Hijo de Rick, que no se había movido del sitio—. Ninguno de vosotros. Nadie debería vivir así, ni siquiera sus últimos días.

Asintió. La decisión estaba tomada.

—¿Hijo de Rick? Coge tus cosas. Sólo lo indispensable. Luego volveremos a por el resto. —Apuntó con la barbilla a los niños, cuyos monos estaban recortados a la altura de las rodillas y tenían las pantorrillas cubiertas de tierra de la granja. Se lo tomaron como un permiso para seguir recogiendo sus cosas. Parecían encantados de tener a alguien al mando, cualquiera en lugar de su hermano, si eso es lo que era.

—Decidme cómo os llamáis. —Se sentó en la cama con las dos niñas mientras los demás revolvían entre sus cosas. Tuvo que esforzarse por mantener la calma, por no sucumbir a la repulsión que le inspiraba la idea de niños que engendraban otros niños.

El bebé prorrumpió en sollozos de hambre.

—He venido a ayudaros —dijo Juliette a la chica—. ¿Puedo verla? ¿Es niño o niña?

La joven relajó un poco los brazos. Abrió la manta y por debajo asomaron los ojos miopes y los labios rojizos y apretados de un bebé de escasos meses de edad. Un bracito minúsculo se estiraba para tocar a su madre.

—Chica—respondió ésta en voz baja.

La niña que había junto a ella asomó tímidamente la cabeza para mirar a Juliette.

—¿Le habéis puesto nombre ya?

La niña negó con la cabeza.

—Aún no.

Tras ella, Hijo de Rick les dijo algo a los chicos, que habían empezado a pelearse por algo.

—Yo me llamo Elise —dijo la niña, que cada vez parecía más segura. Se señaló la boca—. Se me ha caído un diente.

Juliette se echó a reír.

—Puedo ayudarte con eso si quieres. —Se arriesgó a extender una mano para darle un pequeño apretón en el brazo. Los recuerdos de la guardería de su padre regresaron a su mente en tropel, destellos de padres preocupados, niños hermosos, todos los sueños y esperanzas que orbitaban alrededor de la lotería. Los pensamientos de Juliette se escoraron luego hacia su hermano, el que no estaba destinado a sobrevivir, y sintió que se le llenaban los ojos de lágrimas. ¿Qué habrían pasado aquellos niños? Solo, al menos, había tenido experiencias normales en su juventud. Sabía lo que significaba vivir en un mundo donde podías estar a salvo. ¿En qué mundo habían crecido aquellos cinco... aquellos seis niños? ¿Qué habían visto? Sintió una pena tan intensa por ellos que de pronto la asaltó el enfermizo, erróneo y triste deseo de que ninguno de ellos hubiera nacido...

Pero en seguida desapareció, reemplazado por un sentimiento de culpa por haber llegado a albergar tal idea.

—Os vamos a sacar de aquí —dijo a las dos chicas—. Recoged vuestras cosas.

Uno de los niños se acercó y dejó su bolsa en el suelo, cerca de ella. Estaba llenándola con sus cosas y disculpándose cuando Juliette oyó otro extraño chillido.

¿Y ahora qué pasaba?

Se pasó la lengua por los labios mientras las niñas, a regañadientes, temerosas del ofrecimiento de un adulto, recogían sus pertenencias y se miraban para asegurarse de que aquello estaba bien. Juliette oyó un ruido procedente de su mochila. Tiró del asa para abrirla. Le daba miedo lo que podía encontrarse en el nido de ratas creado por aquellos críos. Pero entonces oyó una vocecilla.

Una vocecilla que decía su nombre.

Soltó la toalla, metió las dos manos en la mochila y hurgó entre herramientas, botellas de agua, un mono de sobra y calcetines sueltos hasta encontrar la radio. No sabía cómo era posible que Solo la llamara. La otra radio se había perdido junto con el traje.

—... di algo, por favor —siseó la radio—. Juliette, ¿estás ahí? Soy Walker. Por favor, por el amor de Dios, respóndeme...

75

Silo 18

—¿Qué ha pasado? ¿Por qué no responden? —Courtnee miró a Walker y a Shirly, como si alguno de ellos tuviera la respuesta.

—¿Se ha roto? —Shirly recogió el pequeño dial con las marcas pintadas y lo revisó por si se había movido accidentalmente—. Walk, ¿la hemos roto?

—No, todavía funciona —respondió él. Con los auriculares colgando del cuello, recorrió los distintos componentes con la mirada.

—Chicos, no sé cuánto tiempo nos queda. —Courtnee estaba observando lo que ocurría en la sala del generador a través del ventanal de observación. Shirly se levantó y dirigió la vista hacia la entrada principal, por encima del panel de control. Jenkins y algunos de sus hombres estaban allí, con los fusiles al hombro, gritando. El aislamiento sonoro impedía oír lo que estaba sucediendo.

—¿Hola?

Una voz distorsionada brotó de las manos de Walker. Las palabras parecieron salir de entre sus dedos.

—¿Quién es? —preguntó el anciano mientras apretaba el interruptor—. ¿Quién es?

Shirly corrió a su lado y lo rodeó con un brazo, incrédula.

—¡Juliette! —chilló.

Walker levantó la mano para pedir silencio a las dos mujeres. Sus manos temblorosas pugnaron con el detonador hasta encontrar el interruptor rojo.

—¿Jules? —Su vieja voz se quebró. Shirly le apretó el brazo—. ¿Eres tú?

Hubo una pausa y luego un ruido procedente de los altavoces, un sollozo.

—¿Walk? Walk, ¿eres tú? ¿Qué está pasando? ¿Dónde estás? Creía que...

—¿Dónde está? —susurró Shirly.

Courtnee los observaba a los dos con las manos en las mejillas y la boca abierta.

Walker pulsó el interruptor.

—Jules, ¿dónde estás?

Un profundo suspiro brotó con un siseo de los minúsculos altavoces. La voz de Juliette era muy débil y llegaba desde muy lejos.

—Walk, estoy en otro silo. Hay más. No puedes creerte...

La estática se tragó su voz. Shirly se apoyó en Walker mientras Courtnee paseaba de un lado a otro delante de ellos, mirando alternativamente la radio y el ventanal.

—Ya sabemos que hay más —dijo Walker sujetando el micrófono por debajo de la barba—. Los oímos, Jules. A todos ellos.

Soltó el interruptor. La voz de Juliette reapareció.

—¿Cómo habéis...? Mecánica... He oído que se está luchando. ¿Estáis en medio? —Antes de cerrar la comunicación, Juliette le dijo algo a alguien con voz apenas audible.

Walker levantó las cejas al oír la mención a los combates.

—¿Cómo se habrá enterado? —preguntó Shirly.

—Ojalá estuviera aquí —dijo Courtnee—. Jules sabría lo que hay que hacer.

—Dile lo de que quieren desviar los gases. El plan. —Shirly pidió el micrófono con un gesto—. Déjame a mí.

Walker asintió. Le entregó a Shirly los auriculares y el detonador. Shirly pulsó el interruptor. Estaba más duro de lo que esperaba.

—¿Jules? ¿Me oyes? Soy Shirly.

—Shirly... —La voz de Juliette desapareció un momento—. Eh, hola. ¿Estás ahí?

La emoción de la voz de su amiga le hizo saltar lágrimas de los ojos.

—Sí... —Ladeó la cabeza y tragó saliva—. Oye, escúchame, algunos de los otros están desviando la salida de gases hacia los tubos de refrigeración de Informática. Pero ¿recuerdas aquella vez que perdimos presión? Me preocupa que el motor pueda...

—No —la interrumpió Juliette—. Tienes que detenerlos, Shirly, ¿me oyes? Tienes que detenerlos. No servirá de nada. La refrigeración es para los servidores. Allí arriba no hay más que... —Se aclaró la garganta—. Escúchame. Tienes que detenerlos.

Shirly intentó pulsar el interruptor rojo, pero parecía incapaz de hacerlo. Walker alargó el brazo para ayudarla, pero finalmente lo consiguió ella sola

—Espera —transmitió—. ¿Cómo sabes adónde llevan los conductos de ventilación...?

—Simplemente lo sé. La disposición de los dos silos es idéntica. Maldita sea, déjame hablar con ellos. No puedes permitir que...

Shirly volvió a apretar el interruptor. Courtnee abrió la puerta y salió corriendo. Un estruendo repentino inundó la habitación.

—Ya va Courtnee —dijo Shirley—. Acaba de salir. Jules... ¿cómo conseguiste? ¿Con quién estás? ¿Pueden ayudarnos? Esto no tiene buena pinta.

Los diminutos altavoces volvieron a chirriar. Shirly pudo oír que Juliette aspiraba hondo, entre otras voces de fondo, y daba órdenes a otra persona. Pensó que su amiga parecía agotada. Hastiada. Triste.

—No hay nada que yo pueda hacer —respondió Juliette—. Aquí no hay nadie. Un hombre. Varios niños. Todo el mundo ha desaparecido. Las personas que vivían aquí ni siquiera pudieron salvarse a sí mismas. —La línea volvió a quedar en silencio hasta que Juliette pulsó de nuevo el botón del transmisor—. Debéis detener la lucha —insistió —. Cueste lo que cueste. Por favor. No luchéis por mí. Por favor, parad...

La puerta volvió a abrirse. Courtnee había regresado. Se oían gritos en la sala del generador. Disparos.

—¿Qué ha sido eso? —preguntó Juliette—. ¿Dónde estáis, chicos?

—En la sala de control. —Shirly miró a Courtnee con los ojos muy abiertos a causa del miedo—. Jules, no creo que tengamos mucho tiempo. Me... —Había tantas cosas que quería decirle... Quería contarle lo de Marck. Necesitaba más tiempo—. Vienen a buscarnos —fue lo único que se le ocurrió al final—. Me alegro de que estés bien.

La radio chirrió otra vez.

—Oh, Dios, tenéis que pararlo. ¡No luchéis más! Shirly, escúchame...

—No importa —dijo Shirly mientras, con el botón en la mano, se secaba las mejillas—. No van a detenerse. —Los disparos estaban acercándose. Las detonaciones eran audibles a través de la gruesa puerta. Su gente estaba muriendo mientras ella se escondía en la sala de control y hablaba con un fantasma. Estaban muriendo.

—Cuídate —se despidió Shirly.

—¡Espera!

Shirly le entregó el aparato a Walker. Se reunió con Courtnee junto al ventanal y desde allí observó a la gente que se había apelotonado al otro lado del generador y los fogonazos y sacudidas de los cañones apoyados sobre la barandilla. Sobre el suelo yacía un cuerpo embutido en el azul de Mecánica. Más detonaciones apagadas. Más traqueteos distantes y amortiguados.

—¡Jules! —Walker agarró la radio y gritó su nombre. Seguía queriendo hablar con ella.

—¡Déjame que hable con ellos! —gritó Juliette, imposiblemente lejana—. Walk, ¿por qué te oigo sólo a ti? Tengo que hablar con los ayudantes, con Peter y Hank. Walk, ¿cómo has logrado contactar conmigo? ¡Tengo que hablar con ellos!

Walker balbuceó algo sobre su soldador y sus gafas de aumento. El anciano lloraba y acunaba sus tableros y cables y componentes electrónicos como si fuesen los restos de un niño, y mientras él les susurraba, las saladas gotas de sus lágrimas caían peligrosamente sobre aquella obra de su ingenio.

Continuó farfullando palabras dirigidas a Juliette mientras los hombres de azul seguían cayendo, con los brazos inertes sobre la barandilla y sus toscos fusiles rebotando ruidosamente sobre suelo. Los hombres que los habían mantenido asustados durante un mes estaban dentro. Todo había terminado. Shirly buscó a Courtnee a tientas y sus brazos se entrelazaron mientras contemplaban, impotentes, lo que estaba sucediendo. Tras ellos, los sollozos y desvaríos del viejo Walk se mezclaban con la trepidación del amortiguado tiroteo, un traqueteo que sonaba como una máquina que, con su mecanismo desajustado, comenzara a perder el control...

76

Silo 18

Lukas estaba subido en precario equilibrio a una papelera vuelta del revés. La puntera de sus botas arañaba el blando borde de plástico. Tenía la sensación de que podía ceder o desplomarse bajo su peso en cualquier momento. Se agarró a la parte superior del servidor doce para no caerse. La gruesa capa de polvo que lo cubría revelaba que hacía años que nadie se subía allí con una escalerilla y un trapo. Pegó la nariz a la salida del aire acondicionado y aspiró.

La cercana puerta emitió un pitido y los cierres, con un chasquido, salieron de la jamba. Con un suave siseo, los enormes goznes giraron y la gruesa puerta se abrió hacia dentro.

Lukas estuvo a punto de soltar la polvorienta superficie del servidor al ver que entraba Bernard. El jefe de Informática le dirigió una mirada intrigada.

—Ahí no cabes —dijo, y se echó a reír mientras cerraba la puerta. Los cierres volvieron a su posición, el panel pitó de nuevo y la luz roja reanudó su vigilancia sobre la sala.

Lukas se apartó del polvoriento servidor y bajó de la papelera de un salto. Al hacerlo, el cubo de plástico se volcó y rodó por el suelo. Lukas se sacudió las manos, las frotó sobre la tela de los pantalones y se rió también, aunque de manera forzada.

—Me había parecido oler algo —explicó a Bernard—. ¿A ti no te huele a humo?

Bernard miró a su alrededor.

—Aquí siempre el aire está un poco cargado. Pero no huelo nada. Sólo los servidores recalentados. —Se metió la mano en el bolsillo del pecho y sacó unos cuantos papeles doblados —. Toma. Cartas de tu madre. Le dije que las mandara con un porteador y yo te las haría llegar.

Lukas sonrió, un poco avergonzado, y las cogió.

—Sigo pensando que deberías consultar... —Levantó la mirada hacia los conductos del aire acondicionado y entonces se dio cuenta de que no había nadie en Mecánica a quien pudieran consultar. Lo último que había oído por la radio era que Sims y los demás estaban haciendo limpieza. Había docenas de muertos. Y tres o cuatro veces más detenidos. Estaban acondicionando unos apartamentos en los pisos centrales para retenerlos a todos. Según parecía, habría gente para limpiar durante años.

—Haré que lo mire uno de los mecánicos de sustitución —le prometió Bernard—. Hablando de lo cual, quiero saber tu opinión al respecto. Vamos a tener un traslado general de verde a azul, con todos los granjeros que van a ingresar en Mecánica. Me preguntaba qué te parecería poner a Sammi al frente del departamento.

Lukas asintió mientras leía por encima una de las cartas de su madre.

—¿Sammi como jefe de Mecánica? Está sobradamente cualificado y creo que será perfecto. He aprendido mucho de él. —Levantó la mirada mientras Bernard abría el archivador que había junto a la puerta y revisaba las órdenes de trabajo—. Es un gran profesor, pero ¿será algo permanente?

—Nada es permanente. —Bernard encontró lo que estaba buscando y se lo guardó en el bolsillo del pecho—. ¿Necesitas algo más? —Se subió las gafas por el puente de la nariz. Lukas pensó que había envejecido en el último mes. Y parecía más cansado—. Te mandarán la cena dentro de unas horas...

Sí que había algo que quería Lukas. Quería decir que estaba listo, que había asimilado suficientemente el horror de su trabajo futuro y que había aprendido lo que tenía que aprender sin volverse loco. Así que, ¿podían dejar que se fuese a casa, por favor?

Pero ésa no era la manera de salir de allí. Lukas ya lo había deducido por sí mismo.

—Bueno —dijo—. No me importaría tener algo para leer...

Las cosas que había descubierto en el servidor 18 le ardían en el cerebro. Tenía que saber si Bernard las conocía. Creía que sí, pero tenía que preguntar por el dossier para estar seguro.

Bernard sonrió.

—¿No tienes cosas suficientes para leer?

Lukas agitó en el aire las cartas de su madre.

—¿Esto? Me lo habré acabado antes de llegar a la escalerilla...

—Me refiero a lo que tienes abajo. La Orden. Tus estudios. —Bernard ladeó la cabeza.

Lukas suspiró.

—Sí, así es, pero no puedo pasarme doce horas al día leyendo eso. Me refiero a algo menos denso. —Negó con la cabeza—. Olvídalo. Si no puede ser...

—¿Qué te apetece? —le preguntó Bernard—. Sólo estaba fastidiándote un poco. —Se apoyó en el archivador y entrelazó los dedos por encima de la tripa. Levantó la cabeza y miró a Lukas.

—Bueno, puede que te suene extraño, pero se trata de un caso. Un caso antiguo. El servidor dice que está archivado en tu oficina, junto con todas las investigaciones cerradas...

—¿Una investigación? —Bernard alzó la voz con tono inquisitivo.

Lukas asintió.

—Sí. Algo relacionado con un amigo de un amigo. Siento curiosidad. No hay una copia digital en los servid...

—No se tratará de Holston, ¿verdad?

—¿Quién? Ah, el antiguo comisario. No, no. ¿Por qué?

Bernard desechó la idea con un ademán.

—Está archivado bajo el nombre de Wilkins —dijo Lukas mientras observaba al otro con mucha atención—. George Wilkins.

El rostro de Bernard se endureció. Su bigote cayó sobre los labios como un telón al final de la función.

Lukas se aclaró la garganta. Lo que había visto en la cara de su superior era prácticamente suficiente.

—Murió hace unos años, en Mec... —comenzó a decir.

—Ya sé cómo murió. —Bernard bajó la barbilla—. ¿Por qué te interesa ese archivo?

—Mera curiosidad. Tengo un amigo que...

—¿Y cómo se llama ese amigo? —Las pequeñas manos de Bernard abandonaron su vientre y se introdujeron en los bolsillos del mono. Se apartó del archivador y dio un paso hacia Lukas.

—¿Cómo?

—Ese amigo... ¿Tenía algún tipo de relación con George? ¿Eran íntimos?

—No. Que yo sepa, al menos. Mira, si es algo tan serio, no hace falta que te preocupes... —Sólo quería preguntar, preguntar por qué lo había hecho, pero Bernard parecía decidido a contárselo por propia iniciativa.

—Es algo muy serio —afirmó—. George Wilkins era un hombre peligroso. Un hombre de ideas. Ese tipo de ideas que se transmiten entre susurros y envenenan a la gente a su alrededor...

—¿Cómo? ¿Qué quieres decir con eso?

—Sección trece de la Orden. Estúdiatela. Todas las insurrecciones comenzarían igual si se lo permitiéramos, con hombres como él.

La barbilla de Bernard había bajado hasta su pecho y sus ojos miraban por encima de la montura de las gafas. La verdad salía a la luz libremente sin necesidad de que intervinieran todos los engaños que había planeado Lukas.

No necesitaba el dossier; había visto los registros de desplazamiento que coincidían con la muerte de George, las docenas de mensajes de correo en los que se pedía a Holston que cerrara el caso de una vez. Bernard no sentía el menor deseo de ocultar sus actos. George Wilkins no había muerto. Lo habían asesinado. Y Bernard estaba dispuesto a contarle por qué.

—¿Qué hizo? —preguntó en voz baja.

—Te voy a decir lo que hizo. Era un mecánico, uno de esos grasientos. Comenzamos a oír rumores en boca de los porteadores sobre planes que circulaban por el silo, ideas para ampliar la mina con un pozo lateral. Como sabes, las excavaciones laterales están prohibidas...

—Sí, obviamente. —En su cabeza, Lukas se imaginó que los mineros del silo 18 excavaban hasta encontrarse con los del silo 19. Sería, como mínimo, incómodo.

—Una larga conversación con el jefe de Mecánica puso punto final a esas tonterías, pero entonces George Wilkins nos salió con la idea de ampliar el silo hacia abajo. Con la ayuda de otros, trazó planos para seguir excavando hasta el piso ciento cincuenta. Y luego hasta el ciento sesenta.

—¿Dieciséis pisos más?

—Para empezar. Al menos, eso era lo que se decía. Aunque sólo eran ideas y esbozos de planos. Pero algunos de aquellos rumores acabaron en los oídos de un porteador. Y entonces nuestra gente comenzó a animarse también.

—Así que lo asesinaste...

—Alguien lo hizo, sí. Lo de menos es la identidad del responsable. —Se ajustó las gafas con una mano. La otra permaneció en reposo sobre su vientre—. Un día tendrás que hacer cosas como ésa, hijo. Lo sabes, ¿no?

—Sí, pero...

—Nada de peros. —Bernard negó lentamente con la cabeza—. Algunos hombres son como un virus. Si no quieres que se desencadene una plaga, debes inocular el silo contra ellos. Y los eliminas.

Lukas guardó silencio.

—Hemos eliminado catorce amenazas este año, Lukas. ¿Tienes idea de cuál sería la esperanza de vida media en los silos si no atajásemos estas cosas con la máxima diligencia?

—Pero las limpiezas...

—Son útiles para la gente que quiere salir. Que sueña con un mundo mejor. El levantamiento que estamos combatiendo ahora mismo está lleno de personas así, pero es sólo una de las enfermedades a las que debemos enfrentarnos. La limpieza es una especie de cura. No estoy seguro de que alguien aquejado por un mal diferente limpiase si lo mandásemos fuera. Para que funcione, tienen que anhelar lo que les mostramos.

Esto recordó a Lukas lo que había averiguado sobre los cascos, los visores. Había asumido que aquélla era la única clase de amenaza que existía para el silo. Empezaba a pensar que tendría que haber prestado más atención a la Orden y menos al legado.

—Has asistido al último estallido por la radio. Todo eso podría haberse prevenido si hubiéramos atajado antes la enfermedad. Dime que no habría sido preferible...

Lukas se miró las botas. La papelera yacía a poca distancia, volcada. En aquella posición era una imagen triste. Ya no servía para contener cosas.

—Las ideas son contagiosas, Lukas. Es uno de los conceptos centrales de la Orden. Ya lo sabes.

Lukas asintió. Pensó en Juliette y se preguntó por qué no había llamado hacía una eternidad. Era uno de los virus de los que hablaba Bernard. Sus palabras avanzaban reptando por su mente y la infectaban con sueños absurdos. Sintió que una oleada de calor le recorría el cuerpo al comprender que le había hecho efecto. Entonces tuvo el impulso de llevarse una mano al bolsillo del pecho, sentir la presencia allí de sus efectos personales, el reloj, el anillo, la tarjeta de identificación... Se los había quedado para recordarla tras su muerte, pero al saber que seguía con vida se habían vuelto aún más preciados para él.

—Este levantamiento no ha sido tan malo como el anterior ni de lejos —le aseguró Bernard—. E incluso después de algo como aquello, las cosas se calmaron. Reparamos los daños e hicimos olvidar a la gente. Y volveremos a hacer lo mismo ahora. ¿Está claro?

—Sí, señor.

—Excelente. Bueno, ¿era todo lo que querías saber sobre el dossier?

Lukas asintió.

—Bien. De todos modos, me da la impresión de que tienes que leer otra cosa. —Su bigote se arrugó con la sombra de una sonrisa. Se dio la vuelta para marcharse.

—Fuiste tú, ¿no?

Bernard se detuvo, pero sin volverse hacia él.

—El que mató a George Wilkins. Fuiste tú, ¿verdad?

—¿Importa eso?

—Sí. A mí... sí me importa. Porque...

—¿O a tu amigo? —Bernard se volvió ahora hacia él. Lukas sintió que la temperatura de la sala subía un grado de repente.

—¿Estás cambiando de idea, hijo? Sobre este trabajo, me refiero. ¿Me he equivocado contigo? Porque no sería la primera vez...

Lukas tragó saliva.

—Sólo quería saber si es algo que alguna vez tendría que... O sea, como estoy haciendo de sombra para...

Bernard dio unos pasos hacia él. Lukas, involuntariamente, respondió retrocediendo uno.

—No pensaba haberme equivocado contigo. Pero lo he hecho, ¿no? —Movió la cabeza en un gesto de decepción. Parecía asqueado—. Joder... —escupió.

—No. No te has equivocado. Lo que pasa es que llevo demasiado tiempo aquí, simplemente. —Lukas se apartó el pelo de la frente. Le picaba el cuero cabelludo. Necesitaba ir al baño—. Tal vez necesite un poco de aire, nada más. O irme a casa una temporada. Dormir en mi cama. ¿Cuánto llevo aquí, un mes? ¿Cuánto tiempo tengo que...?

—¿Quieres salir de aquí?

Lukas asintió.

Bernard se miró las botas y pareció pensar en ello durante un momento. Cuando volvió a levantar la cabeza había tristeza en su mirada, en la caída del bigote, en la película de humedad que le cubría los ojos.

—¿Es eso lo que quieres? ¿Salir de aquí?

Sus manos cambiaron de posición sobre el mono.

—Sí, señor. —Lukas asintió.

—Dilo.

—Quiero salir de aquí. —Dirigió la mirada un momento hacia la gruesa puerta de metal que había detrás de Bernard—. Por favor, quiero que me deje salir.

—Fuera.

Lukas bajó la cabeza, exasperado. El sudor que resbalaba por el perfil de su mandíbula le provocaba un hormigueo en la mejilla. De repente le tenía un miedo atroz a aquel hombre, aquel hombre que, inesperadamente, le recordaba muchísimo a su padre.

—Por favor —insistió Lukas—. Lo que pasa es que... comienzo a sentirme enjaulado. Déjeme salir fuera de aquí.

Bernard asintió. Un temblor recorrió su mejilla. Parecía a punto de echarse a llorar. Lukas nunca había visto una expresión como aquélla en el rostro del hombre.

—Comisario Billings, ¿está usted ahí?

Su pequeña mano salió del mono y llevó la radio hasta su triste y tembloroso bigote.

El chirrido de la voz de Peter no se hizo esperar

—Aquí estoy, señor.

Bernard pulsó la tecla del transmisor.

—Ya ha oído a este hombre —Y mientras lo decía comenzaron a formarse unas lágrimas en sus ojos—. Lukas Kyle, ingeniero de Informática de primera clase, dice que quiere salir fuera de aquí...

77

Silo 17

—¿Hola? ¿Walk? ¿Shirly?

Juliette le gritaba a la radio, observada por los huérfanos y Solo desde varios peldaños más abajo. No había dejado de estar pendiente de la radio un solo momento mientras cruzaban las granjas, ni cuando procedió a unas apresuradas presentaciones. Luego había subido varios pisos, seguida por todos, y continuaba sin tener noticias de sus amigos. No había vuelto a saber nada desde que se interrumpiera la comunicación. Lo último que había oído era la voz de Walker en medio de los disparos. Pero seguía pensando que si subía lo suficiente, si lo intentaba una vez más, podía conseguirlo. Comprobó la luz que había junto al interruptor de encendido y volvió a asegurarse de que la batería no estaba agotada. Subió el volumen hasta que pudo oír la estática, y así supo que el aparato funcionaba.

Pulsó el botón. La estática permaneció muda mientras la radio esperaba a que hablase.

—Decidme algo, chicos, por favor. Soy Juliette. ¿Podéis oírme? Decid algo.

Miró a Solo, que subía apoyándose en la misma persona que lo había golpeado.

—Tenemos que subir más, creo. Venga, a paso ligero.

Los demás rezongaron. Los pobres refugiados del silo 17 actuaban como si fuese ella la que había perdido la cabeza. Pero siguieron subiendo al ritmo que marcaba Solo. Parecía haber recobrado algunas fuerzas tras tomar un poco de agua y fruta, pero estaba debilitándose cada vez más a medida que seguían hacia arriba.

—¿Dónde están esos amigos con los que hablas? —preguntó Hijo de Rick—. ¿No pueden venir a ayudarnos? —En aquel momento Solo se inclinó hacia un lado e Hijo de Rick soltó un gruñido—. Pesa mucho.

—No van a venir a ayudarnos —respondió Juliette—. No hay forma de llegar desde allí hasta aquí. —«Ni al revés», se recordó.

Tenía las tripas encogidas de preocupación. Necesitaba llegar hasta Informática y llamar a Lukas, averiguar lo que estaba sucediendo. Tenía que contarle lo mal que habían salido sus planes, la sucesión de fracasos en que se habían convertido. No había forma de volver atrás, comprendió. Ni de salvar a sus amigos. O al silo. Volvió la cabeza. Su vida sería la de madre de aquellos huérfanos, niños que habían sobrevivido simplemente porque la gente que quedaba, sumida en una guerra fratricida, no había tenido la crueldad de matarlos. «O la misericordia», pensó.

Y ahora todo había recaído sobre sus hombros. Y los de Solo, aunque en menor medida. Porque a buen seguro, muchas veces no sería más que otro niño del que tendría que ocuparse.

Continuaron su gradual ascenso hasta otro rellano. Solo pareció recobrar de nuevo las fuerzas y progresaron bastante. Pero el camino era todavía muy largo.

Pararon en los pisos intermedios para ir al cuarto de baño, a pesar de que los lavabos no tenían agua. Juliette ayudó a los más pequeños. No les gustaba hacerlo así y dijeron que preferían la tierra. Ella respondió que no pasaba nada, que sólo lo harían de aquel modo cuando estuvieran de paso de un sitio a otro. No les habló de los años que había pasado Solo echando a perder pisos enteros de apartamentos. Ni tampoco de las nubes de moscas que había visto.

Se les acabó la comida que llevaban, pero tenían agua en abundancia. Juliette quería llegar a las granjas hidropónicas del piso cincuenta y seis antes de detenerse para pasar la noche. Allí encontrarían comida y agua suficiente para el resto del viaje. Probó la radio repetidas veces, a pesar de saber que estaba agotando la batería. No recibió respuesta. Pero es que tampoco sabía cómo habían podido comunicarse con ella sus amigos. Cada silo debía de tener su propio método para mantenerse aislado de los demás. Seguramente era cosa de Walker, alguna invención suya. Cuando volviese a Informática, ¿podría averiguarlo? ¿Podría ponerse en contacto con él o con Shirly? No estaba segura, y Lukas, desde donde se encontraba, no podía ponerse en contacto con Mecánica. Ya se lo había pedido una docena de veces.

Lukas...

Y entonces se acordó.

La radio de la guarida de Solo. ¿Qué le había dicho Lukas una noche...? Estuvieron hablando hasta tarde y él dijo que ojalá pudieran hablar desde abajo, donde estaba mucho más cómodo. ¿No era allí donde recibía la información sobre el levantamiento por medio de una radio? Como la que había donde se ocultaba Solo, bajo los servidores, encerrada detrás de aquella jaula de acero cuya llave nunca había podido encontrar.

Juliette se volvió y observó a su grupo. Todos se detuvieron, apoyados en la barandilla, y la miraron fijamente. Helena, la joven madre que ni siquiera conocía su propia edad, trató de consolar a su bebé, que había empezado a llorar. Al bebé sin nombre le gustaba el movimiento de vaivén que provocaba subir o bajar escaleras.

—Tengo que adelantarme —les dijo. Miró a Solo—. ¿Cómo estás?

—¿Yo? Perfectamente.

No lo parecía.

—¿Puedes llevarlos arriba? —Hizo un gesto con la cabeza dirigido a Hijo de Rick—. ¿Estás bien?

El muchacho levantó la barbilla. Parecía que sus reticencias se habían desvanecido durante el ascenso, sobre todo cuando pararon para ir al cuarto de baño. Por su parte, los niños parecían emocionados por la perspectiva de conocer zonas nuevas del silo y porque podían alzar la voz sin que les pasara nada malo. Comenzaban a asimilar que sólo quedaban dos adultos con vida y que ninguno de ellos era tan malo como había creído.

—Hay comida en el cincuenta y seis —dijo Juliette.

—Los números... —Hijo de Rick negó con la cabeza—. No los conozco...

Pues claro. ¿Para qué iba a aprender unos números que nunca viviría para ver... en múltiples sentidos?

—Solo os enseñará dónde es —le dijo—. Hemos parado allí otras veces. La comida es buena. Y también hay cosas enlatadas. ¿Solo? —Esperó a que se desvaneciera, al menos en parte, la expresión vidriosa de su cara y la mirara—. Tengo que volver a tu piso. Hay gente a la que debo llamar, ¿de acuerdo? Mis amigos. He de asegurarme de que están bien.

Solo asintió.

—¿Podéis seguir sin mí? —Detestaba dejarlos atrás, pero no tenía más remedio—. Intentaré bajar a buscaros mañana. Tomaos la subida con calma, ¿de acuerdo? No hay prisa por llegar a casa.

«A casa.» ¿Cuándo se había resignado a eso?

Varios de los niños asintieron. Uno de los pequeños sacó una botella de agua de la mochila del otro y desenroscó la tapa. Juliette se volvió y comenzó a subir los peldaños de dos en dos, a pesar de las protestas de sus piernas.

Había dejado atrás el piso cincuenta cuando se dio cuenta de que tal vez no lo lograría. El sudor estaba helándole la piel. Sus piernas estaban ya más allá de los calambres, más allá del dolor. Habían alcanzado un estado de insensibilidad total fruto de la fatiga. Se dio cuenta de que cada vez recaía una parte mayor del esfuerzo sobre sus brazos: echaba el cuerpo hacia adelante, se agarraba a la barandilla con manos sudorosas y tiraba de sí misma para subir otros dos nuevos peldaños.

Tenía la respiración entrecortada. Llevaba así media docena de pisos. Se preguntó si la terrible aventura submarina le habría causado un daño irreparable a sus pulmones. ¿Era posible tal cosa? Su padre lo sabría. Pensó en la perspectiva de pasar el resto de su vida sin un médico, con los dientes tan amarillos como los de Solo, cuidando de un grupo de niños y tratando de asegurarse de que no hacían más, por lo menos hasta que los niños fueran mayores.

Al llegar al piso siguiente volvió a llevarse una mano a la cadera, donde le habían implantado la unidad de control de natalidad. Cosas como ésa tenían más sentido a la luz de lo que había sucedido en el silo 17. Muchas. Cosas que en su momento le habían parecido retorcidas pero en las que ahora vislumbraba un patrón, una especie de lógica. El precio desorbitado de los mensajes, la separación de los niveles, la existencia de una única y estrecha escalera, los brillantes colores que identificaban algunas profesiones, la división del silo en zonas, semilla de la desconfianza mutua... Era todo premeditado. Lo había intuido en el pasado, pero sin saber nunca el porqué. Ahora se lo revelaba aquel silo abandonado, la presencia de aquellos niños. Resultaba que algunas cosas retorcidas eran aún peores una vez enderezadas. Algunos nudos sólo cobraban sentido una vez deshechos.

Su mente vagaba mientras ella continuaba su ascenso, vagaba para no prestar atención a los dolores de sus músculos, para escapar a los padecimientos de aquel día. Al ver que dejaba atrás el cuarenta sintió, si no el final de sus sufrimientos, al menos una inyección de energía renovada. Cada vez usaba menos la radio portátil. La estática que emitía nunca cambiaba y se le había ocurrido otro modo de contactar con Walker, algo que tendría que haber deducido antes, un modo de saltarse los servidores para ponerse en contacto con los demás silos. Había estado ahí desde el principio, delante mismo de sus narices. Aún albergaba una pequeña sombra de duda. A fin de cuentas, podía estar equivocada, pero ¿por qué si no iban a enjaular de aquel modo una radio que ya estaba sometida al menos a otros dos mecanismos de control? Sólo tenía sentido si se trataba de un dispositivo extremadamente peligroso. Como ella esperaba.

Llegó hasta el treinta y cinco con los pies muertos. Nunca le había exigido tanto a su cuerpo, ni siquiera cuando estuvo poniendo en funcionamiento la pequeña bomba o durante su pequeño paseo por el exterior. Únicamente la fuerza de voluntad le permitió levantar el pie, plantarlo sobre el suelo, estirar la pierna, tirar con el brazo y echar el cuerpo hacia adelante para agarrarse a la barandilla y repetir la operación. Paso a paso. La puntera golpeaba los peldaños porque apenas tenía fuerza suficiente para despegar la bota del suelo. La luz verde de las lámparas de emergencia disolvía el paso del tiempo y le impedía saber si había pasado la noche y cuándo llegaría la mañana. Echaba desesperadamente en falta su reloj. Ahora, lo único que tenía era el cuchillo. La idea la hizo sonreír: había pasado de contar los segundos de su vida a tener que luchar por todos y cada uno de ellos.

Treinta y cuatro. Desplomarse sobre las planchas de acero del suelo era una idea tentadora, hacerse un ovillo como durante su primera noche en aquel lugar, dar gracias por seguir con vida y olvidarse de todo lo demás. Lo que hizo fue abrir la puerta, asombrada por el esfuerzo que le requería un acto tan sencillo, y volver a la civilización. A la luz. A la electricidad. Al calor.

Avanzó tambaleándose por el pasillo, con la vista tan limitada que era como si únicamente pudiera ver a través de un tubo y todo lo que había más allá estuviese desenfocado y diese vueltas a su alrededor. Rozó la pared con el hombro. El mero hecho de caminar era una proeza. Lo único que quería era llamar a Lukas, oír su voz. Se imaginó quedándose dormida detrás de aquel servidor, acariciada por el aire caliente que expulsaban sus ventiladores y con los auriculares en los oídos. Él le susurraría cosas sobre las estrellas lejanas mientras ella dormía durante días y días...

Pero Lukas tenía que esperar. Lukas estaba encerrado, sano y salvo. Tenía todo el tiempo del mundo para hablar con él.

Lo que hizo fue entrar en el laboratorio de trajes y acercarse arrastrando los pies a la pared de las herramientas sin atreverse a mirar su camastro. Si lo miraba una sola vez, no despertaría hasta el día siguiente. O incluso más tarde.

Cogió la cortadora de cables. Se disponía a marcharse, pero al final cogió también el mazo pequeño. Eran herramientas pesadas, pero resultaba agradable tenerlas en las manos, tirando de sus brazos hacia el suelo, tensando sus músculos, anclándola, proporcionándole estabilidad.

Al llegar al final del pasillo pegó el hombro a la gruesa puerta de la sala de los servidores. Se apoyó en ella con todas sus fuerzas hasta que, con un chirrido, se abrió. Sólo una rendija. Lo justo para ella. Corrió tan velozmente como se lo permitieron sus entumecidos músculos hacia la escalerilla. Arrastrando los pies. Lo más rápido posible.

La rejilla del suelo estaba en su sitio. La quitó de un tirón y dejó caer las herramientas por el agujero. Un estrépito. Le dio igual. No podían romperse. Comenzó a bajar, pero tenía las manos resbaladizas. Se golpeó la barbilla con un escalón y bajó hacia el suelo más de prisa de lo que había esperado.

Cayó con las piernas abiertas y se golpeó en la espinilla con el mazo. Levantarse fue un acto de pura voluntad, un acto de Dios. Pero aun así lo hizo.

Cruzó el pasillo hasta más allá de la pequeña mesa. Había una jaula metálica allí, con una radio, una radio grande. Recordó sus días como comisaria. Tenía una radio parecida en su oficina, que usaba para llamar a Marnes cuando iba de patrulla, o para comunicarse con Hank y el ayudante Marsh. Pero ésta era distinta.

Dejó el mazo en el suelo y atrapó uno de los goznes entre las mandíbulas de la cortadora. No tenía fuerzas para apretar. Sus brazos temblaban. Se estremecían.

Cambió de posición: apoyó una de las asas de la herramienta sobre su cuello y la encajó entre la clavícula y el hombro. Agarró la otra con las dos manos y tiró hacia sí. Con todas sus fuerzas. Sintió que las fauces de la cortadora se movían.

Hubo un fuerte chasquido, el tenso repicar emitido por el acero al partirse. Pasó a la otra bisagra y repitió la maniobra. Sintió un fuerte dolor en el punto donde se apoyaba el asa y le dio la sensación de que era la clavícula la que iba a partirse, en lugar de la bisagra.

Otro estallido violento de metal.

Agarró la jaula de acero y tiró. Los goznes se salieron de la estructura de soporte. Sus manos asieron la jaula con avidez, tratando de llegar al tesoro que contenía, mientras pensaba en Walker y su familia, en todos sus amigos, en el sonido de gente luchando que brotaba por los altavoces. Tenía que conseguir que dejaran de pelear. Tenía que conseguir que todos dejaran de pelear.

Una vez que tuvo espacio suficiente entre el acero y la pared, agarró los barrotes y tiró. La jaula protectora se dobló en su parte delantera y se separó del estante, donde, poco a poco, comenzó a salir la radio que contenía. ¿Quién necesitaba llaves? A la mierda las llaves. Cuando la radio estuvo totalmente fuera, apoyó todo el peso de su cuerpo sobre la jaula y la dobló hasta quitarla por completo de enmedio. El dial de la parte delantera le resultaba familiar. Intentó girarlo, pero sólo tenía dos posiciones. Se arrodilló, exhausta y jadeante, con el cuello empapado de sudor. Había un interruptor para encender el equipo. Cuando lo accionó, los auriculares se llenaron de estática y un zumbido inundó la sala.

El otro mando. Ése era el que necesitaba, el que tenía que encontrar. Pensó que podía haber una serie de conectores para clavijas, como en la parte trasera de los servidores, o unos conmutadores DIP, como en los controles de las bombas, pero lo que había era unos números diminutos a lo largo de un dial. Juliette sonrió, exhausta, y giró el dial hasta el 18. Su casa. Cogió el micrófono y pulsó el botón.

—¿Walker? ¿Estás ahí?

Se dejó caer al suelo y apoyó la espalda en la mesa. Con los ojos cerrados y el micrófono delante de la cara, podía imaginarse que se quedaba dormida. Comprendió lo que quería decir Lukas. Sí, aquello era más cómodo.

Volvió a pulsar.

—¿Walk? ¿Shirly? Responded, por favor.

La radio emitió un chirrido, viva.

Juliette abrió los ojos. Se quedó mirando la unidad con las manos temblorosas.

Una voz.

—¿Eres quien creo que eres?

Era demasiado aguda para ser la de Walker. Conocía aquella voz. ¿De qué la conocía? Estaba cansada y confusa. Volvió a pulsar el botón del micrófono.

—Soy Juliette. ¿Quién habla?

¿Era Hank? Pensó que podía ser Hank. Tenía una radio. Tal vez se hubiera equivocado de silo por completo. Puede que hubiera metido la pata.

—Necesito silencio en las comunicaciones —exigió la voz—. Todas las radios apagadas. Ya.

¿Eso se refería a ella? La mente de Juliette giraba en círculos. Un puñado de voces respondió, una detrás de otra. A intervalos, breves estallidos de estática. ¿Tenía que decir algo? Estaba confusa.

—No deberías transmitir en esta frecuencia —dijo la voz—. Deberían mandarte a limpiar por cosas como ésta.

La mano de Juliette cayó sobre su regazo. Dejó reposar todo el peso de su cuerpo sobre la mesa de madera, abatida. Reconocía muy bien la voz.

Bernard.

Había pasado semanas deseando hablar con él, rezando en silencio para que respondiera a sus llamadas. Pero ahora no. Ahora no tenía nada que decirle. Quería hablar con sus amigos para arreglar las cosas.

Pulsó el botón de la radio.

—Dejad de luchar —dijo. Había perdido toda la fuerza de voluntad. Todo el deseo de venganza. Sólo deseaba que el mundo guardara silencio, que la gente siguiera viviendo y se hiciera vieja y que un día alimentara las raíces...

—Hablando de limpieza —repuso la voz—. Mañana se producirá la primera. Tus amigos ya están en fila, listos para salir. Y creo que conoces al afortunado que será el primero en hacerlo.

Hubo un chasquido, seguido por un siseo y por los chirridos de la estática. Juliette no se movió. Se sentía medio muerta. Como anestesiada. Su cuerpo había perdido toda voluntad.

—Imagínate mi sorpresa —continuó la voz—. Imagínate cuando me enteré de que un hombre decente, un hombre en el que confiaba, había sido envenenado por ti.

Juliette pulsó el interruptor del micrófono con el puño, pero no se lo llevó a la boca. Simplemente alzó la voz.

—Arderás en el infierno —le espetó.

—Sin duda —respondió Bernard—. Pero hasta entonces, tengo en mi mano varias cosas que te pertenecen. Una tarjeta de identificación con una fotografía, un bonito brazalete y un anillo de compromiso que no parece oficial. Me pregunto qué...

Juliette gimió. No sentía ninguna de las partes de su cuerpo. A duras penas alcanzaba a oír sus propios pensamientos. Logró levantar el micrófono, pero necesitó hasta el último vestigio de fuerza que conservaba para hacerlo.

—¿De qué estás hablando, maldito cabrón retorcido?

Escupió las últimas palabras con la cabeza ladeada y el cuerpo rendido al deseo de dormir.

—Hablo de Lukas, que me ha traicionado. Acabamos de encontrarle encima varias cosas tuyas. ¿Cuánto tiempo hace que habla contigo? Desde antes de los servidores, ¿verdad? Bueno, pues ¿sabes una cosa? Voy a mandártelo. Y como finalmente he descubierto lo que hicisteis la última vez, lo que esos idiotas de Suministros te ayudaron a hacer, y quiero estar seguro, completamente seguro, de que tu amigo no recibe la misma ayuda, me voy a encargar personalmente de fabricar su traje. Yo. Me quedaré despierto toda la noche si es necesario. Así, cuando salga por la mañana, tendré la certeza de que no puede ni acercarse a esas malditas colinas.

78

Silo 18

Un grupo de muchachos bajaba escandalosamente por la escalera mientras Lukas subía escoltado a su cita con la muerte. Uno de ellos, perseguido por el resto, chillaba con deleitado espanto. Fueron descendiendo en espiral hasta aparecer ante sus ojos, y Lukas y Peter tuvieron que pegarse a un lado para dejarlos pasar.

Peter cumplió con su papel de comisario y les gritó que fuesen más despacio, que tuvieran cuidado. Los niños, entre risas, continuaron con su descenso desbocado. La escuela había terminado por aquel día, ya no tenían por qué seguir escuchando a los adultos.

Mientras Lukas estaba pegado a la barandilla exterior, se tomó un momento para considerar la tentación. La libertad se encontraba sólo a un salto de distancia. Una muerte de su propia elección, un destino que ya había contemplado en el pasado, cuando más negras estaban las cosas.

Peter tiró de su codo antes de que tuviese tiempo de actuar. Lo único que pudo hacer fue admirar el elegante barrote de acero, ver cómo se curvaba y curvaba, siempre con idéntico radio, sin detenerse jamás. Se lo imaginó penetrando en la tierra como un sacacorchos, pudo sentir sus vibraciones como una cuerda cósmica, como una solitaria hebra de ADN a la que, situada en el núcleo del silo, se adhería toda la vida que contenía éste.

Este tipo de pensamientos se arremolinaban en el interior de su cabeza mientras subían un piso más hacia su muerte. Vio pasar todas las soldaduras, algunas más pulcras que otras. Las había con pequeñas protuberancias, como cicatrices. Otras eran tan lisas que casi era imposible reparar en su presencia. Cada una de ellas era como la firma de su creador: un trabajo cuidadoso; una obra precipitada al cabo de un largo día de faena; el primer trabajo de una sombra; el de un curtido veterano con décadas de experiencia para cuya destreza aquello era un juego de niños.

Pasó las manos esposadas por la áspera pintura, por los abombamientos e irregularidades que revelaban la presencia de siglos de capas, de colores que cambiaban con los tiempos, con la procedencia de las pinturas o el coste de las mismas. Aquellas capas le recordaron a la mesa de madera que se había pasado casi un mes contemplando. Cada pequeño surco era una marca del paso del tiempo, del mismo modo que cada nombre grabado en su superficie señalaba el deseo absurdo de un hombre de tener más, de no dejar que el paso del tiempo se llevara su pobre espíritu.

Durante largo rato caminaron en silencio. Pasó un porteador con una carga voluminosa y una joven pareja con aspecto culpable. La salida de la cámara de los servidores no había sido el paseo a la libertad que Lukas había anhelado durante semanas. Había sido una emboscada, una marcha de oprobio, seguida por rostros en los umbrales, en los rellanos, en la escalera. Rostros vacíos, que no parpadeaban. Rostros de amigos que se preguntaban si era su enemigo.

Y puede que lo fuese.

Dirían que se había desmoronado y había pronunciado el tabú prohibido, pero Lukas sabía ahora por qué sacaban a la gente al exterior. Era un virus. Si estornudaba las palabras indebidas, mataría a todo el que conocía. Era la misma senda que había seguido Juliette y por las mismas razones irracionales. Creía en ella. Siempre había creído y nunca pensó que hubiera hecho nada malo, pero ahora, al fin, lo comprendía. En muchos aspectos, era como él. Sólo que él no sobreviviría, estaba seguro de ello. Así se lo había prometido Bernard.

Habían subido diez pisos desde Informática cuando sonó una voz en la radio de Peter. Éste soltó un momento el codo de Lukas y subió el volumen para ver si era para él.

—Aquí Juliette. ¿Quién habla?

Esa voz...

El corazón de Lukas dio un respingo antes de hundirse en un abismo muy profundo. Clavó la mirada en la barandilla y escuchó.

Respondió Bernard, pidiendo silencio. Peter alargó la mano hacia el transmisor y bajó el volumen, pero no lo apagó. Las voces los acompañaron en el ascenso. Cada paso y cada palabra eran como un peso para Lukas, un golpe que lo iba desmoronando poco a poco. Estudió la barandilla y volvió a barajar la posibilidad de la auténtica libertad.

Una sacudida y un corto salto. Una larga caída.

Podía sentir en su interior cómo realizaba los movimientos, cómo doblaba las rodillas y levantaba los pies.

En la radio, las voces discutían. Decían cosas prohibidas. Rezumaban secretos, como si pensasen que los oídos de los demás no podían oír.

Lukas presenció la escena de su muerte una vez tras otra. Su destino lo esperaba al otro lado de aquella barandilla. Era una imagen tan poderosa que afectó a sus piernas y comenzó a subir más despacio. Ralentizó su paso y Peter también. Cada uno de ellos empezaba a vacilar, a dudar de la convicción de su ascensión mientras escuchaban a Juliette y a Bernard discutir. Lukas perdió las fuerzas y decidió no saltar.

Los dos hombres estaban cambiando de idea.

79

Silo 17

Juliette despertó en el suelo, zarandeada por alguien. Un hombre con barba. Era Solo y ella había perdido el conocimiento en su cuarto, junto a su mesa.

—Lo hemos conseguido —le dijo Solo con una sonrisa amarillenta. Parecía estar mejor que la última vez que lo había visto. Más vivo. Juliette se sentía como si estuviera muerta.

Muerta.

—¿Qué hora es? —preguntó—. ¿De qué día?

Trató de incorporarse. Todos los músculos, desde el primero hasta el último, le parecían desgarrados, desconectados, como una masa flotante bajo la piel.

Solo se acercó al ordenador y encendió el monitor.

—Los demás están escogiendo cuarto y luego irán a las granjas superiores. —Se volvió hacia ella. Juliette se frotó las sienes—. Ya no estamos solos —dijo, como si aún fuese una noticia.

Juliette asintió. En aquel momento sólo había una persona en la que pudiera pensar. Los sueños volvieron a aparecer en su cabeza, sueños sobre Lukas, sobre sus amigos encerrados en celdas, con una sala llena de trajes preparados para ellos, sin que importase si limpiaban o no. Sería una matanza, un escarmiento para los que quedasen. Pensó en todos los cuerpos amontonados a la entrada de su silo, el silo 17. Era fácil imaginar lo que iba a suceder.

—¿Qué día es hoy? —preguntó otra vez.

—Viernes —respondió Solo mirando la pantalla del ordenador—. O jueves por la noche, como prefieras. Son las dos de la madrugada. —Se rascó la barba—. Me siento como si hubiéramos dormido más.

—¿Qué día fue ayer? —Sacudió la cabeza. Era una pregunta absurda—. ¿Qué día me sumergí con el compresor? —Su cerebro no funcionaba bien.

Solo la miró con una expresión que parecía indicar que estaba pensando lo mismo.

—El jueves. Hoy es mañana. Empecemos otra vez...

—No hay tiempo. —Juliette gimió e intentó levantarse. Solo corrió a su lado y la ayudó colocándole los brazos bajo las axilas—. Al laboratorio de trajes —dijo. Solo asintió. Se notaba que estaba exhausto y, aunque puede que no tanto como ella, estaba dispuesto a hacer cualquier cosa que le pidiera. La idea de que alguien pudiera serle tan leal la entristeció.

Lo llevó por el pasillo. La subida por la escalerilla despertó una legión de calambres por todo su cuerpo. Salió por el suelo de la sala de los servidores; Solo hizo lo propio y la ayudó a levantarse. Se dirigieron juntos hacia el laboratorio de trajes.

—Necesito toda la cinta térmica que tengamos —le explicó mientras iban hacia allí. Al pasar por una fila de servidores se golpeó accidentalmente contra uno de ellos—. Tiene que ser la del carrete amarillo, la de Suministros. No la roja.

Solo asintió.

—La buena. Como la que usamos en el compresor.

—Eso es.

Salieron de la sala de los servidores y continuaron por el pasillo arrastrando los pies. Juliette oyó las voces alegres de los niños al otro lado de la esquina y el ruido de sus piececillos desnudos. Era un sonido extraño, como ecos de fantasmas. Pero también algo normal. Algo normal que había retornado al silo 17.

Al llegar al laboratorio de trajes puso a Solo a trabajar con la cinta. Las estiraba sobre los bancos de trabajo y luego unía los bordes y utilizaba un soplete para cauterizar y sellar las junturas.

—Como mínimo tres centímetros de unión —le dijo al ver que escatimaba el material. Solo asintió. Juliette miró de reojo el jergón y consideró la posibilidad de echarse. Pero no tenía tiempo. Escogió el traje más pequeño que había en la sala, que tenía un cuello muy estrecho. Recordaba lo que le había costado entrar en el silo 17 y no quería tener que pasar por ello otra vez.

—No tengo tiempo de preparar otro interruptor para el traje, así que iré sin radio.

—Pieza a pieza, fue desmontando el traje destinado a fallar y reconstruyéndolo con componentes de calidad, traídos en su momento desde Suministros. Algunos de ellos tuvo que sellarlos por completo con la cinta buena. No sería tan perfecto como el que Walker le había proporcionado, pero sí mucho mejor que el que estaban preparándole a Lukas. Utilizó todas las piezas que se había pasado semanas estudiando, asombrada por la complejidad de las técnicas necesarias para fabricar algo más frágil de lo que parecía. Tomó una junta de un montón de cuya procedencia no estaba segura y la probó apretándola entre los dedos. La junta cedió en seguida. Buscó otra.

—¿Cuánto tiempo estarás fuera? —preguntó Solo mientras, acompañado de un fuerte chirrido, estiraba otro rollo de cinta—. ¿Un día? ¿Una semana?

Juliette levantó la mirada de su mesa de trabajo y miró a Solo. No quería decirle que tal vez no lo consiguiera. Era una idea que prefería guardar para sí.

—Ya encontraremos el modo de venir a buscarte —dijo—. Pero antes tengo que tratar de salvar a alguien. —Se sentía como si le estuviera mintiendo. La asaltó el impulso de decirle que quizá no podría volver.

—¿Con esto? —Solo puso la mano sobre la cinta térmica que cubría su mesa de trabajo.

Juliette asintió.

—Las puertas de mi hogar no se abren nunca —le dijo—. Salvo cuando envían a alguien a limpiar...

Solo asintió.

—Aquí era igual, cuando estaban todos locos.

Juliette lo miró, intrigada, y vio que estaba sonriendo. Había hecho un chiste. Se echó a reír, a pesar de que no tenía ganas, y descubrió que aquello la ayudaba.

—Faltan seis o siete horas para que se abran esas puertas —le dijo—. Y para entonces quiero estar allí.

—¿Y luego? —Solo apagó el soplete e inspeccionó su trabajo. La miró.

—Luego quiero ver cómo explican que estoy viva. Creo... —Reemplazó un sello y dio la vuelta al traje para trabajar en la otra manga—. Creo que mis amigos están luchando contra la gente que me mandó aquí. Todos los demás están mirando, la inmensa mayoría de nuestra gente. Están demasiado asustados para escoger un bando, lo que quiere decir, básicamente, que no lucharán.

Hizo una pausa mientras usaba uno de los extractores pequeños para sacar el sello que unía la muñeca al guante. A continuación, lo sustituyó por uno bueno.

—¿Crees que así cambiarás las cosas? ¿Salvando a tu amigo?

Juliette levantó la mirada y estudió a Solo, que casi había terminado con la cinta.

—Quiero salvar a mi amigo porque quiero salvar a mi amigo —replicó—. Pero también creo que cuando toda la gente que hay allí vea que un limpiador ha vuelto se alinearán con el bando correcto y así, con todo ese apoyo, no harán falta las armas ni seguir luchando.

Solo asintió. Comenzó a doblar la manta sin necesidad de que Juliette se lo pidiera. Esta pequeña demostración de iniciativa, esa muestra de que sabía lo que tenía que pasar a continuación, la llenó de esperanza. Puede que necesitase a aquellos chicos, alguien de quien cuidar. Parecía haber ganado diez años de madurez de repente.

—Volveré a buscaros a todos —le aseguró.

Solo levantó la cabeza y trabó su mirada con la de Juliette durante un momento. Parecía que su cerebro estuviese trabajando frenéticamente. Se acercó a su mesa, dejó allí la manta doblada y le dio un par de palmaditas. Una breve sonrisa se dibujó en su barba y entonces tuvo que apartar la mirada rascándose la barbilla, como si le picara algo allí.

Seguía siendo un adolescente, comprendió Juliette. Un adolescente al que lo avergonzaba llorar.

Consumieron casi cuatro de las últimas horas que le quedaban a Lukas acarreando el pesado equipo hasta el piso tres. Los niños los habían ayudado, pero les ordenó que se quedaran un piso más abajo, preocupada por la atmósfera del último nivel. Solo la ayudó a meterse en un traje por segunda vez en otros tantos días. La estudió con mirada lúgubre.

—¿Estás segura de esto?

Asintió mientras cogía la manta de cinta térmica. Un piso más abajo se oía la voz de Hijo de Rick, que ordenaba a los niños que guardaran silencio.

—Procura no preocuparte —le dijo—. Pasará lo que tenga que pasar. Pero debo intentarlo.

Solo pensó en esto un momento mientras se rascaba la barba. Asintió.

—Estás acostumbrada a estar entre los tuyos —admitió—. Y de todos modos, supongo que allí serías más feliz.

Juliette alargó la mano y le estrechó el brazo con uno de los aparatosos guantes.

—No digo que sería infeliz aquí, pero si dejara que lo mataran sin hacer algo sí que lo sería.

—Lo que pasa es que me estaba acostumbrando a tenerte aquí. —Volvió la cabeza a un lado, se inclinó y cogió el casco del suelo.

Juliette revisó los guantes, se aseguró de que todo estaba bien forrado y levantó la mirada. La subida hasta el último piso sería terrible con el traje puesto. Le daba miedo. Y luego tendría que abrirse camino entre los restos de toda esa gente, en la oficina del comisario, y atravesar las puertas de la esclusa. Cogió el casco que le ofrecía Solo, asustada por lo que debía hacer a pesar de la decisión que había tomado.

—Gracias por todo —dijo. Sentía que estaba haciendo algo más que despedirse. Sabía que era muy probable que estuviera a punto de hacer lo mismo que había querido conseguir Bernard muchas semanas antes. Su limpieza sólo se había pospuesto, pero ahora iba a seguir con ella.

Solo asintió y se colocó tras ella para revisar el cierre de la espalda. Dio unas palmadas sobre el velcro y un pequeño tirón al cuello.

—Todo bien —declaró con voz quebrada.

—Cuídate, Solo. —Alargó el brazo y le dio unas palmaditas en el hombro. Había decidido llevar el casco en la mano un piso más, para conservar todo el aire posible.

—Jimmy —respondió él—. Creo que voy a volver a llamarme Jimmy. —Sonrió.

Juliette movió la cabeza con tristeza, pero sonrió también.

—A fin de cuentas, ya no voy a estar solo —concluyó él.

80

Juliette atravesó las puertas de la esclusa y la rampa tratando de ignorar los cadáveres que la rodeaban, concentrándose en cada paso que daba. Ésa fue la peor parte. Al llegar al espacio abierto, entre restos dispersos que habría querido tomar por rocas, sintió alivio. No le fue difícil orientarse. Sólo tenía que dar la espalda a la metrópolis en ruinas de la lejanía, la misma hacia la que había encaminado sus pasos tiempo atrás, y echar a andar en dirección contraria.

Esta vez, los cadáveres que se iba encontrando a su paso le parecían más tristes que en el camino de ida, más trágicos ahora que había compartido durante algún tiempo la que había sido su casa. Se cuidó mucho de no perturbarlos, de pasar entre ellos con la solemnidad que merecían. Sólo lamentaba no poder hacer más que deplorar la suerte que habían corrido.

Al cabo de un rato su número comenzó a menguar, hasta que finalmente se quedó sola en medio del paisaje. El lento paseo por la ladera azotada por los vientos, acompañada por el sonido de la arenilla que golpeteaba contra el casco, le resultaba curiosamente familiar y, a la vez, extrañamente reconfortante. Ése era el mundo en el que vivía, en el que todos ellos vivían. A través de la cúpula transparente de su casco lo vio con toda la claridad posible. Las nubes pasaban volando a poca altura, raudas, hostiles y grisáceas. El viento movía las capas de polvo a ras de suelo. Por todas partes se veían rocas de bordes irregulares, como si hubieran pertenecido a otras más grandes, talladas quizá por las mismas máquinas que habían dado forma a esas colinas.

Al llegar a la cima hizo una pausa para contemplar el paisaje a su alrededor. El viento soplaba con violencia allí arriba, donde su cuerpo estaba plenamente expuesto. Separó las piernas para impedir que la derribase y bajó la vista hacia el domo invertido que se extendía por debajo de ella, el techo liso de su hogar. Una mezcla de emoción y miedo la embargó. El sol acababa de asomar por detrás de las lejanas colinas y la torre de sensores seguía aún a la sombra, en la oscuridad nocturna. Podía conseguirlo. Pero antes de iniciar el descenso, casi sin pretenderlo, se volvió para contemplar, entre boquiabierta y asombrada, la sucesión de cuencas similares que se alejaba hasta perderse en el horizonte. Eran cincuenta en total, tal como había visto en los planos del interior del silo.

Y entonces, repentinamente y con violenta fuerza, la asaltó la idea de que a poca distancia de ella había incontables seres humanos viviendo sus vidas. Gente viva. Otros silos, aparte del suyo y el de Solo. Silos ajenos a lo que estaba sucediendo, repletos de gente que despertaba en aquel momento para irse a trabajar, o a la escuela, o quizá incluso para salir a limpiar.

Se volvió y, mientras lo contemplaba todo, se preguntó si habría alguien en medio de aquel paisaje, a la misma hora exacta, embutido en un traje similar, con la mente recorrida por miedos distintos a los suyos. De haber podido gritar para llamar su atención lo habría hecho. De haber podido saludar con la mano a todos los sensores ocultos, lo habría hecho.

El mundo cobraba dimensiones nuevas, una escala distinta desde aquella altura. Semanas atrás la habían condenado a morir y su vida tendría que haber terminado. Si no en las paredes de la depresión que albergaba su hogar, en los niveles anegados del silo 17. Pero no había sido así. Lo más probable es que fuese a ocurrir ahora, aquella mañana, con Lukas. Si se equivocaba, seguramente se quemarían juntos en la esclusa. O quedarían tendidos al pie de la colina, donde se descompondrían como pareja. Porque eso es lo que eran, una pareja, formada en desesperadas conversaciones nocturnas, dos almas extraviadas cuyo lazo de unión nunca habían llegado a mencionar o admitir.

Juliette se había prometido no volver a amar en secreto. O, más bien, no volver a amar. Pero de algún modo, lo que había hecho esta vez era aún peor: se lo había ocultado incluso a él. Más aún, también a ella misma.

Puede que fuese la proximidad de la muerte la que la hacía pensar estas cosas, la cercanía de la segadora, que rociaba su casco de arena y toxinas. Pero ¿qué importancia podía tener eso cuando sus ojos estaban contemplando la amplitud del mundo? Probablemente la vida seguiría en su silo como si tal cosa. En otros silos sería así, desde luego.

Una fuerte ráfaga de viento sopló en su dirección y estuvo a punto de arrebatarle la manta plegada de las manos. Juliette se recompuso, desterró estos pensamientos de su cabeza e inició el mucho más sencillo descenso hacia su casa. Dejó atrás la cima, sus vistas imponentes y sus alturas melancólicas, los vientos severos y cáusticos. Avanzó por el pliegue donde se encontraban las dos colinas, siguiendo un camino sinuoso hacia la triste imagen de una pareja que, enterrada a plena vista, marcaba la meta de su fatídico, desesperado y agotador regreso al hogar.

Llegó a la rampa antes de tiempo. No había nadie en el exterior y el sol seguía escondido detrás de las colinas. Mientras bajaba por la ladera se preguntó qué pensarían si la veían en los sensores, avanzando con paso tambaleante en dirección al silo.

Al llegar al final de la rampa se acercó a la gruesa puerta de acero y esperó. Revisó la manta de cinta térmica y volvió a repasar el procedimiento en su cabeza. Había considerado todos los posibles escenarios, bien durante la subida por la escalera, en sus locos sueños, o bien al recorrer el trecho de camino exterior. Tenía que salir bien, se dijo. La idea era buena. La única razón por la que nadie había sobrevivido a una limpieza era que nadie los ayudaba. No contaban con herramientas ni recursos. Pero ella sí.

El tiempo parecía detenido. Era como su delicado y precioso reloj cuando se olvidaba de darle cuerda. La tierra acumulada al borde de la rampa se agitaba impaciente y Juliette se preguntó si se habría cancelado la limpieza, si moriría sola. Sería preferible, se dijo. Respiró hondo y se preguntó por qué no se habría traído más aire, el suficiente para el viaje de regreso, por si acaso. Pero había estado tan ocupada pensando en lo que sucedería tras la limpieza que no se le había ocurrido la posibilidad de que tal vez no se produjera.

Tras una larga espera, con los nervios a flor de piel y el corazón desbocado, oyó de repente un ruido procedente del interior, el chirrido metálico de unos engranajes.

Se puso tensa. Sintió que unos calambres le recorrían los brazos y que se le cerraba la garganta. Ahí estaba. Se agitó en el sitio, incapaz de estarse quieta. Las compuertas emitieron un ruido estruendoso mientras se preparaban para vomitar al pobre Lukas. Juliette desplegó una parte de la manta térmica y esperó. Todo sucedería muy de prisa. Era consciente de ello. Pero sabía lo que tenía que hacer. Y nadie podría impedírselo.

Con un terrible chirrido, las puertas del silo 18 se abrieron y una furiosa bocanada de argón cayó sobre ella. Juliette inclinó el cuerpo. La niebla la engulló. Comenzó a avanzar a ciegas, con una mano por delante, mientras la manta aleteaba furiosamente contra su pecho. En cualquier momento tropezaría con él, se encontraría con un hombre aturdido y aterrorizado. Estaba preparada para inmovilizarlo, envolverlo en la manta y...

Pero no había nadie en la puerta, ningún cuerpo pugnando por salir, por escapar de la inminente purga de las llamas.

Juliette cayó prácticamente en la esclusa. Su cuerpo, que había esperado topar con alguna resistencia, como una bota al llegar al final de una escalera a oscuras, se encontró en su lugar con un espacio vacío.

Mientras se despejaba la neblina del argón y las puertas volvían a cerrarse, sintió un instante de esperanza, una diminuta fantasía en la que la limpieza había sido cancelada. En la que habían abierto las puertas simplemente para darle la bienvenida. Puede que alguien la hubiera visto llegar por la colina y hubiese decidido arriesgarse, la hubiera perdonado y, entonces, cuando volviera a entrar, todo se habría arreglado...

Pero en cuanto recobró la vista en medio del gas se dio cuenta de que no era así. Había un hombre con traje de limpiador en el centro de la esclusa, arrodillado con las manos en los muslos, mirando la compuerta interior.

Lukas.

Juliette corrió hacia él mientras un halo de luz inundaba la sala y una pequeña llama se encendía en las toberas destinadas a inundar la estancia de fuego. Todas las superficies de plástico se cubrieron de reflejos. Con un estruendo sordo, la compuerta exterior se cerró tras ella y los dejó allí atrapados.

Abrió la manta y se colocó frente a Lukas para que pudiera verla, para que supiese que no estaba solo.

El traje no pudo ocultar la sorpresa de Lukas. Dio un respingo y levantó los brazos con alarma en el mismo momento en que las llamas comenzaban a brotar de las boquillas.

Juliette asintió, consciente de que aunque el casco opaco de Lukas ocultaba su rostro él sí podía verla dentro del plástico transparente. Con un movimiento de los brazos que había practicado en su cabeza un millar de veces, le pasó la manta por encima de la cabeza y se arrodilló para cubrirlos a ambos.

Bajo la manta de cinta térmica no se veía nada. Al otro lado, la temperatura estaba subiendo. Trató de gritarle a Lukas que no se preocupara, pero su voz parecía amortiguada incluso dentro de su propio casco. Remetió los bordes de la manta bajo sus rodillas y sus pies y tiró de ella hasta que estuvo bien tensa. Estiró los brazos y trató de hacer lo mismo por él, para asegurarse de que tenía la espalda completamente protegida.

Lukas parecía comprender lo que estaba haciendo. Sus guantes se posaron sobre los brazos de Juliette y permanecieron allí un momento. En aquel instante pudo sentir su paz, su tranquilidad. No podía creer que hubiese optado por esperar, que hubiera decidido quemarse en lugar de salir a limpiar. Que ella recordase, nadie lo había hecho antes. Una inquietud la invadió mientras permanecían allí abrazados, en medio de la oscuridad, y empezaba a subir la temperatura.

Las llamas lamieron la cinta térmica con fuerza suficiente para que su presión se notara desde el otro lado de la manta como un viento fuerte. La temperatura ascendía rápidamente y Juliette comenzó a sentir el sudor que se le formaba en los labios y la frente a pesar del superior aislamiento de su traje. La manta no iba a ser bastante. No lograría mantener a Lukas con vida dentro de aquel traje. El miedo que sentía era sólo por él, a pesar de que su propia piel estaba empezando a calentarse.

Era como si le estuviera transmitiendo su pánico. O puede que sintiese el calor más que ella. Sus manos temblaban sobre el cuerpo de Juliette. Y entonces, literalmente, sintió que se volvía loco, sintió que se producía algún cambio en su mente. Algo le pasaba. Tal vez habría empezando a quemarse.

La alejó de él de un empujón. Una luz brillante irrumpió por debajo de su cubierta protectora mientras él, dando patadas para alejarse, comenzaba a arrastrarse fuera de la manta térmica.

Juliette le gritó que parara. Trató de detenerlo, de agarrarlo por el brazo, por la pierna, pero él se defendió a golpes y a patadas, la agredió con los puños mientras, presa de una especie de paroxismo, trataba de escapar.

La manta cayó de la cabeza de Juliette y la luz la dejó casi ciega. Sintió un intenso calor y oyó que su casco comenzaba a sisear y emitir minúsculas detonaciones. El plástico transparente empezó a deformarse. No podía ver a Lukas, no sentía su presencia en ninguna parte, sólo veía una luz cegadora y sentía un calor abrasador que la quemaba en todos los puntos donde el traje entraba en contacto con su cuerpo. Con un chillido de dolor, tiró de la manta y volvió a cubrirse con ella la cabeza.

Y las llamas siguieron ardiendo.

No sabía dónde estaba Lukas. No podía verlo. No había manera de encontrarlo. Una erupción de mil quemaduras le recorrió el cuerpo, como otros tantos cuchillos que hurgaran en su carne. Permaneció sola bajo aquella fina capa de protección, soportando el calor abrasador, con la cara cubierta de candentes lágrimas. Su cuerpo se estremecía de sollozos y rabia mientras maldecía el fuego, el dolor, el silo y el mundo entero.

Hasta que al fin... se le agotaron las lágrimas y el combustible imitó su ejemplo. La temperatura descendió de repente y Juliette pudo quitarse la humeante manta de encima. La piel le ardía, y allí donde entraba en contacto con el interior del traje sentía una quemazón insoportable. Buscó a Lukas y descubrió que no tenía que mirar muy lejos.

Estaba tirado en el suelo. El carbonizado traje se deshacía en copos de tejido en las escasas zonas donde aún parecía seguir intacto. El casco seguía en su sitio y gracias a ello no tuvo que soportar la espantosa visión de los estragos sufridos por su joven rostro, pero se había fundido y estaba más deformado que el de ella. Se acercó arrastrándose, consciente de que la puerta estaba abriéndose, de que alguien acudía a buscarla, de que todo había terminado. De que había fracasado.

Sollozó al ver los sitios en los que el cuerpo de Lukas había quedado expuesto y el traje y los revestimientos de carbono se habían fundido hasta desprenderse. Aquello era su brazo, carbonizado y ennegrecido; eso otro su estómago, extrañamente dilatado; sus minúsculas manos, tan pequeñas y finas, convertidas en...

No.

No tenía sentido. Su llanto se recrudeció. Se llevó las manos enguantadas y humeantes al casco cubierto de burbujas y gritó de consternación, con una mezcla de rabia y alivio.

No era Lukas el que yacía muerto delante de ella.

Era un hombre que no se merecía una sola de sus lágrimas.

81

Silo 18

La consciencia, como los esporádicos lanzazos de dolor que nacían en sus quemaduras, iba y venía.

Juliette recordaba una neblina en proceso de formación, unas botas que corrían a su alrededor mientras ella permanecía tendida de costado en aquel horno con forma de esclusa. Vio cómo se deformaba el mundo mientras su casco, una cosa viscosa, continuaba hundiéndose hacia su cara, fundido. Una brillante estrella de plata pasó flotando frente a su campo de visión y se posó detrás de ella. Peter Billings apareció al otro lado, la sacudió por los hombros quemados y gritó a la gente que la rodeaba que la ayudaran.

La levantaron y se la llevaron de aquel lugar humeante, con los rostros sudorosos. Un traje hecho jirones colgaba de su cuerpo.

Juliette flotó a través de la oficina como un fantasma. Tendida boca arriba, con el chirrido de unas ruedas bajo ella, frente a hileras e hileras de barrotes de acero y un banco vacío dentro de una celda vacía.

La llevaron en círculos.

Hacia abajo.

La despertó el latido de su corazón. Se encontraba junto a unas máquinas que comprobaban su estado, con un hombre vestido como su padre.

Fue el primero en notar que estaba despierta. Enarcó las cejas, sonrió e hizo un gesto con la cabeza a alguien que había tras ella.

Y Lukas apareció allí, con el rostro —tan familiar, tan extraño— borroso ante sus ojos. Sintió su mano sobre la de ella. Supo que llevaba allí un rato. Reía y lloraba mientras le acariciaba la mejilla.

Jules quería saber qué era lo que tenía tanta gracia. Qué era lo que le parecía tan triste. Pero se limitó a mover la cabeza mientras el sueño se la llevaba de nuevo.

No era sólo que las quemaduras fuesen graves. La cuestión era que estaban por todas partes.

Consumió los días de recuperación entrando y saliendo de la neblina provocada por los analgésicos.

Cada vez que veía a Lukas se disculpaba. Todo el mundo parecía alborotado. Vino Peter. Había una montaña de notas procedentes de los subterráneos, pero no dejaron subir a nadie. Nadie más podía verla, salvo el hombre que vestía como su padre y la mujer que le recordaba a su madre.

La cabeza se le aclaró rápidamente una vez que se lo permitieron.

Juliette salió de lo que se le antojaba un sueño, de semanas de neblina, de pesadillas en las que se quemaba y se ahogaba, en las que estaba en el exterior, en las que había docenas de silos como el suyo. Las drogas habían mantenido a raya el dolor, pero también la consciencia. Podía soportar la agonía si eso significaba que recuperaba la cabeza. Salía ganando con el cambio.

—Eh.

Volvió la cabeza hacia un lado... y allí estaba Lukas. ¿Alguna vez no había estado? Una manta le resbaló por el pecho mientras se inclinaba hacia adelante para cogerle la mano. Sonrió.

—Tienes mejor aspecto.

Juliette se pasó la lengua por los labios. Tenía la boca seca.

—¿Dónde estoy?

—En la enfermería del treinta y tres. Tómatelo con calma. ¿Quieres que te traiga algo?

Negó con la cabeza. Le parecía increíble poder moverse, responder a las palabras de otro. Trató de apretarle la mano.

—Me duele un poco —dijo con voz débil.

Lukas se echó a reír. Pareció aliviado al oírla decir esto.

—Ya me imagino.

Juliette lo miró y parpadeó.

—¿Hay una enfermería en el treinta y tres? —preguntó después de un momento.

Lukas asintió con gravedad.

—Lo siento, pero es la mejor del silo. Y aquí podíamos mantenerte a salvo. Pero olvídate de eso. Descansa. Iré a buscar a la enfermera.

Al levantarse, un libro que tenía encima del regazo cayó sobre la silla y quedó enterrado entre varias almohadas.

—¿Crees que podrás comer algo?

Juliette asintió y volvió de nuevo la mirada hacia el techo y las brillantes luces mientras en su interior todo parecía cobrar vida de nuevo, recuerdos que estallaban como las punzadas de dolor sobre su piel.

Pasó días enteros leyendo notas y llorando. Lukas permanecía sentado a su lado, recogiendo las que se caían al suelo como aviones de papel arrojados desde los rellanos. No hacía más que disculparse constantemente, balbuceando como si fuera él el responsable de lo ocurrido. Juliette las leyó todas una docena de veces, tratando de averiguar quién había muerto y quién podía firmar todavía en su propio nombre. No podía creer las terribles noticias acerca de Knox. Algunas cosas parecían tan inmutables como la gran escalera. Lloró por él y por Marck, y cuando pidió desesperadamente ver a Shirly le dijeron que no era posible.

Los fantasmas la visitaban cuando se apagaban las luces. Despertaba con los ojos legañosos y la almohada húmeda, y entonces notaba la mano de Lukas acariciándole la frente y lo oía decir que todo iría bien.

Peter venía a menudo. Juliette le daba las gracias constantemente. Era Peter el responsable, sólo Peter. Él había tomado la decisión. Lukas le contó lo de la escalera, su ascenso hacia la limpieza, la aparición de la voz de Juliette en la radio de Peter, las implicaciones de su supervivencia.

Peter había corrido el riesgo, había escuchado. Esto lo había llevado a hablar con Lukas. Y Lukas había dicho cosas prohibidas. A fin de cuentas, tampoco corría el riesgo de que empeorara su situación, y le dijo a Peter algo que lo confundió, algo sobre ser un virus dañino, un resfriado contagioso. Por la radio llegaban constantemente las voces apremiantes que anunciaban la rendición de la gente de Mecánica. Bernard los sentenció a muerte de todos modos.

Y Peter tuvo que tomar una decisión. ¿Era la voz suprema de la ley o les debía algo a quienes lo habían colocado en el cargo? ¿Debía hacer lo que estaba bien o lo que se esperaba de él? Esta última era la solución más sencilla, pero Peter Billings era un buen hombre.

Lukas se lo dijo así en aquella escalera. Le dijo que estaban donde estaban por obra del destino, pero lo que hicieran a partir de entonces los definiría. Para eso estaban allí.

Le contó que Bernard había matado a un hombre. Que tenía pruebas. Y que él, Lukas, no había hecho nada para merecer su condena.

Señaló que todos los agentes de seguridad de Informática estaban a cien pisos de distancia. Sólo había un arma allí arriba. Sólo una ley.

Las suyas.

82

Silo 18

Varias semanas más tarde

Estaban los tres sentados a la mesa de conferencias. Juliette se ajustó la venda de gasa que le cubría la mano para tapar la piel cubierta de ampollas que asomaba por debajo. Le habían dado un mono amplio para minimizar los dolores en la medida de lo posible, pero la camiseta le picaba en todos los sitios donde entraba en contacto con la piel. Estaba sentada en un cómodo sillón, moviéndolo adelante y atrás con los dedos de los pies, impaciente, deseando salir de allí. Pero Lukas y Peter tenían cosas que discutir. La habían escoltado hasta aquel lugar tan próximo a la salida, tan cerca de la gran escalera, sólo para hacer que se sentara en aquella sala. Para tener un poco de privacidad, habían dicho. Las expresiones de sus rostros la ponían nerviosa.

Nadie dijo nada durante un rato. Peter utilizó la excusa de enviar a un técnico a por un poco de agua, pero una vez que la jarra estuvo allí y los vasos llenos, nadie la tocó. Lukas y él intercambiaron miradas nerviosas. Juliette se cansó de esperar.

—¿Qué pasa? —preguntó—. ¿Puedo irme? Me siento como si llevarais días demorando el asunto. —Consultó su reloj de pulsera, pero tuvo que sacudir el brazo para que escapara de debajo de la venda y poder ver la pequeña esfera. Se volvió hacia Lukas, sentado al otro lado de la mesa. Al ver su expresión de preocupación no le quedó más remedio que echarse a reír—. ¿Queréis tenerme aquí para siempre? Porque tengo que ir a ver a algunas personas y les he dicho que estaría allí mañana por la noche.

Lukas se volvió hacia Peter.

—Venga, chicos, escupidlo de una vez. ¿Cuál es el problema? El médico ha dicho que estoy en condiciones de bajar y os he prometido que iría a ver a Marsh o a Hank al menor problema. Como no me ponga en camino cuanto antes voy a llegar tarde.

—Muy bien —asintió Lukas con un suspiro. Al parecer, se había dado cuenta de que Peter no iba a tomar la palabra—. Han sido unas pocas semanas...

—Que, por vuestra culpa, me han parecido meses. —Dio un poco de cuerda a su reloj, que reanudó su marcha como si nunca hubiera interrumpido su antiguo tictac.

—Lo que pasa es que... —Lukas se cubrió la boca con el puño para estornudar y carraspeó—... no podíamos darte todas las notas que te habían mandado. —La miró con el ceño fruncido y cara de culpabilidad.

Juliette sintió que el corazón le daba un vuelco. Se echó hacia adelante, desalentada, temiendo las noticias. Más nombres que pasaban de una triste lista a otra...

Lukas levantó las manos.

—No es eso —se apresuró a decir al interpretar la expresión de su cara—. Por Dios, lo siento, no es eso...

—Son buenas noticias —terció Peter—. Notas de felicitación.

Lukas le lanzó una mirada que llenó a Juliette de dudas.

—O, bueno... Noticias, en cualquier caso. —La miró desde el otro lado de la mesa. Tenía las manos entrelazadas frente a él y apoyadas sobre la deteriorada madera, igual que Juliette. Con sólo moverlas habrían podido tocarse. Habría parecido un gesto natural, después de semanas de práctica. Pero aquello había sido en la clínica, donde los amigos hacían estas cosas como muestra de preocupación, ¿no? Juliette pensó sobre ello mientras Lukas y Peter hablaban de las elecciones.

—Espera. ¿Qué? —Parpadeó y levantó la mirada de sus manos. Acababa de asimilar lo último que habían dicho.

—Era el momento —le explicó Lukas.

—Eras el tema de todas las conversaciones —afirmó Peter.

—Vuelve atrás un momento —repuso ella—. ¿Qué acabas de decir?

Lukas aspiró hondo.

—Bernard se iba a presentar sin oposición. Cuando lo mandamos a limpiar se cancelaron las elecciones. Pero entonces llegó la noticia sobre tu milagroso regreso y la gente se presentó a votar igualmente...

—Mucha gente —añadió Peter.

Lukas asintió.

—Una participación enorme. Más de la mitad del silo.

—Sí, vale, pero... ¿alcaldesa? —Se echó a reír mientras recorría con la mirada la superficie arañada de la mesa de juntas, ocupada sólo por unos vasos de agua que nadie había tocado—. ¿No hay algo que deba firmar? ¿Algún modo oficial de rechazar ese disparate?

Los dos hombres intercambiaron una mirada.

—Ésa es la cuestión... —expuso Peter.

Lukas hizo un movimiento de negación con la cabeza.

—Te lo dije.

—Esperábamos que aceptases.

—¿Yo? ¿Alcaldesa? —Juliette cruzó los brazos sobre el pecho y se recostó. A pesar del dolor que le provocó el movimiento en la espalda, se echó a reír—. Será una broma. No sé una sola palabra sobre...

—Ni falta que hace —manifestó Peter inclinándose hacia adelante—. Tienes un despacho, estrechas algunas manos, firmas algunas cosas de vez en cuando, haces que la gente se sienta mejor...

Lukas le dio unos toquecitos en el brazo y asintió con la cabeza. Juliette sintió que una oleada de calor recorría su piel, lo que hizo que las cicatrices y las heridas le picaran más aún.

—La cuestión es ésta —dijo Lukas mientras Peter se recostaba en su asiento—: Te necesitamos. Hay un vacío de poder en la cima. De todos los cargos importantes, Peter es el que lleva más tiempo en su puesto, y ya sabes cuándo se lo nombró.

Juliette lo escuchaba con atención.

—¿Recuerdas nuestras conversaciones todas aquellas noches? ¿Recuerdas lo que me contaste sobre ese otro silo? ¿Eres consciente de lo cerca que hemos estado?

Juliette se mordió el labio, alargó el brazo hacia uno de los vasos y bebió lentamente un trago de agua. Lo miró por encima del borde del vaso mientras esperaba a que continuase.

—Tenemos una oportunidad, Jules. De salvar este sitio. De devolverlo a...

Juliette dejó el vaso sobre la mesa y levantó la palma de la mano para pedirle que parara.

—Si lo hago... —dijo con voz fría mientras miraba una tras otra las caras expectantes de los dos—, si lo hacemos, será a mi manera.

Peter frunció el ceño.

—No más mentiras —continuó ella—. Hay que darle una oportunidad a la verdad.

Lukas soltó una risita nerviosa. Peter movió enérgicamente la cabeza en señal de disconformidad.

—Ahora me escucháis vosotros —exigió Juliette—. No estoy diciendo ninguna locura. No es la primera vez que lo he pensado. Joder, llevo semanas sin hacer otra cosa que pensar.

—¿La verdad? —preguntó Peter.

Ella asintió.

—Sé lo que estáis pensando. Creéis que necesitamos mentiras, miedo...

Peter asintió.

—Pero ¿qué podríamos inventar que sea más aterrador que lo que hay ahí fuera de verdad? —Señaló el techo y esperó un momento a que sus palabras hicieran efecto—. Cuando se construyeron estos lugares, la idea era que estuviéramos todos juntos. Juntos pero separados, ignorándonos unos a otros para que, si uno enfermaba, no pudiera infectar a los demás. Pero yo me niego a aceptar esa idea. No estoy de acuerdo con su causa. No lo acepto.

Lukas ladeó la cabeza.

—Sí, pero...

—Así que aquí se trata de nosotros contra ellos. Y no me refiero a la gente de los silos, la gente que trabaja todo el día sin saber la verdad, sino a los de arriba, los que sí lo saben. El silo dieciocho será distinto. Con la verdad. Dotado de propósito. Pensadlo. En lugar de manipular a la gente, ¿por qué no darles el poder? Que sepan a qué nos enfrentamos. Y que eso impulse la voluntad colectiva.

Lukas enarcó las cejas y Peter se pasó la mano por el pelo.

—Pensadlo, chicos. —Se apartó de la mesa—. Tomaos vuestro tiempo. Yo tengo que ir a ver a mis amigos y a mi familia. Pero si no lo aceptáis, me tendréis en contra. De un modo u otro, pienso contar la verdad.

Le lanzó una sonrisa a Lukas. Era una propuesta muy arriesgada, pero quería que supiese que no estaba hablando en broma.

Peter se puso en pie y levantó las manos.

—¿Estamos al menos de acuerdo en no tomar ninguna decisión precipitada hasta que volvamos a vernos?

Juliette cruzó los brazos. Bajó la barbilla.

—Bien —dijo Peter con un suspiro mientras bajaba los brazos.

Juliette se volvió hacia Lukas. La estaba observando con los labios apretados y se dio cuenta de que lo sabía. Les quedaba una sola cosa por hacer, pero le daba un miedo atroz.

Peter se volvió y abrió la puerta. Miró de nuevo a Lukas.

—¿Puedes darnos un segundo? —preguntó éste mientras se ponía en pie y se acercaba a la puerta.

Peter asintió. Se volvió y le estrechó la mano a Juliette mientras ella le daba las gracias por enésima vez. Se reajustó la estrella, que colgaba torcida de su pecho, y salió de la sala de juntas.

Lukas se colocó donde no se lo podía ver desde el ventanal, cogió a Juliette de la mano y se la llevó hacia la puerta.

—¿Me tomas el pelo? —preguntó ella—. ¿De verdad esperabas que aceptara el puesto y...?

Lukas puso la mano sobre la puerta y la cerró. Juliette lo miró un momento, confundida, y entonces sintió que sus brazos la rodeaban delicadamente por la cintura, conscientes de sus heridas.

—Tenías razón —susurró. Se acercó y pegó la cabeza a su hombro—. Son excusas. No quiero que te marches.

Juliette sintió la calidez de su aliento en el cuello. Se relajó. Olvidó lo que iba a decir. Le rodeó la espalda con un brazo y llevó la otra mano a la nuca.

—No pasa nada —dijo, aliviada por oírselo admitir al fin. Sintió que su cuerpo estaba temblando y pudo sentir su irregular y quebrada respiración—. No pasa nada —volvió a susurrar, pegando su mejilla a la de él en un intento por consolarlo—. No me marcho a ninguna parte...

Lukas se apartó para mirarla. Juliette sintió que buscaba en su cara, con los ojos empañados de lágrimas. Su cuerpo entero había comenzado a temblar. Podía sentirlo en sus brazos y su espalda.

Y entonces se dio cuenta, al ver que él se acercaba de nuevo y pegaba los labios a los suyos, de que no se trataba de pánico lo que percibía en él. Eran nervios.

Sollozó en mitad del beso, un beso mil veces más terapéutico que los fármacos del médico. Su efecto disolvió el dolor provocado por la presión de las manos de Lukas en su espalda. No podía recordar la última vez que había sentido unos labios sobre los suyos. Le devolvió el beso, pero todo terminó demasiado de prisa. Él se apartó un paso y, cogiéndole las manos, dirigió una mirada nerviosa hacia la ventana.

—Es un... eh...

—Ha sido muy bonito —dijo ella mientras le apretaba las manos.

—Seguramente deberíamos... —Señaló la puerta con la barbilla.

Juliette sonrió.

—Sí. Será lo mejor.

La llevó por el vestíbulo de Informática hasta el rellano. Un técnico la esperaba allí, con su mochila. Juliette vio que Lukas había recubierto las correas con unas vendas, preocupado por sus heridas.

—¿Seguro que no necesitas una escolta?

—Todo irá bien —respondió mientras se remetía el pelo detrás de la oreja. Movió los hombros para acomodarse la mochila—. Nos veremos dentro de una semana, más o menos.

—Puedes llamarme por radio —sugirió él.

Juliette se echó a reír.

—Ya.

Le cogió la mano, se la apretó una vez más y luego se encaminó a la gran escalera. Una de las personas que pasaba por allí la saludó con la cabeza. No sabía si la conocía, pero aun así le devolvió el gesto. Otras cabezas se volvieron para seguirla. Pasó entre ellas hasta llegar a la barandilla de acero que se adentraba serpenteando en el corazón de las cosas, la escalera que mantenía en su sitio aquellos peldaños abombados y desgastados y dejaba pasar sobre sí las vidas de todos, una tras otra. Y entonces levantó la bota para dar el primer paso de un viaje que se había postergado demasiado...

—¡Oye!

Era Lukas. Atravesó corriendo el rellano, con las cejas arrugadas por la confusión.

—Creí que ibas a bajar para ver a tus amigos.

Juliette le sonrió. Un porteador pasó a su lado, cargado con mercancías. Juliette pensó en todos los compañeros que había perdido en los últimos tiempos.

—Primero la familia —respondió. Levantó la mirada hacia el gran foso que ocupaba el centro del silo y subió el peldaño siguiente—. Antes tengo que ver a mi padre.

Entretanto, en el silo 17...

Epílogo

Silo 17

—¡Treinta y dos!

Elise subía bailando los peldaños de los subterráneos, seguida por las alargadas volutas de vaho que dejaba su respiración tras ella. Sus pies juveniles organizaban un verdadero estrépito al golpetear los escalones con sus botas de suelas de acero.

—¡Treinta y dos escalones, señor Solo!

Al volver al rellano, tropezó en el último escalón y cayó sobre manos y rodillas. Se quedó allí un instante, con la cabeza gacha, pensando si tenía que llorar o no pasaba nada.

Solo esperó a que empezara el llanto.

Pero lo que pasó fue que ella levantó la vista con una gran sonrisa de satisfacción. La sonrisa tenía un agujero en medio, en el sitio donde se le había caído un diente sin que, de momento, hiciese acto de presencia su sustituto.

—Está bajando —dijo. Se secó las manos en su nuevo mono y corrió hacia él—. ¡El agua está bajando!

Se lanzó sobre él y se agarró a su cintura, lo que hizo soltar un gruñido a Solo. La rodeó con un brazo mientras ella lo estrujaba.

—¡Todo va a salir genial!

Solo se agarró a la barandilla con una mano y dirigió la mirada hacia las aguas en retirada, más allá de la mancha de sangre seca que había a sus pies, más allá de aquel recuerdo. Alargó la mano hacia la radio que llevaba en la cadera. Juliette se alegraría muchísimo de saberlo.

—Creo que tienes razón —le dijo a la pequeña Elise mientras sacaba la radio del cinturón—. Creo que todo va a salir muy bien...

Índice